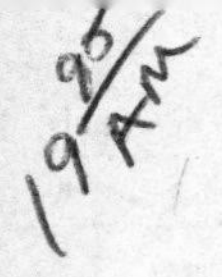

D1129064

Reunión oscura

Christine Feehan

Reunión oscura

Titania Editores

ARGENTINA - CHILE - COLOMBIA - ESPAÑA
ESTADOS UNIDOS - MÉXICO - URUGUAY - VENEZUELA

HUNTSVILLE PUBLIC LIBRARY
HUNTSVILLE, TX 77340

Título original: *Dark Celebration*
Editor original: Jove Books, The Berkley Publishing Group, New York
Traducción: Rosa Arruti

Reservados todos los derechos. Queda rigurosamente prohibida, sin la autorización escrita de los titulares del *copyright*, bajo las sanciones establecidas en las leyes, la reproducción total o parcial de esta obra por cualquier medio o procedimiento, incluidos la reprografía y el tratamiento informático, así como la distribución de ejemplares mediante alquiler o préstamo públicos.

Copyright © 2006 *by* Christine Feehan
This edition is published by arrangement with The Berkley Publishing Group, a member of Penguin Group (USA) Inc.
All Rights Reserved
© 2009 de la traducción *by* Rosa Arruti Illiramendi
© 2009 *by* Ediciones Urano, S.A.
Aribau, 142, pral. - 08036 Barcelona
www.titania.org
atencion@titania.org

ISBN: 978-84-96711-76-1
Depósito legal: B - 46.356 - 2009

Fotocomposición: A.P.G. Estudi Gràfic, S.L. - Torrent de l'Olla, 16-18, 1º 3ª - 08012 Barcelona
Impreso por Romanyà Valls, S.A. - Verdaguer, 1 - 08786 Capellades (Barcelona)

Impreso en España - *Printed in Spain*

A mi querida hija, Cecilia, que siempre ha sido motivo de celebración.

A mis lectores

No dejéis de escribir a la dirección christine@christinefeehan.com para conseguir un salvapantallas GRATIS y apuntaros a la lista de correo privada desde la que se os comunicarán las fechas de publicación de los libros de Christine.

Agradecimientos

Muchas gracias a Diane Trudeau por su colaboración con las recetas. Cheryl Wilson, sabes que tu ayuda es impagable. Denise, Manda y Brian, gracias por vuestro apoyo constante y por todo el trabajo que hacéis para completar estos libros.

Queridos lectores:

Durante los últimos años, he recibido miles de cartas que me pedían una reunión de los personajes carpatianos. Me resistí a la idea durante mucho tiempo, pues no estaba segura de cómo podía juntar tantos personajes fenomenales y llenos de vitalidad en un mismo libro. Parecía una tarea de enormes proporciones. Luego, una noche, me encontré sentada junto al fuego de la chimenea comentando con algunos amigos escritores el desastre que habíamos organizado en la cocina para preparar la cena aquella noche. Habíamos alquilado juntos una casa para trabajar y, por desgracia, algunos de nosotros éramos un poco negados para las tareas culinarias. (No menciono nombres aquí ni levanto la mano, pero algunos de los desbarajustes que se describen en este libro llegaron a suceder en realidad, aunque me entristezca reconocerlo.) Nos reímos tanto que nació la idea de una fiesta de Navidad donde los carpatianos cocinaran para sus amigos.

Lancé la idea a mi editora como un libro especial de regalo de Navidad a modo de agradecimiento a mis lectores. Estaba muy excitada con la idea de tener que escribir un libro divertido y alegre, y me entusiasmaba la idea de añadir los Postres Oscuros: muchísima gente maravillosa de todo el mundo envió recetas de rechupete. El concepto era totalmente diferente a cualquier cosa que se me hubiera ocurrido escribir antes, de modo que iba a ser muy entretenido. Y entonces me senté y empecé a escribir...

Primero de todo, no había reparado en que habría más de un héroe o heroína y que tendría que encontrar la transición de un capítulo a otro de manera que no resultara forzada. Y en segundo lugar, algo más importante todavía, nunca antes había escrito obras divertidas y alegres. Mis personajes tienden a apropiarse de los libros y marcar el ritmo, y esta obra no era una excepción. Por mucho que lo intentara, la obra se volvía —sí, lo habéis adivinado— **oscura.**

En una ocasión llamé a mi editora para advertirle de que el libro había cobrado vida propia y que no iba a resultar ese libro desenfadado que habíamos planeado; yo ya lo había aceptado y estaba dando rienda suelta a los personajes. Los protagonistas tomaron el mando y *Reunión oscura* se convirtió en una parte enorme del rico tapiz que compone el mundo carpatiano. Me divertí mucho recuperando personajes y descubriendo cómo les iba juntos y cómo eran sus vidas en pareja, y también retratando la sociedad carpatiana en su conjunto.

El libro se transformó en algo inesperado, pero, si he de ser sincera, disfruté muchísimo escribiéndolo, y sin duda confío en que vosotros lo paséis igual de bien al leerlo. Cuando escribo, los personajes dictan la historia, totalmente, y en este caso algunos fueron de gran ayuda, mientras otros remoloneaban más de lo deseado. En conjunto, pienso que al final conseguimos acercarnos a viejos amigos para ver cómo les iba la vida en común. Me encontré sonriendo mucho mientras escribía y espero que tengáis la misma reacción al leer.

Saludos cordiales

Christine

ALEMANIA
POLONIA
BIELORRUSIA
UCRANIA
REPÚBLICA
CHECA
ESLOVAQUIA
AUSTRIA
MOLDAVIA
SUIZA
HUNGRÍA
CÁRPATOS
ITALIA
YUGOSLAVIA
RUMANÍA
Mar Negro
BULGARIA

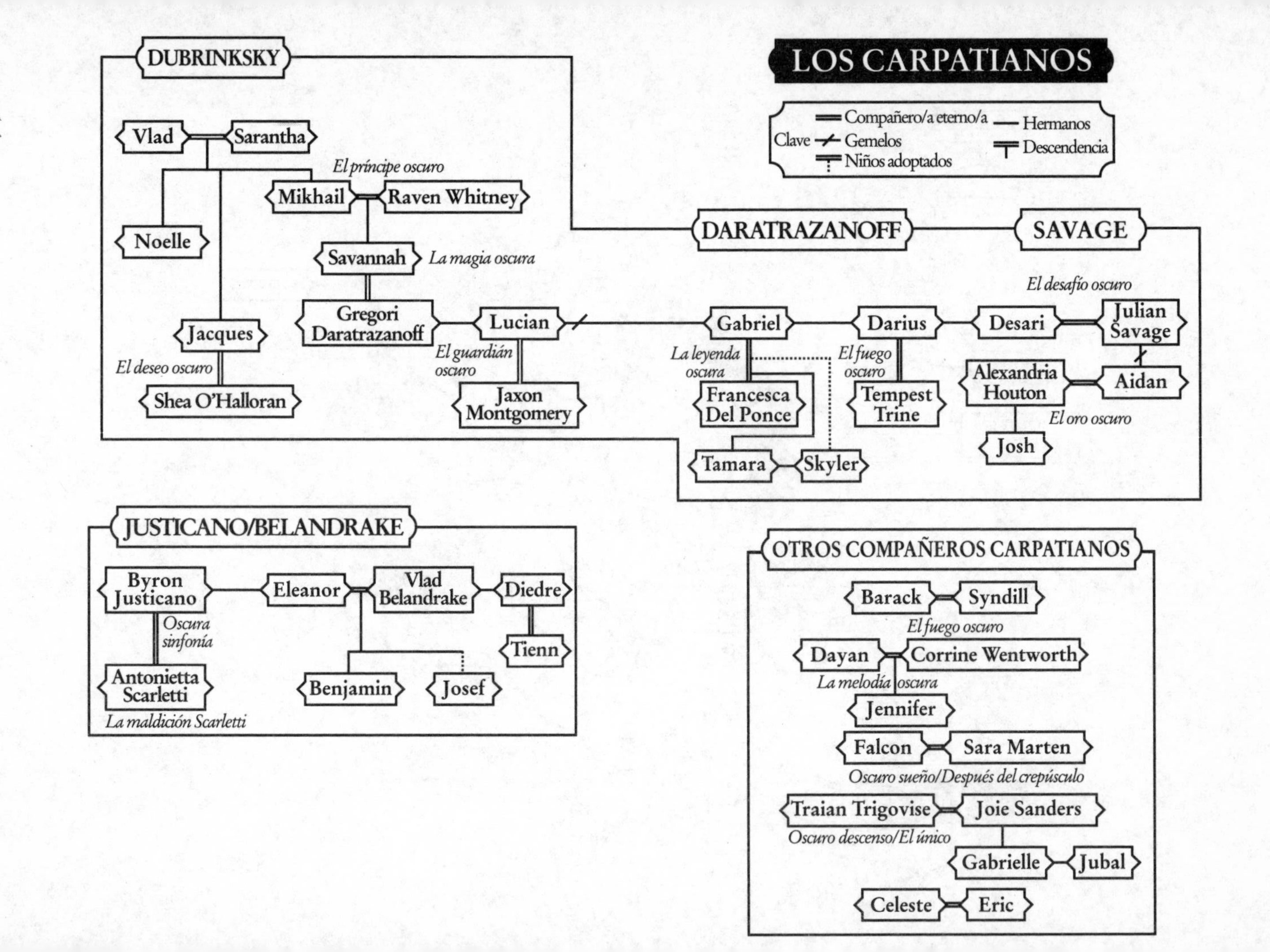
LOS CARPATIANOS
Clave
Compañero/a eterno/a
Gemelos
Niños adoptados
Hermanos
Descendencia
DUBRINKSKY
Vlad
Sarantha
El príncipe oscuro
Mikhail
Raven Whitney
Noelle
Savannah
La magia oscura
Gregori Daratrazanoff
Jacques
El deseo oscuro
Shea O'Halloran
Lucian
El guardián oscuro
Jaxon Montgomery
DARATRAZANOFF
SAVAGE
El desafío oscuro
Gabriel
Darius
Desari
Julian Savage
La leyenda oscura
Francesca Del Ponce
El fuego oscuro
Tempest Trine
Alexandria Houton
Aidan
El oro oscuro
Josh
Tamara
Skyler
JUSTICANO/BELANDRAKE
Byron Justicano
Eleanor
Vlad Belandrake
Diedre
Oscura sinfonía
Tienn
Antonietta Scarletti
Benjamin
Josef
La maldición Scarletti
OTROS COMPAÑEROS CARPATIANOS
Barack
Syndill
El fuego oscuro
Dayan
Corrine Wentworth
La melodía oscura
Jennifer
Falcon
Sara Marten
Oscuro sueño/Después del crepúsculo
Traian Trigovise
Joie Sanders
Oscuro descenso/El único
Gabrielle
Jubal
Celeste
Eric

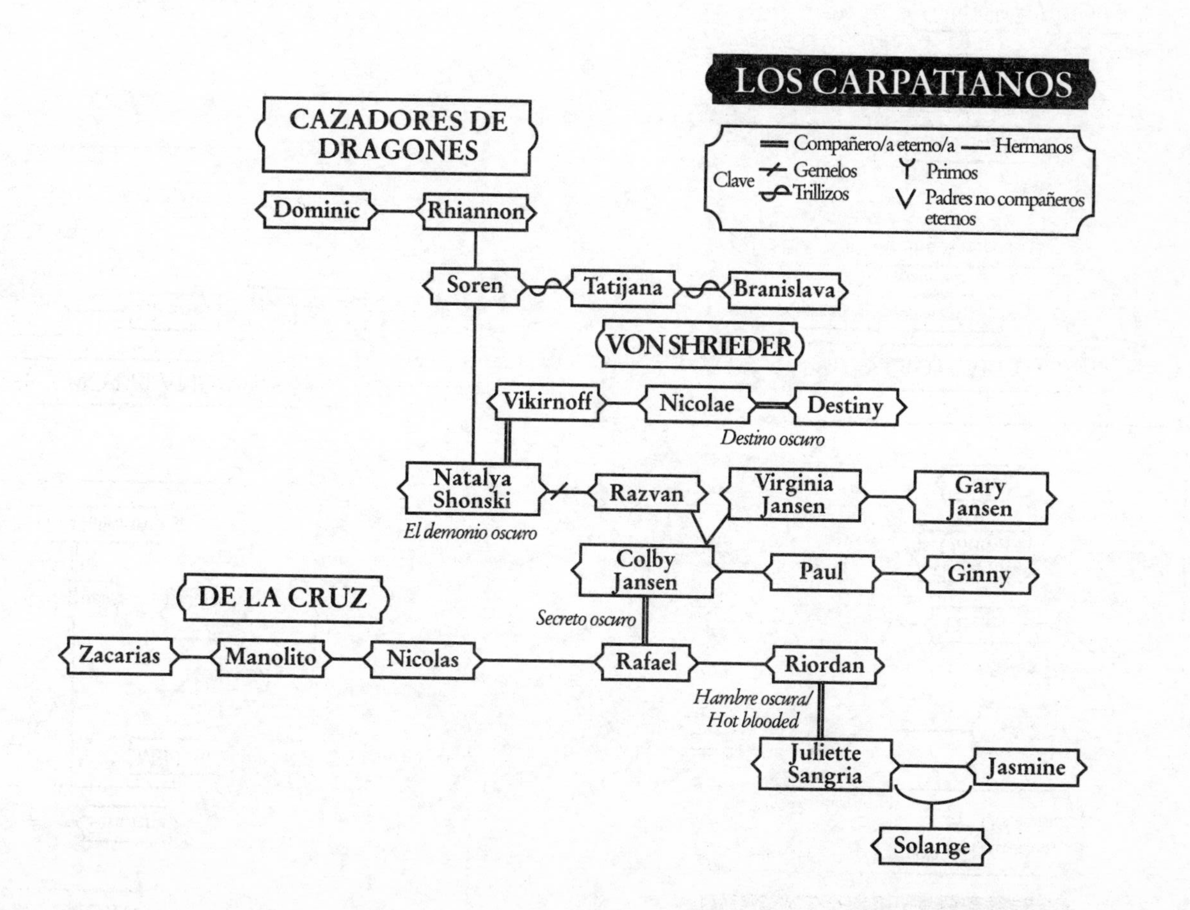
LOS CARPATIANOS
Clave
Compañero/a eterno/a
Hermanos
Gemelos
Trillizos
Primos
Padres no compañeros eternos
CAZADORES DE DRAGONES
Dominic
Rhiannon
Soren
Tatijana
Branislava
VON SHRIEDER
Vikirnoff
Nicolae
Destiny
Destino oscuro
Natalya Shonski
El demonio oscuro
Razvan
Virginia Jansen
Gary Jansen
Colby Jansen
Paul
Ginny
Secreto oscuro
DE LA CRUZ
Zacarias
Manolito
Nicolas
Rafael
Riordan
Hambre oscura/ Hot blooded
Juliette Sangria
Jasmine
Solange

Capítulo 1

Las estrellas emitían destellos desde el cielo nocturno y la luna vertía su luz sobre los árboles situados más abajo, transformando las hojas en plata reluciente. Una hembra de búho que sobrevolaba la frondosa bóveda descendió para lanzarse a toda velocidad a través del laberinto de árboles. Volvió a encumbrarse poco después, justo a tiempo de evitar una gruesa rama. Un segundo búho la vigilaba, describiendo círculos sobre el bosque que rodeaba el claro en el que se hallaba la gran casa de piedra de dos pisos. La hembra se dejó caer en picado sobre el empinado techo, estirando las garras hacia la chimenea, y en el último segundo ascendió y emprendió una veloz huida del angustiado macho, aleteando ruidosamente mientras el viento encrespaba sus plumas iridescentes.

¡Raven! Advirtió con brusquedad Mihail Dubrinsky a su pareja eterna. *Has apurado demasiado.*

Ha sido una gozada.

Raven, vas a cansarte.

Se oyó un leve gruñido de advertencia en la voz de Mihail, como si un lobo acechara en el interior del cuerpo de búho.

A Raven se le escapó una risa que burbujeó suave y cálida en la mente de su compañero mientras se comunicaban telepáticamente.

Ya no soy una novata, Mihail, y después de todos estos años, creo que me desenvuelvo bastante bien volando. Me encanta. Es mi actividad favorita. ¿Alguna vez vas a dejar de sobreprotegerme?

No creo que velar por la mujer de mi vida sea sobreprotección. Siempre te excedes cuando vuelas, arriesgas más de lo debido.

Aunque fuera cierto, Raven no iba a admitirlo. Una vez que se metía en el cuerpo de un ave, sentía ganas de permanecer así durante períodos prolongados.

Me siento tan libre.

Desde el momento de su conversión —de humana a carpatiana—, lo que más la había intrigado y regocijado, por encima de todas las cosas de su nueva vida, era la facultad de volar. Solía encumbrarse muy alto por encima de la tierra y contemplar kilómetros de hermosos bosques, lagos refrescantes y un derroche de flores silvestres. Cuando adoptaba forma de búho siempre se encontraba rodeada de belleza, y eso le permitía olvidar, al menos durante unos momentos, el asombro absoluto —y la responsabilidad— de ser la pareja eterna del príncipe del pueblo carpatiano.

Hubo un breve silencio.

Raven, ¿no sientes esa libertad cuando estás conmigo? Nunca te he enjaulado, aunque a veces creo que sería lo más prudente.

La hembra de búho regresó describiendo círculos hasta su posición justo bajo el ala derecha del macho.

Por supuesto que no, tonto. ¿A ti no te encanta volar? ¿El viento elevando tu cuerpo mientras el terreno inferior parece tan mágico?

Había ese susurro amoroso en la voz y en la mente de Raven. Mihail había acabado por depender de la constancia, de la absoluta perseverancia de ese amor.

Desde luego. Si alguna vez mi naturaleza te hace perder la esperanza, querría que me lo hicieras saber. Noto tu tristeza a veces, amor mío, la angustia en tu corazón.

No digas eso, Mihail. No es por ti. Ni por nosotros. Como cualquier mujer que ha encontrado a su verdadera pareja, quiero tener hijos. No puedo quejarme, tenemos a nuestra hija, Savannah, tan querida por ambos, que es mucho más de lo que cualquier otra mujer carpatiana ha recibido. Aunque no tengamos más hijos, me conside-

raré bastante afortunada de tener esta hija, así como de tener al único hombre que podría hacerme feliz. Tú y Savannah sois suficiente para mí.

Mihail deseó estar en casa para poder estrecharla en sus brazos y besarla como quería. Se moría de amor por ella, más de lo que deseaba admitir, y podía oír —y sentir— sus deseos de coger un bebé en su regazo. Era su mayor fracaso, no sólo por su deber con su pareja eterna, sino también por su deber con su pueblo. Después de cientos de años, todavía no era capaz de proteger a su gente de la mayor amenaza. No los vampiros ni los nigromantes, ni la sociedad moderna, ni siquiera la falta de emoción de los carpatianos varones después de doscientos años y el omnipresente lado oscuro que invadía sus almas: no era capaz de protegerles de lo que empezaba a creer que sería la extinción de su especie.

Mihail. Raven susurró su nombre en su mente, un sonido suave de amor y compasión absolutos. *Encontrarás la respuesta para tu gente. Es un gran logro haber juntado mentes tan privilegiadas en el empeño por solucionar este problema. Y tres bebés han sobrevivido en los últimos años. Nosotros aún conservamos a Savannah, Francesca y Gabriel tienen a Tamara, y ahora está la hija de Corinne y Dayan, Jennifer. Tres chicas, amor mío. Todavía hay esperanza.*

Mihail continuó en silencio, pero quería rugir a los cielos su desesperación. Tres niñas cuando tantos hombres de su especie habían perdido toda esperanza. Estos hombres, para sobrevivir, para mantener su honor, no tenían otra opción que encontrar a la única mujer capaz de completar su alma, de aportar luz a su oscuridad. Sin una mujer, estaban condenados a una existencia interminable y estéril.

Eso no es así, protestó Raven. *Muchos han encontrado a sus compañeras eternas entre mi gente.*

Unos pocos, Raven. ¿Por qué no puedo encontrar la respuesta pese a disponer de mentes tan privilegiadas trabajando en este problema? Necesitamos mujeres y niños o nuestra especie dejará de existir.

Después del intento de asesinato del que había sido víctima, Mihail temía por encima de las demás cosas que sus enemigos se percataran de lo frágil que se había vuelto la raza carpatiana. Con tanta gente enfrentada a ellos, sólo hacía falta que alguien comprendiera dónde residía la verdadera vulnerabilidad de su raza: la ausencia de mujeres y niños. De momento habían dirigido todos los ataques contra los hombres, pero más tarde o más temprano sus enemigos caerían en la cuenta de que para acabar con la especie sólo tenían que matar a las mujeres y a los niños.

Sólo pensar en Raven, su amada compañera eterna, o en su queridísima hija, Savannah, convertidas en blanco de sus enemigos, era más de lo que podía soportar, pero inevitable. El enemigo había unido fuerzas con el nigromante y juntos habían encontrado la manera de ocultar su presencia, lo cual les hacía el doble de peligrosos. Los carpatianos ya no podían confiar en su capacidad de leer la mente y de percibir amenazas, debían permanecer más alertas que nunca. En aquel mismo instante, Mihail inspeccionaba con cautela el bosque inferior, incapaz de relajarse por completo.

Mihail. Has cerrado tu mente a la mía.

Se obligó a hacer regresar sus pensamientos a la conversación. Ya era bastante penoso no poder consolar a su pareja eterna por la pérdida de su bebé, sólo faltaba que perdiera el hilo en un tema tan importante.

Sólo has vivido con nosotros cincuenta años y ya has padecido la pérdida de un hijo. ¿Puedes imaginar la terrible pena tras cien años... doscientos? Nuestras mujeres sufren las graves consecuencias de padecer estas pérdidas.

Shea cree que ella y Gary están a punto de encontrar la respuesta. Gabrielle también les está ayudando ahora, le recordó Raven. Gary era humano y Gabrielle lo había sido. Hacía poco, para salvar la vida, Gabrielle había experimentado la conversión, pero incluso antes de eso había trabajado incansablemente ayudando a Shea a descubrir el motivo de que las mujeres carpatianas sufrieran tantos abortos. *Con toda la formación que Shea recibió como doctora humana y sus dotes naturales como sanadora carpatiana, es un recurso asombroso para nuestra gente. Ha trabajado con Gabrielle, Gary y, por supuesto, con Gregori para encontrar la respuesta al problema de nuestras mujeres, a la dificultad de tener embarazos venturosos.* Los pocos niños nacidos rara vez sobrevivían el primer año. Raven estaba agradecida de haber tenido un aborto y haberse ahorrado la terrible pena de dar a luz, sostener en brazos a su hijo durante un año y luego perderlo. *Shea ha descubierto muchas cosas por ahora, y desentrañará el misterio.*

Mihail creía que Shea podría realizar aquel milagro, ya había demostrado su tenacidad y valor al salvar al hermano del príncipe, Jacques, de caer en la locura. Pero por otro lado, temía que las respuestas llegaran demasiado tarde para su gente. Sus enemigos unían fuerzas, estrechaban el cerco y lanzaban frecuentes ataques. Y peor que todo eso, era probable que su más antiguo y cruel enemigo siguiera con vida: Xavier, el poderoso y oscuro mago, y su nieto, Razvan, estaban poniendo sus conocimientos ancestrales al servicio de los no muertos.

Raven se apartó de él para volar con su habitual despreocupación, demasiado cerca de la bóveda de árboles. A Mihail casi se le detuvo el corazón, y precisó de una tremenda disciplina para no ordenarle regresar a su lado, donde estaría a salvo. No podía recluirla, como tampoco podían los otros carpatianos recluir a sus compañeras eternas, pero la necesidad y el deseo estaba ahí, atizándole como una tentación cruel.

Mihail cobró velocidad y alcanzó a la mujer que completaba su alma, inspeccionando con su aguda vista el terreno que se extendía por debajo mientras volaban juntos. Percibió la felicidad que ella irradiaba y aquello le ayudó a aliviar el peso en su corazón.

Ya sabes, amor mío, le llamó Raven burlona, *que tienes que hacer de Santa Claus para todos los niños en la fiesta de Navidad.*

Mihail perdió la imagen —la del búho— en su mente por primera vez en cientos de años. Su cuerpo cayó en picado diez metros, dándose casi contra la copa de un árbol antes de recuperarse del susto. Se estremeció incluso dentro del cuerpo de búho.

Ya puedes sacarte esa idea de la cabeza.

Raven descendió hacia su hogar describiendo una espiral, volando con su grácil cuerpo, y aterrizó sobre sus dos pies en el sendero que llevaba al porche mientras mutaba y adoptaba su forma natural. Mihail hizo lo mismo, cambiando de forma mientras aterrizaba directamente delante de ella para detener su escapada. Las líneas y planos de su rostro se endurecieron adoptando una fiera mirada que pretendía intimidar.

Esta conversación no ha concluido.

Mihail no pudo reprimir la reacción de horror que recorría todo su cuerpo.

—Hay cosas que no pueden pedirse nunca a un hombre.

Raven entornó los ojos.

—Los niños estarán esperando que San Nick haga aparición. Es nuestra primera gran fiesta de Navidad, la primera de verdad, y las mujeres han accedido a cocinar, de modo que los hombres tienen que colaborar de alguna manera. Tienes que hacerlo, Mihail.

—Creo que no —contestó. Su expresión podía amilanar a los más peligrosos vampiros o cazadores de vampiros, pero desde luego no parecía tener el efecto deseado sobre su compañera.

Raven se limitó a enfurruñarse. Soltó un suspiro exasperado.

—No seas crío. Los hombres humanos lo hacen continuamente y no les asusta en absoluto.

—No estoy asustado.

Raven alzó una ceja, con aquel gesto que siempre intrigaba a Mihail, pero esta vez parecía sospechosamente a punto de reírse de él.

—Oh, sí, lo estás. Pareces aterrorizado... y te has puesto pálido.

—Estoy pálido porque he consumido demasiada energía volando sin antes tomar alimento alguno. Soy el príncipe del pueblo carpatiano, no Santa Claus.

—Eso no es ninguna excusa. Como líder de nuestro pueblo, es tu deber hacer el papel de St. Nick. Es la tradición.

—No es la tradición carpatiana. No es un papel muy respetable, Raven. —Mihail se echó el pelo negro hacia atrás y se lo sujetó en la nuca con una delgada cinta de cuero. Sus ojos negros centelleaban al mirarla, en otro intento de intimidarla para que se sometiera.

Ella estalló en carcajadas, sin la menor compasión y desde luego sin el menor temor.

—Mala suerte, chico importante. Es tu trabajo. Sea o no la tradición carpatiana, me prometiste que celebraríamos una gran fiesta de Navidad para todo el mundo. Nuestra gente ha venido desde Estados Unidos, Sudamérica y varios países más para participar en esta reunión. No podemos defraudarles.

—Nadie se sentirá defraudado si no hago esa ridiculez.

La risa de Raven se volvió más profunda, hasta convertirse en un sonido rico y sugerente que jugueteó por la columna de su compañero, provocándole un vuelco curioso en el estómago. Sólo Raven conseguía eso. Sólo Raven conseguía que estuviera dispuesto a hacer cualquier cosa en la tierra con tal de complacerla.

—Confía en mí, Mihail, toda la raza carpatiana se sentirá defraudada si no te ve haciendo el papel de Santa Claus. —Le acarició el rostro con la punta de los dedos—. Una bonita barba blanca. —Descendió la mano hasta su pecho y luego sobre su duro y plano estómago—. Una bonita barriga redonda...

—No tiene la menor gracia. —Pero sí la tenía, y estaba poniendo todo de su parte para no sonreír.

—Me prometiste que harías todo lo posible para que nuestra primera reunión de Navidad fuera un éxito.

—No pensaba con claridad en ese momento, me estabas distrayendo —refunfuñó.

—¿Ah sí? —preguntó Raven, pestañeando con aire inocente—. No me acuerdo.

Mihail la rodeó con los brazos y la atrajo hacia su cuerpo. Mordisqueó su cuello y saboreó su pulso, notando la excitación como respuesta, consciente de que siempre sería así entre ellos. *Raven.* Pensaba que no podía amarla más, aun así cada día la emoción se hacía más fuerte, se sentía a punto de reventar. A veces, cuando ella no miraba, notaba las lágrimas de sangre roja que inundaban sus ojos. Quién iba a creer que el poderoso príncipe del pueblo carpatiano pudiera estar tan enamorado de una mujer.

Él había nacido con las palabras del ritual vinculante grabadas en su cerebro igual que cualquier otro varón de su especie. Le había impactado descubrir no sólo que una mujer humana pudiera convertirse en su pareja eterna, sino que pudiera convertirse en miembro de su especie. Más que el total asombro que provocaba todo eso, le admiraba el amor abrumador y el deseo que sentía por ella, que cobraba fuerza a cada momento que permanecían juntos. Mirarla podía dejarle sin aliento.

—Hueles siempre tan bien.

Raven alargó el brazo para rodearle el cuello y atraer su cabeza un poco más para poder besarle. En el momento en que Mihail tocó sus labios con la boca, el fuego explotó en las entrañas del carpatiano y se propagó imparable, precipitándose por su sistema hasta que su sangre se espesó y el pulso golpeó con fuerza. Apretó un poco más su cuerpo para que ella pudiera sentir la evidencia de su deseo.

Su compañera se rió con suavidad.

—Siempre haces que me olvide de lo que estoy haciendo; se supone que estoy cocinando un pavo. Hace muchísimo que no preparo pavo y tengo que asegurarme de que no cometo errores. Hemos invitado a los Ostojic y a todos los huéspedes del hostal, aunque nosotros no podamos comerlo, necesitamos comida humana para ellos y, ya que todo esto ha sido idea mía, no podía delegar el plato más importante del menú de nuestro banquete.

—Sí podías. —La voz de Mihail se volvió de repente maliciosa.

Raven se giró del todo para estudiar la expresión demasiado inocente de su pareja de vida.

—¿Qué estás tramando, Mijail?

—Estoy delegando la obligación de ser el viejo y jovial San Nick.

Raven se puso en jarras e inclinó la cabeza con los ojos entrecerrados.

—Estás tramando algo muy, muy malo. Puedo percibir tu risa. ¿Qué es eso tan divertido?

—Se me acaba de ocurrir que tengo un yerno.

Una sonrisa de respuesta llenó poco a poco el rostro de Raven pese al jadeo escandalizado que soltó mientras se llevaba una mano a la garganta.

—No serás capaz. Gregori no. Asustaría a todos los niños. No podría aparentar jovialidad aunque lo intentara.

—Le permitimos que se quedara con nuestra hija —dijo Mihail—. Creo que, como suegro suyo, no va a resultarle tan fácil decirme que no.

—Y luego dices que tengo un sentido del humor perverso —le acusó Raven.

—¿De dónde crees que lo he sacado? —Mihail le acarició el cuello con la nariz, con su voz convertida en un susurro ronco.

El conocido hormigueo de excitación se propagó por la columna de Raven. A ella le encantaba que Mihail consiguiera que cada contacto resultara tan íntimo.

—Gregori jamás lo hará, ni en un millón de años. Y tú no vas a librarte de tu obligación, pero me encantará ver su cara cuando se lo preguntes.

—No tengo intención de preguntárselo —dijo Mihail enderezando su alto cuerpo—. Soy el príncipe, además de su suegro, y él está a mis órdenes, además de ser mi yerno. Es su deber hacer estas cosas.

—No puedes ordenarle que haga de Santa Claus. —Raven intentaba con desesperación contener la risa. Gregori era uno de los hombres más temibles que había conocido. Sólo la idea de considerarle para el papel de Santa Claus le resultaba hilarante y ridícula al mismo tiempo.

—Creo que sí puedo, Raven —dijo Mihail con solemnidad—. Tú me lo has ordenado a mí, ¡y soy el príncipe!

Raven profirió un sonido burlón.

—Supongo que preferirías que te lo hubiera suplicado de rodillas.

Mihail le cogió el rostro entre las manos y se inclinó para tomar posesión de su boca. Le encantaba su boca —su sabor— y su respuesta instantánea.

Podría besarte toda la eternidad.

No esperaba menos, ya que me arrastraste a tu mundo a patadas y a gritos. Raven cerró los ojos y se entregó a la magia absoluta de su beso. Le rodeó el cuello con brazos posesivos y se pegó a él, deseosa de sentir la marca de su cuerpo tan real y vivo contra el suyo. Habían intentado asesinarle demasiadas veces, hacía bien poco que habían perdido uno de sus hogares en una feroz batalla librada contra la fuerzas combinadas de Razvan, un mago, y los vampiros. Era inaudito que los vampiros aunaran fuerzas, y qué decir de que se juntaran con otras especies.

Le asustaba pensar que existía una conspiración para asesinar a Mihail. El terror a perderle era en parte la razón de que ella misma sugiriera una gran celebración por Navidad. Aunque no era una festividad que los carpatianos celebraran normalmente, muchas de las compañeras eternas que antes habían sido humanas, incluida ella misma, echaban de menos las fiestas navideñas. También necesitaba algo con que distraer su mente de los temores crecientes por la seguridad del príncipe.

Mihail levantó la cabeza pero sin soltar la barbilla de su compañera.

—No tienes por qué preocuparte por mi seguridad, querida mía.

La sonrisa se borró del rostro de Raven, que dio un paso para apartarse.

—Tengo muchos motivos. —Dirigió una mirada al bosque con un nudo en la garganta—. Alguien viene.

—Una joven, Raven, nadie a quien temer. —Mihail se llevó a la boca la palma de su mano para darle un beso en el centro—. Nunca te había visto tan nerviosa.

—Intento aceptar las cosas que no se pueden cambiar, Mihail, pero con el paso de los años, cada vez corres más peligros. Intento seguir con una vida lo más normal posible, pero no puedo, como en este momento, en que es fundamental protegerte y superar mi aversión a dormir en la tierra. Mi terror a ser enterrada viva nos vuelve aún más vulnerables. —Bajó la cabeza avergonzada, evitando sus ojos.

Raven. Amor mío. Mihail volvió a inclinar la cabeza para acercarse a ella y rozó sus labios con una ternura que provocó las lágrimas de ella.

—Te hice una promesa y quiero mantenerla. Nunca tendrás que dormir bajo tierra. La tierra de nuestra alcoba ya nos rejuvenece, y no tienes por qué creer que pones mi vida en peligro, de ningún modo. Tú eres mi vida. No puedo permitir que corras peligro alguno. Si pensara que dormir en nuestra cámara fuera peligroso, encontraría otra manera.

Raven estudió sus ojos al mismo tiempo que recorría con su mente la de Mihail, en busca de la verdad. Sabía que él creaba poderosas protecciones para su defensa, pero ella seguía temiendo la idea de que su fuerte fobia a meterse bajo tierra les pusiera a ambos en peligro.

Se separaron al oír el murmullo de hojas en el sendero que llevaba a la casa; Mihail desplazó ligeramente su cuerpo más alto para interponerlo entre el bosque y su pareja. Una joven surgió detrás de varias plantas frondosas, con aspecto asustado pero decidido. De estatura media, llevaba alborotado el pelo, oscuro con brillos rojos. Su piel era la de una chica joven y sus ojos los de alguien mucho mayor.

Skyler. Mihail dijo a Raven. *Gabriel y Francesca la adoptaron. Tanto Gabriel como Francesca le han dado su sangre. Todavía es humana, aun así tiene una línea de sangre poderosa. Como vidente, posee una gran fuerza.*

Raven sonrió a la adolescente.

Le preocupa que los hombres carpatianos quieran reclamarla como pareja ahora que ha cumplido dieciséis años. Es demasiado joven para tener que preocuparse por esas cosas.

—Tú debes de ser Skyler. Qué detalle que vengas a visitarnos. Tal vez te apetezca entrar y charlar un rato conmigo mientras continúo ocupándome del pavo.

—No veo a Gabriel contigo —dijo Mihail de forma intencionada. Esta jovencita representaba una esperanza para su raza, pero ahí estaba, andando sola por el bosque sin escolta.

¡Mihail! No la asustes.

Hay lobos en este bosque, así como enemigos en potencia.

Skyler se paró en seco, desplazando la mirada a Mihail. Por un momento, sus ojos oscuros se enfrentaron desafiantes a los ojos negros del príncipe.

—Gabriel confía en que yo sola pueda recorrer el trayecto hasta vuestra casa. Ya no soy una niña.

—Eso lo puedo ver. Soy Mihail y ésta es mi pareja eterna, Raven. Gabriel y Francesca hablan tan a menudo de ti que tengo la impresión de que ya te conozco. Perdóname por mostrar preocupación por una jovencita que considero de mi familia.

Una breve sonrisa revoloteó en la boca de Skyler.

—Tengo que comunicarle algo, señor Dubrinsky. Aunque debería sentirme despreciable al decirlo, no es así. Estoy aquí porque quiero que quede totalmente claro que no soy la compañera eterna de nadie.

Una sombra se cruzó ante la luna, emborronando por un momento la luz que vertía sobre el bosque. Los murciélagos empezaron a dar vueltas y descender en una danza loca y frenética en el cielo nocturno.

Mihail permaneció quieto, recorriendo el bosque envolvente con sus sentidos prodigiosos. Con un gesto imperioso, indicó la puerta que Raven sostenía abierta. Los dos siguieron a Skyler al interior de la casa.

—¿Estás segura de eso? —le preguntó.

El aroma a pavo llenaba la casa, y Mihail disimuló la repugnancia natural que le provocaba el olor a carne cocinándose. En cambio, los olores del pasado a menudo reconfortaban a Raven. Y aunque ella no era consciente de eso, Mihail percibía su felicidad, como si el pavo en el horno hubiera sido una parte importante de su vida, un recuerdo bueno de la infancia, por lo tanto tuvo cuidado de no estropeárselo. Raven le dedicó una pequeña sonrisa, como si pudiera leer sus pensamientos pese al fino escudo levantado por él. Tendría que vigilar eso: las habilidades y poderes de Raven crecían a diario.

Skyler observó los techos con vigas y el espacio abierto antes de centrar su mirada en las tres enormes vidrieras. Su rostro se iluminó mientras andaba hacia ellas.

—Esto es obra de Francesca. ¿No es asombrosa? Yo la ayudé

cuando trabajaba en esta vidriera. —Inclinó la cabeza para estudiar los vibrantes colores—. Todavía no he aprendido a instalar protecciones en el vidrio. Sé hacerlo en labores acolchadas, pero el vidrio es mucho más complicado. —Lanzó una rápida mirada a Raven—. ¿Alguna vez te colocas aquí bajo el sol al anochecer y sientes cómo te reconforta? —Skyler se desplazó un paso hacia la izquierda—. Justo aquí. Si te sitúas justo en este punto cuando llegan los últimos rayos de luz, lo notarás. Esto lo hice yo.

—Es una obra de arte —comentó Raven—. Si pudiera, tendría obras de Francesca en cada ventana. No tenía ni idea de que estuvieras ayudándola.

—Tengo cierto talento para esto, ni de lejos tan potente como el suyo, pero me está ayudando a desarrollarlo. Espero que algún día colaboremos juntas. —Su sonrisa se esfumó, y sólo quedaron sus ojos desconsolados. Estiró el brazo para apartarse unos mechones de cabello oscuro del rostro y una pequeña cicatriz en forma de media luna quedó expuesta en su sien, atrayendo con aquel gesto la atención también hacia las cicatrices blancas en sus manos y antebrazos. Skyler pareció tomar conciencia de su gesto nervioso y se cruzó de brazos, elevando ligeramente la barbilla al mismo tiempo—. He oído rumores de la fiesta que se avecina, donde los hombres se reunirán para ver si pueden ser compatibles con alguna de las mujeres...

—No tenemos mujeres —indicó Mihail—. No hay fiestas, y nada de eso sucederá ya que no tenemos mujeres...

La boca de Skyler formó una línea obstinada mientras los seguía a ambos hasta la cocina.

—Gabriel y Francesca me tratan como si fuera de la familia.

Mihail hizo un gesto de asentimiento.

—Te quieren como si fueras su hija. —El príncipe inspiró profundamente y absorbió el aroma de la chica hasta sus pulmones—. Llevas su sangre gracias al amor, la sangre y cualquier otra cosa. Eres su hija.

—Me han ofrecido convertirme cuando cumpla veintiún años y lo estoy considerando, pero quiero garantías de que no vas a obligarme a quedarme con un hombre... con ningún hombre.

—Nadie va a obligarte a hacer nada —dijo Raven—. Gabriel es un hombre poderoso, ¿no crees que te protegerá?

—Estoy segurísima de que me protegerá. No quiero ni que Gabriel ni Francesca tengan que protegerme. Si me someto a la conversión, no quiero que alguien intente reclamarme como pareja.

—¿No eres consciente de la difícil situación de nuestro pueblo? ¿Las dificultades de nuestros hombres? —quiso saber Mihail.

Raven le colocó una mano en el brazo para refrenarle.

—Toma asiento, Skyler. ¿Te apetece algo de comer o de beber? Tenemos zumo en la nevera.

Sin romper el contacto visual con Mihail, la adolescente se hundió en su asiento con un asentimiento casi regio.

—Sí, gracias, un zumo estaría bien.

Es genial, ¿verdad que sí, Mihail? Está aterrada, pero decidida a hacerse oír. Había admiración... y una advertencia en el suave mensaje a su compañero. Raven sirvió una copa de zumo de naranja y la dejó ante Skyler.

Mihail alzó la cabeza de súbito y se fue hasta la ventana, desde donde inspeccionó la oscuridad con mirada inquieta. Advirtió la presencia de lobos y búhos en busca de presas, pero nada de eso provocaba el tirón de malestar que sentía en sus entrañas. Bajó la vista a la desafiante adolescente y sondeó con delicadeza su mente... y sus recuerdos. Encontró los escudos que habían instalado Francesca y Gabriel para ayudar a distanciar a la muchacha de la brutalidad de su vida antes de acogerla bajo su tutela, pero pese a la presencia de esa protección, los recuerdos de crueldad y violencia intencionada contra Skyler le enfermaron.

Mihail lanzó una breve mirada a Raven y vio las lágrimas que le saltaban a los ojos mientras compartía el pasado de Skyler —mientras sentía su dolor y desesperación—, la absoluta desesperanza de una niña incapaz de escapar de un mundo de adultos depravados. Raven se apresuró a acercarse al horno para inspeccionar el pavo.

—Huele bien —comentó Skyler.

—He usado un relleno de arroz salvaje —dijo Raven—. Lo recuerdo de mi infancia. Me ha costado dar con la receta, pero tiene que estar bueno, aunque hace muchísimo que no cocino nada de nada.

—Francesca me deja cocinar siempre que quiero. Confía en mí a la hora de tomar mis propias decisiones. —Skyler dirigió una mirada a Mihail.

—¿Eres consciente de lo que le sucede al hombre carpatiano que no encuentra una compañera en la vida? —le preguntó Mihail con voz persuasiva.

Skyler asintió.

—Gabriel y Francesca me lo han explicado. Primero pierde los colores y las emociones. A lo largo de cientos de años, su honor puede debilitarse, y entonces se vuelve peligroso, especialmente los cazadores, cualquiera que arrebate la vida a otro. Y al final puede volverse vampiro, la criatura más maligna existente.

—¿Y dejarías que tu pareja eterna sufriera ese destino? ¿Serías tan cruel e inhumana? ¿Debería sufrir más aún de lo que ya ha sufrido, y todo porque tu has sufrido?

—¡Mihail! —Raven se giró en redondo, con indignación en el rostro. *Es una niña. ¿Cómo has podido? Entregar a nuestra hija a Gregori cuando apenas era una jovenzuela sin experiencia ya fue bastante malo, pero esta niña ha sufrido. Y no podemos saber si es o no la pareja eterna de uno de nuestros hombres.*

Tiene mucha más experiencia de la que corresponde a sus años humanos, Raven. Deja que conteste.

Skyler dejó el vaso con cuidado sobre la mesa y se levantó. Luego se cruzó de brazos plantando cara a Mihail.

—No, por supuesto que no. No quiero que nadie sufra, pero por lo visto no consigo superar algunas cosas de mi pasado. —Se sujetó las manos temblorosas delante de ella—. No me siento cómoda en presencia de hombres, no soy capaz de ser la pareja de nadie y no quiero que me fuercen a una posición que no me dé opción, que no me permita opinar sobre mi vida. No he llegado a esta conclusión a la ligera. Quiero a Gabriel y desde luego no me gustaría pensar en él muerto o sufriendo o convertido en vampiro, pero sé que no puedo volverme a sentir impotente. Los hombres carpatianos son demasiado dominantes, y me encontraría de regreso en el lugar oscuro donde Francesca me encontró.

Mihail frunció el ceño.

—¿Crees que nuestras mujeres carecen de poder? ¿Es así como ves a Francesca?

Skyler negó con la cabeza.

—Francesca recibe amor y lo devuelve. Puede hacer algo que yo no puedo, de lo que nunca seré capaz. Gabriel me prometió, igual que Lucian, que nunca permitirían que otra persona me obligara a cumplir sus deseos, pero sé que un carpatiano está dotado de la capacidad de unir a él a una carpatiana. Quiero ser la hija de Gabriel y Francesca en todos los aspectos, pero no quiero ser sometida a las leyes de vuestro mundo.

No sabe que su pareja podría unirle a él también en su actual estado humano. Mihail buscó la mente de Raven; de pronto no supo qué hacer o decir a esta niña-mujer. *¿Por qué Francesca y Gabriel e incluso Lucian le ocultan información?*

—Skyler —dijo el príncipe en voz alta—. Un carpatiano debe poner a su pareja eterna por encima de todas las cosas. Se ocupará de tus necesidades, tendrá paciencia contigo. Eres aún joven, no tienes idea de qué vas a sentir de aquí a pocos años.

—Sí lo sé.

—¿Y condenarías a muerte a un carpatiano, que ha entregado muchas vidas en servicio a su pueblo? O aún peor, ¿le condenarías, por miedo, a convertirse en un no muerto?

—Sus decisiones no tienen nada que ver conmigo.

—¿Y qué pasa con la raza carpatiana? Nuestra especie casi se ha extinguido, no podemos continuar existiendo sin mujeres y niños. Una mujer cambia las cosas, una mujer puede salvar a un hombre y dar a luz a un bebé.

—Veo a Francesca luchando a veces para ser consecuente consigo misma, y ella es una mujer fuerte. Gabriel es muy protector y no le gusta que vaya a ningún lado sin él.

Mihail puso de golpe una barrera en su mente para impedir que Raven se la leyera. A Gabriel tenía que preocuparle que sus enemigos atacaran a sus mujeres, no obstante había permitido que Skyler entrara en el bosque. ¿O no?

—¿Has mencionado a Gabriel que venías a vernos?

Skyler raspó con su bota de montaña el suelo de la cocina.

—Igual se me ha olvidado. Estaba ocupado ayudando a Francesca a hornear pan de jengibre para las figuras que estamos haciendo para los niños.

Raven rociaba el pavo con su jugo, dando vueltas en silencio a los temores que manifestaba Skyler.

—¿Contra qué lucha Francesca, Skyler? —le preguntó.

La muchacha se encogió de hombros.

—¿Tú contra qué luchas?

Mihail se quedó ligeramente conmocionado al oír la respuesta de la adolescente humana. Sonaba mucho más madura de lo que le correspondía por edad, y eso era en sí un peligro que no había considerado. Si Gabriel y Francesca hubieran pensado en los riesgos potenciales de traer a Skyler a su tierra antes de viajar, habrían mencionado a Mihail la madurez de su hija. Sólo tenía dieciséis años, prácticamente una niña según sus pautas, no obstante sus experiencias la habían hecho madurar mucho más allá de su edad física. Parecía una adulta y hablaba como tal. ¿Desataría con su voz las terribles necesidades de los hombres carpatianos? Si así fuera, y si devolviera el color y la emoción a su pareja de vida antes de poder satisfacerle, eso resultaría tan peligroso para el carpatiano —el hecho de que no estuviera preparada para estar con él— como no haberla encontrado jamás. A menudo, ser la pareja de alguien —un estado y necesidad sexual intensísimos— se anteponía al amor o incluso al cariño.

Raven tocó la mano de Mihail, un gesto sencillo que era suficiente para alegrarle el ánimo, luego sonrió a la adolescente:

—Yo lucho contra la terrible carga de tantas vidas que dependen de mi pareja eterna, y contra el conocimiento de que tantos quieran asesinarlo. Y lucho contra mi propia ineptitud. Todavía hay aspectos de la vida carpatiana que no consigo aceptar, algo que podría suponer un peligro añadido para mi compañero. —Sonrió a Mihail. El amor absoluto que relució en sus ojos le provocó un nudo en la garganta al príncipe—. Nunca, ni una sola vez, en ningún momento, he lamentado ser la pareja eterna de este hombre. Pienso que desestimas tus propias capacidades, Skyler. Eres una joven muy valerosa, demasiado joven todavía para considerar aceptar a un carpatiano, pero al final alcanzarás todo tu poder y potencial. La mayoría de hombres no tienen ni idea de dónde se meten. —Guiñó un ojo a la chica—. Se necesita tiempo para desarrollar habilidades y poderes, y la mayoría de nosotras éramos demasiado jóvenes, pero aprendimos con rapidez a utilizar el vínculo mental.

Skyler asintió.

—Gabriel y Francesca me enseñan a compartir información telepáticamente, y he descubierto que es mucho más detallada que una conversación. Entiendo por qué has aprendido tanto y tan deprisa.

—¿Cómo le va a la pequeña Tamara? —Había una leve vacilación en la voz de Raven, y no se atrevió a mirar a Mihail. Por supuesto que él iba a darse cuenta, siempre se daba cuenta.

Mihail encontró su mirada alerta —con agudeza— y recorrió con ojos sabedores su cuerpo. Raven no le había dicho que podía quedarse embarazada, que era el momento óptimo y que si dejaba pasar esta ocasión, transcurrirían años hasta que volviera a suceder. Ella apartó la mirada, avergonzada de sentirse asustada, del dolor y pena que acompañaba asumir tal riesgo.

—Y a veces, Skyler, lucho contra mi propia debilidad y mis propios miedos, pero nunca, nunca, me opongo a ser la pareja eterna de Mihail.

Skyler, con obvia empatía, se acercó a Raven, como si con su proximidad pudiera reducir la tristeza:

—Supongo que nos pasa a todos, ¿verdad que sí? —Miró a Mihail en busca de confirmación.

Mihail tocó el pelo de Raven con dedos delicados.

Raven, amor mío. Su voz sonaba infinitamente tierna en la mente de su pareja. *Todo carpatiano sabe cuándo puede concebir su compañera. Eres todo lo que he querido en mi vida. Cuando estés lista —sólo cuando lo estés— lo intentaremos otra vez.*

Sonrió a Skyler, aunque seguía acariciando con la mirada a su pareja.

—Eres una jovencita muy lista.

Unas nubes oscuras se cruzaron ante la luna, oscureciendo los cielos de forma momentánea y proyectando unas sombras macabras por el interior de la cocina. La silueta de un gran lobo pasó por delante de la ventana, como si la gran criatura se hubiera colado en la terraza que rodeaba la casa y caminara justo ahí afuera. De manera instintiva, Mihail, Raven y Skyler se volvieron hacia la segunda ventana situada encima del fregadero. Skyler soltó un grito contenido al ver una gran cabeza de pelaje negro y relucientes ojos rojos observándoles a través del cristal.

—Quedaos aquí dentro —ordenó Mihail mientras su cuerpo resplandecía hasta volverse transparente. Luego, tras disolverse y adoptar forma de vapor, fluyó por la cocina para deslizarse bajo la puerta y salir a la noche.

El lobo desapareció de súbito dejando a las dos mujeres mirando la oscuridad.

—Quiza fueran Gabriel o Lucian, para comprobar cómo estoy —aventuró Skyler—. A menudo suelen adoptar la forma de lobo.

Raven negó con la cabeza.

—Habrían entrado en la casa y hablado con Mihail, y te habrían hecho saber que estaban preocupados.

Skyler apoyó una mano consoladora en el brazo de Raven, algo difícil de hacer para alguien a quien le disgustaba tocar o que la tocaran.

—Hay una docena de carpatianos a distancia suficiente como para oírnos. Si el príncipe necesita ayuda, sólo tiene que llamar.

Raven le sonrió y se llevó una mano a la garganta.

—Por supuesto que sí. Sea lo que sea lo que ha aparecido ahí fuera, no creo que sea una amenaza. —En forma de animal, resultaba bastante fácil ocultar las intenciones, tanto para un diestro carpatiano como para un vampiro, pero Raven no iba a dejar que Skyler se enterara de eso—. Mihail nos avisará si algo va mal. Entretanto, tenemos este pavo en el horno. ¿Has cocinado antes alguna vez? Hace tanto tiempo que no lo hago que me iría bien que alguien me echara una mano.

Skyler se rió.

—Tenemos nuestra ama de llaves; ella se encarga de cocinar y sólo me deja entrar de vez en cuando en la cocina, pero en realidad no le gusta cruzarse con nadie por allí. Finge que no le importa, pero sé que no lo aguanta.

—Por supuesto que tú sabes lo que dices. Eres empática, puedes percibir lo que ella siente. Eso te resultará incómodo a veces.

Skyler se encogió de hombros.

—Gabriel y Francesca me ayudan a aprender a bloquearme del exterior. Todavía no domino esa técnica, pero creo que con el tiempo se me dará bastante bien. Francesca me ayuda a protegerme cuando está despierta.

—¿Por qué quieres que te conviertan?

—Son mi familia, y quiero estar con ellos.

—¿Y los dos han intercambiado sangre contigo?

Skyler hizo un gesto afirmativo.

—Sólo falta un intercambio más de sangre para la conversión. Gabriel me lo explicó, pero quiere que espere a que sea mayor. Piensa que necesito más tiempo para pensármelo bien, pero yo sé lo que quiero. Mientras el príncipe no insista en que acepte a un carpatiano como pareja eterna, voy a intentar convencer a Gabriel de que lo haga lo antes posible.

—Resulta difícil como experiencia corporal, Skyler —advirtió Raven—. El cuerpo padece mucho dolor, del que ellos no pueden protegerte.

—Percibo que estás inquieta, Raven. Hay algo que no me estás contando.

Raven había sido humana por completo, igual que Skyler, y tenía una gran talento como vidente. Se percataba de que la sangre carpatiana ya había potenciado la consciencia y los sentidos de la joven. La chica era inteligente y poderosa, con talentos parapsicológicos bien desarrollados. Raven recordaba todavía aquellos días, la sensación de las emociones de otra persona invadiéndola, penetrantes y terribles.

Existía el aroma a maldad y depravación, y una chica tan empática y sensible como Skyler tendría que protegerse del ataque continuo contra ella. No era de extrañar que Gabriel y Francesca le hubieran donado su sangre para defenderla.

—Creo que ya sabes lo que te estoy contando, Skyler. Has venido aquí no para pedir a Mihail que te garantice lo que quieres, sino para que tome conciencia de tus firmes objeciones. Francesca y Gabriel nunca intentarían ocultarte la verdad: que tu verdadera pareja eterna puede unirte a él tanto si eres humana como carpatiana. Si eres la otra mitad de su alma, puede sellar vuestra unión para siempre. Eso ya lo sabes, ¿verdad?

Skyler se sonrojó mientras asentía con la cabeza.

—Lo lamento, no debería haber mentido; a veces aprendo más cosas fingiendo ser ignorante. La mayoría de la gente no reconoce inteligencia o madurez en una adolescente. Puedo pedir protección contra él, ¿verdad que sí?

Raven estudió aquellos ojos demasiado viejos.

—¿Has conocido a tu pareja eterna?

Skyler negó con la cabeza y apartó la mirada.

—Tengo pesadillas, a veces oigo una voz, y me asusta. —Vaciló—. Cuando era una niña y los hombres me hacían cosas, me ponía a gritar sin parar en mi mente. Oía una voz que me llamaba. En aquella época yo sólo pensaba que me estaba volviendo loca, pero sé que está ahí fuera en algún lugar y que me busca. —Se frotó el punto entre sus ojos—. No quería venir a los Cárpatos porque me daba miedo que pudiera estar aquí, pero Gabriel y Francesca no estaban dispuestos a dejarme sola. Gabriel dijo que yo necesitaba protección a todas horas.

A Raven le dio un vuelco el corazón.

—¿Dijo eso?

Skyler asintió.

—Ha estado raro últimamente, no quiere que ni Francesca ni yo vayamos solas a ningún lado sin él. Me doy cuenta de que ella se molesta, pero no dice nada. Trabaja en el hospital y algunos albergues y yo voy a menudo con ella, pero a él no le gusta que vaya a ningún lado.

Raven se concentró en el pavo, echándole jugo de nuevo, pese a no ser necesario.

—¿Cuándo empezó Gabriel a enfadarse porque vosotras dos salíais solas? —Habló en tono despreocupado, pero advirtió la mirada aguda de la chica por el rabillo del ojo.

—Desde el ataque al príncipe.

No hay nada que temer aquí fuera, Raven. Uno de los hombres estaba corriendo por el bosque y decidió hacer una visita, pero ha visto que teníamos compañía. Voy a ver a mi hermano. No dejes a Skyler volver al bosque sin compañía.

¿Hay algo que debiera preocuparme, Mihail?

Raven percibió la breve vacilación. *No sé. Estoy inquieto, pero no hay ningún motivo real para estarlo.*

Ten cuidado, Mihail. Cuídate. Dile a Shea que la veré pronto. ¿De qué quieres hablar con Jacques?

Raven percibió su repentina diversión.

De la imagen de Gregori vestido de Santa Claus rodeado de niños.

Capítulo 2

Mihail se inclinó para dar un beso en la mejilla a Shea Dubrinsky.

—La veo un poco embarazada, señora.

Su cuñada se apartó de un soplido un mechón de reluciente cabello pelirrojo que caía sobre su rostro.

—¿Tú crees? Si no tengo este bebé pronto, juro que voy a explotar.

—Pero también te veo agobiada. ¿Pasa algo? —Miró por la habitación buscando a su hermano. Jacques rara vez se separaba de su compañera eterna.

Una sonrisa iluminó poco a poco el rostro de Shea.

—Está en la cocina, haciendo un pastel.

Mihail alzó de inmediato una ceja.

—Creo que no te he oído bien.

—Sí, has oído bien. Esta noche no ha parado de dolerme la espalda, y tengo problemas con esa receta. Lo peor de todo es que Raven, Corinne y yo fuimos quienes propusimos la mayoría de las recetas a todo el mundo. Son los postres favoritos de la niñez de Raven y unas pocas recetas que yo recordaba. Corinne aportó el resto, y ahora yo no consigo aclararme. Es un poco humillante admitirlo, pero por lo visto estoy muy sensible y no paro de llorar, así que Jacques ha decidido ocuparse del horno.

Mihail se atragantó y se dio media vuelta para aclararse educadamente la garganta.

—¿Jacques está cocinando?

La sonrisa de Shea se agrandó.

—Bueno, lo está intentando. De momento no hemos tenido demasiados buenos resultados. Y creo que está aprendiendo palabras nuevas. —Inclinó la cabeza y el reluciente cabello rojo cayó alrededor de su rostro, resaltando su clásica estructura ósea—. Igual te apetece echarle una mano. Entra, le alegrará verte. —Entornó los ojos—. Su Majestad me ha dado instrucciones estrictas de echarme un rato.

Mihail le dedicó un ceño feroz.

—Entonces hazlo de inmediato, Shea. No estarás de parto, ¿verdad? Llamaré a Francesca y a Gregori para que te examinen.

—Soy médico, Mihail —le recordó Shea—. Si estuviera de parto, lo sabría. Me falta poco, tal vez esté a punto... pero aún no ha llegado el momento. —Se despidió con la mano mientras se dirigía hacia la puerta oculta que llevaba al sótano—. Prometo llamar a Francesca y a Gregori si les necesito; no correría riesgos con ninguna cuestión que afectara a mi bebé. Sólo estoy cansada, nada más.

Mihail miró cómo desaparecía antes de adentrarse él por la espaciosa casa para ir a la cocina. Se detuvo en seco en el umbral de la puerta para observar lleno de consternación a su hermano. Había una nube de partículas blancas acumuladas en el aire que caían al suelo como copos de nieve. El polvo estaba por todas partes, en el suelo, en los platos y cuencos que llenaban los mostradores y en el fregadero. Jacques se hallaba ante el mostrador, con un delantal cubriéndole la ropa y una capa de polvo blanco sobre la cara, las cejas, la punta de las pestañas y el pelo negro azabache.

Mihail estalló en carcajadas. No soltaba risotadas tan ruidosas ni siquiera con Raven, quien le divertía constantemente, pero la visión de su hermano de rostro habitualmente adusto, cubierto de harina y sudando tinta, era demasiado incluso para él.

Jacques se giró en redondo, con ojos centelleantes y una amenaza de advertencia, un fiero ceño en el rostro que debería haber intimidado al más fuerte y valeroso de los guerreros. Una delgada cicatriz blanca rodeaba su garganta y estropeaba su barbilla y una mejilla, como evidencia de su pasado. Era extremadamente raro que un cuerpo carpatiano cicatrizara, ya que se curaban con facilidad, pero el cuerpo de Jacques mostraba la evidencia de una brutal tortura y probablemente siempre la exhibiría: la delgada cicatriz que rodeaba su garganta y la incisión redonda en su pecho que señalaba el lugar donde habían clavado a fondo una estaca en su cuerpo.

—No tiene gracia.

—Tiene mucha gracia —insistió Mihail. Era la primera vez que recordaba ver a su hermano con un aspecto tan desconcertado. Shea no sólo había salvado la vida a su hermano, y su cordura, sino que le había reanimado con su alegría y humor. Mihail compartió con Raven la imagen de Jacques. Su suave risa le llenó la mente y fluyó por él con una profunda carga de amor en sus cálidos tonos. La intimidad con Raven era total, una intimidad que sabía que su hermano compartía con Shea, y aquella relación había salvado la vida a Jacques. Sólo por eso Mihail siempre veneraría a su cuñada.

—Incluso Raven encuentra divertida esta situación.

—Raven. No menciones su nombre precisamente ahora; ella me ha metido en esto. —Jacques sopló hacia arriba con la esperanza de sacudirse la harina de las pestañas.

—Creo que a quien estás ayudando es a Shea —indicó Mihail. Aquella mueca se negaba a abandonar su rostro.

—Shea estaba aquí llorando. Llorando, Mihail, sentada en medio del suelo y llorando por una estúpida barra de pan. —Jacques frunció el ceño y miró a su alrededor, luego bajó la voz—. No soporto verla así.

Por un momento, Jacques se mostró totalmente indefenso, para nada el cazador peligroso que Mihail conocía.

—¿Quién iba a pensar que el pan podía explotar? La masa se elevó por encima del cuenco y se convirtió en un volcán, descendiendo por los lados y luego por el mostrador; llegué a pensar que estaba viva. —Jacques sacudió un trozo de papel cubierto de harina—. Aquí está la receta y dice «cubrir con una servilleta». Ni por remota casualidad la servilleta podría contener ese horripilante brebaje efervescente.

Mihail se agarró el costado con una mano. No se había reído tanto en un centenar de años.

—Sólo puedo decir que me alegro de no haberlo visto.

—Deja de reír y ven aquí a ayudarme. —Había un deje de desesperación en la voz de Jacques—. Por algún motivo que se me escapa por completo, Shea está decidida a hacer pan para la fiesta. Lo quiere en forma de trenza, para luego hornearlo en pequeñas barras. Es mi tercer intento. Pensaba que la gente iba a la tienda y compraba esta cosa.

—Tú cazas vampiros, Jacques —dijo Mihail—, hacer una barra de pan no puede ser tan difícil.

—Eso lo dices sólo porque no lo has intentado. Entra aquí y cierra la puerta. —Jacques se frotó el rostro con un brazo, esparciendo más harina blanca por doquier—. De todos modos, necesito hablar contigo. —Tocó la mente de Shea para asegurarse de que se encontraba a cierta distancia. Desplazó de nuevo la mirada a la masa, evitando los ojos penetrantes de su hermano—. Shea ha estado manteniendo correspondencia con una mujer que podría ser un familiar lejano.

La sonrisa se borró del rostro de Mihail.

—¿Durante cuánto tiempo?

—Un año más o menos. La mujer encontró fotografías en su desván y por lo visto es aficionada a la genealogía. Escribió a Shea para preguntarle si era posible que fueran parientes. Piensa que Shea es la nieta de Maggie, en vez de ser de hecho su hija. Shea quería esas fotos de su madre y le contestó.

Mihail reprimió un gruñido que amenazaba con escaparse.

—Jacques, lo sabes mejor que yo. Para empezar, ¿cómo ha podido seguir la pista a Shea? Tenemos cuidado de no dejar rastro.

—Ahora con los ordenadores no resulta tan fácil como antes, Mihail, y Shea los necesita para hacer su trabajo de investigación. Es una vía útil en muchos sentidos.

—No debería haber contestado jamás a ese contacto.

—Lo sé, lo sé. No debería haberlo permitido, pero ha renunciado a muchísimas cosas por estar conmigo. No soy como vosotros, los demás, y nunca lo seré. Eso ya lo sabes. —La mirada de Jacques se alejó de su hermano, y el sufrimiento onduló en el aire que les separaba—. Se merece algo mejor y quería hacerle un pequeño regalo. Mantener correspondencia con alguien que pudiera ser un pariente y que afirmaba tener fotos de su madre... ¿cómo podía negarme? Y no fui capaz de negárselo.

—Sabes que es peligroso. Sabes que no podemos dejar rastro en documentos. Y contactar con humanos es arriesgado, sobre todo en esos temas. Nos pone en peligro a todos.

Jacques golpeó con fuerza la masa sobre el mostrador.

—Shea, aún estando embarazada de nuestro hijo, ha estado investigando por qué los carpatianos perdemos a nuestros bebés; ha investigado la muerte de treinta bebés de menos de un año. ¿Qué crees que provoca ese empeño en ella? —Hundió el puño en la masa—. Está a punto de dar a luz y está aterrada. Intenta disimularlo ante mí, pero nunca he sido capaz de concederle ni siquiera una privacidad limitada; no la dejo sola. —Admitir esa flaqueza le avergonzaba, pero Jacques quería que su hermano supiera la verdad—. Tiene que asumir la carga de mi cordura cada momento de su existencia.

—Jacques, tú amas a Shea.

—Shea es mi vida, mi alma, y lo sabe, Mihail, pero eso no hace más fácil vivir conmigo. No puedo soportar que otros hombres estén cerca de ella. Soy siempre una sombra en su mente, y casi nos hemos vuelto los dos locos de preocupación, preocupación por este embarazo, preocupación por ella. Si algo le sucediera...

—Shea dará a luz y será un bebé sano —le dijo Mihail, rezando una oración en silencio para que fuera verdad—. Tanto Francesca como Gregori se ocuparán de que Shea mantenga su buen estado de salud. Tengo máxima confianza en que no permitirás que nada le pase a tu pareja eterna durante todo este tiempo.

—Me rogó que le prometiera que me quedaría en este mundo y criaría a nuestro bebé si algo le sucediera. —Jacques alzó sus ojos angustiados a su hermano—. Dada la terrible infancia que ella misma padeció, puedes entender por qué necesita que la tranquilice así. —Se frotó el caballete de la nariz con aspecto cansado, apesadumbrado por la pena—. Sabes que no puedo existir sin ella; mi cordura depende de ella. Es lo único que me ha pedido en la vida, y no estoy convencido de poder cumplirlo, por mucho que quiera tranquilizarla.

—¿Qué sabes de esa mujer?

Era la única disculpa que Jacques podía dar a su hermano. Al permitir que Shea mantuviera correspondencia con una extraña, una humana desconocida, había abierto la puerta que ponía en peligro a toda su raza.

—La mujer, Eileen Fitzpatrick, le envió numerosas fotos de Maggie, su madre, y de una mujer que Eileen afirmaba que era la hermanastra de Maggie. Por lo visto la hermanastra es la abuela de Eileen.

—¿Cómo logró descubrir a Shea?

Jacques se encogió de hombros.

—Internet. Shea estudia genealogía todo el tiempo.

Mihail alzó la ceja de súbito.

—¿Por qué? Ya no es humana, sino carpatiana.

—Por lo visto la genealogía sigue teniendo importancia en sus investigaciones, Mihail —respondió Jacques—. No sólo para Shea, sino también por Raven, Alexandria y Jaxon, todos ellos y también nuestras familias. Gregori y Francesca se ocupan de la genealogía carpatiana necesaria para la investigación de las muertes de nuestros hijos.

—¿Y esta Eileen la descubrió a través de la página de genealogía en la que Shea estaba trabajando? —apuntó Mihail.

Jacques asintió, demasiado consciente de la censura continuada a la que le sometía su hermano.

—Eileen nació en Irlanda, pero ha acabado viviendo en Estados Unidos. Pedí a Aidan que la investigara con discreción. Es propietaria de una librería en San Francisco y se pasa buena parte de su vida estudiando la historia de su familia en la biblioteca, usando sus ordenadores.

—Entonces, al menos, esa mujer está bien lejos. —Mientras lo decía, Mihail frunció el ceño, y sus oscuras cejas se juntaron al tiempo que un trueno retumbaba en su rostro... y estallaba en los cielos. Leyó la verdad en el rostro de Jacques—. ¿Está aquí?

—Estará en el hostal esta noche. Eileen le preguntó qué iba a hacer por Navidades, y a Shea le pareció que lo natural en una humana sería estar cocinando para los niños y celebrando una fiesta de Navidad, de modo que se lo mencionó.

Mihail observó a Jacques mientras pasaba el rodillo de madera sobre la masa para aplanarla.

—No me gusta nada esta fiesta; debería haberle dicho a Raven que no íbamos a celebrarla. Últimamente no paro de pensar demasiadas veces que, más tarde o más temprano, nuestros enemigos atacarán a nuestras mujeres y niños. ¿Qué mejor momento que ahora, con tantos de nosotros reunidos en un mismo lugar?

—Raven tiene razón, Mihail. Después de que atentaran contra tu vida, todos necesitamos algo que nos levante el ánimo. Tengo que admitir que he estado más inquieto que en otras ocasiones, pero supongo que es porque a Shea le falta poco para dar a luz.

—Tal vez —dijo Mihail—. Tal vez.

—No creo que nuestros enemigos sean capaces de reagruparse tan rápido como para lanzar otro ataque concentrado sobre nosotros, Mihail, pero por supuesto tomaremos cualquier precaución necesaria. —Jacques continuó amasando con más entusiasmo que experiencia, y arrojó un puñado de harina por encima de la masa, lanzando al aire otra nube de partículas blancas.

Mihail no podía apartar su mirada fascinada del barullo que su hermano parecía estar creando.

—¿Dónde está Shea ahora? —Bajó la voz un poco más.

—Le convenía tumbarse un rato; no se encuentra demasiado bien.

—Es posible que los vampiros no puedan reagruparse, pero la sociedad que trabaja contra nosotros siempre nos ha encontrado aquí en las montañas. Tienen espías, y es del todo posible que hayan oído hablar de este encuentro. Tienen que tener en nómina a uno o más vecinos de la zona. Y, por supuesto, no podemos olvidar que el siniestro mago sigue todavía con vida.

Los ojos negros de Jacques centellearon amenazantes, gélidos y peligrosos, recordando a Mihail que su hermano, pese a contar con Shea para serenarle, era un hombre temible y mortífero. La harina blanca que espolvoreaba su rostro y las puntas de sus pestañas no conseguía suavizar la amenaza que irradiaba.

—Deberíamos realizar rastreos regulares por el pueblo y los alrededores para ver qué podemos detectar.

Mihail inspiró con brusquedad, y de inmediato se puso a toser cuando las partículas entraron en sus pulmones. La mayoría de la gente del lugar le caía bien, mantenía una amistad genuina con no pocos vecinos, y la idea de invadir de forma continuada su vida privada le resultaba repugnante, pese a saber que era necesario.

Jacques le miró ceñudo.

—Yo puedo ocuparme de eso.

—Sabes tan bien como yo que nuestros enemigos han conseguido encontrar la manera de impedir que les detectemos. El rastreo constante o la toma deliberada de su sangre para hacerles un seguimiento sólo servirá para privar a nuestros vecinos de la intimidad que les corresponde. No querríamos una invasión tan deliberada en nuestras vidas. —Era una vieja discusión, pero siempre insistía en ella, para recordarse a sí mismo lo que estaba bien y lo que estaba mal.

—Tenemos más que derecho, tenemos la obligación de proteger a nuestras mujeres y niños, Mihail, y no tendría que hacer falta que te recordara esto. Casi has perdido a Raven en tres ocasiones.

Mihail refrenó la bestia que despertaba en su interior. No serviría de nada convertir un útil debate en una pelea. El argumento de Jacques era válido... igual que el suyo, y al final harían lo que tenían que hacer para proteger a su raza.

Mihail estudió el rostro hosco de su hermano. Jacques se encontraba al borde de la locura cuando Shea le rescató, y pese a todos esos años con ella, los demonios continuaban al acecho, muy cerca de la superficie. Al menor atisbo de peligro para su compañera, el monstruo se levantaba rápido, y cualquiera que estuviera demasiado cerca de él corría peligro.

—¿Jacques?

Los dos se volvieron con el sonido de la voz de Shea. Se hallaba en el umbral, con el reluciente cabello rojo caído en torno a su rostro, atrayendo la atención al verde esmeralda de sus ojos y las marcadas ojeras de debajo.

He sentido que me necesitabas. ¿Qué sucede, hombre salvaje? Sonaba un poco divertida incluso mientras envolvía de amor y calor a su compañero.

Jacques tomó aliento y calmó su mente, consciente de que sin darse cuenta había aumentado la presión sobre Shea.

A los demás les parezco tan cuerdo, no obstante continúo fragmentado sin ti. Lamento haberte importunado. Su voz sonaba íntima y amable, dominada por las emociones mientras observaba al amor de su vida. Algo se calmó en su interior, aplacó el rugido de los demonios que despertaban en él, la profunda furia que nunca le dejaba del todo por mucho que se esforzara por superar su pasado. Nunca estaría tranquilo en compañía de humanos como hacía su hermano, y no podía dejar de pensar que la invasión de la intimidad de los lugareños merecía la pena no sólo por su paz mental, sino por la necesidad de mantener a salvo a esta mujer para toda la eternidad.

—Estás monísimo —dijo.

Jacques pestañeó, evitando la mirada de su hermano.

—Los hombres carpatianos no somos monos, Shea. Somos peligrosos. Mi aspecto es peligroso en todo momento.

—No, cariño —insistió Shea, rozando a Mihail al pasar mientras entraba en la cocina—. Estás monísimo; ojalá pudiera sacarte una foto y enseñársela a los demás para que vean lo encantador que eres en realidad.

Jacques se volvió hacia ella, cogiéndola en sus brazos antes de que pudiera protestar, acercándola tanto que la harina le cayó como una lluvia encima, transformándose en nieve sobre su cabello de intenso color, recubriendo su ropa y espolvoreando su barbilla. Enterró la cara en el cuello de su compañera, acariciando intencionadamente con la nariz la piel desnuda y mordisqueándola con sus dientes juguetones.

Shea se rió mientras le rodeaba la cabeza con un brazo, protestando, al tiempo que estrechaba a Jacques cerca de ella. El corpachón mucho mayor de Jacques casi hacía que pareciera pequeña, y su largo cabello, sujeto con una tira de cuero, caía por su espalda formando una crin salvaje en la que ella pudo enredar sus dedos para sujetarle todavía más cerca.

Mihail notó la emoción invadiéndole, asfixiándole. Una oleada de cariño, de verdadero respeto y amor, inundó al príncipe, y compartió ese pequeño momento con Raven. Shea O'Halleran no sólo había salvado a su hermano, sino que, junto a Gregori, había salvado a Raven y a su hija. Shea parecía tan frágil, con sus pequeños y delicados rasgos, y su vientre abultado. Pero él conocía el núcleo de valor absoluto y de compromiso, la voluntad de hierro que vivía y respiraba en su interior. Cuando todavía era humana, había sido una cirujana e investigadora reconocida, una mujer de talento, y ahora como carpatiana aplicaba todas esas habilidades para salvar a su especie de la desaparición.

—Con toda sinceridad, Jacques, la harina y el delantal pueden con la imagen de depredador peligroso —comentó Mihail, uniendo fuerzas de inmediato con su cuñada, burlándose de su hermano pequeño pese a que en aquellos días la risa y las bromas eran poco habituales entre ellos.

Jacques se volvió hacia su hermano mayor, mucho más relajado de lo que lo había estado segundos antes. La influencia tranquilizadora de Shea conseguía que las pequeñas llamaradas rojas desparecieran de sus ojos y el gruñido se esfumara de sus labios.

—No la animes —protestó.

Mihail guiñó un ojo a Shea. Ella continuó pegada a su hermano, entre sus brazos, con la cabeza sobre su pecho, sin importarle la harina blanca que los cubría a ambos.

—No creo que necesite ánimos en absoluto —dijo Mihail—. Os dejo con vuestros pasteles, tengo que irme; quiero hablar con Aidan y con Julian.

Vas a indagar sobre la mujer que afirma ser pariente de Shea.

Mihail hizo una inclinación de cabeza casi imperceptible.

—Julian fue amigo de Dimitri en algún momento, ¿verdad que sí?

—Hace unos pocos siglos —dijo Jacques, con ojos cautelosos de repente—. ¿Por qué?

Mihail se encogió de hombros.

—No he visto a Dimitri en su forma auténtica desde hace décadas. Cuando viene por aquí, se mantiene en el cuerpo de un lobo. Muchos de los cazadores emplean el cuerpo de animales como ayuda cuando falta poco para que transmuten.

Te tiene inquieto, añadió Jacques mientras acariciaba el cuello de Shea con su nariz y le daba un beso en la vena que ahí latía.

Un poco. Sólo estoy siendo precavido. Todos estamos un poco nerviosos con esta reunión poco habitual. Demasiadas mujeres nuestras y demasiados vástagos en un mismo lugar hacen que me sienta como si todos ellos fueran vulnerables. Ojalá Julian entrara en contacto con él para reestablecer la amistad.

Es difícil hacer el seguimiento de uno de tus amigos de la infancia.

Cierto, así es, reconoció Mihail con un suave suspiro.

—¡Jacques! —Shea le cogió la mano—. Nuestro bebé está dando patadas con fuerza. Ha estado tan tranquilo esta noche que me estaba preocupando.

Jacques colocó la palma sobre su vientre abultado para poder sentir el pulgar del pie de su bebé. Sonrió a su compañera.

—Asombroso. Un pequeño milagro.

—¿Verdad que sí? —Shea alzó el rostro hacia el suyo para recibir un breve y tierno beso—. No he podido evitar preocuparme. He estado hablando mucho con todos cuantos trabajan en el problema de nuestro pueblo por mantener con vida a los recién nacidos, y todos tenemos teorías diferentes.

—¿Cuál es tu teoría, Shea? —le preguntó Mihail, instando con sus oscuros ojos a que le diera una respuesta.

Ella se apartó los mechones pelirrojos y volvió la cabeza para mirarle, con su rostro de pronto demacrado y cansado.

—Gregori y yo creemos que existe una combinación de cosas que provocan los abortos y muertes. La tierra es nuestro puntal, nos rejuvenece y nos cura, y sin la tierra no podemos existir demasiado tiempo. Tenemos que yacer en ella, tanto si estamos dispuestos a enterrarnos por completo como si no. La composición del suelo ha cambiado a lo largo de los años, en este lugar menos que en otros, pero los productos químicos y las toxinas han penetrado en la riqueza de nuestro mundo y, como sucede con otras especies, creo que está afectando a nuestra capacidad de tener hijos.

Mihail intentó no reaccionar. Tierra. Su pueblo no podría existir mucho tiempo sin tierra. Incluso quienes se marchaban de los Cárpatos buscaban la tierra más rica posible en otros lares, pero lo que Shea decía tenía sentido. Las aves tenían problemas con sus vástagos a causa de la contaminación, ¿por qué no los carpatianos? Contuvo un gruñido... y el impulso a contactar de pronto con Raven. Quería que ella intentara tener otro hijo —necesitaba que lo intentara otra vez— para animar a las mujeres después de lo mucho que habían sufrido tantas de ellas. Pero lo último que necesitaba era desmoralizarla, justo ahora que era capaz de concebir otra vez. Esta oportunidad surgía en raras ocasiones, y si no se aprovechaba significaba muchos años perdidos.

—¿Habéis estado analizando nuestro suelo? —preguntó.

Shea asintió.

—Hay contaminantes incluso aquí, Mihail, en nuestro santuario. Hemos estado analizando cada uno de los depósitos más ricos de que disponemos, con la idea de encontrar la mejor tierra posible para nuestras mujeres embarazadas. Y eso es sólo una parte de un problema muy complejo.

Al oír la nota de angustia en su voz, Jacques levantó la mano para enredarla en su pelo, a la altura de la nuca.

—Has avanzado muchísimo, Shea; un trabajo asombroso. Y encontrarás la respuesta a este rompecabezas.

—Creo que lo conseguiremos —admitió—, pero no estoy segura de que podamos hacer gran cosa para contrarrestar los problemas. Y no estoy segura de que seamos capaces de encontrar esas piezas del rompecabezas y las respuestas a tiempo para reaccionar. —Apoyó su mano en su hijo aún no nacido.

Era la primera vez que los dos hombres oían a Shea tan descorazonada. Era muy obstinada y analítica, siempre decidida a seguir adelante en la creencia de que la ciencia siempre podía dar respuestas.

Está cansada, Mihail. Nunca se rendirá.

Mihail forzó una sonrisa y decidió que no era el momento de sacar a relucir las tasas de mortalidad infantil, con Shea tan cerca de su hora. Necesitaba cambiar a un tema de conversación más seguro.

—He olvidado mencionar un detalle muy importante para la fiesta de esta noche. Raven me ha informado de que, como príncipe de nuestro pueblo, tengo el deber de hacer de Santa Claus.

Jacques se atragantó. Shea tosió tras su mano.

Mihail asintió con la cabeza.

—Exactamente. No tengo intención de ponerme la barba blanca y un traje rojo de geniecillo. De todos modos... —Sonrió malicioso.

—¿Qué estás planeando Mihail? —le preguntó Jacques con desconfianza—. Porque si estás pensando en pasar a tu hermano esa tarea desagradable...

Mihail negó con la cabeza de forma lenta y deliberada, mientras sus ojos oscuros brillaban traviesos.

—He decidido que tener un yerno sirve para algo al fin y al cabo. Informaré a mi querido yerno de su deber de ponerse el traje rojo.

Jacques abrió la boca para hablar, pero nada surgió de ella. Shea se apretó los labios con fuerza con la mano, con los ojos muy abiertos de lo impresionada que estaba.

—Gregori, no. Asustará a los niños —susurró, como si Gregori pudiera oírles—. No vas a pedírselo, ¿verdad que no? Ninguno de los hermanos Daratrazanoff puede hacer de Santa. No quedaría... bien.

La sonrisa de Jacques se agrandó, y Mihail sintió una fuerte presión en el pecho, en el corazón.

¿Qué pasa, amor mío? Acudiré junto a ti si me necesitas. La voz de Raven llenó de calor la mente de Mihail.

Nada, ahora que has contactado, conmigo, la tranquilizó Mihail a través de su vínculo telepático.

—Quiero ser un ratoncillo en un rincón para observar el momento en que se lo pides —decidió Jacques—. Avísame cuando vayas a su casa.

Shea lanzó una mirada fulminante a su pareja.

—No le des ánimos. Gregori es el coco de los carpatianos. Todavía hoy en día los niños susurran su nombre y se esconden cuando se acerca a ellos. No estoy segura de haber visto sonreír a ese hombre.

—Yo tampoco sonreiría si tuviera que ponerme un traje rojo y una barba blanca —indicó Mihail.

—Pero tú eres amable, Mihail, y Gregori es... —Frunció el ceño intentando pensar una palabra que no se considerara ofensiva.

—Gregori —apuntó Jacques—. Es una idea fantástica, Mihail. ¿Planeas decírselo a sus hermanos? Querrán estar ahí cuando le hagas saber el importante papel que va a desempeñar en las actividades de esta noche.

Shea soltó un jadeo.

—No podéis estar hablando en serio. Una cosa es hacer bromas, pero la idea de Gregori haciendo de Santa Claus dejaría pasmado a cualquiera.

—Tengo que encontrar algún placer en todo esto, Shea —comentó Mihail—. Sólo la idea de ver la cara que pone cuando le diga que le toca ponerse esa ropa tan ridícula, es suficiente para recuperar los ánimos de forma considerable pese a la celebración.

Shea se puso en jarras.

—Los hombres carpatianos sois como niños.

—Me voy a ver a Aidan —anunció Mihail—. Buena suerte con el pan, Jacques. —Miró por toda la cocina—. Confío en que no tengas que limpiar todo este barullo a la manera humana.

Shea se rió y le despidió con la mano:

—El pan va a estar delicioso.

Cuando Mihail salió de la casa, Shea se volvió a mirar a Jacques. Una sonrisa iluminó poco a poco su rostro y la malicia brincó en sus ojos.

—¿Lo has pasado bien hablando de cosas de carpatianos con tu hermano? Porque ya sabes que vas a contarme todos los secretos que te haya explicado, ¿verdad que sí?

—¿Ah sí? —Jacques la rodeó por completo con sus brazos—.

Noto lo cansada que estás, y te sigue doliendo la espalda. Deberías estar descansando. —Intercaló en su orden pequeños besos sobre su rostro, que descendieron hasta la comisura de su boca. En todo momento presionaba a Shea con su cuerpo para obligarla a retroceder hacia la puerta de la cocina.

—No te vas a librar de contármelo, por muy encantador que seas —advirtió—. Y me estás manchando. ¿Cómo ha acabado la cocina tan llena de harina? Parece un campo de batalla.

—Es un campo de batalla —refunfuñó—. No sé cómo la gente hace esto de forma habitual—. Continuó empujándola con suavidad por el pasillo en dirección al dormitorio, preocupado por lo agotados que parecían estar el cuerpo y la mente de Shea.

—Prometí a Raven que haría el pan para la fiesta y que lo haría como una humana —le recordó a su compañero—, y no puedo defraudarla ahora.

—Primero de todo, pequeña pelirroja —Jacques la cogió en sus brazos—, estás a punto de tener un bebé, y a Raven no le importará que no hayas podido meter el pan en el horno. Por suerte, me tienes a mí y yo conseguiré que funcione aunque sea lo último que haga en la vida.

Shea sonrió al oír la determinación en su voz, relajándose contra él.

—Te encantan los retos.

—Los humanos hacen este tipo de cosas a diario, y yo debería ser capaz de hacerlo sin problemas —refunfuñó, y a continuación se movió a velocidad vertiginosa por la casa hasta alcanzar el túnel que llevaba a la cámara situada bajo tierra.

La habitación era preciosa, con una luz reluciente proveniente de los cristales multicolores incrustados en las paredes. La tierra era oscura y rica, la mejor que habían encontrado, importada de las cuevas curativas. Aparte de tener el suelo de tierra y un gran lugar de descanso cavado en el terreno, la habitación parecía un dormitorio normal. Había velas en los apliques de las paredes, titilando con innumerables luces que llenaban la estancia de una fragancia relajante.

Jacques flotó hasta el interior de la profunda depresión abierta en el suelo y dejó a Shea con delicadeza en la rica tierra. Luego se estiró a su lado y se inclinó para dejar una serie de besos sobre su abultado vientre. El bebé le dio una patada en la boca y él se rió en voz alta.

Shea apreció el sonido de su risa, el calor en sus ojos y el amor en la punta de sus dedos y boca, mientras Jacques jugueteaba con el bebé para que repitiera la patada con más vigor. La mujer enredó los dedos en el cabello de su compañero mientras él apoyaba la cabeza en su vientre para hablar con el bebé tal y como hacía todas las noches.

Sal y únete a nosotros, hijo. Ya hemos esperado bastante.

—Más que bastante —dijo Shea—. Lo quiero coger en mis brazos, quiero poder abrazarlo. Díselo cuando le expliques el cuento antes de irse a la cama.

Jacques dio otra serie de besos a la redonda barriga.

—Tu madre te está diciendo que ya basta. Tendrás que entender los códigos que usan las mujeres, hijo, cuando hablan con los hombres.

—No tenemos códigos —protestó Shea con un risita. Cerró los ojos saboreando la sensación de la fuerza de Jacques. Su sonrisa se borró—. Estoy asustada, lo estoy de verdad; no puedo soportar la idea de perderlo. Ya forma parte de mí, Jacques. Y me da miedo que sea yo quien está alargando el proceso, no él. Quiere nacer y yo quiero mantenerlo ahí dentro, a salvo.

Jacques levantó la cabeza y la miró, rozándole el cuello con la nariz, soplándole las manos frías con su cálido aliento.

—Te quedaste embarazada, cuando pensábamos que eso era imposible. Quiere sobrevivir. Mantenemos un fuerte vínculo con él. Ya sabes que no podemos alimentar a nuestros hijos de la forma habitual, tal y como hacían nuestros antepasados, pero has desarrollado una fórmula que ha mantenido con vida al bebé de Gabriel y Francesca, igual que al de Dayan y Corinne. Has dado pasos de gigante, Shea.

Ella se apretó los ojos con los dedos.

—Pensaba que Raven estaba siendo muy egoísta por no querer

intentarlo otra vez después de haber perdido un bebé, pero ahora lo entiendo. Nuestro hijo se mueve y da patadas y alguna otra cosa. Le noto curioseando ahí; podemos comunicarnos con él. No sabía que fuéramos capaces de eso, de conocerle antes de que naciera. Y él nos conoce igual que nosotros a él. Si ahora le perdiéramos, sería tan difícil, Jacques, tan difícil, tan insoportable, igual que sé que lo fue para Raven y para todas las demás mujeres antes.

—No te mortifiques así. Nuestro bebé nacerá sano y sobrevivirá.

Shea volvió el rostro para hundirlo en el pecho de Jacques, cerrando los ojos de nuevo para contener el dolor que oprimía su corazón.

—¿De veras? Una vez que salga de la protección de mi cuerpo, ¿sobrevivirá, Jacques? Y si sobrevive, ¿a qué clase de futuro va a enfrentarse?

—Tamara tiene un aspecto bastante sano, igual que Jennifer.

—Y mientras nosotros descendemos a la tierra, alguien tiene que cuidar de nuestros niños. ¿Tiene algún sentido eso para ti? ¿Por qué nuestros hijos no pueden descender a la tierra como les corresponde? Aunque el suelo contenga algunas toxinas, ¿no deberían ser capaces de tolerar aquello que precisamente acabarán por necesitar?

Jacques acarició su pelo, echándolo hacia atrás al notar el temor creciente en ella. El dolor de espalda persistente en Shea le dejaba saber que faltaba poco para el alumbramiento, que era inminente. Ella ya no podía proteger más a su hijo.

—Nuestra gente se ha reunido para disfrutar de esta ocasión, Shea. —Besó su suave piel y continuó enredando con ternura sus dedos en ese cabello de intenso color—. Todos los carpatianos, tanto los que están cerca como los que viven lejos, tienen un propósito en este momento: llegar a ver a nuestro hijo con vida. Sobrevivirá. La sangre de la línea ancestral corre por sus venas.

Shea frotó la cara contra el corazón de Jacques.

—Lo sé. Cada día pienso en cómo sobreviviste esos siete años, atrapado tan cerca de la mismísima tierra que te habría salvado, famélico y torturado, y solo. Pero te negaste a sucumbir. —Alzó la barbilla para mirar sus ojos oscuros y atormentados—. Tiene tu misma sangre, mi amado hombre salvaje, y tu voluntad de hierro. Estoy tan agradecida de que seas mi pareja eterna, Jacques. Si algo mantiene a nuestro hijo con vida, es tener un padre como tú. —Se puso de costado y cogió el rostro de Jacques entre sus manos—. Te siento en él.

Él gruñó en voz baja, con una pequeña sonrisa jugueteando en su boca.

—Entonces que Dios nos ayude cuando sea adolescente, Shea. ¿Alguna vez te han presentado a Josef?

—¿El sobrino de Byron? ¿El joven rapero?

—A ese me refiero. Me temo que podemos hacernos una idea de nuestro futuro.

Shea se rió, y la preocupación se borró de sus ojos.

—Oh, cielos, creo que Josef ha estado ensayando para actuar esta noche.

—Va a merecer la pena ver la cara de Mihail cuando el chico cante su rap esta noche, tanto como ver cómo le dice a Gregori que cuenta con él para hacer el papel de Santa Claus en la fiesta de Raven.

Shea sacudió la cabeza, con sus ojos verdes animados.

—Eres un hombre malo, Jacques.

—No paro de decírtelo, pero tú insistes en pensar que soy una ricura adorable.

El deseo y el anhelo en los ojos de Jacques dejaron sin aire los pulmones de Shea, que le rodeó el cuello con los brazos. Le dio unos cuantos besos en la comisura de los labios.

—Fingiré eso cuando haya más gente, querido, si así te sientes mejor, pero cuando estemos a solas, no tendrás otra opción que aguantar mi idea de que eres una ricura extraordinariamente adorable.

El Carpatiano dio un suspiro, y la diversión se coló en la profundidad de sus ojos.

—No tengo ni idea de cómo podía existir antes de que entraras en mi vida.

La sonrisa de respuesta iluminó el rostro de Shea.

—Lo mismo siento yo acerca de ti, Jacques. —Apoyó la cabeza otra vez sobre su corazón—. Sería incapaz de pasar por esto sin ti. Nunca he tenido tanto miedo, pero tú me tranquilizas.

El Carpatiano acarició la lustrosa franja de cabello.

—Y durante todo este tiempo yo pensaba que era al revés. —Por encima de la cabeza de Shea, la sonrisa se borró del rostro de Jacques, dejando una vez más las marcadas líneas y los ojos oscurecidos de preocupación—. Esta mujer que vamos a conocer esta noche, Shea... —Vaciló, intentando escoger las palabras—. Debes tener mucho, mucho cuidado. No podemos dejar que sospeche ni tan siquiera por un momento que eres otra cosa que humana.

Shea se apartó de él con un breve arranque de mal genio.

—A ver si te enteras, Jacques, de que no todos los humanos son monstruos. Mira a Slavica, a Gary y a Jubal. ¿Por qué iba a sospechar esa mujer que soy otra cosa que humana? ¿Crees que la mayoría de la gente va por ahí pensando que hay vampiros y carpatianos en el mundo? Durante años yo misma pensé que se trataba de un extraño desorden sanguíneo, y eso que soy médico.

Jacques moldeó su nuca con los dedos.

—No te enfades, Shea. Mi deber es proteger a nuestra gente.

—Te refieres a que a Mihail no le ha gustado que contactara con ella.

—Me refiero a que a mí no me ha gustado. Tal vez sea porque te he tenido sólo para mí todos estos años y la idea de compartirte con una desconocida me da dentera.

Ella volvió la cabeza a tiempo de ver cómo juntaba los dientes con un chasquido, recordándole muchísimo a un lobo. Empezó a reírse otra vez.

—Te quiero tanto, Jacques Dubrinsky, de verdad. —Enmarcó el rostro de su compañero entre sus manos—. ¿Alguna vez dejarás esa vena celosa tan tonta?

—¿Se trata de eso? Pensaba que eran sentimientos de ineptitud... que tal vez de repente alguna mañana te despertaras y te percataras de que doy más problemas que otra cosa. —Volvió la cabeza para rozarle los dedos con un beso.

—Eso nunca podría pasar, Jacques, ni en un millón de años. No te preocupes por Eileen Fitzpatrick. Sabré si me está mintiendo.

—Deseas tanto tener una familia, Shea, que tal vez no seas capaz de darte cuenta.

—Ya tengo una familia, Jacques. Tú eres mi familia. Tú, nuestro hijo, y Mihail y Raven y Gregori y Savannah... No tengo carencias en ese sentido. Y pese a que mis hormonas están haciendo estragos, no pondría en peligro a nuestros seres queridos por una desconocida, aunque fuera pariente. He confiado en que pudiera saber historias sobre la infancia de mi madre, pero si no es así, sólo me sentiré decepcionada, no desconsolada.

Jacques apartó la mirada, y la felicidad estalló en él como la erupción inesperada de un volcán.

—Date la vuelta —le ordenó con brusquedad—. Te frotaré la espalda. —No podía mirarla, no podía hacerle frente cuando su vulnerabilidad quedaba expuesta de forma tan absoluta. Los hombres no deberían depender tanto de sus mujeres, ni siquiera de sus compañeras eternas.

—Tengo una pelota de playa por vientre, Jacques —comentó—. Nada de ponerme boca abajo.

—Entonces de costado —sugirió él.

Shea permaneció callada durante un largo momento antes de coger su rostro entre las manos y obligarle a mirarla.

—Tú también eres mi vida, Jacques, todo mi mundo. Todas esas cosas que sientes por mí... las siento yo por ti.

—¿Aunque no sea capaz de dejarte en paz y tenga que ser siempre una sombra en tu mente? —Se obligó a mirarle a los ojos, al corazón, y leer su mente.

Encontró amor incondicional.

—Sobre todo porque permaneces conmigo. Aprecio eso en ti. —Shea siguió el contorno de su boca con la punta del dedo—. Una mujer valora ser querida, Jacques, y tú sabes quererme.

Capítulo 3

Qué es ese terrible barullo? —preguntó Mihail como saludo cuando Aidan Savage abrió la puerta de la gran cabaña. Hacía varios años que Mihail no le veía y no pudo evitar sonreír al agarrar el antebrazo de Aidan a modo de saludo entre guerreros.

Los peculiares ojos de Aidan centellearon como dos antiguas monedas de oro.

—Es un honor para nosotros contar con tu presencia.

—Por favor, dime que el sobrino de Byron, Josef, aún no ha llegado. —Mihail vaciló en el umbral y las líneas de su rostro se marcaron aún más con un gesto de desaprobación.

—Parece que éste es el punto de encuentro de todo el mundo. Josh tiene un nuevo videojuego, diseñado por Alexandria, y todos lo quieren probar. Y Josef sin duda está aquí —añadió como advertencia mientras retrocedía un paso para dejar entrar a Mihail.

El príncipe se detuvo con un pie en el aire.

—Tal vez debiéramos hacer que Byron mandara a buscarle de inmediato.

Aidan esbozó una sonrisita de suficiencia.

—Lo dices como si fuera un vampiro.

—Preferiría enfrentarme a un vampiro. Confiaba en que decidiera quedarse en Italia. Lo más probable es que Byron lo haya traído para jugarnos una mala pasada.

—Es bastante entretenido una vez que pasas por alto su actitud entusiasta —dijo Aidan.

Mihail juntó sus oscuras cejas.

—Llama mucho la atención, y no practica ni siquiera las destrezas más básicas de nuestra raza.

—De hecho, le he visto haciendo un descenso en picado desde el tejado esta noche, aunque cuando ha cambiado de forma, lo ha conseguido sólo en parte.

—Parece divertirte —dijo Mihail con un suspiro—. Ya ha cumplido los veinte; no podemos permitirnos que nuestros hijos tarden tantos años en madurar.

Aidan negó con la cabeza.

—No es más que un adolescente según nuestras pautas de edad, Mihail. Llevamos demasiado tiempo viviendo en el mundo de los humanos y hemos empezado a pensar como ellos. Nuestros hijos se merecen tener una infancia, Mihail. Disfruto viendo crecer al joven Joshua, Josef es feliz y saludable...

—Joshua es humano. Josef, no. Y el mundo se ha vuelto un lugar mucho más peligroso para nuestra especie, Aidan —indicó Mihail—. Estamos rodeados de enemigos y nuestras mujeres y niños son más vulnerables. Necesitamos a Josef para garantizar su seguridad; debe aprender las costumbres de nuestro pueblo. ¿Es al menos capaz de crear sus propias salvaguardas?

Aidan hizo un gesto afirmativo.

—Tienes razón, por supuesto. Desde que sufrimos este ataque concentrado, desde el intento de asesinato contra tu persona, me tiene preocupado que nuestros enemigos decidan atacar a nuestras mujeres y niños. Hablaré con Byron sobre la formación de Josef, y me aseguraré de que reciba la formación adecuada para que esté preparado contra un ataque.

—Se me ha pasado también por la cabeza la conveniencia de preparar también a nuestras mujeres. —Mihail bajó la voz, cogió a Aidan por el brazo y se lo llevó a un rincón tranquilo, apartado del jaleo de la sala de estar—. Siempre hemos protegido a las mujeres.

—Están hechas de luz —dijo Aidan—, y carecen de la oscuridad necesaria para matar.

—Eso hemos pensado siempre todos nosotros, pero la autoconservación y la desaparición de cazadores pueden crear nuevas necesidades. Los tiempos cambian, Aidan, y, con franqueza, nos enfrentamos a la extinción. Ya no podemos basarnos en sistemas del pasado; tenemos que estar preparados para hacer frente a los nuevos retos con ideas nuevas.

—Puede que a los ancianos no les guste tu pensamiento progresista.

Una sonrisita suavizó la línea dura de la boca de Mihail.

—Creo que los ancianos son mucho más progresistas y flexibles de pensamiento que nosotros. No obstante, me tiene preocupado esta fiesta de Navidad en la que tanto ha insistido Raven.

—A Alexandria también le parece una buena idea —dijo Aidan—, pues le brinda una ocasión para reunirse con las demás mujeres. Opina que también será una ayuda en el momento en que Shea vaya a dar a luz. Con tantos de nosotros aquí, hay más posibilidades de que el bebé sobreviva.

—A Shea le falta muy poco; tal vez sea esta noche o la próxima. Raven, como Alexandria, cree que la fiesta servirá para crear una noción de familia entre las parejas carpatianas y dará esperanzas a los hombres aún solteros, sobre todo al ver a las niñas y comprobar que el embarazo de Shea llega a buen término.

—Alexandria está en la cocina. Joshua y Josef han inventado una batidora de alta velocidad para ayudarle a elaborar el plato que está preparando para el acontecimiento de esta noche. Creo que querían librarse de pelar patatas. Tendrás que entrar a la cocina para saludarla, aunque está un poco nerviosa con la idea de conocerte.

—¿A mí? —Mihail frunció el ceño—. ¿Por qué iba tener miedo de conocerme?

—He oído que a veces resultas intimidante —contestó Aidan con una pequeña mueca.

Mihail esbozó lentamente una sonrisa como respuesta.

—Estas mujeres. —Sacudió la cabeza y luego se detuvo, de pronto con expresión esperanzada—. A menos que fuera Josef... —Observó la furiosa batalla que tenía lugar en la pantalla del televisor. El hermano de Alexandria, Josh, manejaba una consola y se reía a viva voz agitando sus elásticos rizos mientras su personaje se lanzaba dando una voltereta por los aires contra el personaje de Josef. Josef, que dirigía el personaje con la mente, hizo que el hombre empezara a dar vueltas a tal velocidad que casi se tropieza y se desploma.

—¿Alexandria propuso este juego? Es una buena práctica para Josef... o incluso para toda nuestra gente —comentó Mihail—. ¿Cómo se le ocurrió una cosa así?

—A Josh y a mí nos gusta jugar juntos y obligamos todo el tiempo a la pobre Alex a mirarnos. Sigue dedicándose a su trabajo de grafista para una empresa de vídeo y, cuando se percató de que yo podía dirigir los personajes con la mente, ideó este juego para Josh y para mí como regalo de Navidad.

—Es una mujer muy inteligente. ¿Estás pensando en comercializar estos juegos?

—Sí. Los otros lo han visto y también lo quieren. Alexandria ya tiene ideas para un par de juegos más. Ya que tenemos a Josh, que es humano, y que Falcon y Sara tienen a sus siete hijos adoptivos, planea aplicar una consola opcional con los controles habituales. Nos da otra oportunidad de interactuar con los humanos y mostrarnos como ellos. También es posible jugar *on-line* con otra persona.

—Es una idea fantástica. Es de esperar que sirva para mantenernos en contacto y acercarnos, dado que vivimos a tanta distancia. —Mihail se frotó la barbilla—. Tengo que hablar con tu hermano sobre Dimitri. Por lo que recuerdo, Julian y Dimitri eran buenos amigos de jóvenes.

—Sí que lo eran —dijo Aidan—. ¿Está Dimitri aquí?

—Ha venido desde los bosques de Rusia para estar con nosotros, sin embargo permanece con la forma de lobo casi todo el tiempo merodeando por el bosque. Si ves a Julian antes que yo, pídele que se ponga en contacto. Creo que conoce a Dimitri mejor que cualquier otro carpatiano. Es posible incluso que hayan intercambiado sangre después de alguna batalla. Quiero a Dimitri controlado mientras se encuentre cerca de nuestras mujeres.

Aidan alzó la cabeza con atención.

—¿Te preocupa que Dimitri haya podido transmutar a estas alturas?

—Ya no podemos confiar en leer las mentes y percibir las perturbaciones que ocasiona el poder o el mal. Los vampiros podrían mandar perfectamente un enemigo a nuestro campamento. No creo que Dimitri haya transmutado y ahora sea vampiro, pero me preocupa la batalla personal que libra. Con tantas mujeres cerca de él, es posible que encuentre la esperanza necesaria para continuar luchando, pero también cabe la posibilidad de que le empuje en la dirección errónea. Es mejor tener cuidado.

—Ha peleado él solo durante mucho tiempo contra los vampiros de su zona —reconoció Aidan—. Demasiados asesinatos a menudo tienen serios efectos sobre el cazador.

Mihail suspiró.

—Yo no puedo salvarlos a todos, Aidan.

—No, pero haces lo necesario para salvar a nuestro pueblo, Mihail, y eso es todo lo que puedes exigirte a ti mismo. Ven a conocer a mi pareja eterna.

Mihail siguió a Aidan por el largo pasillo que llevaba a la cocina.

—Raven me ha pedido que haga de Santa Claus. San Nick. Ya sabes, el personaje con el traje rojo y la barba blanca.

Aidan se detuvo tan bruscamente que Mihail casi se choca con él pese a su paso grácil y fluido.

—¿Vas a hacer de Santa Claus?

Mihail negó con la cabeza y en sus ojos brilló una diversión maliciosa.

—Para eso está mi yerno.

—¿Gregori? —La dentadura blanca de Aidan centelleó. Las nubes se desplazaron y la luna vertió su luz sobre el Carpatiano, transformando su cabello y sus ojos en el oro viejo de una antigüedad—. Tengo que estar presente cuando se lo digas.

—Sospecho que su casa va a estar invadida de arañas, ratones y unos cuantos pájaros —dijo Mihail con evidente satisfacción—. Será un placer conocer a esa esposa tan talentosa que tienes. Te sigo. Sólo pensar en Gregori vestido con ese ridículo atuendo me ha levantado el ánimo de forma considerable, así que Alexandria no me encontrará intimidante en absoluto.

Aidan vaciló con la mano en el pomo de la puerta.

—Alexandria tuvo noticias de nuestra raza por primera vez a través de los vampiros. La atraparon junto a su hermano pequeño. El vampiro la encadenó y bebió su sangre, quería que matara a su hermano y que ambos le alimentaran. Todavía tiene pesadillas, yo capto sus ecos cuando está entre el sueño y el despertar. Joshua ya no recuerda nada, pero ella no quiere ocultarle lo que somos. Y eso significa que tiene que saber que nos persiguen. Ha sido valeroso por parte de mi pareja viajar hasta aquí, dejar de lado sus temores y venir a conocer a las otras mujeres.

—¿Habéis hablado de tener hijos?

Aidan negó con la cabeza.

—Todavía no. Es muy consciente de la tasa de mortalidad de nuestros niños y ya sufrió demasiadas pérdidas de joven.

Mihail asintió.

—He oído mencionar a Gary que cuanto más seguidos acontecen la conversión de la madre y el nacimiento del bebé, menos posibilidades hay de perderlo. Piensa que cuanto más tiempo lleve como mujer carpatiana, más posibilidades de abortos habrá y menos de que nazcan niñas, pero no tenemos respuestas al por qué de todo esto, sobre todo después de que Francesca haya tenido una hija.

—Nosotros al menos tenemos a Joshua, que para Alexandria es un hijo más que un hermano. Hasta ahora no ha estado en condiciones de concebir un hijo, de modo que aún no hemos tenido opciones de un tipo ni de otro.

Mihail continuó mirándole, directamente a los ojos, con una orden constante e incitadora. Aidan suspiró.

—Hablaré con ella.

—Hazlo. Nuestra gente necesita todos los niños, todas las mujeres que podamos conseguir a estas alturas. Nuestros cazadores están desesperados, Aidan.

—Yo era uno de esos cazadores desesperados, Mihail —contestó el en voz baja—, y sé cuál es mi deber para con mi gente.

—¡Aidan! —Joshua apareció tras él y le tiró del brazo.

—¿No vas a jugar con nosotros? Josef ha puesto el juego en pausa y estamos esperándote.

Aidan revolvió con cariño el pelo del niño.

—Dentro de un momento, Josh. Alexandria aún no conoce a Mihail. Es el líder de nuestro pueblo, un hombre muy importante.

Los ojos de Josh se agrandaron y se quedó mirando al príncipe.

Mihail bajó la vista al niño de constitución menuda y cabeza llena de rizos, se fijó en las manos de Aidan estirando de un rizo, y notó el anhelo repentino en su pecho. Quería otro hijo que le mirara como aquel muchacho estaba mirando a Aidan. Quería ver a su pueblo lleno de niños, con sus risas y ojos brillantes, y la esperanza iluminando sus rostros.

Descansó la mirada en Josef, quien había venido tras Joshua, y por primera vez miró con buenos ojos al chico. Josef había crecido unos centímetros y ahora, con sus amplios hombros, parecía más carpatiano, pero todavía conservaba su aspecto desgarbado, delgado como un palillo. Y con aquel cabello negro formando puntas apelmazadas, teñidas de azul en los extremos, parecía un extraño espantapájaros.

—Hola, Josef. Me alegro de verte.

El chico pareció asustado por un momento; luego esbozó una breve mueca insolente.

—Lo mismo digo, Su Alteza Real. ¿Se supone que hay que hacer una reverencia?

Aidan le dio un cachete en la parte posterior de la cabeza, acompañado de un grave gruñido de advertencia, y Mihail frunció el ceño, mientras sus ojos negros relucían amenazadores. La casa pulsó con repentina energía y las paredes ondularon.

Josh abrió la puerta de la cocina y entró corriendo.

—¡Alex! Ha venido alguien.

Al oír el miedo en la voz de su hermano pequeño y el peligro resplandeciendo en la habitación, Alexandria se giró en redondo a una velocidad sobrenatural que convirtió su cuerpo en un borrón. Tenía en las manos la batidora trucada de alta velocidad, aún enchufada. El puré de patatas con queso al ajo salpicó las paredes y el techo, y un pegote alcanzó a Mihail directamente en la mejilla izquierda. Alexandria soltó un sonoro jadeo y se quedó paralizada, sosteniendo la batidora hacia arriba, con lo cual envió las patatas volando por toda la habitación. Su mirada horrorizada continuaba fija en el príncipe.

Durante un largo momento sólo se oyó el sonido de la batidora y las patatas alcanzando la superficie de toda la habitación... y el amplio pecho del príncipe. Josh soltó una risita, Josef dejó ir una tos atragantada, y los dos chicos se agarraron la tripa y se doblaron de la risa. El sonido incitó a Aidan a actuar, hizo un movimiento con el brazo para apagar la batidora y cruzó la estancia a velocidad vertiginosa para quitar el artilugio de las manos de su pareja eterna, colocándose de paso entre ella y el príncipe.

Por un momento, sólo se oyó el sonido de la risa de los chicos. Alexandria retorcía sus dedos en el bolsillo posterior de los vaqueros de Aidan.

No puedo creer que haya hecho esto. ¿Qué va a pensar de mí?

Era obvio que intentaba contener también la risa pese a lo mortificada que se sentía.

Aidan se volvió un poco para pasar los nudillos por su rostro con gesto cariñoso, sin dejar de mantener su mirada cautelosa fija en el príncipe.

Ha sido un pequeño accidente, nada más, la tranquilizó. Notaba su propia risa a punto de escapársele. Era difícil continuar quieto y serio con aquellos pegotes de patata con queso y ajo manchando la ropa del príncipe y su mejilla izquierda.

Una mueca estiró la boca de Mihail, que se tapó los labios con la mano.

—No es necesario que te pongas delante de tu pareja eterna como si fuera a incinerarla ahí mismo por adornarme la ropa, Aidan.

—¿Esa impresión doy? —Aidan curvó una ceja hacia arriba.

Josh asintió, sin dejar de reírse.

—Como si fueras a pegar a alguien.

Aidan sostuvo la batidora, apuntándola en dirección a Josh.

—Estoy pensando en ello.

—Mejor apúntala en dirección a Josef —sugirió Mihail.

Alexandria se aclaró la garganta e intentó sonar sincera cuando en realidad quería reír.

—Lo siento muchísimo —dijo a Mihail en voz alta—. Es a mí a quien se le ha escapado la batidora.

—Te pareces mucho a tu hermano —comentó Mihail mientras se sacudía el puré de patatas del rostro y del pecho—. Por suerte, soy carpatiano y estas cosas son intranscendentes... aparte de proporcionar diversión a dos críos. —Entrecerró los ojos negros, que se volvieron peligrosamente amarillos verdosos —ojos de lobo—, centelleando mientras descansaban en Josef. Un gruñido grave resonó por toda la cocina, de origen imposible de determinar, pero distinguible de todos modos.

Josef contuvo la risa y se quedó erguido, apartándose de Mihail. El príncipe mantenía el rostro como una piedra, aunque la diversión llenaba sus ojos, a punto de rebosarlos. ¿Cuánto hacía que no oía el sonido de unos chavales riéndose? Necesitaba pasar más tiempo con los hijos adoptados de Falcon y Sara. Los jóvenes siempre aportaban esperanza; tenían la virtud de ver con excitación renovada el mundo a su alrededor. Necesitaba otro hijo en su casa, pegándosele a la pierna y alzando la vista igual que Joshua miraba a Alexandria.

Mihail. Skyler quiere volver a casa. ¿Vuelves para acompañarla o lo hago yo? La voz de Raven interrumpió sus pensamientos. Tenía muchas cosas que hacer, pero ella también.

—Me apetecía hablar contigo más rato, Aidan, pero Skyler está en nuestra casa y necesita que alguien la acompañe a la suya. Regresaré en cuanto me haya asegurado de que ha llegado bien.

—Yo estaba a punto de ir a ver a Desari —se apresuró a decir Alexandria—. Puedo acompañar a Skyler. De cualquier modo, me apetece caminar y tomar un poco de aire fresco. Soy una cocinera espantosa...

Joshua se burló:

—Siempre se le quema todo.

Alexandria estiró uno de sus rizos como venganza, riéndose en voz baja.

—Por desgracia, es verdad. Soy una cocinera terrible, pero tal vez podáis salvar vosotros las patatas.

Mihail acabó de sacudirse el último pegote blanco.

—¿Yo? ¿Cocinar?

—Puedo ocuparme yo —se brindó Josef—. Me apetecía probar la batidora. Mira esto, Josh. —Meneó la mano y el cuenco de puré de patatas ascendió por el aire, y luego sufrió una extraña sacudida al pasar junto a Aidan en dirección a Josef y Mihail, casi a la altura de la cabeza del príncipe.

Aidan cogió el cuenco antes de que cruzara media cocina.

—Alexandria ha trabajado duro en esta... ah... cosa.

—¿Cosa? —repitió ella—. Me refería a Josh y a Aidan cuando he dicho lo de rescatar las patatas.

Mihail retrocedió unos pasos y se volvió para fulminar con la mirada a Josef.

—Espero que no estuvieras pensando en dejarlo caer sobre mi cabeza.

Joshua estalló en otro ataque de risitas.

—Si Alex lo ha cocinado, cosa es la palabra más indicada en este caso, Aidan.

—¡Ya está bien! —Alexandria fingió una mirada iracunda—. Cierra el pico o acabarás tú haciendo la comida.

Puedo acompañar a la joven Skyler de regreso a su casa, se ofreció Aidan.

Necesito un poco de paz, le dijo Alexandria. *Adoro a Josh, pero los videojuegos, el puré de patatas y Josef son demasiado para mí.* Frotó la mente de Aidan con amor y cariño. *Estoy perfectamente.*

Era la pura verdad; además, era imposible ocultar algo a su compañero, y Aidan era bien consciente de que ella había encarado la visita a los Cárpatos con inquietud.

Mi único amor, iré contigo.

Te quedarás y agasajarás al príncipe. Necesito de verdad un rato a solas. Quería a Aidan con todo su corazón, con cada célula de su cuerpo, con toda su alma, pero a veces era difícil para ella aceptar que él conociera todos y cada uno de sus pensamientos. Ya era bastante duro sentirse inepta en algunos momentos, y recelar tanto de los demás carpatianos, la avergonzaba. A veces detestaba que Aidan supiera cuán insignificante se sentía.

De insignificante nada. Tienes todo el derecho del mundo a temer por la seguridad de Joshua. Pocas personas han sido capturadas por un vampiro y han sobrevivido. Aidan se inclinó para darle un beso en la nuca. *Eres mi mundo.*

Y tú el mío.

Alexandria dedicó una breve sonrisa al príncipe.

—Es un honor haberte conocido... pese a cubrirte de puré de patatas. Por favor, quédate a hablar con Aidan, le hacía ilusión disfrutar de un rato contigo. Me encargaré de que Skyler regrese a casa. —Antes de que ninguno de los dos hombres pudiera protestar, dedicó una radiante sonrisa a Josh—. ¿Te apetece venir conmigo? —Tuvo que resistir la tentación de enviarle una coacción para que no viniera con ella; necesitaba de verdad la tranquilidad de la noche.

—Josef y yo estamos con el nuevo juego, Alex —contestó Josh—. Es guay de verdad.

—¡Me alegra que os guste! Pensaba que iba a gustaros.

—Alexandria... —La voz de Aidan se apagó, no quería ponerla en más aprietos protestando por el hecho de que se fuera sola. El paseo hasta casa de Mihail era breve, y dado que habían regresado unos cuantos carpatianos y la inspección era constante, a la búsqueda de enemigos, ella debería estar a salvo, pero... suspiró. No le gustaba perderla de vista—. A mí no me importaría ir contigo.

Sólo necesito un poco de aire. No sé por qué estoy tan nerviosa con todo el mundo, pero lo estoy. Esta vez necesito resolver yo sola mis problemas. Por favor, Aidan, entiéndelo. Alexandria le envió una oleada de calor.

Quería a Aidan con todo su corazón, pero siempre había sido una chica muy independiente. En San Francisco, él se había mostrado más relajado, de trato fácil, pero desde que habían hecho el viaje a su patria, tenía los nervios de punta. Tanto Joshua como ella estaban teniendo pesadillas: Josh cuando dormía, ella cuando se despertaba. Los sueños aterradores intensificaban sus propios miedos, y eso estaba despertando los instintos protectores de Aidan, que intentaba mantenerles más cerca de él si cabía. La mujer hizo un ademán al príncipe, lanzó un beso a Aidan y eludió a los chicos, poniéndose la chaqueta y los guantes mientras se apresuraba a salir por la puerta antes de que Aidan cambiara de idea.

Alexandria inspiró una bocanada de aire frío y vigorizante y alzó el rostro hacia el cielo. Unos pequeños copos de nieve caían revoloteando, flotando con giros perezosos y dejando el cielo blanco, amortiguando los sonidos a su alrededor. Estiró las manos y abrió la boca para dejar que los copos cayeran en su lengua. La vida con Aidan era increíble. Trataba a Josh como si fuera su propio hijo, y a ella como una reina. Aun así, sin entender por qué, desde que habían venido aquí se sentía triste e inútil.

Y todavía peor era lo de su miedo creciente. Era una tontería y no pegaba nada con su forma de ser, pero a veces se encontraba mirando las sombras, y su corazón se estremecía de miedo. Tenían que ser las pesadillas, la repugnancia que sentía cada vez que recordaba la sensación de contacto con el vampiro, la manera de notar su lengua áspera sobre la piel y el dolor de sus dientes desgarrando su cuello. Apretó la mano contra el punto que le ardía en la garganta. Estaba muerto, Aidan lo había matado y nunca más regresaría, ni a por Josh ni a por ella. Entonces, ¿por qué palpitaba su cuello en el punto exacto que el vampiro había desgarrado?

Alexandria sacudió la cabeza para aclarar sus ideas. Era Navidad e iban a ser unas fiestas estupendas. En San Francisco nunca nevaba, y Joshua estaba emocionado de encontrarse en los Cárpatos. Ya había conocido por internet a muchos de los carpatianos y se moría de ganas de conocerlos en persona. No iba a estropear este momento a todo el mundo por unas tontas pesadillas.

Decidida, apartó aquellos recuerdos demasiado vivos y empezó a caminar por el camino apenas visible que llevaba a casa del príncipe. Ya lo conocía: lo había visto cientos de veces en la cabeza de Aidan y había memorizado cada paso. Aidan quería que se sintiera cómoda en su tierra natal y había compartido con ella todos sus recuerdos, facilitándole un mapa virtual para que pudiera moverse con soltura.

El viento tocó su rostro con dedos delicados, mientras los copos formaban una capa sobre su cabello. Debería haberse subido la capucha, pero se sentía libre, excitada al encontrarse caminando de noche rodeada de una espesa extensión de bosque, respirando el aire fresco y vigoroso, mientras la paz se colaba en su interior por fin.

Skyler estaba esperando con impaciencia en el porche.

—Me parece ridículo que Gabriel y Lucian no quieran que camine por aquí yo sola —dijo—. Conseguí llegar hasta aquí por mi cuenta, antes de que nadie se percatara de que me había ido. A Josef no le obligan a esperar a que venga alguien para acompañarle. —Se rodeó el cuello con una bufanda y se echó los extremos sobre los hombros con un resoplido cargado de dramatismo—. Desde luego que no voy a permitir que alguien me diga qué debo hacer a todas horas. Gabriel y Lucian son de lo peor que hay.

Alexandria frunció el ceño.

—Josef se ha puesto en contacto contigo y se ha burlado de ti por esto, ¿verdad?

—Me ha llamado criatura. He venido andando hasta aquí yo sola y está claro que puedo regresar andando también sola. —Se tocó un poco los ojos con la mano.

—Josef puede ser de lo más irritante, ¿verdad? Creo que deberías dar prioridad a pedirle que te haga una demostración de su conversión en búho.

Skyler observó a Alexandria con una repentina mirada pensativa.

—¿De verdad? ¿Crees que me gustará?

Alexandria asintió.

—Creo que te alegrará el día.

Una sonrisa iluminó poco a poco el rostro de Skyler.

—Gracias por la pista. Raven te manda sus saludos; creo que la salsa del pavo no estaba saliendo como ella quería.

—Tampoco mi puré de patatas. Ahora mismo, el príncipe lo lleva puesto.

Skyler se detuvo en seco y miró pestañeante a Alexandria.

—¿Lo lleva puesto? ¿El puré de patatas? ¿Se lo tiraste encima? —Una lenta sonrisa transformó su rostro—. Ojalá hubiera estado ahí.

—Ojalá yo no hubiera estado ahí. Josh vino a buscarme corriendo y asustado, y me di la vuelta, sin acordarme de que tenía una batidora de alta velocidad en la mano, una batidora que Josh y Josef habían acelerado para mí. Las patatas dejaron a Mihail del todo salpicado.

Encontró la mirada de Skyler y las dos estallaron en carcajadas. El sonido se perdió en el bosque y se elevó hasta encontrar los copos de nieve que flotaban. Un búho ululó en algún lugar, sonaba solitario. Un lobo respondió; el aullido fue largo, interminable, como si llamara a una manada que hacía tiempo que se había marchado.

—Alexandria —dijo Skyler, y se quedó callada de súbito.

Algo en su voz captó de inmediato la atención de ella.

—¿Qué pasa?

Skyler se encogió de hombros intentando parecer despreocupada.

—Una pregunta tonta, en realidad. ¿Alguna vez oyes gritar a la tierra?

—¿Gritar? ¿La tierra? —repitió Alexandria.

—Sé que parece una locura, no debería haber dicho nada, pero a veces... —No iba a admitir que le sucedía con mucha frecuencia desde que se encontraba en los Cárpatos— oigo gritos.

Alexandria sacudió la cabeza.

—No he experimentado eso nunca. ¿Se lo has explicado a Francesca?

Skyler se encogió de hombros.

—Seguramente es una tontería mía. Me pasa muchas veces. Cosas de niña que aún me quedan.

El lobo volvió a aullar, y esta vez otro le contestó. Sonaba a desafío. Alexandria miró por el interior del bosque oscurecido, y un pequeño escalofrío descendió por su columna. Empezó a caminar más deprisa.

—He jugado con tu nuevo videojuego —dijo Skyler—. Qué impresionante. Josh, Josef y yo jugamos *on-line* ayer por la noche, cuando ya era tarde. Algunos de los hombres se apuntaron también. Soy tan rápida como Josef. Gabriel piensa que es porque Francesca y él me dieron su sangre, pero yo creo que es porque me concentro bien. Tengo la destreza de meterme dentro de mi cabeza, y es como si estuviera en el juego. Josh me ha dicho que estás trabajando en algo especial para nosotros, ¿ya está acabado?

Alexandria se llevó una mano a la garganta, le ardía. La herida inexistente palpitaba como si aún estuviera en carne viva y el frío le afectara.

—Casi. Confiaba en regalárselo a Josh por Navidad, pero prefiero retocarlo un poco. La parte gráfica es casi demasiado real; creo que puedo atenuarla un poco. ¿Juegas con alguien más en internet aparte de los carpatianos? —Sabía que Joshua quería hacerlo, pero ella no le permitía contactar con nadie a través de la red aparte de los carpatianos que conocía Aidan.

—Josef lo hace; juega a toda clase de juegos con gente de todo el mundo. Está bien clasificado, de verdad. Es realmente bueno con el ordenador también. Puede colarse en cualquier sitio, al menos eso dice. Una vez se coló en una página rusa y jura que era un centro de comunicación para un grupo de asesinos a sueldo.

Alexandria frunció el ceño.

—¿Le cuenta estas historias también a Josh?

—Seguramente. Josh le tiene idolatrado porque es bueno con los videojuegos.

—Genial. El error es mío.

El rumor de hojas y ramas se mezcló con un repiqueteo amortiguado. El sonido provocó un escalofrío en la columna de Alexandria. El camino a la casa donde estaban alojados Gabriel y Francesca no era muy frecuentado, y las malas hierbas habían crecido mucho más que en el que llevaba a casa del príncipe. Alexandria intentaba observar el bosque, pero las rocas y largos tallos de los arbustos silvestres volvían el terreno irregular y traicionero, y tenía que mirar dónde pisaba. Si Skyler no estuviera con ella, se habría lanzado al aire y habría regresado a casa volando.

—Josef va a acabar metiéndose en líos. Los *hackers* siempre dejan rastro.

—Eso mismo le dije yo. —Skyler pisó a posta varios charcos pequeños de tal manera que el delgado hielo crujió bajo sus pies y las grietas formaron pequeñas venas que se extendieron hasta el terreno cubierto de nieve. Pareció cogerle gusto y saltó sobre la siguiente, salpicando la nieve de hielo y barro—. Cree que por ser carpatiano es invencible.

—Pues no lo es. —Alexandria intentó no mirar el barro que se extendía sobre la nieve prístina. Se parecía demasiado a aquel largo brazo ensombrecido estirándose hacia ella —en busca de víctimas— que aparecía en sus pesadillas. Respiró hondo e intentó tragarse el conocido temor que iba en aumento. Un movimiento llamó su atención y miró una vez más en dirección al bosque, estaba segura de haber visto un gran lobo desplazándose sigilosamente paralelamente a ellos.

—¿Qué pasa? —preguntó Skyler. También se había quedado callada de pronto y barría con la mirada el bosque como si ella percibiera asimismo al enemigo.

—No lo sé, cielo, pero dame la mano.

Skyler tragó saliva con dificultad, mirando la mano enguantada que le tendía Alexandria.

—Lo lamento, no puedo. Nunca toco a la gente. Siento todo lo que ellos sienten y es un agobio.

Alexandria volvió a dejar caer su brazo.

—Yo sí que lo lamento. No te aflijas. Tendría que haber recordado eso de ti. Mantente cerca de mí entonces. ¿Alguna vez te han llevado volando Gabriel o Francesca?

—Por supuesto. No me da miedo. Me gusta volar. ¿Has visto alguna cosa?

—No estoy segura, pero en caso de que vea algo, quiero poder lanzarme al aire rápidamente.

Skyler miró con cautela a su alrededor.

—No veo nada.

—Yo tampoco... en este momento.

Aidan. Estoy un poco inquieta. Me ha parecido ver un lobo, pero no lo sé con certeza. Voy a llevar a Skyler a lugar seguro, pero reúnete conmigo en casa de Gabriel. No quiero llegar sola allí.

Ahí estaré. La voz de Aidan sonó cálida y tranquilizadora. *No corras riesgos, Alex. Gabriel y Lucian irán a tu encuentro.*

No les conozco. Alexandria desplegó su percepción sobrenatural por la región circundante, en un intento de descubrir cualquier cosa que pudiera identificar como el rastro de un enemigo. Los lobos abundaban en el bosque, pero se mantenían lejos de los carpatianos. La forma de lobo era la que preferían adoptar muchos de sus hombres, por lo que ver un lobo no debería bastar para disparar el sistema de alarmas; aun así, la tenía intranquila.

—Hemos desafiado a los chicos a un juego con balas de pintura —dijo Skyler, mientras seguía andando en dirección a la cabaña—. La idea ha sido de Josef, y seguro que es divertido, pero Josh y yo no podemos cambiar de forma, ni tampoco el resto de los niños. Le he dicho a Francesca que necesitamos establecer unas reglas, como prohibir el cambio de formas o la comunicación entre los chicos, para que no tengan demasiada ventaja, ¿no te parece?

Se oyó de nuevo un rumor de hojas, no más que un susurro. Una ramita se rompió. Alexandria volvió la cabeza hacia el sonido.

—No hace viento. Algo o alguien se mueve entre los árboles justo a nuestra izquierda, Skyler. Creo que deberíamos ir volando. Me ha parecido avistar otra vez un lobo en el bosque. Parecía bastante grande y avanzaba a nuestro paso, pero también puede haber sido mi imaginación.

—Pues entonces las dos estamos imaginando la misma cosa —comentó Skyler, mientras se aceraba un poco más a Alexandria—. A veces percibo las cosas que están próximas. Déjame sólo que com...

—¡No! —soltó Alexandria con brusquedad—. No puedes saber

si se trata de un amigo... o de un monstruo. Si abres tu mente, lo guiarás directamente hasta ti. He llamado a Aidan para que venga y también nos ha enviado a Gabriel. —Mientras hablaba, Skyler pisó otro charco cubierto de hielo; el crujido resonó con fuerza pese a los copos de nieve y una larga rociada de agua turbia salió salpicada por los aires.

Una sombra se formó sobre la nieve, una mancha oscura demasiado familiar para Alexandria, un brazo que se alargaba cada vez más —se estiraba de un modo obsceno— como si fuera de goma. Era insustancial, sólo una sombra, y sin embargo distinguió que iba a por Skyler, deslizándose sobre las rocas y a través de los arbustos como una culebra. Si no hubiera sido por la nieve, nunca lo habría visto, pero con el fondo blanco, los dedos de la mano se mostraban huesudos y nudosos, una mano vieja con garras en vez de uñas.

Para su horror, el agua sucia del charco también se movió, rodeando como si fuera una soga oscura un alto árbol, partiendo el tronco como un garrote.

—¡Skyler! —Brincó hacia delante al mismo tiempo que la chica saltaba hacia atrás por instinto. El árbol se astilló, se partió, y la tierra se balanceó a su alrededor. Alexandria podría haberse disuelto en forma de vapor, pero se negaba a dejar a la chica sin protección. Se lanzó a toda velocidad a su lado para intentar aprovechar su velocidad vertiginosa para mantenerlas a ambas a salvo, pero el terreno en movimiento se abrió y Skyler se soltó. Lo mejor que podía hacer era empujarla todo lo lejos que pudiera, con la esperanza de impedir que la alcanzara el árbol que se venía abajo.

Mientras el tronco del árbol crujía y se astillaba, y la tierra oscilaba, se oyó un sonido terrible al partirse el árbol por la mitad, arrojando la copa y lanzando las grandes y largas ramas justo encima de ellas. Alexandria notó el golpe en la cabeza, la rama que la levantaba y la propulsaba a una velocidad pavorosa. Por un momento le pareció oír voces bastante cerca, murmurando en una lengua extranjera, pero no pudo distinguir qué decían. Intentó volver la cabeza para ver dónde estaba Skyler, pero el movimiento le provocó un dolor atroz y una neblina de estrellas se desvaneció dejando un vacío negro y enorme.

—¿Alexandria? —Skyler intentaba valientemente controlar el temblor en su voz. *¡Gabriel! ¡Francesca!* Llamó a su familia para que acudiera en su ayuda, con un grito tremendo que se propagó por la noche. *Vienen.* Estaba atrapada bajo una pesada rama, con las piernas inmovilizadas, y una le dolía tanto que tuvo que controlar la náusea.

Cariño. Vamos allá. Aguanta. Era Gabriel, con su voz fuerte y vibrante, una roca a la que agarrarse.

Estás herida. El tono de Francesca era cariñoso y tranquilizador. *Dime cómo es la lesión.*

Intentaba tranquilizarla, distraerla, pero Skyler percibía el peligro a su alrededor, presionándola con una presencia sofocante. Le sangraba la pierna, y la sangre roja y brillante corría por la nieve. Cuando intentaba moverse, la fricción de los huesos le provocaba un dolor atroz que irradiaba por todo su cuerpo, por lo que rompió a sudar.

Algo se movió entre los arbustos más próximos, pero no podía volverse para ver qué era lo que se arrastraba hacia ella. Un aliento caliente explotó en su nuca, y Skyler chilló mientras intentaba echarse a un lado para que no la alcanzara. El pelaje rozó su cara cuando un enorme lobo surgió del laberinto de ramas para inspeccionar su herida.

Skyler se quedó paralizada y contuvo la respiración mientras el animal se volvía para mirarla con ojos de un intenso azul transparente, extraordinarios en medio del espeso pelaje negro.

—Te conozco —susurró ella, con el corazón en la garganta—, te he visto antes, ¿a que sí?

El lobo cambió de forma. El cuerpo musculoso y peludo dio paso a un hombre alto de anchos hombros, con una melena de reluciente pelo negro ondeando sobre su espalda. Su rostro era sensual pese a su dureza, una talla de piedra con profundas líneas cinceladas, mandíbula fuerte y boca masculina. Tenía unos ojos tan azules que a Skyler le pareció que la quemaban.

—¿Por qué te permiten salir sola? —preguntó—. Ha sido una tontería por su parte. Si no cuidan mejor de ti, no permitiré que sigas con ellos.

Mientras hablaba, aguantaba la mirada de Skyler, pero la muchacha se percató de que él se estaba disociando de su propio cuerpo para convertirse en un fuerte espíritu dominante. Percibió su presencia en el mismo instante en que entró en su cuerpo. Quiso gritar, luchar, para eludir aquel espíritu, pero él se movió por ella con velocidad y resolución, reparando el rasguño en la arteria, el hueso y por último la carne. Durante todo ese rato, Skyler compartió la mente con él, conoció sus recuerdos, su implacable decisión.

Dimitri. El despiadado cazador de vampiros, protector de lobos y pareja eterna de... Skyler.

—¡No! —Negó vigorosamente con la cabeza. No iba a ser la compañera eterna de nadie, y menos aún de este hombre de ojos abrasadores y naturaleza dominante. Era inconcebible estar con un hombre tan duro, tan absolutamente seguro de sí mismo. Las emociones la invadieron con colores tan vívidos y brillantes que temió quedarse ciega... o tal vez fuera tan sólo el temor de Dimitri, sus colores, sus emociones. No podía separarse de él, era como si al entrar en ella para curarla, hubiera envuelto sus entrañas, se hubiera enterrado en sus profundidades para encontrar su alma.

Dimitri abrió su mente a ella, un lugar oscuro lleno del sufrimiento del cazador y de cientos de años dando muerte sin el menor remordimiento. Actuaba con rapidez y violencia, con decisión total. Tal vez esas muertes fueran una parte de su dolorosa soledad y terrible pena, pero eso era algo que ella no podía distinguir. No era un hombre que se desviara de su camino. Perseguía a sus enemigos con tenacidad y sin compasión, una perseverancia implacable. Su mundo era su violencia, y ella nunca —nunca— regresaría a ese tipo de vida, no lo soportaría. De hecho, sólo rozar su mente y encontrar la oscuridad, y al demonio acurrucado expectante —y anhelante—, preparado para atacar, le pareció tan aterrador que quiso retirarse a un lugar seguro, dentro de sí misma, donde nadie más pudiera entrar.

—De eso nada. —Sonó como un decreto, mientras salía de su cuerpo y regresaba al suyo—. Necesitas sangre.

La muchacha negó con la cabeza.

—Gabriel y Francesca me la darán.

Dimitri volvió su transparente mirada azul hacia ella, una mirada tan fría que le quemó la piel. Skyler se estremeció, incapaz de apartar los ojos, tan asustada que ni siquiera estaba segura de lo que la atemorizaba: sería el hecho de que este hombre pudiera cambiar su vida para siempre, que la consumiera y se la tragara del todo, que fuera duro e inflexible, un hombre incapaz de ceder. Skyler había hecho un gran esfuerzo para integrarse y volver a la vida después de tanto retraimiento. Dimitri no era el mal, no era como su padre, pero era un hombre violento, de emociones y pasiones fuertes, capaz de ignorarlas del todo hasta el punto de no sentir nada en absoluto.

Retrocedió cuando él intentó alcanzar su mente. Skyler notó la presión constante, incesante, e intentó crear un muro grueso, construido de acero, impenetrable, pero él sabía concentrarse: era demasiado fuerte. Ella levantó los brazos a la defensiva mientras él la acercaba más, y un pequeño sonido de miedo escapó de sus labios antes de sucumbir al control del cazador.

Dimitri la cogió en brazos, permitió que el placer estallara en él, el alivio... incluso la paz. En cientos de años, jamás había esperado encontrarla. La necesidad lo había vuelto frío —incluso brutal—, pero el calor de aquel cuerpo, el sonido de su voz, la suavidad de su piel, trajeron la esperanza allí donde nunca había existido. Apenas podía ver con aquellos colores tan intensos, apenas podía pensar con las emociones que no había experimentado en siglos.

Se descubrió el pecho y susurró una orden. Su sangre iba a reemplazar la que ella había perdido y estimularía una rápida curación. Percibió la llegada de los otros a toda prisa, pero cerró los ojos y se permitió el éxtasis de sentir la boca de ella sobre su piel, tomando lo que él le ofrecía, forjando un vínculo aún más fuerte entre ellos. Ya que disponía de tan poco tiempo, inclinó la cabeza sobre ella y tomó lo que le correspondía por legítimo derecho; no lo suficiente para convertirla, sólo para poder encontrarla siempre, para ser siempre capaz de entrar en su mente.

Y al alzar la cabeza, se encontró con los ojos de Gabriel Daratrazanoff. Una leyenda. Asesino rápido y despiadado.

Capítulo 4

Gabriel soltó un largo y lento silbido de cólera.

—¿Cómo te atreves a tocarla? Es una niña y está bajo mi protección.

Dimitri cambió lentamente de postura mientras susurraba una orden para que su sangre dejara de fluir y Skyler no bebiera más. Se incorporó cuan alto era, con su pareja eterna en los brazos.

—No es una niña, si lo fuera no habría sido capaz de restaurar mis colores y emociones. Es mi pareja de vida y está sometida a las leyes de nuestra gente.

—Es humana, una adolescente, apenas tiene dieciséis años —intervino Francesca—. Es verdad que maduran antes que nuestras niñas, pero es demasiado joven. —Francesca apartó la mano con que Gabriel intentaba retenerla y tendió sus brazos—. Dámela antes de que salga del embeleso en que la tienes sumida, no quiero que se despierte asustada.

Gabriel dio un paso adelante, y sus ojos negros centellearon cargados de una amenaza letal.

—Recuerdo quién eres: un muchacho que huyó de nosotros hace muchos años.

Dimitri volvió la cabeza para mirar al gemelo legendario, y sus ojos azules chocaron con la negra mirada, como si fuera una colisión de estoques afilados.

—Ya no soy un niño ni huyo de nada... ni de nadie.

La tierra se estremeció y osciló levemente.

—Ten cuidado, Gabriel —ladró Mihail materializándose con Aidan a su lado—. Alexandria está atrapada bajo esas ramas. —Inspeccionó frenéticamente entre las ramas del árbol caído intentando divisarla.

Aidan prefirió lanzarse a través del laberinto, pulverizando la madera hasta lograr dar con su compañera. Yacía quieta y pálida, con el rostro vuelto hacia él; la sangre le goteaba de una sien surcando su cabello rubio.

A Aidan casi se le detiene el corazón. Durante un instante hubo un silencio, como si el mismísimo mundo dejara de respirar. Imágenes de Alexandria llenaron su mente: sonriéndole, con la mirada llena de amor, su voz burlona, el contacto de sus dedos sobre su piel la primera vez que despertó, y se enfrentó a ese momento de recuerdo de su vida antes de que ella existiera.

Se precipitó hacia delante como un loco, abriéndose paso a través de las ramas como si fueran meras ramitas, con un nudo en la garganta y el corazón desbocado en el pecho. La piel de Alexandria parecía translúcida, fría, tenía los labios azules y estaba completamente quieta, tanto que no detectó su aliento ni el pulso. Tenía que estar muerta. Se paró en seco y se llevó la mano a su propia muñeca. No circulaba el aire por sus propios pulmones, y su pecho se negaba a subir y bajar, porque su corazón iba a trompicones.

Sin ella, no podía seguir. No había vida sin ella, ni felicidad. Nada aparte de interminables noches que conducían únicamente a un vacío negro. No podía volver a aquello, no podía regresar al lugar donde se encontraba antes de conocerla.

—¡Aidan! —Mihail le cogió por el brazo y le sacudió un poco—. Parece que hayas entrado en trance. Tenemos que quitarle las ramas más pesadas de encima.

Alexandria gimió. El sonido era casi indiscernible, pero fue suficiente para disipar los miedos gélidos que abatían a Aidan. Dio un brinco hacia delante para abrirse paso estrepitosamente hasta ella y esperó a Mihail para hacer flotar juntos las ramas que quedaban sobre el cuerpo y retirarlas fácilmente.

Aidan, en cuclillas, movió deprisa las manos sobre su compañera, agradecido al ver que respondía a su contacto agitando las pestañas. De pronto abrió los párpados, y se encontró hipnotizado por su mirada.

—Aidan. Sabía que ibas a venir. ¿Está Skyler a salvo? Lo intenté, pero... —Alexandria se apartó en un intento de volver la cabeza hacia la adolescente, pero gimió y bajó poco a poco las pestañas.

Una vez más, el corazón de Aidan reaccionó, falló, y el aire se le quedó atrapado en los pulmones.

—Tiene una conmoción cerebral —dijo Mihail en tono tranquilizador, apoyando la mano en Aidan para refrenarle. El hombre parecía a punto de desmoronarse—. Tiene fácil solución, Aidan. Francesca, una de nuestras mejores sanadoras, está aquí con nosotros, en caso de que haya algún problema. —Mihail estaba haciendo un gran esfuerzo para no salir corriendo y acudir al lado de Raven, convencido ahora de que sus peores temores se confirmaban. Sus enemigos estaban atacando a las mujeres y a los niños. Necesitó toda su disciplina de siglos para permanecer donde estaba. Le alarmaba un poco que Francesca no hubiera acudido junto a ellos, a ofrecer sus servicios de sanadora, en vez de insistir en bloquearle el paso a Dimitri e intentar arrebatarle a la muchacha de los brazos.

Aidan acarició el pelo de Alexandria.

—Yo mismo la curaré. —No quería que nadie más la tocara. No había conseguido protegerla, su mayor tesoro, el más preciado, y necesitaba fundirse con ella, estrecharla muy cerca de él. Tendría que vigilarla más de cerca y encargarse de que nunca le ocurriera nada malo.

Aidan miró por encima de la cabeza de Alexandria en dirección a los dos hombres, de pie tan cerca uno del otro, mientras el calor de la discusión se elevaba en el aire a su alrededor. Rodeó con brazos protectores a su pareja y permitió a su cuerpo disociarse, dejando sólo una energía candente, puro espíritu desinteresado. Fluyó por dentro de ella para hacer un rápido examen, hasta encontrar la magulladura que empezaba a hincharse, y la sangre palpitante ejerciendo presión para salir. Reparó la lesión y se aseguró de que estuviera completamente curada antes de volver a salir a ocupar su propio cuerpo, y a la airada discusión que tenía lugar tan cerca de ellos.

Aidan sostuvo a Alexandria en los brazos y la meció con delicadeza sin dejar de vigilar en todo momento a los dos combatientes.

Gabriel dio otro paso agresivo hacia Dimitri.

—¿Podrías explicarnos con exactitud cómo ha sucedido esto y cómo es que estabas justo aquí en este preciso momento?

Dimitri enseñó la dentadura.

—No me tientes, Gabriel, que bien podría llevármela ahora mismo.

Como un rayo, Gabriel echó mano a la garganta de Dimitri, rodeándola con sus dedos.

—No me amenaces, ni a mí ni a mi familia.

Dimitri ni se inmutó bajo la presión de los dedos. Concentró la mirada en el rostro de Skyler.

—Eres mi pareja eterna. —Su voz surgió ronca, pero se oyó de todos modos.

—¡Alto! Detente, Dimitri. Gabriel, deja que se vaya. —Francesca tiró del brazo de Gabriel—. Tienen un vínculo de sangre. Y antes de que consiguieras matarle, podría llevársela con él. Por favor, Gabriel. Un poco de sentido común.

—Gabriel. —La voz de Mihail sonaba calmada. Se situó al lado de Dimitri—. Suelta a la pareja eterna de tu hija. Por supuesto que la estás protegiendo, pero este hombre es la otra mitad del alma de Skyler. Si le matas, estás condenándola a ella a una media vida. Sé razonable.

Gabriel no se sentía razonable: quería despedazar la garganta de Dimitri. ¡Aquel hombre se quería llevar a su niña! El demonio se alzó veloz, con rapidez, rugiendo para ser liberado. Percibía también la furia de Dimitri despertando en proporción directa a la suya.

—Todos necesitamos calmarnos —dijo Francesca—. Dimitri, dámela. De momento es mi hija, y no tienes ni idea de las cosas por las que ha pasado.

El rostro de Dimitri se contrajo de angustia —de tormento—

por una fracción de segundo y luego volvió a adoptar la misma frialdad de antes.

—Sé con exactitud por lo que ha pasado. Es mi otra mitad y, cuando gritaba de miedo, de cólera, de necesidad y desesperación, yo intentaba seguir la ruta para llegar hasta ella, pero estaba demasiado lejos, y ella no era más que una niña y no sabía que yo intentaba ayudarla. Se oponía a mí, bloqueaba todos mis esfuerzos. Cuando sufría, créeme, yo era bien consciente de cuánto sufría. Y mi tormento, la humillación que tendré que soportar de por vida, es haber sido incapaz de ayudarla.

Hombres tocándola, abusando de ella, lastimándola. Su frágil espíritu retrayéndose tanto que ni siquiera él lograba encontrarla. Aquellos recuerdos le obsesionarían toda la eternidad, peor que cualquier muerte ejecutada por él mismo: su fracaso a la hora de proteger al único ser a quien tenía el deber —el privilegio— de proteger. Estaba convencido de que Gabriel se ocuparía de la seguridad de Skyler mientras él no estuviera cerca, para así garantizar que no se desatara la necesidad de su propio demonio por su pareja, pero él tampoco había cumplido con su obligación.

—No la has protegido como corresponde —manifestó en tono acusador.

Gabriel y Dimitri estaban a la misma altura, y Skyler aún acunada en brazos de Dimitri, sostenida contra su pecho.

—¿Qué ha sucedido aquí? —quiso saber Gabriel.

—¿Piensas que yo he hecho esto? —le preguntó Dimitri.

—¿Ah no? —respondió Gabriel. A su alrededor, las ramas temblaron y el aire se cargó.

—Yo no he sido. Se ha roto la pierna y estaba perdiendo demasiada sangre, y la he curado lo más rápido posible y le he dado la sangre necesaria para reponer la perdida... Pero yo a ti no te debo ninguna explicación.

—Por favor —rogó Francesca, esforzándose para no echarse a llorar. Sus lágrimas descontrolarían a Gabriel más que ninguna otra cosa. La situación era explosiva—, dame a mi hija.

—Que no tenga que volver a pedírtelo —dijo Gabriel.

El rostro de Dimitri se ensombreció.

—¿Piensas distanciarla de mí?

La tierra se balanceó y los árboles se estremecieron a su alrededor. Unas pequeñas llamaradas rojas empezaron a resplandecer en las profundidades de los ojos de Gabriel.

—Ella prefiere no estar contigo.

—Es demasiado joven para saber lo que quiere. No es cuestión de preferencias, y tú bien lo sabes. Si insistes, Gabriel, reclamaré lo que es mío ahora y la uniré a mí.

Francesca tomó aliento con brusquedad.

—Dimitri, no. No puede ir contigo, y sufriría aún más sin ti. No puedes ser tan cruel.

—No permitiré que me impidáis estar con ella.

Una vez más, Gabriel lanzó la mano al cuello de Dimitri, apretando los dedos como advertencia.

—Entrega a mi hija a su madre. —Cada palabra iba acompañada de un siseo.

Dimitri no soltó a Skyler, pero la liberó de su embeleso, de modo que ella se despertó en medio del tumulto creado a su alrededor. Al instante se percató de lo que ocurría.

—¡Basta! ¿Qué os pasa a todos? —gritó. Se frotó la muñeca como si le doliera—. ¿Ninguno de vosotros puede sentirlo? ¿Alexandria? ¿Francesca? Hay alguien aquí con nosotros; noto la fuerza del poder. Dimitri, bájame ahora mismo.

Alexandria de repente apartó a Aidan de su lado, dio un traspiés y se agarró de nuevo a él, apretándose la cabeza que tanto le dolía.

—Skyler tiene razón, hay algo aquí. —Miró a los hombres que permanecían a su alrededor con rostros adustos y enojados—. ¿Ninguno de vosotros puede sentirlo? ¿Francesca?

La sangre aún goteaba por un lado del rostro de Alexandria cuando intentó acercarse a Francesca entre las ramas. Aidan permanecía cerca de ella, sin quitar ojo a los otros; la postura de su cuerpo era agresiva más que protectora.

Mihail se agachó para estudiar el terreno a su alrededor. Se enderezó despacio y levantó una mano para pedir silencio.

La nieve continuaba cayendo, suaves copos flotantes les cubrían. Pequeños roedores hacían susurrar las hojas a lo largo del terreno en un esfuerzo por encontrar un escondite. No hacía viento, y aun así las ramas de los árboles se agitaban sutilmente. Gabriel ocupó de inmediato una posición delante de las mujeres y Aidan en el otro extremo, para aislarlas. Dimitri entregó a Skyler a Francesca como si hiciera una ofrenda de paz.

Ésta la bajó al suelo y la sostuvo cerca de su cuerpo para consolarla.

—Yo también lo siento, Gabriel, un poder sutil que perturba el flujo natural de la naturaleza a nuestro alrededor.

—En mis pesadillas hay algo que aparece sistemáticamente, es un brazo con largas garras afiladas que se alarga para atraparme —susurró Alexandria—. Lo he visto en el suelo, yendo a por Skyler.

Como reacción, Dimitri se agachó aún más, con ojos llameantes. Se le escapó un suave gruñido de advertencia.

Alexandria negó con la cabeza.

—Tiene que haber sido una ilusión. Era lo que yo más temía. Siento ese poder alimentando y nutriendo nuestros temores, nuestras emociones. Gabriel está enfadado, igual que Dimitri, y es la energía lo que alimenta ese enfado.

Francesca asintió, observando con mirada cautelosa a su alrededor.

—Yo también lo percibo; es muy sutil. No puedo seguir el rastro que ha dejado. ¿Puedes tú, Alexandria?

Ésta negó con la cabeza, con expresión frustrada.

—Yo también lo noto ahora —dijo Gabriel— a través de Francesca. Volveré a reconocerlo si me cruzo con él.

—¿Puede que sea uno de los niños practicando? —preguntó Mihail—. Solíamos cometer todo tipo de errores a todas horas, y se producían accidentes. Como se trate de Josef, va a llevarse un sopapo.

Hubo un pequeño silencio. Skyler respiró hondo y agarró a Francesca aún con más fuerza, frotándose en todo momento la muñeca contra el muslo.

—Están bloqueando la sangre carpatiana. Es complicado, porque yo llevo esa sangre, pero no soy del todo Carpatiana. El flujo procede de donde se encuentra el hostal y... —Se interrumpió, su rostro perdió todo el color—. Lo siento, me han pillado y se han detenido. Debería haber sido más cuidadosa. No se trata de un niño. Llevo haciendo esto toda la vida y puedo deciros que sea quien sea es muy hábil, pero no sabría decir si es hombre o mujer.

—¿Puedes distinguir la diferencia normalmente? —le preguntó Aidan.

Skyler asintió.

—El contacto es diferente, pero en este caso era demasiado sutil... peculiar. —Frunció el ceño—. Quizá más de una persona.

—¿Por qué dices eso? —le preguntó Mihail.

Encogió los hombros.

—Algo en la trama me resultaba diferente, como si más de una mano la hubiera urdido o como si la persona estuviera dividida en más de una personalidad. Lo lamento, les he puesto sobre aviso y no he obtenido suficiente información, pero se trata de un médium poderoso. —Dirigió una rápida mirada a Gabriel—. Y me han alcanzado también a mí; sabían que yo estaba aquí.

Gabriel soltó una maldición carpatiana en voz baja.

—Sabemos que nuestros enemigos se han unido, tanto magos como vampiros, y la sociedad dedicada a dar muerte a todos los vampiros se ha extendido por todo el mundo.

—¿Y pueden identificarte? —preguntó Dimitri a Skyler.

Permaneció callada durante un largo momento, pero esos ojos azules transparentes la quemaron por dentro y la obligaron a responder.

—Sí. —Retrocedió un poco con el cuerpo tembloroso, levantó una mano para defenderse, y las cicatrices de toda una vida de tortura quedaron evidentes, tanto las físicas como las mentales.

El rostro de Dimitri se endureció hasta parecer una máscara; sólo sus ojos permanecían vivos, centelleando con tal intensidad que Skyler tuvo que apartar la mirada.

—No hagas eso —dijo—. No tienes por qué temerme. Hay enemigos a nuestro alrededor y tú has quedado marcada, te han señalado, aun así te apartas de la persona que tiene todo el derecho a protegerte.

—Dimitri. —Francesca dijo su nombre en voz alta para atraer su atención—. Ahora no es el momento para esto, pero serás bienvenido a hablar de estos asuntos en nuestra casa. Sé que tienes una gran reserva de lobos y que te ocupas de varias manadas. Skyler está muy interesada en los lobos y lo más probable es que disfrute oyendo algunas de tus historias.

¡Francesca! Este hombre amenaza con arrebatarnos a nuestra hija. Gabriel protestó, aunque, en verdad, estaba avergonzado de verse atrapado en tal enajenación, casi a punto de matar a un hombre. Y no a cualquier hombre, si no a la pareja eterna de su hija.

¿Y tú no empleaste todo medio a tu disposición para unirme a ti? Él está actuando por instinto. Ella ha desatado esta respuesta y *¿qué puede hacer excepto intentar protegerla y vincularla a él? No puedes prohibir que la vea. Al fin y al cabo, va a ser tu yerno.*

Gabriel soltó el equivalente mental a un resoplido.

Si muere, no. Como le ponga una mano encima, le arranco el corazón. Era una amenaza inútil ahora, y lo sabía. No podía echar la culpa a Dimitri, aunque seguía pensando que nadie sería lo bastante bueno para su hija.

Francesca suspiró.

Deberíamos haber tenido niños. Es su pareja eterna, Gabriel. Le curó la pierna y le dio sangre cuando hizo falta. No la ha unido a él ni la ha tocado de forma inapropiada. Deja ya de intentar intimidarle.

Gabriel lanzó un gruñido grave y sordo de advertencia, pero permaneció callado.

—No tenéis otra opción que cancelar la fiesta de esta noche —dijo Dimitri—. Skyler no puede ir al hostal, pues la han identificado. Cada una de nuestras mujeres corre peligro.

—Mihail —protestó Alexandria—. No puedes cancelar nuestra celebración; los niños están ilusionadísimos. Podemos tomar precauciones, no es que no estemos acostumbrados a vivir amenazados cada día de nuestras vidas. Ni siquiera sabemos de qué se trata en este caso.

—Exactamente —replicó Dimitri—. No sabemos qué es esto.

Mihail sacudió la cabeza.

—Necesitamos mantener la calma y pensar con claridad. Skyler, si esta persona o personas emplean habilidades parapsicológicas otra vez, ¿serías capaz de distinguir algo o ahora que saben que estás cerca pueden bloquearte?

—Dudo que puedan impedir que perciba esta alteración en la naturaleza, pero también llevo sangre carpatiana. No lo percibí de inmediato cuando Alexandria y yo caminábamos por el bosque, y ella supo que algo iba mal antes que yo.

—No exactamente —dijo Alexandria—. Noté los efectos, pero acepté la ilusión que creaba mi mente y no me percaté de que me estaban manipulando.

—Skyler no puede acercarse en absoluto a ese hostal —decretó Dimitri, lanzando una mirada iracunda a Gabriel, con una postura corporal que desafiaba claramente al otro hombre.

Pero antes de que Gabriel pudiera responder, Mihail alzó la mano.

—Enviaré a Jubal al hostal. Es humano y tiene fuertes poderes como vidente. Manolito De La Cruz irá con él. Ya se ha curado de sus heridas de la batalla, y es un cazador muy poderoso. Tal vez juntos puedan detectar cualquier indicio de traición. Todos estaremos en guardia. En cuanto a Skyler, tiene a Lucian y a Gabriel, además de a ti, Dimitri, para cuidar de ella. Dudo que con los tres vigilándola alguien pueda hacerle daño.

Mihail hizo una señal a la adolescente para que se acercara.

—¿Entiendes el peligro que corres? Es posible que nuestros enemigos puedan encontrarte, por consiguiente todo el mundo en la familia corre peligro. Debes estar protegida a todas horas. Francesca, sugiero que hables con ella sobre el sufrimiento del hombre carpatiano en ausencia de su otra mitad. Debería comprender mejor la situación.

Dimitri, tendrás que enterarte de la experiencia de esta jovencita, de lo que ha sufrido, del trauma que ha sufrido en su vida, y también aprovecharás el conocimiento de Raven sobre los niños humanos. Mihail hizo que sonara como una orden, recalcando algo de lo que Dimitri era perfectamente consciente, como bien sabía. Tenía que entender que la chica era demasiado joven y que había pasado por demasiadas cosas como para unirla a él.

—Skyler tiene frío y Alexandria debe regresar a casa. Gracias, Alexandria, por tu rápida idea de sacar a Skyler de aquí. Podría haber sufrido una herida mucho más grave.

La mirada de ésta saltó al rostro del príncipe.

—¿Cómo lo has sabido?

Mihail indicó el suelo.

—Puedo leer las señales como cualquiera. La apartaste de las ramas más grandes.

—Gracias —dijo Gabriel—. Tenemos una gran deuda contigo.

—La deuda la tenéis con Dimitri —objetó Alexandria—. Le salvó la vida al cortar la hemorragia. —Se inclinó sobre Aidan en busca de apoyo—. Quienquiera que fuera capaz de descubrir mis temores y los amplificara hizo un buen trabajo. He pasado mucho miedo.

—¿Que fue lo que derribó el árbol? —se preguntó Mihail en voz alta.

—Se produjo un pequeño terremoto antes de que empezara a resquebrajarse. Noté cómo oscilaba la tierra —dijo Dimitri—. No percibí la fuerza del poder, me pareció algo natural, pero no podemos saberlo con certeza.

—Yo estaba tan asustada que creo que me imaginé la mayoría de las cosas —confesó Alexandria—. Estaba segura de que un vampiro nos perseguía, pero Skyler no lo notó. —Sin poder evitarlo, tuvo que examinar la base del árbol. No había señales de garrote alguno, ni sombra ni nada por el estilo. El tronco permanecía intacto y sólido, pero la copa se había partido y había caído con aquel frío glacial. Alzó la vista para mirar a Aidan—. Ha sido mi imaginación. Debería haber reconocido el flujo de poder, qué estúpida.

Aidan puso una mano en la nuca de su compañera.

—No hay nada estúpido en ti. Gabriel y Dimitri casi acaban matándose a golpes y ninguno ha reconocido el flujo de poder que alimentaba su cólera. Y cuando te he visto tumbada, tan quieta y cubierta de ramas, mis emociones se han descontrolado. Por un momento, quería buscar el amanecer, pensando sólo en unirme a ti.

A Alexandria se le cortó la respiración.

—Aidan. —Le rozó el rostro con la punta de los dedos—. ¿Pensabas que estaba muerta?

—Es mi peor miedo —admitió atrapando en su boca el dedo de su compañera—. Siempre he temido perderte.

—Bien, no va a ser así. Soy fuerte, Aidan, y mis destrezas no paran de mejorar. Me habría convertido en vapor, pero quería sacar a Skyler de esta situación de peligro. Y parece que lo he conseguido, pero con una fractura múltiple.

—Si se hubiera quedado donde estaba, hubiera muerto —dijo Dimitri—. El trozo más pesado del tronco cayó directamente encima de donde estaba. Te debo mucho. —Hizo una leve inclinación hacia Francesca—. Mis disculpas por el malestar que te he provocado; no percibí la sutil perturbación en la naturaleza y debería haberla detectado. Me consumía la necesidad de proteger a Skyler.

—No puede meterse a las mujeres en una burbuja, aisladas de todo, Dimitri —comentó Francesca—. Tenemos que vivir nuestra vida, igual que los hombres.

Mihail interrumpió cuando Dimitri abría la boca con lo que obviamente iba a ser otra protesta

—No podemos suspender la fiesta de Navidad. Nuestros enemigos podrían adivinar quién es humano y quién carpatiano en esta región. Al cocinar y «comer» comida, parecemos tan normales como los lugareños de nuestro alrededor. Ahora que sabemos que el peligro esta próximo, seremos capaces de mantener a salvo a nuestros seres queridos.

Los colmillos de Dimitri refulgieron cuando descubrió sus dientes y dio un paso hacia Skyler.

—Ya ha sufrido suficiente a manos de los hombres humanos, no permitiré esto.

Skyler se acercó más a Francesca, intentando cobrar valor para desafiar a un hombre que parecía demasiado alto, demasiado fuerte... demasiado invencible, con ese rostro duro y esos ojos de frialdad abrasadora.

No vuelvas a provocar la cólera de Gabriel contra Dimitri, le advirtió Francesca. *Permíteme manejar esto*. Sonrió a Dimitri.

—Todos los niños esperan con ilusión una celebración de este tipo. Seguro que puedes cuidar de ella junto con nosotros y concederle esta oportunidad de relajarse y disfrutar del encuentro con los demás niños, algo que lleva esperando hace tanto tiempo. Necesita todo buen recuerdo que pueda tener, toda oportunidad de reír y de disfrutar de la infancia. Recuerda, Dimitri, le arrebataron todo eso cuando era pequeña.

—No hay posibilidad de que yo lo olvide alguna vez —ladró entre dientes. Volvió toda la intensidad de sus ojos relucientes a Skyler—. ¿Es esto importante para ti? ¿No es un acto de desafío sólo porque tu pareja no quiere que asistas?

Ella tomó aliento, notó el impacto de su mirada recorriéndola de arriba abajo. Nunca podría estar con este hombre; quería expresar su negativa a gritos. No sería la pareja eterna de ningún carpatiano, y menos aún de este hombre que la aterrorizaba. La desesperación la llenó de pánico.

Al oír el suave gruñido de advertencia de Gabriel, Francesca le apretó el hombro.

Skyler se obligó a respirar lentamente. La mano de Francesca apretó un poco más.

—Me gustaría mucho ir. —No iba a pedir permiso, estaba harta de rogar ante los hombres. De niña, tuvo que realizar repugnantes y asquerosos actos para conseguir comida, y tenía que pedir permiso para dormir, para ir al baño, incluso para hablar. Su vida había sido un infierno y no regresaría a eso, prefería morirse.

Nunca, cariño. La voz de Francesca susurró a través de su mente. Un amor puro, incondicional, una promesa que siempre mantendría. *Nadie que vuelva a hacerte daño de ese modo continuará con vida. Dimitri parece cruel e insensible, pero la verdad es que sus emociones son demasiado abrumadoras como para controlarlas, de modo que para protegerse, a él mismo y a todos nosotros, tiene que dejar a un lado sus sentimientos y volverse un guerrero despiadado. Es lo que sabe hacer.*

Y lo que él es, contestó Skyler. *Es la violencia personificada. He visto el interior de su mente. Se fundió conmigo y pude verle asesinar sin pensar, sin remordimientos. Cree que me controla, que voy a hacer lo que él quiera.*

Todos los hombres carpatianos piensan de ese modo. Son obsesos del control, incluso nuestro querido Gabriel. Eres demasiado joven y, aunque todo el instinto empuja a Dimitri a tomarte ahora, está intentando refrenarse y darte lo que te corresponde: tiempo.

—Confesaré que no me gusta la idea, pero es probable que me esté mostrando excesivamente protector. No puedo soportar ver... o sentir que sufres. —Dimitri hizo una leve inclinación con el torso, un gesto anticuado—. Entonces debes ir.

Skyler reprimió una contestación. Habría ido de cualquier modo, no necesitaba que él —prácticamente un extraño— le dijera lo que podía o no podía hacer.

—Iba de camino a ver a Julian —anunció Mihail decidiendo que era hora de aliviar la evidente tensión—. Sé que aprecia los momentos de diversión y quería alertarle de la sorpresa principal de esta noche.

—¿Hay una sorpresa? —Gabriel sonaba cauteloso.

—Raven quiere que aparezca San Nick vestido de rojo —dijo Mihail con aire de suficiencia—. Los niños lo estarán esperando.

Francesca se mordió el labio, reprimiendo una repentina sonrisa al ver que Gabriel de hecho se colocaba detrás de ella como si buscara protección.

Niño grande.

Mihail está tramando algo. Y yo no voy a disfrazarme con unos leotardos rojos.

Francesca estalló en carcajadas.

—Santa Claus no lleva leotardos rojos, so tonto.

Mihail le dedicó una sonrisa.

—¿Crees que Gregori lo sabe? Al fin y al cabo, es mi yerno, y tiene el deber de hacer lo que yo le diga. Además, los leotardos rojos podrían quedarle bien.

—No serás capaz —dijo Gabriel, y una mueca se extendió poco a poco por su rostro.

Dimitri alzó una ceja.

—¿Gregori? ¿El coco de los carpatianos?

—Asustará a los niños, Mihail —manifestó Francesca—. ¿No vas a pedirle en serio que haga de Santa Claus, a que no?

—Por supuesto que sí.

—Pues no me lo pierdo. Creo que Lucian y yo necesitamos ir a visitar a nuestro hermano pequeño —dijo Gabriel—. Hazme saber cuándo vas a ir a su casa para que pueda acercarme en el mismo momento.

—Eso es sencillamente mezquino —le reprendió Francesca entre risas—. Y no te atrevas a decirle que Santa lleva leotardos rojos. Sólo la idea de ver a Gregori con unos leotardos rojos puestos, basta para asustar a todo el mundo.

—Lo de ser príncipe tiene ventajas al fin y al cabo —dijo Mihail.

Skyler se aclaró la garganta.

—¿Estáis de broma... a que sí?

Mihail se mostró petulante.

—Una broma para Gregori, pequeña. Mejor me voy. Tengo demasiadas cosas que hacer. Dimitri, he avisado a todos los demás de que nuestras mujeres y niños deben estar protegidos en todo momento, sobre todo nuestra Skyler.

Skyler inclinó hacia atrás la cabeza y miró a Dimitri. A su pesar, tenía que admitir que era guapo, con ese rostro de hombre, no de niño. Tenía unos ojos tan vivos, de un azul tan intenso, que podrían quemarla o congelarla. El cazador alzó ambas manos y se las pasó por su reluciente pelo negro para apartárselo del rostro. Sus músculos se flexionaron y se tensaron. Estaba de pie lejos de ella, pero Skyler notó cómo los dedos tocaban también su propio pelo, deslizándose entre los mechones sedosos de un modo lento e íntimo. El estómago le dio un vuelco curioso. Oyó a lo lejos el aullido de un lobo y Dimitri inclinó la cabeza hacia el sonido.

—Suena demasiado quejumbroso... tan solitario —susurró Skyler. Aquel acongojado aullido atrajo al instante su compasión. Quería —casi necesitaba— encontrar al animal y consolarlo.

—Se siente solo —dijo Dimitri. Se quitó un cordón negro que llevaba alrededor del cuello—. Te pido que lleves esto, Skyler. Por mí.

Skyler retrocedió un paso, pero su mirada descansó en el collar que él le tendió. El pequeño lobo era exquisito, la cabeza echada hacia atrás, el pelaje negro y reluciente, los ojos azul oscuro, como zafiros resplandecientes mirándola. Vaciló sólo un momento, y su mano se movió despacio hacia la del cazador hasta que se tocaron las puntas de los dedos. Un calor se propagó por su cuerpo, calentándola pese al frío.

En vez de dejarlo caer en la palma, Dimitri le pasó el cordón por el cuello, levantando su cabello y colocándolo sobre sus hombros. El cordón aún conservaba el calor de su piel y el pequeño lobo se acomodó en el valle entre sus pechos. Entonces alargó el brazo tras ella, donde Skyler no alcanzaba a ver, y de inmediato la rodeó con una suave capa roja. El frío cesó al instante.

—Ahora pareces Caperucita Roja —murmuró mientras se inclinaba para echarle la capucha sobre el pelo.

Ella inspiró su aroma, salvaje y masculino e inesperadamente familiar. Notó el contacto de sus labios en la mejilla, dejando un rastro ardiente que le llegó hasta la comisura de su boca, y su cuerpo respondió con un peculiar hormigueo, tomó conciencia, incluso se estiró hacia él. Aunque Skyler continuó quieta mientras él la enjaulaba en sus brazos, notó algo en su interior elevándose hacia él. Antes de que aquello pudiera desatarse y responder, Dimitri se transformó una vez más en lobo y se alejó de ellos de un brinco para correr por las profundidades del bosque. Skyler cogió el pequeño colgante de lobo en su mano y lo sujetó con fuerza.

Quería salir tras él. Llamarle para que regresara. Sus pulmones se obstruyeron y el corazón le dio un vuelco. Sabía que no quería una pareja carpatiana. Toda su vida había sabido qué sentía la gente, qué pensaba en realidad; y en la mayoría de los casos no era bueno. Gabriel y Francesca le habían dado una tregua, le habían proporcionado un refugio seguro, y el iba a arrebatarle eso. Respiró hondo y apartó la vista del sendero que él había tomado.

—Quiero ir a casa, Francesca —dijo en voz baja, sintiéndose una cobarde.

—Por supuesto, cariño. —Francesca la estrechó en sus brazos, con capa y todo, y se lanzaron al aire, dejando en manos de Gabriel la protección de las miradas indiscretas.

—Lejos —murmuró Skyler—, de vuelta a París. —Volvió el rostro hacia la nieve que descendía flotando en el silencio infinito. El mundo parecía lleno de gemas centelleantes mientras la luz de la luna se reflejaba en los cristales de hielo y en los copos de nieve. Se concentró en las copas de los árboles y las superficies prístinas al tiempo que volaban a casa, con Gabriel detrás, muy cerca de ellas.

—La pequeñaja siempre te tranquiliza —dijo Gabriel al llegar—. ¿Por qué no vas a ver cómo está? —Su ama de llaves y niñera de confianza había viajado con ellos y pasaba el día con los niños. No apartó su mano de Francesca para que su compañera no se escabullera.

Skyler les besó a ambos, aún cubierta por la capucha de la capa, fue a coger a Tamara, y la acunó en sus brazos. En cuanto salió de la habitación, Gabriel se volvió a su pareja con un marcado ceño de impaciencia.

—¿Has visto eso? ¿Le has visto besarla? ¿Tocarla? No sólo le ha tocado la piel, le ha dejado su marca. No voy a permitir esto, Francesca.

—Gabriel. —Le frotó el brazo con dulzura—. Se ha ido.

—No se ha ido. La ha dejado marcada, le ha dado su sangre, y bebido de la suya. Tal vez no haya sido un intercambio completo, pero tú y yo sabemos que ha transmitido una advertencia a todos los demás carpatianos para que la dejen tranquila.

—Como es su deber. Igual que habrías hecho tú o cualquier otro carpatiano.

Gabriel frunció el ceño.

—Debería poder tener una infancia. Él aún puede esperar doscientos años, igual que todos los carpatianos hicieron en el pasado. Dieciséis años. ¿Cuándo se ha visto algo así?

—Savannah apenas tenía veintitrés cuando Gregori la reclamó —le recordó Francesca—. Es otro mundo, y Skyler no es carpatiana del todo. Si él espera doscientos años, para entonces ella podría haber muerto.

Gabriel refunfuñó.

—La integraremos del todo en nuestro mundo, es nuestra hija.

—Dijimos que la decisión sería de Skyler. Los intercambios de sangre se hicieron para ayudarle a superar el trauma, no significa que ella no pueda elegir. Suenas tan terrible como Dimitri.

—Es nuestra hija. No voy a dejar que haga locuras por miedo. Me niego a perderla dejando que se haga vieja, o por ese patán desconsiderado que, por cierto, no es suficientemente bueno para ella. Es nuestra, Francesca. La quiero tanto como quiero a Tamara, y está bajo nuestra protección. Toda esta libertad de la que siempre hablas es ridícula. Todos estamos sometidos a ciertas normas, y Skyler también.

—Dimitri ha hecho gala de un gran control al no hacer un intercambio completo de sangre con ella. Podía haberse aprovechado y no lo hizo. Nuestras mujeres, hasta la llegada de Savannah, no maduraban sexualmente tan deprisa. Ella sí, te guste o no, Gabriel. —Francesca alzó una mano cuando él quiso protestar—. Por supuesto es demasiado joven para estar unida a él, pero eso no quiere decir que técnicamente pueda suceder. Tiene que superar su pasado, y quién sabe si va a ser capaz de hacerlo. Tiene cicatrices en la mente que ni yo puedo borrar, ni siquiera puedo encontrar recuerdos de su infancia anteriores al inicio de las atrocidades. Él tiene que saber eso, tiene que estar dispuesto a ser amable, considerado y paciente con ella. Es inevitable que acaben juntos, Gabriel.

El carpatiano se apartó de ella, con los puños cerrados. Al volverse, Francesca captó el destello de los colmillos y de pronto él abrió los puños: sus dedos estaban tomando forma de garras curvas y letales. Entonces arrojó la cabeza hacia atrás y rugió con furia. El sonido sacudió la casa y, en la habitación contigua, Tamara empezó a llorar. Gabriel se volvió para encararse a Francesca.

—No la va a obligar este... este hombre lobo, a hacer nada.

Ella soltó un resuello al oír el insulto.

—Te estás comportando como un loco, Gabriel. ¿Así va a ser con todas nuestras hijas?

—A ninguna hija mía la obligan a hacer nada. —Se volvió otra vez hacia ella, con ojos negros centelleantes de cólera.

—¿Como me obligaron a mí? —Francesca le perforó con la mirada.

—Eso es completamente distinto.

—¿Por qué? ¿Porque eras tú? Gabriel, tienes que ser más razonable con esto. Tenemos que tratar bien este tema, por ellos dos. Skyler no va a poder aceptarle, sobre todo si tú actúas como un padre alocado afilando los colmillos.

—¿Gabriel? ¿Francesca? ¿Sucede algo? —Skyler salió de la habitación con la niña en brazos—. Tamara está inquieta. Nunca antes ha oído a su padre tan enfadado... y yo tampoco. —Estaba a punto de echarse a llorar—. ¿Estáis peleándoos por mí? Nunca os peleáis. Nunca. Haré lo que me pidáis.

Francesca se fue hasta ella de inmediato y le rodeó los hombros con el brazo, incluida la niñita.

—Por supuesto que también nosotros discutimos de vez en cuando, Skyler, lo que pasa es que no lo hacemos en voz alta. Lamento haberte alterado. Los adultos no siempre compartimos la misma opinión.

—No nos pelearíamos si estuvieras de acuerdo con lo que yo digo —refunfuñó Gabriel.

Francesca entornó los ojos mirando a Skyler y le dedicó una media sonrisa.

—No le hagas caso. Siempre tengo razón, y las dos lo sabemos. Y ahora mismo, tenemos cosas que hacer que son más divertidas. Divertidas, Gabriel. —Le lanzó una breve mirada de advertencia—. Skyler, ven a ayudarme a hacer estas casas de pan de jengibre para la cena de hoy. Gabriel nos ayudará.

Gabriel respiró hondo, una bocanada tranquilizadora, y se obligó a que el aire circulara por sus pulmones para eliminar el remolino de rabia que parecía hervir en sus venas y revolverle las entrañas. Procuró, mediante la respiración, sosegarse y encontrar su centro. Lo último que quería era que Skyler se alterara aún más o que la niña empezara a llorar.

—Es chantaje —rezongó, pero le guiñó el ojo a Skyler. Le tendió los brazos para que le pasara a la niñita, la cogió y se inclinó a besar a su hija mayor en lo alto de la cabeza.

—No nos peleábamos por ti, muchachita humana, sólo por lo que es mejor para ti. Y ni siquiera era una pelea, sólo una discusión acalorada. En esto estamos los dos de acuerdo: ningún hombre será nunca lo bastante bueno para ti, por lo tanto necesitas quedarte con nosotros para siempre.

La mirada preocupada de Skyler se esfumó y la muchacha soltó una carcajada.

—¿Para siempre? Creo que cuando tenga ochocientos años ya tendrás ganas de echarme.

—Nunca, preciosa, nunca —le aseguró Francesca, retirando los mechones de pelo del rostro de Skyler. Tocó una de las cicatrices en forma de media luna que no habían conseguido curar, ni siquiera con sangre carpatiana. Aunque las peores cicatrices que llevaba estaban donde nadie podría verlas jamás—. Siempre serás nuestra adorada hija.

—Queréis relamer vosotros el cuenco del pastel en vez de dármelo a mí, ¿verdad? —bromeó Skyler.

—Es demasiado dulce para ti —contestó Francesca, riéndose—. Vamos, no tenemos mucho tiempo para acabar esto. Confío en que las instrucciones sean fáciles; de hecho, nunca he construido una casa de pan de jengibre antes, y Raven quería varias para usarlas como centros para las mesas.

—Qué responsabilidad —bromeó Gabriel. Besó a Tamara y les guiñó un ojo—. Veamos cómo dejan el pabellón familiar los miembros femeninos de la familia.

—Como que vas a librarte de echarnos una mano —dijo Skyler agarrándole y tirando de él—. Voy a pintarte la cara de glaseado mientras hago el trabajo. A Tamara le va a encantar, ¿a que sí, pequeñaja?

Se había esfumado la cólera, pero el temor al futuro había ocupado su lugar. Gabriel fingió hacerse el remolón mientras era arrastrado hasta la cocina por su pareja eterna y sus hijas, entre risas que disipaban un poco el miedo a perderlas.

Skyler entró en la cocina e inhaló el aroma a pan de jengibre. Los trozos cocidos tenían ya forma de paredes y techos de casas. Sólo había que juntarlos.

No hubo aviso alguno. Mientras sacaba del frigorífico los glaseados de diversos colores, una pena devastadora casi la obliga a ponerse de rodillas. Continuó con la puerta abierta para evitar que Francesca y Gabriel vieran las lágrimas que inundaban sus ojos. El sufrimiento era penetrante y doloroso: una hoja cortando su corazón. Se le hinchó la garganta con la pena que parecía expandirse y ocupar cada célula de su cuerpo, hasta que quiso llorar sin control. Luego la rabia la invadió poco a poco, oscura y terrible, una salvaje necesidad de venganza, una necesidad de devolver el golpe... de matar. La sensación era tan fuerte que le temblaron las manos, y uno de los cuencos se le cayó y se hizo añicos.

—¿Skyler? —Francesca acudió a su lado al momento, rodeándola por la cintura y apartándola del cristal.

El glaseado era blanco, pero el cuenco era rojo y cuando los fragmentos quedaron incorporados al glaseado, le recordaron la nieve manchada de sangre. Notó la necesidad de correr hasta la ventana a mirar que no hubiera nadie herido en el exterior. Se le cortó la respiración y se llevó una mano a su corazón doliente. No se trataba de alguien cualquiera... Dimitri. Había conectado con él —estaba segura de ello— y estaba sufriendo.

—¿Francesca? Tengo que encontrarle. Tengo que encontrar a Dimitri. —Su voz apenas era un susurro. No tenía idea de que corrían lágrimas por su rostro hasta que Francesca le secó las mejillas—. Está... es terrible, no puedo explicarlo. Tengo que acudir a él. Vosotros también tenéis que ir a su lado y aliviar su sufrimiento.

—Lo lamento, cielo, yo sólo puedo aliviar tu sufrimiento. Él tiene que encontrar la manera de vivir con las emociones que ahora siente. Antes tenía conocimiento, pero no sentía emoción. —Se inclinó un poco sobre su hija para murmurar en voz bajita, para aliviar el agobio—: Puedo hacer que parezca más distante, y eso te ayudará.

Skyler se apartó de golpe.

—No. —Negó con la cabeza—. Tú y Gabriel siempre me protegéis. Esta vez no. Si yo le he provocado esto a él, quiero sentirlo también. Tengo que conocer estas cosas, Francesca. Ya soy carpatiana de corazón. Necesito conocimiento además de emoción.

Capítulo 5

Mihail fluyó a través del bosque —un halo de vapor blanco oculto por la nieve— manteniéndose en lo alto de los árboles para seguir el rastro del lobo que trotaba por el terreno que se extendía más abajo. El carpatiano podía apreciar que Dimitri tenía problemas pese a haber adoptado forma de lobo. Hacía paradas de tanto en tanto, estremecido de dolor, y su pelaje —por lo habitual reluciente de salud y fuerza— se veía ahora greñudo, apagado y húmedo de sudor. Pese a su forma de animal, las oleadas de sufrimiento delataban al hombre, y Mihail distinguió horrorizado las pequeñas gotitas de sangre que dejaba atrás junto con las huellas de las patas sobre la nieve absolutamente blanca.

El príncipe se dejó caer a través de la bóveda de árboles y luego descendió suavemente siguiendo la dirección de los copos de nieve para así aproximarse al carpatiano con cautela. Dimitri había pasado por un infierno en los bosques de Rusia con sus queridos lobos. Perseguido por vampiros y humanos por igual, acosado por cazadores furtivos y gente supersticiosa, había hecho frente a siglos interminables protegiendo él solo a humanos y lobos, sin el consuelo de su patria —la tierra— o de su gente.

El lobo dejó de correr y permaneció con los costados palpitando y la cabeza baja, mientras lágrimas de roja sangre caían sobre la nieve. De repente arrojó la cabeza hacia atrás y aulló su pena infinita a los cielos o donde fuera que las deidades pudieran oírle. Mientras las notas lastimeras se desvanecían en la noche, retomó su propia forma, y el lobo desapareció para revelar al hombre, Dimitri, que se tapó el rostro mientras se hundía sobre una roca.

—Estás sintiendo su dolor —dijo Mihail en voz baja—. Es un milagro y al mismo tiempo una maldición para ti.

Dimitri se levantó de un salto, volviéndose de cara al príncipe, mostrando sus colmillos con un gruñido y llamaradas rojas en sus relucientes ojos. Adoptó la postura de un luchador, con las manos en alto, mientras el aire en torno a ellos se cargaba de electricidad... de peligro.

—No tenía idea de que no me encontraba solo —dijo Dimitri—, de haberlo sabido no hubiera mostrado esta emoción.

—Permíteme que llame a Gregori para que te ayude —le ofreció Mihail—. Él podría aliviar tanto sufrimiento.

—No hubo alivio para ella —gruñó Dimitri—. Me enteraba cuando le ponían encima sus asquerosas manos y me enteraba cuando le hacían daño, cuando le pegaban y le hacían cortes. Incluso me enteraba cuando la quemaban, pero nunca lo había sentido. No había sentido el dolor, ni la rabia, ni la desesperación. Cuando contactaba con ella y la atraía hacia mis brazos y fundía mi espíritu con el suyo, ella estaba ahí tras el muro que Francesca y Gabriel habían construido para distanciarla del dolor. Pero estaba todo ahí, y esta vez... Dios me ayude, Mihail, esta vez lo he sentido todo. Cada tortura, cada humillación, cada acto depravado. La ira y la culpabilidad... y la he oído suplicar, rogar, que alguien la salvara. ¿Dónde estaba yo?

—Estabas cumpliendo con tu deber, Dimitri, igual que todos nosotros. Skyler es fuerte, se vuelve cada día más fuerte. No pretendo comprender por qué algunos hombres cometen actos crueles con las mujeres y los niños, nunca podré entender algo así, pero sé que es común. Ahora se encuentra a salvo y feliz. Gabriel y Francesca se ocupan de su educación, y finalmente la incorporarán a nuestro mundo por completo.

Dimitri se pasó la mano por el rostro.

—Cuando la he visto, parecía un ángel, Mihail. Nunca supe qué significaba esa descripción cuando la oía, pero hay pureza y bondad en ella. La necesito. La oscuridad continúa asediándome y no confío en mi capacidad de actuar de forma honorable.

—Todos nosotros tenemos momentos de debilidad, Dimitri. Skyler es tu pareja y, como tal, debes hacer lo correcto por ella: sobrevivir y aguantar hasta el momento en que sea capaz de acudir a tu lado, y cooperar con Gabriel y Francesca, no enfrentarte a ellos. Secuestrarla o vincular su voluntad a ti, a la larga sólo os hará daño a los dos como pareja. Pero creo que eso ya lo sabes. Al menos tienes una esperanza, mientras tantos otros carpatianos no tienen nada.

—¿Esperanza? ¿Con ella que todavía es una niña, y yo viéndome obligado a regresar al vacío de mi existencia? ¿A sabiendas de que si me quedo aquí la declararé mía? ¿Sintiendo toda la brutalidad que ha sufrido, consciente de que soy incapaz de eliminarla? —Dimitri se hundió una vez más sobre la roca y negó con la cabeza—. Estoy perdido, Mihail.

Mihail se agachó a su lado.

—No, no puedes perderte ahora. Ella debe seguir viviendo con lo que le sucedió y, como su pareja eterna, tú también.

—¿Avergonzado el resto de la eternidad por no haber podido protegerla?

—Lo que sientes es rabia, rabia impotente, por ti mismo, no por ella. Deberías ser capaz de obtener venganza, de imponer justicia, pero, ya que son sólo las secuelas, la carga y las cicatrices de esos terribles crímenes, clamas al cielo por tu incapacidad a la hora de protegerla. Era una niña y tú estabas a miles de kilómetros de distancia; no tenías ni idea de su existencia. Eres un cazador de vampiros y sabes lo que es el deber y el honor; compórtate como corresponde: cortéjala como se merece y permite que se cure con Francesca y Gabriel, para que pueda acudir a ti convencida, por propia voluntad. Ése es el regalo que puedes hacerle, y es mucho más de lo que la mayoría de nosotros hemos dado a nuestros compañeros eternos.

Dimitri inspiró profundamente.

—Solía contemplar las estrellas cada noche e imaginaba que ella se encontraba en algún lugar en el mundo contemplando las mismas estrellas. Intentaba visualizarla, crear una imagen en mi cabeza, pero era muy esquiva. Y ahora la he mirado, con su suave piel y sus hermosos ojos, y he sabido que nunca podría haber invocado una imagen así, por mucha imaginación que tuviera.

—¿Permitirás que Gregori te ayude? —repitió Mihail.

Dimitri se pasó ambas manos por el cabello oscuro, empapado de sudor.

—Tengo que resolver esto a mi manera, Mihail. Llevo solo muchos siglos y es difícil para mí relacionarme con alguien... incluso con mi propia gente. He pasado mucho tiempo viviendo en la forma de lobo, corriendo libre con mi manada.

—Eso entraña ciertos riesgos... el hecho de seguir costumbres salvajes.

Dimitri hizo un gesto de asentimiento.

—Si en algún momento resulta una carga demasiado grande, iré en busca del Taciturno, nuestro sanador. No puedo permanecer alejado de ella si estoy por aquí.

—No provoques a Gabriel.

—Él no debería provocarme. Ya no soy el chico tímido que él cree; hace tiempo que ese chico se fue de este mundo. —Dimitri extendió sus manos y formó dos puños cerrando los dedos—. Soy un asesino, condenado para siempre. Ella lo ha visto en mí, ya sabes. Percibió la oscuridad y se retiró.

—Eres un cazador, uno de mis mejores cazadores —le corrigió Mihail—. No pienses otra cosa. Skyler ahora es responsabilidad tuya y está unida a tu destino. Ahora ya no puedes ir al encuentro del amanecer ni puedes abrazar el mal. Debes soportar hasta que sea lo bastante mayor... y lo bastante fuerte como para aceptar tu requerimiento. —Se incorporó y alzó la vista al cielo—. Voy a ver a Julian Savage, tu amigo de la niñez. ¿Te apetecería tal vez acompañarme? —Sus dientes centellearon blancos, pero la sonrisa en ningún momento alcanzó sus ojos. Podía sentir lástima por Dimitri e intentar ayudarle, pero nunca podría olvidar que Dimitri era un peligro, siempre lo sería hasta que consiguiera tener a su compañera unida a él—.

He pensado que le alegrará saber, a él más que a ningún otro carpatiano, que tengo intención de encargar a Gregori que se ponga ese ridículo traje rojo de Santa Claus para la fiesta.

—A Julian siempre le ha encantado gastar bromas —admitió Dimitri—, pero prefiero visitarle más tarde, cuando haya recuperado un poco el control. ¿No es su pareja de vida pariente de Gregori?

Mihail asintió.

—Desari es la hermana pequeña de Gregori. Tiene mucho talento.

—¿Ya conoces al hombre que les mantuvo a todos ellos con vida cuando pensábamos que les habíamos perdido? —preguntó Dimitri—. Tiene que ser un carpatiano poderoso.

Mihail asintió.

—Ah, Darius. Esquivo, callado, dice lo que piensa. A pocos se les ocurriría contradecirle alguna vez. Se parece mucho a sus hermanos. Seguro de sus habilidades y poderes. Es interesante observar a los hermanos Daratrazanoff juntos. No pelean por el liderazgo, cada uno es independiente, pero también se llevan bien. Es un linaje fuerte.

—He oído que también ha regresado Dominic, de los Cazadores de Dragones.

—Sufrió una grave herida en nuestra última batalla con los vampiros y el mago, Razvan. Dominic todavía descansa bajo tierra. A Francesca y Gregori les gustaría mucho organizar una sesión de sanación para él antes de que ella regrese a París.

Dimitri se levantó y se puso derecho.

—Dile a Julian que le veré más tarde, en la fiesta. Vigilaré el bosque e intentaré detectar el olor de nuestros enemigos; tal vez los lobos tengan alguna información para mí.

—Ten mucho cuidado, Dimitri, siguieron el rastro de energía de Skyler. Si son capaces de seguir también la sangre, recuerda que tú llevas el olor de Skyler igual que ella el tuyo. También tú podrías estar marcado.

La boca de Dimitri se endureció formando una línea cruel.

—Me encantaría tener la oportunidad de verles las caras. Yo no voy a ser un blanco tan fácil como Skyler.

Antes de que Mihail tuviera ocasión de responder, Dimitri se dio media vuelta y se alejó corriendo, cambiando de forma en medio de la carrera, pasando a correr a cuatro patas sin perder el ritmo, con un movimiento tan perfecto y fluido que Mihail supo que nadie podría igualarle. La onda de poder cortaba la respiración, y se quedó observando el punto donde Dimitri se había transformado sobre la arena, las huellas de hombre en un momento, de lobo al siguiente. Una vez más, le admiró lo increíble que era su especie, como le sucedía de tanto en tanto, pero tras esa admiración, igual que siempre, llegó la carga inevitable de la responsabilidad.

Amor mío. Estás preocupado. Raven tocó su mente con cariño. Al instante la irrupción de amor llenó la mente del príncipe dándole alivio.

No es nada. Voy a reunirme con Julian y Desari. ¿Te gustaría venir también?

No puedo. No me convence el aspecto de esta salsa. Tiene... grumos.

Mihail se encontró sonriendo al oír el enojo en su voz. Si la salsa no salía bien, Raven la arrojaría por la ventana a la nieve y la aprovecharía para hacer prácticas de puntería. Esta mujer tenía un poco de mal genio y, por lo visto, el trabajo en la cocina no le estaba saliendo demasiado bien.

No me parece que tu diversión vaya a ayudarme.

¿Diversión? Mihail se lanzó al cielo, volviendo a tomar la forma de búho. Enseguida se encontró volando sobre el bosque en dirección a la casa donde estaba alojado Julian. *Puedo asegurarte que no me ha divertido lo más mínimo oírte murmurar amenazas a una salsa humana que no vas a probar.*

Se produjo un silencio durante una milésima de segundo. La inquietud invadió a Mihail.

¿Raven? No intentarás comer alimentos humanos, ¿verdad que no?

Estoy considerando si eso serviría o no para crear la ilusión de que somos humanos. Algunos de los lugareños estarán también presentes como invitados.

Mihail contuvo el aliento, batiendo las alas con fiereza mientras se hundía entre los árboles con copos de nieve en las plumas.

Has ido demasiado lejos con esta fiesta tuya, mujer.

El regocijo con que Raven le contestó le inundó con una oleada de calidez. Sólo ella le tomaba el pelo así —por sorpresa, con cariño—, desafiando la cólera del príncipe del pueblo carpatiano. Mihail le envió una impresión de él mostrando los colmillos, pero no sirvió demasiado para intimidarla: se limitó a reírse y regresó a la salsa grumosa.

Entonces divisó por debajo de él a Julian Savage corriendo por la nieve con su melena ondeante —larga y rubia como la de su hermano Aidan— y algo metido debajo del brazo, mientras una mujer le perseguía y otro hombre levantaba la mano, llamándole. Julian lanzó el objeto por el aire y el hombre lo atrapó, agitándolo triunfante por encima de la cabeza. Mihail se posó sobre la baranda de la casa de Julian y allí recuperó su forma normal.

—No tiene gracia, Julian —gritó la mujer con un leve resoplido de desdén—. Eso es para la cena de medianoche. —Miró al otro hombre—. Barack, dame eso ahora mismo.

—Nadie podría comerse eso, cielo. —Julian describió un círculo a su alrededor, procurando mantenerse lejos de su alcance—. A menos que tengan previsto emplearlo como suela para zapatos.

Barack puso una mueca.

—Podríamos iniciar una nueva moda con esta cosa, Desari. Tú te encargas del horno y nosotros de las suelas de zapatos: después de andar un rato, quitan el hambre.

—¡Aiiiiigh! Qué asco, Barack. Llevas demasiado tiempo con Julian.

—En serio, corazón, sería mucho mejor usarlo como pelota de fútbol.

—Nada de cielo ni de corazón, Julian —protestó Desari—. Ahora no voy a poder servir el asado, después de haber andado tirándolo por ahí. —Con las manos en jarras, dedicó una rápida mirada a los dos hombres.

—Venga, te lo paso, Julian —le indicó Barack.

Julian salió corriendo y Barack lanzó el asado bien alto por los aires. Julian dio un brinco y lo cogió, sujetándolo contra el pecho. Antes de que el carpatiano volviera a aterrizar en el suelo, Desari empezó a cantar y las notas danzaron plateadas por el aire alrededor de Julian, enganchándose entre ellas para formar una red. Entonces él rebotó como si estuviera sobre un trampolín y acabó en el suelo, aterrizando con dureza cual largo era, con poca elegancia.

Barack se dobló de la risa, pero Julian, sin inmutarse, levantó el asado seco por encima de la cabeza en señal de triunfo.

—¡Tanto!

Desari cantó unas cuantas notas más. Las notas plateadas y doradas danzaron y descendieron, enganchándose una a otra hasta formar un lazo que se deslizó sobre la cabeza de Julian. A Mihail se le cortó la respiración. En la oscuridad, con la nieve cayendo, las notas musicales eran hermosas, relucían e irradiaban vida y energía. Notaba en su propio cuerpo la voz de Desari palpitando en todo momento, y su corazón y su mente rebosaban calor, felicidad y, sobre todo, el amor que ella sentía por su pareja eterna.

Desari volvió de pronto la cabeza para sonreír a Mihail. Era hermosa, deslumbrante incluso; su voz se desvanecía en la noche, como parte de la propia naturaleza.

—Supongo que no debería estrangular a mi pareja delante del príncipe, ¿cierto? —preguntó. No se detectaba arrepentimiento en su voz, sólo risa y bienvenida.

Desari es una Daratrazanoff auténtica; exuda seguridad. Compartió con Raven la imagen de la mujer carpatiana con su melena ondeante, los rasgos suaves, la voz musical y las notas plateadas y doradas formando un lazo en torno al cuello de su pareja eterna.

Y es bella.

No había nada mordaz en el tono de Raven, pero Mihail le sonrió a través del vínculo telepático.

Tal vez debieras venir, unirte a mí y dejar esa salsa para los insectos, aunque no esté bien envenenar a ninguna criatura viva.

Qué gracioso eres, mi príncipe.

Mihail se estremeció. Raven nunca se refería a él como el príncipe a menos que se adentraran en terrenos peligrosos. Sonrió a Desari.

—Siempre he querido estrangular a Julian.

—Igual que mi hermano, Darius —dijo Desari acercándose a él, con cada uno de sus movimientos lleno de gracilidad.

Una sonrisa suavizó poco a poco la boca de Mihail.

—Me lo puedo imaginar, a poco que Darius se parezca a Gregori. Julian solía volver loco a Gregori. Incluso de niño, Gregori le imponía poco respeto. Julian siempre iba a la suya y se metía en jaleos que a la mayoría de nuestros niños ni se les ocurriría pensar.

Julian rodeó la estrecha cintura de Desari con la mano.

—No le hagas caso. No era el niño malo de los carpatianos, sólo era independiente. Y tenía mis motivos. Un vampiro empleaba mis ojos para espiar a nuestro pueblo. Digamos que no podía quedarme por aquí.

—¿Y conseguiste destruir a ese vampiro? —le preguntó Mihail.

Julian hizo un gesto afirmativo.

—Era yo quién lo había hecho tan poderoso. De niño, eso me parecía, pero como la mayoría de nuestros monstruos, una vez que me hice mayor, entendí que no era en absoluto tan poderoso como yo recordaba. Volviendo la vista atrás, creo que debería habérselo contado a un adulto, y tal vez habrían logrado perseguirlo y darle caza, devolviéndome así la infancia, pero pensaba que haría daño a nuestros cazadores.

Mihail se encogió de hombros.

—Es fácil para nosotros volver la vista atrás y decir qué deberíamos haber hecho, pero eso sólo es porque la información que tenemos ahora es diferente y, por supuesto, el conocimiento siempre altera nuestras decisiones.

Julian esbozó una débil sonrisa.

—Me hubiera gustado disfrutar de esos años con Aidan. Siempre se ha portado muy bien al respecto, pero sé bien cómo le dolía que estuviéramos separados.

Desari buscó su mano para ofrecerle consuelo.

—Ahora le vemos todo lo que podemos, Julian —le recordó, y

luego soltó su mano para frotarse la palma contra el muslo—. Estás todo grasiento.

—El infame asado —dijo Julian, entregándole el enorme pedazo de carne seca con una leve y breve inclinación.

Mihail disimuló su risa con una pequeña tos, volviendo el rostro mientras Desari fulminaba a su pareja con la mirada.

—Está todo fangoso, Julian, lo has echado a perder. ¿Qué voy a hacer ahora? Tengo que llevar algo a la cena de esta noche.

—Pide ayuda a Corinne —le sugirió Barack—. Le contó a Dayan que cocinaba bastante bien antes de que él la reclamara como pareja.

—No hay nada fangoso en ese asado —protesto Julian—, sólo se ha convertido en cuero.

Desari le hizo una mueca y luego miró el asado.

—Que cosa más asquerosa; creo que voy a pedirle a Corinne que me ayude a preparar algún otro plato.

Barack tendió las manos.

—Pasa del asado, Desari, así podremos al menos acabar nuestro partido de fútbol.

Mihail sacudió la cabeza.

—Quería haceros saber que Alexandria y la joven Skyler se han encontrado con problemas hace unos minutos. Todos necesitamos estar alertas y ofrecer protección adicional a nuestras mujeres y niños.

—Syndil estaba en casa, quería preparar algo para la fiesta; creo que iré a ver cómo está. Si la busco mentalmente, se limitará a contestar que se encuentra bien. —Barack hizo un pequeño saludo y de inmediato se lanzó al cielo.

La sonrisa se borró del rostro de Julian, que se acercó un poco más a Desari.

—¿Qué clase de problemas? Aidan no nos ha comunicado que Alexandria estuviera mal.

—Ahora está bien, pero tanto ella como Skyler percibieron la presencia de un flujo sutil de poder, que potenciaba las emociones hasta el punto de lo irracional. Incluso Gabriel quedó afectado y perdió los nervios con Dimitri.

—Sabía que Dimitri había llegado —dijo Julian—. Puedo percibir la oscuridad aumentando en él de hora en hora. Está inestable y tenemos que encontrar la manera de mantenerle a salvo. Gregori me encomendó una tarea para mantenerme activo cuando pensaba en renunciar a mi existencia, y tal vez si diéramos una misión a Dimitri... —Julian suspiró—. Está solo, mata con más frecuencia de lo recomendable para un cazador, y eso le está destruyendo poco a poco.

—Skyler es su pareja eterna —manifestó Mihail.

Desari soltó un jadeo.

—Oh, cielos, no es más que una cría. ¿Está él seguro?

—Ella le ha devuelto los colores y las emociones.

—Eso no va a ser fácil —comentó Julian—. En el mejor de los casos, es difícil aceptar las emociones, y en esta situación, teniendo en cuenta los abusos que ella ha sufrido, Dimitri debe estar pasando por un infierno. Debo acudir a su lado —añadió— y ver qué puedo hacer. Desari tiene un poder asombroso con la voz, y podría ayudarle a pasar por esto.

—Dimitri no puede unirla a él —protestó Desari, llevándose una mano a la garganta—. Es demasiado joven y, por lo que ha explicado Francesca, demasiado frágil. Gabriel y Francesca hacen un gran esfuerzo juntos para distanciarla de su pasado y así poder funcionar con normalidad. ¿Sabes que no conserva en la mente recuerdos de la infancia que ellos puedan recuperar para ayudarla? Para Dimitri debe ser dificilísimo sentir de repente todas esas cosas. Durante un tiempo notará esas viejas cicatrices como heridas en carne viva.

—Es una situación muy peligrosa —admitió Mihail—. Si Dimitri se queda cerca de ella, tendrá que continuar reprimiendo su necesidad de reclamarla como suya. Si opta por regresar a Rusia, el peligro será mayor para ambos. —Se frotó ambas sienes, sintiéndose viejo de repente. La carga de sus responsabilidades le agotaba mucho más en estos días azarosos.

En medio de la temporada de Navidad, cuando debería sentir dicha y esperanza, se notaba cansado, y sentía un principio de desesperación. ¿Cómo podía salvarles? Dos o tres niños no eran suficientes. Aunque Shea diera a luz a una niña y la pequeña sobreviviera, pasarían años antes de que pudiera salvar a un carpatiano. Demasiado tiempo para esperar en la oscuridad. Demasiados carpatianos. Una o dos compañeras eternas no iban a salvar a su especie de la extinción, sobre todo ahora que sus enemigos unían fuerzas y lanzaban ataques cada vez más temerarios.

—Durante mucho tiempo contábamos con todas las ventajas —murmuró en voz alta—. Podíamos estudiar y conocer los pensamientos de nuestros enemigos, pero ahora han descubierto la manera de bloquearnos. Podíamos oler la peste maligna del vampiro, percibir la presencia de tal abominación, y ahora ya no podemos fiarnos de nuestros sentidos. —Extendió los brazos—. Antes, nunca habrían venido aquí tras nosotros, por temor a nuestro poder, y ahora minan nuestra autoridad casi a diario. Nuestros enemigos nos superan en número. Y mientras nosotros perdemos fuerza, ellos se hacen más poderosos.

Desari lanzó una ojeada a Julian. Sus ojos de color ámbar parecían relumbrar mientras daba un paso al frente para apoyar una mano en el hombro de su príncipe. Tenía el aspecto de un guerrero, y ella no pudo evitar sentir un pequeño acceso de orgullo por él.

—Nosotros también nos hacemos poderosos, Mihail. Bajo tu liderazgo nos hemos unidos en vez de estar repartidos y separados por todo el mundo como antes. Has trabajado sin descanso para entrar en contacto con todos nuestros antiguos, para continuar buscando a cualquiera que estuviera perdido, como en el caso de Desari y los demás.

—Las mujeres son reacias a quedarse embarazadas y dar a luz —indicó Mihail, sacudiendo la cabeza—. Sin niños, Julian, por muy longevos que seamos, nuestra especie no sobrevivirá.

Desari le sonrió:

—Sobreviviremos. Ésta es la estación de los milagros, ¿recuerdas? Pensaba que eras creyente, Mihail. ¿Qué ha sucedido con tu fe?

Se produjo un breve silencio. Las líneas duras del rostro del príncipe se suavizaron.

—Tal vez esta fiesta de Raven sea justo lo que necesito para recuperar la fe, Desari. —Se frotó el caballete de la nariz con gesto pensativo—. Si Josef decide hacer una versión propia de algún villancico, por favor ofrécete voluntaria para cantar. ¿Es posible que tus notas danzantes puedan amordazar al chico?

—Vaya fama tiene Josef —dijo Desari con una risa—. Entiendo que es de armas tomar.

—Digamos que no envidio a Byron y Antonietta cuando intentan vigilar al chico. Dicen que es bastante inteligente, pero poco diligente a la hora de dominar alguno de nuestros métodos. Creo que está malcriado y que le permiten mezclarse con niños humanos tan frecuentemente que ha acabado por olvidar su deber para con su gente.

Julian dedicó una sonrisa secreta a Desari al oír la severidad en la voz de Mihail. De niño, había oído la misma dureza en el tono de sus mayores.

—Se convertirá en un buen hombre —le tranquilizó Julian—. Tal vez no en un cazador, pero necesitamos que nuestra sociedad vuelva a progresar una vez más. Necesitamos hombres que se ocupen de los negocios y las artes, y especialmente de la ciencia.

—No dudo que Josef tendrá éxito en cualquier cosa que haga —dijo Mihail con sequedad—, pero el resto de nosotros tal vez no sobrevivamos a su juventud.

—Creo recordar que Gregori dijo lo mismo sobre mí... muchas veces. —Julian le dedicó una mueca, y sus ojos de extraño color destellaron como el oro—. A ese hombre le falta un poco de sentido del humor. Ahora soy su cuñado, el destino siempre te tiene preparada alguna jugada.

Un sonrisa de respuesta iluminó poco a poco el rostro de Mihail.

—Debo confesar, Julian, que no había pensado en eso en absoluto. Su cuñado. También es mi yerno y, ya que soy Querido Papaíto, creo que es hora de que este hombre desempeñe algunos deberes familiares. Estará perfecto en el papel de Santa Claus esta noche.

Julian alzó una ceja de súbito.

—Mi príncipe —hizo una profunda reverencia—, tengo que reconocer que eres el maestro en este juego que seguimos a menudo con el Taciturno.

Desari desplazaba su mirada de un hombre al otro.

—No puedo imaginarte pidiendo a Gregori que haga de Santa, y que Julian respalde esto me parece fatal.

—Veo que te conoce bien, Julian —comentó Mihail.

Desari apoyó la cabeza en el pecho de su compañero.

—¿No era el travieso oficial de pequeño? Puedo imaginármelo perfectamente en ese papel.

Mihail negó con la cabeza.

—Era independiente. Insolente. Le encantaba aprender y tenía poco miedo. Pero no —frunció el ceño—, había un joven, unos pocos años mayor que Julian, al que Gregori no podía perder de vista ni un momento. Era mucho peor de lo que Josef podría imaginar llegar a ser nunca. Cuestionaba todo el rato la autoridad.

—Le recuerdo —dijo Julian—. Era asombroso con las armas pese a lo joven que era. Tiberiu Bercovitz. No había oído hablar de él ni había pensado en ese carpatiano en siglos. ¿Ha venido a la fiesta? Era buen amigo de Dimitri.

Pese a no haber inflexión en la voz de Julian, Mihail captó una llamarada de cautela en los ojos del cazador. El hombre cambió sutilmente de postura, hacia su pareja, con gesto protector.

—En esto se han convertido nuestras vidas —murmuró Mihail en voz alta—. Ya no podemos confiar en nuestros amigos, en los hombres que han dedicado su vida al honor, a salvar carpatianos y humanos por igual. Tratamos a nuestros mejores cazadores con recelo.

—Siempre hemos vivido de ese modo —recalcó Julian.

Mihail negó con la cabeza.

—Hubo un tiempo, Julian, hace mucho, en que la naturaleza nos daba equilibrio. Había armonía y paz en nuestro mundo y celebrábamos fiestas como esta de hoy con frecuencia.

—Y esta noche vamos a festejarlo una vez más —comentó Desari—. Una reunión singular de todos los carpatianos; una invitación a participar y a celebrar el fortalecimiento de nuestra amistad entre nosotros y nuestros amigos humanos. No lo hemos hecho en siglos. Este acontecimiento transmite a nuestra gente el claro mensaje de que volvemos a estar unidos, y a nuestros enemigos el mensaje de que estamos juntos y somos fuertes, y que continuaremos cobrando fuerza. Es un comienzo, ¿no te parece? Y tú nos has hecho ese regalo, Mihail.

Una pequeña sonrisa curvó la boca del príncipe.

—Raven nos ha hecho este regalo. Antes los carpatianos nunca celebrábamos las Navidades, pero ella ha querido aprovechar esta época del año como excusa para unirnos. Yo pensaba que se equivocaba, pero ahora comprendo que quien se equivocaba era yo.

—Es una ocasión para conocernos los unos a los otros —manifestó Desari—. Mi familia, bien, no me refiero a los Daratrazanoff ni a mi pareja Julian, hablo de nuestra banda, los Trovadores Oscuros, no crecimos con otros carpatianos, por lo tanto, ésta es una oportunidad única para nosotros. Ni siquiera utilizamos las mismas vías mentales que el resto de la raza.

—Tu hermano, Darius, consiguió un verdadero milagro al manteneros con vida a tantos niños, cuando él mismo no era más que un crío. Shea y Gregori siempre han querido conocerle para hablar sobre las diversas hierbas y plantas que empleó para manteneros vivos a todos vosotros.

Desari asintió.

—Los tres han estado trabajando hasta altas horas de la madrugada desde que llegamos. Creo que hasta hoy no se han tomado un descanso en sus investigaciones, y lo van a aprovechar para cocinar. He oído que Shea no se encuentra muy bien. Debe de estar asustadísima de dar a luz con una tasa tan alta de mortalidad infantil.

Lanzó una rápida mirada a Julian, que intentaba atraer su atención, pero ella se negaba a mantener su mirada. El carpatiano estiró el brazo para coger la mano de su compañera, y se llevó la palma a su corazón.

Si decides no quedarte embarazada esta noche, que así sea, Desari. Nunca me opondré a tu decisión.

Desari volvió la cabeza para que el príncipe no la viera, pestañeando para contener las lágrimas, y se frotó la mejilla contra el hombro de Julian.

No sé si este año es especial o si regresar a nuestra patria ha propiciado un aumento en la fertilidad, pero muchas de las mujeres me han dicho que pueden quedarse embarazadas, aunque pocas desean intentarlo.

Desari, tendremos hijos cuando estemos preparados. Si sucede el milagro, y creo que así será, pasará porque tiene que pasar. Si no... Julian se encogió de hombros y le envió una oleada de amor y confianza. *Si no puede ser, no pasa nada.* No era un hombre que siguiera las normas de los demás. Si Desari no quería arriesgarse a sufrir el desconsuelo de perder a un bebé, no iba a obligarla a nada, ni a insistir en que tenía un deber para con su pueblo.

Desari le sonrió. Sabía que nunca la presionaría, y ella le amaba aún más por su paciencia, por su total fe en ella.

—Julian, te pido de nuevo que vayas en busca de Dimitri —dijo Mihail—. Yo voy de camino a casa de Darius para hablar con él. Quiero preguntarle más cosas sobre el modo en que logró manteneros con vida.

Julian mostró su conformidad con un gesto afirmativo y observó a Mihail relumbrar hasta volverse transparente y luego fluir hacia arriba a través de la nieve, en dirección a la casa en la que Darius había decidido instalarse. Rodeó con el brazo el hombro de Desari, apartándole el largo cabello del cuello.

—De hecho, estamos solos.

Una lenta sonrisa curvó su boca.

—¿De veras? —Meneó una ceja, mirándole—. Tal vez estemos solos, pero, como has echado a perder mi aportación al festín de esta noche, tengo que cocinar. O mejor aún, tú deberías ocuparte de cocinar.

Los ojos dorados de su compañero centellearon al mirarla.

—Me encantaría complacerte. —La cogió en sus brazos, se la echó encima del hombro como si fuera una pluma y salió corriendo hacia la casa.

—¡Julian! ¡Serás salvaje! —Desari se agarró a la cintura de su pareja mientras éste saltaba por encima de la baranda y abría la puerta de entrada de una patada—. Deja de actuar como un hombre de las cavernas.

—Ja, ja, ja. —Apoyó la mano en el trasero que intentaba escurrirse mientras cruzaba la casa a zancadas hacia el dormitorio—. Creo recordar que, técnicamente, tú también eres una Savage.

Ella se rió y le rodeó intencionadamente la cintura con los brazos, deslizando los dedos hasta la parte delantera de los vaqueros con un movimiento acariciador. La acción distrajo a Julian de inmediato y casi da un traspiés y pierde el paso. Desari aprovechó la oportunidad para disolverse, dejándole con las manos vacías mientras ella fluía por la casa, como una cometa de colores destellantes. Su suave risa jugueteó con los sentidos de Julian, mientras parecía rozarle con los dedos, primero el rostro y luego el pecho.

—Eso no está bien, Desari —objetó Julian, siguiendo el prisma de colores a un paso más pausado—. Y está claro que no es juego limpio.

Atrás, grandullón, le advirtió, intentando transmitir la impresión de un ladrido, pero en vez de eso se le escapó la risa. *¿Qué puedo hacer si eres tan susceptible al menor contacto accidental?*

—¿Accidental? Creo que no. —El carpatiano alzó las manos y creó un complicado esquema en el aire. El flujo de colores colisionó con una red sólida, y de inmediato la forma natural de Desari aterrizó en el suelo. Se quedó sentada a sus pies riéndose y guiñándole el ojo, con el pelo oscuro caído a su alrededor y un aspecto más seductor que nunca.

Julian notó la opresión en el pecho, la sensación era tan fuerte que tuvo que apretarse su dolorido corazón con la palma de la mano mientras inspiraba hondo.

—Cada noche me despierto pensando que es imposible quererte más, Desari. Y cada noche, cuando te despiertas y me miras, el amor que siento por ti crece con más fuerza, tanto que a veces pienso que no podré contenerlo.

La viva risa se esfumó cuando ella tendió la mano para permitirle que la levantara y la estrechara entre sus brazos. Desari cogió su rostro. Ella era alta, pero él todavía lo era más, y la obligaba a alzar la mirada para poder encontrar sus ardientes ojos, que habían pasado del ámbar al oro bruñido. El anhelo que encontró ahí la dejó sin respiración.

—Eres mi amado, Julian, siempre mi amado.

—Te abrazo así, a salvo en mis brazos, con tu cuerpo ajustándose a la perfección al mío. —Apartó la cabeza, avergonzado de aquella emoción que le desbordaba y que nunca conseguía controlar pese a tantos siglos de disciplina—. Y tú me cantas mientras estamos tendidos juntos, y no hay paz en el mundo como la que tú me das.

Desari respiró profundamente, el amor la estremecía con toda su fuerza.

—¿Quieres un hijo, Julian? ¿Quieres intentarlo pese a ser conscientes del desconsuelo que probablemente nos espera? ¿Estás dispuesto a correr el riesgo de que el mayor sufrimiento posible —perder a nuestro hijo o a nuestra hija— nos arrebate lo que tenemos? —Necesitaba saber la verdad antes de tomar una decisión. Había una parte de ella que quería un hijo, un niño con brillante cabello rubio y oro en los ojos, un hijo que le hiciera bromas y le tomara el pelo, recordándole demasiado al hombre que era su otra mitad. Pero el precio era tan alto. Altísimo.

—¿Es eso lo que piensas, Desari? ¿Que perdiendo a nuestro hijo perderíamos lo que hay entre nosotros? —Negó con la cabeza—. Nunca. Eso es imposible.

—Nuestro amor es tan fuerte, Julian, las emociones que sentimos tan intensas, que el dolor de perder a un niño sería devastador. —El nudo en su garganta amenazaba con atragantarla.

—Cualquier padre sabe que perder a una criatura es devastador —contestó él con dulzura—. El dolor sería enorme, sí, pero si me estás preguntando si vale la pena arriesgarse a tal sufrimiento por la oportunidad de tener un hijo o una hija con tus ojos y tu sonrisa... entonces tengo que decir que para mí sí merece la pena. Pero la decisión es tuya. Tú me colmas de suficiente felicidad. Un niño es un milagro, pero siempre sobreviviré mientras te tenga a ti.

—No soy una cobarde, Julian —dijo Desari mientras enredaba

sus dedos en el cabello de su pareja. Apoyó su cuerpo en el de Julian, reposando la cabeza sobre su corazón, escuchando el ritmo constante—. No vacilo porque sea una cobarde.

Él le acarició la larga melena negra.

—Nunca podría, ni por un momento, pensar que eres una cobarde, cielo. Tendremos una criatura cuando estemos preparados, ni un segundo antes. He cumplido con mi deber con mi pueblo —más de mil veces— y no tendré un hijo por deber. Nuestro hijo será concebido por amor y será más deseado que nada por nosotros dos.

El corazón de Desari se sumó al fuerte ritmo de él. La sangre ardía en sus venas. Alzó el rostro para darle besos en el cuello, mordisqueando con delicadeza, saboreando su piel con la lengua.

—Entonces, bien, puesto que me encantaría tener un bebé, digo que vayamos a por él. Intentémoslo, Julian, y disfrutemos de cada momento de la concepción y del embarazo y no dejemos que nos domine la preocupación. Nuestro niño será nuestro regalo de Navidad del uno al otro.

El cuerpo de Julian ya reaccionaba, su sangre ardía imitando la pasión en la sangre de ella.

—¿Estás segura, Desari?

Ella tomó su boca, donándole su amor con aquel dulce sabor de sus labios que creaba adicción. Cada célula del cuerpo de Julian respondió. La levantó en brazos sin romper el beso.

Por lo visto, la Navidad sí hace milagros.

La risa cariñosa de Desari jugueteó con sus sentidos.

No pienses que te saldrás con la tuya sin tener que ayudarme a encontrar otro plato para la fiesta de esta noche.

La fiesta de esta noche se está produciendo en este preciso instante, fue lo que le respondió.

Capítulo 6

Darius Daratrazanoff fulminó con la mirada a su pareja cuando ésta le arrojó varias bolas de nieve con gran precisión, acribillándole el rostro así como el pecho.

—Tempest, esto es una orden directa. ¡Regresa aquí ahora mismo!

Tempest preparó la siguiente bola de nieve y se la lanzó a la cara.

—Tú y tus tontas órdenes directas. —Se sacudió los copos de nieve de su pelo rojo y dio un resoplido de desdén—. Con franqueza, Darius, no soy uno de tus hermanos o hermanas, que te obedecen en todo lo que les dices. Te has reído de mí, so traidor. Y que haya explotado el horno no quiere decir que no sepa cocinar. —Arrojó otro misil de nieve bien apretada, al tiempo que salía corriendo marcha atrás—. Retíralo.

—No sabes cocinar, ¿y a quién le importa? A mí desde luego que no. La explosión del horno, no obstante, ha abierto un boquete bastante grande en el muro y voy a tener que arreglarlo, por lo tanto regresa aquí donde pueda vigilarte.

—Retíralo.

—Por el amor de Dios, cariño, has provocado un incendio en casa, toda la cocina está negra, ¿qué pensabas que estabas haciendo?

—El horno no funcionaba bien, así que lo arreglé.

Darius esquivó otra bola de nieva.

—Tempest, no está arreglado. Hay un agujero en la pared del tamaño del autobús que usamos en las giras, y la cocina está negra de hollín. Fuera lo que fuese ese mejunje pegajoso que estabas haciendo, ahora está esparcido por todo el techo y las paredes.

—Basta. —Alzó una mano con el rostro lleno de indignación—. Yo no he tenido nada que ver con eso, en absoluto. Ha habido un cortocircuito en la cocina que ha abierto un agujero en el puchero, mandando las bayas por todo el techo y por las paredes. Y eso no es culpa mía. Y si quieres mi opinión, lo más probable es que eso mismo haya fundido también la bovina de inducción. ¡Así que retíralo! —Mientras corría recogió más nieve y le dio forma de bala.

—Aunque se produjera un cortocircuito, eso no borra el hecho de que tú no sepas cocinar. Nunca has sabido, ni siquiera cuando estabas sola. Y si sigues corriendo y te pierdo de vista, te acabarás perdiendo, pues como bien sabes, no tienes el más mínimo sentido de la orientación.

Ella formó un ceño furioso con sus dos cejas doradas rojizas.

—Para empezar, me acusas de explotar la casa y provocar un incendio en la cocina. Luego, me dices que no sé cocinar, ¡y ahora dices que no tengo sentido de la orientación! Tengo un sentido de la orientación muy fino.

Darius alzó la vista al cielo para ver si detectaba algún rayo a punto de alcanzar a su pareja eterna. Al no ver ninguno en las proximidades lanzó un resoplido de alivio y cambió de tema, temeroso de que si ella continuaba así y soltaba alguna otra trola como la anterior, la tormenta se presentara para atacarla.

—¿Qué era la compota púrpura que había por toda la pared?

—Pasteles de moras. Ya tenía hechos como unos diez, y van y explotan. —Le observó a él con recelo—. ¿Tocaste tú algo de la vieja cocina cuando te dije que no funcionaba del todo bien?

—Ni me acerqué a la cocina, qué idea tan ridícula. Te dije que si querías alguna de esas bobadas ya cocinada, miraría la receta y la reproduciría para ti.

—La idea era cocinar, listillo. Ya sabes, como un ser humano.

—Era una idea estúpida, Tempest —dijo con perseverancia y paciente—. Y ven aquí de inmediato. —Empezaba a estar un poco desesperado, y su pareja parecía la única persona capaz de hacerle sentirse así. Había ocasiones, como ahora, en las que preferiría enfrentarse a un vampiro que a Tempest. En este momento, ella se encontraba a medio camino entre las lágrimas y la risa, y eso nunca auguraba nada bueno.

Había sido una humana independiente casi toda su vida antes de que Darius la convirtiera, y él por su parte nunca había recibido órdenes de nadie durante la mayor parte de su existencia. Como responsable de la seguridad de su familia durante tanto tiempo, le costaba reprimir el instinto protector y, en verdad, tampoco hubiera querido. Tenía un buen sistema de alarma y en aquel momento había saltado con gran estrépito. Intentó suavizar la voz:

—Cariño, ¿de verdad nos importa tanto esa cena? No vamos a probar bocado.

—Todas las mujeres llevarán algún plato. —Indicó con un gesto la nieve en dirección a la casa—. ¿Y crees que Barack y Julian no le van a contar a nadie este gran desastre? Será imposible callarles.

Darius maldijo en voz baja. Iba a tener que hacer algo diferente e inesperado, que la cogiera por sorpresa, si quería cambiar el ánimo a su compañera. Salió corriendo hacia Tempest cogiendo nieve del suelo y transformando los copos en misiles más o menos redondos. Tempest abrió los ojos con incredulidad y, mientras él disparaba su munición, cambió de forma en medio de la carrera y su figura menuda y compacta se transformó en una onza. Un suave pelaje gris adornado de motas marrones oscuras cubrió su cuerpo musculoso y robusto, y la cola de un metro de largo.

—¡Tempest! ¿Qué estás haciendo? —llamó con brusquedad, desplazando su mirada negra para inspeccionar la zona circundante. No encontró peligro, igual que en exploraciones anteriores, de todos modos no podía librarse de la tensión nerviosa, de la necesidad de mantener a su pareja eterna cerca de él. Con aquel tonto intento de ser juguetón, le había salido el tiro por la culta. Últimamente ella estaba muy voluble e iba de un extremo a otro del espectro anímico.

La onza se volvió a mirarle y luego echó a correr con aquellas largas y peludas patas que facilitaban la carrera a través de la nieve. Vaya por Dios, aquella forma que había escogido, con sus poderosas patas traseras, le permitía cubrir en un instante diez metros o más con suma facilidad. Darius saltó por el aire cambiando de forma mientras lo hacía, y aterrizó transformado en un macho de onza en la parte más empinada de la ladera, lejos de los árboles, para seguir de cerca las huellas de la hembra. El macho era un treinta por ciento más grande, tal vez más, y aprovechó su tamaño para empujarla en la dirección que quería que fuera.

La hembra gruñó mostrando la dentadura. Dentro del cuerpo del felino, Darius frunció el ceño; hubiera jurado que, pese al mal genio que mostraba la onza, en su fuero interno estaba llorando.

Tempest. Cuéntame. Sin duda los pasteles no son tan importantes. Dime qué es lo que te tiene tan alterada. Frotó su pelaje con el de la hembra mientras regresaba a su forma humana para sentarse en la nieve, sosteniendo a la onza en su regazo. La hembra mantenía los dientes a centímetros de su garganta mientras él la miraba a los ojos, viendo más allá del felino, viendo a su compañera. *Eres mi vida, Tempest. Sabes que no soporto verte enojada. Seguro que puedo solucionar esto.*

El felino cambió de forma en sus brazos, y el cálido pelaje dio paso a la suave piel que se deslizó sobre la suya, y a un abundante cabello sedoso que le cayó sobre el rostro. Entonces Tempest le rodeó el cuello con sus delgados brazos.

—No sé, Darius. No sé que me pasa, pero tengo ganas de llorar todo el rato.

Él notó un pequeño escalofrío descendiendo por su columna y la estrecho más entre sus brazos, regulando de forma automática la temperatura de sus cuerpos para que no notaran el frío. Cogió su pelo rojo entre sus puños.

—¿Cuánto hace que te sucede esto y por qué yo no estaba enterado?

—Porque es una estupidez, Darius, porque no pasa nada. —Frotó su rostro contra el pecho de su compañero de forma muy similar a los felinos, como si aún permanecieran restos del animal en la mujer—. No estoy acostumbrada a estar con gente, y tal vez por eso, sólo estoy nerviosa.

Él le tocó el rostro y encontró lágrimas en él. El corazón se le arrugó en el pecho. Darius tomó aliento y soltó un suspiro.

—Voy a hacerte un examen completo, Tempest. No sé qué reacción habrá provocado en tu cuerpo la conversión. Tal vez estés enferma.

La mujer volvió el rostro y lo hundió en el cuello de su compañero.

—Tal vez lo esté, pues no me encuentro muy bien.

Darius frunció el ceño mientras le apartaba el cabello de la cara.

—No querías alimentarte esta noche, pero pensé que era por ese banquete. Después de tanto tiempo, ¿aún te fastidia?

—No si viene de ti —admitió—. Sólo me siento cansada, eso es todo. Cansada y un poco pachucha, supongo.

—No deberías haber intentado ocultarme esto.

—No quería que te preocuparas por mí, como haces ahora. Todo el rato has estado mirando a nuestro alrededor, inspeccionando el terreno, el cielo, los árboles, como si esperaras algún problema. Ya tienes bastante con ocuparte de nuestra seguridad.

—Cualquier cosa relacionada contigo es prioritaria para mí, y lo será siempre, Tempest. —Le apartó unos mechones pelirrojos de la cara—. Sé que la adaptación a nuestra forma de vida ha sido dura para ti.

Ella negó con la cabeza.

—Fue decisión mía, Darius. Quería estar contigo, te escogí a ti y tu forma de vida. Tú habrías escogido otra cosa para mí... para nosotros. He aprendido a querer a los demás, a Desari y Julian, a Dayan y a Corinne, y a Barack y a Syndil, y me estoy acostumbrando a tenerlos cerca, pero esto... —Hizo un ademán para abarcar las montañas y el bosque cubierto de nieve donde todas las casas quedaban ocultas de las miradas curiosas—. Esto me abruma.

Darius le pasó con delicadeza la base del pulgar por el contorno del pómulo.

—No tenemos que tomar parte, tesoro. Siempre podemos marcharnos... irnos lejos y estar juntos. Pensaba que querías venir.

—Y así es. —Le temblaba el labio inferior y las lágrimas llenaban sus ojos—. Pensaba que sí.

Darius inclinó la cabeza para atrapar su boca con los labios.

—No llores, Tempest, preferiría tu mal genio. Tus lágrimas me rompen el corazón.

Ella soltó un intento de suave risa en medio del beso.

—Las lágrimas son algo normal.

—No en tu caso. Es más normal que me lances una bola dura de nieve y me insultes, que de repente te eches a llorar.

La volvió a besar, y Tempest pudo saborear su desesperada necesidad de consolarla. La avergonzaba no poder dejar de querer llorar; no iba con su manera de ser. Quería esconderse en un agujero y echarse la tierra sobre la cabeza. Quería pegarse a Darius, otro rasgo atípico en ella. Él se limitó a abrazarla, balanceándose un poco como si fuera una niña que acunar, y cuando ella alzó el rostro, la mirada negra de él se movía sin descanso, incesante en su vigilancia, a la búsqueda de algún peligro a su alrededor.

—Esto es tan precioso, Darius. Parece imposible que corramos peligro. Ojalá pudieras encontrar una manera de relajarte y disfrutar de la vida... aunque sólo fuera durante un día o dos,mientras estemos aquí.

Él tocó con la punta del dedo una lágrima perdida y se la llevó a su boca. Tempest encontró el gesto curiosamente sexy. Su estómago dio un vuelco peculiar, una sensación a la que se estaba acostumbrando. En secreto, encontraba a Darius el hombre más sexy y atractivo del mundo, pero no estaba dispuesta a dejárselo saber, no con esos aires que se daba.

—Estoy relajado. Mantenerse vigilante no quiere decir que no pueda relajarme. Quiero examinarte, Tempest. No porque crea que algo no esté bien, sino para que ninguno de los dos esté preocupado.

Una sonrisa eliminó poco a poco las lágrimas.

—Querrás decir que tú estás preocupado. Entonces, adelante. No me gusta que te enfades a mi costa. —Era el ser más protector que había conocido en la vida. Darius apenas podía soportar perderla de vista. Si de verdad tuviera alguna clase de enfermedad, no estaría ni un momento sin Darius a su lado. Incluso cuando la banda estaba actuando en el escenario y él se ocupaba de la seguridad, mantenía a Tempest a su lado. Si tenía que examinarla para aliviar su mente, pues adelante, por ella perfecto.

Darius no perdió el tiempo, separó su cuerpo de su espíritu para poder moverse con total libertad, como una luz candente de pura energía entrando en Tempest con facilidad. Se tomó su tiempo para examinar la sangre, el corazón y los pulmones, desplazándose luego más abajo... Por primera vez en su vida perdió la concentración y se encontró de regreso en su propio cuerpo, rompiendo a sudar con el corazón acelerado. Se la quedó mirando con pánico en los ojos.

—¿De qué se trata? ¿Qué problema hay?

Darius sentía en las orejas el estruendo de su corazón. Ella parecía ansiosa, miraba con ojos enormes, pero con una confianza que le calmó como ninguna otra cosa.

—No sucede nada malo. De hecho, todo está bien. —Se permitió otra inspiración profunda y sosegadora, la cogió por las muñecas y la sujetó con fuerza contra su pecho—. ¿Qué sabes de bebés?

—¿Bebés? —Tempest se apartó, sacudiendo la cabeza para negar con firmeza—. Absolutamente nada y así va a seguir durante mucho tiempo. Jamás he sostenido a una criatura en mis brazos. No es que precisamente tuviera unos padres que me enseñaran qué hacer, Darius, de modo que si de repente sientes el repentino anhelo de ser padre, tendrás que pensar en encontrar otra pareja eterna. Por supuesto, luego yo empezaría de inmediato a despedazar tu cuerpo, pero ¡qué caray!, no ibas a necesitar todos los trozos para otra mujer, ¿verdad?

—Nuestras mujeres siempre saben cuándo pueden quedarse embarazadas.

Ella alzó una ceja.

—¿Cómo?

Darius se encogió de hombros, con aspecto confundido.

—No sé. Supongo que lo comprueban de algún modo. Yo debería haber tenido en cuenta tu ciclo reproductor.

—¿Ciclo reproductor? —Había horror en su tono de voz—. No tengo un ciclo reproductor. Eso es asqueroso, sencillamente. ¿Tienen control de natalidad los carpatianos? Pensaba que podríais controlar eso, ya que controláis todo lo demás.

—Si prestamos atención, sí.

—Bien, pues empieza a prestar atención. Si puedes controlar la climatología y provocar relámpagos, sin duda puedes impedir que tengamos niños. Soy mecánica y arreglo cosas. Cada vez que Corinne viene con su bebé, yo salgo por la puerta trasera, ¿o no te habías dado cuenta?

Darius consiguió tomar otra bocanada de aire gélido y abrazó con más fuerza a Tempest.

—Llevo vivo muchos siglos, y en todo este tiempo nunca pensé ni una sola vez en el nacimiento o en niños. Desde que te encontré a ti, lo único en lo que he podido pensar es en el milagro que eres para mí, no en comprobar ciclos.

Tempest se encogió de hombros.

—Yo tampoco he pensado en eso. Por lo tanto, a partir de ahora tendremos cuidado.

—Es un poco tarde para tener cuidado.

Se produjo un pequeño silencio. Tempest retrocedió un poco para observar sus ojos oscuros.

—¿Qué estás diciendo?

—Estás embarazada de nuestro hijo —le anunció Darius.

Ella le empujó con fuerza, cayéndose de su regazo y alejándose a gatas para ponerse en pie con esfuerzo, manos en jarras y mirada iracunda.

—Vale. Eso no tiene ninguna gracia. No me gustan los niños, Darius. Y no estoy de humor para bromas de ese tipo. —Le señaló con un dedo tembloroso—. Ni una sola vez me dijiste que querías tener hijos.

—Tempest, ni siquiera consideraría bromear sobre una cosa tan importante. Estás embarazada de nuestro hijo, lo he visto en tu cuerpo, acurrucado y sano, creciendo por momentos. Debería haberme percatado al instante, pero he estado más preocupado por nuestra seguridad, y no consideré que pudiera suceder algo así.

Ella dio un paso atrás, con aspecto asustado.

—No puedo tener un bebé, Darius. En serio, no puedo ser madre. Soy un desastre. —Negó con la cabeza—. Te has equivocado, tienes que haberte equivocado, eso es todo.

Darius permaneció sentado en la nieve mirándola con una ceja levantada.

—Me equivoco en rarísimas ocasiones, Tempest, y desde luego, no en cuestiones de esta magnitud. Me espanta no haber advertido en ningún momento los latidos, son muy fuertes. Obviamente necesito vigilar con mucha más atención todo lo relacionado contigo.

—¿Es todo lo que tienes que decir? ¡Darius! Se supone que a las mujeres carpatianas les cuesta mucho quedarse embarazadas. Espero ser de verdad carpatiana después de haber pasado por el proceso de conversión.

—Cielo —su voz era una caricia grave, aterciopelada—, por supuesto que estás embarazada, y eso lo explica todo.

—¿Todo?

—Los cambios de humor, las lágrimas, el mal genio. He oído decir que en tu estado es fácil tener accidentes como el de la cocina.

—Oh, ¿eso has oído? —Apretó los dientes de golpe—. Está a punto de suceder otro accidente aquí, Darius. No tengo cambios de humor, y en cuanto al mal genio, eres un mandón tan insoportable que harías perder la cabeza incluso a la persona de trato más fácil.

—Compruébalo tu misma.

Su tono calmado y estable le dio dentera. Por una vez le encantaría que él se equivocara; era el momento perfecto, necesitaba que Darius estuviera equivocado. Sin duda ella lo sabría si fuera a tener un bebé. Y él también lo habría sabido, pues se enteraba de todo. Tempest respiró hondo y se distanció del mundo físico que la rodeaba.

Ahí estaba. Un corazoncito latiendo, poco más que eso, pero con certeza se trataba de una nueva vida. Entonces prestó atención con total asombro y sobrecogimiento: la diminuta criatura vivía en su interior. Una parte de ella, una parte de Darius.

—Y, ¿cómo es que no lo sabía?

Apenas fue consciente cuando Darius, de pie a su lado, la rodeó con sus brazos y la estrechó cerca de él.

—Yo debería haberme dado cuenta —dijo con dulzura—, era mi responsabilidad cuidar de tu salud a todas horas, pero estaba tan ocupado preocupándome de los enemigos, que no se me ocurrió pensar en un embarazo, aunque debería haberlo hecho.

Tempest se inclinó contra su pareja, murmurando en voz alta para sí más que para él.

—¿Qué vamos a hacer ahora? No tengo ni idea de cuidar bebés. —Alzó la vista para mirarle, temerosa de mostrarse feliz, temerosa del amor y la dicha que ya empezaba a crecer en ella—. Me conoces, Darius, y aparte de ti, nunca he estado ligada a nadie.

—Eso no es del todo cierto. Estás muy unida al resto de la banda; percibo el afecto que te inspiran.

—No es lo mismo que tener un bebé: se me podría caer. No tengo ni idea de cómo ser una carpatiana, qué decir de hacer de madre carpatiana. Me da muchísimo miedo. ¿Qué vamos a hacer? —Le agarró la mano, sintiéndose desesperada.

—Supongo que vamos a tener un bebé. —Dejó un rastro de besos sobre su rostro que llegó hasta la comisura de los labios—. Podemos hacer cualquier cosa juntos, Tempest. Para cuando llegue la criatura, ya habremos pensado algo.

—¿No estás aterrorizado? ¿Ni un poco, Darius?

—Mantuve con vida a Desari y a Syndil. Nos irá bien. —Pocas cosas le aterrorizaban. La posibilidad de perder a Tempest era lo único que se le ocurría de buenas a primeras. Nunca había pedido nada en su larga y difícil vida, hasta que apareció ella. Era un milagro para él: su luminosidad, su vivacidad, su humor tan voluble, con aquella risa frecuente y contagiosa. No había existencia para él sin ella, y no la perdería, no a manos de un enemigo, ni por un accidente, y desde luego no en un parto.

Ella estaba temblando.

—Pensaba que la conversión se ocupaba de todo eso. Me refiero a que había dejado de tener el período, y por lo tanto no volví a pensar en eso. Y parecía que ninguna mujer se quedaba nunca embarazada. Corinne ya estaba embarazada antes de convertirse en pareja de Dayan. ¿Y no hay nada parecido a una tregua para las recién llegadas?

—Parece que no.

—Ni siquiera estás alterado —le acusó—. Eres el hombre, y el hombre siempre se pone nervioso cuando la mujer se queda preñada. Es casi una tradición.

Su rostro seguía pareciendo tallado en piedra, una cara de facciones duras pero sensuales, sin expresión y con ojos fríos e imperturbables, que contenían la promesa de la muerte... hasta que la miraban a ella. A Tempest le encantaba la sonrisa que curvaba ocasionalmente su boca e iluminaba despacio sus ojos negros. Le encantaba especialmente la forma en que la miraba en aquel preciso instante... con ese amor capaz de fundir el hielo, y derramándose sobre ella con calidez.

Sus pulmones se acoplaron al ritmo que Darius, y su corazón latió en perfecta sincronía con él.

—¿No estás en realidad asustado, Darius?

Negó con la cabeza:

—Esto va a ser algo bueno. Nuestro hijo crecerá con el hijo de Dayan, y nunca se sentirán solos. Es importante, sobre todo en el caso de los chicos, que tengan alguien en quien confiar, con quien mantener un fuerte vínculo. A medida que pasan los años, a veces, la amistad recordada es lo único que nos vincula a nuestro honor, cuando no tenemos pareja eterna.

—No le digas a nadie lo asustada que estoy. Tienen que haber libros sobre la maternidad, sólo tengo que sentarme a leerlos.

Darius cogió las manos de su compañera para llevárselas a la boca y llenar de besos sus nudillos.

—Estás temblando; deberíamos volver a casa.

—¿Te refieres antes de que alguien se dé cuenta del gran agujero que hay en la pared? —Consiguió esbozar una pequeña sonrisa. Se apartó un poco de él y se puso en marcha con seguridad, regresando en dirección a la casa, con los hombros rectos y la cabeza levantada, decidida a suplir todos sus puntos flacos. Si Darius era capaz de asumir la llegada de un hijo, entonces ella también. Por supuesto, no iba a tocarlo hasta que tuviera tres años como mínimo. Se mordisqueó nerviosa el labio inferior y volvió un momento la vista atrás. Él se había quedado allí simplemente negando con la cabeza.

—¿Qué? ¿Estás leyendo otra vez mis pensamientos? Te he dicho que no hagas eso, ya tengo bastante con intentar seguir los míos. Y creo que es justo que te ocupes del bebé hasta que tenga tres años; luego me tocará a mí.

—¿De verdad? —Agarró la parte posterior de su chaqueta para tirar de ella y darle la vuelta—. La casa está en dirección contraria, por ahí se va a la profundidad del bosque.

—Lo sabía, sólo estaba asegurándome de que estás en todo. —Le hizo una mueca—. La nieve desorienta un poco.

Darius la cogió de la mano y la guió en la dirección correcta.

—He advertido que decías «el niño». ¿Crees que vamos a tener un chico?

—Si vamos a dar este paso, Darius, tiene que ser un chico. Está claro que no sabría qué hacer con una niña. Y la pobre cosita sería una prisionera, nunca permitirías que la perdiéramos de vista y asustarías a cualquier jovencito que se acercara a ella.

El carpatiano soltó un grave sonido gutural, y Tempest estalló en carcajadas.

—¿Ves? Sólo pensar en eso te irritas.

—Nunca me irrito, es una total pérdida de energía.

Tempest se colocó delante y se detuvo de forma tan abrupta que él chocó contra su cuerpo. Un delgado brazo rodeó a Darius mientras ella se inclinaba, presionando con sus blandos senos el pecho de él, alzando luego la boca hacia sus labios. La larga cabellera se derramó sobre el brazo de Darius, que la rodeó al instante por la nuca para atraerla aún más, ahondando en el beso, hasta que ella pensó que iba fundir la nieve que la rodeaba. Tempest se apartó con ojos centelleantes.

—Sí te irritas.

El corazón del carpatiano latía con fuerza en su pecho, una sensación que tan sólo ella parecía provocar.

—Cuando tiene que ver contigo, tal vez.

Ella le esperó esta vez, cogiéndole la mano de nuevo para poder caminar de regreso a casa a través de la nieve que caía con suavidad.

—Hay alguien cerca —anunció Darius mientras salían de los árboles al claro donde se hallaba la casa. Inspiró con brusquedad—. Es el príncipe. Quédate detrás de mí, Tempest.

Tempest retrocedió un paso entornando los ojos; aquello le resultaba una protección innecesaria. Deslizó la mano dentro del bolsillo trasero de Darius.

Pensaba que el príncipe era el líder de los carpatianos, ¿se supone que debemos tenerle miedo?

El gruñido de advertencia de Darius encontró una suave risa. Se volvió a echarle una ojeada.

No le conozco como los otros y prefiero garantizar tu seguridad. Se volvió de nuevo para saludar al príncipe, que parecía estar inspeccionando el muro maltrecho.

—Mihail, estaba a punto de arreglar la casa.

El príncipe arqueó una ceja negra.

—¿Me permites preguntar qué ha pasado aquí?

—Mejor no —recomendó Darius—. Algunas cosas es mejor que continúen siendo un misterio. Concédeme un minuto para reparar los desperfectos y podremos entrar para estar a cubierto, y charlar un rato.

—El agujero parece mayor de lo que yo recordaba. —Tempest se asomó desde detrás de Darius para mirar con el ceño fruncido la ruina ennegrecida en que había quedado convertida la cocina—. Creo que alguien más ha participado en el destrozo: no tenía este aspecto cuando nos fuimos. —Dedicó una sonrisa vacilante al príncipe—. La casa es bonita de verdad, gracias por prestárnosla.

Mihail se apartó para que la pareja no viera la risa en sus ojos. La idea de Raven de que los carpatianos prepararan la cena de Navidad para los invitados humanos estaba resultando más divertida de lo que había previsto.

—Raven y yo estamos más que encantados de dejaros una de nuestras casas. Confiamos en que podáis quedaros para una larga visita y que tal vez consideréis este lugar como vuestro hogar cuando no estéis recorriendo Europa.

—Gracias —contestó Darius con cortesía, sin comprometerse a nada.

Manos en jarras, Mihail observó el enorme agujero en la pared de una de sus viviendas más apreciadas.

—Siempre he querido tener un pequeño reservado ahí. Encontraba la habitación demasiado cuadrada, como si hiciera falta una zona de conversación más íntima.

Darius hizo un gesto de asentimiento.

—Creo que tienes razón, y podría hacerse con facilidad. ¿Es esto lo que tenías en mente? Agitó las manos y los lados de la casa se desplazaron hasta formar una serie de curvas.

Mihail estudió la estructura y asintió.

—Algo así, pero más bien en esta línea. —Hizo su aportación a las curvas, volviéndolas más onduladas, hasta que la casa pareció una serpiente gigante—. ¿Qué piensas?

Tempest sacudía la cabeza mientras los dos hombres remodelaban la cocina; le pareció una competición más que una obra de reparación. Suspiró y se frotó la mano contra el estómago. La idea de tener un niño nunca se le había pasado por la cabeza. Después de haber pasado por la conversión y de que sus funciones corporales normales hubieran cesado, simplemente no había pensado en el control de la natalidad. Era un error estúpido, y ahora no podía remediarlo.

Darius parecía aceptar bien la idea, quizás incluso se mostraba complacido, pero a él nada le alteraba. Era un hombre peligroso, mortífero, que confiaba por completo en sus destrezas, y la confianza era fruto de la experiencia. Ella llevaba toda la vida huyendo. No tenía familia y no sabía una sola cosa de niños.

Lo vamos a hacer bien. Darius le rozó la mente con esas palabras como si fueran dedos acariciadores, con una voz tan suave y cálida que pudo notarla en su interior.

Si continúas cambiando la casa, me temo que no. Me está ma-

reando, por no hablar de lo fea que está quedando. Dejad de competir y entremos. Ay, sois como un par de colegiales.

Darius se aclaró la garganta.

—Tempest tiene ganas de entrar. Esta forma es detestable, pero podremos vivir con ella durante la breve estancia aquí si es lo que deseas.

Mihail estalló en carcajadas.

—Es detestable. Raven pensaría que he perdido la cabeza, pero no he podido resistirme.

Darius cogió de la mano a Tempest, frotándole con el pulgar la muñeca interior mientras entraban en la casa.

—Confío en que no hayas venido aquí a verificar cómo nos iba en la cocina. No estamos del todo preparados para la celebración de esta noche.

—No me interesa la cocina, aunque no creo que los demás se estén desenvolviendo mejor que vosotros. Sólo he pasado para pedirte tu opinión sobre un par de cosas.

Darius hizo un ademán a Mihail para indicarle el sillón más cómodo de la sala.

—¿Qué puedo hacer por ti?

—Bien, antes de entrar en temas más serios, he pensado que te gustaría saber que Raven ha decretado que alguien debe hacer el papel de Santa Claus esta noche.

Darius entró en tensión, pero su rostro continuó sin expresión.

—Ese hombre jovial del traje rojo.

—Exacto. Veo que tu reacción se parece mucho a la mía. Por fortuna, tengo un yerno y creo que es su deber ocuparse de esa... —Hizo una pausa en busca de la palabra adecuada.

Algo muy parecido a la diversión vibró en las profundidades de los ojos de Darius.

—Esa tarea tan encomiable —apuntó.

Mihail asintió.

—No habría encontrado una descripción mejor.

—Sería un placer acompañarte a comunicar a mi hermano mayor que le otorgas tal privilegio.

—Por extraño que parezca, ya hay unos cuantos que también desean estar presentes.

Tempest desplazó la mirada de un rostro solemne al otro.

—¿Estáis los dos locos? Ese hombre daría miedo hasta al diablo.

—Eso mismo dices de mí.

—Bien, tú también —comentó Tempest—. Pero él no te está diciendo que hagas de Santa Claus delante de un grupo de niños.

—Y expreso mi agradecimiento más sincero por ello —dijo Darius. La diversión desapareció de sus ojos mientras continuaba estudiando el rostro de Mihail—. Estás preocupado, y no porque mi hermano haga el papel de San Nick. ¿De qué se trata?

—Estoy inquieto por tener reunidas a nuestras mujeres en un mismo lugar. Aunque pienso que es buena idea que todos nosotros nos juntemos, también soy consciente de que nuestros enemigos podrían imaginar con facilidad la manera de borrar del mapa a nuestra especie.

Darius asintió.

—Hay muy pocas mujeres y niños. Liquidándolas a ellas, los hombres no tienen esperanza alguna; el caos no tardaría en reinar y muchos preferirían vivir como vampiros antes que morir.

Mihail asintió.

—Me temo que así es. Tuvimos un incidente hace poco en el bosque, una sutil influencia que nadie pudo detectar de inmediato. Skyler intentó seguir el rastro de la energía, pero quien la enviaba se dio cuenta de que le habían detectado, y se cortó la comunicación. Pero ahora ellos tienen la ruta directa hasta ella.

—¿Y las otras mujeres? —Darius ya estaba comprobando cómo estaban Desari y Julian, Dayan y Corinne y, por último, Barack y Syndil, al tiempo que les advertía de lo sucedido. Cada uno de ellos respondió con un rápido contacto para asegurarle que no había habido ninguna amenaza por el momento y que entendían que había que tener cuidado y estar alertas.

—No ha habido más incidentes y he enviado hombres al hostal para descubrir a cualquier enemigo, pero debemos estar atentos en todo momento y mantener cerca y protegidas a nuestras mujeres y también a los niños.

Cómo si no lo hicierais ya. Genial, te está dando más argumentos para ser un mandón.

Darius no le hizo caso.

—La niña... Skyler, ¿se encuentra bien? Gabriel y Lucian son mis hermanos; tengo lazos de sangre con Skyler.

—Todos velaremos por su seguridad. Probablemente no recuerdes a Dimitri, era mucho mayor que tú, pero ha regresado de Rusia y es la pareja eterna de Skyler. Es una complicación que no esperábamos.

—Gabriel tiene una actitud protectora con ella.

—Sí, cierto... como debe ser. Skyler es alguien inestimable para todos nosotros. —Mihail se inclinó hacia él—. Sé que has estado hablando con Gregori, Francesca y Shea acerca de vuestra huida y cómo mantuviste con vida a los otros niños después de la masacre. Eran sólo bebés; tú apenas tenías seis años.

—Por desgracia, no recuerdo mucho. Hace siglos de eso. Nos encontrábamos en otro continente, en un mundo con el que no estábamos familiarizados. No recuerdo mucho de mi patria aparte de la guerra y la masacre. Sin querer, inculqué el temor a estas montañas a los otros niños y evitamos la zona por completo.

Mihail asintió.

—Es comprensible, pero tal vez no te percates del milagro que lograste. Las mentes más privilegiadas, nuestros sanadores más talentosos, son incapaces de hacer lo que tú lograste. Para que nuestra especie sobreviva, debemos encontrar la respuesta a por qué las mujeres tienen abortos. Por qué tantos niños mueren en su primer año de vida. Y por qué tenemos un porcentaje de nacimientos de varones tan superior al de féminas.

Tempest soltó un jadeo y se quedó totalmente pálida.

—¿Darius? —Le cogió el rostro entre las manos, obligándole a encontrar su aterrorizada mirada—. ¿Es cierto? ¿Tú lo sabías?

—Sí. —Los compañeros eternos no se mentían.

—¿Abortos? ¿El niño muere en el primer año? —Se negaba a

apartar la vista, se negaba a permitirle a él apartar la mirada de ella—. ¿Ya sabías todo esto?

—Nuestra raza se está muriendo —dijo Darius—. Tenemos muy pocas mujeres y aún menos niños.

—Pero has dicho... —Su voz se apagó y dejó caer las manos, como si tocar la piel de Darius la abrasara—. Deberías haberme dicho esto de inmediato.

—¿Qué bien habría hecho? La decisión ya está tomada y nuestro hijo crece dentro de tu cuerpo. Ya hemos creado una vida. No hay alternativa para mí aparte de garantizar la supervivencia del niño. Me niego a considerar ninguna otra posibilidad. —Su voz sonaba afable, pero tenía el rostro tallado en piedra, y sus ojos totalmente negros no se apartaban en ningún momento de los de Tempest.

—Deberías habérmelo dicho —repitió.

—Varias mujeres han conseguido llevar adelante sus embarazos —dijo Mihail, levantándose—. Siempre hay esperanza, sobre todo ahora. Necesitaré comentar esto más a fondo contigo, Darius —añadió.

Darius continuó sosteniendo la mirada a Tempest.

—Sí, por supuesto, estoy a tu disposición. —Esperó a que el príncipe se marchara para introducir la mano en la masa de intenso cabello rojo.

—No perderemos a nuestro bebé.

—¿Porque tú lo decretas así?

—Si hiciera falta, sí. Mi voluntad es implacable. No perdí a Desari, ni a Syndil ni a Barack ni a Dayan. Viven porque yo lo decreté... porque peleé por sus vidas y apliqué cada gramo de voluntad y capacidad para garantizar su supervivencia. No pienses que voy a hacer menos por mi propio hijo... por nuestro hijo.

—Por eso tienen tanta confianza en ti, por eso esperan tanto de ti. Sin ti habrían muerto.

Era la pura verdad. Él tenía entonces seis años, pero la sangre Daratrazanoff ya era fuerte en él y su voluntad creció y creció hasta negarse a permitir que la derrota entrara en su mente, a pesar de tenerlo todo en contra.

—No era consciente de que quería tener un bebé, Darius. Y ahora, sólo pensar en perderlo... Sé que lo quiero desesperadamente. Shea debe de estar asustadísima: está a punto de parir. Si yo fuera ella, no querría permitir que el bebé dejara la seguridad de mi cuerpo.

—Tiene a Jacques para mantenerles a ambos a salvo, Tempest. Tú me tienes a mí.

Tempest se acurrucó entre sus brazos, apoyando la cabeza contra su pecho.

—Entonces no voy a preocuparme.

Darius la besó con dulzura y cariño.

—Lo creeré cuando lo vea.

—A cambio, puedes hornear los pasteles.

—¿Pasteles?

—La cosa púrpura pegajosa. Has dicho que harías cualquier cosa por mí y necesito tener esos pasteles a punto.

—Crees que no lo puedo hacer.

—Creo que va a ser muy divertido ver cómo lo intentas.

Se inclinó para recibir otro beso mientras empezaba a escapársele la risa.

Capítulo 7

Barack, transmutado en búho, describía círculos sobre la casa donde se había instalado con Syndil. No parecía detectar ninguna perturbación, pero aún tenía el corazón en un puño. Algo no cuadraba. Intentó comunicarse con ella a través de su banda telepática privada e íntima, pero no respondía. Notaba su presencia, notaba su concentración, su atención puesta en otro lugar, lo cual era un buen indicio, ya que Syndil transmitiría ondas de miedo en caso de estar asustada.

Descendió deprisa, cambiando de forma mientras caía en picado, y alcanzó el porche casi a la carrera, pues necesitaba verla. Ella todavía se encontraba muy frágil emocionalmente, y su relación a veces parecía verse afectada por la incertidumbre. Syndil tenía tendencia a retraerse, incluso con él. Desde el brutal ataque de Savon, un miembro leal de la familia convertido en vampiro, le costaba confiar en otras personas y especialmente tener intimidad con alguien.

—¡Syndil! —la llamó, avanzando a rápidas zancadas por la pequeña cabaña.

No hubo respuesta, sólo el sonido atronador de su propio corazón en los oídos. Inspiró con brusquedad, percibió el olor de los dos leopardos y... Se detuvo, esforzándose por mantener la calma. Volvió a inspirar. Sangre. No cualquier sangre... la sangre de Syndil.

Abrió de golpe la puerta del dormitorio y encontró a los dos grandes felinos, Sasha y Forest, acurrucados encima de la cama. Ambos alzaron la cabeza e hicieron una larga y lenta valoración. Sasha mostró sus dientes mientras Forest soltaba directamente un gruñido. A Barack le dio un vuelco el corazón; los leopardos siempre viajaban con la banda y nunca actuaban con agresividad con ninguno de sus componentes, ni siquiera cuando estaban de mal humor.

Les devolvió un gruñido, cerró la puerta y se dio media vuelta para salir a toda prisa de nuevo a la noche. Volvió a inspirar y descubrió el aroma de su compañera y la dirección que había seguido. Al instante cambió de forma sobre la marcha, lanzándose al aire para avanzar más deprisa, con el corazón acelerado de miedo por ella. Siguió su olor a través del bosque hasta llegar a un claro en el que la tierra estaba chamuscada. Aquí se había librado una batalla terrible. Había árboles doblados y retorcidos, hojas resecas y, en algunos lugares, quedaban señales sobre la tierra de las quemaduras de ácido de la criatura más impura: el no muerto. Entonces la avistó, y casi se le corta la respiración.

Barack observó a la mujer arrodillada sobre la tierra ennegrecida, con los brazos muy estirados y las palmas suspendidas justo encima de la tierra. La nieve caía suavemente sobre ella, cubriéndole el cabello y la ropa, que parecían centellear. Desde su ángulo alcanzó a ver la concentración en su rostro, los ojos cerrados, las largas pestañas formando dos espesas medias lunas. Parecía serena, con toda su energía concentrada en aquella tarea. Su aspecto era hermoso: una joven vidente, con el negro cabello reluciente bajo el manto de nieve, los copos sobre sus largas pestañas, y la boca, pecaminosamente perfecta, susurrando un suave canturreo de esperanza y coraje a la tierra baldía.

Se quedó en pie, sintiendo los fuertes latidos en su pecho mientras el terror por no encontrarla sana y salva en su casa disminuía y el amor irrumpía llenando cada rincón de su corazón, hasta no quedar sitio para ninguna otra emoción. Syndil, su pareja eterna. Por supuesto, estaba curando la tierra. Seguramente habría oído el gemido de dolor, la maldad al propagarse con lentitud por el suelo, envenenando y quemando cada cosa viviente. Era la mujer más hermosa que había visto en su vida... que jamás había imaginado. Bajo sus manos, la hierba verde brotaba a través de la nieve, y pequeños arbustos y árboles se abrían camino hasta la superficie mientras ella cantaba suavemente, incitando el crecimiento.

Desari podía aportar paz a la gente con su voz pura e increíble. Mediante la voz envolvía al público en sábanas de satén y luz de velas, y les hacía recordar antiguos amantes y esperanzas empañadas. La voz de Syndil también poseía un gran poder, pero dirigido a la tierra. Sentía la llamada de los terrenos marcados y dañados, y nunca podía pasar por alto ese llanto. Pocas personas podían oír estos gritos y lamentos, y aún menos curar las ampollas y lesiones abiertas y vivas en la tierra.

Syndil le asombraba con su poder. Observó cómo se desplazaba a la izquierda, luego a la derecha, moviéndose ladera arriba, tocando un árbol muy dañado, estimulando nuevo crecimiento, suprimiendo los resultados atroces que había dejado a su paso el no muerto. Se levantó y se volvió hacia al pequeño arroyo; el agua ya no corría por allí, sino que permanecía estancada pese a tener el lecho lleno. Unas manchas de un rojo oscuro y amarronado cubrían la superficie, y los tentáculos que se extendían desde una bola que parecía gelatina decolorada alteraban la composición. Miles de diminutos parásitos blancos conformaban aquel globo redondo, y otros muchos empleaban los tentáculos como pequeñas arterias y venas, alejándose de donde el resto formaba aquella gran masa cuajada.

Syndil alzó las manos y empezó a cantar, ajena a la presencia de Barack, con toda su atención puesta en el daño experimentado por la tierra. Él siempre se enteraba cuando su compañera estaba cerca, sin embargo ella, en estos momentos no tenía la menor idea de la proximidad de su pareja. Aunque esto debería haberle incomodado, el carpatiano no pudo contener la oleada de orgullo que le invadió. Cada vez que ella se enfrascaba en la curación de la tierra, se concentraba del todo, a prueba de todo, gastando mucha más energía en muchos casos de la que podía permitirse. Igual que los sanadores de personas se quedaban agotados en ocasiones, tambaleantes de debilidad, a Syndil le sucedía lo mismo cuando curaba la tierra.

Su voz cobró poder, y los parásitos se estremecieron como si les doliera oírla. La masa gelatinosa se sacudió de un modo que no presagiaba nada bueno, por lo que Barack se situó en una posición más indicada para defender a su pareja. El aire apestaba, el olor era verdaderamente tóxico. Pese a la nieve que caía, aquella peste hedionda casi le produjo arcadas. Se acercó un poco más para asomarse a la masa coagulada: las criaturas casi parecían gusanos, pero mucho más pequeños; la peste del mal impregnaba toda la zona.

Miró a su alrededor, diseccionando el sector con cada uno de sus sentidos, a la búsqueda de alguna señal enemiga. ¿Era esto la secuela de los vampiros que había matado durante el intento de asesinato del príncipe? ¿O se trataba de otra amenaza posterior? Se aproximó un poco más a Syndil, tendiéndole la mano, y mientras su voz llenaba la noche de fuerza, los pequeños parásitos empezaron a explotar, de forma parecida a las palomitas de maíz, saltando de la bola de gelatina en un esfuerzo de alejarse del sonido. Una vez expuestos al aire, explotaban.

Barack volvió a bajar el brazo. Observó los árboles retorcidos, doblados y ennegrecidos, con numerosas lesiones de las que salía sabia solidificada con el mismo gel rojo amarronado. Los parásitos bullían en media docena de árboles y caían sin vida al suelo. Hizo un ademán con la mano en dirección al cielo. Al instante se levantó viento y el aire pareció cargado y crepitante. Un rayo alcanzó la capa de carcasas amontonadas sobre la nieve y, de súbito, las convirtió en ceniza negra. Con un aullido de furia, el viento esparció los restos en todas direcciones mientras la nieve descendía y cubría, una vez más, la tierra de un prístino manto blanco.

Por primera vez, Syndil volvió la cabeza, con sus ojos grandes y oscuros llenos de ternura, casi líquidos. El fantasma de una sonrisa curvó su boca, atrayendo la atención de su compañero a la hermosa forma de sus labios. El corazón de Barack se convulsionó, como apretado por duras tenazas, con fuerza suficiente para hacerle daño. Tantísimos años pasados desde joven a su lado, y ni una sola vez se había percatado de que era ella quién estimulaba su necesidad sexual. Ni una sola vez la había mirado más que como su hermanastra; aun así ella en todo momento había mantenido las emociones de él protegidas. Por lo tanto, no era de extrañar que no sintiera satisfacción con ninguna otra mujer. Con los siglos aquello se había convertido en algo ridículo, aquella terrible necesidad que le destrozaba hasta el punto de pensar que iba a volverse loco si no tocaba la piel de una mujer, si no enterraba su cuerpo en sus profundidades. Pese a tanto deseo, estaba atrapado en una especie de tormento sin sentido: las necesitaba y, sin embargo, ninguna satisfacía sus deseos.

Syndil aún pensaba que la había traicionado, pero al fin Barack había entendido el ciclo interminable que había experimentado. Mirarla, inhalar su fragancia, sentir el roce de su cabello o dedos, provocaba una molestia dolorosa e insufrible en todo su cuerpo, que sólo ella podía aliviar. Había estado excitado durante tantísimos años, que ya no podía contarlos, y mirarla sólo le servía para volver a revivirlo. Sólo que ahora era suya, una mujer dulce y sexy que no merecía, pero que de alguna manera lo amaba de todos modos.

—¿En qué estás pensando, Barack? Pareces triste.

Los carpatianos no mentían a su compañera eterna. En cualquier caso, sólo tenía que tocar su mente para enterarse.

—Recuerdo el momento preciso en que comprendí que eras tú quien excitaba mi cuerpo con un padecimiento tan doloroso. Te encontrabas junto a un arroyo cepillándote la larga melena. Me sentí fascinado con cada pasada y deseé poder notar tu pelo contra mi piel desnuda. Quería perderme en toda esa seda, y sabía que eras tú a quien había querido en todo momento; eras tú a quien buscaba entre tantas mujeres.

—¿Cuánto hace de eso?

—Estábamos en Francia.

—Hace cincuenta años ya.

Él asintió.

—Pensaba que lo que sentía no estaba bien. Éramos niños viviendo juntos, una familia. Parecía... de mal gusto. Me asustaba la idea de quedar marcado de algún modo. Después de eso empecé a observarte; cada movimiento tuyo parecía sensual, seductor. Y detestaba a los hombres que te miraban, que se acercaban a ti.

—Pero de todos modos seguías yendo con otras mujeres.

Barack negó con la cabeza.

—Me hacía ilusiones, pero ya había pasado por demasiadas noches de insatisfacción. ¿Qué sentido tenía? Las demás mujeres ya no me atraían una vez que entendí lo que estaba sucediendo.

—Te vi. —Había dolor en su voz, y al oírlo Barack sintió un estremecimiento.

—Me viste coquetear y largarme. Bebía su sangre y las dejaba con falsos recuerdos. Las noches eran un tormento, Syndil. A veces pensaba que estaba en el infierno. —Le tendió la mano—. Guardaba un terrible secreto que no podía compartir con nadie. Te deseaba hasta el punto de no poder dejar que te acercaras demasiado a mí. Siempre temía que alguien descubriera lo que sentía por ti. En aquel tiempo habría dado cualquier cosa por que fuera sólo deseo, fácil de satisfacer. Era mucho más; es mucho más.

—¿Por qué no me lo dijiste?

—Un carpatiano siempre, siempre, debe mantener el control de sí mismo. Ostentamos demasiado poder como para dejarnos regir por otra cosa que no sea nuestro cerebro. No podía controlar mi cuerpo o mis pensamientos cuando estaba cerca de ti. —Se pasó los dedos por el pelo—. Lo sé todo sobre ti, Syndil: la manera en que inclinas la cabeza levemente cuando estás considerando si participar en una conversación o no. Te estiras el lóbulo izquierdo cuando estás preocupada. Tienes la sonrisa más bonita que he visto en la vida. Sé que eres tan frágil, y al mismo tiempo, increíblemente fuerte.

Una sonrisa sustituyó poco a poco el ceño preocupado del rostro de Barack.

—Siempre ando detrás de ti cuando sales al escenario, para poder percibir después, cuando estoy solo, el balanceo de tus caderas y el roce de tu cabello.

—Nunca me habías contado esto.

Él se frotó la parte inferior del mentón.

—Es un poco humillante admitir que he estado obsesionado contigo. Y cuando supe que no podía soportarlo más, que tenía que admitir la verdad, aunque significara dejar a nuestra familia, te atacó Savon, nuestro hermano de confianza.

Syndil apartó la vista, volviéndola hacia el arroyo otra vez. El agua corría fría y limpia, desaparecido ya todo rastro de veneno. Barack siguió su mirada y, como siempre, al ver el resultado de su trabajo, se sintió humilde y orgulloso de ella.

—Syndil, no hay nadie en este mundo que pueda hacer lo que tú haces. ¿Tienes idea de lo asombrosa que eres?

Ella se quedó mirando la tierra ennegrecida, arruinada y arrasada por la batalla.

—Todavía hay mucho trabajo que hacer aquí. Nuestros enemigos dejaron el veneno en el terreno para que se abriera camino bajo el suelo, hasta nuestros lugares de descanso. Si consiguen que la tierra se ponga en contra de nosotros, habrán ganado.

Barack alzó la cabeza con gesto alerta. Ella parecía tan agotada; la energía requerida para curar grandes extensiones de tierra destruida por el fuego o la magia nauseabunda del vampiro era enorme. Él no tenía idea en realidad de cómo iba a afectarle curar los estragos causados aquí por el vampiro, una devastación de tales dimensiones. La veía pálida, sus ojos eran casi demasiado grandes para su rostro, y se apretó el pecho con las manos como si le doliera el corazón.

—Syndil. —Le tendió la mano—. Ven aquí, junto a mí.

Esperó. Con el corazón palpitante, una pequeña parte de él rogó que Syndil diera un paso adelante, anhelaba su contacto, su ayuda, pero, como siempre, hubo ese pequeño y breve momento de vacilación, el cansancio apareció en los ojos de su compañera, y en su mente la sombra que ya no podía ocultarle. Syndil cubrió la distancia que les separaba y le tendió la mano. Barack la rodeó con sus dedos y la atrajo con una delicadeza exquisita. A pesar de que los carpatianos podían regular la temperatura corporal, ella estaba fría, incluso tiritaba un poco. La rodeó con sus brazos, protegiéndola de la nieve con su corpachón y empleando el calor y energía de su propio cuerpo para calentarla. Llenó sus pulmones con su aroma y olió a sangre.

—¿Qué ha sucedido? —Estiró el brazo de Syndil para poder echarle un vistazo.

Ella frunció el ceño mientras su cuerpo perdía parte de su rigidez y se hundía más plenamente en su abrazo.

—Sasha y Forest estaban echados conmigo en la cama, sudorosos como es habitual, y entonces Sasha empezó a agitarse. En cuestión de minutos, Forest estaba igual. Empezaron a andar de un lado a otro, lanzando llamadas de angustia. Hice un barrido de inspección, pero no conseguí percibir más que una mera insinuación de poder en el aire. Ni bueno ni malo, sólo poder.

—Eso no explica estos arañazos, Syndil. Son profundos. —Inclinó la cabeza hacia el brazo desnudo y dejó un rastro de sus besos ligeros sobre las laceraciones, arremolinando la lengua sobre las heridas, eliminando el dolor con la saliva curativa. Besó de nuevo el brazo y alzó la cabeza, tomando su barbilla con una mano para que no pudiera esquivar la censura de sus ojos.

—Deberías haberme llamado de inmediato. Tu bienestar se antepone a todo lo demás.

—No había nada que contar. Con tantos carpatianos reunidos en un mismo lugar, tiene que haber poder en el aire a todas horas. Simplemente asumí que los leopardos reaccionaban a una sensación inhabitual. Están acostumbrados a nosotros, pero no a los demás. Parecían encontrarse bien conmigo hasta que intenté salir de la habitación. Lo siento, pero la cuestión es que no podía pensar en otra cosa que en ocuparme de esto. —Desplazó la mano formando un gracioso arco para indicar la tierra ennegrecida—. Desde que me he despertado no he dejado de oír el llanto de la tierra, y no he podido dejar pasar más por alto la llamada. Sabía que sería difícil y agotador, pero no esperaba que... —Se interrumpió y miró por encima del hombro de su pareja la gran superficie destruida por la batalla—. Es enorme, Barack. Qué daño tan grande.

Percibió las lágrimas en su voz... en su mente.

—Simplemente estás cansada, cielo. Necesitas alimento. —Había tanto una invitación sensual como una orden dominante en su voz.

Se esforzaba por anular la parte más ruda de su naturaleza, en la medida de lo posible, sobre todo cuando se trataba de cualquier cuestión sexual con Syndil. Estaba con él, y eso era lo más importante del mundo. Necesitara el tiempo que necesitara para desarrollar la confianza en él —años, siglos, tal vez más—, poco importaba. Ella podía disponer de todo el tiempo que le hiciera falta, pues él sólo tenía que controlar la naturaleza dominante habitual en los hombres de su especie. No podía arriesgarse a echar a perder la frágil confianza que iba desarrollándose entre ambos.

Se desabrochó la camisa con un solo pensamiento, y Syndil volvió el rostro para apoyar la mejilla en el pecho de su compañero. El roce de su suave piel, el contacto de sus labios moviéndose justo encima del corazón, el cabello rozándole como la seda, todo ello provocó una urgente necesidad que se desplazó con potencia hasta su entrepierna con un malestar doloroso. Enredó los dedos en el cabello de ella y le acunó la cabeza entre sus brazos, mientras su cuerpo se tensaba expectante. Una milésima de segundo... dos. Syndil le besó el pecho, jugueteó con la lengua, y le arañó una, dos veces, con los dientes. A Barack se le puso el corazón a cien, su cuerpo se endureció, y notó una sacudida de ansia.

Syndil hundió los dientes profundamente, y el dolor dio paso a un intenso placer, y el éxtasis inundó el cuerpo de Barack. Cambió de postura para balancear sus caderas contra ella, y sólo sirvió para enardecer todavía más sus sentidos. Syndil fundió su mente con la de su pareja de forma inesperada —por primera vez sin que él le instara a hacerlo— alimentando sus deseos sexuales, la irrupción de la pasión, el calor en la sangre, imágenes eróticas de ella inclinada sobre él con el pelo caído como una cascada sobre su piel mientras...

Barack gimió en voz alta. *No puedes hacerme esto sin esperar represalias.*

La risa de su compañera sonó grave y sensual, toda una invitación. Cerró los ojos para saborear su respuesta, regocijándose de saber que ella le necesitaba. Entonces se limitó a levantarla en brazos mientras la sostenía contra su pecho para que siguiera alimentándose, y alzó el vuelo.

Syndil lamió su pecho, cerrando los diminutos pinchazos, y levantó la boca a su cuello; luego deslizó las manos por dentro de la camisa desabrochada.

—¿A qué vienen tantas prisas? —murmuró contra su piel—. Siempre he querido hacer el amor en la nieve. ¿Qué sentido tiene poder controlar nuestras temperaturas corporales si no podemos aprovecharlo para disfrutar?

A Barack no le importaba dónde estuvieran. Si quería nieve, vio un rincón perfecto que parecía protegido en parte de los elementos. Se dejó caer deprisa, con la boca pegada a sus labios, y el fuego llameando entre ellos. La necesidad de poseerla era siempre intensa —demoledora—, no obstante continuó moviendo las manos con suavidad y controlando su agresividad, pues no quería asustarla. Tenía un ataque de pánico cuando se encontraba debajo de él, y ni una sola vez había adoptado con ella una postura sexual dominante.

Syndil apartó la camisa, bajándosela por los brazos como si estuviera frenética por pegarse a su piel, hasta el punto de olvidar que podía eliminar el ofensivo tejido con su mente. El carpatiano observó cómo aumentaba el deseo en su rostro, la intensidad ardiente en sus ojos, mientras le dejaba besos desde el pecho hasta la garganta, y atrapaba luego su boca, regresando de nuevo al pecho con mordiscos juguetones.

Nunca había actuado de esta manera con él, y no pudo contener la respuesta de su cuerpo, su propio deseo creciendo más rápido e intenso que otras veces. Ella, deseándole e iniciando las relaciones, resultaba un afrodisíaco mayor que cualquier otra cosa. Nunca daba muestras de la misma necesidad urgente que él sentía cuando la tocaba.

Por supuesto que siento esa necesidad. Le estiró la oreja con los dientes. Hizo girar la lengua, jugueteando sobre su piel. *Sólo es que no sé cómo demostrártelo de forma adecuada.*

¿Había un toque de vergüenza en su voz? Confiaba en que no fuera así; no tenía nada de qué avergonzarse. Barack pasaría toda la eternidad intentando borrar de su mente la traición y el recuerdo de Savon violándola, y aun así una parte de él nunca se perdonaría no haber estado ahí para protegerla.

Me lo demuestras la mar de bien. Puso en su voz todo el feroz amor que tenía para ella, levantando las manos para enredarlas en aquella larguísima melena. Siempre llevaba una parte de la cabellera recogida, por lo que Barack desprendió las horquillas para dejarla caer suelta. Su pelo era tan sensual, y justo ahora, haciéndole cosas pecaminosas con la boca sobre su cuerpo, anhelaba la seda caliente de su cabello derramándose sobre él. Quería que no parara nunca, pero necesitaba que la ropa desaparecieran.

Entonces quítamela.

Sonrió al percibir la impaciencia en su voz. Barack siempre pedía permiso para no alarmarla, pero tal vez —ojalá— eso estuviera superado. Hizo un ademán y ella se quedó en pie ante él, desnuda del todo, a excepción de su larga melena, un manto de seda que enmarcaba su suave piel y cuerpo exuberante. Como siempre que la miraba, se le aceleró el corazón, sus pulmones se detuvieron, y notó las lágrimas ardiendo en su garganta. Nadie le parecería más hermosa, jamás.

Ella alzó la cabeza mientras seguía su ejemplo y le retiraba los pantalones y zapatos a la manera carpatiana, dejándole desnudo en la nieve y totalmente excitado.

—Quiero superarlo ahora —susurró—. Te quiero tanto, Barack, y necesito poder demostrártelo. Más que eso, necesito que tú me lo demuestres. Sé que tienes que contenerte, y es algo que no deseo, ni para ti ni para nosotros, nunca más. —Sus dedos pasaron como un rumor sobre la verga gruesa, y los pulmones de Barack expulsaron ráfagas entrecortadas de pasión—. Es sólo que nunca he querido empezar algo que no pudiera terminar. —Siguió dándole besos hasta llegar al vientre, acariciándole con sus suaves manos, hasta que él temió perder la cabeza.

¿Entiendes lo que te estoy diciendo?

Siempre te entiendo, amor mío. No hace falta que me adviertas. Se sentía orgulloso de ella por su audacia, pero temía no poder aguantar hasta la noche. Sybil le estaba leyendo la mente, percibía el fuego que aumentaba en su entrepierna mientras rodeaba con la mano la fuerte erección e inclinaba la cabeza para soplar aire caliente sobre ella.

Era la visión más hermosa que había tenido: su cuerpo perfecto, de senos plenos y turgentes, su largo cabello negro en marcado contraste con la blanca nieve. Cuando Barack adivinó sus intenciones y la imagen erótica en su mente, su cuerpo se endureció todavía más. Hizo un ademán con la mano y el cielo dejó ir una lluvia de pétalos de rosa junto con la nieve que iba amontonándose.

—Cielo, no tienes que hacer esto.

Pero lo hizo. Lo deseaba casi tanto como él. Barack pudo verlo en su cara. Por una vez, la quería así... disfrutando de él. Deseando su cuerpo tanto como él quería el suyo. No, más que eso. Necesitándole de la misma manera que él la necesitaba; desesperada por tocarle, por saborearle, por sentir su cuerpo moviéndose dentro de ella, y el corazón latiendo al mismo ritmo. Sólo por una vez. Más que nada necesitaba ver el oscuro anhelo en sus ojos, sentirlo en cada contacto de sus manos. Necesitaba ver ansia y disfrute cuando ella le miraba. Sólo esta vez, eso era todo lo que iba a pedir.

Cerró los ojos por un breve instante mientras Syndil dejaba un ligero rastro con los dedos sobre su verga, enviando pequeñas y rápidas cargas eléctricas por su flujo sanguíneo. Alzó la vista y sonrió mientras ella deslizaba la lengua sobre el amplio capullo, creando una danza ondulante que llevó los sentidos de Barack a un nivel totalmente nuevo. Se le escapó un suave gruñido cuando pasó las uñas por el interior de su muslo. Sin poder evitarlo, se estiró y enredó los dedos en el cabello sedoso, apartándoselo con delicadeza de los hombros. Verla de rodillas ante él, con esa pequeña y misteriosa medio sonrisa en su rostro y esa mirada demasiado excitada en sus ojos, era casi su perdición.

Le masajeó los hombros por un momento, alivió la tensión de la nuca y luego deslizó las palmas sobre la suave piel hasta los pechos, respirando hondo en todo momento para mantener el control. Encontró con sus pulgares los pezones y los rozó hasta que formaron duras puntas, provocando con las caricias un jadeo de placer en ella. Tomó sus pechos con las manos, y los acarició con la experiencia de conocer su cuerpo tan bien.

Syndil chilló con placer por las sensaciones que la abrumaban. Como siempre, con un toque de sus dedos, ella se ponía a cien. Sabía que él podía hacerla polvo, ponerla al rojo vivo sólo con la fuerza de su boca o el arañazo de sus dientes. Él lo sabía todo sobre su cuerpo, cada manera de darle placer, y siempre lo conseguía, sin egoísmos ni reservas. Siempre anteponía el placer de ella al suyo. No era justo. Quería desesperadamente ponerle también a cien, arrastrarle con una marea de pasión, aportarle el tipo de éxtasis que él siempre le proporcionaba.

Enredó los dedos en el cabello de Barack, que le provocaba con su boca y manos vibraciones que zumbaban por su riego sanguíneo, acelerándole el pulso. La matriz se le contrajo y notó aquella necesidad urgente y familiar acumulándose en la profundidad de su núcleo. Se obligó a recuperar el control, cerrando la mano sobre toda la longitud dura y sedosa de su erección, soplándole aire caliente deliberadamente para distraerle.

A Barack se le atragantó la respiración y tuvo que enderezarse; a continuación arrojó la cabeza hacia atrás cuando ella cerró la boca sobre él, deslizando la lengua y enrollándola sin aflojar la presión de la succión en ningún momento. Él la recompensó con un gruñido, y la erección aumentó todavía más.

El placer atravesó a Syndil como un rayo. Mantuvo la mente fundida firmemente con él, leyendo todo pensamiento, toda imagen, realizando ajustes para incrementar aún más su placer, hasta que Barack agarró su cabello con las manos e impulsó las caderas, incapaz de hacer otra cosa mientras su garganta dejaba escapar sonidos guturales.

Notó el cuerpo de Barack en tensión, el fuego precipitándose desde la punta de sus pies al tronco, directamente a su entrepierna. Continuó empleándose a fondo y encontró el ritmo perfecto, que llevó a su pareja a estremecerse y balbucir una palabrota que nunca antes había oído.

—Me estás matando —susurró él con aspereza.

De una manera agradable, supo Syndil. Todo su cuerpo reaccionó al saber que tenía a Barack al límite del autocontrol. Quería destrozarle, hacerle lo que él hacía con ella. Era increíble sentir aquel poder, y la satisfacción aún era mayor. Casi estaba eufórica de felicidad, dejando besos vientre arriba, hasta llegar a su pecho y luego a la garganta, instándole a que se colocara encima de ella, tan frenética por tenerle enterrado en su interior que no podía pensar en otra cosa que en complacerle, y en complacerse a sí misma.

Se dejó caer de espaldas sobre la nieve cubierta de pétalos de rosa, arrastrándole con ella. Con sus pieles pegadas, los corazones latían al mismo ritmo. Syndil notó su peso cuando se aposentó sobre ella, las manos sujetándole las caderas, la rodilla separándole los muslos. Barack embistió con fuerza, entró en su cuerpo, uniéndolos con una fiera penetración primitiva. Ella le clavó las uñas en los hombros mientras un relámpago recorría su cuerpo, y chilló con el placer que la ahogaba.

Barack se movió dentro de ella, con penetraciones potentes, seguras, llenando su vacío hasta hacer que sintiera que se liberaba. El pelo del carpatiano se deslizaba sobre la piel de Syndil, una sensual seda rozando sus pechos ya hipersensibles. Su cuerpo femenino se tensó, los músculos se contrajeron y aferraron a él mientras las caderas se elevaban para seguir aquel rápido ritmo. Se movió un poco para ajustar la postura, y él la agarró con las manos para sujetarla con fuerza.

En aquel instante, fue consciente de su entorno, del hombre encima de ella. Alzó la vista al rostro casi salvaje de deseo, con llamaradas rojas parpadeando en las profundidades de aquellos ojos negros. Podía ver sus dientes, ya alargados, y los músculos claramente definidos de sus brazos.

Syndil intentó desesperadamente sujetar la pasión que siempre parecía quedarse encerrada dentro de ella. Surgía ocasionalmente, pero en algún lugar, por algún motivo, justo cuando pensaba que había conquistado sus miedos, una puerta se cerraba de golpe y retenía sus necesidades, sus deseos físicos, detrás de un muro de terror. Combatió aquello, combatió el pánico creciente y el recuerdo de los dientes mordiéndola, de las manos brutales haciéndole daño, de algo obsceno e innatural desgarrándola, llevándose su virginidad sin amor o sin considerar su inocencia. Él había pertenecido a su familia, alguien querido, y aun así la había atacado, despedazando casi su garganta, golpeándola, violándola de todas las maneras posibles. Y ella había luchado hasta romperse los dedos de las manos, con la carne saturada de sangre, hasta pensar que iba a matarla.

Ahora no se trataba de Savon, su atacante, sino de Barack, el hombre al que quería por encima de todo. Aun así, no podía separar a uno del otro cuando Barack cubría su cuerpo y la retenía debajo. No podía respirar, no podía pensar, no podía oír aunque él intentara tranquilizarla. Sólo sentía su peso aplastándola, notaba el asimiento de sus manos, veía el destello de las llamaradas rojas en sus ojos.

—Para. —Susurró la palabra llorosa, pues las lágrimas ya empezaban a formarse en sus ojos. Su garganta henchida amenazaba con asfixiarla—. Para. Oh, Dios, Barack, tienes que parar. —Su voz adquirió tonos de histeria al perder el control por completo y su mente pareció fragmentarse sin poder distinguir el pasado del presente. Empezó a pelear con él, le pegó con fuerza, lanzando las uñas a su rostro y empujando su pecho.

Antes de que el carpatiano pudiera agarrarle las muñecas, le hizo sangre, sacudiendo la cabeza hacia delante y hacia atrás para evitar su boca, que intentaba inclinarse más hacia ella. Él le susurró algo, pero no pudo oírle, atrapada en aquella ilusión mortal de la que parecía no poder escapar.

Barack gruñó y se apartó para tumbarse boca arriba sobre la nieve, observando los copos que caían del cielo. Se tapó los ojos con un brazo para ocultar su expresión, al tiempo que escudaba su mente para que ella no pudiera ver la angustia y frustración que le invadía. Quería rugir con furia a los cielos, pero permaneció en silencio, en un esfuerzo por controlar su cuerpo. La oyó contener un sollozo y volvió la cabeza para mirarla.

Las lágrimas relucían como diamantes en sus ojos, dejando un rastro en su cara hasta caer al suelo cubierto de nieve.

—Lo siento, Barack, cuánto lo siento. ¿Qué me pasa? —Se tapó la cara con las manos y lloró como si tuviera el corazón roto.

—Syndil, no te pasa nada. —Barack se puso de rodillas e intentó tocarle, con movimientos lentos y delicados—. Ven aquí conmigo, pequeña, deja que te abrace.

Ella vio los arañazos en su rostro y pecho, en un antebrazo, e incluso un delgado arañazo en la cadera. Las pequeñas gotas de sangre que se habían formado creaban un entramado sobre su piel, como si un gato le hubiese atacado.

—¿Qué he hecho? —Avergonzada, intentó forcejear y soltarse de su asimiento—. Tengo que irme, no podemos seguir así. Déjame, Barack. Volveré a mi forma de leopardo y me quedaré en la tierra hasta que esto pase.

—No quiero ni oír eso. No vas a dejarme; tienes un deber que cumplir con tu pareja eterna, y nada tiene que ver con el sexo. Te quedarás sobre la tierra, conmigo, en tu forma natural, ¿me oyes, Syndil? No espero menos de ti. —Esta vez no disimuló su talante de macho carpatiano. Hizo que sonara como una orden y mostró sus dientes desnudos para recalcar que no se andaba con tonterías.

—¿Por qué? ¿Por qué ibas a quererme siquiera? No puedo seguir haciéndote esto y aguantarme a mí misma. ¿Cuánto va a durar tu paciencia? ¿Cuánto hasta que te busques a otra mujer para las cosas que yo no puedo ofrecerte?

—¿Otra mujer? —repitió, tan escandalizado por la sugerencia que se le notó en la cara—. Syndil, has perdido la sensatez. No hay otra mujer para mí. ¿Qué es lo que no me das? Hago el amor contigo todo el tiempo.

—Tú me haces el amor. Yo debería devolverte ese amor.

—Tú me correspondes con amor. —Se pasó una mano por el oscuro pelo, claramente alterado—. O sea, que tienes un problemilla con una postura. Una. Y, ¿crees que eso a mí me importa?

Ella no respondió, se limitó a negar con la cabeza, cubriéndose el rostro con fuerza con ambas manos. Se le escaparon las lágrimas y sus hombros se agitaron como si le costara respirar en medio de tanto sollozo.

—Syndil, te quiero. Eres mi vida. Tenemos años, siglos, para arreglar esto. Eres tú la que me importa, no el sexo. —La sacudió un poco—. Mírame, Syndil. Si nunca consigues dejar que me ponga encima, pues ya está. ¿Por qué es tan importante para ti? No verás esa imagen en mi mente; no me importa en qué postura hacemos el amor, ni ahora ni nunca. Maldita sea, mírame.

Le cogió las manos y se las apartó de la cara, mirándole fijamente a los ojos.

—Te quiero más que a mi propia vida. O sea, que no podemos hacer el amor conmigo encima, ¿y qué? ¿Vas a colgarte una medalla al valor por forzarte a ti misma a adoptar una postura en la que te sientes amenazada? Sinceramente, ¿has llegado a pensar que la postura en la que hagamos el amor me importa?

—A mí sí —susurró hundiendo la cabeza—. Me avergüenza muchísimo no poder amar a mi pareja como se merece. Puedo curar a la tierra de las peores batallas, pero no puedo curarme a mí misma. No soy una pareja decente para ti. Lo intento de veras, Barack, te deseo de verdad, me encanta la manera en que me haces sentir, como si fuera la única mujer en el mundo, como si nadie más pudiera complacerte, pero no puedo hacerlo. No puedo.

Le pasó el brazo para atraerla hacia sí.

—Eres idiota, Syndil. Me quieres y eso es lo que importa. El resto son tonterías. Te haría el amor haciendo el pino si así lo quisieras. —Le cogió la barbilla para obligarle a levantar la cabeza—. ¿De verdad piensas que no puedo ver tu mente y apreciar cuánto me amas?

—Pero tienes que contener tu propia naturaleza todo el tiempo, Barack.

Él soltó una carcajada.

—Ser un macho dominante y autoritario no siempre es lo mejor, Syndil. ¿No crees que Darius tiene que ocultar de vez en cuando esa faceta suya cuando está con Tempest? ¿Y que tal vez ella desearía que lo hiciera un poco más a menudo? Y Julian sin duda tiene que esforzarse en ese sentido con Desari. Lo mismo que con Dayan y Corinne. Forma parte de nuestra naturaleza estar al mando, pero vosotras dais luz a nuestra oscuridad. Vosotras tenéis que equilibrar ese dominio incesante.

—Pero tú nunca has sido como Darius, Barack. Te pones mandón, pero... —Su voz se apagó, aunque había confianza en sus ojos cuando cogió el rostro de su compañero entre sus manos.

—El hecho de que todos nosotros dejemos que Darius nos lidere no quiere decir que no tengamos esos rasgos naturales. No los has visto antes en mí porque no compartíamos nuestras mentes. Darius es un líder fuerte, estamos satisfechos con su liderazgo. —Una pequeña mueca apareció brevemente en su rostro—. Se encarga de la mayor parte del trabajo, y eso a mí me va bien. Pero al final, todos tenemos los rasgos que dicta la naturaleza. La cuestión es, preciosa mía, que tú, como mi pareja eterna, me aportas equilibrio.

—¿De verdad?

Él inclinó la cabeza para darle un pequeño beso en cada párpado.

—Así es —le aseguró. Dejó un rastro de besos en su cara hasta llegar a la comisura de la boca—. Y te estoy agradecido. La oscuridad se extiende, y tenemos que luchar cada día.

—Pero no existía en ti... no como en los otros —dijo Syndil.

—Gracias a ti. Incluso antes de que te reclamara como mi pareja, ya me dabas equilibrio. Syndil, no eres simplemente mi pareja eterna, eres mi vida, mi único amor, mi mundo. Te conozco desde que eras una niña, te vi crecer y convertirte en una mujer increíble, extraordinaria, con talento. Mira lo que has hecho con la tierra. ¿Quién más puede hacer un milagro así? —Le besó la punta de la nariz, apoyó ligeramente sus labios en los de ella y deslizó la lengua por la unión de ambos—. Estaba enamorado de ti tiempo antes de saber qué demonios era una pareja eterna.

—¿Estás seguro, Barack?

—Es la única cosa de la que estoy seguro. —Encontró su boca para besarla. Luego la levantó con delicadeza para sentarla sobre su regazo, esperando a que ella se colocara sobre él como una funda sobre una espada.

A Syndil se le cortó la respiración. Barack la llenaba, se ajustaba tan bien, de un modo tan exquisito, que la fricción sedosa volvió a propagar un fuego danzante por todas sus venas. En un momento estaba llorando y al siguiente él la elevaba hacia el cielo. Enlazó los dedos tras la nuca de su pareja eterna y se echó hacia atrás, moviendo el cuerpo con aquel ritmo familiar mientras empezaba a cabalgar sobre él. No podía imaginar cómo había podido vivir tanto tiempo sin él. Hacía que se sintiera hermosa y extraordinaria pese a estar segura de no serlo.

—Te amo, Barack. —Se apartó para mirarle a los ojos—. Te quiero de verdad.

Está visión de ella le dejó sin aliento. Los pechos turgentes oscilaban de modo sensual, sus pezones tiesos y duros eran una invitación sensual, con su estrecha cintura y caderas ondulantes, y aquellos ojos somnolientos y boca hinchada por los besos.

—Sé que es así —murmuró él, y dio un suave beso a cada uno de los párpados. Apenas podía hablar con el calor crepitante que no cesaba de aumentar, tan feroz, con cada pizca de placer que esa postura más dominante le había dado. Compartió su mente con ella intencionadamente, compartió los efectos que provocaba ella en su cuerpo y su corazón—. Eres mi vida, Syndil, y no quiero que lo vuelvas a olvidar.

Ella se movió con él, igualando cada penetración, llevando su placer todavía más arriba. Barack era su mundo, y que la aceptara lo significaba todo. Tal vez no pudiera tumbarse debajo de su cuerpo, pero podía disfrutar de otras posturas excitantes y sacar el mejor partido de cada una de ellas.

Barack la estrechó con brazos posesivos mientras le recorría un pequeño escalofrío. Ella no protestó ni se apartó; le agarró con sus músculos y le estrujó como un puño, muy tersa y excitada, tan ceñida a él que el carpatiano ya no pudo aguantar ni un segundo más. Echó hacia atrás la cabeza y aulló a la noche lleno de dicha, sintiendo cómo se tensaba todo el cuerpo de su pareja con absoluto placer. Por un instante, ninguno de los dos pudo respirar, ni siquiera hablar, sólo sentir.

Barack se recuperó primero, la besó en lo alto de la cabeza, en las orejas y finalmente en su suave boca.

—Te amo, Syndil.

—Empiezo a creer que es verdad —respondió ella en voz baja, mientras se levantaba con su gracilidad habitual. Le tendió la mano y Barack se quedó de pie a su lado, aquel hombre alto y fuerte que la quería lo suficiente como para concederle espacio y tiempo.

Vistiéndose con esa facilidad de la que hacía gala su gente, se fueron andando cogidos de la mano a través de la nieve, de regreso a la pequeña cabaña. La vivienda parecía atractiva, incluso acogedora, y Syndil se amoldó a su paso y le atrajo hacia sí.

—Me ayudarás a cocinar algo, ¿verdad? Corinne me aseguró que la receta que me dio era fácil y rápida.

—Tengo mis dudas al respecto —se burló—, pero estoy dispuesto a intentarlo.

Mientras caminaban por el estrecho sendero que llevaba a la cabaña, la sonrisa se borró de su rostro. Barack frunció el ceño y dirigió una mirada cautelosa a su alrededor, pues de repente había notado un picor en la nuca resultado de la inquietud. Se detuvo antes de abrir de golpe la puerta de entrada, apartando a Syndil tras él con un brazo.

—No me gusta lo que percibo. El silencio.

—Está nevando. Y siempre hay silencio cuando nieva.

—Tal vez. —Pero algo iba mal. Un murmullo de movimiento en el interior hizo que cerrara la puerta con firmeza y la apartara de la cabaña—. Vete a lugar seguro, Syndil. Ocúltate entre los árboles mientras descubro qué pasa aquí.

—¿Están bien los felinos? —preguntó ella con angustia.

—Ahora voy a averiguarlo.

Ella le agarró la cinturilla de los pantalones, sujetando el extremo de la prenda con los dedos.

—Yo sola ahí fuera tendré miedo. Déjame entrar contigo; aunque haya algo esperándonos ahí, prefiero estar contigo y saber qué está sucediendo.

Barack maldijo en voz baja.

—Quédate conmigo, Syndil, y haz con exactitud todo lo que yo te diga.

Ella asintió y se acercó un poco.

—¿Piensas que se trata de un vampiro?

Él negó con la cabeza. Parecía que hubiera algún peligro —problema—, alguna cosa no cuadraba.

—Algo no guarda la armonía —dijo Syndil de pronto, quedándose muy quieta. Se agarró con más fuerza a sus vaqueros—. En la casa. Los felinos. Les he buscado y están... enloquecidos.

Barack se volvió y la atrajo un poco más para tranquilizarla.

—Tranquila, cielo. —Notó los leopardos rondando entre las paredes de la cabaña, enfurecidos por algún motivo que no podía adivinar. Intentó alcanzar sus mentes como llevaba haciendo desde que era joven, para calmarlos, pero no respondieron. Tenía que meterlos en su jaula, tanto por su seguridad como por la seguridad de cualquiera que entrara en contacto con ellos, hasta que pudiera desentrañar qué estaba sucediendo.

Se introdujo por la puerta, fluyendo en forma de vapor, y recorrió las habitaciones hasta dar con los felinos, muy consciente de que Syndil se encontraba justo a su lado con la misma forma.

Forest, el macho, yacía estirado sobre la cama, mientras Sasha, la hembra, iba de un lado a otro inquieta. En el momento en que entraron en el dormitorio, Sasha reaccionó, gruñendo y mostrando los dientes, agitando la cola mientras avanzaba; sus ojos recorriendo a toda prisa la habitación al detectar la presencia de algo extraño. Forest lanzó su cuerpo desde la cama, pasando de su posición tumbada boca abajo a ponerse a cuatro patas sobre el suelo, restregando las garras sobre el vapor insustancial en un esfuerzo por alcanzar a Barack.

El carpatiano se retrocedió, fluyendo para mantenerse fuera de su alcance, intentando devolver la mente del felino a la cordura. Los leopardos eran conocidos por sus cambios de ánimo, pero esta conducta salvaje se alejaba mucho del carácter habitual de ambos felinos. De hecho, llevaban desde su nacimiento con los Trovadores y nunca se habían comportado de esta manera. Sasha continuaba mirando por la ventana, actuando como si fuera capaz de romper el cristal para escapar.

Les pasa algo terrible, le dijo a Syndil. *No puedo controlarlos.*

Syndil continuaba en silencio, escuchando la tierra.

Hay un flujo sutil de poder... de energía, que está trastornando a los leopardos. Hay muchos carpatianos aquí, y la mayoría seguramente estará empleando energía para mutar y otras tareas, pero tal vez los felinos estén demasiado sensibles por encontrarse aquí.

Tal vez. Barack lo dudaba, pero iba a enjaular a los animales. *Voy a hacer que me sigan a las jaulas. No puedo guiarles hasta dentro, por lo tanto, tendré que engañarlos.*

¿Cómo podrás conseguirlo? Había agitación en su voz.

Yo mismo haré de cebo.

Syndil tomó aliento con dificultad, conteniendo la protesta que quería salir.

Eso me temía. Ten cuidado, Barack.

La tocó mentalmente, y la rodeó con su vapor por un momento como si pudiera acariciarla para tranquilizarla. Barack resplandeció mientras adoptaba su forma humana justo bajo la nariz de la hembra, cambiando de nuevo casi de inmediato y corriendo por toda la casa, guiando a los felinos hasta el dormitorio más pequeño, donde guardaban la jaula que empleaban para viajar, con numerosos barrotes.

Se estiró para abrir la puerta de la jaula, transformándose durante escasos segundos para poder usar su mano. Forest dio un brinco, alcanzándole el brazo con la zarpa, abriendo profundos surcos en la piel antes de que él pudiera cambiar de nuevo a la forma de bruma. Fluyó hacia el fondo de la jaula, guiando a los dos leopardos hasta el interior. Ambos animales le siguieron sin dejar de mover las garras por el vapor.

Con un ademán de su mano, Barack cerró la puerta tras ellos, y los dos felinos se arrojaron contra los barrotes, gruñendo como protesta. Pero él no esperó siquiera a que se calmaran, y mandó aviso a Darius y a los otros miembros de la banda antes de volver a adoptar su forma natural.

Syndil ya le estaba atendiendo, pasando sus dedos por el brazo, inclinándose sobre él para aplicar su propia saliva curativa sobre las heridas.

—Tendrás que ser más rápido —le dijo, reprendiéndole con sus grandes ojos.

Una lenta sonrisa iluminó su mirada oscura.

—Creo que no, cielo, ya que entonces no tendría tu boquita sexy recorriendo todo mi cuerpo, ¿a que no?

Ella alzó una ceja.

—De hecho, sí, probablemente la tendrías.

Capítulo 8

Mihail volaba a poca altura sobre el bosque, dando varias pasadas, diseccionando la región en un esfuerzo de detectar la amenaza de cualquier peligro que pudiera perjudicar a su gente. De tanto en tanto, entraba en contacto con la mente de Raven, y percibía su felicidad mientras cocinaba un plato, fuera lo que fuese, para la cena navideña. No imaginaba siquiera que ella echara de menos cocinar, y eso le provocó cierta vergüenza. Hacía años que era su pareja eterna, no obstante, seguía descubriendo cosas sobre ella, como que disfrutaba con la preparación de una comida, y con la presentación y el placer de agasajar a sus invitados.

Notó el roce mental de sus dedos sobre la piel, su sonrisa, el calor de sus ojos.

Sí, disfruto cocinando para otros, pero desde luego no es algo primordial en mi vida: tú sí. Disfruto de una vida plena, Mihail, y no lamento nada.

La voz llenaba su mente de amor, contenía incluso los recuerdos de la terrible y obsesiva soledad. Ningún hombre carpatiano que hubiera perdido sus emociones y dejado de ver en colores, y que luego lo hubiera recuperado todo al encontrar a su pareja de vida, renunciaría a ella. En aquel momento sintió el anhelo de su amor por Raven. Le ayudaba a aliviar la terrible carga que suponía para él saber que algunos de los guerreros solteros presentes en la fiesta, hombres honorables e íntegros, perderían al final la batalla con su lado oscuro.

Estás preocupado por Dimitri.

Estoy... inquieto. Detecto problemas en el viento, pero no consigo distinguirlos. Dimitri me preocupa. Ninguno de nosotros olvida nuestra soledad antes de encontrar a nuestras compañeras. Y tampoco olvidamos la oscuridad, cómo se propagaba y nos dominaba, y el demonio pidiendo libertad. Había preocupación y al mismo tiempo una advertencia en su voz.

Dimitri aguantará, porque así tiene que ser. Es todo lo que tú puedes hacer, Mihail. Los demás también tienen responsabilidades. Tú no has creado la especie.

No, pero ahora dependen de mí, y mi intención es que salgan adelante. Me niego a permitir que la naturaleza, nuestros enemigos o nuestra propia condición triunfe sobre nosotros.

Raven se quedó un momento callada, reflexionando.

No crees que los carpatianos afronten la extinción simplemente como un proceso natural, ¿verdad que no? Porque lo que haya provocado esto, sea lo que sea, no es natural.

Mihail sonrió para sus adentros. Raven siempre le respaldaba con firmeza, tanto a él como a su gente. Con ternura, pasó unos dedos mentales sobre su encantador rostro, mientras volaba muy alto por encima del bosque e iniciaba el descenso describiendo un amplio círculo. La nieve caía más ligera ahora, pero constante aún, dejando todo el paisaje de un blanco resplandeciente. Le gustaba la nieve, pues siempre le recordaba la luz del día, y relegaba la noche brevemente, permitiendo que el mundo reluciera de un precioso plata.

Mihail voló sobre la zona de las ruinas ennegrecidas, ahora cubierta de nieve, que en una ocasión había sido una de sus tierras más ricas. La batalla entre carpatianos y vampiros había dejado la tierra marcada y estropeada. En los últimos tiempos, había advertido cómo los vampiros, cada vez con más frecuencia, después de abandonar una región, dejaban atrás el principio de una tierra baldía que a veces parecía tener vida propia y avanzar poco a poco para destruir las áreas circundantes. Era otra cosa más de la que tendría que ocuparse, y muy pronto.

Algo atrajo la mirada aguda del búho, y descendió para abrirse camino rozando los árboles e inspeccionar el campo de batalla. En una sección, unos diminutos brotes se habían abierto paso a través del suelo cubierto de nieve. Los árboles ya no estaban doblados y retorcidos, sino que se alzaban orgullosos, con las ramas levantadas al cielo. Impresionado, Mihail tomó tierra al tiempo que recuperaba su forma humana. Allí donde miraba, pequeños brotes verdes aparecían, y los tallos sanos crecían gruesos y silvestres pese a la nieve. Se puso en cuclillas para examinar el suelo: en vez de la porquería tóxica que había ahí un rato antes, la tierra estaba oscura y cargada de nutrientes. Prácticamente un milagro. El sonido de agua captó su atención.

Clara, fría y limpia, corría sobre las rocas otra vez. Se hundió junto al pequeño arroyo para escuchar el sonido de la esperanza.

¡Raven! No podía ocultar la excitación en su voz, toda su admiración. *Recuerdo este lugar de mi infancia.* Le envió la imagen. *Y recuerdo a una mujer de nuestro pueblo. Hemos olvidado las viejas costumbres. Teníamos una sociedad, artesanos especializados y también sanadores. Y no sólo sanadores para nuestra gente, sino que también contábamos con esta mujer, a la que vi en una sola ocasión, y yo era jovencísimo. Recuerdo muy poco, sólo que el verde brotaba a su alrededor allí donde iba, y que estaba presente en todos los alumbramientos. Tal vez Lucian pueda contarme algo más de este arte. Él y Gabriel son de los más antiguos. Es posible que recuerden más detalles.*

Hubo un poco de vacilación por parte de Raven.

¿Una sanadora de la tierra?

Por lo visto Shea y Gregori opinan que algunos de los problemas de nuestras mujeres y niños tienen el origen en la tierra. Si tuviéramos una sanadora de la tierra entre nosotros, ¿no proporcionaría a las mujeres embarazadas un refugio seguro donde descansar, dónde dar a luz?

¿Eso era lo que se hacía en el pasado?

El príncipe se frotó las sienes intentando regresar a los recuerdos de su infancia. Hacía muchísimo tiempo, e incluso entonces, las cosas ya estaban empezando a cambiar las costumbres de su raza. En aquella época él era un niño, pero estaba seguro de haber visto a la mujer.

Esta tierra es una de las más ricas que he visto en la vida. Cuando hundo las manos en ella, puedo notar la diferencia. Intentó contener su excitación.

¿Quién ha logrado esto?

No lo sé, pero intentaré descubrirlo.

Mihail, Raven vaciló. *Seguro que te parece una tontería, pero anoche, cuando unas cuantas señoras nos juntamos en las cavernas de las lagunas, todas fuimos a nadar. ¿Te acuerdas? Te lo conté.*

Recordaba vagamente que algunas de las mujeres se habían juntado en un intento de conocerse mejor.

Dijiste que lo pasaste bien.

Vamos allí a menudo, es precioso, y la tierra, al igual que el agua, es rica y rejuvenecedora, pero esta vez lo parecía todavía más. Recuerdo haber pensado que se veía la caverna renovada y la tierra más oscura y rica; el agua de las balsas estaba asombrosa, pero pensé que era cosa mía, por la gran alegría que sentía de poder reunirme con todo el mundo.

¿Y?, le animó Mihail al oír su vacilación.

Vas a pensar que estoy loca, pero cuando me he despertado esta noche y he sabido que podía quedarme embarazada, lo primero que he pensado es que debería haberme quedado fuera del agua.

A Mihail el corazón le dio un vuelco. Descendió para tocar una de las ramas que echaba brotes en un árbol joven que pocas horas antes no se encontraba ahí.

¿Quién estaba contigo?

Vino Savannah. Desari, Syndil y Tempest también estaban ahí, junto con Corinne y Alexandria. Sara nos hizo una breve visita. ¿Qué estás pensando?

Lo imposible. Y como necesitaba pensar mejor en todo aquello antes de expresar sus esperanzas en voz alta, cambió de tema. *¿Qué tal va tu cocina?* Ahora estaba mucho más ilusionado con la fiesta. Si esta reunión daba como resultado encontrar a una mujer capaz de curar la tierra y ayudar a proteger a las mujeres embarazadas y a los niños, proporcionando más tiempo a los sanadores para encontrar soluciones, estaría eternamente agradecido, y su especie tendría algo que celebrar de verdad. Y si..., sólo si... Casi no se atrevía a confiar en que el agua y el suelo hubieran estimulado la fertilidad de las mujeres, la posibilidad de quedarse embarazadas. No se atrevía a tener esperanzas, pero de cualquier modo, por primera vez en mucho tiempo las tenía, y no podía reprimirlas.

Ahora, mejor que bien. La Navidades siempre parecen traer milagros. Sólo tenemos que buscarlos. Encuentra a esa persona, Mihail. Si puede hacer lo que dices, es más valiosa de lo que pensamos.

Mihail se lanzó de nuevo al aire, con el corazón latiendo fuertemente en su pecho. Muy por debajo de él, distinguió a una pareja abrazada, ajena a cualquier cosa que no fueran ellos dos. Una vez más volvió a inspeccionar la región, pues necesitaba asegurarse de la seguridad de toda su gente. Y una vez más, aunque su sistema de alarma continuaba activado con la misma sensación tensa, no encontró nada que indicara la presencia del enemigo tendiéndoles alguna trampa. Envió una pequeña advertencia a aquel hombre de abajo, un leve apunte de censura para recordarle que se mantuviera vigilante en todo momento a la aparición de enemigos, y continuó volando hasta encontrar la pequeña cabaña remota que Lucian había elegido para su estancia. Varios lobos dieron el aviso mientras él retomaba su forma natural y entraba en el porche.

Lucian se materializó casi delante de él y, pese a todos los años de poder y autoridad que llevaba sobre los hombros, Mihail se sintió sobrecogido ante él. El cabello negro ondeaba sobre su espalda, totalmente erguida, y en sus ojos llameaba la promesa oscura de la muerte.

Lucian y Gabriel Daratrazanoff eran gemelos, leyendas insuperables de la historia carpatiana, algo que se percibía en los hombros y el rostro duro de Lucian. Mihail encontraba a Gabriel mucho más tratable. Siempre le había resultado divertido que otros carpatianos temieran a Gregori —su segundo al mando, su mejor amigo y también yerno—, y que encontraran a sus hermanos mayores más tratables, cuando en realidad eran igual de peligrosos, si no más.

Lucian le cogió los antebrazos en un saludo de guerreros. El hermano mayor de Gregori parecía mantenerse fuerte, se le veía en forma. Sus brillantes ojos atravesaron a Mihail, lo perforaron directamente hasta el alma, como si pudiera leer el interior de cualquier hombre.

—Qué placer volver a verte después de todo este tiempo, Mihail. Te has convertido en un líder poderoso desde la última vez que coincidimos. Tu padre estaría orgulloso.

Mihail cogió los brazos del hombre y notó la sólida fuerza que había ahí.

—Puedes decir a tu mujer que ya puede guardar el arma.

Una lenta sonrisa dio calidez a los ojos fríos y sombríos del guerrero.

—No le hará gracia que la hayas descubierto. Es policía y desde luego se enorgullece de sus habilidades. Ser carpatiana sólo ha aumentado su destreza.

—De hecho no sé dónde está —admitió Mihail—, sólo sé que está cerca y que me apunta con un arma. He oído decir que trabaja y no se queda en casa, el lugar que le corresponde.

Un sonido sofocado le llegó desde arriba, y una joven se materializó con un arma en la mano, lanzándole una mirada asesina.

—¿Qué lugar le corresponde?

Aunque llevaba el pelo teñido de rubio platino y oro, más corto que la mayoría de las mujeres, el peinado le favorecía, enmarcando su cara de duendecillo. Tenía ojos oscuros, creando un contraste sorprendente con su piel y el cabello claros.

Lucian le quitó el arma con gesto despreocupado y se inclinó para meterle la pistola en la bota.

—No puedes disparar al príncipe, Jaxon. Eso no se hace, así de sencillo.

—No iba a dispararle —replicó, y dedicó una rápida y traviesa sonrisa a Mihail—. Al menos si no insiste en que las mujeres se queden en casa mientras los hombres salen a divertirse.

—¿Llamas divertirse a ir a matar no muertos? —le preguntó Mihail.

Se encogió de hombros.

—Mientras no sean las labores del hogar, es divertido. Me gusta la acción, no quedarme sentada en casa esperando a mi héroe.

—Te gusta crear problemas —contestó Lucian, con un deje a diversión en su voz aterciopelada—. Pero al menos admites que soy tu héroe.

Mihail había olvidado el arma tan hipnotizadora y poderosa que era la voz de Lucian. Todo lo relacionado con Lucian parecía ser una combinación de «persuasivo» y «arma». El rostro del hombre podría ser una talla de piedra, aun así mantenía sus ojos más vivos, más intensos y más letales de lo que él recordaba.

—Me alegro de verte otra vez, Lucian, y me alegro de que hayas encontrado pareja. —Hizo una leve inclinación en dirección a Jaxon—. No he podido resistir bromear un poco, ya que he oído decir que proteges a Lucian con uñas y dientes —comentó—. Todos te lo agradecemos, es una leyenda entre nosotros.

—Insiste en custodiarme —reconoció Lucian.

—Pues claro que sí. Cualquier cazador carpatiano que es tiroteado por un humano después de recibir repetidas advertencias de que vaya con cuidado, necesita una niñera, mmm... una guardaespaldas.

Lucian se inclinó para darle un beso en lo alto de la cabeza.

—No me tiene el menor respeto. —La mirada de amor en el rostro de Lucian se reflejó en la cara burlona de Jaxon.

—Ya me doy cuenta —reconoció Mihail. En algún lugar en sus adentros sintió felicidad por esta pareja, por todas las parejas, pero más por ésta en particular. Lucian había pasado muchísimo tiempo solo y había librado demasiadas batallas, y sacrificado demasiado. Este pequeño duendecillo parecía frágil hasta que Mihail miró sus ojos oscuros. Ella había visto demasiado, era lista para su edad y tenía esa misma fuerza de voluntad que poseía Raven, su pareja eterna.

La agente de policía le dedicó una cálida sonrisa, mientras enredaba sus dedos con los de Lucian.

—Gracias por permitirnos usar una de tus casas. El hogar de Lucian quedaba tan lejos, entre las montañas, que nos hubiéramos pasado todo el tiempo yendo de un lado a otro y no hubiéramos podido venir de visita.

—Por favor, entra. —Lucian sostuvo la puerta abierta y dio un paso atrás para permitir que el príncipe le precediera—. Tenemos mucho que comentar. Al principio, cuando me enteré de la celebración, pensé que era un capricho disparatado, demasiado peligroso, pero ahora me he dado cuenta de que me equivocaba. Ha estado bien ver a todo el mundo y volver a casa de nuevo. Llevaba lejos demasiado tiempo, y aquí se vuelve a apreciar una noción de comunidad.

—Confío en que estemos haciendo lo correcto —corroboró Mihail mientras entraba en el interior de la acogedora cabaña.

Hacía años que no visitaba esta vieja casa. Las paredes estaban reparadas donde antes había grietas entre la madera, que permitían que se colara el viento. Lucian y Jaxon la habían arreglado para que el interior quedara luminoso y acogedor. Un fuego crepitaba en la vieja chimenea de piedra y el mobiliario resultaba atractivo. Lucian le indicó el sofá y Mihail se acomodó frente al sillón que él había ocupado.

Jaxon vaciló por un breve momento y echó un vistazo por la ventana, mientras la cautela inundaba su expresión como si evaluara la posibilidad de que alguien mirara desde fuera y viera a los dos carpatianos a través del cristal.

—De hecho, no muerdo —dijo Mihail mientras hacía un gesto hacia el extremo vacío del sofá donde se había sentado.

Jaxon se acomodó en el brazo del sillón de Lucian, con un pie colgando.

—Estoy de lo más cómoda aquí, gracias de todos modos.

—Insiste en custodiarme —explicó Lucian—, o al menos ésa es su intención. El motivo verdadero es que no puede soportar estar apartada de mí.

Jaxon formó un arco un poco más amplio con la pierna oscilante y lanzó un puntapié contra su pantorrilla.

—Ya me doy cuenta —dijo con sequedad Mihail—. Estoy seguro de que Raven es igual; detesta estar separada de mí. —Compartió la conversación con su compañera. De inmediato notó el calor de su risa frotando los muros de su mente—. Antes de que se me olvide, he pensado que os gustaría saber que necesitamos que alguien haga el papel de Santa Claus para los niños.

La sonrisa se esfumó del rostro de Lucian, dejando sus ojos sombríos y cautelosos. Se puso un poco tenso. A su lado, Jaxon se agitó, y él apoyó la mano en su muslo para impedir que hablara en voz alta.

No me ofrezcas de voluntario.

Qué gallina eres. No son más que niños.

Está el traje rojo y la barba.

Estarías tan mono y adorable.

Mihail le sacó de su padecimiento y se recostó en el asiento con una media sonrisa.

—He pensado que mi yerno sería el hombre idóneo para ese papel. Y ya que es tu hermano pequeño, dame tu opinión.

Jaxon contuvo un chillido a medio camino entre la risa y el horror. Casi se cae del brazo del sillón, de no ser por la mano de Lucian que impidió que aterrizara en el suelo.

—Estás de broma, ¿verdad? Gregori es una mala elección en todos los sentidos, igual que lo sería Lucian. Sólo con mirarle, los niños saldrán corriendo como conejos o se echarán a llorar.

Lucian le pasó el pulgar por el dorso de la mano con una pequeña caricia.

—Nunca menosprecies a un Daratrazanoff, pequeña. Sabemos estar a la altura de cualquier circunstancia y estoy seguro de que Gregori disfrutará con ese papel. —Lanzó a Mihail una sonrisa lobuna—. Avísame cuando vayas a comunicarle el honor que le reservas, y estaré encantado de acompañarte.

—Oh, seréis malos —exclamó Jaxon—. Os gusta armar líos. Gregori tendrá que devolvérosla, eso ya lo sabéis.

Un atisbo de sonrisita pasó fugaz por los rasgos de Mihail y desapareció.

—Merecerá la pena.

Lucian asintió y buscó mentalmente a su hermano gemelo, compartiendo de forma automática la información con él.

Gabriel respondió por su vía mental privada.

Mihail ha estado aquí antes. No me he podido resistir y le he permitido que te diera la noticia. Había risa en su voz. *Por supuesto que planeo estar presente cuando nuestro príncipe le pida su primer favor de suegro.*

Lucian dio un apretón a Jaxon con los dedos. El pequeño momento compartido de diversión, de amor y risa, se lo debía a su pareja eterna. No había tenido emociones durante muchísimo tiempo: aunque quería a su hermano gemelo, en realidad nunca había sentido esa emoción. A lo largo de siglos, el recuerdo había empezado a desvanecerse, y la situación llegó a ser alarmante. Había caminado en la oscuridad sin esperanza, hasta que ella apareció en su vida.

Jaxon se inclinó para darle un beso en lo alto de la cabeza, en un excepcional gesto de afecto en público. Aunque su padrastro ya había muerto, seguía sin poder superar su actitud protectora hacia aquellos que le importaban. Lucian era siempre quien daba el primer paso, quien la cogía de la mano, quien la rodeaba con el brazo, y el instinto inicial de la muchacha siempre era mirar a su alrededor con ojos cautelosos, ponerse tensa y apartarse. Pero él estaba consiguiendo poco a poco que ella lo superara, y cada pequeña demostración de afecto delante de la gente, era un paso enorme.

Lucian se frotó el mentón.

—Creo que deberíamos conmemorar este acontecimiento con muchas fotografías. Nos serán útiles en años venideros; lo digo por tener algo así documentado.

Mihail se inclinó un poco hacia delante, con una sonrisita que ablandó las líneas duras de su rostro.

—Sin duda no estás pensando en... chantaje.

—Bien, sí, de hecho. Podíamos restregarle esto por la cara durante siglos.

—Pobre Gregori, no es justo conspirar contra él de ese modo —Jaxon expresó sus objeciones y frunció el ceño—. Aunque, pensándolo bien, tal vez se lo merezca por ser tan machista.

Mihail levantó una ceja.

—¿Y Lucian no lo es?

Su sonrisa nerviosa volvió a iluminar los ojos de Jaxon.

—Lo intenta desesperadamente, pero por suerte me tiene a mí para enmendarle.

—Qué suerte tengo —dijo Lucian con sequedad.

Ella lanzó por segunda vez un puntapié contra su pantorrilla.

—Sí, tienes suerte. No paro de repetírtelo, pero no dejas de olvidarlo.

Lucian se rió en voz baja. Mihail nunca había visto al guerrero riéndose y relajado, y por algún motivo, aquel sonido alivió la carga sobre sus hombros un poquito más. Estaban pasando cosas buenas a los miembros de su especie; tal vez no tan rápido como él desearía, pero se estaban produciendo cambios.

—Quería preguntarte algo de hace siglos, de lo que apenas guardo recuerdos. Sólo era un niño y mi recuerdo es borroso.

—No te puedo prometer que yo lo recuerde, pero lo intentaré.

—Antiguamente, había una mujer que vivía en el pueblo, ni siquiera recuerdo a su pareja eterna o si la tenía. Yo era demasiado pequeño como para preocuparme en serio por ese tipo de cosas. Ella curaba la tierra. ¿La recuerdas?

Lucian frunció el ceño.

—Yo no pasaba mucho tiempo en los pueblos, ni siquiera cuando tú eras un niño, Mihail. Recordar a una persona, una mujer... —Negó con la cabeza—. Los lugareños, sobre todo las mujeres, nos evitaban a Gabriel y a mí; a menudo huían al vernos venir.

—Inténtalo, Lucian —instó Mihail—. Ella no habría huido por miedo a ti, tenía su propio poder. Solía salir a caminar, y crecían flores y hierba bajo sus pies. Podría ser muy importante para nosotros.

Lucian asintió con gesto lento, su ceño se hizo más marcado mientras intentaba recuperar el antiguo recuerdo: el ajetreo del pueblo, la gente viviendo su vida, una vida que él pensaba que nunca podría tener. Familias. Risas. Había evitado todo eso el máximo posible.

Jaxon deslizó una mano entre el cabello de su compañero, jugueteó con los mechones de pelo a lo largo de su nuca, lo cual provocó un escalofrío consciente en la columna del guerrero, propagando el calor por su cuerpo, hasta su corazón.

Lucian obligó a su mente a regresar a aquellos días, buscó a través de los recuerdos agridulces hasta encontrar el pueblo donde vivían los Dubrinsky. Los niños corrían juntos en grupos pequeños. Tantos rostros sin nombre en los que no había querido fijarse se volvían para apartarse de él. Un rostro sereno le sonreía y asentía, le hacía caso pese a los demás niños que iban tras ella. La vida brotaba de la nada bajo sus pies, tallos verdes, flores de brillantes colores, un rico tapete formándose sobre el suelo mientras los pequeños miraban sobrecogidos.

—Descendía de un linaje singular y muy respetado. Pocas personas compartían ese talento. Era hermosa, de cabello largo y oscuro, siempre caminaba erguida y miraba a los hombres a los ojos.

Jaxon le dio un cachete en la parte posterior de la cabeza.

—Dudo que Mihail necesite esos detalles tan precisos —le dijo—. ¿Y ya me dirás por qué iba a tener que mirarte a ti a los ojos?

Mihail intentó disimular su consternación. Todo carpatiano vivo sentía un temor reverencial por este hombre, pero su pareja eterna le trataba... exactamente igual que Raven trataba al príncipe de aquel pueblo. Se tragó su sonrisa y apartó la vista mientras Lucian se estiraba y la rodeaba por la cintura para atraerla y sentarla sobre su regazo en vez del brazo del sillón. Ella forcejeó por un minuto y luego cedió, permitiendo que la abrazara.

—Recuerdo haberla observado mientras entraba caminando en un terreno baldío. En cuestión de minutos el follaje brotó por todas partes a su alrededor.

—¿Asistía partos? ¿O trataba el suelo antes de que naciera un bebé... o incluso antes de concebir? —Era una posibilidad muy remota, pero Mihail estaba dispuesto a agarrarse a la menor probabilidad.

Lucian alzó de súbito las cejas oscuras.

—¿En qué estas pensando, Mihail?

—Antes, al anochecer, Shea dijo algo acerca del estado de la tierra, que está plagada de toxinas. Hace poco, mientras sobrevolaba el campo de batalla marcado y contaminado por el no muerto, advertí que una extensión estaba curada. La tierra era la más oscura y rica que he visto en siglos. Y luego Raven mencionó que ella y varias mujeres se juntaron anoche en las lagunas minerales, y que el agua parecía diferente. Da la casualidad de que esta noche Raven ha sentido que puede concebir, y he oído rumores de que otras mujeres han experimentado lo mismo.

Ambos hombres miraron a Jaxon. Alzó las dos manos, con las palmas hacia fuera, negando firmemente con la cabeza.

—Yo no, ni os atreváis a pensarlo. Aún me estoy acostumbrando a esta historia de ser la pareja eterna de alguien. Y en caso de que se os ocurra que yo puedo curar la tierra, pensadlo mejor: cada planta que he intentado cultivar en una maceta se ha muerto, tanto antes como después de la conversión. No soy vuestra sanadora de la tierra.

—¿Has oído algo acerca de esto, Jaxon? —le preguntó Lucian. Curvó los dedos en torno a su nuca para aplicar un lento masaje—. ¿Te lo ha mencionado alguna de las mujeres?

—No, pero puedo preguntar a Francesca. Parece estar siempre enterada de las últimas noticias. No sé como llega a todo con un bebé y una adolescente.

Mihail se frotó de pronto el rostro con la mano, con aspecto cansado.

—Es una posibilidad remota; no puedo recordar quién era la mujer o su linaje, ni tampoco si ayudaba a dar a luz.

—Preguntaré a mi hermano y a los otros antiguos a ver si recuerdan algo más de esta mujer, pero, la verdad, Mihail, si existiera una mujer así entre nosotros, sólo tendríamos que pedirle que diera un paso al frente.

—La respuesta no es tan sencilla.

—Tal vez sea una pieza de un rompecabezas que debemos resolver, una pieza muy importante.

—Si encontráramos a esta mujer y fuera tan importante como confío que sea, esta fiesta de Navidad será la mejor cosa que hayamos hecho jamás.

—Estás preocupado, ¿es por el ataque que han sufrido Skyler y Alexandria?

Por supuesto, Gabriel mantenía a Lucian informado. Mihail asintió.

—Llevo un par de noches inquieto. Y sin duda eso ha acabado de poner mis nervios a flor de piel.

—Hemos salido y hemos echado un vistazo —le explicó Jaxon—. A media milla de donde Skyler y Alexandria resultaron heridas, alguien que se trasladaba en un trineo procedente del hostal sufrió una ceguera momentánea por el resplandor de la nieve: un efecto muy conseguido, pero era artificial. Aún persistía la sensación de poder allí, pero no parecía carpatiano. —Jaxon se mordió el labio inferior, pues no acababa de entenderlo—. He intentado de veras captar algo de los diferentes campos energéticos, en eso consiste la magia carpatiana en realidad, una manipulación de la energía, pero en este caso no he reconocido nada.

Una pequeña sonrisa iluminó brevemente los ojos de Lucian ante la muestra de sorpresa en el rostro de Mihail.

—¿He mencionado que Jaxon es una gran policía? Ahora sigue el rastro casi tan bien como yo.

—Has dicho que no has reconocido nada —le recordó Mihail—. ¿Porque podría tratarse de un vampiro?

—Había un tinte maligno ahí —admitió Jaxon—. Lucian lo notó a través de mí, no por sí mismo, y eso me preocupó. Si han encontrado una manera de bloquear sus identidades de modo que los cazadores no las detectéis, todos vosotros podéis estar ante problemas muy serios.

—Llevan haciéndolo un tiempo —le recordó Lucian, deslizando la mano muslo abajo en un pequeño intento de tranquilizarla.

—No de este modo, Lucian —manifestó ella—. Tú notaste la diferencia. No se trataba claramente de un vampiro, pero de todos modos apestaba a maldad. —Había preocupación en su tono de voz.

—Últimamente no puedo evitar pensar que si nuestros enemigos atacan a nuestras mujeres y niños —les confesó Mihail—, entonces contarán con la mejor oportunidad de erradicar a nuestra especie por completo. No sé qué sabes acerca del grupo de humanos dedicados a exterminar a nuestra especie; siempre nos referimos a ellos como la sociedad. Los vampiros les han engañado, se han infiltrado en sus filas y les utilizan como títeres. El oscuro mago Xavier tal vez esté vivo, al igual que su nieto. Si así fuera, Razvan sería el primer Cazador de Dragones que ha transmutado, y eso es algo a lo que nunca nos hemos enfrentado. Su hermana, Natalya, me ha contado que tiene un gran talento como estratega en la planificación de batallas. Y sin duda ya ha llegado a las mismas conclusiones que yo en lo referente a cuál es la mejor manera de asestar el golpe más devastador a nuestra raza.

Lucian asintió.

—Hace tiempo que creo que es inevitable que empiecen a atacar a nuestras mujeres.

—¿Y aun así permites que tu pareja eterna vaya a cazar y a destruir al vampiro?

Lucian presionó con los dedos a Jaxon como advertencia cuando ella estuvo a punto de protestar.

—¿Qué mejor manera de mantenerla a salvo que enseñarle a sobrevivir al ataque? Jaxon tiene habilidades sobresalientes e instintos naturales. Sería un crimen impedir que aprendiera a matar al no muerto. Y antes de que expreses tus objeciones, no creo que nuestras mujeres deban andar por ahí cazando vampiros, pero Jaxon es un caso especial, igual que lo son Natalya y Destiny. No puedes reprimir sus instintos y dejar que sus habilidades se desperdicien, por consiguiente he hecho todo lo posible para prepararla para la caza.

Mihail suspiró.

—En los viejos tiempos, los que tenían compañeros eternos no iban a la caza del vampiro, ahora es una necesidad.

—Llevo siglos cazando, al igual que la mayoría de los antiguos cazadores, igual que Gregori. Ya no conocemos otra forma de vida. No es sólo una necesidad, es lo que somos.

—Y ¿por qué tener una compañera eterna era un motivo para no ir a cazar cuando en realidad se trataba de cazadores más experimentados? —preguntó Jaxon.

—Porque, aunque entonces teníamos más mujeres y niños, sabíamos lo valiosísimos que eran —explicó el príncipe—. Si perdíamos al varón, también perdíamos a su compañera de vida, y esa opción no era válida para nosotros. Ahora tal vez no nos quede otra elección que permitir que nuestras mujeres vayan también a luchar.

—No todas las mujeres, Mihail —recordó Lucian—. Sólo las que demuestran habilidades y ganas de pelear. Mujeres como Jaxon y Destiny.

Mihail suspiró.

—Y Natalya. Participó en la batalla. Me dijo que su hermano gemelo, Razvan, es padre de varios hijos. Colby, la pareja eterna de Raphael, es una de sus descendientes.

—Las mujeres Cazadoras de Dragones siempre son impredecibles, y siempre lo serán. Si Razvan tiene más descendientes aparte de Colby, debemos encontrarlos y protegerlos. Deduzco que Dominic saldrá en busca de su parientes en cuanto se haya curado.

—Le llevará tiempo curar esas heridas. Ha sido difícil incluso con nuestros mejores sanadores, aunque Francesca lo intentará pronto de nuevo. Y si encontramos a esta mujer capaz de curar la tierra, tal vez ella pueda ayudar a enriquecer el suelo en el que él yace.

Mihail se levantó.

—Tengo que irme. La celebración es dentro de un par de horas y todavía tengo varias visitas que hacer. Sé que no hace falta que os recuerde que estéis alerta, pero, de todos modos, me sentiré negligente si nos os lo repito.

Lucian también se levantó, y una vez más agarró a Mihail por los antebrazos en un gesto de respeto.

—Cuentas con toda mi lealtad, Mihail. Si fuera necesario, llámame... lucharé a tu lado, siempre.

La breve sonrisa del príncipe no llegó a alcanzar las sombras de sus ojos.

—La familia Daratrazanoff siempre ha estado al lado de los Dubrinsky. Luchamos unidos.

Jaxon alzó una mano al líder de los carpatianos cuando éste salía de la casa.

—Parecía tan triste, Lucian, que me han entrado ganas de llorar

—dijo—. Y yo no lloro nunca. —Se llevó la mano a su corazón doliente—. El sufrimiento surgía de él en oleadas.

Lucian la rodeó con el brazo.

—Siempre eres tan sensible a los sentimientos de los demás. Mihail soporta una pesada carga: salvar a nuestra especie de la extinción. Todavía recuerda los viejos tiempos, ahora ya desaparecidos para siempre. Entonces nuestra gente prosperaba y vivía junta en sociedad. Es responsabilidad suya guiarnos a una nueva vida, donde podamos sobrevivir y vivir en armonía con otras especies a nuestro alrededor. Al igual que me sucede a mí, no le queda otro remedio que mirar atrás, a lo que teníamos, y mirar el futuro con preocupación. No envidio su tarea, es un peso terrible el que ha de llevar sobre sus hombros.

—¿De verdad crees que nuestros enemigos van a ir tras las mujeres y los niños? —Tragó saliva con dificultad y cerró los ojos para mantener a raya los recuerdos sobre su propio hermano asesinado por un enfermo mental. El corazón se le aceleró sólo de pensar en encontrar a la joven Skyler o a alguno de los otros niños pequeños brutalmente asesinados.

—Cuidaremos de ellos.

—Pero ya sabemos que Skyler ha sido identificada —protestó Jaxon—. Intento no preocuparme por ella, pero es imposible. Es maravillosa, y tan joven, y tan mayor al mismo tiempo. A Gabriel le inquieta que este Dimitri la reclame como suya, y ahora esto. —Se pasó una mano por el pelo, con evidente agitación—. Me entran ganas de encerrarla.

Lucian estalló en carcajadas y se llevó la mano de su compañera a los labios para darle un beso en el centro de la palma.

—Ahora sabes lo que siento yo, cómo se sienten todos los carpatianos en lo que a la protección de sus compañeras y sus niños se refiere.

Ella le miró enfurruñada.

—Yo no necesito protección, Lucian. Soy capaz de cuidar de mí misma, pero Skyler es una adolescente. ¿Y si ese tal Dimitri intenta llevársela?

—Dimitri es una protección añadida para Skyler. No entiendo cómo ha desatado sus instintos a tan tierna edad, pero lo ha hecho, y él no puede hacer otra cosa que garantizar su salud, su seguridad y su felicidad. Tal vez le cueste un poco vencer al demonio, pero tengo toda mi confianza en que lo conseguirá.

—¿Por qué?

—Dimitri siempre ha valorado el honor y la responsabilidad. Rara vez se saltaba las reglas, ni siquiera de joven. Es posible que se la quiera llevar con él, pero al final, a menos que suceda algo terrible, hará lo correcto para ella. —La colocó entre sus brazos, estrechándola contra él para consolarla, y percibió sus recuerdos aún frescos, angustiándola—. Por otro lado, siempre es mejor tomar precauciones.

Ella inclinó la cabeza para mirarle. Siempre hacía que se sintiera segura. Nunca había conocido esa sensación antes de que él apareciera en su vida, y, desde luego, nunca, de niña ni de jovencita, se había sentido así. Lucian había cambiado toda su vida y le había devuelto la esperanza, las promesas y los sueños. Le rodeó con los brazos.

—Quiero para Skyler lo que tú me has dado a mí. Se lo merece, y necesita felicidad, Lucian.

El Carpatiano se frotó la barbilla sobre la parte superior de su cabeza.

—Lo sé, pequeña. Con Gabriel y Francesca para cuidar de ella, y también con nosotros dos, Skyler estará bien.

Jaxon le rodeó la cintura, apretando la mejilla contra los latidos constantes de su corazón.

—¿Hoy ya he dicho que te quiero?

—Todavía no, pero iba a ocuparme de eso. Si te incito un poco, normalmente consigo resultados satisfactorios. —Inspiró su fragancia femenina. *Jaxon.* No podía vivir sin esta mujer. Era tan menuda, de aspecto tan frágil, pero con la fuerza del acero y una voluntad de hierro.

—Pues, sí —contestó ella.

—¿Qué?

—Sabes muy bien el qué.

Lucian la aupó con facilidad y la acercó a su boca anhelante.

—Dime que me quieres y dilo ahora mismo, mujer.

Ella le rodeó el cuello con los brazos y la cintura con las piernas.

—¿O qué? ¿Me amenazas con castigarme de alguna manera despreciable?

Lucian le mordisqueó la arteria con los dientes, la arañó y jugueteó sobre su pulso, mientras su lengua danzaba con un ritmo seductor.

—Dilo, mujer testaruda.

—Ya te lo tienes bastante creído. —Le acariciaba el pelo con los dedos—. Lo único que te falta es que alguien más te mire como si fueras la bomba...

—¿La bomba? —Alzó las cejas—. ¿De dónde sacas esas expresiones?

—Estoy al día, cari, estoy a la última. —Se rió al ver su rostro—. De hecho, Skyler me ha dicho que yo era la bomba y me moría de ganas de soltártelo a ti. —Su sonrisa se transformó en un pequeño ceño—. Tal vez debiéramos ir a buscarla y asegurarnos de que de verdad está bien.

—Parece un buen plan. De todos modos, quería ir a correr con los lobos, así que si salimos tal vez tengamos ocasión de encontrar a Dimitri y hablar con él.

—¿Por qué detecto en tu tono un «pero primero...»?

Las ropas cayeron flotando al suelo, dejando sus desnudos senos apretados con fuerza contra el pecho de Lucian, y la dura verga de él presionando su entrada ya pegajosa.

—Quiero hacer el amor contigo.

—Siempre quieres hacer el amor. Y este anochecer ya lo has hecho tres veces. Creo que necesitas ayuda, eres un adicto al sexo. —Se retorció y apretó su núcleo más femenino contra él, restregándose lentamente para incitarle, mientras empezaba a besarle el pecho para llegar poco a poco hasta su garganta. Luego elevó su cuerpo varios centímetros para colocarse sobre él.

—Me has atacado esta mañana —comentó.

—¿Ah sí? Me había olvidado. Bien, tal vez sí. —Se deslizó sobre su cuerpo, empalándose en la verga dura y gruesa, sintiendo cómo la invadía él poco a poco, centímetro a centímetro, y la llenaba. Inició una cabalgada seductora, moviéndose sobre él, con los músculos tensos, sensuales, pegajosos y sedosos a causa del deseo.

Lucian agarró sus caderas con las manos y marcó el ritmo para que sus movimientos estuvieran perfectamente sincronizados, como una unidad, mientras el fuego ya habitual crecía entre ambos. Jaxon ladeó la cabeza, pues quería su beso, la dulce explosión de su boca dominante tomando la suya, tensando cada músculo de su cuerpo, lanzando dardos de fuego disparados por su riego sanguíneo.

Los momentos en que hacía el amor con Lucian eran de las pocas ocasiones en que ella bajaba la guardia, y sabía que sucedía lo mismo cuando él la tocaba. Jugueteó con los dientes sobre el labio inferior de su pareja, se deslizó hasta la oreja para mordisquearla un poco, sin que en ningún momento la presión dejara de crecer y crecer dentro de ella... y de él.

—Te quiero —susurró; el sonido apenas fue audible en medio de los latidos combinados y la ruidosa respiración, entre el sonido de la dicha que se escapaba de la garganta de Lucian en forma de gruñido. Pero él lo oyó, sabía que lo había oído. Entonces el carpatiano apretó los dedos posesivamente para arrastrarles a ambos por un mundo de pura pasión.

Capítulo 9

Skyler se sentó en la baranda del porche y se quedó mirando el refulgente mundo cubierto de blanco. El sufrimiento vibraba a través de su cuerpo, a través de su mismísima alma, hasta que la opresión fue tan grande que apenas le dejaba respirar. Dentro de la casa podía oír a Gabriel y a Francesca riéndose mientras jugaban con la pequeña Tamara, y de tanto en tanto percibía un leve contacto, como si se aseguraran de que ella seguía cerca.

Estaba convencida de que sólo tocaban la superficie que les mostraba: una adolescente en un lugar extraño y excitante, esperando ilusionada una fiesta de Navidad. La sangre carpatiana que le habían donado facilitaba mostrar aquella fachada, y toda una vida ocultando emociones a los demás simplificaba todavía más las cosas.

Se mordió el labio inferior con fuerza y estudió sus largas uñas. Se las mordía todo el tiempo, pero volvían a crecer con rapidez, con más fuerza y mejor que antes, gracias a la sangre carpatiana donada por Gabriel y Francesca. Si tocaba a la gente seguía captando todas sus emociones, ahora mejor que nunca, pues la sangre había potenciado sus habilidades, lo que podía resultar terriblemente incómodo. Le disgustaba asistir a clase en la escuela, prefería los tutores que le había buscado Francesca, aunque sabía que sus padres adoptivos pensaban que necesitaba estar en compañía de gente joven. Ella creía que no: quería estar sola.

—¿Skyler? ¿Estás bien?

Una voz masculina le hizo alzar la cabeza de una sacudida. Josef se hallaba delante de la verja, con las manos metidas en los bolsillos.

Mordiéndose con fuerza el labio inferior, tuvo cuidado de no dejar ver el padecimiento en su rostro. El dolor le revolvía el estómago, incluso su visión parecía más borrosa.

—Claro. —Casi no pudo pronunciar las palabras, y no se molestó en intentar dedicarle una sonrisa falsa y alegre.

Éste no era su dolor. En algún lugar ahí fuera, en el bosque, el hombre que afirmaba ser su pareja eterna estaba desesperado de dolor. Quería hacerle caso omiso, pero no podía, y la culpabilidad se le clavaba en las entrañas. Conocía el dolor en profundidad, igual que la desesperación. Pese a todo, le intrigaba ese hombre. Era viejísimo, por supuesto, y demasiado dominante. Estaba claro que contaba con que ella le obedeciera, y eso no iba con su estilo, en absoluto. Se avenía a los deseos de Francesca y Gabriel porque les quería, no porque tuviera que hacerlo.

—Skyler. —La voz de Josef irrumpió en sus pensamientos. Se subió de un brinco a la baranda y se agachó cerca de ella—. Mírame.

—¿Por qué?

El joven sacó un pañuelo de su bolsillo y le secó el rostro.

—Tienes pequeñas gotas de sangre en la frente. —Fingió no advertir que ella se apartaba dando un respingo, negándose a permitir que le rozara la piel con los dedos. Se limitó a limpiar la sangre, con cuidado de no tocarla, y se retiró soltando un largo resoplido:

—¿Qué pasa?

—Nada. —¿Cómo no podía sentirlo él? ¿Cómo no podían sentir Francesca y Gabriel el dolor y el pesar que tanto oprimía el bosque? Los lobos sí; les oía a lo lejos, su cántico acongojado lleno de tristeza y angustia. ¿No oía Josef al menos a los animales?

Skyler se pasó la mano por el rostro, como si pudiera correr un velo sobre la verdad. Ese hombre, de aspecto tan invencible, tan severo, frío y sombrío, un hombre con hielo en las venas y muerte en los ojos, la había mirado —había mirado a través de ella— y la había tocado en algún lugar donde nadie había estado antes. Apretó la mano con fuerza contra su corazón doliente. Dolía. No debería, pero la sensación era igual a unas tenazas estrujando con presión constante, incesante.

—No puede ser «nada» si estás sudando sangre, Skyler. Somos amigos ¿o no? Puedes contarme qué va mal.

Skyler no sabía si tenía amigos. Confiaba en sus padres adoptivos, y en Lucian y Jaxon. Aparte de eso, nunca se había permitido estar a solas con nadie. Francesca pensaba que el tiempo iba a curarla, pero ella lo ponía en duda. Para poder mantener el ánimo —su cordura— se había retraído del mundo cuando era una niña, y tal vez había permanecido demasiado tiempo aislada. No sabía cómo ser amiga... o pareja.

—Sí, por supuesto que somos amigos —dijo ofreciendo la respuesta obligada. A lo largo de los años había descubierto que sólo con decir lo que la gente esperaba oír, se iban contentos y la dejaban en paz.

Josef se relajó visiblemente.

—¿Por qué no vienes a casa de Aidan y jugamos con el nuevo videojuego? Mola un montón.

—Estaba ayudando a Francesca a hacer las casas de pan de jengibre para esta noche. —Se agarró los brazos como si quisiera protegerse.

—Antonietta está haciendo una cosa muy guay para la cena de esta noche. Deberías venir y ayudar; ahora voy de regreso para allá.

—Ya he coincidido contigo una docena de veces y te conozco de jugar por la red, pero aún no he conocido a Antonietta. Me intimida pensar que voy a conocerla: es tan famosa.

—Es buenísima tocando el piano —concedió Josef—, pero no es una creída ni nada por el estilo. Era ciega antes de estar con Byron, y no creo que vea mucho mejor ni siquiera ahora. —Puso una mueca; sus blancos dientes relucieron en contraste con el lápiz oscuro con el que se perfilaba los labios para atraer la atención al piercing que llevaba en la lengua, además del aro en el labio.

—Yo pensaba que cuando te conviertes a carpatiana, todas las cicatrices e imperfecciones desaparecen. —Se tocó la cicatriz en forma de media luna que tenía en el rostro—. ¿Y cómo puedes llevar piercings? ¿No se cicatriza tu cuerpo?

Josef suspiró.

—Es una verdadera pelea —admitió—. No los llevo la mayor parte del tiempo porque los agujeros siempre se cierran en cuestión de minutos, pero tengo que mantener mi reputación, o sea, que me concentro en ello a todas horas cuando estoy con gente, y así consigo mantener el piercing sin problemas.

—¿Y por eso te crece la piel sobre el diamante de la nariz? —le preguntó Skyler frotándose la barbilla sobre la parte superior de sus rodillas dobladas. Se quedó mirando el chispeante mundo blanco a su alrededor. Parecía un cuento de hadas, todo ese cristal y hielo. Frío... como ella. Cerró los ojos un momento para contener la pena que la oprimía, intentando escuchar a los lobos, intentando deducir su cántico. Siempre le habían encantado, siempre había mantenido una afinidad con estos animales, y ahora el sonido evocaba algo solitario y primario en ella.

Josef se dio una palmada en la nariz.

—¡Otra vez no! Espero que no estuviera así antes, cuando estaba con el príncipe. —La observó con los ojos entrecerrados—. Vienes conmigo, ¿verdad? Antonietta es maja de verdad. Byron también, pero no quiere que yo me entere.

Skyler negó con la cabeza.

—No puedo ahora mismo, ya te veré más tarde. —Necesitaba estar sola, pensar en las cosas por sí misma. Le caía bien Josef, pero era una distracción, y él no tenía ni el menor indicio de lo alterada que estaba. *Dimitri lo habría sabido.* El pensamiento le llegó espontáneamente y la llenó de vergüenza... de pesar, de rabia.

—Vamos, Skyler, no te hagas la cría. Sólo porque tus padres piensen que te hace falta una niñera no quiere decir que no puedas venir conmigo. Ya he cumplido veintiuno.

Ella le fulminó con la mirada.

—¿Ah sí? Pensaba que tenías la edad de Joshua. No vas a tentarme a desobedecer, Josef. —Aquello hizo que se sintiera todavía más culpable. Tal vez él no pudiera convencerla, pero tenía intención de desobedecer a sus padres. El terrible peso en su pecho la oprimió todavía más; la pena casi la asfixiaba. Tenía que conseguir pararlo... haría entender a Dimitri que no tenía que ver con él ni con su rechazo a él. No era algo personal, pues habría rechazado a cualquiera. Él tenía que seguir adelante.

—Estás enfadada sólo porque me he burlado de que tenías que esperar a un adulto para poder regresar a casa —dijo el chico—. Sólo estaba bromeando, no tienes por qué enfadarte.

—No soy una cría —replicó con brusquedad, apretando con ambas manos su estómago revuelto. Tal vez si vomitara encima de él se largara—. No tenías que tomarme el pelo.

—Pues lo he hecho. Es lo que hacen los amigos.

Esa respuesta la dejó cortada. Eran amigos... o algo así. Le caía bien Josef, sólo que no le gustaba estar a solas con él, con ningún hombre. Con nadie. Se pasó una mano por el pelo e intentó no echarse a llorar.

Josef, viendo su expresión, volvió a intentarlo.

—El príncipe ha venido a casa de Aidan y Alexandria mientras yo estaba ahí y les ha dicho que iba pedir a Gregori que hiciera de Santa Claus esta noche. Tía, eso va a dejar alucinados a todos los chavales. Va a ser divertido.

—Dejar alucinados a un puñado de críos no tiene gracia, Josef. Sobre todo si tiene que ver con Santa Claus; podría traumatizarles.

—Empiezas a sonar cada vez más como Francesca. —No lo dijo como un cumplido—. Yo no les estoy traumatizando, Gregori sí. Y yo no le elegí, ha sido cosa del príncipe.

—Esta noche, asegúrate de que no ayudas a asustar a los niños, sobre todo a Tamara.

Se fulminaron con la mirada durante un largo momento de silencio. Cuando Josef ya iba a adoptar una expresión huraña, ella se aclaró la garganta.

—¿Sabes cambiar de forma?

El chico sacó pecho.

—Por supuesto.

Skyler lanzó una rápida mirada hacia la casa.

—¿Crees que alguien que es carpatiano sólo en parte, puede cambiar de forma? —Evitó su mirada frotándose la barbilla sobre las rodillas con gesto pensativo, como sumida en una profunda reflexión. Josef podía hacerse el tarambana con los mayores, pero era más listo que el hambre y tal vez pudiera interpretar su expresión.

—Bien... —Frunció el ceño—. Es una buena pregunta. Natalya se convirtió en un tigre y, por cierto, le quedó muy guay, pero nunca he oído de nadie más que pudiera transformarse.

—¿Cómo lo haces tú?

Josef negó con la cabeza.

—Ni lo sueñes, Skyler. No es tan fácil. Yo practico todo el tiempo y de todos modos cometo errores.

—Tú no practicas todo el tiempo, tú estás con los videojuegos todo el tiempo. —Con otra mirada disimulada hacia la casa, bajó de la baranda a la nieve. A diferencia de Josef, ella no podía regular la temperatura corporal y estaba tiesa de frío tras permanecer sentada en la verja, con el viento aumentando aquella gélida sensación. Al menos había dejado de nevar de momento. Alzó la vista al cielo, pero las nubes no presagiaban nada bueno.

Josef frunció el ceño.

—¡Eh! Yo sé mutar. Mira esto. —Retrocedió unos pasos y permaneció en pie con los brazos estirados. Empezaron a salirle plumas por todo el cuerpo, y su rostro cambió de forma varias veces hasta que aparecieron unos discos faciales blancos, punteados de motas marrones y bordeados de negro. Sus iris adquirieron un amarillo intenso, mientras desarrollaba un pico verde grisáceo con penachos de plumas hirsutas en torno a la base. Su cuerpo se volvió compacto, fue cambiando lentamente, con pequeñas paradas e impulsos, hasta encogerse y quedarse finalmente posado sobre la nieve con la forma perfecta de un pequeño búho. El cuerpo del búho era marrón grisáceo con un dibujo intrincado de rayas y barras e incluso motas en algunos lugares. Permanecía muy quieto; el cuerpo era tan pequeño que Skyler se quedó admirada de que Josef hubiera logrado aquello. Los grandes ojos la miraban pestañeantes.

Skyler caminó alrededor de la diminuta criatura.

—Asombroso, Josef. ¿Cómo has conseguido encogerte tanto? ¿Y puedes volar también? ¿O sólo puedo pedirte que te transformes con propósitos ornamentales?

El búho soltó una nota quejumbrosa y dio varios brincos extendiendo y sacudiendo las alas, hasta que alzó el vuelo con cierta torpeza. Josef voló a su alrededor varias veces, se elevó más alto y regresó como una flecha, directo a su cabeza.

Skyler levantó las manos y salió corriendo, cogiendo nieve del borde del porche para arrojársela al ave errante.

—Para, no tiene gracia, Josef.

El ave volvió a elevarse y a rodearla, cogiendo de nuevo velocidad para el ataque. Skyler regresó hacia la casa y se mantuvo cerca del edificio mientras el búho se precipitaba sobre ella. Se agachó y se tapó la cabeza justo cuando Josef caía en picado. La pequeña lechuza se dio contra un lado de la casa y cayó como una piedra sobre el suelo. Entonces permaneció perfectamente quieta, con las patitas apuntando directamente hacia arriba, justo como aparecían en los tebeos.

Skyler soltó el aliento con un lento siseo de fastidio.

—Eso no tiene gracia, Josef. Levántate. —Se hizo un silencio que no auguraba nada bueno. Alzó la cabeza y dio un paso para acercarse a él. Si lo que pretendía era asustarla, como era habitual, iba a retorcerle el pescuezo. El pequeño búho permanecía inmóvil, con las patas tiesas. Skyler se llevó la mano a la garganta mientras la invadía el miedo. Tenía miedo de moverse, miedo de ir a examinar a la pequeña criatura.

—¡Josef! —Se apresuró a su lado y se dejó caer de rodillas en la nieve para tocar a la lechuza. Entonces, justo cuando iba a levantar al animal, sus grandes ojos se abrieron de golpe, igual que el pico y las alas que empezaron a sacudirse, y Skyler no pudo detener el grito asustado que se le escapó.

—¡Te lo has tragado! —Josef se sentó entre risas.

Skyler se levantó de un brinco con el corazón acelerado. Quería romperle algo en la cabeza, aunque nunca había tenido tendencias violentas, bueno, casi nunca. Josef sacaba lo peor de ella, así de sencillo. Al chico le encantaban las bromas y ella parecía la diana perfecta.

—No tiene la menor gracia.

La sonrisa desapareció del rostro del muchacho.

—¿Qué te pasa últimamente, Skyler? Las lechuzas chocan con cosas a menudo mientras vuelan y sufren golpes tontos. La gente se piensa que se han matado, pero sólo están aturdidas. Cuando leí acerca de todo esto, pensé que seguro que sería algo que te haría sonreír. Sinceramente, no eres nada divertida. —Se levantó de un salto y se alejó de ella—. Todavía no somos adultos, y no hay nada malo en reírse de las cosas.

Se alejó andando sin mirar una sola vez atrás. Skyler se dijo a sí misma que se alegraba de verle marchar, que su comportamiento era ridículo, pero por dentro la soledad se hizo fuerte. No se reía como los otros jóvenes, y no sabía por qué. Cuando hablaba por internet con Josef, podía mostrase diferente, ser alguien más. Nadie podía verla o tocarla, y era capaz de relajarse y divertirse sin problemas. Pero aquí... todo el mundo estaba demasiado cerca. Percibía cada emoción, y aquello le desgarraba la piel, se le clavaba en el corazón hasta sentirlo en carne viva, hasta pensar que podría dejar de existir. A veces, incluso la tierra parecía gritarle de dolor.

A lo lejos, un lobo solitario aulló acongojado. Aquella sola nota alargada le llamó la atención. El lobo estaba tan solo como ella. Rodeó con sus dedos el colgante que caía entre sus pechos que, de pronto, parecía caliente en vez de gélido, y que casi pulsaba en su mano. Pero no era tonta: sabía que iba a meterse en muchos problemas si Gabriel y Francesca descubrían que se había vuelto a ir sola, pero tenía que hacerlo. No podía evitarlo.

Skyler se echó encima la parka blanca forrada de piel y se fue andando sin prisas en la dirección de donde había oído al lobo. ¿Se trataría de Dimitri? El corazón le dio un vuelco sólo de pensarlo. Tenía unos ojos tan azules —tan intensos— y tan llenos de dolor. Ella reconocía de inmediato el dolor, conocía a la gente. Ocultaban inclinaciones terribles, secretos terribles bajo falsos rostros sonrientes. ¿Era ella mejor que todos los demás, al dejar sufrir a aquel hombre sólo porque estaba asustada?

Tiritó pese a la parka. Gabriel se enfurecería con ella, y no le gustaba cuando estaba tan enfadado. Normalmente se limitaba a dedicarle una mirada de reprobación, pero cuando se enojaba de verdad, insistía en castigarla. Eso significaba por lo general tener que pasar más rato con los demás niños. Para otro habría sido fácil, pero para ella era la más temida de las represalias. Arrastró los pies por la nieve y se detuvo, echó un vistazo hacia atrás en dirección a la casa; ya no podía verla, pues había entrado en la zona arbolada. El lobo volvió a aullar, una nota lastimera esta vez, como si también buscara respuestas.

Skyler se estiró y volvió a caminar, buscando el camino entre la nieve acumulada, mientras intentaba seguir una senda llana que serpenteaba a lo largo del lecho del riachuelo. La nariz se le quedó fría, igual que las orejas, de modo que se ajustó la capucha un poco más para intentar protegerse del frío. Era imposible. Dio un traspiés y casi se cae. El movimiento abrupto la sobresaltó tanto que sacudió la cabeza con fuerza, en un intento de librarse de los suaves gritos lastimeros del lobo que no la dejaban tranquila.

Durante muchísimo tiempo había pensado que la respuesta para ella sería vivir en el mundo de los carpatianos, pero ahora había comprendido que ahí no podía relacionarse mejor que en el mundo humano. Intentó secarse las lágrimas que debería haber en sus ojos, sólo que ahí no había nada. Las notó ardiendo muy profundas, encerradas como sus recuerdos. Sólo Francesca y Gabriel parecían capaces de aceptarla con todas sus diferencias, todas sus limitaciones. Nunca iba a superar el pasado, ni sus habilidades de vidente. Podría adquirir más control, gracias a sus padres adoptivos, pero no era suficiente para permitirle ser igual al resto de la gente.

Tropezó con una rama enterrada en la nieve y echó un vistazo a su alrededor, asombrada al percatarse de que había sido capaz de andar todo el rato sin tener idea de dónde estaba. Describió un círculo con el ceño fruncido. ¿Por dónde estaba su casa? Podría llamar a Gabriel, pero se enfadaría con ella. Sería mucho mejor encontrar por sí sola el camino de vuelta. Él iba a enfadarse de todos modos cuando se enterara, pero su ira estaría templada por el hecho de ver que ya se encontraba sana y salva.

Un grito casi humano de dolor desesperado rompió el silencio y le provocó un escalofrío que recorrió toda su columna. Se le erizó el vello de la nuca y la sangre casi se congela en sus venas. Buscó aire entre jadeos, mirando a su alrededor como una loca. Estaba cerca, tan cerca que oía el gruñido y los crujidos provocados por un lobo angustiado. Impelida por algo externo a ella, Skyler corrió, permitiendo que la reverberación de la refriega la guiara.

Bajo un gran árbol deforme, un gran lobo macho, de color rojizo, luchaba con el cepo dentado que rodeaba su pata. La sangre salpicaba la nieve y el lobo se mordisqueaba su propia pata en un esfuerzo por liberarse. En el momento en que ella se detuvo en seco, la criatura se giró en redondo para encararse a la nueva amenaza, con los labios retraídos formando un gruñido atroz y los ojos amarillos, relucientes de maldad, advirtiéndole que se apartara.

Skyler retrocedió, manteniendo una distancia prudencial mientras el animal arremetía contra ella. La trampa le retuvo y soltó un alarido, se volvió y se mordió de nuevo la pata, antes de girarse para tenerla vigilada. Sus costados se sacudían y el sudor volvía su pelaje aún más oscuro. Todo su cuerpo se estremecía. Ella podía percibir las ondas de dolor que desprendía. No era Dimitri; el lobo no podía ser alguien capaz de mutar, o a esas alturas ya se habría liberado del cepo. Era de verdad un animal salvaje atrapado en una trampa atroz. Al mirarle a los ojos, se percató de que había perdido la libertad, pero su espíritu se negaba a rendirse. Le gruñía sin parar, le mostraba los dientes, con la saliva cayendo de su boca, sin que sus ojos amarillos dejaran en ningún momento de mirarla a la cara.

¿Era posible que ella se rindiera mientras este magnífico animal aguantaba valientemente, dispuesto a morderse su pata con tal de sobrevivir? Skyler no podía abandonar a la bestia; su compasión reaccionó de inmediato. Alzó una mano con la palma hacia fuera.

—Relájate, tú relájate —le tranquilizó, intentando serenar también su corazón que latía acelerado. Inspiró hondo y soltó despacio el aire.

Un murmullo retumbó en la garganta del lobo, pero dejó de gruñir. Ella asintió como si mantuvieran una conversación.

—Eso es. Así me gusta. —A veces conseguía que un animal se quedara quieto, incluso uno salvaje, para examinar sus heridas, pero nunca había intentado atraer la atención de un lobo. Hacía falta que los dos espíritus conectaran, y eso no era fácil en la mayoría de casos. Se concentró en el animal, buscando en silencio, sin cesar, la esencia misma de la bestia.

El lobo se quedó poco a poco tranquilo, observándola con mirada atenta. Ella dio un paso, notó el hormigueo cálido que siempre se propagaba por su cuerpo y mente antes de lograr un contacto estable. De repente, sintió un inesperado nudo en el estómago y le ardió la garganta. Notó un sabor amargo en su boca y una sombra se deslizó contra su espíritu, algo grasiento, viscoso y maligno. Su alma se estremeció y retrocedió.

Horrorizada, Skyler levantó la cabeza para observar al lobo y vio cómo cambiaba la forma de la pata, cómo se retorcía y convulsionaba el cuerpo del animal, y el hocico se alargaba formando una horrorosa cabeza redondeada instalada sobre algo medio humano medio lobo. La boca se abrió mucho con una parodia de sonrisa que mostraba unos dientes manchados y puntiagudos.

Se le congeló el aliento en los pulmones. No podía moverse, no podía formar el pensamiento de llamar a Francesca o a Gabriel; sólo podía permanecer ahí, esperando a que la muerte viniera por ella.

Un gran lobo negro irrumpió desde los árboles, corriendo como un rayo, dando saltos que cubrían varios metros de terreno cada vez. El animal le dio con el hombro y la apartó del vampiro. Sus ojos azules transparentes ardían con frialdad glacial en el momento en que el lobo negro giraba en medio del aire y brincaba directo a la garganta del vampiro que estaba mutando. Con su fuerte musculatura, el lobo empujó a la criatura hacia atrás sin darle tiempo de cambiar completamente de forma. Unas garras poderosas se aferraron a la garganta expuesta y empezaron a despedazar.

Mira a otro lado.

Las órdenes resonaron bruscas y claras dentro de la cabeza de Skyler. Cerró los ojos con fuerza, pero eso no sirvió para apagar el sonido de la carne al desgajarse, los chillidos agudos y los gruñidos y rugidos del no muerto. La voz laceró su cerebro en profundidad. Notó que unas gotitas, como rescoldos candentes, penetraban a través de sus guantes y piel hasta los mismísimos huesos. Fue imposible contener su chillido de dolor y susto.

Los gruñidos subieron de volumen, y los chillidos eran cada vez más violentos y terribles. Skyler se tapó la cara con las manos para intentar no mirar, pero no pudo detener el terror morboso y apartar los dedos lo suficiente para echar una miradita. Dimitri volvía a ser un hombre, no, no un hombre, era un guerrero carpatiano por completo. Sus ojos ardían llenos de furia y su boca formaba una línea cruel y despiadada; los músculos tensaban su espalda y abultaban sus brazos mientras atravesaba con el puño el pecho del vampiro y rodeaba con los dedos el corazón ennegrecido y arrugado. Se oyó el sonido de una terrible succión, pero el chillido sonó aún más alto. La sangre salió salpicada en forma de arco negro y Skyler se protegió el rostro con las manos, pero esta vez la sangre roció la parte posterior de sus guantes, fundiendo el material y alcanzando la piel al instante.

La muchacha jadeó de dolor y metió ambas manos en la nieve, observando con horror cómo Dimitri le extraía el corazón y lo arrojaba a distancia del vampiro. El no muerto lanzaba sus garras y mordía, luchando con bestialidad, abriendo profundas laceraciones en la piel de Dimitri. Las quemaduras de ácido marcaban el cuello del cazador, su pecho y brazos mientras invocaba una tormenta y los relámpagos siseaban y crepitaban sobre sus cabezas.

Un movimiento llamó la atención de Skyler, que apartó la vista de la imagen hipnotizadora del vampiro, y entonces vio el corazón ennegrecido meneándose por encima del suelo cubierto de nieve, en un esfuerzo por volver junto a su amo. Mientras rodaba por el sendero hacia el no muerto, el corazón se aproximó a sus manos hundidas en la arena. Con un grito de terror sacó las manos, apartó la cara y vomitó, debido a la fuerte protesta de su estómago ante aquella abominación.

El latigazo de un rayo cayó desde el cielo para incinerar el órgano. El rayo se dividió en el último momento, formando dos tijerillas, para así alcanzar también al vampiro mientras calcinaba el corazón.

Humos tóxicos llenaron el aire y se levantó una humareda negra, junto con el chillido lastimero que se desvanecía igual que aquel vapor.

En el silencio que vino a continuación, Skyler oyó sus propios latidos atronadores, exageradamente ruidosos en sus oídos. Alzó el rostro para encontrar la mirada de Dimitri, y el corazón le dio un vuelco. Parecía tan fuerte, tan invencible, tenía unos ojos tan fríos y tan azules; aun así quemaban su piel y alcanzaban sus huesos, marcándola. Cuando el carpatiano se movió, ella pestañeó, y quedó roto el hechizo cautivador. Skyler retrocedió mientras la ira de Dimitri la alcanzaba en oleadas. La fuerza era tan poderosa que tuvo que encorvarse, y casi se vio obligada a caer de rodillas. Un sonido de angustia se le escapó de la garganta, atrayendo al instante la mirada profunda del cazador a su acelerado pulso.

Al instante toda la rabia se desvaneció, y Dimitri le tendió la mano.

—Ven aquí conmigo, estás herida. No te asustes, Skyler, no podría hacerte daño, bajo ninguna circunstancia.

Ella tragó saliva con dificultad y retrocedió un paso más; se le estaba secando la boca mientras él le hacía señales con el dedo. ¿Por qué no podía llamar a gritos a Gabriel o a Francesca? Eran sus salvavidas cuando el terror la invadía y su espíritu se retraía. Físicamente, se sentía incapaz de alejarse corriendo de él; había aprendido hacía mucho que lo único que reportaba eso era una rápida represalia. Aunque la sometieran a golpes, su mente era capaz de acceder a donde nadie más podía, y así mantenerse a salvo, acurrucada muy lejos en un lugar dentro de su cabeza.

Dimitri vio el miedo puro en los ojos de su pareja, percibió cómo todo vestigio de color se esfumaba de su rostro y la piel empalidecía hasta parecer traslúcida. La rabia contenida remitió cuando el instinto protector, que no sabía que tenía, surgió deprisa y con brusquedad. Quiso cogerla en sus brazos y protegerla ahí, pero de hecho notaba que el alma de la muchacha rehuía su salvaje necesidad. Nunca había imaginado que alguien pudiera ser tan frágil. Aproximarse a ella requería una astucia que no estaba seguro de poseer.

—Escúchame, pequeña. —Hizo un esfuerzo supremo por suavizar la voz. Rara vez estaba con gente y notó la garganta áspera—. No deberías haber presenciado esto: liquidar a un vampiro siempre es un asunto infame y violento. Sólo quiero curarte las quemaduras en la piel, ¿me permitirás hacerlo?

Ella no contestó; seguía mirándole como aturdida.

A Dimitri el corazón le dio un vuelco.

—Te he asustado demasiado. Llamaré a Francesca para que venga a buscarte. Es una gran sanadora, pero hay que actuar pronto. La sangre de vampiro quema como el ácido. Hacía poco que éste se había convertido en no muerto, o no habría sido tan fácil... —Vaciló un momento pues quería evitar la palabra «matar»— destruirlo.

Skyler tragó saliva varias veces.

—¿Cómo? —La palabra surgió casi como un susurro.

Dimitri le tocó la mente, buscó sus manos palpitantes y quemadas. Parecía a punto de desmayarse; incluso en su mente estaba débil.

—No va a dolerte. Tendré mucho cuidado.

Ella respiró hondo mientras alzaba la barbilla y se obligaba a dar un paso hacia él. Su cuerpo temblaba visiblemente. El carpatiano notó el esfuerzo que le suponía, pero sintió orgullo de que lo intentara. No cometió el error de acercarse a ella; era demasiado alto, se elevaba sobre su diminuta constitución, y sabía que si se movía sólo conseguiría asustarla todavía más. Esperó, conteniendo la respiración en los pulmones, regulando los latidos al compás de los de Skyler, en un esfuerzo de ayudar a su estabilización. Ella dio un segundo paso y luego un tercero, tendiendo ambas manos para que él pudiera ver las rayas de la quemadura del ácido donde la sangre del vampiro había fundido el material de los guantes. Y le temblaban cuando las puso sobre sus palmas abiertas.

—¿Prefieres que llame a Francesca?

Ella negó con la cabeza:

—No saben que respondí a la llamada del lobo; se enfadarán conmigo. —Alzó la vista para mirarle a los ojos—. Estarán decepcionados conmigo.

Era su llamada. Dimitri maldijo para sus adentros. No la había unido todavía a él, pero su sangre —su corazón, su mismísima alma— la llamaba. Por supuesto que ella había contestado; ninguna pareja eterna podía resistirse a las necesidades de su otra mitad. Y él la necesitaba con desesperación. Dimitri tomó sus dedos entre los suyos.

—Entonces yo me encargaré de hacer esto. No puedo invocar un rayo ya que no eres del todo carpatiana, por lo tanto, emplearé mis propios poderes curativos. Puede parecerte... íntimo. Tendrás que confiar en que no voy a aprovecharme, sólo voy a hacer lo necesario.

Bajó la cabeza, con lentitud, centímetro a centímetro, concediéndole mucho tiempo para cambiar de idea. Su mirada mantenía cautivos los ojos de Skyler; se negaba a permitirle apartar la vista del acto familiar que él ejecutaba en ella. Movió los labios a lo largo de las rayas, ligero como una pluma, sólo rozando, con pequeñas caricias sobre las quemaduras. La acarició con la lengua, suave como el terciopelo. Ella dio un brinco y casi aparta la mano, pero él apretó los dedos de forma instintiva, sujetando la piel contra sus labios.

Seguro que ya sabes que nuestra saliva es curativa.

Skyler asintió, incapaz aún de apartar la mirada de su profundo azul. *Pero no es igual que otras veces en que Francesca o Gabriel me han curado los cortes. Parece...* Íntimo. Demasiado íntimo. Sexy. Incluso erótico. Un débil color se coló en sus mejillas al pensar aquello. No pudo controlar el acceso de calor en su riego sanguíneo, ni la manera en que su matriz se contraía con expectación cuando sus labios tocaron otra quemadura. Estaba tan hipnotizada que ni siquiera notó que había empleado el idioma más íntimo de todos: la comunicación de una mente a otra en una vía privada que sólo ellos dos podían compartir.

Su lengua giraba, eliminando el escozor de las quemaduras. Parecía pura seducción, como si él le estuviera arrebatando algo más que el dolor. Ella podía ver cada detalle de su rostro, el fuerte mentón y la nariz, la forma de su boca, y, sobre todo, aquellos ojos azules glaciales de los que no podía escapar. Sus pestañas eran espesas y muy negras, igual que el cabello y las cejas. Por contraste, el color de los ojos resultaba más dramático, más intenso y vivo. Skyler casi se marea, como si se cayera dentro de aquella atenta mirada.

Tomó una profunda bocanada de aire y apreció su fragancia. Su corazón latía al mismo ritmo que el de él. Su mente, de hecho, bajó la guardia y permitió que él se deslizara en su interior. El alma de Dimitri rozaba la suya, no empujaba, ni se imponía, la tocaba simplemente, tan ligera que apenas la notaba, apenas percibía la fusión, mientras su alma se estiraba de forma instintiva por el anhelo... de él.

Quiso soltar la mano, decirle que ya le ayudaría Francesca al fin y al cabo, pero no pudo. Nada le había parecido tan apropiado en toda su vida. En ese breve momento no había pasado ni futuro, sólo este instante y este hombre.

Dimitri procedió con cuidado, buscando cada una de las quemaduras en su piel, cada hebra que la sangre del vampiro había dejado atrás. Si no las erradicaba, podrían dejar rastros que generarían las cosas más malévolas. Por suerte, este vampiro se había transformado recientemente y todavía no había desarrollado todo el poder del mal. Dimitri se tomó su tiempo, pasando la base del pulgar por la muñeca interior, saboreando la sensación de su piel y el hecho de disponer de un breve momento de tiempo en el que por fin ella se relajaba a su lado.

Muy a su pesar, levantó la cabeza y permitió que las manos se soltaran entre sus dedos.

—Ya está. Listo.

—¿Y qué hay de tus heridas? Puedo curarte.

—Puedo hacerlo yo —respondió él. Pero no podía respirar sin ella. Se apartó antes de que ella lo detectara: la necesidad de levantarla en sus brazos y llevársela muy lejos donde no tuviera otra opción que aceptarle. La bestia intentaba levantarse, exigiendo a su compañera, pero Dimitri la abatió sin compasión. Nada estropearía este momento con ella.

—Quería verte otra vez. Necesitaba hablar contigo.

El carpatiano hizo una leve inclinación por la cintura y tendió la mano con la misma parsimonia lenta, dándole tiempo suficiente para expresar sus objeciones. Puesto que no lo hizo, le recogió un mechón suelto de pelo rubio detrás de la oreja.

—Estoy a tu servicio.

La sonrisa de Skyler era vacilante... una rama de olivo.

—Necesito decirte que no eres tú. Soy yo. Conozco el significado de ser una pareja eterna, y esto es un error. Soy imperfecta, no puedo ser como las demás mujeres, nunca. —Hundió la cabeza para evitar su mirada. Aquellos ojos parecían tan vivos, casi le quemaban la piel, y no obstante eran tan gélidos que notó un escalofrío.

—Requiere muchísimo valor, pequeña, decirme estas cosas. Te agradezco que hagas el esfuerzo. —Mantenía la voz suave, resistiendo la necesidad de atraerla hacia sus brazos. Estaba absolutamente adorable, ahí, de pie, intentando rechazarle sin herir sus sentimientos. Todos se equivocaban, Francesca y Gabriel e incluso Mihail. No era demasiado joven. Incluso ahora, pese a ser poco más que una muchacha abandonando ya la infancia, él sabía que era adulta, pues había rozado su alma. A esta joven que tenía tan cerca, tan esquiva, y era demasiado frágil, sencillamente le habían arrebatado la juventud. Tan machacada, tan sensible con su enorme talento de vidente, las atrocidades cometidas contra ella habían encerrado su espíritu demasiado adentro, demasiado lejos, tanto que apenas conseguía permanecer en este mundo—. El tiempo solucionará esto por nosotros. Entretanto, permíteme que te escolte de regreso a tu hogar.

—¿No estás enfadado conmigo?

—¿Por no estar todavía preparada para mi requerimiento? —Le cogió la mano con dedos seguros y cálidos, mientras ella se mostraba tan dudosa—. Por supuesto que no.

La nieve cayó sonoramente del árbol más próximo y los dos se volvieron hacia el sonido. Las ramas se balancearon cuando un pequeño búho alzó el vuelo, con las alas estiradas y el cuerpo bamboleándose por el aire. La lechuza se precipitó directamente hacia ellos.

Dimitri saltó para colocar el cuerpo entre el animal y Skyler. Calculó el ataque y apartó el ave de un manotazo mientras ella chillaba, con pánico evidente en la voz.

—¡No! Es Josef. Tiene que ser Josef. —Intentó esquivar a Dimitri, ya que su tono protector había caído muy mal en el lobo y desatado la respuesta de su bestia interior ante la idea de que ella defendiera a otro hombre. El carpatiano se movió, aunque no pareciera hacerlo, para impedir que ella le bordeara.

El búho dio unos saltitos, entre sacudidas, y unos brazos irrumpieron donde antes había alas. Cayó sobre la nieve, y un joven quedó despatarrado, todo brazos y piernas, con aspecto ligeramente conmocionado y muy asustado, pero decidido. Consiguió ponerse en pie a duras penas y, cerrando los puños, fulminó con la mirada a Dimitri.

—Déjala en paz.

Dimitri podría haber dominado el instinto de su especie, pero notó la respuesta de Skyler a este desconocido, el instantáneo acceso de diversión teñido de admiración. Mostró los dientes y un gruñido retumbó en la profundidad de su garganta, como desafío al otro hombre. Al instante, el pequeño claro quedó rodeado por la manada de lobos que avanzaban con ojos centelleantes, respondiendo a sus gruñidos con agitación y con la misma agresividad. El fuego ardía en la mente del carpatiano, en su corazón, bramaba en su alma y se reflejaba en sus ojos, ahora al rojo vivo.

Skyler intentó empujarle para pasar, pero él la cogió del brazo con control férreo.

—¿Qué tiene que ver contigo este hombre?

—Es mi amigo: no te atrevas a hacerle daño. —Pelearía por Josef pese a no poder pelear por sí misma.

La manada de lobos enseñaba los dientes, continuaba aproximándose y cerrando el círculo. Skyler podía distinguir que los grandes animales peludos, todos en buena forma, estaban concentrados en Josef.

—No te hace falta tener amigos masculinos —soltó Dimitri, con los fuertes dientes blancos centelleantes, dejando entrever sus colmillos alargados así como los incisivos. Sus músculos se tensaron bajo la piel, crepitando y estallando, aunque él se resistiera al cambio.

Asustada, Skyler empezó a apartarse otra vez de él, percibiendo la creciente furia salvaje y el animal que tomaba el control. Pero algo, tal vez la desesperación, el sufrimiento, la pena, algo la obligó a detenerse. Le tocó, estirando la palma de la mano sobre su pecho, mirándole a los ojos. Pese a su apariencia de lobo, sus ojos siempre iban a ser azules, y en aquel preciso momento se mostraban tormentosos y turbulentos.

—Dimitri, es un amigo, no un novio. —No debería disculparse, pero no podía evitar querer serenarle. La necesidad era tan imperiosa y fuerte como el deseo de salir corriendo.

Él tomó su mano, se la llevó a los labios e hizo un ademán a los lobos babeantes. El círculo se deshizo, a pesar de las fieras.

—Vete, vete ahora —soltó el carpatiano—, mientras aún mantenga el control.

—Lo siento —susurró ella.

Skyler y Josef apretaron a correr, con cuidado de no tocarse. Skyler, con el corazón pesaroso y la culpabilidad corroyéndola, se apresuró a alejarse sin saber de dónde salían las lágrimas que surcaban su rostro, sintiéndose una incompetente y una cobarde. Se alejaba del dolor de Dimitri y de sus propios miedos. ¿Nunca iba a haber un refugio seguro para ella?

Capítulo 10

La música llenaba los pequeños confines de la habitación, se difundía por los pasillos y salía al exterior. Antonietta Scarletti-Justicano volvió la cabeza hacia el sonido: se acercaban dos pares de pisadas. Olisqueó el aire y pudo distinguir con facilidad la fragancia familiar de Josef y el aroma menos conocido de su acompañante. Femenina... joven... y muy angustiada. Tardó un segundo en superar el temor que irradiaba la muchacha y sentir la inquietud de Josef, igualmente intensa. Levantó los dedos de las teclas de marfil y se volvió hacia ellos.

—¿Josef? ¿Qué sucede?

Skyler se percató al instante de que Antonietta en realidad no podía verles. Era casi inaudito que una carpatiana no fuera perfecta físicamente. Intentó recordar lo que sabía de la tía de Josef: había sido una pianista famosa antes de que Byron la reclamara como pareja eterna y la convirtiera, y llevaba ciega casi toda la vida. Skyler se acercó a ella en un intento de facilitarle las cosas.

—Soy Skyler Daratrazanoff, la hija de Francesca y Gabriel. —No lo manifestaba con frecuencia, pero le encantaba decirlo en voz alta.

—Qué placer conocerte, *cara* —dijo Antonietta con una voz tan musical como sus dedos—. Por favor, contadme qué os tiene tan disgustados.

—Un vampiro ha atacado a Skyler —estalló Josef.

Antonietta se estiró hacia ella, y Skyler retrocedió de forma instintiva sin poder evitarlo.

—Estoy bien. Dimitri lo mató.

—Y luego la tocó. La lamió. —Había aversión en la voz de Josef—. A duras penas salimos con vida de allí; iba acompañado de una manada y los lobos querían matarnos.

¡Byron! Antonietta llamó de inmediato a su pareja eterna.

—Josef, ¿alguno de los dos ha resultado herido? ¿Habéis llamado a Gabriel?

—¡No! —protestó Skyler—. Por favor, no lo hagas. Ninguno de los dos está herido. La sangre del vampiro salpicó mis manos y me quemó los guantes, y Dimitri estaba curándome las quemaduras cuando Josef le vio. Josef lo ha malinterpretado todo.

—No he malinterpretado la manera en que me enseñó los dientes, Skyler —soltó éste—. No le has mirado; había muerte en sus ojos mientras me miraba.

—Me ha salvado la vida —declaró Skyler.

—Tu corazón va muy rápido y late con fuerza —comentó Antonietta—; creo que te asustaste más de lo que quieres admitir.

—Me asustó el vampiro —insistió Skyler.

Un hombre alto y guapo entró en la habitación.

—¿Vampiro? —Desplazó la mirada de su sobrino a su pareja eterna y luego rodeó la cintura de Antonietta con el brazo.

Al instante, la mujer pudo ver a los demás presentes en la estancia. La mayor parte del tiempo, cuando no estaba muy cansada, conseguía ver sombras por sí sola, lo suficiente para saber quién y qué la rodeaba gracias a sus sentidos agudizados, pero a veces ni se molestaba en intentarlo. Estaba acostumbrada a un mundo a oscuras y, a menos que Byron le brindara sus ojos, era difícil acordarse continuamente de que tenía que mantener la visión.

Un vampiro ha atacado a esta jovencita y parece que Josef cree que Dimitri, su salvador, se comportó luego mal, aunque ella afirma que le estaba curando las manos.

Byron se comunicó de inmediato con los demás carpatianos a través de su habitual vía telepática de comunicación, para difundir la noticia del ataque de un vampiro. La respuesta de Gabriel no tardó ni un instante en llegar con suma brusquedad.

—Tu padre está en camino —anunció Byron en voz alta, al tiempo que iba a examinar las manos de Skyler, agarrándole los dedos antes de que pudiera apartarse. Antiguas cicatrices le marcaban la piel y se entrecruzaban por los antebrazos, heridas recibidas obviamente al defenderse. La visión de aquellos abusos contra una joven muchacha le repugnaron. Había marcas más recientes en el dorso de las manos, que acababan de curarse, señales débiles pero reveladoras.

Skyler apartó las manos, temblando visiblemente.

—Ya lo he dicho: me curó las quemaduras. —Escondió las manos tras la espalda para que no se las vieran—. Fue horroroso.

Gabriel se materializó en la habitación sin más preámbulo, buscando a su hija. La atrajo con sus brazos y la examinó intentando detectar algún daño.

—Tendrás que responder a muchas preguntas, Skyler Rose.

—Se ha llevado un susto terrible —intercedió Antonietta.

—Skyler tenía encima a un desconocido —dijo Josef frunciendo el ceño con desaprobación, y luego se irguió cuan alto era—. La seguí porque se estaba comportando de un modo extraño, y un vampiro la atacó. No tuve tiempo de hacer nada y...

—¿Como por ejemplo llamarme? —interrumpió Byron—. No recuerdo ninguna llamada ni gritos de ayuda.

—Ni yo tampoco —dijo Gabriel sin soltar a su hija—. La amenaza de un vampiro poniéndote las manos encima, Skyler, es suficiente para que se me ponga blanco todo el pelo. ¿Qué hacías ahí fuera sin protección? Antes te advertimos de que corrías peligro, ¿y aun así decides no hacernos caso? Has pasado por alto una orden directa de tu madre y mía.

Skyler se aferró a él. En medio de un mundo tan caótico, era una torre de fuerza; siempre sería su roca.

—Lo lamento —susurró. *No pude evitar ir a su lado. El dolor era tan terrible... sé lo que es el dolor, y no podía ser yo la causa.*

A Gabriel se le escapó un lento siseo. La acarició con los dedos pese a zarandearla con enfado paternal. La mitad de él quería sacudirla con fuerza, y la otra mitad deseaba abrazarla y consolarla, mantenerla a salvo.

¿No se te ocurrió contárselo a Francesca... o a mí? Podías habernos pedido ayuda para hacer frente a esto, Skyler.

¿Había sufrimiento en su voz? ¿Era su destino lastimar a todos cuantos le importaban?

—Lo siento tanto —dijo en voz alta por segunda vez—. No pude pensar con claridad.

Era la verdad, y la única excusa que podía ofrecer.

—Cuéntanos con exactitud qué ha sucedido —dijo otra voz. Skyler alzó la vista y vio a Mihail y a Lucian cerca de ellos. Su expresión era adusta—. Si Dimitri te ha asaltado, Skyler, debes contárnoslo —añadió el príncipe.

—¡No! —Dijo la palabra con un grito, y una subida de adrenalina recorrió su riego sanguíneo. Todo el mundo la miraba, aglomerándose muy cerca de ella. Apenas podía respirar, y casi no podía hablar—. Intentó ayudarme. ¿Por qué no me hacéis caso?

—Si valoráis vuestras vidas —interrumpió otra voz—, dejad a mi pareja en paz. Percibo la angustia que irradia a través del bosque y vosotros no dejáis de acosarla y presionarla para que os explique cuentos que deberíais preguntar a un cazador. —Dimitri estaba erguido y estirado en el umbral de la puerta. Su larga cabellera ondeaba con la leve brisa y unos cuantos copos de nieve salpicaban su cabeza y hombros.

Gabriel empujó a Skyler hacia Antonietta.

—Creo que voy a escuchar con atención tus explicaciones —le dijo a Dimitri apretando los dientes—. Antonietta, si eres tan amable, podrías llevar a mi hija a la cocina y asegurarte de que toma algo dulce, como, por ejemplo, un zumo de naranja. Y que sea natural.

—Gabriel —protestó Skyler.

Ve con ella. Tengo el deber y el privilegio de garantizar tu seguridad y mi intención es hacerlo. Ya hablaremos de esto más tarde.

—Me ha salvado la vida —dijo Skyler desafiante, mirando a su alrededor, a la habitación llena de cazadores carpatianos—. Me ha salvado la vida.

Antonietta no hizo caso a la pequeña reacción automática de Skyler y rodeó a la muchacha con un brazo.

—Creo que tu hombre puede hacer frente a este grupo él solito. —*Dale tu apoyo, Byron. Por favor. Parece tan solo,* y le dedicó una sonrisa de confianza a Skyler—. Si me esfuerzo, consigo ver. De modo que no voy a darte aceite de oliva o algo así en vez de zumo de naranja.

Skyler se fue con ella, pero se detuvo en el pasillo que daba a la cocina. Volvió la vista, y su mirada preocupada encontró la de Dimitri.

Todo va a ir bien, lyubof maya, *vete con la mujer y déjame aclarar bien las cosas con estos hombres... y con tu padre.*

Por favor no le hagas daño a nadie... ni dejes que te pase nada.

Miró un momento a Gabriel. La estaba observando a ella... no a Dimitri, y tenía un ceño en el rostro: le estaba desobedeciendo otra vez. Skyler agachó la cabeza y se volvió para seguir a Antonietta.

Llegaremos a un entendimiento, Skyler, tu padre y yo. Te doy las gracias por defenderme. Y aléjate de ese chico. Está celoso y es capaz de crear problemas que ni nos imaginamos.

Skyler no supo qué decir a eso. Josef había actuado por celos, pero no estaba enamorado. Pensaba que lo más probable era que se sintiera solo, igual que le pasaba a ella, y que no quisiera perder una amiga.

La cocina estaba oscura, y Antonietta olvidó encender las luces, de modo que ella intentó hacerlo con discreción.

—Gabriel se ha enfadado en serio conmigo esta vez. He sido una idiota al alejarme, pero tenía la mente muy confusa. Sólo podía pensar en acudir al lado del lobo.

Antonietta sacó zumo de naranja de la nevera.

—¿El lobo? ¿O Dimitri?

Skyler frunció el ceño y se frotó las sienes.

—No sé. Pensaba que era Dimitri, pero lo que hice fue seguir el llanto del lobo.

—¿Y Dimitri no era el lobo?

Skyler se estremeció y negó con la cabeza.

—El lobo parecía atrapado por un cepo de acero; le sangraba la pata. Quise ayudarle, pero luego mutó y se convirtió en algo horrible, y Dimitri llegó y luchó con él.

—Tiene que haber sido espantoso, ¡qué terrible! —Antonietta transmitió la información a Byron para que pudiera contárselo a los demás—. Suena raro —informó a Skyler—. Toma, siéntate. Estás temblando.

Skyler apartó una silla y se hundió en ella, asustada por el modo en que le flaqueaban las piernas.

—Intenté oponer resistencia, pero no llamé pidiendo ayuda a Gabriel o a Francesca, y debería haberlo hecho.

Antonietta se sentó frente a ella.

—Suena como si se tratara de una coacción, ¿no te parece? Pero ¿cómo un vampiro podía haberte identificado? Tendría que haber logrado acceso a tu mente, a tus pensamientos, para poder atraparte con algo familiar para ti.

—Hoy mismo, más temprano, he intentado seguir el rastro de una oleada de poder. Llegaba procedente del hotel, por lo tanto, todos pensamos que provenía de alguien de allí, pero quien empleara esa energía, fuera quien fuese, me descubrió y tal vez entrara en contacto con mi mente el tiempo suficiente para saber que me encantan los lobos. —Se mordió el labio—. Y que estaba preocupada por Dimitri.

Parece que no creían que fuera a producirse un ataque tan pronto ni que fuera un vampiro. Pensaban que alguien de la sociedad humana estaba tendiendo una trampa a Skyler, al menos ésa es la explicación que están dando a su compañero. Él está furioso, y con motivo. Tiene derecho a exigir protección para ella a todas horas, sobre todo mientras se nieguen de momento a permitir que la reclame. A Mihail no le queda otra opción que acceder a sus deseos. Byron intercambió la información con Antonietta, pues sabía que no le gustaba que le ocultara nada. Su familia le había ocultado secretos durante tanto tiempo... Él se negaba a hacerlo. Su compañera dispondría de la misma información que él en todo momento. Envió su cariño y afecto, y le aseguró que la muchacha no sufriría.

Noto que su miedo va en aumento, Byron. Es necesario que todos sean amables con ella.

Acercó el vaso de zumo de naranja a la mano de Skyler.

—Bebe, te sentirás mejor.

Skyler le dedicó una pequeña sonrisa.

—Es fácil conversar contigo. Los otros sólo gritan y nadie escucha de verdad. Josef ha sido valiente al interferir, pero no está diciendo exactamente la verdad. No esta mintiendo, pero hace que suene como si Dimitri hiciera algo malo.

Se estremeció en su interior, recordando la sensación de la boca de Dimitri contra su piel, su lengua dando caricias de terciopelo a las heridas. El fuego se precipitó por sus venas y le hizo ser consciente de su núcleo femenino más profundo. Pequeñas chispas de electricidad saltaron sobre la piel y notó un hormigueo en los pechos. Se sonrojó, agradecida de que Antonietta no viera demasiado bien.

—¿Te gusta Dimitri? —le preguntó ésta.

—Me confunde. Por un momento parecía el hombre más delicado del mundo, y luego se volvió un demonio, peligroso y dispuesto a matar en cualquier instante.

—¿Mientras luchaba con el vampiro?

Skyler negó con la cabeza.

—Creo que eso podría haberlo aceptado, pero no, con Josef. Josef es... eso, Josef. Es dulce y gracioso y mucho más listo de lo que se dan cuenta los demás. Habría peleado por mí, y Dimitri es... grande, fuerte. Ya le has visto. Sin embargo, Josef pensó en rescatarme.

—Debería haber llamado a Byron y tú deberías haber llamado a Gabriel —recalcó Antonietta.

—Ya lo sé.

—Josef está pasando por una época difícil en su vida. Pasa demasiado tiempo relacionándose por internet, en vez de hacerlo con gente. Necesita mejorar sus habilidades sociales. Conocerte a ti y a Josh después de muchos meses delante de la pantalla... ha sido como si ya tuviera amigos.

A Skyler le costaba leer la mente de Antonietta más de lo normal, pero estaba segura de que la conversación tenía que ver con ella misma y con su manera de esconderse de la vida, tanto como tenía que ver con Josef.

—Bien, al menos no tendré que preocuparme por el vampiro. Ya está muerto, de modo que estoy a salvo y todo el mundo puede respirar tranquilo, incluido Josef. —Confiaba en que el hecho de que Dimitri hubiera destruido aquella amenaza contribuiría a que Gabriel no estuviera tan enfadado.

Está muy segura de que la amenaza ya no existe, informó Antonietta.

Lo dudo mucho. Está claro que la han identificado: es la segunda vez que pasa. Dimitri ha dicho que el vampiro llevaba convertido apenas un mes, más o menos, y que no había desarrollado todos los poderes. La mayoría de vampiros novatos son utilizados como títeres por otro más poderoso. Sabemos que están en esta zona, y ningún novato se atrevería con tantos carpatianos juntos. Alguien más lo envió para tantear el terreno.

Antonietta se llevó la mano a la garganta con gesto grácil.

La joven Skyler corre más peligro que nunca. Confío en que alguien se lo explique. No es justo dejarle pensar que se encuentra segura. De verdad, Byron, a mí me gustaría saberlo.

Sin duda se lo explicarán cuando aclaren este lío. No me gustaría ponerme en contra de Lucian y Gabriel, sobre todo cuando están unidos, pero Dimitri se ha convertido en una fuerza a tener en cuenta. Se ha enfrentado a los hermanos Daratrazanoff y ha reclamado sus derechos. No retrocederá ni hará concesiones. Culpa a Gabriel de permitir que Skyler corriera peligro, y la verdad, Antonietta, ¿qué puede alegar Gabriel? Es su responsabilidad velar por la seguridad de la joven, como hija suya, y sin duda también como compañera eterna de Dimitri. Todo lo sucedido a lo largo de estos siglos ha hecho de Dimitri un guerrero fuerte y mortífero. Su intención es obligar a Mihail a dictar una orden... o se la llevará con él.

Es demasiado joven... ha sufrido demasiado. Necesita tiempo para recuperarse, Byron.

Creo que Dimitri es consciente de eso. No está defendiendo su derecho a unirla a él, sólo que cumplan todos sus deseos.

—Estás hablando con tu pareja, ¿verdad? —adivinó Skyler con sagacidad.

—Byron —informó Antonietta—. Sí, está compartiendo información conmigo. Tenemos un pacto. Me prometió que siempre me trataría como a una igual, y lo hace pese a la opinión contraria de los demás en algunos casos. Estoy acostumbrada a cierto estilo de vida y Byron nunca me ha pedido que renuncie a él.

—¿Te hace feliz?

—Mucho. No me imagino la vida sin él. No tendría vida sin él.

—Y entonces, ¿qué está pasando ahí? Están todos bastante enfadados, pues ninguno de ellos se esfuerza por bloquear sus emociones. —Skyler alzó la mirada hacia Antonietta. La mujer le estaba devolviendo la mirada y la veía: más de lo que Skyler quería que nadie viera—. Es por mí, ¿verdad que sí?

La sonrisa de Antonietta era dulce. Negó con la cabeza, atrayendo la atención a su gruesa trenza de pelo, peinada de manera tan intrincada.

—Es porque son hombres. Un vampiro ha atacado a una de sus mujeres y hay que buscar un culpable, hay que buscar una estrategia. Sobre todo, son un montón de cazadores reunidos demasiado cerca los unos de los otros. Deberían explicarte sencillamente que tendrán que protegerte en cada momento y dejar que entiendas por sentido común que tienen razón.

—Pero... ¿no está muerto el vampiro? Vi cómo Dimitri incineraba su corazón. —Sus latidos volvían a cobrar fuerza, no quería enfrentarse a otro vampiro.

—Resultó demasiado fácil matarlo. Eso significa por regla general que otro lo ha mandado como títere prescindible. Si te liquidaba, mejor que mejor, pero era una distracción para apartar nuestra atención del ataque real.

Skyler dio un traguito al zumo de naranja. Siempre le costaba comer o beber. Las cosas olían bien, pero su estómago a menudo se rebelaba.

—Gracias por no tratarme como a una niñita. Tendré mucho cuidado. Pero, sabes, aunque me hayan identificado dos veces, tal vez fuera algo que resultaba conveniente, nada más. Tenían mi rastro para volver hasta mí. Sabían que desatarían una reacción y la han aprovechado. Todo el mundo está pendiente de mí, pero bien podrían ir detrás del príncipe o de alguien importante.

Los niños y los locos siempre dicen la verdad, respondió Byron cuando Antonietta le transmitió el comentario de Skyler. *Doblaremos la guardia sobre Mihail. No será fácil, pues no le hace gracia.*

—Es duro saber que hay tanto mal en el mundo —dijo Antonietta—. Creo que la mayoría de adultos quieren proteger a sus hijos todo lo posible de ese conocimiento.

Skyler jugueteaba con el vaso, lo volvió primero de un lado y luego del otro.

—Yo lo aprendí muy pronto, y no puedo dar marcha atrás y fingir que no pasó nada. No quería hacer esto, me refiero a todo esto de las Navidades. Nunca he celebrado la Navidad.

—¿Con un árbol, una reunión y la visita de Santa Claus? —Antonietta estaba asombrada—. Es divertidísimo. Un motivo maravilloso para reunir a toda la familia y celebrar la vida. Cualquier excusa es buena, pero éste es el momento perfecto del año.

—Es lo que dijo Francesca. —Skyler apoyó la barbilla en la palma, con el codo descansando sobre la mesa—. Gregori va a hacer de Santa Claus. ¿Le has visto alguna vez?

—Coincidimos en un par de ocasiones. Byron y Jacques son buenos amigos, y Gregori visita a menudo a Shea. Va a tener un bebé en cualquier momento y todo el mundo está nervioso. No parece un candidato con muchas posibilidades para ese papel.

—Te quedas corta. —Una sonrisita hizo aparición por primera vez en el rostro de Skyler. Luego hizo una mueca—. Espera a que Sara y Corinne se enteren de que Gregori va a hacer de Santa. Darán instrucciones a todos los niños para que se sienten en su regazo.

Antonietta estalló en carcajadas.

—Oh, cielos, eso puede ser terrible.

—Esta noche va a haber unos cuantos lloros —predijo Skyler. Inspiró hondo, y por primera vez se relajó lo suficiente como para apreciar el entorno—. ¿Qué es ese olor? Huele genial.

—Mi ama de llaves me dio la receta de un maravilloso plato de pasta con crema. —Antonietta se rió de manera incitante—. Josef y Byron me han ayudado a prepararla: deberías habernos visto. Yo en realidad no veía los ingredientes, de modo que Byron los enumeraba en voz alta y Josef me los pasaba.

—Oh, no. —La sonrisa de Skyler volvió a aparecer brevemente, esta vez más amplia, llegando también a sus ojos—. Lo más probable es que no supiera qué era cada cosa.

—Ni tampoco Byron. No pensé en el hecho de que en realidad no sabían qué era cada aderezo ni ningún otro ingrediente. Nuestro primer intento acabó en un agujero en el patio trasero.

—Francesca y yo hemos hecho casas de pan de jengibre. Insistimos en que Gabriel nos ayudara, y ha sido divertido verle con un aspecto tan indefenso, él, que siempre parece invencible.

—Bien hecho, Skyler —comentó Antonietta—. Creo que los hombres han terminado su tranquila y ordenada discusión.

Hubo un momento de silencio y luego ambas mujeres estallaron en una carcajada. Skyler esperó un instante y Gabriel apareció a su lado. Le tendió la mano y ella la cogió de inmediato.

—Lo siento, Gabriel. No pude contenerme.

—Lo sé, cielo. No corres peligro, aunque estoy pensando en atarte a mi lado. Francesca necesita verte; está muy nerviosa.

Skyler asintió.

—¿Dónde está Dimitri? No te habrás peleado con él, ¿eh? ¿Verdad que sabes que me salvó la vida?

—Es difícil que un carpatiano engañe a otro. Dimitri ha contado la verdad. Le ha parecido mejor no molestarte más. —Gabriel dedicó una sonrisa a Antonietta, luego alargó el brazo para cogerle la mano y hacer una profunda inclinación sobre sus dedos—. Antonietta, como siempre, encantado de verte. Gracias por cuidar a mi hija.

—El placer ha sido mío —dijo ésta—. Que vuelva cuando quiera.

—¿Vamos a oírte tocar esta noche?

—Me lo han pedido. No estoy segura de que los niños lo aprecien, pero he oído que Gregori va a hacer el papel de Santa Claus, y quizá eso sea lo único que les calme.

Josef entró corriendo en la habitación, intentó parar en seco, pero se dio contra Gabriel, quien le cogió por la parte delantera de la camisa y le enderezó. Pero él no dio muestras de percatarse.

—¡Skyler! Temía que ya te hubieras marchado. Paul y Ginny nos esperan en su casa. Tenemos que darnos prisa; he prometido a Sara que la ayudaríamos con los disfraces.

—Skyler tendrá que reunirse contigo allí más tarde —dijo Gabriel con firmeza—. Yo mismo la llevaré —añadió antes de que ninguno de los dos tuviera ocasión de protestar—. Francesca quiere verla.

Josef frunció el ceño.

—Piensas que no puedo cuidar de ella.

—Nadie tiene que cuidar de mí —protestó Skyler fulminando a Josef con la mirada—. No soy una criatura.

—Se refería sólo a protegerte de algún peligro del exterior —se apresuró a intervenir Antonietta —. Josef, Skyler se reunirá contigo allí en pocos minutos. Ten cuidado tú también. —Sonrió a Byron mientras él se materializaba a su lado después de haber acompañado a la salida a los otros hombres. El carpatiano deslizó el brazo en torno a su figura curvilínea, ultrafemenina, y le dio un beso en lo alto de la cabeza.

Siguieron a Gabriel y a Skyler hasta la puerta para despedirles y Byron atrajo a Antonietta a sus brazos.

—¿Qué pasa? Percibía tu intranquilidad, pero no entendía por qué. —Él cogió su rostro entre las manos, deslizando los pulgares a modo de caricia sobre su piel—. Lamento que nos hayan invadido la casa justo cuando estabas componiendo; sé lo importante que es para ti disponer de tranquilidad mientras trabajas.

—No es eso. Y aparte, Josef nunca guarda silencio. —El joven carpatiano permanecía con ellos casi todo el tiempo; le gustaba Italia y el *palazzo* en el que residían. Pero sobre todo, pensaba Antonietta, admiraba a Byron y quería estar cerca de él. Había ocasiones en que ponía la misma expresión que él, y hasta imitaba sus gestos. Byron le prestaba atención, le ayudaba a practicar sus habilidades carpatianas, y mostraba interés.

Me exaspera hasta el límite.

Le quieres y él se da cuenta. Te necesita.

Byron soltó un resoplido poco elegante.

—Josef, si en algún momento tienes la impresión de que tu vida corre peligro, llámame, y a cualquier otro carpatiano que se encuentre próximo. No es cosa tuya enfrentarte a un vampiro a tu edad. Tal vez tengas valor, pero no tienes la habilidad necesaria. —Dedicó al joven una mirada severa—. ¿Me das tu palabra?

Josef asintió.

—Sí. —Se dirigió hacia la puerta, y luego se volvió a Byron sin poder contener las lágrimas que brillaron por un breve momento en sus ojos—. Casi dejo que la maten, ¿verdad? Debería haber llamado en el minuto en que vi que el lobo atrapado cambiaba de forma. Sucedió tan rápido. —Agachó la cabeza—. No podía moverme. En absoluto. Me faltó el valor, Byron. Tenía miedo.

—Se supone que debes tener miedo. Nadie lo hace todo bien en su primer encuentro con un vampiro. Dimitri es un cazador y muy bueno. Lleva haciendo esto siglos, sin ayuda, pero puedo asegurarte que, con su primer vampiro, se quedó helado igual que tú.

—¿Y tú?

Una sonrisa cruzó fugazmente el rostro de Byron.

—Jacques y yo estábamos juntos en aquella ocasión y nos sentíamos bastante gallitos, hasta que esa cosa salió de la nada y nos enseñó esa boca llena de dientes negros y afilados. Creo que nos dio un infarto allí mismo a los dos. —Revolvió el pelo de Josef—. Lo has hecho bien; has hecho todo lo posible para protegerla de Dimitri.

—No le estaba curando las heridas únicamente —dijo éste—. Era seducción, con todo el descaro.

—Es su pareja eterna, Josef. Tienes que respetar eso.

Josef frunció el ceño y cerró la puerta de golpe al salir. Byron suspiró.

—Qué difícil es ser algo parecido a un buen padre. No sabes cómo deseo que mi hermana se hubiera ocupado de ese chico.

—No, no lo deseas. —Antonietta se apoyó en él, sus tiernos senos le rozaron el pecho, y movió los dedos por su cabello—. Te encanta hacer de tío.

—Me saca de mis casillas. No recuerdo haber sido tan joven.

Antonietta entrelazó sus dedos con los de él mientras se abrían camino de vuelta a través de la casa hasta el acogedor estudio donde disfrutaban sentados juntos, en paz. Su residencia en Italia suponía una tremenda responsabilidad. La familia de Antonietta residía con ellos y siempre se producían situaciones dramáticas.

—Siento al jaguar en mí, Byron —confesó Antonietta sin mirarle. Se apretó el pecho con la mano—. En lo más profundo, está ahí, respondiendo a algo que percibe en el aire. Me hace... rasguños con las zarpas. Mi visión ha empeorado, pero puedo ver con ojos de jaguar.

Byron sabía que la familia Scarletti, los antepasados de Antonietta, provenían de una línea directa de hombres jaguares. La parte felina siempre había sido fuerte en ella. Se inclinó para cogerle ambas manos y se las llevó a la boca.

—¿Cuándo ha empezado?

—Hace pocas horas. Al principio sólo me sentía inquieta y tensa, pero ahora es más como un mal humor que quiere aflorar, una furia que no puedo explicar bien. —Parecía desconsolada—. Pensaba que ya tenía superado todo eso.

—Eres carpatiana, Antonietta, y no toda la parte jaguar es mala. A otros también les pasa, pero ahora mismo lo importante es saber qué es lo que despierta esa parte felina en ti. —Miró por la ventana a las nubes de tormenta—. Sólo faltan un par de horas para reunirnos con los lugareños para la representación y cena en el hostal. Tenemos que estar preparados para cualquier peligro que se nos presente.

Ella se pasó una mano por el pelo.

—Siempre he podido controlar mi hembra de jaguar, pero ahora me planta cara, intenta escapar, y me parece que... —encontró la mirada de Byron—, me parece que es peligrosa.

—Nunca harías daño a nadie, Antonietta —la tranquilizó.

—No lo entiendes. Está intentando hacerme daño a mí. No le dejo salir y está furiosa.

Byron entrecerró la vista y se irguió un poco en el asiento. Abrió todo sus sentidos a la noche, inspeccionó y leyó, intentando encontrar una veta de poder que influyera en la parte felina de Antonietta. Le pareció notar una pequeña agitación en el aire, pero con tantos carpatianos juntos, era imposible distinguir si este desplazamiento era lo que manipulaba a su compañera.

—He oído el rumor de que los Trovadores Oscuros están teniendo problemas con los leopardos que traían con ellos —comentó Byron—. Los felinos atacaron a uno de los miembros de la banda y amenazaron a varios de ellos; los tienen enjaulados. Nunca habían tenido que hacer eso. Incluso a Darius le está costando controlar el comportamiento de los animales.

Antonietta frunció el ceño.

—¿Qué puede ser? ¿Y qué sabes de los demás? ¿No hay un carpatiano cuya mujer es del todo jaguar? ¿Cómo está ella?

—Sí, Juliette. Y también está Natalya, la mujer de Vikirnoff. En su caso, la tigresa tiene fuerza. —Byron atrajo a Antonietta a sus brazos para consolarla—. Ven conmigo.

—¿A dónde? —Él la movió hacia la puerta y el corazón de su compañera palpitó de miedo—. Byron, no quiero correr riesgos.

—El felino sabrá de dónde viene ese poder, y podrá seguir el rastro hasta el origen.

—Pero no estoy segura de ser lo bastante fuerte para controlar al jaguar. —En todos sus años de humana con el felino dentro, siempre luchando por salir, nunca había temido al animal. Hasta ahora. Se estremeció. La nieve empezaba a caer una vez más, pero era más bien el miedo lo que la hacía tiritar.

—Podemos controlarlo juntos. Mantén tu mente fundida con la mía en todo momento, aunque el felino se resista —dijo él.

Por algún motivo, Antonietta se sintió invadida de recuerdos de su conversión. Había sido especialmente difícil y dolorosa, pues el jaguar se opuso a la sangre carpatiana con todas sus fuerzas. Entonces empezó a sudar.

—Byron, ¿estás seguro?

—Si crees que no podemos controlar esto juntos, puedo llamar a Jacques. Juntos, nada nos derrotará. No puedes ir a la fiesta estando bajo la influencia de algo de lo que no sabemos nada.

Antonietta buscó la mente de Byron y se introdujo ahí con facilidad. Era algo extremadamente íntimo y, como siempre, su cuerpo reaccionó a la cercanía. Era lo bastante mujer como para disfrutar al descubrir los pensamientos eróticos de Byron y sus propias imágenes, la manera en que él contemplaba con lujuria sus marcadas curvas, en vez de desear una mujer más delgada y moderna. A él le encantaba su pelo, su densidad y color, y sobre todo disfrutaba cogiéndola de su elaborada trenza justo antes de hacerle el amor.

Le llevó un momento ajustarse a dos mentes que competían por la supremacía, pero se fundieron con naturalidad, y Antonietta se acercó a la bestia, aceptando a la hembra de jaguar y dejándola en libertad. Dio un brinco hacia delante, con las garras desenfundadas, con una necesidad caótica de saltar por el prado cubierto de nieve en dirección a los árboles, y Byron fue andando con facilidad tras ella, sin hacer caso de los murmullos de advertencia de la hembra. No iba a permitirse perder de vista a Antonietta.

La hembra aminoró la marcha, continuó avanzando con delicadeza paso a paso sobre la nieve en polvo, adentrándose sin vacilar en el bosque. Se movía en la dirección general del hostal, pero todavía faltaban varios kilómetros de distancia. Por lo que sabía él, sólo había un par de casas en esa dirección. La de Gregori estaba en lo alto de las montañas, rodeada por un bosquecillo y grandes rocas, y quedaba protegida de la climatología y los enemigos por tres lados; ni siquiera un montañero a metros de la casa sería capaz de divisarla. Además, Gregori había introducido salvaguardas a su alrededor para distorsionar aún más la imagen a cualquier enemigo en potencia.

Jacques y Shea vivían en la segunda casa, que también quedaba muy apartada. Jacques seguía necesitando mantener distancias entre él y el resto de la población. Shea y Savannah eran buenas amigas y a menudo se visitaban, pero incluso sus casas estaban a kilómetros de distancia. Jacques había construido una vivienda elegante casi en el interior de la misma montaña, de manera que era imposible verla, ni siquiera desde el aire.

El felino alzó la cabeza y olisqueó el aire varias veces.

Está buscando un olor concreto.

¿Qué es? Byron percibía la compulsión urgente en el felino, pero no encontraba el hilo que lo movía.

Antonietta no respondió de inmediato, y cuando contestó lo hizo un poco a su pesar.

Está buscando una presa.

La hembra de jaguar se impulsó con las patas traseras y saltó sobre un tronco caído, haciendo una pausa momentánea para mirar en dirección a las montañas, hacia la casa de Gregori; luego volvió la cabeza en dirección a la otra casa.

Dentro del cuerpo del jaguar, Antonietta soltó un jadeo.

¡Byron! ¿Has notado esa subida de poder? ¿Las ganas de cazar?

¿Detrás de qué va?

El bebé, va tras el bebé de Shea. Eso quiere decir que están incitando a los leopardos de Darius a atacar a Shea. Quien quiera que sea, no está enterado de quién soy yo. La compulsión va dirigida a los felinos.

Byron abrió el vínculo privado que compartía con su amigo de la infancia.

Jacques. Escúchame bien. Compartió la información, las sensaciones que Antonietta estaba experimentando y también sus temores. *Tenemos que transmitir esta información a todos los carpatianos, pero cuando lo hagamos, Shea se enterará. ¿Necesitas mucho tiempo para comunicárselo con tacto?*

Byron no soportaba aumentar el nivel de tensión en la pareja. Los dos estaban aterrorizados con el inminente nacimiento, y con razón. Y ahora tenían que preocuparse de un enemigo capaz de manipular a los animales, y que lo estaba haciendo con la intención específica de hacer daño a su bebé.

Difunde la noticia, Byron. Debemos encontrar a este enemigo antes de que Shea dé a luz. Me temo que va a ser esta noche. Hubo un pequeño silencio, y luego Jacques suspiró. *Shea ya está resis-*

tiéndose al parto, pues quiere mantener a nuestro hijo seguro dentro de la matriz.

¿Estás seguro de que es un niño?

Sí, tengo un hijo. Es fuerte y quiere salir al mundo, pero Shea lo ha estado reteniendo. Saber que un enemigo ha dirigido su ataque específicamente contra nuestro bebé lo complica todo aún más.

Cuenta también con mi protección. Estoy a tu lado, preparado para pelear.

Te damos las gracias, viejo amigo. Había cansancio en la voz de Jacques. *Por favor, da las gracias a Antonietta. Ha tenido que ser difícil para ella conseguir que el felino revelara esta información. Sin su esfuerzo no hubiéramos sabido que un enemigo estaba a punto de atacar. Dale las gracias de parte de Shea también.*

Byron compartió la respuesta con su pareja mientras ambos ejercían presión sobre la hembra de jaguar para que regresara a casa. De inmediato, la advertencia se transmitió a todos los carpatianos a través de su vía habitual de comunicación, y él notó una oleada de orgullo en Antonietta.

El felino gruñó, resistiéndose a la orden. Byron se acercó más, y Antonietta respondió al instante, captando la idea. Había muchas formas agradables de distraer al felino en vez de combatirlo. Byron cambió de forma rápidamente, y el macho de jaguar empujó con el hombro a la hembra, le frotó la espalda con la barbilla, y ésta se apartó de un bote de él, dirigiéndole una mirada incitante por encima del hombro. Regresaron corriendo juntos a la casa, pues la excitación superaba la necesidad de encontrar una presa.

Cuando volvieron a adoptar sus propias formas tenían los brazos entrelazados, las bocas fundidas, y Byron estaba deshaciendo con diestras manos la intrincada trenza que tejía el pelo de su compañera.

Capítulo 11

Juliette De La Cruz recorría inquieta las baldosas de la cocina una y otra vez, fuera de sí. Le resultaba imposible controlar su mente, que cambiaba de un canal a otro en un torbellino caótico que saltaba de un tema al siguiente. Parecía no poder centrarse en nada, ni siquiera en la macedonia de melón y frutas que estaba preparando para la reunión de aquella noche.

Echaba de menos a su hermana y a su prima; de hecho, éstas iban a ser sus primeras vacaciones sin ellas. Las había invitado pero, como siempre, ellas se negaban a tener algo que ver con los hombres De La Cruz. No las culpaba, pero a Juliette le habría ido bien disfrutar de su compañía. Al otro lado de la ventana, los copos de nieve seguían cayendo, convirtiendo el mundo circundante en un reino tranquilo y apacible, aunque su cuerpo y su mente parecían estar fuera de control.

Tenía calor, demasiado calor. Se desabrochó la blusa y anudó los extremos inferiores bajo sus generosos pechos. Se apartó del cuello la pesada cascada de cabello y volvió a recorrer la pequeña cocina una vez más.

Si no vienes pronto a casa, voy a salir corriendo. Necesito... Se estaba comunicando con su pareja eterna, pero no sabía qué necesitaba. Su cuerpo reclamaba el de su compañero... pero eso era algo que siempre sucedía. Sólo que esta vez no conseguía calmarse.

En su fuero interno notaba el felino en movimiento, buscando la supremacía. Juliette era en parte jaguar, y aunque su parte felina era fuerte —incluso después de la conversión a carpatiana—, siempre había sido capaz de controlarla. Pero en ese momento, incluso la hembra de jaguar quería salir, quería libertad.

Respira. La palabra sonó susurrada en su mente. Suave. Íntima. Cálida. *Siempre te olvidas de respirar bien.*

Sabía que estaba sola en la cocina, pues su amado compañero, Riordan, había ido a ver a sus hermanos. Riordan y Juliette habían viajado desde Sudamérica y habían llegado de madrugada. Y él aún no había tenido ocasión de ir a ver a su hermano, Manolito, que había resultado herido en una batalla.

Estoy respirando. Ojalá estuvieras aquí. Había una invitación descarada en su voz. A Riordan se le daba muy bien lo de ponerla a cien con tan sólo un susurro de su seductora voz.

—Estoy preparando esta macedonia, y se supone que deberías estar ayudándome. —Sintió un hormigueo en los pechos, que parecían pesados y doloridos. Tenía la figura plena y curvilínea propia de una mujer. De cintura estrecha, aunque sus caderas y pechos eran generosos, y cada centímetro de la piel le ardía en aquel instante. Le deseaba. Allí mismo. O regresaba o iba a tener que arrojarse a la nieve para refrescarse.

Ya salgo, deja que me despida. Debe de ser la macedonia que estás haciendo; creo que la fruta te entona.

Pero ¿qué puede hacer una con ella? Juliette se rió, pero había poca diversión en ella. Su cuerpo estaba demasiado tenso. Los hermanos De La Cruz parecían criaturas muy sexuales, y ella se amoldaba bien a eso; necesitaba a Riordan, y acogía con beneplácito las muchas maneras inventivas de hacer el amor que tenía él, pero sus nervios nunca habían estado tan a flor de piel, nunca había sentido aquella desesperación.

Dejó correr un poco de agua y se mojó, permitiendo que chorrearan algunas gotas por el valle entre sus pechos, mirando por la ventana mientras lo hacía. No había nadie ahí; estaba completamente sola. Realizaba inspecciones frecuentes, tal y como Riordan le había enseñado a hacer, pero aun así tenía la impresión de estar siendo observada por alguien. Juliette intentó sacudirse de encima aquella sensación, temiendo que se tratara de un resto de paranoia de los días en que rescataba a mujeres secuestradas por los hombres jaguares. Nunca iba a superar la vigilancia constante de aquel tiempo, necesaria para permanecer a salvo en la jungla. Mientras miraba por la ventana, volvió a examinar el terreno, sólo para asegurarse, con gran cuidado de seguir cualquier movimiento en la zona circundante a la cabaña, animales incluidos; pero no había nadie cerca de la casa.

¿Juliette? Jacques ha mandado aviso de que alguien está intentado utilizar a los leopardos para atacar a Shea y al bebé que está a punto de nacer. Quienquiera que haga esto no es consciente del origen jaguar de muchas de nuestras mujeres. En ti es fuerte. ¿Estás notando algo?

Juliette suspiró aliviada. Podría manejar a su jaguar si el felino era lo que le estaba provocando el mal humor, la tensión y la paranoia.

Sí. Pero me he ocupado de mi gata toda la vida y la tengo controlada. Cuando su hembra de jaguar se excitaba, era especialmente difícil mantener el control, y ése podría ser el problema inesperado. Tendría que haber pensado en ello.

Ten cuidado, Juliette.

Sonrió para sus adentros mientras recogía las cáscaras de melón. Por supuesto, él siempre tenía que decir la última palabra, darle alguna clase de orden. Había pasado demasiado tiempo solo con sus hermanos en Sudamérica, o tal vez los hermanos De La Cruz eran lisa y llanamente mandones con las mujeres, bueno, de acuerdo, y con todos los que les rodeaban. Les gustaba que sus mujeres fueran sumisas, pero ni ella ni Colby, la compañera eterna de Rafael, eran para nada apocadas. Según Juliette, eso contribuía a una relación sexual feroz y muy interesante.

Cogió el cuenco con las cáscaras y lo sacó fuera, al denso bosquecillo de árboles que rodeaba la casa. En el momento en que salió al aire nocturno, el felino se agitó en su interior, desenfundó las garras y alzó la mirada hacia las montañas: hacia la residencia de Jacques. Recriminó a la gata con un gruñido de advertencia y la aplacó sin piedad. El animal lo volvió a intentar, frotándose de nuevo contra sus entrañas, propagando aquel fuego que sólo Riordan podía apagar.

Así son las cosas. Llevamos demasiado tiempo sin nuestra pareja.

El cabello le azotó el rostro con una fuerte ventolera. Se sujetó los mechones espesos y oscuros y lanzó las cáscaras para los ciervos. Pero se quedó completamente helada, y su sonrisa se esfumó al hallarse mirando con horror y consternación las marcas en la nieve. Se le secó la boca y dirigió una cautelosa mirada a su alrededor. Su corazón empezó a latir con violencia y, durante un momento espantoso, le temblaron las piernas.

¿Riordan? ¿Estás muy lejos?

¿Qué pasa? El carpatiano percibió el miedo de Juliette más que oírlo, y al instante se apresuró a salir a zancadas de la casa de su hermano, llamando a los otros hombres, listo para lanzarse al aire.

Huellas de jaguar. Macho. ¿Cómo puede ser? He salido a tirar las cáscaras de melón a los ciervos, y hay huellas alrededor de toda la casa. Me ha estado observando por la ventana mientras preparaba la macedonia. Permaneció quieta; casi le daba miedo moverse mientras seguía peinando la zona con la mirada, prestando especial atención a los árboles.

Los Trovadores Oscuros han traído a sus leopardos, Juliette. Su voz era tranquilizadora. *Tal vez te hayas equivocado y uno de los leopardos haya estado investigando nuestra casa.*

Ella cerró los dientes con fuerza.

¡No me trates con condescendencia! Conozco la diferencia; he rastreado jaguares toda mi vida y no me equivoco. Conozco el rastro de jaguar y sé cuándo ha estado un macho en una zona. Puedo olerlo también. Te digo que uno de ellos está aquí, en las montañas, y sólo existe un motivo de su presencia aquí.

Entra en casa. Voy para allá; ya estoy en camino.

No, las huellas se alejan de la casa. Voy a seguirlas. Antonietta también es capaz de transformarse en jaguar. No sé si alguna otra mujer puede hacerlo, pero si así fuera, correría tanto peligro como yo. Sería lógico que varias de ellas llevaran sangre de jaguar —tanto si pueden mutar como si no—, eso explicaría sus fuertes facultades psíquicas.

Juliette. Había un aviso en la voz de su pareja eterna, y fastidio.

Ella hizo caso omiso, como si no le hubiera oído.

No puedo creer que uno de ellos haya venido hasta aquí con tantos carpatianos reunidos en la zona. Tienen que estar desesperados. ¿Y si nos han seguido a nosotros? ¿Y si yo he traído el peligro a esta gente?

No te dejes llevar por el pánico. Enseguida estaré ahí; entra en casa. Lo repitió esta vez como una orden. *No todos los machos de jaguar pertenecen al grupo que secuestra hembras.*

Tanto tú como yo sabemos que si está por aquí acechando la casa es porque va tras una mujer capaz de mutar. No voy a permitir que a nadie le suceda lo mismo que a mi hermanita: voy a seguir sus huellas.

Ya estaba invocando al felino en su interior para cambiar de forma. Antes de su conversión a carpatiana, la mutación de humana a jaguar le había resultado lenta y dolorosa, pero ahora era mucho más fácil. Antes sólo podía invocar su herencia de jaguar y cambiar de forma durante breves periodos de tiempo, y siempre con dificultad, resultándole todavía más complicado mantener mucho rato esa forma. Ahora, en cambio, podía hacerlo sin esfuerzo durante horas seguidas.

Si alguien está influyendo a los felinos en un intento de atacar a Shea y al bebé que está a punto de nacer, puede ser muy peligroso que utilices esa forma. Has dicho que notas molestias. Riordan emplearía cualquier excusa que se le ocurriera para detenerla.

He estado inquieta y tensa, y sí, mi jaguar me ha estado arañando para poder salir, pero ningún macho puede influirnos de esa manera.

Podría, si tuviera poderes psíquicos.

Yo lo sabría. Me he pasado la vida luchando con ellos en la jungla, Riordan. En cualquier caso, soy del todo capaz de controlar a mi felino. Lo he hecho toda la vida, incluso cuando la gata está nerviosa porque necesita un macho.

Mejor que nunca la dejes suelta cuando está en celo... a menos que acuda a mí. Y ahora, quédate ahí y espérame.

Juliette buscó su lado salvaje y permitió que su hembra de jaguar se apoderara por completo de su cuerpo. Un pelaje moteado se expandió sobre su piel. Los músculos y tendones se contrajeron y estiraron, las garras afiladas como *stilettos* surgieron de sus manos curvadas, y su rostro se alargó para acomodar el morro y la dentadura de jaguar. Tras ponerse a cuatro patas, empezó a correr con soltura. Los músculos tirantes y una columna flexible permitían al compacto animal saltar de roca en roca, luego a un tronco, e incluso subirse a las ramas de los árboles si hacía falta.

Te prohibo que hagas eso, refunfuñó Riordan, y el siseo de rabia entró en la mente de Juliette como una espiral negra.

Qué bien que nadie pueda darme órdenes. Juliete había luchado casi toda su vida contra los machos jaguares que secuestraban mujeres dotadas de la habilidad de mutar y les arrebataban cualquier criatura resultado de esa unión. También había ofrecido su ayuda y permanecido en el bosque trabajando con otras mujeres, pero al final había perdido a su madre y a su tía a manos de los jaguares, que finalmente capturaron también a su hermana Jasmine. No podía permitir que ninguna mujer volviera a caer en sus manos.

Riordan era un carpatiano fuerte y había vivido durante siglos en Sudamérica, adoptando el talante latino, posesivo y protector con las mujeres, lo cual agravaba los rasgos ya dominantes y autoritarios de su especie. Sabía que estaba furioso sólo de pensar que ella corría peligro y que él no se encontraba a su lado, y también que estaba enfadado con ella por negarse a hacer lo que le ordenaba.

Rafael vendrá conmigo. Encontraremos a ese macho.

Bien. Así tendré respaldo. Sugiero que os deis prisa.

Riordan le devolvió un gruñido grave y le transmitió la impresión visual de estrangularla. Juliette no le hizo caso y se fue corriendo por la nieve cuan ligera podía, cubriendo las huellas del macho y olisqueando el aire del bosque. Su jaguar opuso resistencia un momento, intentando dar la vuelta en dirección a las montañas, pero ella le obligó a retomar su senda, avanzando rápido en un esfuerzo de tomar la delantera al macho.

¿Cuánto tiempo había estado fuera de su casa observándola mientras hacía la macedonia? Ella misma había insistido en que Riordan fuera a visitar a su hermano, ya que Manolito había resultado gravemente herido. Nunca se le había ocurrido que pudiera tener un encontronazo con un jaguar macho aquí en los Cárpatos, sobre todo con tanto carpatiano protector en torno a las mujeres, vigilándolas como si fueran preciados tesoros.

Eres un tesoro precioso, Juliette, aunque estoy considerando la posibilidad de darte un azote para conseguir que obedezcas.

Y yo te cortaría en trocitos mientras duermes.

Eso sería un problema. Pese a la gravedad de la situación, emanó el humor entre ellos.

Juliette notó una oleada de amor. Nunca había pensado en encontrar un hombre —menos todavía uno tan dominante— a quien amar y respetar. Su vida siempre había consistido en pelearse con los hombres, pero Riordan la valoraba y la apreciaba. La anteponía a todo, incluso cuando intentaba darle órdenes. Y, la verdad, era agradable poder confiar en alguien. Riordan le inspiraba plena confianza: vendría y traería a los demás con él.

Avanzó con seguridad, manteniéndose cerca del suelo, consciente de que el jaguar macho podría estar acechando para tenderle una trampa. Lo más probable es que hubiera más de uno, sobre todo si habían venido a por una hembra, lo cual era probable. El macho había girado hacia el sur, avanzando deprisa cuando cruzaba los espacios abiertos, e intentando mantenerse cerca de los árboles para estar a cubierto.

No puedo detectarlo si inspecciono la zona.

Riordan maldijo.

Juliette, sal de ahí. Te digo que lo dejes y esperes a que lleguemos nosotros. Estamos muy cerca, pero podrías estar metiéndote en una trampa.

No puedo permitir que se acerque a las demás mujeres. Ahora está describiendo un círculo y se dirige a casa de Rafael. Riordan, da media vuelta. Colby tiene a su hermano y hermana ahí, y a algunos amigos. Apareció el pánico en su voz. Ella aún se encontraba a cierta distancia y como Riordan y Rafael acudirían a ayudarla a ella, se les escaparía el jaguar macho, que tendría acceso a las mujeres y a los adolescentes reunidos en la casa.

Colby protegerá a los niños, es consciente del peligro y ha tomado precauciones. Detente donde estás, ahora mismo, intentó convencerla Riordan.

Juliette vaciló. ¿Qué sería preferible para garantizar que el jaguar no cazaba a nadie? Se volvió un poco al llegar a una pequeña hondonada y levantó la cabeza para olisquear de nuevo el aire. Al instante el olor a almizcle del macho llenó sus pulmones. Giró la cabeza en esa dirección, pero fue demasiado tarde. Formando una masa borrosa, se apresuró hacia ella a toda velocidad. El jaguar, mucho más pesado, la embistió, rompiéndole las costillas y derribándola. Al segundo estuvo encima de ella y fue directo a su garganta, arremetiendo con las zarpas sobre sus costados y abriendo laceraciones profundas. Juliette intentó emplear sus dientes y hundirlos en la pata del jaguar, pero, por algún motivo, sus dientes no penetraban del todo, y no podía atrapar al animal. Notó la sangre caliente, escociendo y quemando el interior de su boca y hocico.

Había peleado con muchos machos, pero éste era increíblemente fuerte. Pese a su asombrosa agilidad, no podía escapar de debajo de él. Se protegió la garganta como pudo, pero él rasgó con las garras su pecho y clavó las patas traseras en el blando vientre. Ella intentó salir rodando y escurrir su cuerpo más pequeño de debajo del animal, pero éste la sujetó con su fuerte dentadura por el hombro, perforando con sus largos colmillos la piel, para desgarrar músculos y tejidos.

Sométete a él. Riordan soltó la orden con brusquedad.

¡No! Nunca. Antes obligaría al jaguar a matarla. *Prefiero morir a dejar que me ponga sus apestosas manos encima.*

Riordan maldijo y tomó el control de su mente sin compasión. Era mucho más fuerte de lo que ella hubiera esperado y la obligó a obedecer; entonces, la hembra de jaguar se quedó quieta bajo las zarpas y dientes del macho.

Mírale. Mírale directamente a los ojos. Mientras Riordan daba la orden, también la obligaba a obedecer, dictando a su cerebro lo que quería que hiciera.

La hembra permaneció tendida en la nieve, sangrando por docenas de heridas, con sus costados palpitantes y las costillas ardiendo, ante aquella triunfante mirada amarilla, de pura maldad, que la observaba con inteligencia maliciosa. Juliette dejó que el terror dócil de la hembra apareciera en sus ojos, aunque en su interior percibía a Riordan esperando el momento perfecto para atacar. No estaba sola, iba a ser capaz de hacer esto. Riordan era capaz de destruirle a través de ella. Un jaguar menos para aterrorizar a las hembras. Esperó a que el macho la tocara, estremeciéndose con disgusto, pero deseosa de ser el sacrificio si Riordan podía poner fin a aquella vida.

El jaguar macho se inclinó un poco más, todavía más cerca de ella, y entonces su rostro se contrajo, y su pecho y brazos comenzaron a cambiar. El hocico retrocedió para ser remplazado por una cabeza en forma de bala, con la piel estirada sobre el cráneo, y el hueco de la boca se abrió mucho y mostró unos dientes con manchas marrones, afilados y puntiagudos.

A Juliette le dio un vuelco el corazón, que luego empezó a latir con violencia a causa del absoluto terror. Notó la consternación de Riordan y oyó cómo transmitía su aviso a los demás carpatianos. No era un jaguar, era un vampiro. Al instante, ella empezó a cambiar de forma y levantó ambas piernas para patearle con fuerza. En medio del cambio, dio al vampiro en el pecho con los pies. No sucedió nada, ni siquiera se balanceó hacia atrás. Era como golpear cemento, y el espanto sacudió todo su cuerpo. Intentó apartarse rodando de él, pero una mano retorcida la agarró, con afiladas garras que entraron en sus hombros como pinchos y la clavaron al suelo.

El vampiro se elevó por encima de ella, una cosa oscura y grasienta de pura maldad, sonriéndole de un modo macabro. Un dedo se alargó formando una garra, la bestia sopló sobre él y luego se inclinó, en todo momento sonriendo con mala intención, y describió una línea de oreja a oreja sobre la garganta de Juliette. Ella notó los borbotones de sangre por su cuello y pecho, luego empezó a arder, y un ácido abrasador invadió su piel y tejidos, que se inflamaron hasta que el dolor se convirtió en un tormento. El vampiro se inclinó y empezó a lamer su garganta, con ansia, y luego la mordió con fuerza, hundiendo una dentadura tóxica en la profundidad de su piel, rugiendo mientras desgarraba la carne.

El dolor le nubló la visión, pero Juliette en ningún momento apartó la mirada de la parte superior de la cabeza del atacante. Era lo único de él que podía ver mientras se inclinaba sobre ella. Podía notar cómo se concentraba Riordan, muy serio y centrado, listo para golpear. Sabía que los otros estaban cerca, pero sólo Riordan se encontraba a distancia suficiente para atacar a través de ella. Notó cómo se acumulaba la energía, creciendo hasta que el aire casi crepitó a su alrededor. Debajo de su cuerpo, la nieve empezó a fundirse. El vampiro estaba demasiado ocupado, nutriéndose de los borbotones que había provocado.

Riordan atacó con tremenda fuerza, con un golpe duro y decisivo. El cráneo del vampiro se resquebrajó en líneas largas y delgadas, partiéndose con un terrible sonido crujiente. De él surgieron gusanos, y el vampiro gritó, apartándose de un brinco de ella, con los ojos enrojecidos y el rostro manchado de su sangre. Su boca arrojaba escupitazos furiosos contra ella. Pateó el cuerpo de Juliette y lo envió volando por encima de la nieve. Ella se dio contra un árbol y cayó echa un ovillo. No podía respirar y llenar sus pulmones de aire, pues cada parte de su cuerpo parecía arder.

Entonces intentó levantarse; sabía que él venía hacia ella. No podía ni siquiera aguantarse en pie, de modo que intentó alejarse a rastras, impulsándose hacia los árboles, de forma casi mecánica a causa del dolor.

Unas manos tocaron su garganta y metieron algo en la herida abierta. Juliette alzó la vista para mirar el rostro de su cuñado sin poder contener las lágrimas. Apretó los dientes con fuerza para no echarse a llorar mientras Rafael la cogía entre sus brazos seguros.

—Todo está bien ahora, hermanita. Riordan va a destruirlo.

Fue un esfuerzo terrible volver la cabeza hacia el vampiro. Su cuello y garganta, pese a la compresa aplicada por Rafael, parecían estar en carne viva, le ardían, pero, aún así, necesitaba ver cómo moría el vampiro, si no la bestia obsesionaría sus sueños para siempre.

Riordan se dejó caer desde el cielo directamente sobre la espalda del vampiro. La bestia se levantó, gruñendo y luchando: era un demonio formando un remolino de zarpas y dientes, cortando tiras de piel, intentado romper huesos. Riordan estaba mucho más tranquilo. Le rodeó el cuello con las piernas y lanzó su puño hasta dentro, abriendo un agujero desde la espalda al corazón.

El no muerto se contorsionó, intentó convertirse en una bruma insustancial, pero él ya le tenía sujeto. El vampiro se arrojó hacia atrás, lanzando a Riordan también al suelo y rompiéndole casi el cuello. Por eso no tuvo otra opción que evaporarse debajo de él, y pasar a continuación como un rayo a la parte delantera, cambiando al mismo tiempo de forma y dándole un puñetazo en el corazón, esta vez a través del pecho.

El vampiro contraatacó con la misma moneda, desperado por escapar, y le golpeó el tórax, rompiendo huesos y rasgando la piel.

Juliette, unida a Riordan, notó el golpe en su propio cuerpo; el dolor se propagó a toda velocidad, dejándola sin aliento y sin cordura. De forma igual de repentina, el dolor desapareció, y ella dejó de estar unida a Riordan, quedándose sola con el tormento de sus propias heridas y su mente dominada por el temor a perder a su pareja eterna.

Llegó un segundo carpatiano, luego un tercero, reconoció los rasgos familiares y supo que uno de los hombres debía de ser Manolito, el hermano de Rafael y Riordan. Con toda certeza, el otro era Mihail Dubrinsky, príncipe del pueblo carpatiano. Tosió intentando hablar:

—Ayudadle a él. —Estaba segura de que su garganta abierta, en carne viva, había conseguido pronunciar las palabras, pero ninguno de ellos se apresuró a ayudar a Riordan. Parecían más preocupados por ella.

—Le estamos ayudando —la tranquilizó Rafael—. Tu vida es demasiado importante como para correr riesgos, y Riordan es totalmente capaz de matar al vampiro.

—Necesitamos la tierra más rica posible —dijo Mihail—. Alguien ha curado una porción donde tuvo lugar la reciente batalla. La tierra ahí es oscura y contiene abundantes minerales. Id a buscar de ésa y traedla a la cueva curativa. Si alguien consigue localizar a la mujer capaz de curar la tierra, traedla también. He mandado aviso a Gregori y a Francesca. Se reunirán con nosotros en las cavernas.

Nadie prestaba atención a Riordan y al vampiro. Juliette, desesperada por comunicarse con él, quería contactar con su mente. No podía verle, pues Rafael se la llevaba por el aire a alguna cueva en la que no quería estar. Por mucho que lo intentara, no conseguía articular más palabras, ni se atrevía a distraer a Riordan a través de su vínculo telepático.

Empezaron a llegar carpatianos, agrupados en torno a ella, respondiendo a la llamada de ayuda a un miembro de su especie. Daba miedo encontrarse entre tanto desconocido, entre tantos carpatianos, y ella había provocado esto con su naturaleza obstinada. El vampiro había aprovechado sus peores miedos y Juliette había caído de lleno en la trampa. ¿Había divulgado ella sus miedos? ¿Cómo había sabido el vampiro que seguiría al jaguar macho? Y ahora Riordan estaba en peligro, pero a nadie parecía importarle. Dio un empujón a Rafael, intentó forcejear, pero sus brazos parecían de plomo. ¿Dónde estaban sus fuerzas? ¿Y por qué veía todo tan borroso? Todo parecía vago y remoto.

—¡Juliette! —La voz de Rafael sonó brusca y autoritaria.

Siempre le había parecido demasiado dominante, y se lo habría dicho si no se sintiera tan a la deriva, rodeada de neblinas.

—Juliette. —Siseó su nombre—. Riordan te necesita. ¡Regresa ahora mismo!

Eso la cogió desprevenida. Por supuesto podía concentrarse en Riordan, pero ¿por qué Rafael la estrechaba en sus brazos en vez de permitirle acudir al lado de su compañero? Nada tenía sentido, y había demasiado dolor. Cerró los ojos, con ganas de desistir, de no esforzarse más.

—Ahora ya la tengo. —Ése era Riordan. Reconoció la seguridad de sus brazos, el calor de su cuerpo, la forma y contorno de cada parte de él. Su pelo largo le rozó la cara al inclinarse sobre ella, y aquel toque sensual le resultó muy familiar. Olió su sangre y notó su estremecimiento cuando ella se acurrucó aún más pegada a él.

Estás fatal; tengo que ocuparme de tus heridas. Juliette susurró aquel ofrecimiento y volvió la cabeza en un esfuerzo de inspeccionar su pecho.

El sanador ya está aquí, amor mío. Se ocupará por mí de todo lo necesario. De momento, permanece fusionada conmigo. Riordan notaba que se escapaba su espíritu. Ella había perdido demasiada sangre, pero Rafael había aplicado una compresa en la herida, y ya se estaban preparando para iniciar la ceremonia ritual de sanación, aunque no iban tan rápidos como deseaba. Estaba demasiado pálida, su mente demasiado confusa, ni siquiera parecía darse cuenta de que era su mismísima esencia la que se alejaba de él, más débil a cada minuto que pasaba.

—Deprisa, no tenemos mucho tiempo.

Llegó Gregori, un hombre alto de anchos hombros con una larga melena ondeante y rostro varonil. No había rasgos suaves en él. Se inclinó sobre Juliette sin más preámbulos y dirigió una mirada a la mujer alta y delgada que entró en la cueva tras él.

—Francesca, deprisa. Está ya muy lejos.

Riordan quiso poner objeciones a esa evaluación, pero sabía que era verdad. Sostuvo a Juliette con un abrazo despiadado, reteniendo el espíritu que quería escabullirse entre la terrible pérdida de sangre.

Un gesto de la mano del sanador y las velas aromáticas hicieron cobrar vida a todo el entorno. Riordan permaneció sentado entre los dos curanderos, acunando a Juliette en su regazo y observando cómo Gregori se disociaba de su cuerpo y se convertía en una luz blanca. La energía era fuerte. Casi de inmediato, Francesca hizo lo mismo. Notó cómo entraban en el cuerpo de Juliette y se movían deprisa hasta su cuello y garganta, para examinar los enormes desgarros en las venas localizadas ahí.

Has perdido demasiada sangre, Riordan, y también necesitas cu-

rarte. Que tu hermano te done sangre. Es uno de los antiguos, es fuerte, y su sangre ayudará a acelerar el proceso, dictó Gregori.

Rafael se adelantó al instante y ofreció su muñeca. Riordan no tuvo otra opción que dar una orden a Juliette, que estaba demasiado débil para alimentarse por sí sola; dudaba que bebiera voluntariamente de otra persona, ni siquiera de su hermano.

Raven, la compañera de Mihail, inició un cántico en voz baja y, a su alrededor, los carpatianos llenaron la cueva curativa, y los que no estaban presentes, participaron desde la distancia para ayudar a Juliette. Las palabras ancestrales resonaron hermosas cuando las voces se unieron en un melodioso cántico gutural. Riordan sabía que los curanderos estaban profundamente preocupados porque se habían puesto a entonar el Gran Cántico Sanador, que estaba concebido para recuperar un alma perdida que ya avanzaba hacia el siguiente mundo. Notó lágrimas en sus ojos al percibir el poder del pueblo unido, todos centrados en un solo objetivo: recuperar a su pareja, recuperar a su hermana. Su voz se unió a las demás, muchísimas para los tiempos que corrían, como en los viejos tiempos, empleando el lenguaje ancestral, un lenguaje secreto con rituales casi tan antiguos como el mundo.

Ot sisarm ainajanak hany, jama.
Me, ot sisarm kuntajanak, pirädak sisarm, gond és irgalom türe.
O pus wäkenkek, ot oma śarnank, és ot pus fünk, álnak ekäm ainajanak, pitänak sisarm ainajanak elävä.
Ot sisarm sielanak pälä. Ot omboće päläja juta alatt o jüti, kinta, és szelemek lamtijaknak.
Ot en mekem ŋamaŋ: kulkedak otti ot sisarm omboće päläjanak.
Rekatüre, saradak, tappadak, odam, kaŋa o numa waram, és avaa owe o lewl mahoz.
Ntak o numa waram, és mozdulak, jomadak.
Piwtädak ot En Puwe tyvinak, ećidak alatt o jüti, kinta, és szelemek lamtijaknak.
Fázak, fázak nó o śaro.
Juttadak ot sisarm o akarataban, o sívaban, és o sielaban.
Ot sisarm sielanak kaŋa engem.

Kuledak és piwtädak ot sisarm.
Saγedak és tuledak ot sisarm kulyanak.
Nenäm ćoro; o kuly torodak.
O kuly pél engem.
Lejkkadak o kaŋka salamaval.
Molodak ot ainaja komakamal.
Toja és molanâ.
Hän ćaδa.
Manedak ot sisarm sielanak.
Alədak ot sisarm sielanak o komamban.
Alədam ot sisarm numa waramra.
Piwtädak ot En Puwe tyvijanak és saγedak jälleen ot elävä ainak majaknak.
Ot sisarm elä jälleen.
Ot sisarm weńća jälleen.

El cuerpo de mi hermana es un pedazo de tierra próximo a la muerte.
Nosotros, el clan de mi hermana, la rodeamos de nuestras atenciones y compasión.
Nuestras energías sanadoras, palabras mágicas ancestrales y hierbas curativas bendicen el cuerpo de mi hermana, lo mantienen con vida.
Pero el cuerpo de mi hermana es sólo una mitad. Su otra mitad vaga por el averno.
Éste es mi gran acto. Viajo para encontrar la otra mitad de mi hermana.
Danzamos, entonamos cánticos, soñamos extasiados, para llamar a mi pájaro del espíritu y para abrir la puerta al otro mundo.
Me subo a mi pájaro del espíritu, empezamos a movernos, estamos en camino.
Siguiendo el tronco del gran Árbol, caemos en el averno.
Hace frío, mucho frío.
Mi hermana y yo estamos unidos en mente, corazón y alma.
El alma de mi hermana me llama.

Oigo y sigo su estela.
Encuentro el demonio que está devorando su alma.
Con ira, lucho con el demonio.
Le inspiro temor.
Golpeo su garganta con un rayo.
Destrozo su cuerpo con mis manos desnudas.
Se retuerce y se viene abajo.
Sale corriendo.
Rescato el alma de mi hermana.
Levanto el alma de mi hermana en el hueco de mis manos.
La pongo sobre mi pájaro del espíritu.
Subiendo por el Gran Árbol, regresamos a la tierra de los vivos.
Mi hermana vuelve a vivir.
Vuelve a estar completa otra vez.

Francesca se ocupaba de reparar los largos cortes en arterias y venas mientras Gregori iba tras el espíritu de Juliette. Riordan se mostraba reacio a entregársela, temeroso de que ella saliera en dirección contraria y se escapara para siempre.

Teme a los otros varones. Lo disimula bien, pero su pasado le ha enseñado a no confiar en los hombres.

¿Confías en mí?, le preguntó Gregori.

Riordan retrocedió. Gregori. El Taciturno. Lugarteniente del príncipe. Era un asesino que no se andaba con tonterías, aunque, ¿acaso lo hacía alguno? Los hermanos De La Cruz habían cuestionado siempre la autoridad, se oponían siempre a las restricciones, pues eran hombres poderosos y dominantes. Esperaban que todo el mundo a su alrededor les tratara con deferencia —y así sucedía—, y siempre eran un poco más duros con las mujeres. Riordan creía que hacían falta mujeres extraordinarias para soportar su personalidad y la de sus hermanos, y también hombres extraordinarios para conseguir que los De La Cruz siguieran un liderazgo. Gregori era un hombre así.

Tengo fe completa en ti.

No le des ocasión de resistirse.

Riordan sabía ser cruel cuando hacía falta. Debería haberla obligado antes a obedecer, ya que sabía que Juliette iría tras un jaguar macho si percibía esa amenaza. Si lo hubiera hecho, en ese instante no se encontraría en el umbral de la muerte.

El espíritu de Juliette se resistió a la fuerte personalidad de Gregori; la terrible luz candente que se reflejaba en ella la arrastró hacia arriba, otra vez hacia el dolor y el sufrimiento. Se retiró, pero Riordan estaba ahí para bloquear su regreso al otro mundo, obligándola a volver junto al sanador. Intentó forcejear con su compañero, dolida en cierto sentido al ver que se ponía de parte de un desconocido, pero estaba débil y era fácil hacerla obedecer.

El dolor se apoderó de Juliette —y de él—, una quemadura viva y feroz que desgarró todo su cuerpo. Gritó y chilló, rogando a Riordan que parara. Se enfrentó a él, su espíritu luchó contra él, pero su compañero continuó sujetándola con denuedo, pese a las lágrimas de sangre roja que surcaban su rostro mientras Gregori y Francesca hacían cuanto podían para trabajar deprisa sobre el cuerpo que forcejeaba y se resistía.

La sangre de este vampiro no sólo llevaba ácido, también parásitos, y la bestia había lamido sus heridas y perforado su garganta con los dientes, depositando las atroces criaturas en su riego sanguíneo, que se habían movido de inmediato para invadir cada célula, cada órgano, un ejército concentrado en destruirla.

Gregori. La voz normalmente calmada de Francesca estaba llena de alarma. *Mira dónde se concentra el ataque.*

Riordan no podía ver, pues la luz era demasiado intensa. Gregori maldijo en voz baja en su lengua ancestral.

Explicadme qué problema hay, exigió saber Riordan.

Nuestros enemigos son cada vez más sofisticados en sus ataques. Los parásitos van tras sus huevos. Gregori transmitió las noticias por la vía común de comunicación carpatiana.

La congregación titubeó en medio del cántico, sobrecogidos por la enormidad de aquellas novedades. Los hombres se miraron entre sí, y algunos rodearon con el brazo a sus compañeros eternos.

—¿Podéis salvar a sus hijos? —preguntó Mihail.

Raven deslizó la mano entre los dedos de Mihail a la espera de la respuesta.

Lo estamos intentando.

Gregori dejó que Francesca se ocupara de las costillas rotas, de las laceraciones y las quemaduras mientras él atacaba a los parásitos, alejándolos de su trofeo. Era desalentador ver el daño que dejaban a su paso. Notó que la sangre de Rafael empezaba a hacer efecto, daba una oportunidad a sus células famélicas, invadía el tejido y los órganos para ayudar a combatir el veneno del vampiro. Trabajó deprisa, destruyendo los parásitos donde los encontraba, persiguiéndolos en su huída.

Cuando Gregori estuvo seguro de haber matado el último parásito, empezó a trabajar en el daño ocasionado, reparando primero los ovarios, asegurándose de que ningún huevo hubiera sido penetrado. Los parásitos se adherían y se replicaban, y luego se nutrían de los órganos internos. Tenían un apetito voraz. Parecía que habían transcurrido horas —aunque en realidad habían tardado mucho menos al trabajar juntos ambos sanadores— cuando Gregori fue capaz de recuperar su cuerpo. Francesca se balanceaba a su lado, pálida y agotada. Habían realizado un milagro en tiempo récord.

—Necesita más sangre y una tierra buena y rica —dijo Gregori—, pero se pondrá bien. —Inspeccionó a Riordan—. Tú necesitas de todos modos un poco de ayuda.

—La tierra me ayudará —dijo Riordan—. No puedo agradecerte lo suficiente el que hayas salvado su vida; estaba ya muy lejos de nosotros.

Mihail alzó la mano para pedir silencio.

—Entre vosotros hay una persona capaz de sanar la tierra. ¿Podría dar un paso al frente?

Los carpatianos se miraron unos a otros. En el rincón en que estaban reunidos los Trovadores Oscuros, Barack cogió a Syndil de la mano para animarla a dar un paso al frente.

—Syndil es capaz de curar la tierra.

Mihail soltó una lenta exhalación. La mujer era una de las niñas salvadas por Darius. Tenía un linaje carpatiano fuerte y auténtico.

Parecía nerviosa, pero esperaba en silencio su petición. El príncipe le sonrió.

—Eres nuestra taumaturga; he visto la tierra después de que tú la trataras.

Syndil estiró las manos ante sí.

—Es mi vocación. Un pequeño talento, pero fuerte.

El príncipe negó con la cabeza.

—No creo que sea un pequeño talento. Entregaremos a esta pareja a la Madre Tierra para que sane. Si tuvieras que escoger, ¿tú dónde les pondrías?

—Aquí. —Syndil indicó un punto sin vacilar.

—¿La tierra aquí es rica?, ¿sin toxinas?

Ella frunció el ceño y sostuvo las manos encima de aquel punto.

—Es la mejor tierra de las cavernas, pero puedo mejorarla —dedicó una mirada a Riordan— si no os importa esperar.

—En absoluto —contestó Riordan. Gregori le estaba sanando mientras Mihail observaba cómo la mujer preparaba la tierra—. Te lo agradezco.

Syndil se arrodilló y cerró los ojos, con las palmas vueltas hacia el suelo. Cantó en voz baja, llamando a la tierra, estimulando la multiplicación de la abundancia de minerales.

Mihail apretó los dedos de Raven.

Dios mío. Es ella. Puede hacerlo, enriquecer nuestra tierra para nosotros.

A ella le afecta, mírala.

Syndil se balanceaba, pálida, mientras estaba en pie, de modo parecido a Francesca y Gregori. Barack acudió a su lado y le rodeó la cintura para sostenerla. Mihail asintió.

Todos la ayudaremos lo mejor que podamos.

Syndil retrocedió un paso y sonrió al príncipe.

—Ya está. La tierra debería ayudarles ahora a los dos.

Riordan, sosteniendo a Juliette en sus brazos, descendió flotando en el lecho de rica marga. A su alrededor, la tierra llenó la cavidad hasta taparlos. Entonces Rafael se adelantó un paso y empezó a introducir salvaguardas mientras los carpatianos se dispersaban para regresar a sus hogares.

Mihail hizo una inclinación ante Syndil.

—Si te lo pidiera, ¿considerarías ayudarnos a decidir el lugar adecuado para que Shea dé a luz? Podría llevarte por los alrededores y dejar que miraras varios sitios que ya hemos escogido. Valoraría enormemente tu opinión.

—No sé nada sobre alumbramientos.

—Pero sabes mucho de la tierra.

Syndil dirigió una rápida mirada a Barack, que hizo un gesto de asentimiento.

—Por supuesto, aunque dudo que tenga tiempo, si lo hago, de preparar algo para la cena de esta noche.

—Créeme, esto es mucho más importante —le aseguró Mihail.

Raven mostró su conformidad.

—Tengo la cena muy organizada ya. El alumbramiento de Shea es lo más importante para nosotros y nuestro principal motivo de celebración.

Creo que esta mujer tan humilde es nuestro principal motivo de celebración, declaró Mihail.

Capítulo 12

La que nos espera, Ginny —dijo Colby De La Cruz con un leve suspiro mientras trenzaba el pelo a su hermana pequeña—. Rafael va a ponerse como un loco. Por lo habitual no me pierde de vista, y yo hoy he ganado unos cuantos puntos. —Dirigió una rápida ojeada a Rafael, su pareja eterna, que recorría la habitación de un extremo al otro y de tanto en tanto le lanzaba miradas exaltadas de advertencia.

—¿Por qué está tan enfadado? —le preguntó Ginny.

—Tu tía Juliette está herida.

Rafael se giró en redondo, con ojos centelleantes de rabia.

—Tu tía Juliette desobedeció una orden directa de su pareja. Pasó por alto su propia seguridad y casi acaban muertos los dos.

Ginny soltó un jadeo y se llevó una mano a la boca.

—¿Están bien, Rafael?

—Los dos están bien —respondió Colby fulminando con la mirada a su compañero—. No hace falta darle un susto de muerte.

—Sí hace falta —declaró Rafael alargando el brazo para enredar la mano en la masa de pelo dorado rojizo que enmarcaba el rostro de Colby—. ¿Y quiénes son esos muchachos... ese chico de ahí? ¿Qué sabemos de él?

—¿Te refieres a Josef? —preguntó Ginny—. Es majo.

Rafael frunció todavía más el ceño.

Aún no tiene edad de pensar que un chico es majo; no quiero que ande con chicos todavía.

Colby suspiró.

Ginny todavía no es ni siquiera una adolescente, y es humana. Me cuesta pensar que Josef vaya a mirarla de esa manera.

Yo sí te miraba de esa manera.

Soy una mujer hecha y derecha y, en cualquier caso, Paul está con Josef. Sabes que su hermano nunca permitiría nada incorrecto.

Voy a enseñar los dientes a ese chico. Si sabe lo que es bueno, se irá a su casa.

Rafael salió ofendido de la habitación, con rostro ceñudo y mandíbula apretada:

—Y lleva el pelo suelto esta noche para esa cosa; me gusta así como lo llevas.

Colby entornó los ojos al mirar a Ginny.

—A este hombre le sobra testosterona. Va a asustar a Josef.

—¿Por qué?

—Porque Josef podría mirarte de modo incorrecto. Que Dios nos ayude cuando tengas edad para quedar con chicos, Ginny. Creo que te pondrá diez guardaespaldas, todas ellas mujeres.

—Todos mis amigos le tienen miedo —admitió Ginny—, pero siempre es cariñoso conmigo. Y Paul se pasa la mayor parte del tiempo con Rafael.

—Lo sé, cielo, es un hombre maravilloso, pero le gusta darnos órdenes a todos.

—No tanto como a sus hermanos; a ellos sí que les gusta mandar. Bueno, a excepción del tío Riordan. Él es majo, pero el resto da miedo.

La media sonrisa se borró del rostro de Colby.

—¿En qué sentido? Ninguno de ellos se porta mal contigo, ¿verdad? Han jurado protegerte a ti y a Paul. Rafael me lo prometió. —Era difícil integrar su familia humana en la carpatiana, pero Colby pensaba que las cosas estaban saliendo bastante bien. Por desgracia, Rafael tenía cuatro hermanos y sólo Riordan había encontrado pareja, y eso quería decir que los otros tres eran extremadamente peligrosos. Manolito estaba en la zona. Zacharias y Nicholas se encontraban en Brasil supervisando el rancho que tenían cerca de la selva tropical, pero Colby estaba segura de que ninguno de los dos respondía de lo que pudiera pasar en compañía de tanta gente. Les faltaba poco para transmutar y convertirse en vampiros.

—No se portan mal —se apresuró a desmentir Ginny—; es sólo que no me gusta demasiado estar con ellos. Dan un poco de miedo, eso es todo. Venir aquí me pareció bien porque ellos no nos han acompañado: siempre me están controlando.

Colby se hundió en una silla cerca de la mesa de la cocina.

—Cariño, sabes que si algo te disgusta, sólo tienes que decirlo y nos trasladaremos a nuestro rancho en Estados Unidos.

—¡No! Me encanta vivir en Brasil. Ya hablo su idioma... un poco. Paul me está ayudando, y mis tíos también. Me encanta el rancho, la selva tropical y todos los animales. No quiero regresar, de verdad.

—Eh, muchachita. —Paul irrumpió y tiró de la trenza a su hermana—. ¿Por qué te escondes aquí con Colby? Todo el mundo ha venido para que podamos conocernos.

—¿Lo están pasando bien? —preguntó Colby.

Paul puso una mueca.

—Bueno, ahora que Rafael ha salido a atemorizar a Josef, sí. Está afilando un puñal, pero Josef no le presta la menor atención, y a todos los chavales nos hace mucha gracia.

—Oh, cielos.

—Voy a echar un vistazo —dijo Ginny alegre, y salió de la habitación.

Paul se sentó frente a Colby, y la mujer estudió su rostro. Aunque algunas líneas se habían suavizado otra vez —líneas que no deberían estar ahí—, seguía pareciendo demasiado mayor para sus diecisiete años.

—¿De qué se trata, corazón?

—Tú sabes lo lista que era siempre mamá, ¿verdad? Quiero decir, lista de verdad, no lista para cosas del rancho, sino lista en ciencias: química, física, ese tipo de cosas.

—Y está claro que tú lo has heredado.

—¿Qué sabes de su familia? Ahí hay un hombre con el mismo apellido que nuestra madre que se parece a ella. Bien, ella es más guapa, pero la verdad es que se parecen, y he oído que es listo de verdad. Es humano, Colby, como yo.

—¿Te importa que yo sea carpatiana y tú no? Rafael te permitió conservar todos tus recuerdos porque es lo que querías, pero si te sientes demasiado diferente por eso... —Su voz se apagó. No era posible que Paul fuera carpatiano; por lo que ella sabía, no tenía ninguna facultad psíquica, y Ginny tampoco había dado muestras de tener ninguna. Tenían padres diferentes. Colby descendía de una línea directa de carpatianos.

Razvan. No quería pensar en él, ni siquiera le gustaba admitir que él le había dado vida. Razvan era nieto del siniestro mago Xavier, enemigo mortal de todos los carpatianos. Hacía mucho tiempo, Xavier, el mago más poderoso, se había hecho cargo de una alumna carpatiana de gran talento, Rhiannon. Xavier asesinó al compañero eterno de su alumna, luego la secuestró a ella y la dejó embarazada, desatando una guerra terrible. Nacieron trillizos, Soren y sus dos hermanas, ahora ya desaparecidas. Razvan y Natalya son los hijos de Soren. Razvan había traicionado su sangre carpatiana —nada más y nada menos que la sangre de los célebres Cazadores de Dragones— y había traicionado a su hermana gemela, para luego sucumbir a la llamada de la magia negra y unirse a los vampiros, liderándoles en un complot para asesinar al príncipe. A Colby le avergonzaba pensar que llevaba los genes de Razvan, sobre todo ahora que había venido a los Cárpatos a conocer a tantos miembros de la especie de Rafael.

—No, me gusta que seas carpatiana, Colby, mola. —Paul se pasó la mano por el pelo—. Me gusta mucho donde vivimos y me caen bien los hermanos de papá. Pero si este hombre, Gary Jansen, tiene alguna relación de algún tipo con mi madre, quiero conocerle, y quiero saber por qué nunca hemos tenido contacto antes.

—¿Has hecho preguntas acera de él?

Paul hizo un gesto afirmativo.

—Rafael me dijo su nombre y comentó que es amigo de Gregori.

Por lo visto, hace mucho trabajo de investigación. Tu eres mayor que yo, ¿recuerdas que mamá hablara alguna vez de su familia? ¿Conociste a algún pariente?

Colby se metió ambas manos en el pelo, un poco agitada.

—Recuerdo un poco, Paul, pero nada bueno. —Era doloroso recordar el pasado, y aunque Colby pensaba que aquellos días de sentirse inepta habían acabado para siempre, descubrir que Razvan era su padre los había hecho regresar.

—¿En qué sentido? —insistió Paul.

Rafael apareció al lado de Colby, alto y fuerte; su rostro podría pertenecer a una estatua, cincelado con delicadeza en torno a su boca sensual. Cada anochecer, cuando ella despertaba y le veía así —un guerrero, su amante— siempre sentía el mismo torrente de emociones, casi abrumador. Rafael miraba el mundo con sus ojos gélidos y a ella con deseo y amor. Para una mujer que nunca había encajado del todo en ningún sitio, parecía un milagro. Ahora sus brazos la rodeaban, levantándola de la silla, casi sepultando su cuerpo, mientras la pegaba a la protección de su cuerpo.

No me gustan estos pensamientos. No hiciste nada malo de niña, y es mejor no pensar en estas cosas que te provocan tanto sufrimiento.

Paul tiene derecho a saber ciertas cosas.

De ella, de su padre, de su madre. Apoyó la cabeza en el pecho de Rafael. Todo era complicado, y sus orígenes eran bastante humillantes. No quería que Paul se sintiera avergonzado.

Ella había sido la que había insistido en venir a los Cárpatos para esta gran fiesta de Navidad. Pensaba que era importante conocer a otros carpatianos y ser un poco más sociable. El rancho en Sudamérica estaba aislado, era enorme, y los hermanos De La Cruz eran tratados como miembros de la realeza: pese a ser temidos, se les mostraba demasiada deferencia. Colby opinaba que iría bien recordarles que no eran los únicos en el mundo con talento y responsabilidades. Y ahora, justo la noche en que había confiado en consolidar su lugar en una comunidad y las viejas heridas se estaban abriendo, tenía que hurgar en el pasado y contar a Paul la verdad sobre la familia de su madre.

Rafael soltó un siseo de desaprobación en su oído.

—No te hace falta demostrar a nadie que te has ganado tu sitio aquí. Tu sitio está a mi lado.

—Lo sé. —Ella frotó su rostro contra su pecho—. Sólo quiero que Paul y Ginny sientan que forman parte de algo.

Rafael la cogió por la barbilla y levantó su rostro.

—Siempre se han sentido aceptados. A tu lado. Tú les has dado cuanto tenías, les ofreciste un hogar, amor y seguridad. Pocos habrían hecho lo que tú hiciste siendo tan joven.

Paul rodeó la mesa y les abrazó a ambos.

—Colby, ¿te he alterado con mis preguntas? No estoy buscando otra familia, me encanta la que tengo. No entiendo qué te pasa, pero te estás mostrando enfadada e inquieta en las últimas horas. Me asusta dejarte sola. —Miró a Rafael en busca de una confirmación.

Colby respiró hondo y se agarró el estómago revuelto.

—Todo el mundo tiene secretos, Paul. Nunca he querido que pensaras otra cosa. Os he observado a ti y a Ginny en busca de indicios de algo inusual, sobre todo en ti, pero los dos parecéis muy normales, sin facultades psíquicas ni dotes para mutar. —Agarró con los dedos la camisa de Rafael.

El carpatiano llevó una mano a la nuca de su compañera y la rodeó con dedos fuertes para aliviar la tensión ahí.

—Yo siempre he pensado que cambiar de forma era algo normal —dijo.

—Bien, pues para nosotros no lo es —respondió Colby. Estaba al borde de las lágrimas. Paul tenía que enfrentarse a muchísimas cosas. Era un joven adolescente, y aun así había trabajado en un rancho casi toda su vida, en tareas duras y agotadoras. Habían perdido a su madre en un accidente —y finalmente también al padre de Paul y Ginny—, y los tres hermanos habían mantenido solos el rancho.

—Yo empecé a mostrar facultades psíquicas a temprana edad. Podía ver cosas peligrosas, sobre todo cuando estaba disgustada —confesó Colby con cierta agitación—. Mamá me confesó que mi padre era «diferente». Eso es lo único que dijo al principio, pero, más tarde, cuando yo ya tenía unos trece años, me contó que ella también era «diferente». Y que debíamos tener mucho cuidado, pues nunca podríamos dejar que los demás vieran las cosas que éramos capaces de hacer. También me dijo que siempre tendría que vigilarte, Paul, y asegurarme de que no te comportabas de modo irresponsable.

—¿Qué significa eso? —quiso saber Paul con un pequeño ceño.

Colby respiró hondo.

—Significa que llevamos sangre de jaguar. Nuestra familia, hace cientos de años, cambiaba de forma. Pero los hombres no se quedaban al lado de las mujeres y, al final, la especie empezó a extinguirse. Ahora queda poca gente que, de hecho, pueda convertirse en felino, pero muchos conservan los genes. Algunos de los hombres que todavía pueden mutar se han dedicado a cazar mujeres para mantener su linaje lo más puro posible. No son hombres muy agradables.

—¿Y mamá pensaba que yo podría ser uno de esos tipos? —Estaba claro que Paul se sentía ofendido—. Respeto a las mujeres, siempre he sido respetuoso.

—No quería decir eso; no me estoy explicando demasiado bien. Mamá no estaba casada con mi padre cuando me tuvo. La familia de tu padre no quería saber nada de ella ni de mí por ese motivo. —Se interrumpió de forma abrupta.

Rafael continuó:

—Colby nunca se ha sentido aceptada en ningún mundo, Paul, y no quería eso para ti. Y tu madre tampoco. Tu madre ocultaba lo que la diferenciaba, y Colby ha hecho lo mismo. —Indicó a su alrededor con un gesto—. En cambio, aquí ser atípico es normal.

—¿De verdad piensas que alguien se siente normal? —preguntó Paul—. No sabía nada de esto, de que tenía sangre de jaguar, aunque eso puede quedar muy guay, sobre todo ahora. Pero mira a Josef: es carpatiano, puede cambiar de forma y hacer todo tipo de cosas que molan, y tiene talento. Deberías ver las cosas que llega a hacer con un ordenador, y es un genio para las matemáticas. Pero para la gente es un poco friki. A él no le gusta ser así, en absoluto: sabe que no cae bien a los adultos y se siente incómodo con nosotros, los adolescentes. Skyler es guapísima, pero tampoco se siente a gusto. En realidad, Ginny y yo somos los únicos «normales», aunque deberíamos ser los raros.

—A veces eres genial, Paul —exclamó Colby.

—Creo que no importa demasiado qué somos o de dónde venimos, Colby —contestó él—, porque todos nos sentimos incómodos cuando somos jóvenes.

—Yo no —dijo Rafael.

Colby le dio un cachete en el pecho.

—Qué arrogante eres.

—No creo que ni siquiera fuera joven alguna vez —soltó Paul—. Ni siquiera estoy seguro de que alguien le pariera; le debieron encontrar debajo de una roca.

Rafael cogió a Paul del cuello y fingió estrangularlo. Colby observó a los dos riéndose juntos y le pareció que disminuía la tensión.

Hiciste un gran trabajo educando a este chico, le dijo Rafael.

Ella asintió.

Es fantástico.

—¿De modo que piensas que la mayoría de videntes descienden de mutantes? —preguntó Paul—. Podría hacer un poco de investigación sobre ese tema; seguro que Josef está dispuesto a ayudarme.

Rafael se encogió de hombros.

—Es posible, incluso probable, pero cada vez que investigas algo, dejas un rastro que otra persona puede seguir. Tenemos muchísimo cuidado con lo de dejar pistas. Hay que evitar a toda costa el descubrimiento de nuestra especie. Y estás haciendo que me sienta culpable por ese chico, Josef.

Paul dedicó una mueca a su cuñado.

—No te preocupes, no se ha percatado de que afilabas tu puñal para impresionarle. Ya te lo he dicho, Colby, en situaciones sociales no se entera de nada. —Estalló en carcajadas cuando Rafael se mostró decepcionado—. Yo sí me he dado cuenta, igual que Skyler y Josh, y a todos nos dio pavor.

—No suenas convincente —refunfuñó Rafael.

Colby se rió bajito:

—Deberías estar contento de no haber asustado al chico.

—Quiero conocerle —dijo Paul de forma repentina, como si hubiera conseguido hacer acopio de valor—. Si Gary Jansen es mi tío, quiero conocerle.

—No sabemos si lo es; mucha gente comparte apellido —comentó Colby, y la sonrisa se borró de su rostro. Como por instinto, se acercó más a Rafael, rozándole el cuerpo.

—Pero es probable, Colby. Se trata de una comunidad pequeña de gente, y él forma parte de ella. Aquí son varias las mujeres que por lo visto tienen sangre de jaguar. Tal vez él también la tenga y por eso se sintió atraído en un principio.

Rafael frotó el brazo de su compañera con un ademán tranquilizador.

—Tal vez —respondió Colby—. De acuerdo. Dame un poco de tiempo para acabar lo que estoy haciendo.

De pronto, la cocina le pareció demasiado pequeña; necesitaba las amplias praderas y un buen caballo para cabalgar. Su madre siempre había temido la sangre de jaguar. Incluso temía dar a luz un niño, pues los machos de jaguar no siempre eran los hombres más agradables, y Colby no quería ver a Paul expuesto a ningún nuevo peligro o al rechazo. Y, desde luego, tampoco quería que nadie le influyera y le llevara por el mal camino. Criar niños no era nada fácil.

Paul se inclinó para darle un beso en la mejilla, y luego salió andando de la habitación llamando a Josef y a Ginny.

—No puedes protegerle eternamente —dijo Rafael con cariño. La rodeó con sus brazos, acariciando con la barbilla la parte superior de su cabeza.

—Eso dices ahora, pero tú intentas protegerme, y también a Ginny. Es sólo que no quiero que nadie le haga daño. A veces lo veo en sus ojos. Él no permitirá que ni tú ni Nicholas le borréis sus recuerdos, y se acuerda perfectamente de cómo se lo llevó el vampiro y lo utilizó para intentar matarme. Sé que todavía tiene pesadillas al respecto. Sólo quiero que sea feliz, Rafael. Es un chico tan estupendo.

Él le alzó el rostro para mirarla a los ojos.

—Es un chico estupendo y todo le va a ir bien. Le cuidaremos los dos juntos.

Colby apartó la mirada.

—No he sido capaz de contarle la verdad sobre mí, sobre Razvan. Pensaba que sería una buena idea venir aquí, conocer a todo el mundo, pero ahora no estoy tan segura. Alguien le acabará diciendo en cualquier momento quién fue mi padre biológico.

—¿Piensas que a tu hermano le importará eso? —Rafael la miró con el ceño fruncido—. Paul te quiere por quién eres, no por quién era tu padre.

—No lo entiendes: está haciendo preguntas sobre su pasado por algún motivo, y una vez que empiece a hurgar en él, descubrirá lo mío. No podré soportar que él me rechace también. ¿Y cómo podría yo culparle? Ha tenido que enfrentarse a muchas cosas por mí. Si nuestra madre no me hubiera tenido a mí, Paul y Ginny habrían sido aceptados por la familia Chevez; les habrían criado en su rancho en Sudamérica. Nunca habría estado expuesto al vampiro. Ahora sabe lo de la sangre de jaguar y una vez que descubra que eso no siempre mola tanto, no estará tan contento. Y alguien le contará lo de Razvan. —Se estremeció, miró a su alrededor y bajó la voz al pronunciar su nombre—. Me cuesta mucho hacer frente a esta gente; qué decir cuando Paul y Ginny descubran que ese hombre terrible es mi padre.

Rafael levantó la mano para enterrar los dedos en su pelo.

—Eres su víctima, igual que lo fue su hermana Natalya. No tienes que avergonzarte de lo que fue tu padre. Llevas la marca del Cazador de Dragones y eso es una ayuda increíble. El clan de los Cazadores de Dragones es uno de los linajes más reverenciados por todos los carpatianos, y es tu línea de descendencia. Confío en que cada uno de nuestros hijos lleve esa marca. Deberías estar orgullosa, no avergonzada.

—Mi padre descendía de ese linaje e intentó asesinar al príncipe —indicó—. Traicionó a Natalya, su hermana gemela. Tiene hijos, yo por ejemplo, repartidos por todo el mundo, y pretendía utilizarnos como bancos de sangre. Tengo una familia a la que nunca he conocido, pues todos sus miembros son víctimas de ese hombre. Su sangre corre por mis venas. ¿De verdad piensas que quiero que Paul o cualquier otra persona sepa que estoy emparentada con él?

Rafael la acercó un poco más a él.

—Yo sé que estás emparentada con él. Los carpatianos seguramente entendemos mejor a quienes se vuelven malignos al final. Es un camino por el que todos hemos descendido, y algunos se acercan más que otros al fondo. Antes de que entraras en mi vida, Colby, no siempre podía distinguir la diferencia entre el bien y el mal.

—Razvan casi mata al príncipe —repitió—. Bebía sangre de niñas, por eso dejó embarazada a mi madre, para poder utilizar mi sangre como sustento vital.

Rafael detectaba el horror en su voz. A Colby todavía le costaba aceptar el mal en su mundo, y él la amaba aún más por su inocencia. La cogió de la mano y tiró de ella, sacándola de la cocina, abierta a todo el mundo, y llevándola por las escaleras que conducían a la intimidad de su alcoba bajo la tierra.

—No podemos dejar a los niños —protestó Colby.

—Siempre eres tan responsable. He dado instrucciones a Paul para que sea un buen anfitrión; necesitas evadirte unos minutos de todo ese ruido.

—Necesito nuestro rancho. ¿No te gustaría montar a caballo sobre toda esta nieve?

—¿Es eso lo que te gustaría hacer?

Negó con la cabeza.

—No tenemos tiempo. Falta poco para la cena, y se supone que tenemos que estar atendiendo a los niños.

Rafael cambió de dirección.

—Si quieres cabalgar...

—Está nevando, tonto. —Había un amor infinito en su voz. Rafael, pese a sus modales dominantes, siempre intentaba darle todo con tal de tenerla feliz—. Los caballos no ven bien de noche.

Él se rió en voz baja y se inclinó para acercar los labios a su oído.

—Soy carpatiano, pequeña, y puedo conseguirte todo lo que quieras. Ven conmigo.

Colby continuó porque nunca podía resistirse a Rafael ni a la manera en que su mirada ardía de deseo por ella. Mientras salían, él la cubrió con un abrigo largo hasta el suelo, forrado de piel y con capucha, y le puso unas botas. Afuera, en el sendero junto al porche, un caballo se hizo a un lado, sacudiendo la cabeza, ansioso por salir corriendo. El animal tenía como mínimo diecisiete palmos, con los cascos preparados para correr sobre la nieve. Rafael se subió de un salto sobre su lomo desnudo y tendió el brazo a su compañera para ayudarla a montar.

—Es una montura nocturna, Colby. Le encanta correr.

Ella agarró su brazo y permitió que la subiera y la sentara delante de él.

—Pues a toda prisa, Rafael, quiero volar esta noche por todo el terreno.

Rafael la confinó entre sus brazos mientras inclinaba su cuerpo protector sobre ella, susurrando una orden al animal que resoplaba. El caballo partió, con sus poderosos músculos abultándose al saltar hacia delante. Tras un primer arranque explosivo de velocidad, el animal adoptó un galope rítmico, y corrieron sin restricciones por el amplio prado. La nieve les saltaba al rostro y el viento silbaba a su paso, las nubes giraban sobre sus cabezas y, aunque debería estar oscuro, la blancura transformaba aquel mundo en un lugar de ensueño, brillante y centelleante.

—Esta tierra corta la respiración —dijo Colby—. ¿No sueles echarla de menos?

—Al principio, todos nosotros la echábamos de menos, pero llevamos tanto tiempo allí, que la selva tropical, el calor y la humedad son nuestro hogar. Esto es hermoso y me gusta visitarlo, pero ya no siento que sea mi hogar.

Colby volvió el rostro hacia arriba, al cielo nocturno. A Rafael le encantaba la selva tropical, pero habría renunciado a vivir allí con sus hermanos, en su rancho, si ella hubiera querido quedarse en Estados Unidos. Aunque no lo creyó cuando Rafael la reclamó por primera vez, ahora que conocía cada uno de sus pensamientos, se percataba del poder que ejercía ella en todo lo que atañía a su compañero eterno.

Rafael le entregaba su amor incondicional con aceptación total. Se apretó contra él dejando que el ritmo del caballo la sosegara.

El animal conocía el camino, saltó dos veces sin esfuerzo sobre algunos troncos caídos y cruzó salpicando el lecho de un pequeño arroyo. Aminoró la marcha cuando se encontraron cerca del bosque y las colinas, con helechos y arbustos asomándose entre varios ventisqueros de nieve.

El mundo estaba silencioso aquí; sólo podía oírse su respiración en medio de la noche. Sólo existía la sensación de los brazos de Rafael en torno a ella y el mundo de cristal creado por la nieve que caía suavemente... casi surrealista.

—Parece imposible que el peligro aceche tan cerca, ¿verdad? —susurró ella, casi sin atreverse a hablar alto y romper el hechizo.

—Sólo estamos nosotros dos, Colby. —La besó en la nuca—. Nosotros dos, solos en este mundo. Nada maligno, ni desconsuelo, sólo un hombre que te quiere por encima de todo lo demás. —La estrechó todavía más entre sus brazos, como si pudiera protegerla de cualquier cosa, incluso de sus propios sentimientos de ineptitud.

Colby ajustó su cuerpo todavía más a él. ¿Por qué se sentía una calamidad? ¿Era lo que había dicho Paul? ¿Le sucedía a la mayoría de la gente? ¿O era el hecho de que nunca había tenido una infancia? De repente se sentó un poco más erguida.

—Rafael, yo soy como Josef.

Él soltó un resoplido, empezó a atragantarse y a toser al mismo tiempo.

Colby se volvió para mirarle por encima del hombro.

—No, hablo en serio. Nunca he desarrollado habilidades sociales. Trabajaba todo el tiempo y tenía que ocultar quién era y qué era. ¿No te das cuenta? Todavía sigo haciéndolo. No quiero que nadie se entere de lo de Razvan, por lo tanto, me oculto, siento vergüenza. No quiero salir y conocer a toda esa gente, gente que tú conoces, con la que creciste. Me da miedo que puedan preguntarse por qué alguien tan talentoso y dotado como tú decide estar con alguien como yo. Soy una adolescente, esforzándose por descubrirme a mí misma. Así de triste es.

—Creo que esto es sólo una conspiración para hacerme sentir más culpable aún por haber intentado asustar a ese chico. No voy a pedirle disculpas, pues él no debería haberse comido con los ojos a Ginny.

—Estoy segura de que no se la comía con los ojos. Él sólo quiere que sean amigos.

—Los hombres nunca quieren ser amigos, Colby. —Deslizó las manos por debajo del abrigo para tomar sus pechos, rozando con los pulgares los pezones mientras el caballo daba la vuelta para regresar a casa—. Nuestras mentes están demasiado preocupadas por otras cosas mucho más agradables que la amistad.

—Querrás decir tu mente —respondió Colby. Cerró los ojos y saboreó la sensación de sus manos acariciando su cuerpo. Los dos eran muy sexuales, y Rafael rara vez dejaba pasar demasiado rato sin deslizar posesivamente sus manos sobre el cuerpo de su pareja. No podía caminar a su lado sin cubrirle la nalga con la palma o rozarle el pecho. A veces Colby se inclinaba hacia él y se restregaba provocadoramente como un gato, pues le encantaba sentir su erección creciendo dura como una roca y saber que todo era por ella. Como estaba sucediendo en aquel preciso instante.

El movimiento del caballo creaba una fricción maravillosa, con ella apretujada entre sus piernas abiertas. Encontró su mirada, y al instante notó un estremecimiento recorriendo toda su columna. La observaba con ese ansia urgente e intensa, con tal necesidad que todo su cuerpo se apresuró a responder. Entonces inclinó la cabeza para poder mordisquearle la barbilla, provocando aún más a su compañero.

Para una mujer que no había hecho otra cosa toda su vida que ser responsable, era una maravilla no tener inhibiciones, y poder ser lo que quisiera en compañía de Rafael. Se inclinó hacia atrás y acarició de forma intencionada el duro bulto que crecía en la parte delantera del pantalón.

Tal vez a ella le faltara seguridad con los demás, pero no era el caso cuando se encontraba en su hogar. Y a pesar de que Rafael era un hombre extremadamente dominante, ella se ponía a su altura y siempre sabía que la quería y la deseaba. Tenía a Ginny y a Paul, y ambos la querían tal como era. Por eso mismo, quizá ya era hora de dejar de ocultarse. Ya no le asustaba su propio poder, pues sabía lo que quería y sabía que era lo bastante fuerte y decidida para conseguirlo. Razvan había caído en deshonra, sin duda, pero había transmitido un legado de dones que no podía negar. Igual que su madre. Tenía que dar a Paul y a Ginny la oportunidad de asumir esos dones, no escapar de ellos.

—Harás lo correcto —murmuró Rafael contra su oído—. Siempre descubres la respuesta correcta para ellos. Los rasgos de jaguar no son malos, y tú quieres que ellos valoren esa parte de sí mismos. Tal vez tengan grandes dones y nosotros podamos ayudarles a desarrollarlos. Si surgen situaciones difíciles, bien; ambos hemos pasado también por eso. Podremos guiarles juntos, Colby.

—Gracias —contestó ella en voz baja.

—No he hecho nada.

—Por supuesto que sí. Necesitaba resolver esto para hacer lo correcto con los niños, y para conseguirlo tenía que creer en mí misma.

—Te he llevado a dar un paseo a caballo.

—Me has dado un sueño.

Rafael se quedó callado un momento, azuzando al animal para regresar a casa, escuchando los sonidos de los cascos aplastando la nieve.

—Así que ese otro chico, ese Josef... cuéntame algo más de él.

Colby ocultó su sonrisa. A Rafael le gustaba ser un tipo así de duro, pero en el fondo era una dulzura.

El carpatiano se inclinó hacia delante.

No se me ha escapado ese pensamiento. Pagarás por eso.

La excitación atravesó silbando el cuerpo de su compañera y calentó su riego sanguíneo.

Siempre disfruto con tus pequeños castigos. Volvió la cabeza para levantar la boca hacia sus labios, pero era complicado besarse así sobre un caballo. Aun así, lo consiguieron y, como siempre, el fuego líquido corrió por sus venas y el amor pareció inundar la mente de Colby hasta el punto de desbordarla.

—Josef es el sobrino de Byron. Parece joven para su edad, creo que acaba de cumplir los veinte.

—Eso es una criatura para nuestras pautas —comentó Rafael, enganchando los dedos en su cabellera—. ¿Dónde le conocieron Paul y Ginny?

—Se conocieron a través de internet. Todos ellos se mantienen en contacto: Skyler, Paul, Ginny, Josh y Josef. Algunos de los adultos también juegan por internet con ellos a los mismos videojuegos. Y como todos se han hecho buenos amigos, les hacía mucha ilusión conocerse en persona. Pienso que Josef está pasando por un momento difícil porque es un poco mayor que los demás y, aunque no sea aún adulto, todo el mundo espera que se comporte como tal.

Rafael suspiró.

—Supongo que no me perjudicará intentar conocer al chico.

—Eres un cielo —bromeó ella, aun sabiendo que él tomaría represalias. Quería que lo hiciera, lo esperaba. Su cuerpo palpitó de súbito lleno de energía, de necesidad. Rafael exudaba sexo por todos los poros, la sensualidad de su boca era pecaminosa, y era guapo, aunque con una masculinidad perversa. A ella le encantaba cómo le quedaba su ropa, el estómago plano, sus caderas y las columnas de los muslos embutidos en tejido vaquero. Sus ojos, con los párpados caídos, eran negros como la noche y repletos de seducción.

De inmediato, Colby se sintió sobreexcitada y sensible, y notó su cuerpo invadido por la urgente necesidad. Rafael la sujetaba por la nuca y atraía su cabeza hacia atrás para poder apropiarse de sus labios. Ella estaba sentada en la cuna que formaban sus caderas y notaba la fuerte presión de su erección contra sus nalgas, mientras le rodeaba los pechos con el brazo. La devoraba con la boca y avivaba su excitación con la lengua, con aquel arañazo aterciopelado, juguetón y acariciador, lamiendo su piel, mordisqueando suavemente con los dientes.

Y su cuerpo respondía, y la pasión se propagaba como oro líquido por las venas de Colby. El deseo era tan brutal, que podía saborearlo.

Yo también te deseo. Pero mereces sufrir un poquito.

Bajo el abrigo forrado de piel, sus ropas desaparecieron, dejando su cuerpo expuesto y vulnerable a las manos indagadoras. Las deslizó por dentro de la prenda, guiando el caballo con las piernas, y pasó una palma sobre el muslo. A ella se le cortó la respiración.

—¿Qué estás haciendo?

—Todo lo que quiero. —Su voz sonaba ronca, casi áspera. El calor de los dedos estaba en directo contraste con el frío del aire.

Al instante la sangre de Colby se aceleró y su núcleo pulsó con excitación. Rafael empezó a mover los dedos describiendo un círculo lento, casi perezoso, rozando ocasionalmente su punto más sensible. Se le escapó un grave gemido. El pelaje se deslizaba contra la piel de Colby, sensibilizando sus terminaciones nerviosas todavía más. Él volvió a besarla y luego alzó la cabeza, pero manteniendo el rostro de su compañera vuelto hacia él con una mano, mientras con la otra se movía sobre sus húmedos rizos.

—Mírame, querida. No dejes de mirarme —le ordenó.

A ella le encantaba siempre esta faceta de él. Quería que supiera quién la poseía —quién la amaba—, quién le hacía perder la cabeza de placer. Y le encantaba mirarle, ver su ardiente ansia, su puro deseo, las líneas de lujuria grabadas en profundidad, la llama en sus ojos mientras la tomaba.

Rafael hundió todavía más el dedo y sacó la miel cremosa.

—Me encanta que estés tan mojada por mí. Siempre estás tan caliente, prieta y húmeda. —Lamió su dedo con la lengua, lenta y seductora, sin apartar en ningún momento la mirada, y volvió a enterrar los dedos más a fondo en el canal femenino.

El caballo dejó de moverse, se limitó a permanecer quieto mientras Rafael metía los dedos todavía más y la llenaba, hasta hacerla jadear de placer. La acarició una y otra vez, jugueteando con los tensos pliegues, acariciando el nudo interior de terminaciones nerviosas, hasta que ella tuvo que jadear y gritar pidiendo alivio. Pero entonces los traviesos dedos se retiraron, la cogió en brazos y descendió del caballo. Una vez que la dejó de pie en el suelo, la pegó a él, luego habló en voz baja al animal y le mandó marchar. Observaron el caballo galopando de regreso hacia las colinas.

Colby pestañeó y miró a su alrededor, todavía deslumbrada, palpitando aún a causa del terrible anhelo. Le deseaba tanto que temió no poder dar ni un paso. Rafael la cogió en brazos y se movió por la casa con la velocidad borrosa típica de su especie, hasta llegar a la alcoba subterránea.

Cuando la soltó, Colby, con el corazón acelerado, miró por la habitación diseñada no sólo para dormir sino también para jugar. Se quedó en medio del cuarto vestida sólo con el abrigo, cuyos extremos se abrían revelando sus pechos turgentes y los rizos rojos situados en lo alto de las piernas. Estaba tan húmeda, tan caliente. Tan ansiosa. Casi no podía respirar a causa de la necesidad.

—Ven aquí, pequeña—. He esperado demasiado para disfrutar de tu cuerpo. —Le tendió la mano.

Siempre se quedaba hipnotizada por él, deseosa de hacer cuanto le pidiera. Le encantaba sobremanera notar el contacto de sus manos sobre su piel.

—Creo que estoy obsesionada contigo. —Puso su mano sobre la de Rafael y él la acercó todavía más, dándole media vuelta y empujándola de espaldas contra la pared para dejarla atrapada entre su cuerpo y la dura superficie.

—Te sienta bien estar obsesionada. —Bajó los dedos por su rostro y siguió por el cuello hasta la garganta. Jugueteó con la base de los dedos sobre la piel desnuda, provocando pequeñas llamaradas que recorrieron danzarinas su cuerpo. Sin previa advertencia, le arrancó el abrigo, dejando expuesta la suave carne cremosa debajo—. Siempre llevas demasiada ropa.

El corazón de Colby empezó a latir con fuerza como respuesta a la intensidad de su pareja. Siempre podía hacerle eso, siempre podía hacerle perder el equilibrio cuando había encuentros sexuales de por medio.

—¿Te gustaría que me desnudara delante de todas nuestras amistades?

Un grave gruñido retumbó en su garganta mientras mostraba los dientes y se inclinaba hacia delante para morderle con suavidad el pezón, arrastrando su dentadura hacia delante y hacia atrás hasta hacerla gemir.

—Si fuera por mí, elegiría un momento de la historia en el que me permitieran encerrarte, mantenerte segura y sólo para mí, sin compartirte nunca. —Le sujetó las muñecas por encima de la cabeza—. Te pondría argollas y te encadenaría a la cama, completamente desnuda, esperándome, siempre deseándome.

Le cogió los pechos con las manos y los levantó mientras inclinaba la cabeza para darse un festín. Tenía la boca caliente, lamía con su traviesa lengua, le arañaba y jugueteaba con los dientes, succionando con fuerza con toda la boca. Casi siempre ponía sumo cuidado en prestar atención a cualquier matiz nuevo en la mente de Colby; se aseguraba de hacer justo lo que quería y como a ella le gustaba, pero a veces, cuando sus demonios y sus pequeños celos le dominaban un poco más de la cuenta, se permitía la libertad de tomar su cuerpo como él quería. Deprisa, con fuerza y con brusquedad.

La excitación recorría siempre la mente de Colby, y tal vez el miedo un poco también. Él nunca le haría daño, pero siempre exigía sumisión, siempre era exigente sexualmente. Se moría de ansias por ella; quería saber que le amaría pese a todo, que se lo daría todo, que no retendría nada. Pero al final, nada le importaba tanto como el placer que ella sentía, y siempre, siempre, se lo devolvía multiplicado por diez.

Rafael se hincó de rodillas, le separó los muslos y empujó las caderas hacia delante para poder devorarla con la boca. Metió a fondo su lengua punzante, extrajo crema con ella y empezó a lamer y succionar, mientras su pareja levantaba las caderas contra su boca y enredaba las manos en su pelo. Colby chilló con la primera oleada que dominó todo su cuerpo. Los sonidos casi desesperados que profería Rafael la llevaron hasta el descontrol final, convulsionada por un espasmo tras otro.

Entonces él la tumbó sobre la cama, y se echó encima a continuación, piel con piel, empujando con la rodilla entre los muslos para mantenerlos separados. Embistió con una fuerte penetración, enterrándose bien hondo, arremetiendo entre los suaves pliegues de terciopelo hasta alcanzar la matriz. Ladeó sus caderas para empujar más a fondo, obligándola a aceptarle en su totalidad. Maldijo en voz baja mientras el cuerpo de Colby, tan ceñido y caliente, le estrujaba y propagaba un fuego por toda su columna. Un relámpago silbó por su riego sanguíneo y azotó su cuerpo, y entonces se lanzó a toda pastilla, embistiendo con las caderas, hundiéndose en la profundidad del refugio de su cuerpo, deleitándose en la manera en que los músculos de su vagina apretaban como un puño, y le retenían pegado a ella.

Empujó con fuerza, una y otra vez, sin prestar atención a las súplicas impotentes de Colby, la llevó más y más alto, aumentando el placer hasta hacerla gemir y pedir que le diera alivio, rogándole que la llevara al clímax. Entonces ella empezó a arrojar la cabeza hacia delante y hacia atrás, forcejeando con la terrible tensión sexual, pero él la mantuvo quieta, hundiendo su cuerpo en ella, llevándoles a ambos a un grado febril de necesidad. Y entonces Colby empezó a chillar, mientras su cuerpo estallaba sin soltarle, mientras un chorro tras otro de calor la llenaba y su útero se convulsionaba con aquel placer demoledor; apoderándose de ella como un tornado, cogió su cuerpo por sorpresa y atravesó sus paredes vaginales, descendiendo por los muslos y subiendo luego al estómago.

Se quedó tendida buscando aire, observando al hombre que amaba por encima de todo lo demás en este mundo, el hombre que la amaba y la aceptaba tal y como era. Líneas sanguíneas o no, Rafael la quería y eso era suficiente. Se sentía segura de sí misma, pasara lo que pasara, porque el amor de este hombre era incondicional.

Capítulo 13

El viento comenzaba a cobrar fuerza, soplando la nieve que caía cada vez con más ganas. Mihail vaciló al llegar al exterior de la gran casa. Traian Trigovise había diseñado y construido la casa no sólo para su pareja eterna, Joie, sino para compartirla con el hermano de ésta, Jubal, y su hermana Gabrielle. Una vez muerto el vampiro que había chupado sangre a Traian, éste consideró que podía volver a vivir en compañía de sus congéneres sin ponerles en peligro.

No seas gallina, bromeó Raven.

La familia política de Traian está aquí de visita. Y Gabrielle ya ha despertado; harán preguntas a las que preferiría no responder en este momento.

¿Porque está enamorada de Gary Jansen?

No exactamente. Mihail sabía que eso era salirse por la tangente. No quería que Gabrielle y Gary se enamoraran. Como humanos, era algo perfectamente correcto, pero ahora que Gabrielle se había convertido, sabía que tendrían tremendos problemas. Y con los padres de Gabrielle presentes aquí para celebrar las Navidades, habría más preguntas de las habituales.

Pienso que mejor me salto esta visita.

¡Mihail Dubrinsky! Llama a esa puerta. Como príncipe, tienes el deber de dar la bienvenida a los padres de Joie, y Gabrielle necesita también tu apoyo.

Mis deberes como príncipe parecen aumentar y complicarse a cada minuto que pasa. Tal vez debiera encomendar también esta tarea a mi lugarteniente.

Raven se rió en voz baja.

Ni te atrevas.

Mihail soltó un suspiro mortificado y llamó a la puerta. Se abrió de inmediato, y una mujer de ojos brillantes y pronta sonrisa le dio la bienvenida.

—Por favor, adelante. Soy Marisa Sanders, la madre de Joie, Jubal y Gabrielle.

—Mihail Dubrinsky. —Se identificó mientras enviaba a Raven una impresión visual de él estrangulándola.

Prefiero enfrentarme a un vampiro que a una suegra.

La risa de respuesta de su compañera no era para nada piadosa.

Voy a tener que explicarte lo mejor de tener una pareja eterna. Pareces haberlo olvidado.

—¡Oh! El príncipe. —La señora Sanders retrocedió un paso para invitarle a entrar con un ademán—. Qué placer conocerle. Tengo tantas preguntas que plantearle.

Mihail hizo una leve inclinación.

—Intentaré responderlas para usted.

La mujer se detuvo en el vestíbulo tan de repente que el carpatiano casi choca con ella.

—¿Príncipe de qué? ¿Está en el exilio? Todo el mundo se refiere a usted sencillamente como el príncipe, pero nunca dicen de qué país. Imagino que existen unos cuantos príncipes que se han visto obligados a abandonar sus reinos... —Se detuvo en seco y luego cogió impulso para continuar caminando por el pasillo.

Mihail estuvo a punto de soltar un gemido en voz alta, pero consiguió contenerlo en el último momento.

¡Traian! Emplazó al compañero de Gabrielle con brusquedad, sin importarle en ese momento que toda la población de carpatianos oyera o no el pánico en su voz. No iba a responder a las preguntas de la mujer.

Ella le hizo pasar al gran salón, donde ocupó de inmediato la silla situada enfrente de él y se inclinó hacia delante con interés.

—Acabo de llegar de casa de Sara. Le alegrará saber que las costureras están haciendo su trabajo.

—¿Costureras? —repitió débilmente.

¿Quiénes son estas costureras, Raven?

No tengo ni idea. Pregúntaselo.

Mihail asintió, intentando mostrarse como un hombre instruido.

—Eso está bien, señora Sanders. Ah... ¿y quiénes son esas costureras?

Ella alzó una ceja.

—Es evidente que se le ha escapado ese detalle. Una suerte que yo me encuentre aquí para hacerme cargo: los niños necesitan un vestuario para la representación.

—¿Vestuario? —Mihail parecía repetir las palabras de la mujer, no podía evitarlo. Se pasó un dedo por el cuello de la camisa.

Traian, ven aquí antes de que me vea obligado a provocar un terremoto o algo parecido que haga desaparecer la casa.

—¿Esperaba sacar los trajes de la nada, sin más?

—Supongo que sí, señora.

¡Mihail! La voz de Raven le regañó con brusquedad antes de que él pudiera continuar hablando. *No te atrevas a contar nada más a esta señora. Hablo en serio. Esa pobre mujer tiene dos hijas que ahora son carpatianas, y se merece un poco de respeto.*

Mihail cerró los ojos un momento. Por supuesto que se merecía respeto, pero no debería ser él quien estuviera tratando con ella en ese momento.

¿Dónde está mi segundo al mando? Su obligación es protegerme en todo momento y mantenerme al margen de estas tareas desagradables.

Gregori soltó un resoplido burlón.

Creo que eres capaz de enfrentarte tú solo a una mujercita. Yo tengo las manos ocupadas con tu hija.

Mihail se debatió entre la supervivencia y la broma que estaba preparando, y finalmente ganó lo de la broma. No iba a recurrir ahora a su yerno; se ocuparía de esta mujer y aguantaría lo que le echara. Merecía la pena ver a Gregori haciendo cabriolas con un traje de Santa Claus.

—Típico de los hombres. Ordena una enorme celebración y luego espera que todo se haga solo. —La señora Sanders cruzó los brazos sobre el pecho y le contempló con ojos severos—. ¿Y qué le ha estado pasando a mi hija Gabrielle? Joie y Traian dicen que estaba con usted; confío de veras en que no sea el tipo de príncipe que cree en los harenes porque... pongamos las cosas claras... —Se inclinó hacia delante para mirarle a los ojos, con la intención de intimidarle—. Yo no soy el tipo de madre que aguanta eso.

Mihail se atragantó y tosió.

¡Traian! Te ordeno que vengas de inmediato a esta habitación.

Lo siento, Mihail, estoy en camino. Joie y yo estábamos un poco ocupados.

Mihail oyó la suave risa de Raven al oír su explicación.

No tendrían que estar divirtiéndose mientras yo tengo que hacerme cargo de esta situación.

Tal vez estén haciendo un bebé. ¿De veras quieres molestarles? Raven se lo dijo en voz muy baja, jugueteando con sus sentidos y despertando su cuerpo.

¡Sí! Y deja eso. Necesito que mi cerebro funcione y concentrarme en esta mujer.

Estamos ocupados con Gabrielle, se apresuró a añadir Joie, estaba claro que un poco azorada.

Mihail suspiró.

Perdóname, debería haber sabido que estabas con tu hermana.

No iba a ser fácil para Gabrielle levantarse y saber que ahora necesitaría sangre para sobrevivir. Las carpatianas recién convertidas siempre parecían tener problemas a la hora de aceptar ese cambio. Nunca entendería a qué venía tanto revuelo. Los carpatianos no comían carne como los humanos y no mataban como los vampiros, no obstante se les vilipendiaba por su necesidad de sangre.

—No permitiré que mi hija sea relegada a la condición de... concubina, porque no voy a permitirlo. Sé que está casado, no se moleste en negarlo. Y ni siquiera tiene un país, al menos yo no lo veo.

Mihail soltó un suspiro y buscó la mente de aquella señora, sin importarle que aquello fuera descortés. Le obligaría a olvidarse de todo este disparate y simplemente la enviaría a la cocina.

La mente de la mujer chocó con la suya, como si ella también intentara dominarle en ese preciso momento. Se oyó el estruendo de un trueno y un relámpago crepitó en el cielo mientras las nubes se desplazaban a una velocidad impresionante. Las dos mentes sufrieron el impacto, una gran colisión que golpeó barreras levantadas apresuradamente. La señora Sanders se puso en pie con el rostro pálido, agarrándose la cabeza con ambas manos a causa del repentino dolor.

Mihail, perplejo, también se levantó e hizo una leve inclinación.

—Perdóneme, señora Sanders. —Le llevó un momento reconocer los esquemas poco familiares del cerebro. No era de extrañar que sus hijos estuvieran tan dotados y fueran unos videntes tan fenomenales, los tres—. Tiene sangre de jaguar sin diluir.

—Y usted es carpatiano. —Miró por la casa, respiró hondo y cerró los ojos por un momento—. Por supuesto, eso explica muchas cosas. Traian es carpatiano, ¿verdad?

Mihail notó la aparición de otra presencia. Su esposo permanecía en silencio en el umbral, intentando asimilar con su mente lo que allí se estaba diciendo. Era obvio que el señor Sanders era capaz de mantener comunicación telepática, pues sus facultades paranormales eran muy fuertes, y ella le había llamado al sentirse angustiada. Mihail continuó la conversación como si continuaran presentes sólo ellos dos.

—Es esencial para los carpatianos hacerse pasar por humanos en todo momento.

La mujer se hundió en la silla.

—Nunca he oído que un humano pueda volverse carpatiano, pero Joie lo ha hecho, ¿cierto? Por eso tiene ese aspecto diferente, una sutil diferencia, pero se nota. Y es verdad que usted tenía pensado crear a partir de la nada el vestuario para los niños.

Para inquietud de Mihail, la mujer parecía a punto de echarse a llorar.

—Lo lamento muchísimo, señora Sanders. Entenderá por qué Traian sencillamente no podía darle esta información: es necesario proteger a nuestra especie en todo momento. —Estudió su cara, vuelta de lado—. Usted no ha revelado a sus hijos su linaje, no tienen ni idea, ¿verdad?

Ella negó con la cabeza.

—No quería que lo supieran; temía por ellos. Mi marido lo sabe, pero es muy protector conmigo. Cuando necesito soltar a mi felino, me acompaña y yo corro por las colinas. Se queda para asegurase de que no se produzca ningún accidente.

—¿Ninguno de ellos puede mutar?

La mujer negó con la cabeza.

—Nunca les enseñé. Les he visto crecer a todos inquietos y melancólicos por épocas, pero no quería que llevaran esa carga. No sé si he hecho bien o no, pero tener un hijo e intentar educarle es una gran responsabilidad cuando se trata de un jaguar. Sus instintos...

—Jubal es un buen hombre, protege mucho a sus hermanas. —Mihail alargó una mano y le dio una palmadita.

Ella se tranquilizó de inmediato, pestañeó para contener las lágrimas y recuperó el control que había perdido.

—Los machos de jaguar son muy peligrosos.

—Llevo siglos de vida, señora Sanders. Admitiré que no he tenido mucho contacto con su especie ya que residíamos en otra parte del mundo, pero recuerdo muchos jaguares machos que eran gente maravillosa. La necesidad y el miedo a menudo llevan a las personas a hacer cosas que no harían por lo habitual. Jubal es un buen hombre, de nacimiento, y lo será toda la vida. Si se viera forzado por circunstancias extremas, creo que reaccionaría con su mente y fuerza y los dones que ha recibido, y que no recurriría a medios primitivos.

La señora Sanders respiró hondo.

—Gracias por esto. Es mi peor miedo.

Esta preocupación la había distinguido Mihail con claridad, ya que se encontraba en primer plano en su mente antes de que ella levantara las barreras.

—Tiene unos hijos excelentes, señora. Joie es un tesoro a quien todos queremos proteger. Jubal nos ha ayudado en trabajos de investigación de importancia vital, al igual que Gabrielle.

—Gabrielle conoció a un joven, Gary Jansen, y dice que ha estado trabajando con él en un gran proyecto de investigación. ¿También él es carpatiano?

La medio sonrisa desapareció del rostro de Mihail.

—Gary es humano, un amigo, protegido por todos los carpatianos. Siempre. —Si había un humano en el mundo por quien darían la cara los carpatianos, ése era Gary Jansen. Pero ahora...

—¿Qué le sucede a Gabrielle? —preguntó la señora Sanders—. Sé que pasa algo, pero incluso Joie y Jubal se niegan a hablar del tema conmigo. —Sacudió la cabeza—. Mi familia tiene demasiados secretos, y aun así parece que usted los conoce todos. Gabrielle sigue con vida, ¿verdad que sí?

Mihail se pasó una mano por el rostro, detestando encontrarse en aquella situación. Esta mujer se merecía una respuesta; se merecía la verdad sobre su hija.

—Del mismo modo que Joie se convirtió a nuestra especie porque estaba a punto de perder la vida, Gabrielle también ha tenido que hacerlo, pues de lo contrario habría muerto.

La señora Sanders emitió un pequeño sonido de desesperación y volvió la cabeza para encontrar la mirada de su esposo. El hombre permanecía en el umbral de la puerta, alto y recto, con una máscara inexpresiva en el rostro.

—Rory, oh, cielo, cuánto lo lamento. Es culpa mía. Es todo culpa mía.

El hombre se apresuró a acudir a su lado, apoyó una rodilla en el suelo y tomó las dos manos de su mujer.

—No te mortifiques así, tú no has hecho nada malo.

—¿Es tan duro para usted saber que sus hijos son carpatianos? —preguntó Mihail—. Siempre estarán protegidos y serán valorados.

—Joie, sí, pero, ¿qué pasará con Gabrielle? Ella es diferente, no es aventurera como Joie, en absoluto. Su vida es la investigación y el hogar. Todo esto no es para ella.

—Es una vida, señora Sanders. Si no hubiera contado con esta opción, habría muerto. Es lo que quería. Nuestros sanadores están ahora con ella y la ayudarán a adaptarse. Está vinculada a un carpatiano que ya tiene pareja eterna, Vikirnoff von Shrieder, y también a mí. Siempre nos ocuparemos de su felicidad y seguridad.

La señora Sanders tomó aliento y agarró la mano de su marido.

—Al menos no tengo que preocuparme de que un jaguar macho les ponga las manos encima a mis hijas. Ésa ha sido mi gran preocupación, sobre todo con Joie viajando tanto. —Intentó esbozar una pequeña sonrisa para su esposo—. No me importa si es carpatiana o humana, al menos que no haya sangre de jaguar.

—Pensaba que quedaban muy pocos —dijo Mihail.

—De pura sangre, pocos, pero por supuesto hay muchos descendientes y no quiero que ninguna de mis hijas se acerque a un jaguar.

Mihail no comentó que Jubal era un jaguar macho, ni tampoco comentó que él no toleraba prejuicios contra ninguna raza o especie. La mujer temía a los jaguares y tenía sus motivos. Vislumbró impresiones de un pasado que mantenía bien recluido. Entonces tendió la mano a su marido y se presentó justo cuando Traian y Joie irrumpían en la estancia. Mihail había transmitido la conversación a la pareja, al tiempo que les instaba a darse prisa para consolar el llanto de su madre.

—Mamá —dijo Joie—. Siento tanto no haberte contado lo de Gabrielle... Quería hacerlo, pero no sabía cómo.

La señora Sanders abrazó con fuerza a su hija.

—¿La has visto? ¿Está bien?

Joie se mordió el labio y dirigió una rápida mirada a Traian.

—Siente aprensión, no es fácil para ella. Yo tenía a Traian a mi lado para guiarme. Y cuando necesito alimentarme, él me nutre y no resulta tan horrible. Pero Gabrielle está enamorada de alguien que no es carpatiano, que no puede darle lo que necesita.

La señora Sanders no pudo evitar llevarse las manos a la garganta.

—¿Y quién le facilita alimento?

—El hombre que la salvó se llama Vikirnoff von Shrieder. Él y su pareja eterna, Natalya, han pasado mucho tiempo con ella, hablándole y tratándola para que acepte su nueva vida. No acepta ni la sangre de Traian ni la mía, pero sí de ellos dos. Se portan muy bien con ella, mamá. Y Gabrielle lo está intentando.

—Quiero verla.

—Los dos queremos verla —dijo con firmeza el señor Sanders.

Joie vaciló.

—Mamá, está muy sensible. Su vida ha cambiado del todo. Por suerte, hay una mujer de visita aquí, llamada MaryAnn Delaney, que es asesora de víctimas de malos tratos y abusos, y se ha ocupado también de muchas mujeres con traumas. Ha ido a ver a Gabrielle con Gary, y ahora mismo están hablando con ella. Creo que es mejor dejar que ellos se ocupen de esto, de verdad. Ya conoces a Gabby, es una luchadora, pero ahora mismo está pasando por la impresión inicial de despertarse y sentirse diferente por completo.

—Soy su madre, y debería estar a su lado.

—Ha prometido venir aquí lo antes posible. —Joie miró a Traian y él le puso una mano en el hombro. El trauma de ver a su hermana a punto de morir había pasado factura a Joie. Adoraba a Gabrielle, y ella la había introducido en esta vida, exponiéndola a vampiros y a carpatianos. Sentía un gran cargo de conciencia por la conversión a la que se había tenido que someter.

—Este hombre, Gary, ¿es el hombre de quien está tan locamente enamorada? ¿El hombre por quien permanecía aquí en las montañas, para estar cerca de él? —preguntó el señor Sanders.

Joie hizo un gesto afirmativo.

—No habla mucho de su relación, pero es evidente que existe una gran atracción entre ellos. Gary ha estado fuera de sí por todo esto; ha ido al lugar de... a estar cerca de ella todos los días desde que sucedió.

Mihail buscó a su propia compañera para consolarla; percibía la pena creciente en Raven, por la relación que mantenían ambas mujeres. Ninguno de ellos había previsto hasta dónde iban a llegar las consecuencias de todo esto. Gabrielle ahora era una mujer carpatiana por completo, y los otros varones carpatianos lucharían desesperados hasta que uno de ellos la hiciera su pareja eterna. Las atenciones de Gary no serían recibidas con beneplácito, y era posible que Gabrielle acabar siendo la compañera eterna de algún carpatiano sin estar enamorada de él. El cariño llegaba después en muchos casos, después de la cruda necesidad sexual y la intimidad de constituir una pareja. Cabía la posibilidad de que Gabrielle amara a Gary y aun así fuera compañera eterna de un carpatiano. El potencial de problemas explosivos crecía dentro de un mundo ya de por sí complicado como el de los carpatianos.

Está enamorada de él. La voz de Raven sonaba suave. *Y él merece ser feliz después de todo lo que ha hecho por nosotros; ya sabes que se ha ganado un sitio en nuestro mundo.*

Mihail soltó un largo suspiro.

Eso ya lo sé, pero un carpatiano próximo al final de sus días no se rige por la lógica. Si ella es pareja eterna de algún carpatiano, deberá renunciar al afecto que sienta por Gary y aceptar por completo su nueva vida.

Se produjo un pequeño silencio.

¿La obligarías a quedarse con un hombre a quien no ama? Eso no está bien.

Sólo se tiene una pareja eterna en la vida. Su amor por Gary se desvanecerá con el tiempo y, si de verdad da una oportunidad a su nueva vida, encontrará la felicidad junto a su verdadera pareja.

Raven hizo un sonido desdeñoso.

No tienes ni idea de cómo vas a resolver esta situación, ¿verdad que no?

Mihail se pasó la mano por el pelo.

Gary la quiere muchísimo. Cada vez que estoy con él lo percibo. Y ha hablado con Gregori en varias ocasiones de sus sentimientos por ella. Desde que estuvo a punto de morir, casi no se ha separado de su lado, velando su lecho hasta que ha despertado. Ninguno de nosotros pudo convencerle de que comiera. Todo esto va a resultar muy complicado, Raven.

Raven le envió consuelo y camaradería con un contacto tranquilizador, deslizando mentalmente los dedos por su rostro. Mihail sintió ganas de salir huyendo de aquella casa y de todas sus complicaciones para trasladarse a donde estaba la dicha. En medio de tantos problemas y enemigos instigándoles por todos lados, estaba Raven y su sonrisa fácil, su cariño y capacidad de ofrecer felicidad y alegría a todos los que la rodeaban.

—¡Aquí están! —anunció Joie—. Mamá, sé cariñosa con ella —añadió agarrando con fuerza la mano de Traian.

—No tienes que decirme eso —comentó la señora Sanders con un pequeño ceño.

Mihail se levantó con intención de disculparse y dejarles. Jubal entró dedicando una rápida mirada de advertencia a su madre y a su padre; luego se apartó para permitir que Gabrielle entrara en la habitación. Estaba preciosa: alta, con su pelo oscuro, ojos grises y boca carnosa. Tenía la piel pálida y temblaba visiblemente, pero el hombre que venía a su lado la rodeó con el brazo para darle apoyo.

—Mamá, papá. Qué maravilla volver a veros. —Las lágrimas saltaron a sus grandes ojos, transformándolos en carbón.

Sus padres se levantaron, dieron varios pasos en dirección a su hija, pero la señora Sanders se detuvo en seco y perdió todo el color del rostro. Alzó la cara y olisqueó varias veces, examinando el aire. Levantó una mano con gesto defensivo y lanzó un grito, retrocediendo de la pareja.

Gabrielle se quedó pálida como una muerta y volvió el rostro contra el hombro de Gary ante el rechazo de su madre. Joie y Jubal se colocaron de un brinco delante de su hermana, para que sus padres no la vieran. Mihail se movió con una velocidad borrosa e interpuso su cuerpo entre la madre histérica y su hija. Gary cogió a Gabrielle en brazos y la estrechó con fuerza, mientras Traian se colocaba entre los padres de Joie y su cuñada, protegiéndola con su corpachón.

La señora Sanders se puso de rodillas y un gemido lastimoso llenó la casa. Aunque el señor Sanders intentó ponerla en pie, la mujer forcejeó y sacudió violentamente la cabeza, sin dejar de gemir.

—¡Mamá! ¡Contrólate! —le ordenó Jubal con brusquedad—. Es Gabrielle y necesita que seas fuerte, no le des la espalda.

Traian y Mihail intercambiaron miradas inquietas y Joie alzó la barbilla.

—Ella es lo que es, y si no puedes tratar a Gabrielle como carpatiana, mejor que sepas que yo también lo soy, al igual que Traian. Y todos la apoyamos.

La señora Sanders cambió de actitud por completo. Se incorporó despacio, con sus ojos cada vez más impenetrables y el cuerpo de repente fluido y felino. Bajó la cabeza con un clásico gesto acechante.

—Aléjate de mi hija. —Articuló cada palabra que pronunció.

—Marisa —la reprendió el señor Sanders con brusquedad.

Le respondió con un gruñido, y un siseó mortífero acompañó la advertencia. Sus dedos empezaron a enrollarse, su cuerpo se estiró y un hocico tomó forma alargada. Los huesos crujieron y su columna se dobló.

—¡Mamá! —Joie sonaba horrorizada—. ¡Mamá, para!

Traian se adelantó a su compañera, relegándola a un segundo plano con su corpachón. Al mismo tiempo metió al hermano tras él con un brazo poderoso.

—Mamá. —Jubal se sumó al ruego—. ¿Qué estás haciendo?

Mihail se adelantó para hacer costado a Traian. Los dos carpatianos se situaron hombro con hombro para enfrentarse a la amenaza.

—Señora Sanders. —Mihail estaba sereno e intentaba entrar en contacto con la mente de la madre de Gabrielle.

Encontró una neblina roja de ira, un caldero de miedo, y de repente reventó desgarrando el material. El pelaje se extendió de súbito sobre la piel, y al instante ella apareció sobre el suelo a cuatro patas, con unos dientes llenando aquel largo hocico. El señor Sanders intentó ponerle encima una mano tranquilizadora, pero le lanzó una zarpa afiladísima.

Traian se adelantó de un brinco, con velocidad prodigiosa, como un borrón en movimiento, que cogió al padre de Joie y lo empujó hacia su hija. El brazo del señor Sanders sangraba a causa de los largos y profundos rasguños, y Joie sollozó mientras se apresuraba a asistir a su padre.

—Papá, ¿qué le pasa? Es obvio que tú lo sabes. Cuéntanoslo.

—¿Qué es ella? —exigió saber Jubal.

—Jaguar —respondió Traian—. Desciende de un linaje puro de jaguar.

El felino se agazapó meneando la cola lleno de agitación, y los ojos fijos en los dos varones carpatianos que le bloqueaban la vía hacia su objetivo.

Mihail, retrocede, advirtió Traian. *Está a punto de atacar.*

Es la madre de Joie, recordó Mihail. *No podemos hacerle daño.*

No hables en plural. Tú retrocede.

Traian se adelantó poco a poco en un esfuerzo por proteger a Mihail al igual que a su pareja y a los demás.

—Nunca había hecho esto cuando íbamos al colegio y se enfadaba tanto con los profesores —dijo Jubal—. ¿Qué diablos le pasa, papá? ¿Tú lo sabías?

—Calla, Jubal —soltó el señor Sanders—. No es momento para hablar con ligereza. Es muy peligrosa.

—¿Tú crees? Tu sangre gotea por todo el suelo.

—¿Qué ha desatado esto? —preguntó Mihail con calma.

El señor Sanders sacudió la cabeza.

—Ni idea, parecía aceptar todo lo que yo le decía.

—Retroceded todos. Dejadnos a Traian, al señor Sanders y a mí ocuparnos de esto —ordenó Mihail.

Estoy en camino, Mihail. Esperadme. Gregori, como siempre, mantenía una perfecta calma.

Oh, ahora quieres ayudar. Creo que puedo ocuparme yo solo del gato salvaje.

Con que te haga un solo rasguño, tu hija pedirá mi cabeza servida en una bandeja. Aparte, te estás volviendo viejo y lento.

Mientras Joie, Jubal, Gabrielle y Gary empezaban a retroceder poco a poco para salir de la habitación, el felino comenzó a agitarse cada vez más, hasta que de pronto se propulsó sobre las patas para atacar a los dos carpatianos con un rugido de ira que sacudió toda la casa. Sus hijos se detuvieron.

La hembra de jaguar actuó de forma explosiva, saltando sobre el mobiliario para dar a Traian directamente en el pecho. El peso y el ataque repentino le empujaron hacia atrás. El animal fue a por su garganta, intentando hundir los dientes a fondo y él lo cogió entre sus fuertes manos, conteniendo al felino rugiente.

Gabrielle chilló.

—¡No le hagáis daño!

—¡Es mi madre! —gritó Joie.

Traian vaciló un instante y el felino le dio con las zarpas de las patas traseras, abriendo laceraciones de considerable tamaño, con los dientes dirigidos en todo momento a su garganta. De repente cambió de táctica y le atacó el pecho con las zarpas delanteras, buscando dónde agarrarse para coger impulso, e impeliéndose con las patas traseras para saltar sobre Gary. Golpeó con fuerza y velocidad, directo a matar.

Unas manos poderosas rodearon su cuello y sujetaron a la hembra de jaguar, que se quedó mirando fijamente los ojos negros del príncipe. Se había movido con velocidad vertiginosa, interponiendo el cuerpo entre el animal y su presa.

—¡Mamá! ¡Para! —Había pánico en la voz de Joie—. ¿Qué estás haciendo?

A Traian no le quedó otra opción. Había jurado, como todos los carpatianos, proteger a su príncipe, de modo que rodeó el fuerte cuello del animal con una llave de lucha libre, preparado para rompérselo si insistía en atacar a Mihail.

El jaguar luchó aprovechando la flexibilidad de su columna, pero ninguno de los carpatianos cedió.

—Por favor, Traian, no. No puedes matarla —suplicó Joie, adelantándose para agarrarle el brazo.

Fue suficiente distracción para que el jaguar se retorciera, casi soltándose de Traian, y alcanzara con las garras a Mihail.

—¡Basta! —La orden irrumpió atronadora en la habitación mientras un hombre alto de amplios hombros hacía aparición. Sus ojos plateados relucían con intención letal. Haciendo caso omiso de los ruegos de Joie y Jubal, Gregori pasó junto a Traian y agarró la cabeza del jaguar para mirarle a los ojos—. He dicho que es suficiente. Si insistes en esta acción te mataré de inmediato. Eres suficientemente humana como para entenderme. Entra en la otra habitación y recupera el control, ahora. —No había compasión ni elasticidad en su voz. Ni siquiera dedicó una mirada a los demás presentes en la habitación. Se limitó a coger a la hembra de jaguar y lanzarla hacia la puerta.

El felino fue a parar con fuerza contra la pared, se deslizó hasta el suelo y permaneció tendido un momento, con los costados palpitantes. Hubo un breve silencio, roto sólo por la pesada respiración del jaguar. Luego volvió la cabeza y gruñó.

Gregori soltó un largo y lento siseo, con ojos centelleantes, y dio un paso amenazador hacia la hembra.

—No voy a repetirlo. Has atacado a mi príncipe y el castigo es la muerte. Hay tres carpatianos en esta habitación, y te corresponde la muerte. Vete antes de que pierda la poca paciencia que tengo.

El jaguar se escabulló con el rabo entre las piernas, y Gregori tendió su brazo para ayudar a Mihail a ponerse en pie.

—La próxima vez, si no protegéis a vuestro príncipe, tendréis que responder de ello ante mí. No me importa quién sea el atacante, ni el motivo, vuestro deber es velar por su seguridad, tanto si a él le gusta como si no. —Dirigió su mirada primero a Traian, y luego a Joie y a Gabrielle—. ¿Me he explicado bien? Porque si no lo habéis entendido, entraré ahí y romperé el cuello a la fiera, y así os enseñaré lo que hay que hacer para impedir que nuestro príncipe sufra algún daño.

Traian asintió y tendió su mano a Joie. Gabrielle mantenía el rostro enterrado en el hombro de Gary, y el señor Sanders se apresuró a entrar en la otra habitación para atender a su esposa.

—Yo no corría peligro, Gregori —dijo Mihail con calma.

Gregori se giró en redondo para lanzar una mirada iracunda a su príncipe.

—No me digas que no corrías peligro; iba directa a tu garganta. ¿Crees que no podía leer su mente? Su intención era despedazarla.

Qué forma tan maravillosa de empezar la celebración navideña. A Raven no le va a hacer mucha gracia.

A Raven no le habría hecho ninguna gracia que esa mujer te despedazara la garganta. Aún no hemos concluido esto, Mihail, y no hagas bromas al respecto. Traian y Joie tienen muchas explicaciones que dar. Puedo excusar a Gabrielle, pero a los otros, no.

—Traian estaba protegiéndome a mí, Gregori —dijo Joie—. Ella es mi madre.

—Traian no necesita ocultarse bajo tus faldas, Joie. Es uno de los antiguos carpatianos, nacido y educado como tal, y sometido por lo tanto a las leyes de nuestro pueblo. Por encima de todo lo demás, protegemos a nuestro príncipe. Sin él, nuestra especie se muere, nos extinguimos. Nuestro principal deber es siempre, siempre, proteger el buque vivo de nuestro pueblo. Mihail no habría matado a tu madre por salvarse, porque él está obligado a mantener unido a nuestro pueblo. Habría intentado una vía diplomática, y vuestra madre le habría despedazado la garganta. El deber de los tres carpatianos en esta habitación era protegerle, incluso de sí mismo. —Gregori volvió la cabeza y clavó en Traian sus ojos fríos, de color peculiar—. ¿No es así?

—Así es. Por mi parte ha sido una decisión errónea; no volveré a fallar a nuestro príncipe.

—Y tampoco fallarás a nuestro pueblo otra vez —insistió Gregori. Miró a las mujeres—. Tenéis que decidir si vivís o no como carpatianas. Si no lo deseáis, me ocuparé de que no viváis de ninguna otra manera.

Gregori. La intervención de Mihail fue como la calma en medio del ojo del huracán. *Suficiente.*

—¿Por qué lo ha hecho? —preguntó Gary poniéndose bien las gafas y frotándose la nariz—. Juro que venía por mí, no iba por Mihail. Gregori, estoy convencido de que intentaba matarme a mí. Mihail se movió tan deprisa que no me dio tiempo a verle, y creo que tampoco a ella.

—Traian necesita cuidados —ordenó Gregori a Joie—, ocúpate de las heridas de tu compañero.

El rugido de Traian retumbó en toda la habitación.

—Me merezco una reprimenda pero no des órdenes también a mi compañera. No voy a permitirlo.

Mihail alzó una mano para detener aquellos enfrentamientos.

—Todos estamos olvidando lo que aquí está en juego. La señora Sanders ha venido a celebrar la Navidad con nosotros y ha aceptado a Gabrielle y a Joie como carpatianas. Lo que tenemos que descubrir es qué desató al felino en su interior e hizo que atacara. —Dedicó una mirada severa a su segundo—. Y luego todos vamos a hacer las paces porque nada, y quiero decir nada, va a desbaratar esta noche a Raven.

Gregori hizo una leve inclinación.

—Por supuesto. —Intercambió una sonrisa apenas esbozada con Traian.

Tiene miedo a su pareja.

Hace todo lo que ella dice.

Y los dos podéis iros al cuerno.

Gabrielle se hundió en el sofá con Gary a un lado y Jubal al otro. Joie y Traian compartieron una silla. Mihail se quedó en el rincón más próximo a la puerta y Gregori, con los brazos cruzados sobre el pecho, se mantuvo entre Mihail y el resto de los presentes en la habitación.

El señor y la señora Sanders salieron juntos de la mano. Ella había estado llorando y era obvio que se mostraba reacia a dar la cara. Cuando vio las marcas en el pecho de Traian, las lágrimas saltaron de nuevo a sus ojos.

—Mamá, ya ha pasado —dijo Joie—. Por favor, no llores más. Intentemos averiguar qué ha pasado y solucionarlo.

—¿Soy yo? —preguntó Gabrielle—. No quiero volver a alterarte. Hoy es Nochebuena y se supone que vamos a juntarnos como una familia. No quiero que te enojes por lo que me ha sucedido.

La señora Sanders negó con la cabeza.

—No eres tú, eso nunca, cielo. —Alcanzó con la mirada también a Gary, y luego apartó la vista. Agarró con más fuerza la mano de su marido—. Es él. —Hizo un ademán en dirección a Gary—. No es lo que pensáis que es.

—¿Gary? —Gabrielle parecía escandalizada. Todo el mundo lo miró.

—¿A qué se refiere, señora Sanders? —preguntó Mihail.

—Es un jaguar, puedo oler su sangre. Lleva esa peste encima. Es un macho de jaguar. Son embaucadores y capaces de cometer enormes crueldades. No le quiero cerca de mis hijas; de ninguna de ellas. —Alzó la barbilla, de pronto con aspecto regio—. Lo que he hecho ha estado mal, debería haber controlado mejor al felino, pero he sufrido un shock terrible. Hacía años que no me encontraba frente a un jaguar; pensaba que la puerta se había cerrado hacía tiempo. Me cogió por sorpresa y me trajo recuerdos dolorosos, pero ahora ya he recuperado el control. De cualquier modo, no puede estar cerca de ellas.

Gabrielle se agarró con fuerza a la camisa de Gary.

—Te equivocas, mamá. Gary es el hombre más tierno del mundo, bondadoso y amable, y con mucho talento. No sabe cambiar de forma, es humano.

—Es un jaguar —dijo la señora Sanders con brusquedad—. Y te está engañando si dice lo contrario. Tengo sangre pura de jaguar y ese detalle no puede pasarme desapercibido.

—¿Gary? —preguntó Mihail, para entonces sondeando la mente del hombre.

Gregori había intercambiado sangre con Gary y podía leer sus pensamientos; lo hacía con cierta frecuencia. Nunca había encontrado ninguna evidencia de mutaciones. El sanador miró a Mihail y negó con la cabeza.

—Señora Sanders, es posible que Gary comparta una línea sanguínea. Sucede en el caso de muchas de las mujeres de aquí, incluidas sus hijas, y también su hijo. Pero él no puede cambiar de forma y, de hecho, no sabe nada de su linaje. Gregori ha compartido sangre con él y puede leer sus pensamientos con toda facilidad. De hecho, muchas veces Gary se ha ofrecido voluntario y me ha permitido hacerlo también a mí. No puede engañar a un carpatiano que haya bebido su sangre.

—Es un jaguar —insistió la mujer—. No es bien recibido aquí ni puede estar cerca de mis hijas.

—Su hijo es jaguar. ¿Habría que expulsarle a él también? —preguntó el príncipe.

—¡Mamá! ¿Qué se te ha metido en la cabeza? —quiso saber Jubal—. Papá, haz que pare.

—No tienes ni idea de lo que tu madre ha sufrido a manos de un jaguar —replicó el señor Sanders—. No te atrevas a juzgarla.

—No todos los hombres jaguares son iguales —dijo Mihail—, como tampoco lo son los hombres carpatianos. Muchos de nuestros hombres se convierten en vampiros y muchos hombres jaguares atacan a sus mujeres, pero no todos ellos. He conocido muchos jaguares honorables, su propio hijo entre ellos, y su sangre es mucho más pura que la de Gary. Concédale una oportunidad. Lleva con mi gente mucho tiempo y está comprometido con nuestra causa: nos es de gran ayuda. Gabrielle ha trabajado con él y conoce su dedicación. Aproveche usted esta ocasión para conocerle mejor como persona.

Antes de que ella pudiera protestar, Gregori se movió y atrajo todas las miradas hacia él.

—Es bien poco lo que pide el príncipe, señora Sanders. Le ha atacado, mientras hería intencionadamente a su yerno. Su intención, señora, era matar a uno de los nuestros. Gary está bajo nuestra protección, es mi amigo y me hago responsable de su conducta. Lo único que ha pedido el príncipe es que le dé una oportunidad, y teniendo en cuenta su comportamiento anterior, pienso que es una petición razonable.

La señora Sanders respiró hondo.

—Tiene razón, por supuesto. Me asusté tanto al olerle... Mis disculpas por mi comportamiento.

Gary apretó la mano de Gabrielle para contener cualquier comentario adicional.

—Gracias, señora Sanders. Con franqueza, no sé si lo que dice es verdad, pero haré todo lo posible para aclararlo. Por lo que sé, no tengo facultades psíquicas de ningún tipo, y desde luego no puedo mutar. No obstante, siempre me han interesado las leyendas y los mitos, y en un momento dado intenté demostrar que existían criaturas como los vampiros y los mutantes. Tal vez me sentí atraído por estas cosas porque, como dice usted, es mi herencia.

—Tal vez —aceptó la señora Sanders sin comprometerse a nada.

Mihail soltó una lenta exhalación.

—Nuestra fiesta empezará de aquí a un par de horas, señora Sanders. Confío en que haga todo lo posible para que las cosas salgan bien y podamos presentarnos unidos ante nuestros invitados. Y Traian, te asegurarás de guardar bien nuestros secretos en todo momento. —Eso significaría beber sangre de los padres de Joie, una tarea desagradable pero necesaria.

—Sí, por supuesto.

Gregori se volvió a Gary, deliberadamente en presencia de los demás.

—Si me necesitas para algo, sólo tienes que llamarme a través de nuestra vía mental y te oiré. Toma cuantas precauciones sean necesarias. No consentiré un segundo ataque contra ti sin represalias. Mi justicia se aplica de forma rápida y brutal, como todos sabéis. —Miró a los demás presentes en la habitación—. Nada impedirá que cumpla con mi deber si mi amigo sufre algún daño. —Hizo una pequeña inclinación y siguió a Mihail para salir al exterior, donde seguía nevando.

—Siempre has tenido un don para las despedidas —comentó el príncipe.

—Te juro, viejo amigo, que si te expones a peligros de nuevo, voy a matarte yo mismo, y asunto arreglado.

—Me gusta que te mantengas siempre alerta. Vendré más tarde a ver a mi hija; ahora tengo que ir a visitar a Destiny. Me gustaría saber qué opina de Gabrielle su amiga MaryAnn. Y si de verdad es tan buena como dice todo el mundo, quiero encontrar la manera de que vea también a la joven Skyler. Esa niña es maravillosa, valiente y lista, y demasiado madura para su edad, pero también muy frágil, Gregori. No podemos permitirnos perderla, y Dimitri está muy cerca del lado oscuro, demasiado cerca.

—No le pierdo de vista —dijo Gregori—. Destiny te caerá bien, y también su Nicolae. Es una mujer asombrosa y una cazadora muy diestra. Francesca y yo estamos atentos a todos sus movimientos para asegurarnos de que no queda ni un parásito en su sangre. Hemos guardado algunos, sólo por si podemos darles algún uso práctico. Es una joven fantástica.

—Tengo muchas ganas de conocerla.

Gregori empezó a titilar hasta volverse transparente.

—Sabes que va a haber problemas con Gabrielle y Gary ahora que ella se ha convertido.

El príncipe suspiró.

—Siempre parece haber problemas. Incluso ahora, cuando se supone que vamos a reunirnos para celebrar la Navidad.

Capítulo 14

El hostal empezaba a llenarse de gente. Manolito De La Cruz se hallaba de pie en un rincón, observando la escena que se desarrollaba ante sus ojos. Caos. Estupidez. ¿Por qué tanta gente se reunía en un sitio cerrado y creía sentirse segura?

Su ansia, intensa y terrible, le corroía las entrañas, le machacaba, y el sonido de tantos corazones latiendo, el riego sanguíneo circulando por las venas, sólo incrementaba su desasosiego. Las sombras crecían en él, el demonio pedía sangre a gritos, una pequeña chispa de emoción, un arrebato momentáneo que le devolviera la vida, sólo un instante. Casi podía imaginar la presa debajo de él, el corazón acelerado, la adrenalina precipitándose por su sangre y él consumiéndola extasiado.

Allí entre las sombras escogió una presa. Era un hombre fuerte y saludable que se pensaba que dominaba la situación, dando consejos a todo el mundo sobre lo que tenían que hacer. Manolito le iba a dar una lección; le dejaría ver la muerte, en sus ojos, en su corazón y alma, mientras le clavaba los dientes a fondo y percibía su lucha por mantenerse con vida... siempre la vida. Una vida que él ya no tenía, que no podría recuperar.

A su alrededor había hombres carpatianos que se habían adjudicado una mujer; incluso sus dos hermanos lo habían conseguido. Oía sus risas, notaba la emoción en ellos, pero no era suficiente. Ya habían pasado demasiados siglos, demasiadas batallas, demasiadas muertes. Notaba su voluntad escurriéndose por aquel abismo oscuro, y por lo visto no podía salir de ahí. Había hecho costado a los carpatianos en su lucha contra los vampiros, le habían herido y le habían curado, pero al recuperarse, percibió la oscuridad agazapada en él, susurrando a cada momento, sin cesar, hasta el punto de pensar que se había vuelto loco... hasta el punto de pensar que recibiría con beneplácito la locura.

Se fijó en una mujer con tacones. Las mujeres siempre aceptaban con agrado sus atenciones; no le costaba atraerlas con su aspecto seductor y moreno. Sabía qué veían las mujeres cuando le miraban: un hombre guapo, misterioso, rico y muy, muy sexual. Parecía el arquetipo del hombre depredador y las mujeres le seguían, le rogaban que se las llevara a la cama. Se aprovechaba de ellas con crueldad, dejando atrás la impresión de la proeza sexual, marcándolas con sus dientes, asqueado al verlas entregar su cuerpo de buen grado. Si supieran que en realidad sólo quería consumir hasta la última gota de sangre de su cuerpo y dejarlas como un caparazón marchito, sólo para sentir momentáneamente una ráfaga de vida.

La tentación era abrumadora, desataba una respuesta en él que alargaba sus colmillos, los hacía crecer y llenar su boca mientras su cuerpo anhelaba el poder del asesinato. *Una sola vez.* Los susurros eran cada vez más sonoros, ahogaban sus pensamientos, no era capaz de reaccionar ni siquiera para pedir ayuda a sus hermanos. Una sola vez. El sabor de la vida tendría que durarle mucho rato. *Una sola vez.* ¿Quién iba a enterarse?

Los latidos sonaban cada vez con más fuerza hasta el punto de retumbar en sus oídos. Oyó su propio corazón latiendo con violencia y esperó a que le siguiera el rebaño de ovejas... y así fue, despacio, una a una, siguieron su paso.

Ansiaba la sangre caliente fluyendo dentro de su sistema, ansiaba el contacto con la piel de una mujer, el estremecimiento mientras su cuerpo se sometía a él. Sólo que no podía sentirlo... en realidad no. Sus hermanos le suministraban emociones igual que se alimenta a un niño con una cuchara. La oscuridad le llamaba, y tenía que responder: ya casi saboreaba el poder en su boca.

De súbito, se volvió y salió a buen paso del hostal, a la noche, a calmar su corazón e intentar pensar con más claridad. El ansia pulsaba en su interior sin cesar, una obsesión oscura que no conseguía sacarse de encima. La noche no era lo bastante oscura como para ocultarse en ella. La nieve iluminaba el suelo e impedía que las sombras se impusieran. Necesitaba el cobijo de la arboleda. Manolito cambió de dirección y se encaminó hacia la profundidad del bosque.

—Nicolae, guerrero, hermano, qué placer tenerte en casa. —Mihail agarró los antebrazos del cazador de cabello oscuro, uno de los más antiguos, saludándole según la arcaica tradición carpatiana para dar la bienvenida a casa a los queridos guerreros.

Nicolae von Shrieder permaneció junto a él, mirando a los ojos de su príncipe, casi embargado por la emoción. Era inesperado y asombroso sentir un nudo en la garganta al descubrir admiración y afecto genuinos en el recibimiento de Mihail. Estaba en casa, y había servido a su pueblo con honor y dignidad durante siglos.

—Es un placer estar en casa, Mihail. Estoy al servicio de la voluntad de mi príncipe, el buque viviente de nuestro pueblo, a quien juro lealtad. —Así expresó el ancestral homenaje al líder.

La sonrisa de Mihail fue sincera.

—Hacía mucho tiempo que no oía esas palabras, y siento todo el significado que hay tras ellas. Es un verdadero honor tenerte en casa. —Se volvió a la mujer que permanecía de pie al lado de Nicolae. Parecía muy inquieta, como si no supiera si echar a correr... o pelear. Había pasado por demasiadas cosas, y su coraje y fuerza se habían pulido en las mismísimas llamas del infierno.

Mihail le cogió los antebrazos, sin dejar de mirar sus asombrados ojos color aguamarina, y repitió el ancestral saludo, concediéndole así el más elevado respeto posible.

—Destiny. Guerrera. Hermana. Es un placer tenerte en casa.

Ella tragó saliva con dificultad, dirigió una ojeada a su compañero eterno y asintió, agarrando con fuerza los antebrazos que le ofrecían.

—Es un placer estar en casa. Yo también estoy al servicio de la voluntad de mi príncipe y le juro lealtad.

—No tienes que jurarme lealtad —dijo Mihail—. El servicio que ya has realizado es más de lo que te puedo pedir.

—Mi sitio está junto a mi compañero eterno y deseo servir —respondió.

—Entonces acepto tu ofrecimiento en nombre del pueblo carpatiano. —La soltó, se apartó y sonrió con cordialidad—. He esperado mucho tiempo para conocer a la mujer que tanto ha entregado y tanto ha sufrido por nuestro pueblo. Gracias por venir.

—Había olvidado el gusto que produce sentir nuestra tierra —murmuró Nicolae—. No me canso de esta sensación. Destiny dice que no hago otra cosa que dar vueltas en el lecho, pero es un milagro para mí disfrutar del lujo de una riqueza así. —Les guió a través del hogar de su familia. Como siempre, los otros carpatianos habían conservado su casa limpia y en buen estado durante su ausencia. Nada más regresar, Nicolae la había modernizado, y estaba orgulloso de enseñar ahora los cambios.

Se sentaron cerca de la chimenea, la que a Destiny le gustaba especialmente, y Mihail les comunicó todas las noticias que le vinieron a la cabeza, incluido el descubrimiento más importante: Syndil.

—¿Recuerdas algo de las costumbres antiguas, Nicolae? ¿De una mujer que podía sanar la tierra?

—Por supuesto, era algo singular, se veneraba mucho a una mujer así. Recuerdo una que asistía a todos los partos y tomaba parte en los rituales de sanación. Su linaje era antiguo; sólo las mujeres que descendían de él tenían aquel don. Syndil tiene que ser descendiente de ella.

—Y la única que tenemos.

—De joven me topé con varias sanadoras de la tierra. Podría haber más. Rhiannon era una sanadora de esta clase: había recibido ese don de su madre. Su padre era un Cazador de Dragones. Tenía un talento increíble incluso de niña, y fue una gran pérdida para nuestro pueblo que la asesinaran.

—Syndil no es Cazadora de Dragones, al menos no he oído decir que lleve la marca del dragón. Es miembro de los Trovadores Oscuros, los niños perdidos que Darius consiguió salvar. Pero tenemos a la nieta de Rhiannon, Natalya, que tu hermano ha reclamado como pareja eterna.

Nicolae sonrió.

—Y Vikirnoff está siempre pendiente de ella.

—Los dos habéis encontrado mujeres extraordinarias. —Una breve sonrisa apareció juguetona en la boca de Mihail—. Aunque Natalya no heredara el don de su madre para sanar la tierra, es una mujer de talento. Creo que vas a disfrutar mucho en su compañía, Destiny. ¿Ya la conoces? Se entrenó a sí misma para ser una guerrera.

Destiny se tocó los labios con la lengua, como si los tuviera secos. Una vez más, antes de responder, desvió la mirada por un instante a su compañero.

—Es muy divertida. Cuando estoy con ella no paro de reír.

Mihail tuvo la sensación de que Destiny no reía con demasiada frecuencia. Dirigió una mirada a Nicolae. El antiguo carpatiano friccionaba con los dedos la nuca de su compañera, una muestra sutil de apoyo que él mismo empleaba cuando Raven se encontraba en una situación poco familiar y sentía aprensión. Entonces dedicó otra sonrisa franca a la mujer.

—Le encanta citar películas antiguas. Le dije a Raven que íbamos a tener que empezar a ver ese tipo de cine para seguirle la conversación.

Destiny consiguió esbozar una pequeña sonrisa nerviosa.

—Le vuelven loca las películas antiguas. El pobre Vikirnoff no sabe de qué habla la mitad del tiempo, pero así se entera. —Soltó una lenta exhalación—. Nunca antes he estado con un príncipe. No sé exactamente que se supone que debo hacer.

—Soy un hombre normal y corriente la mayor parte del tiempo, Destiny —confesó Mihail. Miró a su alrededor y se inclinó hacia delante, bajando la voz con complicidad, pese a estar enviando sus comentarios a su lugarteniente—. Menos cuando Gregori está presente, y entonces supongo que todo el mundo tiene que hacer genuflexiones ante mí para tenerle contento.

La represalia de Gregori fue rápida. Un trueno sacudió la casa, hizo vibrar las ventanas y zarandeó la silla donde estaba sentado Mihail, casi arrojándole al suelo.

Nicolae estalló en carcajadas.

—Está claro que eso ha sido un rugido Daratrazanoff.

—No son maneras de tratar a un suegro —dijo Mihail. Una sonrisa iluminó poco a poco su mirada—. Pero descubrirá que esta noche yo voy a decir la última palabra.

—Tienes algo planeado —aventuró Nicolae.

—Necesitamos un Santa Claus y creo que Gregori Daratrazanoff hará ese papel estupendamente.

Destiny desplazó la mirada de un hombre risueño al otro.

—A Gregori no le va a hacer ninguna gracia. Durante todo el tiempo que ha dedicado a mi curación, sólo le he visto sonreír a Savannah en una ocasión. Bueno, una vez intentó sonreírme a mí y sólo me enseñó los dientes. La idea de él entreteniendo a un montón de niños supera mi imaginación.

—Y la de todo el mundo, por lo visto —dijo Mihail con evidente satisfacción—. ¿Cómo te encuentras? Sé que has sufrido mucho por tenerte que levantar cada día con sangre de vampiro en las venas. ¿Ha sido capaz Gregori de curaros por completo a ambos?

Destiny asintió.

—Parece un milagro levantarse cada día, y abrir los ojos sin la sensación de que te están cortando la piel con cuchillas de afeitar. Gregori conservó la sangre y mencionó que con ella podría infectarse a un guerrero carpatiano para infiltrarlo en las filas de los no muertos. —Su mirada encontró la de Mihail—. No dejes que hagan eso. No puedo imaginar nada peor que tener esa sangre en tus venas en todo momento de tu existencia. Es un tormento, tanto físico como mental, y no puedo pensar lo que significaría para un guerrero que ya se encuentra al borde de la locura.

—No hay nada decidido al respecto. —Mihail la tranquilizó—. Cuando regresemos a la normalidad, nos reuniremos para hablar. Tu aportación es muy valiosa para nosotros y confiamos en que puedas asistir a estos encuentros.

Destiny se mostró aliviada.

—Sí, por supuesto.

Nicolae deslizó el brazo a lo largo del respaldo del asiento de su compañera.

—Hace años que Destiny no celebra la Navidad y vamos a salir a buscar un árbol. ¿Te apetece venir con nosotros?

Mihail negó con la cabeza muy a su pesar.

—Todavía tengo que hacer unas cuantas paradas más antes de reunirnos en el hostal. Esperaba poder charlar un poco con Mary Ann Delaney. Entiendo que está alojada aquí.

—Sí, en este momento está reunida con una adolescente. Francesca la trajo hace unos minutos y pidió a MaryAnn que hablara con ella; dentro de un rato la llevaremos de vuelta a su casa.

—La joven Skyler. No es habitual que una chica de su edad desate una respuesta en su pareja eterna, pero ella es muy madura para su edad y ahora tenemos a un carpatiano no correspondido por ahí suelto, reclamando sus derechos. —Mihail soltó un leve suspiro—. Skyler necesita protección en todo momento. Si se comete algún otro error, su compañero eterno la unirá a él, y no estoy seguro de lo que vaya a hacer Gabriel, pero no será agradable.

—Francesca ya nos ha advertido —dijo Nicolae—. Skyler dijo que le gustaría venir con nosotros a buscar un árbol, de modo que saldremos en cuanto MaryAnn haya acabado la sesión con ella. No creo que vaya a haber problemas, pero tendremos cuidado. Destiny es una cazadora experimentada, por lo que Skyler contará con doble protección.

—No la perdáis de vista —aconsejó Mihail—. Tiene tendencia a perderse por ahí. A veces me pregunto por qué animo a Raven a tener otro hijo. Seguro que he olvidado el problema que puede representar.

—¿Ves? —Destiny hizo una mueca a Nicolae—. Siempre te digo que son un problema.

Mihail se levantó.

—Voy a ver a tu hermano. ¿Quieres que le diga alguna cosa?

—Sólo infórmale de que vas a pedir a Gregori que haga de Santa Claus. Vikirnoff sin duda va a disfrutar con la noticia. —Nicolae también se levantó para despedir al príncipe.

—No es mi intención pedírselo, Nicolae. Va ser mi primera orden a Gregori como suegro.

Nicolae cogió a Destiny y la rodeó con el brazo.

—Me muero de ganas de estar ahí cuando le anuncies que va a hacer de Santa Claus esta noche.

—Ojalá yo estuviera ahí para ver la cara de Savannah; tiene un sentido del humor fantástico —añadió Destiny—. Nunca pensé que me haría amiga de la hija de un príncipe. Aunque, con toda franqueza: creo que se alegra de haberse enfrentado a un vampiro sólo para poder tener algo que restregar a Gregori por la cara.

El rostro de Mihail se ensombreció, y cualquier atisbo de humor desapareció de su expresión.

—Debo ser informado al instante de cualquier cosa que suceda a mi pueblo, en especial si se trata de mi hija. Pero por algún motivo, parece haberse omitido este pequeño detalle. Nicolae, ya que mi yerno no me ha dado explicación alguna, tal vez seas tan amable de informarme.

Gregori, ¿mi hija se enfrentó a un vampiro? ¿Y por qué no se me ha informado de inmediato? Envió un siseo contrariado y la imagen de unos dientes expuestos.

Destiny perdió todo el color del rostro, se quedó completamente pálida y miró a Nicolae para que la tranquilizara.

¿He dicho algo inconveniente?

No, por supuesto que no, dijo Nicolae para calmarla.

Mihail recuperó el control al instante, obligándose a sonreír. Lo último que quería era que Destiny se sintiera incómoda. Luchar con vampiros para ella era tan natural como respirar, así que le costaría entender por qué él estaba pensando en estrangular a Gregori.

Mi intención era explicártelo, pero tenía una batalla a medias. Estaba a punto de que me cortaran la mano y no me pareció buen momento para decir, «Oh, por cierto, Savannah ha salido a matar vampiros».

Estoy pensando en cortarte la cabeza. Me explicarás todos los detalles cuando estemos a solas. Y no te quejes de tu mano; ahora está perfectamente bien.

No soy responsable de la forma en que educaste a la cabezota de tu hija. He hecho cuanto he podido para minimizar el daño que tanto tú como Raven suscitasteis con vuestra educación liberal e indulgente en extremo.

Mihail casi se atraganta.

—Ese yerno mío va a aprender esta noche una lección que nunca olvidará. ¿Liberal e indulgente? Fui un padre muy firme con mi hija. —Se despidió de Destiny con la mano y salió con una mueca de satisfacción en la cara.

Destiny frunció el ceño intentando seguir la conversación.

—¿Has entendido alguna cosa?

—Creo que está discutiendo con Gregori sobre si Savannah recibió o no una buena educación.

Nicolae se volvió justo cuando MaryAnn Delaney y Skyler entraban en la habitación. Skyler iba vestida con su parka forrada, y MaryAnn venía a buscar su abrigo. Era una mujer alta y delgada, con piel café con leche y rizos acaracolados por toda la cabeza. Pese a ir con vaqueros, parecían demasiado sofisticados para estas montañas. Unos pequeños diamantes centelleaban en los lóbulos de sus orejas, y una delgada cadena de oro rodeaba su cuello.

—¿De verdad vamos a hacer esto? —preguntó MaryAnn mientras seguía a los demás al exterior—. ¿Ir a cortar un árbol en medio del bosque?

—¿Vas a protestar como los niños? No hace tanto frío —bromeó Nicolae—. ¿No me digas que no tenías un árbol de Navidad en tu casa en Seattle?

—Por supuesto que sí, pero lo compro de manera civilizada. No seas pagano —dijo MaryAnn—. En la esquina, al lado de casa. Y de hecho, me lo traen cada año porque mi coche es demasiado pequeño para transportarlo yo misma.

—¿Siempre están así? —preguntó Skyler a Destiny.

—Y mucho peor —respondió, cerrando la puerta tras ellos.

—¿Y no te importa? Pensaba que las compañeras eternas siempre se ponían celosas.

Destiny frunció el ceño mientras avanzaba por el terreno cubierto de nieve.

—¿Tiene celos Francesca de las amistades de Gabriel?

—En realidad no tiene tantas amistades. Sólo Lucian y Jaxon, y trata a Jaxon como si fuera su hermana. Bueno, es amable con el ama de llaves, pero no tanto como Francesca, y en realidad no le gusta que haya muchos hombres alrededor de su compañera. —Se encogió de hombros—. Antes he estado con Dimitri y él se estaba mostrando amable, pero cuando ha venido Josef ha cambiado por completo de actitud. Me preocupé por Josef.

—Los celos no son un buen rasgo —dijo MaryAnn mientras se echaba la capucha por encima de los rizos—. Son señal de inseguridad.

—Ah, pero es que hay veces que otros hombres miran a mi mujer de forma incorrecta —dijo Nicolae, dedicando una mirada lasciva a Destiny—, y se merecen un buen susto.

MaryAnn le tiró una bola de nieve.

—Dices eso porque aún no estás en el mundo moderno.

—Ni quiero. Me gusta ser el rey de mi castillo.

Destiny refunfuñó y se apuntó al lanzamiento de bolas de nieve junto a MaryAnn.

—Ya te gustaría.

Manolito se movió entre los árboles sin hacer el menor ruido. Los latidos ahora retumbaban con más fuerza, atronadores en sus oídos. Oía cómo fluía la sangre, corriendo por arterias, directa al corazón. La boca se le hacía agua mientras sus dientes se alargaban y su pulso palpitaba amoldándose al ritmo de la presa. Los relámpagos parecían chisporrotear por sus venas. Intentó contactar con Rafael y Riordan en un último esfuerzo por recobrar el honor y la cordura, pero no llegó a hacerlo.

Los latidos resonaban con fuerza, pero un solo sonido rompió el ritmo: risa. Tintineando en el aire, una nota melodiosa se hundió en sus poros... y despertó su parte más elemental. En lo más profundo, su demonio rugió, luchando por liberarse, arañando, utilizando sus zarpas para exigirle rendición. El sonido volvió a oírse, transportado por un leve viento, superando los copos de nieve para alcanzarle y llamarle... mejor dicho, para emplazarle. Manolito se volvió hacia la nota y se movió con más sigilo. Captó el aroma: tres mujeres y un hombre, y no cualquiera hombre, un cazador. Un guerrero. Debería apartarse, escapar de ahí mientras pudiera, pero su demonio bramaba dándole órdenes, le debilitaba, le exigía encontrar una presa.

Se le escapó un lento siseo. Con su cuerpo grácil, el cuerpo de un cazador antiguo muy diestro en el combate después de tantísimo tiempo luchando con vampiros, se movió con la nieve que empujaba el viento. También él formaba parte de la naturaleza, transparente y fluido, tan silencioso como los copos que caían de las nubes.

Skyler se ajustó la parka y echó una mirada al bosque profundo. Era un mundo blanco y reluciente; en todas direcciones la nieve cargaba cada vez más las ramas de los árboles. Alcanzó a ver en la distancia el humo procedente del hostal. Se estremeció sin motivo aparente.

—Qué hermoso es esto, ¿no te parece? —comentó MaryAnn.

Skyler asintió.

—Muy hermoso... pero peligroso.

—Y frío —añadió MaryAnn—. No soy como los demás, no puedo regular mi temperatura corporal como ellos. Hasta tú te desenvuelves mejor que yo. De hecho, no soy una persona especialmente aventurera.

—Me encanta el bosque e incluso el frío. Hay algo especial en saber que los animales salvajes están cerca y que todo a mi alrededor está en su estado natural. —Mientras admitía aquello, inspeccionó con su mirada el interior oscuro del bosque.

MaryAnn tiritó.

—Ya veo que te encanta esto, nena, pero yo soy una chica de

ciudad. Y aquí me encuentro totalmente fuera de mi elemento. Tengo que decirte que si alguno de estos carpatianos fuera mi hombre, le daría un porrazo en la cocorota, y no soy una mujer que apruebe la violencia, que conste.

Entre risas, Skyler dirigió toda su atención de nuevo a Mary Ann.

—Me parece una buena idea. Voy a decirle a Francesca que eso es lo que tiene que hacer cada vez que Gabriel se pone mandón.

—Y está claro que Destiny necesita hacerlo con ese hombre mandón con el que se ha liado —dijo MaryAnn con decisión.

—Lo he oído —replicó Nicolae. Lanzó una bola de nieve contra MaryAnn con precisión mortífera.

Ella se rió cuando la nieve explotó en su hombro.

—Qué mezquino, Nicolae. Sabes que no puedo vengarme porque tengo las manos congeladas.

—Eres una florecilla de invernadero —bromeó él—. Y de cualquier modo, no ibas a acertar. Tu intento anterior ha dado en el árbol, un metro a mi izquierda.

—Pongamos que soy una orquídea, y que crezco mejor con el calor del interior. En cuanto a mi puntería, siempre ha sido un desastre, incluso jugando al *softball*, algo que intenté en serio de niña. ¿Y tú qué, Skyler, haces deporte?

Skyler negó con la cabeza.

—No. No me desenvuelvo demasiado bien con los niños de mi edad. Francesca me da clases en casa.

—Yo daba en una roca con los ojos cerrados cuando tenía catorce años —se jactó Nicolae—. A eso jugábamos en los viejos tiempos.

—¿De verdad? —Skyler parecía intrigada.

—Sí. Pasábamos mucho tiempo viendo quién era capaz de percibir el momento de un pequeño ataque, para desviarlo antes del golpe. Eso también se me daba muy bien. Pero mejor no hablo de mi hermano, que destacaba en ese juego y lograba superarme sin que yo me diera cuenta, con lo cual yo acababa a menudo con un ojo morado.

—Tantas hazañas de superhombres me dejan agotada. Tengo que regresar a casa pronto, a mi precioso Seattle —dijo MaryAnn medio en broma.

Destiny soltó un sonido de angustia y buscó la mano de Mary Ann.

—No puedes dejarme.

—Todo irá bien, amiga mía. Sabes que sí. Eres fuerte y saludable...

—Eso es exagerar un poco —interrumpió Destiny—, nunca voy a ser como los demás.

—Y nadie quiere que lo seas: eres Destiny y eres única, ¿verdad que sí, Skyler? —MaryAnn metió a la chica en la conversación—. No queremos para nada que Destiny sea de otra manera.

—Me gustas así como eres —admitió Skyler con timidez.

—La verdad no sé cómo soy —susurró ella, agarrando a MaryAnn todavía con más fuerza, como si fuera capaz de retenerla ahí en los Cárpatos.

—Aceptas a la gente —dijo Skyler, con una mirada demasiado adulta, mientras los recuerdos salían en torbellinos a la superficie, sin poder contenerlos—. Aceptas a la gente tal y como es, y ya está.

MaryAnn apoyó una mano en el hombro de Skyler.

—Así es, Destiny, ella tiene razón en eso. Nunca pides nada a la gente, y no esperas de ellos que sean de otra manera. Eres una persona muy receptiva.

—No soy diferente a vosotras dos —objetó Destiny.

MaryAnn soltó un resoplido de vaho blanco y observó cómo se alejaba flotando.

—Sí, lo eres —dijo sin encontrar la mirada de su amiga—. Yo nunca podría hacer lo que tú has hecho. Tienes el valor de aceptar a un hombre como Nicolae. Yo no puedo hacer eso, nunca lo haré. Mi intención es permanecer sola toda la vida en vez de enfrentarme al reto de estar con alguien dominante y posiblemente destructivo. —Estiró las manos hacia delante—. No quiero un hombre en mi vida, por eso siempre los juzgo con dureza.

—Si algún tío bueno saliera del bosque y te reclamara, ¿no le aceptarías? —preguntó Skyler—. ¿Por muy irresistible que fuera?

MaryAnn negó con la cabeza.

—En absoluto. Cogería el primer avión para Seattle.

—Los compañeros eternos no siempre te dejan hacer lo que quieres —murmuró la muchacha.

—¡Ja! Gregori me ha prometido protección, por lo tanto me ocultaría en su casa hasta poder volver sana y salva a mi ciudad. Nunca, bajo ninguna circunstancia, viviría con un hombre carpatiano.

—Yo pienso lo mismo —dijo Skyler, y miró hacia el bosque, pestañeando para contener las lágrimas que amenazaban con escaparse.

La sonrisa desapareció del rostro de MaryAnn mientras miraba a la chica y analizaba la conversación que habían mantenido. Skyler se estaba resistiendo a la atracción de su pareja eterna, y con todo lo que ella sabía ahora de la especie carpatiana, comprendía que era difícil, por no decir imposible.

—Estaba hablando en broma, Skyler —dijo con dulzura—. Hay cosas que pensamos que son para siempre y a menudo sólo duran un breve espacio de tiempo. No tengo ni idea de qué haría si un carpatiano saliera del bosque y me reclamara. ¿Cómo voy a saberlo en realidad?

Skyler sacudió la cabeza, con lágrimas inundando sus ojos pese a los esfuerzos por contenerlas.

—Cielo —la voz de MaryAnn era infinitamente cariñosa—, te sientes así ahora sólo porque tienes problemas pendientes de resolver. Necesitas descubrir quién eres en realidad y qué puntos fuertes tienes. Nadie puede adelantarse a uno mismo y tomar decisiones cuando aún no ha tenido tiempo de crecer. Ten paciencia, y date tiempo para crecer. No hay la menor prisa.

Skyler agachó la cabeza. Si no había prisa, ¿porque sentía aquella sensación de urgencia? ¿Por qué el bosque la llamaba cada vez que lo miraba? La atracción de ir al encuentro de Dimitri era fuerte. Confiaba en que la necesidad de verle fuera para comunicarle que no podía ser lo que él quería, pero se temía que él ya les había unido en cierto modo. No podía dejar de pensar en él y, todavía peor, su cuerpo reaccionaba cuando lo hacía, y detestaba esa reacción. El calor se propagaba por sus venas, sentía sus pechos doloridos y, más abajo, se sentía húmeda, con una tensión incómoda que crecía. Percibía el ansia de Dimitri, su necesidad. Percibía su llamada silenciosa, pese a que él intentaba suprimir la necesidad y mantener la barrera entre ellos. La sangre del carpatiano la llamaba; sabía que era Dimitri. Y no quería tener nada que ver con un hombre o lo que eso implicara.

—Ahí hay un buen candidato —dijo Nicolae, indicando un árbol con una cantidad de ramas especialmente abundante—. Ése podría irnos muy bien.

El árbol se encontraba en la profundidad del bosque, y Skyler vaciló antes de seguir a los tres adultos que empezaron a correr por la nieve, arrojándose de vez en cuando alguna bola de nieve. La invadió el terror al mirar una vez más las sombras. Algo acechaba ahí, algo peligroso. Les observaba con ojos ansiosos, esperando a que dieran un paso en falso. Percibía las ondas amenazadoras, y no entendía por qué ni Nicolae ni Destiny podían notarlas.

Skyler quiso volver corriendo a la seguridad de la casa, pero eso significaba decírselo a los demás o irse sola. Pero si se lo contaba a los otros y resultaba que se trataba de Dimitri, volverían a repetirse los problemas entre Gabriel y él, y no podría soportarlo. Ya había ocasionado demasiadas desavenencias entre ambos. Y regresar sola a casa era algo inconcebible. Se apresuró a seguir a Destiny y a MaryAnn, dirigiendo miradas angustiadas hacia la densa masa de árboles. Por un horrible momento le pareció ver el feroz relumbre de unos ojos mirándola, siguiendo todos sus movimientos. Pestañeó y la ilusión desapareció, pero había algo ahí. Estaba segura de eso. Y les estaba observando con ojos hambrientos.

«En absoluto. Cogería el primer avión para Seattle. Gregori me ha prometido protección, por lo tanto me ocultaría en su casa hasta poder volver sana y salva a mi ciudad. Nunca, bajo ninguna circunstancia, viviría con un hombre carpatiano.» La voz femenina le llegó con

bastante claridad; distinguió cada palabra transportada a través de la propia noche.

Estaba cegado, deslumbrado por el blanco brillante de la nieve en el suelo. Le fallaba la vista y tuvo que taparse los ojos, dejándose caer de rodillas para no echarse a llorar por el dolor inesperado provocado por aquella luminosidad tan deslumbrante. El color cobró vida, centelleante, como una llama encendida, obligándole a cerrar los ojos con fuerza. No obstante, seguía ahí, y su mente ya lo había absorbido. Asombroso. Hermoso.

Sus pulmones se quedaron por un momento sin aliento. Intentó volver a mirar, empleando los dedos para protegerse de la luminosidad y no quedarse del todo ciego. Había color en los árboles, ya no eran de aquel gris apagado, sino que el verde se asomaba por debajo del manto de blanco resplandeciente. *Veía en color.* La euforia le invadió. No era de extrañar que su demonio rugiera de tal manera para obligarle a seguir aquellos latidos, aquella risa melodiosa.

Esa mujer le pertenecía. Por fin, tras siglos de espera. Estaba creada para él, y la uniría a él. Se levantó, tambaleante con la fuerza de las emociones que fluían por su cuerpo. Era embriagador sentir tanto, notar cada sentido tan vivo, percibir cada célula tan vívidamente. Ahí estaba todo, cualquier emoción que quisiera, del deseo al ansia, llenando su mente, creando imágenes eróticas y analizando los años de sueños perdidos y fantasías. Se le hizo la boca agua sólo de pensar en el sabor de ella, en la textura de su piel. Había soñado con esa mujer, la necesitaba y, por fin, estaba a su alcance.

Mientras se movía a toda velocidad para alcanzarla, las palabras calaron hondo. *Protegida por Gregori.* Se le escapó un suave gruñido. La intención de la mujer era evitarle, negar la reivindicación de un carpatiano sobre ella. Era suya por derecho, por ley, por todo lo que decretaba su mundo, y había aguantado siglos —¡siglos!— esperándola. Nadie impediría que la tuviera. Nadie. Se la quedaría a la fuerza si fuera necesario, y al infierno las consecuencias. Pocos cazadores estaban a su altura, o a la de sus hermanos, que le apoyarían. Los hermanos De La Cruz siempre —siempre— se ayudaban los unos a los otros.

Levantó los labios con un gruñido y empezó a avanzar con más cuidado en dirección al pequeño grupo reunido en torno al árbol. La jovencita se volvió varias veces hacia él con un débil ceño en la cara, y en una ocasión el carpatiano antiguo también alzó la cabeza para examinar los alrededores. Notó cómo sondeaba la zona la mente del cazador, por lo tanto, mantuvo las barreras levantadas, decidido a no ser descubierto. El antiguo era bueno, pero Manolito tenía siglos de experiencia en ocultar su presencia, y eso serviría de algo. Para evitar ser descubierto, se limitó a convertirse en el árbol más próximo.

Avanzó sigilosamente para poder verla. Se le cortó la respiración: era todo lo que había imaginado en una compañera eterna... y más. Alta, delgada, con pechos turgentes concebidos para lamerlos, caderas curvilíneas para sostener su cuerpo, y su piel... casi podía palparla desde la distancia en que se encontraba. Tenía el tipo de piel que parece tan suave que un hombre podría pasarse la vida sólo tocándola. Color café, incitante, cálida como el satén. Su capucha se había caído hacia atrás, y Manolito pudo ver la masa de rizos que descendía hasta los hombros, espesa y alborotada, largos tirabuzones y espirales que reclamaban sus dedos. Tenía los ojos grandes, color chocolate oscuro, y la boca era verdaderamente pecaminosa. Estaba claro que iba a fantasear con su boca y las cosas que esa boca podría hacer a su cuerpo.

Suya. Seguía sin poder asimilar aquella realidad, ni siquiera con ella ahí de pie tan cerca, riéndose con el rostro sonrosado y los ojos llenos de vida. Se agachó para darse un respiro, mientras su cerebro operaba a toda prisa intentando aclarar qué opciones tenía. Si se la llevaba, como era su deseo, atraería sobre él a la mayoría de integrantes de la sociedad carpatiana. Tenía derecho a ella, pero la mujer podría pedir protección y, por lo que había alcanzado a oír, era eso justo lo que pretendía hacer. Necesitaba un plan, y lo necesitaba deprisa. Ni siquiera podía revelar a sus hermanos que había encontrado a su pareja de vida. Le ayudarían, pero si sus compañeras se enteraban de sus intenciones, entrarían en cólera. No estaba dispuesto a arriesgarse a que una de ellas le traicionara.

Primero, antes que nada, tenía que descubrir cuanto pudiera sobre su pareja eterna, sin que nadie se enterara de que lo estaba haciendo. Y luego tenía que idear un plan para llevársela a Sudamérica, donde bloquearía cualquier posibilidad de ayuda.

Observó cómo se venía abajo el árbol navideño y a Nicolae arrastrándolo por la nieve. La chica joven echó otra mirada recelosa a su alrededor, y casi de inmediato una de las mujeres inspeccionó la zona en busca de enemigos. Manolito repitió el numerito del árbol, fundiéndose con el tronco, formando parte del crecimiento, hasta que el pequeño grupo se alejó en dirección a la casa.

Les siguió manteniéndose invisible, avanzando contra el viento y fuera de la vista de la jovencita. La visión de la chica iba más allá de lo normal; era capaz incluso de percibir la sombra de oscuridad. Manolito estaba a punto de llevar a cabo una peligrosa entrada en el hogar de un carpatiano antiguo, y la sombra de oscuridad había crecido en él lo suficiente como para llamar la atención de la chica.

Entonces esperó a que abrieran la puerta, una invitación a la que era imposible negarse. El antiguo intentaba meter el árbol con esfuerzo; su tamaño era poco práctico y estaba cubierto de nieve, de modo que costaba hacerlo pasar por la puerta abierta.

—¿No puedes abrirla más, MaryAnn? —preguntó Nicolae—. Porque queda mucho árbol por meter. Quizá sea mejor que lo haga más pequeño durante un segundo o dos, lo suficiente para que entre.

—Ni te atrevas. Me prometiste que haríamos esto al viejo estilo. Nada de trampas. Te ayudaré —dijo Destiny.

MaryAnn se inclinó para empujar la puerta y abrirla todo lo posible.

—Por favor, adelante.

A su lado, Skyler soltó un jadeo cuando una fría brisa se coló en la casa. Los copos de nieve del árbol y del porche formaron un pequeño remolino que se calmó poco a poco.

Nicolae y Destiny hicieron varias tentativas de meter todo el árbol en la casa. La nieve caía en cascadas a cada intento y al final los dos se desplomaron entre carcajadas.

—¡Skyler! ¡Ayuda! —Destiny llamó a la chica mientras la copa del árbol daba contra el sofá.

La chica dio un brinco para levantarla por encima del mueble. Una vez MaryAnn cerró la puerta y echó el pestillo, Skyler pensó que podría sentirse más segura, pero no fue así. Nicolae hizo un ademán con la mano y al instante un fuego se encendió en la chimenea, calentando casi de inmediato la sala. Skyler se apartó de los demás para mirar por la ventana al bosque. No había sucedido nada. Tendría una su imaginación hiperactiva? ¿Por qué ya nunca podía sentirse a salvo?

—Hay agua por todo el suelo —dijo MaryAnn—, voy a por una toalla.

—Buena idea. Skyler y yo haremos que Nicolae encuentre el mejor sitio para el árbol.

—¿Qué quieres decir con encontrar el mejor lugar para el árbol? —quiso saber Nicolae—. Lo voy a mover una sola vez si tengo que hacerlo al estilo humano.

—Estás echando a perder toda la diversión —protestó Destiny—. La mitad de la diversión está en ver esa mirada de exasperación en tu cara.

MaryAnn se rió con sus payasadas; daba gusto ver a Destiny tan contenta. Merecía la pena haber salido de Seattle y viajar tan lejos de su casa. Las montañas eran remotas, y sabía que estaba un poco perdida aquí, pero sólo con ver a Destiny adaptándose, feliz con Nicolae y segura de sí misma, merecía cada momento que pasaba lejos de casa.

Entró en el baño y se volvió describiendo un lento círculo para admirar esa maravilla de baldosines. Para ser una habitación que no se usaba nunca, Nicolae había prestado mucha atención al detalle: era muy bonita. Cogió dos de las toallas más gruesas del toallero y se volvió hacia la puerta. Pero ésta se cerró de golpe y el pestillo se corrió.

Mientras alargaba el brazo con intención de abrirla, Manolito se materializó, con la boca pegada a su oído susurrando una orden, tomando el mando con rapidez y envolviéndola en su embeleso. Antes, mientras MaryAnn sostenía la puerta abierta para que el toro carpatiano metiera el árbol de Navidad, le había dicho: «Adelante, por favor», bajo la suave coacción de Manolito, invitándole también a él a entrar en su casa.

MaryAnn, eres mi pareja eterna y por consiguiente estás sometida a mis deseos. Tomarás mi sangre para que pueda llamarte cada vez que tenga necesidad de ti o para oírte cuando tengas necesidad de mí.

Pasó los dedos por la piel perfecta de su rostro y cerró los ojos deleitándose en su absoluta suavidad. Deslizó los dedos hasta el cuello de la blusa, siguió la clavícula y desabrochó con suavidad los botones. Los pechos sobresalían voluminosos sobre el sujetador de encaje, una invitación por sí solos.

Inclinó la cabeza y besó la comisura de sus labios, con el cuerpo ya tenso. Pero esto no sólo tenía que ver con el sexo. Nunca tomaría algo de su compañera eterna si ella no estaba preparada para ofrecérselo. Dejó un rastro de besos sobre la garganta y el pulso que latía ahí frenético. Cogiéndola en brazos, meció el cuerpo, pegado a él, y hundió los colmillos en su pecho, permitiendo que le invadiera el éxtasis erótico de la primera vez que la saboreaba.

La necesidad le golpeó con fuerza, y su cuerpo se inflamó como reacción, con el padecimiento fuerte y doloroso de la promesa. Su sabor era exquisito, nunca conocería nada comparable, por lo que bebió hasta saciarse, y luego un poco más, pues quería un intercambio en toda regla. El primero. No era su intención que ella supiera que su compañero eterno la estaba reclamando. Simplemente bebió, ávido de lo que era suyo, y se maldijo por hacerlo. Pero esto les uniría lo suficiente como para superar los días oscuros que estaban por venir, para evitar que él se volviera vampiro. Superaría las acometidas de deseo y necesidad hasta poder llevársela a su refugio con seguridad.

Cuando pudo obligarse a recuperar el control, cerró los diminutos pinchazos, dejando ahí su marca, su señal, que ella no podría eliminar tan fácilmente. Se abrió la camisa y se hizo un rasguño en el pecho, obligándola a pegar la cabeza a él, ordenándole beber. En el momento en que su boca se movió sobre su piel y la lengua se giró contra él, casi sintió vergüenza de sí mismo. La erección creció aún más, brincó como respuesta, palpitando con la necesidad de enterrarse en lo más hondo de ella.

—¿MaryAnn? —Era Nicolae, y había recelo en su voz. Manolito notó la rápida exploración, una dura embestida de sondeo mental y luego el movimiento en la mente de MaryAnn. *El antiguo había bebido sangre suya en algún momento, y eso les había vinculado.* Manolito soltó un siseo de fastidio, y mantuvo los patrones mentales de ella, los de una mujer que estaba usando el cuarto de baño.

No obstante, el carpatiano antiguo continuó al otro lado de la puerta, andando de un lado a otro.

Con un suspiro de pesar, cuando estuvo seguro de que ella había bebido lo suficiente como para constituir un intercambio verdadero, cerró la herida, la limpió y luego introdujo recuerdos de haber usado el baño. Resultó bastante fácil desaparecer, esparciendo sus propias moléculas por el cuarto de baño de tal manera que, cuando MaryAnn abrió la puerta y Nicolae se asomó, no hubo nada que ver, pues no había manera de detectarle.

—¿Estás bien? —le preguntó Nicolae.

MaryAnn se apretó con la mano el pecho dolorido. Era extraño, pero sentía un sofoco. Más que eso, se sentía en un estado sexual enardecido. Respiró hondo, tomó una buena bocanada de aire y luego soltó un suspiro.

—Estoy bien, Nicolae, aquí están las toallas. —¿Acaso soñaba despierta? Por un momento, no recordaba haber entrado en el baño. Sólo pensaba en un hombre tocándole la piel, deslizando la boca sobre su cuello y su pecho. Quería abrirse la blusa y mirarse la piel, tocarse el cuerpo, notar unas manos sobre él. Pero Nicolae ya volvía a zancadas por el pasillo, lanzando pequeñas miradas de desconfianza por encima del hombro, y al recordar que él podía leer su pensamiento, MaryAnn se apresuró a seguirle e iniciar una tonta conversación sobre árboles navideños.

Capítulo 15

Natalya, ¿se puede saber qué estás haciendo con la laca de pelo y el encendedor? —le preguntó Vikirnoff von Shrieder. Miró por la ventana de la cocina, inspeccionando el silencioso y reluciente mundo blanco que les rodeaba—. No habrá vampiros por aquí, ¿verdad?

—No seas tonto, he aprendido a provocar relámpagos en enfrentamientos con vampiros. Necesitaba algún chisme con el que quemar la *crème brûlée*. Mira, lo dice aquí, en la receta. —Natalya se inclinó hacia delante para volver a leer la tarjeta que tenía sobre el mostrador embaldosado de la cocina.

—Déjalo ya, esa tonta receta no merece todo el tiempo que le estás dedicando. —Vikirnoff se colocó tras ella y le rodeó la cintura con los brazos, atrayéndola hacia sí.

—Pensaba que siempre habías querido tener a June Cleaver en la cocina con un delantalito —bromeó Natalya.

—Yo no he dicho eso, pero sí que me gustan los delantales —admitió, dejando besos en un lado de su cara. Enterró las manos bajo el fino material que se estiraba cubriendo sus senos—. Si llevaras esto todo el tiempo, incluso podría considerar probar uno de esos mejunjes que por lo visto intentas preparar.

Le mordisqueó la nuca y deslizó las manos sobre su plano estómago para llegar hasta la unión de las piernas bajo el corto delantal. Acarició con la palma los cortos rizos y luego movió a Natalya para cubrir su marca de nacimiento: la marca del dragón. Siguió con la base de los dedos esa forma conocida, y después rodeó sus caderas para ponerle las manos en las firmes nalgas.

—*Ainaak enyém,* estás totalmente en cueros bajo este delantal

Ella se inclinó hacia delante un poquito más para leer detenidamente la receta y volver a mirar aquel potingue con ceño fruncido. Con esta acción, su provocador trasero rozó la parte delantera del cuerpo del carpatiano, originando una descarga eléctrica justo en la entrepierna.

—No creo que nadie que cocine vaya vestido, es demasiado pringoso. Me he cambiado tres veces y al final me he rendido.

Él continuó su recorrido con las manos, modelando las caderas y rozando el trasero, para deslizarse luego por los muslos. Notó un escalofrío de respuesta, la excitación despertando.

—De modo que los humanos se mueven por la cocina totalmente desnudos y preparan recetas. —Una vez más movió las manos, separándole las piernas para acariciar la parte interior de los muslos, subiendo luego los nudillos para moverlos una y otra vez sobre su núcleo sensible.

—Estoy segura de ello —contestó Natalya—. He descubierto su secreto. —Cerró los ojos para apreciar la sensación de sus manos sobre la piel desnuda.

Vikirnoff le acarició el cuello con la boca, pasando suavemente la lengua sobre su pulso, jugueteando con los dientes y mordisqueando ese punto.

—Preguntaré al marido de Slavica si es ése el motivo de que pase tanto tiempo en la cocina con ella. Me preguntaba qué hacían juntos en esa gran habitación con tantos mostradores.

Entonces hundió profundamente los dientes y les unió, doblando a Natalya hacia delante con su corpachón, y sujetándola contra el mostrador. Sus ropas ya habían desaparecido y todo el cuerpo endurecido de Vikirnoff había adoptado una postura agresiva, mientras introducía los dedos de forma lenta y seductora en el cuerpo de Natalya, obligándola jadear, muy húmeda y receptiva, y empujar a su vez contra él. Ya estaba excitada. A él le encantaba su rápida respuesta y la manera en que su cuerpo empezaba a cabalgar con entusiasmo sobre su mano.

Entonces apoyó las manos en sus caderas y la mantuvo quieta, impidiendo cualquier movimiento. Y Natalya permaneció a la espera de sus atenciones, incapaz de provocarse ella misma su propio placer.

—Tú has empezado esto —protestó ella.

Él ni siquiera respondió; saboreó el sabor picante de su compañera, la manera en que su cuerpo más menudo esperaba, abierto y preparado, tan vulnerable y tan deseoso. Era una sensación embriagadora, sentirse capaz de tomar a una mujer guerrera y rodearla con el cuerpo, teniendo en cuenta que ella era igual de letal que hermosa, en todos los aspectos. La obligó con una mano a permanecer de espaldas, intensificando su placer y obligándola a esperar, sin aliento, mientras intentaba atraerle con el movimiento de sus caderas, con su cuerpo húmedo y necesitado. Le encantaba sobre todo que se pusiera ansiosa y exigente, aun así sometida a su dominio, como en este preciso instante.

Vikirnoff pasó la lengua por los pinchazos, espero de nuevo, esperó a que se aceleraran los latidos reveladores de su corazón, y embistió con fuerza, la penetró profundamente, enterrándose del todo. Ella chilló, con un grave lamento de dicha mientras ambos se unían. Se ceñía de tal manera a él, como un puño agarrando su verga, cálida y suave como el terciopelo, dándole la bienvenida con aquella cremosidad. La penetró con fuerza y rapidez, llevándola al clímax sin más preámbulos, para que su cuerpo quedara dominado del todo y los orgasmos se sucedieran precipitadamente, asaltando toda su matriz, obligándola a sacudir las piernas y tensar el vientre.

El carpatiano mantuvo el ritmo violento, moviéndose como un émbolo, obligándola a retroceder con cada impulso, hasta que ambos alcanzaron la misma excitación y agresión. Podía sentir los relámpagos acelerando el riego sanguíneo de Natalya, aumentando, siempre aumentando la presión incesante. Tras la primera acometida, la sensibilidad no paraba de crecer en el nudo de terminaciones nerviosas, manteniendo a su compañera en el extremo, empujándola más y más arriba hasta que pidió alivio casi entre sollozos.

Vikirnoff podría aguantar así todo el día, con el cuerpo enterrado en la profundidad de la seda y el fuego. La melena de Natalya se soltó a su alrededor, adornando de color el cuerpo de su compañera. Su piel era suave y tentadora, y cada centímetro, cada sombra y hueco, le pertenecía, podía hacer lo que quisiera con ella.

En ese momento el guerrero percibió a su tigresa próxima, buscando la superficie con las uñas, salvaje y disoluta, elevando todavía más la temperatura, deseándole, y deseando que él estuviera a la altura de la fiera que despertaba excitada en su interior. El carpatiano arrojó la cabeza hacia atrás y casi se pone de puntillas, sin dejar de penetrarla, una y otra vez, hasta que la fricción le resultó intolerable, un placer semejante a un dolor prolongado, porque él así lo dictaba, y porque el cuerpo de Natalya era su cuerpo cuando estaban juntos de este modo. Ella se entregaba a él de forma incondicional, confiando en que la llevara al éxtasis absoluto, y era su privilegio complacerla. Porque a veces necesitaban esto más que ninguna otra cosa, esta unión casi violenta, después de la prolongada soledad en la vida de ambos.

Murmuró en voz baja en su propia lengua:

—*Te avio päläfertiilam. Ainaak sívamet jutta.* —Eres mi pareja. Por siempre estarás conectada a mi corazón, por siempre mía.

Ella respondió con una de las pocas palabras que conocía de su idioma ancestral, y lo dijo de corazón:

—*Sívamet.* —Amor mío. Y hablaba en serio.

Vikirnoff se hundió en ella hasta dejarla jadeante y gimiente, el cuerpo del carpatiano ardió con furor hasta que el deseo mutuo fue tan extremo y terrible que resultó imposible contenerse. Natalya se tensó rodeándole y reteniéndole con duros espasmos que le propagaron un fuego por la columna y los testículos. Todo el cuerpo del guerrero se estremeció mientras volvía a embestir, penetrando con su duro acero la ardiente seda, vaciándose en el núcleo más profundo y uniéndoles todavía más.

Permaneció tumbado sobre ella, abrazándola, besándole la espalda, acariciándole el cuello con la boca, intentando en todo momento recuperar la respiración. Sus corazones latían al unísono, pero el hambre lacerante, tan insaciable, continuaba ahí. Lo sentía también en ella, agitándose y arañando igual que el felino ansioso en su interior, y también en lo profundo de sí mismo, donde su demonio rugía para reivindicar a su pareja.

Con suma lentitud, muy a su pesar, separó sus cuerpos y permitió que Natalya se estirara. La estrechó todavía más en sus brazos, sin darle espacio, dejando claras sus intenciones con su boca y manos errantes.

—Siempre supe que te gustaba todo eso de June Cleaver. Es un fetichismo secreto por la comida —le dijo ella con una sonrisita.

—Admitiré mi fetichismo, pero creo que es por ti. —Inclinó su oscura cabeza y la acercó todavía más, obligándola a inclinarse hacia atrás para que le ofreciera sus senos. Lamió los pezones sensibilizados, succionó un pecho con su boca, con libaciones fuertes, jugueteando con los dientes y provocando réplicas que tensaban el cuerpo de Natalya.

—*Ainaak enyém,* mía por siempre —susurró—. Sabes que eres mi alma y mi corazón. Mi vida misma.

A ella le encantaba la manera en que el pelo de Vikirnoff le rozaba la piel, el ansia que mostraba con su boca. Él podría perderse toda la noche en el cuerpo de su compañera, sin pensar en nada más, en nadie más. La miraba y la deseaba. Y con un solo roce de su mano, ella encendía las llamas en él. En una ocasión la había poseído allí en el pueblo, protegiéndoles de miradas curiosas, pero parecía algo muy decadente. Natalya le había tentado adrede, dejando ir sus dedos sobre la parte delantera de los pantalones, restregándose contra él y abriéndose la blusa para mostrar sus pechos. Y él había respondido justo de la manera que a ella le encantaba: empujándola contra una pared para tomarla allí mismo, incapaz de esperar un segundo más. A Natalya le encantaba hacerle bromas, ver cómo aumentaba la excitación en sus ojos y se esfumaba esa máscara severa, que desaparecía sólo por ella.

Siempre le decía cuánto la quería, cuánto significaba para él. Le resultaba difícil traducir a palabras sus emociones, temerosa de que al intentar expresar la profundidad de sus emociones, se las arrebatara de algún modo. Nunca había querido a nadie como le quería a él. Ni siquiera sabía que fuera posible.

Vikirnoff soltó los pechos a su pesar y rozó su boca con besos ligeros como plumas antes de desperezarse.

—¿Has oído algo?

—Hay alguien en el bosque cerca de la casa. —Natalya le rodeó la cabeza con el brazo y la bajó, fundiendo su boca y la de él de un modo provocador. La pasión estalló al instante, las lenguas libraron un duelo mientras ella jugueteaba con las manos y le acariciaba deslizándolas por su cuerpo. Los dedos danzaron sobre la dura erección, y la satisfacción la hizo ronronear mientras el miembro seguía aumentando de tamaño y dureza. Lo rodeó con la mano y se inclinó para lanzar un soplo de aire cálido.

La verga dio un brinco y ella la lamió como un gato lame nata. El calor húmedo de su boca se apoderó del miembro, propagando el fuego por su vientre. El carpatiano se olvidó de las visitas y cogió el pelo rojizo entre sus puños, acercándola aún más mientras embestía con sus caderas y entraba profundamente en su boca. Ella se puso de rodillas, rodeándole las caderas con sus brazos y metiéndose el miembro hasta la garganta, apretando, mordisqueando y lamiendo hasta que Vikirnoff pensó que iba a volverse loco de absoluto placer.

Natalya nunca hacía nada a medias; se abandonaba a la dicha de servirle, de tomar todo el poder a través de la dicha del sexo. Le encantaba tocarle, saborearle y extraer cada gota de semen justo para ver lo rápido que podía volver a ponerle a cien.

Soltó un ruidito parecido a un ronroneo desde lo profundo de la garganta y envió una vibración justo a través del pene, que se propagó por todo su cuerpo. Sus testículos se comprimieron y endurecieron, y cada nervio de su cuerpo pareció centrado en la entrepierna. El deseo, potente y hambriento, arañaba sus entrañas mientras observaba los labios deslizándose sobre su verga, y notaba la espiral candente de su lengua y el borde de los dientes dejándole sin respiración.

—Más fuerte —clamó apretando los dientes. Ella estaba a punto de tragárselo, haciendo algo fantástico con la lengua y los músculos de la garganta.

Natalya le miró y hubo mucha dicha en sus ojos. Por él. Por su propia capacidad de hacerle este regalo. Comprimió la garganta y agitó la lengua, llevándole al clímax de modo tan rápido y potente como él a ella. El fuego se propagó como un rayo por el riego sanguíneo de Vikirnoff, alcanzando cada rincón de su cuerpo. Ella le exprimió con su estrecha boca caliente, mientras él sujetaba con los puños su pelo casi de forma violenta, manteniéndola quieta sin poder dejar de embestir, cuan hondo podía. Su cuerpo estalló estrepitosamente, explotó en llamas mientras un chorro tras otro de semen era extraído de él.

Mujer, me estás matando. Y así lo sintió, una muerte hermosa. La puso en pie, sin renunciar a sujetarle el pelo, encontrando con la boca sus pechos, sintiendo el deseo potenciado. Le toqueteó los pezones, y percibió la reacción de respuesta precipitándose por su cuerpo. Él mordió con suavidad, notó la matriz contraerse y sufrir espasmos.

—Me encanta hacerte esto —susurró ella—. Cómo me excita verte así, y tú siempre me das lo que quiero. Y quiero más, Vikirnoff. Quiero mucho, mucho más.

—Siempre estoy dispuesto a complacerte.

Natalya le rodeó con una pierna desnuda, frotándole el muslo:

—Hacerme feliz es un trabajo de plena dedicación.

Él estiró los brazos y la levantó como si tal cosa, dándole la vuelta para que descansara su trasero desnudo sobre el mostrador.

—No tienes ningún lugar al que escapar, *sívamet*.

Aunque nadie lo supiera, una de sus cosas favoritas era que él le hablara en su lengua ancestral y le llamara su amor. Su acento era sexy e intrigante, y sus palabras parecían un mundo secreto que no podía compartir con nadie.

—¿Acaso me escapo? Como estábamos en la cocina, rodeados de toda esta comida, confiaba en que estuvieras hambriento.

Vikirnoff se rió en voz baja, y sus ojos se oscurecieron como la medianoche.

—Siempre estoy hambriento de ti. —Se limitó a separarle mucho las piernas y levantárselas para apoyarlas sobre sus hombros. Entonces inclinó la cabeza sobre el aroma dulce de su caliente núcleo. La lamió de modo parecido como lo había hecho ella, como un gato dando lengüetazos a un cuenco de nata. Conocía de forma íntima cada punto, cada hueco secreto y lo que podía hacer. Describió unos perezosos círculos alrededor del sensible clítoris. Los muslos brincaron en vano, las caderas se arquearon hacia él, mientras sus dedos se deslizaban dentro del ardiente canal, sumándose a la presión para que él pudiera lamerla, succionarla y perforarla con la lengua, con experiencia perversa.

Hizo justo lo que ella pedía, pero de una manera que nunca hubiera concebido. La devoró, la devoró empleando la lengua con la misma eficiencia con la que usaba la verga. Sus dedos sólo aumentaban la lenta agonía, llevándola más allá de sus límites, a un territorio diferente.

Natalya dio una sacudida contra su boca; su cuerpo enloquecido pidió alivio mientras él ejercía su magia. Zarandeando la cabeza hacia delante y hacia atrás, su cuerpo acumuló presión a toda velocidad, necesitando liberar la tensión que describía espirales cada vez más fuertes, hasta que pensó que iba a implosionar. Vikirnoff siempre la hacía aguantar, empujándola un poco más allá de lo que creía posible, hasta dejarla suplicante, sollozando loca de excitación.

Una sensación de placer al límite del dolor se apoderó de su estómago con furia, comprimiendo la matriz y propagándose por su cuerpo. La respiración le salía de los pulmones con violencia; habría jurado que las entrañas casi sufrían convulsiones. Se estremeció mientras los espasmos continuaban y la invadía una oleada tras otra de éxtasis.

Antes de que tuviera ocasión de recuperar el aliento, Vikirnoff le sujetó las caderas, manteniendo sus piernas separadas, y embistió hasta el fondo de los pegajosos y calientes pliegues. Ella chilló, y los gritos de placer no pararon mientras el cuerpo sufría un orgasmo tras otro.

Él presionó contra su pequeño clítoris, mientras penetraba más a fondo. Necesitaba oír esos suaves gritos, ver su garganta tragando convulsamente y sentir su cuerpo reaccionando con tantísimo placer. Arremetió con fuerza, y la fricción creció hasta que el rostro de Natalya estuvo colorado, con la boca y los ojos abiertos de conmoción y deseo. Sólo entonces él la llevó al clímax por segunda vez.

Natalya yacía debajo de él, agarrada a sus hombros, desesperada por recuperar el control. Sólo Vikirnoff podía destrozarla de este modo, y era el único momento en que sentía un alivio total, en que se sentía relajada y libre de toda la responsabilidad que había sobrellevado tanto tiempo. Alzó el rostro en busca de un beso. Le encantaba la boca del carpatiano y lo que le hacía. Le encantaba todo lo que tenía que ver con él.

—Hay alguien en la puerta —dijo ella en voz baja mientras besaba la comisura de su boca y movía los labios por su garganta hasta llegar al pecho.

—Es sólo mi hermano; puede esperar —dijo Vikirnoff, tomando sus pechos otra vez entre sus manos, acariciándolos con los pulgares y provocando vibraciones en todo su cuerpo—. Tengo cosas mucho más importantes que hacer.

Déjalo, Nicolae. Estoy ocupado con un asuntillo aquí. Envió la impresión visual de unos dientes expuestos, por si acaso, pero su hermano le contestó con diversión.

Natalya hizo girar la lengua sobre el pulso, luego aplicó los dientes y todo el cuerpo de su pareja se contrajo con anticipación.

Los golpes en la puerta no cesaron. Vikirnoff maldijo.

—Voy a matarte. —Salió de ella de manera abrupta y cruzó a zancadas la habitación.

—Ponte alguna ropa —le recordó con una mueca traviesa—, es posible que te haga falta.

Vikirnoff consiguió ponerse una camisa y unos tejanos mientras abría la puerta de par en par.

—¿No has oído lo que... —Se interrumpió al reconocer a su visita y se pasó una mano por el pelo. Volvió la vista hacia la cocina. *Lo sabías*—. ¡Mihail!

Por supuesto. Te estaba protegiendo. La risa de Natalya volvió a poner en tensión su cuerpo. Ella hacía que incluso le pitaran los oídos.

Estoy pensando en azotarte.

La última vez me gustó bastante. Y aquella noche estabas furioso de verdad.

Todo el cuerpo del carpatiano volvió a estremecerse, y se inflamó bajo el delgado tejido de los vaqueros. La voz de su pareja era seductora, sugerente, casi un ronroneo. Intentó esbozar una sonrisa de bienvenida, agradecido de no haberse metido la camisa por dentro.

Los ojos oscuros de Mihail le recorrieron de arriba abajo, adivinando demasiadas cosas.

—No has hecho la exploración debida. Tendrías que saber que era yo y no Nicolae.

—Mi mujer me distrae demasiado —admitió Vikirnoff—. No pienso más que en ella. —Retrocedió para permitir que Mihail entrara.

Voy a matar a mi hermano. Lo más probable es que se esté riendo como una hiena ahora mismo. Debería saberlo y podría haberme advertido.

—Bienvenido al club —dijo Mihail, pero negó con la cabeza—. Requiere mucha disciplina aprender a satisfacer las necesidades de nuestras mujeres y al mismo tiempo ocuparse de su protección.

¿Sus necesidades?, fue el comentario desdeñoso de Natalya. *No puedes pasar dos horas sin sexo.*

Yo no soy responsable de eso. Eres una adicción.

La suave risa de Natalya atravesó rozando la mente de Vikirnoff y jugó con sus sentidos.

—He venido un momento para asegurarme de que tenéis todo lo que necesitáis para esta noche —dijo Mihail—. Debo visitar un par de sitios más antes de poder volver a casa, y Raven está esperando.

—Estamos bien. Natalya está preparando algún plato extraño. —Dirigió una mirada nerviosa a la cocina—. Por desgracia, precisa una llama para algo, y ya sabes la inventiva que tiene. Podríamos provocar un incendio en cualquier minuto.

—¡He oído eso! —gritó Natalya—. Para tu información, está funcionando. Bien, es verdad que la cortina ha prendido y ha ardido en llamas, pero la pared sólo tiene un par de quemaduras.

—No está de broma, ¿verdad? —dijo Mihail mientras el olor a humo flotaba hacia ellos.

Vikirnoff soltó un sonoro suspiro.

—Lamentablemente, no.

—Entonces dejaré que te ocupes del tema. Haz saber a Natalya que finalmente Gregori va a hacer el papel de Santa Claus esta noche. A ella le preocupaba que nadie lo hiciera, y sugirió tu nombre como voluntario.

—¿Qué? —Vikirnoff miró hacia la cocina con el ceño fruncido.

—Y dijo que si necesitábamos un geniecillo para la representación, con los leotardos puestos, te pareces bastante a un elfo. —Los rasgos de Mihail seguían del todo inexpresivos.

—¿Dijo eso? *Vaya azotaina va a recibir tu pequeño trasero.*

Promesas, promesas.

—No estoy seguro de que necesitemos un elfo, pero voy a preguntárselo a Sara y a Corinne. Son los que han montado la representación, y les haré saber que te has ofrecido voluntario.

Vikirnoff se frotó el caballete de la nariz con gesto pensativo.

—Mihail, soy muy consciente de que eres el príncipe y, como tal, deberías recibir protección en todo momento, pero si les llevas ese mensaje a las mujeres, me veré obligado a cortarte la cabeza y meterla en un lugar desagradable.

Mihail hizo un gesto de asentimiento, todavía sin expresión.

—Creo que es una reacción positiva, que tal vez yo mismo adopte. Sobra decir que nos entendemos a la perfección.

—Por otro lado, si de verdad tienes que ordenar a Gregori que haga de Santa Claus, te pediría un asiento en primera fila.

Mihail tendió la mano.

—Hecho.

Vikirnoff, te necesito a ti y a Natalya. La voz preocupada de Nicolae llenó su mente mientras estrechaba la mano del príncipe.

Esperó a que Mihail se disolviera en vapor y fluyera entre los árboles dispersos, de camino a la casa de Corinne y Dayan, antes de responder a su hermano.

Estamos en camino.

—Natalya. Nicolae nos necesita de inmediato.

—Justo estaba dando los toques finales a esta cosa. Huele un poco raro.

—Probablemente sea el fluido del encendedor, o la laca de pelo. Imagino que el sabor será tan raro como el olor.

No dejéis que mi pareja se entere de que algo va mal, advirtió Nicolae. *Si Destiny cree por un momento que alguien —o algo— ha intentado hacer daño a MaryAnn, caería sobre mí como un misil. No confía en mucha gente todavía, y MaryAnn es como de la familia para ella.*

Vikirnoff se giró en redondo y su actitud perezosa e informal desapareció al instante.

Y para mí. Dime tu opinión.

Compartió la información con Natalya.

Tengo un vínculo de sangre con MaryAnn y percibo que algo va mal. Pensé que un vampiro había entrado en mi casa y había bebido su sangre, pero no percibo el rastro. Tal vez la señal de nacimiento de Natalya pueda confirmarnos algo y podamos estar seguros. MaryAnn no recuerda nada, pero parece alterada, inquieta, sin duda está diferente. Y noto la agitación también en mi casa.

Vikirnoff buscó la mano de Natalya en cuanto ella llegó a toda prisa.

¿Has analizado sus recuerdos?

Los dos se disolvieron, brillando como gotas de vapor y fluyendo al exterior en dirección a casa de Nicolae.

Por supuesto que sí, una y otra vez. Algo le ha sucedido justo aquí, en mi casa. Si un vampiro ha penetrado nuestras defensas, tengo que saberlo. Hubo un momento de vacilación. *Y si un carpatiano la ha utilizado para alimentarse pese a tenerla bajo mi protección, y también la de Gregori, estamos ante una ofensa mortal. Es una situación muy peligrosa.*

Vikirnoff no podía imaginar que Nicolae pudiera equivocarse. Si decía que algo fallaba, sin duda estaba en lo cierto. ¿Qué carpatiano se atrevería a atraer las iras de dos guerreros antiguos y también la de Gregori el «Taciturno»? Todo el mundo sabía que era un verdugo.

Uno no corría riesgos con un hombre así. El atacante tenía que ser un vampiro, pero ¿cómo podía un vampiro pasar desapercibido ante Nicolae y entrar en su mismísima casa?

Vikirnoff y Natalya volvieron a sus formas normales justo en el exterior de la casa. Describieron un círculo a su alrededor en busca de huellas o algún indicio de que hubiera un enemigo cerca. Entonces ella se puso la mano encima de su marca de nacimiento y negó con la cabeza.

—El dragón esta callado, Vikirnoff. No hay ningún vampiro cerca, ni evidencia de que haya andado alguno hace poco por los alrededores.

—Pero algo no cuadra.

—Estoy de acuerdo, pero no puedo discernir de qué se trata exactamente.

Inspiró con brusquedad, sus ojos pasaron del verde brillante al azul marino y finalmente se volvieron opacos. Unas rayas ribetearon su cabello de naranja, negro e incluso blanco, y se dejó caer a cuatro patas, cubierta de pelaje. La majestuosa tigresa rodeó andando la casa, empleando sus sentidos felinos para intentar encontrar un enemigo.

Vikirnoff siguió a la tigresa otra vez por el bosque. El animal pisaba pacientemente entre la maleza y la nieve, siguiendo un aroma elusivo que no acababa de capturar. Natalya recuperó su forma natural a unos pocos metros de la casa.

—Alguien ha estado acechándoles desde ahí. —Indicó un grueso árbol—, pero no puedo distinguir el olor. Es muy listo; emplea la naturaleza que le circunda y se camufla adquiriendo esa apariencia, que es lo único que se ve y se huele. Les observó mientras arrastraban el árbol hasta el interior de la casa y ha debido entrar al mismo tiempo que ellos. Estaban distraídos con el árbol de Navidad y no prestaron atención a algo como el viento o una leve nevada. Apuesto a que aprovechó ambas cosas. Seguro que habría nieve, que caía del árbol.

—Sí que es listo. Un antiguo con métodos sofisticados. Y ¿por qué iba a ir tras MaryAnn si ella cuenta con doble protección?

—¿Por el reto en sí? Tal vez sea un desafío: vencer a Gregori y a los antiguos que la protegen —apuntó.

—Pero la pena podría ser, en caso de ser capturado, la muerte. Desde luego, Destiny le mataría. Es de lo más protectora con MaryAnn. Ni me imagino a Nicolae permitiendo un insulto así en su casa. Si él no mata al atacante, lo haré yo. MaryAnn salvó tanto a mi hermano como a Destiny. Devolvió la vida a Destiny y, al hacerlo, se la dio a Nicolae. No permitiré que se aprovechen de ella de este modo.

—Ten cuidado con lo que dices —le recordó Natalya mientras le cogía de la mano—. Destiny es muy escrupulosa en lo que a MaryAnn se refiere.

Los dos hicieron un largo y detenido examen de la zona. ¿Les observaban? Eso parecía, pero aun así, pese a todas sus habilidades, no conseguían detectar al enemigo.

MaryAnn les saludó en la puerta con una sonrisa sincera.

—Vikirnoff. Natalya. Qué placer veros. Acabamos de montar el árbol de Navidad. Tenemos aquí a Skyler, ¿la conocéis? —Indicó a la adolescente, que estaba de pie observando petrificada a Natalya.

Vikirnoff cogió la mano de MaryAnn e hizo una profunda reverencia, sorprendiéndola al tocarle la piel con los labios. El carpatiano inspiró profundamente y le permitió que soltara la mano.

—Estás fantástica.

Natalya se acercó y la abrazó, besándole ambas mejillas.

—Estás radiante. ¿Te hace ilusión lo de esta noche?

Sí, está radiante. Siempre ha sido guapa, pero ahora hay un encanto peligroso en ella. Y está claro que ha habido un hombre cerca. Muy cerca. No identifico su olor, ni siquiera mi tigresa lo puede captar. No voy a poder seguirle. Pero no es un vampiro, es carpatiano.

MaryAnn les sonrió a ambos.

—Sí, por supuesto. Todo el mundo se ha portado fenomenal conmigo. Estábamos a punto de acompañar a Skyler a casa. ¿Queréis venir con nosotros?

Natalya cruzó la habitación para ir hasta la adolescente, y la chica retrocedió un paso para evitar el contacto físico. ella le sonrió.

—Encantada de conocerte por fin. Debes tener unas facultades psíquicas difíciles de sobrellevar. ¿Puedes leer a la gente sólo con tocarles?

Skyler asintió.

—No me gusta.

—A mí tampoco. —Miró por encima del hombro, y Vikirnoff tomó nota, cogió a MaryAnn por el codo y la acompañó al interior de la cocina, dejando a Natalya con la chica—. Pareces un poco nerviosa. También eres muy sensible, ¿verdad? Yo a menudo siento un terror abrumador cuando hay algo peligroso cerca.

Skyler hizo un gesto afirmativo.

—Yo tampoco lo aguanto; nunca sabes si estás loca o si de verdad hay algo ahí acosándote. —Dirigió una mirada de inquietud por la ventana.

Natalya asintió.

—Ésa es la sensación. Si lo explicas, la gente piensa que eres rara, sobre todo si no ven ni encuentran nada extraño, y si no dices nada y sucede algo malo, te sientes idiota por no haber hablado.

—¿También te ha pasado a ti? —preguntó Skyler—. Es difícil estar aquí, porque hay tanta energía todo el tiempo que a veces no puedo distinguir la diferencia.

—¿Has notado algo antes, mientras estabais buscando el árbol con Nicolae y Destiny? —Evitó a posta nombrar a MaryAnn.

Skyler asintió despacio.

—Por regla general distingo si hay algo malingo, pero sólo percibí algo oscuro, como si alguien nos observara. No percibía nada bueno.

—¿Por qué no se lo has contado a Nicolae?

Skyler apartó la mirada.

—No quería parecer estúpida, y ninguno de ellos notó nada. Son carpatianos, antiguos como Gabriel. ¿No deberían saber si hay algo ahí acechándonos?

Natalya permaneció callada un largo instante para permitir a la adolescente pensárselo mejor.

—Ésa no es la verdadera razón. ¿Por qué no se lo dijiste?

Skyler pestañeó, parecía a punto de echarse a llorar. Se volvió y se metió las manos en los bolsillos.

—Pensé que podría ser Dimitri —admitió en voz baja—, y no quería meterle en más problemas.

Natalya suavizó su voz, pues estaba enterada de los recientes problemas gracias a la vía común de comunicación de los carpatianos.

—Sé también qué se siente en esas circunstancias: querer proteger a alguien y notar que eres tú quien ocasiona todos los problemas. —Suspiró—. Todavía no sé cómo conseguí juntarme con Vikirnoff. No soy para nada lo que él quería. —Esperó a que Skyler se volviera de nuevo a mirarla—. ¿Te pareció que era él?

—Sólo me dio la impresión de que alguien nos observaba. —Skyler frunció el ceño.

—¿Lo sientes ahora? ¿En este momento?

—Eso es lo más demencial: va y viene. Como si estuviera aquí, pero luego desparece. ¿Se puede hacer eso? ¿Puede estar alguien observándome incluso aquí dentro? —Se estremeció—. Me quiero ir a casa.

—Ahora te llevaremos a casa, cielo. Vikirnoff, Nicolae, Destiny y yo estamos muy preparados en lo que a ataques de vampiros se refiere. Ninguno de nosotros permitiría que nadie te hiciera daño.

—¿Y si se trata de Dimitri? —susurró Skyler—. Intenta bloquearme, pero puedo percibir su sufrimiento. Yo lo he provocado. Sufre mucho, pero no puedo detenerlo. Yo no puedo ser lo que él necesita que sea.

—Es un carpatiano, Skyler, y hará todo lo necesario para que seas feliz.

—No quiero ser responsable de él.

—Lo sé. —Y bien que lo sabía, santo Dios. Natalya se había peleado con Vikirnoff cada dos pasos, pues no se fiaba de quién era o de qué era—. No tienes que pensar todavía en eso; sólo eres una niña. Tienes que permitirte serlo. Por todo lo que he oído de Francesca, ella te ayudará a superar esto, y el tiempo sabe arreglar las cosas.

Los otros entraron y cogieron sus chaquetas.

—¿Estás lista, Skyler?

La chica asintió, dirigiendo otra mirada nerviosa por la casa. Destiny y MaryAnn salieron con Skyler entre ellas. Nicolae las siguió con Natalya, pero Vikirnoff cerró la puerta de golpe y se quedó dentro de la casa, con los sentidos abiertos en un último esfuerzo por dar con el intruso. Al igual que su hermano, percibía algo, pero no podía encontrarlo. Fuera lo que fuera lo que permanecía en la casa era un antiguo, muy poderoso y hábil.

Se dio media vuelta de repente y salió, cerrando la puerta con tal fuerza que las ventanas vibraron.

Nicolae. Dudo que sea un vampiro. Tiene que ser un carpatiano; la ha utilizado para conseguir sangre. ¿Hay alguna señal de alguna clase de ataque contra ella?

La idea de que un carpatiano se aprovechara de una mujer protegida —una pareja eterna en potencia— sin que ella fuera consciente le desagradaba en suma.

Nicolae suspiró.

Muchos de los carpatianos sin pareja se hallan en los alrededores. No distingo de quién se trata; no he podido identificar el olor.

Tenemos que estar tratando con un antiguo muy diestro.

Vikirnoff se acercó aún más a Natalya e inspeccionó la zona; no le gustaba la manera en que las nubes empezaban a arremolinarse y oscurecerse sobre sus cabezas. Se levantó un fuerte viento que levantó con fuerza la nieve mientras ellos se movían formando un grupo compacto en dirección a la casa donde estaba alojado Gabriel. Skyler seguía lanzando miradas ansiosas a la profundidad del bosque.

—¿Has volado alguna vez con Gabriel? —le preguntó Nicolae.

—¿O has corrido con los lobos? —añadió Vikirnoff.

—¿O con una tigresa? —se ofreció Natalya.

La mirada de Skyler saltó al rostro de la guerrera.

—Me encantan los animales, los lobos especialmente. Pero siempre he querido estar cerca de un tigre. ¿Es peligroso?

—¡Basta! —MaryAnn levantó la mano—. No vais a hacer ninguna locura delante de mí. Regresaré a casa, mi corazón no aguanta tanto.

—¿De verdad no te gustaría volar, MaryAnn? —Destiny intentó convencerla—. ¿O acariciar a un lobo o a un tigre? Sólo una vez, para poderlo contar.

MaryAnn miró el rostro esperanzado de Skyler y soltó un suspiro.

—De acuerdo, vaya encerrona. No soy nada aventurera, os aviso. Soy una chica de ciudad, en serio, ya sabéis, tiendas y amigas comprando en un centro comercial, nada de acariciar lobos. Pero si de verdad tú quieres hacerlo, chiquilla, me subiré a uno de esos árboles de ahí para verlo.

Nicolae rodeó con un brazo a Skyler y con el otro a MaryAnn.

—Estábamos pensando más bien en que tú montaras sobre el lomo de uno de los lobos.

Un relámpago atravesó el cielo, tiñendo de naranja intenso las oscuras nubes. Un rayo saltó y cayó al suelo, sacudiendo la tierra y dejando una larga marca chamuscada sobre la nieve. Los truenos resonaban justo sobre sus cabezas. Con un estruendo ensordecedor, una bestia rugió una advertencia clara, que les puso de punta el vello de la nuca.

Skyler se apartó de Nicolae con expresión angustiada.

—¿Ha sido eso Dimitri? No le gusta que nadie me toque.

Vikirnoff y Nicolae intercambiaron una larga mirada.

—No lo sé, cielo. Hablaremos con él de esto más tarde. No me lo imagino enfadado porque uno de nosotros sea cariñoso. Tenemos parejas.

—Sabe que me molesta que me toquen —admitió ella.

—Bien, si ha sido él, entonces está en su derecho de protegerte. Querrá mantenerte a salvo y feliz, y si te molesta que alguno de nosotros te haga sentirte incomoda, tal vez nos envíe una señal.

MaryAnn se acercó más a Destiny, pasándose la mano sobre un punto que le palpitaba y ardía justo encima del pecho. Se lo apretó con fuerza con la palma de la mano, aguantando el dolor. Detestaba estar asustada a todas horas, y aquí, en estas montañas, parecía haber perdido su seguridad habitual. En una ciudad era capaz de caminar por los peores barrios sin perder el control, pero aquí, en este mundo, nada era lo que parecía. Y no quería tener nada que ver con animales salvajes ni con hombres que reprendían a los otros con tormentas violentas.

—Llevemos a Skyler a casa y luego volvamos a la nuestra —dijo.

Capítulo 16

El sonido de la música llenaba la pequeña casa que ocupaba Dayan, la de los Trovadores Oscuros, con su familia. Se oían dos suaves guitarras mientras la voz de Dayan entonaba una nana. Corinne dejó de súbito su instrumento, se inclinó sobre la cuna y sacudió la cabeza.

—No va a dormirse, Dayan, ni siquiera con esa preciosa canción que has compuesto para ella. Sabe que esta noche celebramos la Navidad y quiere venir.

Dayan dejó a un lado la guitarra e intentó mostrarse severo al situarse al lado de su pareja eterna para mirar a su hijita. Era menuda, apenas pesaba siete kilos, no obstante les devolvía la mirada con demasiada inteligencia, y a él le asustaba sobremanera la idea de que la pequeña dominara sus vidas. La niña había supuesto todo un milagro para ambos; habían luchado muy duro por ella, y aún lo hacían. Su cuerpecito era frágil, aunque mostraba una voluntad fuerte.

—Jovencita, se supone que tienes que echar una siesta.

Agitó una manita en dirección a la cara de su padre. El corazón de Dayan dio un vuelco en su pecho igual que siempre que miraba a esta criatura. No se la veía demasiado adormilada ahí arrullándole, engatusándole con sus grandes ojos abiertos para que la levantara de la cuna.

—Se parece a ti —murmuró él—, con esa vena obstinada. Guapa

hasta lo indecible, y siempre intentando salirse con la suya, aunque no le convenga.

Corinne le empujó con la cadera, pero demasiado tarde, ya se le había escapado una sonrisa, y la pequeña la vio. Devolvió la sonrisa a Dayan, y él ya estaba perdido: alargó los brazos y la cogió, estrechándola en sus brazos.

—Pequeña señorita Jen, qué traviesa eres —dijo Corinne—. Yo estaba a punto de salir a correr un poco, antes de que empiece toda esta locura. Y ahora, ¿qué voy a hacer contigo?

—Le gusta salir, pongámosla en su mochila —dijo Dayan.

—Hace demasiado frío.

Dayan se inclinó para acariciar el rostro de su hija con la nariz.

—Se le da muy bien lo de regular la temperatura corporal, y podemos abrigarla bien. Más tarde la queremos llevar al hostal, así que no hay tanta diferencia. Quiere venir, Corinne; le encanta que corras con ella.

A Corinne le encantaba correr. Toda la vida había padecido del corazón lo que le había impedido hacer ejercicio físico, y ahora que era carpatiana, no se cansaba nunca de correr. La hacía sentirse libre, completa y muy feliz. Cuando estaban en su casa en Estados Unidos corría con una sillita, para que la pequeña Jennifer pudiera sentir la misma felicidad fluyendo por ella, pero aquí, en las montañas de Rumania, los senderos era demasiado desiguales para la sillita, y le daba miedo sacudir en exceso a su hija llevándola en la mochila frontal.

—Necesito correr, y claro que me encanta llevarla conmigo. Correr me despeja la mente, y después de tanto cocinar y ayudar a Sara con los niños, coser trajes del vestuario y organizar ensayos, sin duda me iría bien un poco de ejercicio —explicó Corinne.

—Eres preciosa —dijo, rodeándole la nuca con una mano para acercar su cabeza a él y darle un beso que fue una lenta declaración de amor —. No tienes que excusarte conmigo. Si quieres ir a correr, hazlo. No es seguro salir sola, pero a nosotros no nos importaría ir contigo, ¿verdad que no, Jen?

La niñita sonrió mirándoles a los dos, feliz de salirse con la suya.

—No estaría sola. —Corinne lo intentó una última vez, reacia a dejar que la criatura saliera al exterior con aquel frío—. He hecho una inspección, y Nicolae y Destiny están bastante cerca de la casa con más gente; estaré segura con ellos. Podéis quedaros aquí calentitos.

—Vamos a ir contigo, pero tienes que llevar tú a la niña —dijo con decisión Dayan—. Sólo tardaremos un minuto en prepararnos. —Mientras decía esto ya estaba cambiando de ropa al bebé, poniéndole ropa de abrigo, y vistiéndose él también para salir al exterior—. Sabes que no vas a poder correr por la nieve con tus cualidades normales. Tendrás que emplear tus facultades carpatianas para avanzar sin apenas rozar la superficie. Al mismo tiempo, tendrás que reducir al mínimo el movimiento de la pequeña.

—¿Estás convencido de que quieres hacer esto conmigo?

—Sí. —No estaba dispuesto a dejarla salir sola, y necesitaba ambas manos libres para defenderlas a las dos en caso necesario.

Corinne se ajustó la mochila frontal y esperó a que Dayan pusiera ahí a la niña, sujetándola bien y abrigándola con su pequeña cazadora con capucha.

—Con tantos carpatianos en la zona, ¿no crees que sería un suicidio que un vampiro atacara a uno de los nuestros? Mira cómo ha acabado el que fue a por Juliette De La Cruz. Creo que tenía deseos de morir. Los hermanos De La Cruz son aterradores, así de claro.

—La familia De La Cruz siempre ha sido muy poderosa, según Darius. Dice que son ancianos, un clan hermético en cierto sentido, y tienen habilidades increíbles. Su poder le inspira mucho respeto y, viniendo de Darius, eso es decir mucho.

—Entonces, ¿por qué un vampiro iba a dirigir su ataque contra una mujer de los De La Cruz? Insisto, nada de esto tiene sentido. La mayoría de las mujeres que han viajado hasta aquí seguramente son descendientes de la línea jaguar. Sin duda la sangre de Juliette está más vinculada a ese linaje que la de ninguno de nosotros, pero de todos modos, el vampiro la escogió, ¿o no? ¿No sería algo concreto sus temores?

—No lo sé en realidad. He oído comentar eso, pero nadie sabe en verdad qué está pasando. Pero ése ha sido el segundo ataque, Corinne —le recordó Dayan—. A menudo los vampiros menores son utilizados por otros mucho más poderosos. No quiero correr ningún riesgo. Pienso que tenemos un vampiro rondando a la espera de una oportunidad, y no va a tenerla con mi familia.

—Sigo diciendo que serían muy estúpidos al rondar por aquí con tantos cazadores carpatianos reunidos en un mismo sitio. ¿Por qué iban a hacer eso?

Dayan se encogió de hombros.

—Es una vieja táctica en la batalla: acosar las líneas de combate de forma continuada, para acabar por debilitar a los combatientes. Y es innegable que ahora están atacando a nuestras mujeres. —Dirigió una rápida mirada al bebé. *Y a nuestros niños.*

Entonces tal vez no debiéramos salir. Puedo pasar sin correr por esta noche. He estado encerrada demasiado rato con los niños, sólo es eso. No sé cómo lo consigue Sara, con una ya es suficiente para mí.

La nuestra es de armas tomar. Dayan se inclinó para darle un beso a la pequeña en la parte posterior de la cabeza.

—Siempre tomamos precauciones, Corinne, no hay necesidad de cambiar de forma de vida. ¿Quieres salir a correr?, pues vamos. Además, tienes razón, es un buen ejercicio para ti. Cuanto más practiques los métodos carpatianos, mejor se te darán. Estaremos bastante seguros con todos los demás también en la zona, e iremos en su dirección.

—Falcon se ha acercado antes para llevarse ya casi toda la comida al hostal, de modo que casi todo está listo —dijo Corinne mientras abría la puerta—. Sara y él iban a hacer los últimos ensayos con los críos. Están excitadísimos; ni siquiera con Falcon se calman, y eso que le adoran.

—Me he percatado de que Jen también reacciona así con él —dijo Dayan volviéndose para añadir protecciones a la casa. No quería ninguna sorpresa al regresar. Corinne se había adaptado a la vida carpatiana, el modo de vida de su especie, y nunca había vuelto la vista atrás. Al parecer no lo lamentaba, pero era importante para él que no lo hiciera. Había estado a punto de perderla —de perder tanto a la madre como a la hija— y quería darle una vida feliz y cómoda, darle todo cuanto pudiera.

Corinne le puso una mano en el brazo y le sonrió con el corazón en la mirada.

—Falcon es dulce como tú, y los niños reaccionan ante eso. Eres un poeta, Dayan.

Gruñó un poco, disimulando el hecho de que, en secreto, le complacía que ella le viera así.

—No dejes que Darius te oiga decir eso o se morirá de la risa antes de que puedes acabar la frase.

Corinne se rió mientras empezaba a correr a paso lento, casi rozando la nieve, intentando encontrar la manera de poner los pies para mantenerse en la superficie sin hundirse.

—Qué miedo le tienes a Darius. ¿Alguna vez le has visto con Tempest? Es de lo más candoroso; no puede dar tanto miedo.

—Tú dices eso incluso de Gregori —comentó Dayan adaptándose a su paso.

—Ha sido maravilloso conmigo y con la pequeña. Ese hombre es un osito de peluche.

Dayan soltó un resoplido.

—He oído llamarle muchas cosas, pero lo de osito de peluche todavía no lo había escuchado nunca.

Ella le dirigió una sonrisita amorosa y Dayan sintió que se le fundía el corazón. Con qué facilidad. Una mirada. Un roce. Y su mundo ya estaba bien. Todos aquellos años en el escenario con tantas mujeres arrojándose sobre él, sin verle en realidad, sin importarles quién era. Y luego Corinne. Ella le había dado la vida.

—Tú me la diste a mí —le dijo en voz bajita, demostrándole que estaba dominando el arte de ser una sombra en su mente—. Me diste la vida. —Por un momento alargó el brazo para cogerle la mano, conectándoles a los tres: bebé, madre y padre.

A Dayan se le hinchó el corazón. Le encantaba tener una familia; siempre le encantaría.

Corinne le lanzó una mirada maliciosa.

—No pierdas el ritmo, músico. —Salió como un rayo, corriendo como una máquina, con facilidad y fluidez, moviendo el cuerpo sin esfuerzo, corazón y pulmones en perfecta sincronización. Dayan se fue tras ella porque le encantaba verla correr. Eso era lo que ella más había deseado en la vida, algo que se le había negado siempre. Otras personas lo daban por sentado, pero Corinne disfrutaba con cada paso que daba, y él siempre percibía su dicha, y sabía que la niña también lo hacía. A Jennifer siempre le encantaba salir a correr con su madre, y Dayan sabía que eran las oleadas de felicidad que surgían de Corinne las que les deleitaban tanto a él como a su hija.

Corinne era inmune al frío, pero no a la belleza centelleante que la rodeaba. Los árboles estaban transformados con las ramas cargadas de cristales blancos, y se sentía como si corriera en un mundo de cuento de hadas con su apuesto príncipe. Su hija iba bien acurrucada contra su pecho, balanceándose suavemente, como si estuviera en una cuna, sumándose al efecto surrealista.

Corinne arrojó los brazos al aire.

—¡Cómo me gusta mi vida! —gritó al cielo, con una explosión de felicidad que no pudo contener.

Dayan sonrió, pese a estar explorando la zona en todo momento en busca de enemigos. Ya estaban más cerca de Nicolae y Destiny y el pequeño grupo de gente que iba con ellos. Podía distinguir a la pareja y a sus amigos caminando en dirección a la casa de Francesca y Gabriel, por lo que la muchacha que les acompañaba debía de ser Skyler. Ahora empezaba a conocer los aromas individuales y eso le ayudó a serenar su mente. Estaba acostumbrado a vivir en el seno de la familia de los Trovadores Oscuros, mucho menor. Incluso esa familia había aumentado recientemente al encontrar cada uno de los miembros su pareja eterna. Él era el único que tenía un bebé, pero confiaba en que eso cambiara pronto para que Jennifer creciera con otros niños a su alrededor.

Corinne escuchó el ritmo constante de su corazón; siempre le admiraba oír ese pulso rítmico, notar la fuerza en sus brazos y piernas y ser capaz de respirar con facilidad incluso cuando estaba corriendo. Dio un paso, exhaló... y su corazón le dio un vuelco. Lo notó con claridad, y sintió la debilidad que se apoderaba de su cuerpo. Sus pulmones se quedaron sin aire, se tambaleó y dio un traspiés. El corazón perdió el ritmo de nuevo. Dejó de correr, rodeando a la pequeña con los brazos, sujetándola bien mientras su mente se aceleraba y el terror la invadía.

¿Era posible que el deterioro de su corazón fuera tan grave que ni siquiera la conversión carpatiana lograra que siguiera latiendo? Lo oyó a la perfección, un latido, un vuelco, dos latidos, otro vuelco. Rápido. Lento. Se volvió a Dayan con sus enormes ojos conmocionados.

—¿Qué sucede? —Se apartó un poco de ella, describiendo un círculo a su alrededor para inspeccionar la zona en busca de enemigos.

—¿Puedes oírlo? —Le temblaba la voz.

Dayan escuchó la noche, prestando atención a cada sonido amortiguado por la nieve. Podía oír voces en la distancia, pero sabía que Nicolae y su hermano estaban cerca.

Algo va mal. Envió un mensaje a través de la vía telepática común.

Hubo un momento de silencio.

Vamos hacia ti desde el sur. Respondió Nicolae. *Tenemos que proteger a MaryAnn y a Skyler.*

Tenemos al bebé con nosotros.

Dayan se sentía agitado, con los nervios a flor de piel, pero no podía encontrar un punto en blanco que pudiera indicar la presencia de un vampiro. Estaban solos, y aunque alguien o algo les observaba, no podía encontrar la ubicación, pero no parecía que la amenaza fuera un vampiro. Maldijo en voz baja, dando un sobresalto a Corinne.

—¿Puedes oírlo? —le preguntó ella.

No quería oírlo. La pequeña tenía un ritmo cardiaco regular, más rápido que el de un adulto, pero las pulsaciones de Corinne eran irregulares. Dayan puso la mano sobre su corazón para intentar regular sus latidos, y notó que su pulso era un caos. Se obligó a calmarse cuando en realidad sentía pánico. No iba a perderla. Ni por nada ni por nadie.

—¿Crees que mi corazón está fallando?

—Quiero esperar a que los otros estén aquí antes de hacer una exploración. Si entro en tu cuerpo y nos atacan, el vampiro contaría con ventaja.

—¿Crees que van a atacarnos? —Corinne estrechó todavía más a la niña, rodeando a la pequeña con gesto protector. Miró con cuidado por la zona, entre los árboles y sobre el suelo cubierto de nieve—. ¿Por qué un vampiro iba a afectar a mi corazón? Tiene que estar fallando. La curación sólo ha podido durar un par de meses, Dayan.

Mantuvo la mano sobre el corazón de Corinne, para que siguiera latiendo al ritmo del suyo.

—Eso no es verdad, Corinne. No sé qué esta sucediendo, pero una vez concluida la conversión, Gregori se aseguró de que tu corazón estuviera sano y en buen estado.

Nicolae y Destiny aparecieron andando a buen paso entre los árboles, con MaryAnn y Skyler entre ellos. Destiny estaba a la derecha de la adolescente, a varios metros de distancia, inspeccionando con ojos incansables la zona, mientras Nicolae exploraba el terreno. Dos búhos volaban sobre ellos, describiendo círculos sobre los guerreros, abriéndose paso a través de la bóveda de ramas para intentar detectar al enemigo desde arriba.

Nicolae llegó hasta Corinne y Dayan, y se fijó en la manera protectora en que él ponía la mano sobre el corazón de Corinne. En el silencio amortiguado por la nieve, podían oír los latidos irregulares, exageradamente altos.

—Vikirnoff y Natalya vigilan desde arriba. ¿De qué se trata?

—No lo sé —contestó Dayan—. Noto algo ahí fuera, Nicolae, pero no consigo descubrirlo. Y sea lo que sea, el corazón de Corinne está reaccionando.

Vikirnoff y Natalya descendieron en espiral hasta el suelo y adoptaron sus formas naturales, ella vestida de cuero, y con armas por todas partes. Los guerreros se desplegaron, manteniendo a Mary Ann, Skyler y Corinne con el bebé en el centro. El corazón de Corinne falló y las piernas le flaquearon.

MaryAnn la sostuvo antes de que cayera al suelo, la ayudó a sentarse y se arrodilló a su lado, haciendo de pantalla para proteger al bebé de cualquier cosa que tuviera malas intenciones y se encontrara en las proximidades.

—Necesitamos a Gregori —dijo—. Que alguien le llame.

Skyler alzó el rostro al cielo y dio una vuelta, con una mirada de alarma en la cara. MaryAnn alargó el brazo para impedir que se moviera fuera del círculo, pero Skyler evitó el contacto y salió de él para mirar en dirección al hostal.

—Aquí está otra vez, lo noto, una corriente constante de energía. —Se estremeció y se agarró el estómago con ambos brazos, con aversión en su expresión. Se pasó la palma por la muñeca y se la frotó como si le doliera.

Vikirnoff frunció el ceño, observándola mientras los otros intentaban identificar lo que sentía la chica más joven.

—Déjame —dijo el guerrero, y alargó la mano para cogerle la muñeca.

Skyler gritó y retrocedió con absoluto terror en el rostro. Escondió el brazo tras la espalda, se dio la vuelta y salió corriendo. Natalya indicó a los hombres que se apartaran y se fue tras la chica, moviéndose y desdibujándose por la velocidad para atraparla antes de que pudiera alejarse de la protección de los guerreros.

—¿Qué pasa? ¿Qué pensabas que iba a hacer Vikirnoff? —le preguntó con dulzura.

Skyler se quedó quieta entre sus brazos con el corazón desbocado y la boca seca. Sacudió la cabeza.

—No sé. No sé qué me ha pasado.

Natalya tocó su mente con suavidad, hizo un ligero sondeo y encontró vacuidad, un muro impenetrable que ocultaba recuerdos.

—¿Lo percibes? —preguntó Skyler, rogando con la mirada a Natalya—. No estoy loca, puedo notar la perturbación en el aire. Es muy sutil.

Natalya inspiró con brusquedad y abrió su mente utilizando algo más que los sentidos carpatianos. Se agachó para tratar de alcanzar su linaje, la parte de ella que era maga. Su felino rugió, mostró los dientes y embistió hacia la superficie.

—Oh, sí, cielo, lo percibo —la tranquilizó Natalya. Soltó un lento siseo de desagrado y describió un amplio círculo con las palmas levantadas en el aire—. Desde luego que lo percibo.

¿Es un vampiro?, preguntó Vikirnoff.

Natalya negó con la cabeza mientras su rostro empalidecía. Se volvió para mirar a Vikirnoff con desesperación en la cara y retrocedió ante los carpatianos como si de pronto no pudiera soportar estar en su presencia.

¡Explícate ahora mismo! Fue una orden clara de su pareja eterna.

Natalya le mostró los dientes, gruñó y se dio media vuelta. Vikirnoff desplazó la vista de ella a la adolescente, que volvía a frotarse la muñeca como si le doliera.

Vikirnoff persiguió a Natalya dando zancadas largas y decididas, y le puso una mano en el hombro para que se diera la vuelta, mientras levantaba la otra en posición defensiva para impedir que le clavara las garras.

—Cuéntanoslo ahora mismo.

Natalya alzó la vista para mirarle con absoluta desolación.

—Mago. —Susurró aquella palabra—. Creo que Razvan está vivo. Es el hechizo de un mago, por eso a los carpatianos os cuesta detectarlo. Un mago está urdiendo un hechizo de destrucción. Es sutil, pero puedo percibirlo. Quienquiera que ejerza esa magia tiene una gran habilidad.

Vikirnoff notó el sufrimiento y la devastación en ella. Razvan no sólo era su hermano, era su gemelo. Había sido ella quien había arrojado la espada que puso fin a su vida, pero no habían recuperado su cuerpo y nadie sabía con seguridad que estuviera muerto. Razvan era un enemigo terrible, en parte carpatiano, en parte mago y ahora también vampiro, capaz de hacer lo que nadie más podía. Había forjado una alianza con los vampiros y había engendrado hijos, pese a que ello se considerase imposible.

Vikirnoff puso la mano en el cuello de Natalya para acercarla.

No sabemos si es Razvan. Podría ser Xavier, nuestro enemigo mortal, o cualquiera de sus seguidores adiestrados. Y si se trata de Razvan, ¿cómo puede percibirle Skyler?, ¿cómo puede detectar ella el hechizo de un mago? Fue ella la que reconoció antes en el bosque el flujo de poder, cuando sólo Alexandria podía percibirlo. Mihail nos ha avisado a todos.

Natalya respiró hondo y se volvió a la adolescente. Se arrodilló delante de ella y le cogió ambas manos.

—Sé que te resulta difícil tocar a los demás, y recordar algunas cosas de tu pasado, Skyler, pero a veces es necesario.

Skyler sacudió la cabeza e intentó retroceder.

—No puedo, no quiero.

Pregúntale por la muñeca, por qué le duele si lo que siente es el hechizo de la magia oscura.

Natalya agarró a Skyler con firmeza, para impedir que se moviera.

—Responde sólo a un par de preguntas. ¿Por qué te duele la muñeca?

—¿La muñeca? —Skyler parecía confundida.

—Sí, te la estás frotando mientras hablas del poder que percibes en el aire. ¿Te duele la muñeca?

Skyler frunció el ceño.

—Me quema y palpita como si... —Su voz se apagó y se sujetó la muñeca, acunándola próxima a su cuerpo y enviando miradas de inquietud a Vikirnoff.

—¿Como si alguien la hubiera rasgado y te utilizara para tomar tu sangre? —insistió Natalya.

Skyler negó con la cabeza.

—Quiero ir a casa, ahora mismo. —*¡Gabriel! ¡Lucian!* Forcejeó para librarse del asimiento de Natalya, mientras las lágrimas saltaban a sus ojos.

—De acuerdo, cielo. Vamos a llevarte a casa, pero algo falla en el corazón de Corinne. No querrás que se muera, ¿verdad que no? —insistió Natalya—. No si podemos ayudarla, ¿cierto?

Dayan maldijo en voz alta.

—He llamado al sanador. Corinne no es capaz de mantener ella sola su corazón, yo lo estoy haciendo por ella. Que alguien coja a la pequeña, por favor.

Skyler se tragó las lágrimas.

—No sé cómo puedo ayudarla.

—¿Tienes una marca de nacimiento?

Skyler inspiró con brusquedad y volvió a negar con la cabeza.

—¿Ninguna marca? ¿Cómo un tatuaje? ¿Tal vez un dragón?

Skyler rompió a llorar, con vergüenza en el rostro.

—¿Cómo lo sabes? Nadie lo sabe. Nunca se lo he contado a nadie, ni siquiera a Francesca. La mayor parte del tiempo está difuminada. Mi padre dijo que me marcaba porque yo era propiedad suya y así podría alquilarme y todo el mundo sabría a quién devolverme. —Habló tan bajo que casi no fue audible.

Natalya se puso en cuclillas, la tigresa en ella forcejeaba por alcanzar la supremacía mientras crecía su ira. Su cabello se volvió más colorido y los ojos empezaron a cambiar también de color.

—Ese hombre no era tu padre biológico, Skyler, y él no te marcó. Hijo de perra asqueroso.

—Eso era, siempre era así conmigo. —Skyler casi lo dice a gritos, esta vez sacudiéndose para soltarse de las manos de Natalya—. Era mi padre.

Gabriel y Lucian se materializaron a ambos lados de la niña y ella se arrojó a los brazos de él, que la abrazó con fuerza.

—¿Alguien querrá explicarme qué pasa aquí?

Vikirnoff lo hizo.

¿Qué podría haberla traumatizado aún más que la brutalidad del padre como para no atreverse a recordarlo, Gabriel?

¿Crees que Razvan es su padre?

Sabemos que estaba vivo todo ese tiempo y que engendró a Colby Jansen. Sabemos que tuvo otros hijos, que los quería por su sangre. Si lleva la marca del dragón es una Cazadora de Dragones. Eso explicaría muchísimas cosas de ella.

Pero ¿por qué no lo sabemos nosotros, Vikirnoff? Francesca y yo hemos estado a menudo en su mente, para distanciarla de la brutalidad de su infancia.

—Gabriel. —Skyler alzó la vista—. Sé que estás hablando de mí con ellos. ¿Qué pasa? ¿Qué piensan de mí?

Gabriel le acarició el pelo.

—Piensan que perteneces a un linaje muy especial entre nuestra gente. Y que por eso eres tan singular y tienes tanto talento.

Natalya se levantó y dirigió una mirada hacia el lugar donde Gregori se había materializado al lado de Corinne. La joven permanecía tendida en la nieve con el rostro pálido y gotas de sudor salpicando su frente mientras intentaba respirar con gran esfuerzo.

—Su corazón parece normal —dijo Gregori—. No obstante, no funciona como debiera. Puedo respirar por ella, pero es imposible invertir algo que no está mal.

Natalya se apartó de los demás.

—Coge a Skyler y llévatela, debería estar protegida en todo momento. Avisa a Rafael para que proteja a Colby, por si acaso. Yo misma me enfrentaré a este mago y ya veremos quién de nosotros es más fuerte. —Había decisión en su voz. Se distanció un poco más del resto.

Levantó las manos y bosquejó un símbolo en el aire. Al instante pudieron ver una cuadrícula de luz pulsante formando arcos en medio del cielo cubierto de nieve. Era débil, pero su brillo se diseminaba con venas por doquier, por todo el cielo, como una red gigante.

Skyler negó con la cabeza.

—No le dejes hacer eso. ¡Para! —Se escapó de los brazos de Gabriel y corrió hacia Natalya—. Está pendiente de nosotros. Si sabe quien eres, dónde estás, te encontrara. Siempre puede encontrarte.

—Yo también estoy pendiente de él —dijo Natalya— y puedo encontrarle. No es bueno vivir asustada toda la vida, Skyler. Tienes que recuperar tu vida, independientemente de lo que él te haya hecho, de lo que cualquiera te haya hecho. Eres lo bastante fuerte y tienes a Gabriel y a Francesca para guiarte. Ve al lado de Gabriel y confía en mí para hacer esto.

Skyler vaciló; luego sacudió la cabeza.

—Si tú lo haces, yo también.

Natalya le sonrió.

—Soy la nieta de un mago oscuro, tengo sangre de Cazadores de Dragones en mis venas y estoy versada en la magia de la antigüedad. Aunque se tratara de Xavier, mi abuelo, yo estoy a su altura, así que no temas por mí. —Evitó la mirada de su compañero, pues ambos sabían que si se trataba de su hermano gemelo, podría vacilar en un momento poco conveniente, pero percibió de todos modos a Vikirnoff moviéndose en ella, acurrucándose para atacar en caso necesario.

—Haz lo que tengas que hacer —le ordenó Gregori—. Dayan y yo no podemos mantener este corazón defectuoso eternamente.

Natalya se volvió al cielo y examinó las venas parpadeantes de luz que se extendían por el cielo. Todas ellas eran débiles, pero podía seguir las hebras, que volvían a un origen. Una fuente primaria.

—Hay diferentes tramas —indicó Skyler.

—Gabriel —llamó Natalya—, si se trata de Xavier o de Razvan, yo podría correr peligro, al igual que Skyler. No lo permitas.

—Tengo que hacer esto —suplicó la jovencita—. Llevo asustada cada minuto de mi existencia, y ni siquiera sé por qué en muchos casos, pero tiene que ver con esto. —Se frotó la muñeca en el punto donde le quemaba y palpitaba—. Intento recordar por qué tengo miedo, pero me duele la cabeza y no puedo.

Natalya se giró en redondo.

—¡Vikirnoff! —Su nombre era un grito pidiendo ayuda—. Ha sido Razvan. Xavier nos hizo esto, ocultó nuestros recuerdos de él tras un muro de dolor. Razvan bebió sangre de Skyler, se alimentó de su propia hija. Y de algún modo, la madre se escapó, se llevó a los hijos y es así como acabó con ese bruto, otro monstruo del que no podía huir.

Vikirnoff le rodeó la cintura, atrayéndola hacia sí en un intento de consolarla, pero Natalya se apartó, furiosa con su gemelo, tan furiosa que su tigresa saltó a la superficie, toda garras y dientes, coloreando de bandas su cabello, volviendo azules sus ojos, luego opacos.

Entonces no esperó a que los otros se apartaran, no esperó a que Gabriel diera permiso para que su hija adoptiva participara; simplemente miró al cielo, creó una respuesta y la envió con violencia por las venas de luz, haciendo estallar cada una de ellas para destruir toda la red.

Las chispas de luz encendieron el cielo y cayeron en forma de lluvia. Los relámpagos recortaron las nubes y los rayos chamuscaron el suelo. La tierra tembló bajo los pies de todos y en algún lugar, muy lejos, oyeron un grito de agonía. Al instante se produjo un silencio en medio de la conmoción general.

—Retrocede —ordenó Natalya a su pareja. De hecho, le empujó con un brazo, intentando poner distancia entre ellos. Salió corriendo hacia la izquierda y se agachó, justo cuando un relámpago cayó donde se encontraba de pie un momento antes. El sonido fue ensordecedor. Llovieron flechas de hielo, que golpearon el suelo con un ritmo terrorífico.

Los hombres se apresuraron hacia ella, pero Vikirnoff les hizo retroceder con un ademán.

—Ocupaos de los demás. Es una maga, y puede derrotar a nuestro enemigo. Si os acercáis sólo servirá para entorpecer su trabajo.

Natalya seguía corriendo, alejando el fuego de los otros, tejiendo con sus manos una compleja trama en el cielo. Al instante se fundieron las flechas y cayeron convertidas en inofensivas gotas de agua. Atrajo nubes del cielo y sopló aire caliente que hizo girar entre sus palmas, susurrando en todo momento a la madre naturaleza. Con una repentina palmada, envió la bola al cielo. Entonces, una nube de tormenta estalló en el aire, se elevó y se lanzó hacia arriba, cogiendo velocidad hasta convertirse en un vórtice que giró deprisa generando vientos destructivos.

Natalya continuó con su hechizo, extrayendo frío glacial de la nieve, hielo de los árboles, y juntándolo todo en una larga lanza sólida de hielo. La lanzó hacia arriba, directo al centro de la turbulenta nube tormentosa.

El jadeo de Skyler fue audible mientras Natalya enviaba tornados contra la tierra, con precisión rigurosa, empleando el flujo de energía de su enemigo.

—Le ha dado —susurró—, lo he notado. Le ha dado con fuerza. La lanza de hielo estaba en el tornado y él no la ha visto, o no se la esperaba. Natalya le ha alcanzado de lleno. Su influencia ha terminado. ¿Está bien Corinne?

—Todavía no he acabado con él —advirtió Natalya, volviendo a moverse desde su posición—. No pienses nunca que se ha acabado, Skyler. *Vikirnoff, cubre a los demás, contraatacará por ahí.*

Los hombres se apresuraron a levantar un escudo cuando empezó a llover fuego del cielo, brasas calientes que crepitaban y siseaban al dar contra los árboles y aterrizar sobre la nieve.

Natalya sabía que el enemigo seguía activo. Le había herido y él sencillamente intentaba ganar tiempo. Se lanzó al aire, y Vikirnoff con ella, batiendo las alas con gran fuerza para intentar encontrarle antes de que retrocediera arrastrándose hasta el agujero del que había salido.

—Quiero ser capaz de hacer eso —dijo Skyler asombrada—. ¿Puedo hacerlo, Gabriel? ¿Soy capaz?

—Si eres lo que Natalya sospecha que eres, entonces hay muchas posibilidades de que tengas una habilidad natural para esto.

—Ella no le tiene miedo, puedo verlo en su cara. Y percibo el miedo en él; Natalya le asusta.

—Sí, es cierto —afirmó Gabriel—. Y con buen motivo. —No dijo que su mayor enemigo era tan fuerte y poderoso como Natalya. En vez de eso, rodeó con el brazo a su hija—. Creo que vas a quedarte conmigo cada segundo que pase hasta que lleguemos al hostal para nuestra celebración.

—Creo que está hospedado en el hostal —dijo Skyler.

Gabriel intercambió una larga mirada con Lucian.

—Ya lo comprobamos una vez, corazón, pero volveremos a hacerlo. Ahora que Natalya le ha marcado un tanto, tal vez sea más fácil identificarlo.

Lucian se volvió transparente de inmediato, se convirtió en una bruma y partió como un rayo en dirección al hostal.

Gregori ayudó a Corinne a ponerse en pie.

—Te he examinado y tienes el corazón perfecto. No necesitas temer más la posibilidad de sufrir algún fallo.

—¿Era en realidad una ilusión? ¿El mago explotando mis peores temores? —preguntó Corinne—. ¿Cómo podía saberlo?

—Ya se ha ido y no ha dejado atrás nada con que identificarlo. —Vikirnoff y Natalya regresaron de la mano, andando a zancadas hasta llegar al lado de Corinne.

—En realidad no conoce tu peor miedo —le explicó ella—. El

hechizo funciona en cada persona que toca de un modo diferente. Sea cual sea tu miedo particular, se apodera de ti. En tu caso, temes que le suceda algo a tu corazón, y eso es lo que ha pasado. En el caso de Alexandria, revivió su ataque, pensó que el vampiro continuaba vivo y que la acosaba. Cada persona verá lo que más teme y, sí, puede volverse lo bastante real como para ser mortal.

—¿Qué deberíamos hacer en el futuro si sucede algo así? —preguntó Corinne.

—Los hechizos de magos son complicados, sobre todo cuando saben lo que están haciendo. La mitad de las salvaguardas empleadas son hechizos de magos. Más de la mitad —explicó Natalya—. Por suerte, con los años, desde la guerra con Xavier, han cambiado lo suficiente y se han personalizado lo bastante como para que la mayoría de magos no pueda descifrarlos sin nosotros darnos cuenta, pero muchos de los otros hechizos son bastante letales. Todos vais a tener que tener esto en cuenta, a partir de ahora, cuando notéis un ataque. Empezaré a trabajar con hechizos inversos simples que tendrían que bastarnos hasta que descubra contra qué luchamos. Pero es obvio que los magos están colaborando con los vampiros.

—¿De verdad piensas que soy como tú? —le preguntó Skyler.

—Deja que Francesca te examine. Enséñale la marca, Skyler, y no te asustes. Si el dragón es una marca de nacimiento, es un buen símbolo, no es malo. Razvan fue un gran hombre en otro momento. Cualquier cosa que haya hecho como vampiro, no era obra del hombre verdadero.

—¿Por qué hay tantos monstruos en el mundo? —estalló Skyler—. ¿Por qué no puede la gente llevarse bien?

—No tengo la respuesta para eso —dijo Natalya mientras apartaba el pelo de la cara de la muchacha—. Has pasado por mucho, y la mayor parte de tu experiencia no ha sido buena, pero aún tienes oportunidad de convertirte en lo que a ti te guste. No dejes que te detenga el miedo. Permite a Gabriel y a Francesca descubrir qué hay tras el muro de tu mente. Una vez que lo sepas, no podrá volver a hacerte daño. ¿No es así, MaryAnn? ¿No es mejor tener conocimiento y hacer frente a la cuestión que guardárselo para uno y no entender por qué tenemos miedo?

MaryAnn besó la frente del bebé y volvió a ponerlo con cuidado en la mochila de su madre para que pudiera acurrucarse contra su pecho.

—Creo que es preferible. Y pienso firmemente que cuantos más conocimientos tiene uno, más poder le confieren. Tú crees que careces de valor, Skyler, pero encontraste la manera de sobrevivir cuando pocos podrían haberlo hecho.

—Y no estás sola —dijo Destiny—. Hay millones de supervivientes. Nos negamos a ser víctimas, reconstruimos nuestras vidas y, aunque tal vez nunca nos consideren normales, somos fuertes y llevamos una vida feliz. No dejes que tu pasado te arrebate eso.

—No te sientas nunca marginada —añadió Corinne—. Todos nosotros —hizo un ademán para incluir a todos los demás presentes— estamos unidos. Tienes un sitio entre nosotros.

Gabriel volvió a darle un abrazo.

—Francesca se muere de ganas de verte. —La levantó en brazos y despegó por el cielo nocturno con ella.

—¿Vamos a lograr celebrar la fiesta esta noche? —preguntó Dayan.

—Tendríamos que hacerlo —respondió Corinne— después de todo el trabajo que le hemos dedicado. Y los niños están ansiosos de verdad. No podemos defraudarles. Pelear con vampiros y ahora combatir ataques de magos forma parte de nuestras vidas, tal y como has dicho antes. Ahora que sabemos qué está sucediendo, podemos encontrar la manera de frenarlo. No quiero que esto nos impida vivir la vida, igual que no queremos que Skyler deje de vivir la suya.

Dayan rodeó a Corinne con el brazo y la atrajo hacia sí. Ahora que su corazón volvía a latir sin problemas, el suyo se aceleraba.

—Estaba pensando que por un momento podría envolveros a vosotras dos en una burbuja y manteneros a salvo sin sacaros de casa. Gracias, Gregori. Lamento haber interrumpido tu velada.

—Ha sido un rompecabezas interesante —dijo éste—. Quiero reunirme después contigo, Natalya, para empezar a trabajar en impedir que vuelvan a suceder este tipo de cosas.

Natalya hizo un gesto de asentimiento.

—Por supuesto. Ahora mismo me dirijo hacia el hostal para ver si puedo ayudar a Lucian a detectar a los probables candidatos. Skyler tenía razón en que el ataque vino de ahí. Queremos asegurarnos de que esta fiesta va a ser segura para los niños.

—Creo que regresaré a casa y me meteré bajo las mantas —declaró MaryAnn—. Tanta excitación es demasiado para mí.

—Nunca te consideras una persona valiente, MaryAnn —le reprendió Gregori—, pero siempre consigues encontrar coraje para acudir al lado de la mujer que lo necesita, cueste lo que te cueste.

Ella le dedicó una sonrisita.

—Lo que sea por mis hermanas.

De repente, Gregori volvió la cabeza en dirección a los árboles, y entrecerró sus ojos plateados mientras examinaba con cuidado la zona a su alrededor. MaryAnn se estremeció y se apretó con la mano el pequeño punto situado sobre su pecho, que parecía dolerle a causa del frío.

—¿Estás bien? —le preguntó Destiny.

—Sólo un poco cansada —confesó MaryAnn—. Vuestros horarios nocturnos son un poco duros para los humanos que estamos aquí.

Capítulo 17

Manolito De La Cruz se escurría entre los árboles con un flujo lento y constante, con cuidado de no perturbar el aire a su alrededor. Había algo regocijante en estar cerca de tantos cazadores —con su presa en medio del estrecho círculo— y que ninguno de ellos le viera. No podía dejarla hasta estar seguro de que se encontraba a salvo; quería que saliera del bosque y se refugiara en casa de Nicolae hasta la hora de la fiesta. Aquellos carpatianos antiguos estaban recelosos, volviéndose hacia atrás a menudo para intentar descubrir dónde estaba y quién era.

La euforia podía ser tan peligrosa como no sentir nada en absoluto. Se sentía vivo, le daba vértigo observar sobrecogido los colores, absorber la emoción que parecía bombardear todo su sistema. Había esperado tanto tiempo en vano, viviendo sólo con recuerdos, sólo con su honor, y ahora esta mujer le había dado la vida. No se la arrebatarían, costara lo que costara. Llevaba siglos poniendo en riesgo su existencia —incluso su alma— sin pedir nada a cambio. Hasta ahora. Mary Ann era suya, y no iba a renunciar a ella.

¿Manolito? ¿Me necesitas?

La voz de su hermano calmó el caos descontrolado que alteraba su mente. Necesitaba mantenerse frío y decidido, para planificar su campaña paso a paso. Al mismo tiempo que su hermano Rafael le contactaba, notó a Nicolae sondeando, embistiendo, en un esfuerzo de pillar desprevenida la mente para poder invadirla. Habían pasado siglos desde los tiempos en que podía divertirse, desde que de hecho sentía algo, y este juego del escondite, por peligroso que fuera, le proporcionaba una carga de adrenalina, un potente frenesí. Empleó sus habilidades de cazador, jugando al gato y al ratón con todos ellos, sin dejar ni el más mínimo olor, ni siquiera un cabello, que les diera una pista. Como carpatiano sin compañera eterna, despertaría naturalmente sospechas, pero varios como él iban a asistir a la celebración navideña y a reunirse con las parejas establecidas. Tenía que mostrarse indiferente, no rozarla siquiera, ni prestarle atención cuando estuviera cerca.

Manolito. ¿Dónde estás? ¿Tienes necesidad de mí? Rafael volvió a llamarle, esta vez con mucha más insistencia, con alarma en su voz. Sus hermanos sabían lo cerca que estaba de ceder al lado oscuro; sabían que la bestia estaba agazapada y rugía mientras la oscuridad se propagaba para cubrir su alma.

He inspeccionado el hostal en busca de enemigos y he examinado el bosque. Regresaré en cuanto me asegure de que Juliette y Riordan se encuentran a salvo. Quiero doblar sus protecciones. Manolito se esforzó por sonar práctico, sin expresión, como un hombre que cumplía con su deber, ni más ni menos. Sus hermanos, Rafael y Riordan, sin duda le ayudarían a llevar a cabo su plan, pero conseguir su apoyo les pondría en una posición terriblemente comprometida con sus compañeras, y él no se fiaba de las mujeres en general a la hora de mantener la boca cerrada. Ninguna de ellas parecía entender que se trataba de salvar un alma, y eso era mucho más importante que salvar una vida.

Rafael soltó un pequeño suspiro.

Buena idea. Juliette esta muy molesta porque su hermana y su prima se niegan a participar en la reunión. Nunca vienen a ninguna de las fiestas familiares. Colby dice que Juliette está muy disgustada, y Riordan está considerando dejar el rancho e ir a la jungla donde viven Jasmine y Solange, para que pueda estar más cerca de ellas.

Manolito se quedó un momento callado, pensando en si convenía o no aprovechar este momento para plantar una semilla. Lo aprovechó.

Qué pena que no tengamos una asesora como esta mujer que está de visita con Nicolae y Destiny. Nicolae mencionó que ha ayudado mucho tanto a Destiny como a la adolescente, Skyler. Tal vez Riordan debiera intentar encontrar alguien similar cerca del rancho. Usó el mismo tono de voz que siempre, sin alterarse, indiferente, como si sólo mencionara una solución al problema. No dejó entrever que el corazón se le aceleraba y que casi le cegaba la vívida brillantez del mundo a su alrededor.

Se produjo otro silencio.

Qué buena idea; no había pensado en eso. He oído que casi habíamos perdido a Destiny y que esta mujer la ha recuperado. Tal vez la hermana de Juliette se beneficie también de su asesoramiento. Ocúpate de Riordan y si puedes regresa antes de que comience la fiesta. No sé si estabas prestando atención, pero han dado aviso de que hay un mago trabajando.

Lo he oído. Había visto a Natalya en plena batalla, y había permanecido cerca para vigilar a MaryAnn. Por fin ella volvía a estar a salvo, de regreso en casa de Nicolae, y él podía relajar en cierto modo la custodia. Vislumbró en dos ocasiones al propio lobo negro; sabía que era Dimitri y que estaba cuidando de la joven Skyler, y sintió simpatía por él. Dimitri no tenía la opción de arrebatar a la niña de la seguridad de sus padres. Ni siquiera él mismo traspasaría la línea de ese modo.

Desanduvo el camino hasta el hostal, intentando percibir la presencia del mago que había atacado antes. Un hechizo como el que había utilizado no funcionaría con un cazador sin compañera eterna, pues no tenía emociones que manipular. Esto iba dirigido a las mujeres, y eso significaba que todas las mujeres corrían un gran peligro. Una terrible urgencia se apoderó de él. Quería simplemente secuestrar a MaryAnn y llevársela lo antes posible a su rancho en Sudamérica. Con sus cuatro hermanos y los peones del rancho para ayudarle a mantenerla a salvo, no habría ocasión de que nada ni nadie le hiciera daño.

Lejos de la casa de Nicolae —y la tentación—, Manolito cambió de forma de nuevo para convertirse en bruma y fluyó por el bosque hacia la cueva de la sanación. Sabía que habían dejado salvaguardas ahí, pero sus enemigos estaban tan cerca que quería tomar precauciones adicionales. Tal vez sólo estuviera inquieto debido a la gran cantidad de carpatianos que había por los alrededores. Los miembros de la familia De La Cruz estaban acostumbrados a confiar unos de otros, y no iba a correr riesgos con la vida de su hermano pequeño. Tenía un presentimiento acuciante, y nunca pasaba por alto esas intuiciones.

Se introdujo en la cueva a través de una de las estrechas chimeneas y se dejó caer en el suelo de la sala principal. Había una cadena de cámaras y pozas y, en vez de ir directamente a la cámara donde descansaban Riordan y Juliette, se movió despacio por las otras, intentando percibir con todos sus sentidos, deseando librarse de la sensación que le acosaba y le sugería que algo no iba bien del todo. El mago sabía que Juliette estaba herida, la había dejado lista para el vampiro, para que él la matara. Sabría que su compañero yacería con ella en la tierra curativa, y si sabía donde estaban las cuevas que se empleaban de forma rutinaria, ¿no sería el lugar perfecto para atacar? Eso es lo que hubiera hecho él.

Se tomó su tiempo, ocultando su presencia mientras examinaba cada cámara. Era diestro en ocultarse, y asumió que sus enemigos también lo serían. Buscó alguna pequeña anomalía, una fisura en la armonía natural, una pequeña señal de malignidad. Para consternación suya, cuando entró en la cámara donde yacía su hermano, Mihail Dubrinsky se hallaba examinado las paredes y el suelo de la caverna, con un pequeño ceño. Volvió la cabeza mientras se acercaba él, moviéndose para situarse en una posición defensiva más favorable.

Manolito adoptó forma humana, y cruzó a zancadas el suelo de la caverna, al tiempo que comprobaba de manera automática cómo estaba su hermano.

—No deberías estar aquí a solas —le dijo Manolito. Ya se movía para proteger a Mihail y contactar con Rafael, preocupado de que el príncipe se expusiera tanto—. ¿Dónde está tu lugarteniente?

Mihail le dedicó una débil sonrisa.

—No necesito guardaespaldas para moverme por mi territorio natal, Manolito.

—No estoy de acuerdo, y no puedo imaginar que Gregori quiera que te muevas solo. Y, sea como sea, ¿qué estás haciendo aquí?

—Me preocupaba que Riordan y Juliette pudieran ser atacados mientras yacían en su lugar de descanso. —Mihail se pasó una mano por el pelo oscuro—. Supongo que me anticipo demasiado a mi enemigo.

—Yo he tenido el mismo pensamiento. No me gusta que el mago oscuro haya enviado un emisario o haya venido él mismo. Emplea cosas contra las que no tenemos salvaguardas adecuadas. —Manolito estudió el rostro del príncipe. Parecía mayor de lo que él recordaba, incluso una semana antes. Había pesar en sus ojos y, debido a un efecto de luz, parecía cargar con el peso del mundo sobre sus espaldas.

—Está claro que hemos aprendido que tenemos que protegernos tanto bajo tierra como en la superficie. Nuestros lugares de descanso ya no son refugios tan seguros como creíamos.

Mihail mostró conformidad.

—¿Cómo te sientes? Sé que tus heridas fueron bastante serias. ¿Te ha examinado Gregori para comprobar que estás curado del todo?

—Estoy bien. Me han herido muchas veces y volverán a hacerlo. —Manolito examinó los muros de la caverna—. ¿Crees que Xavier ha sido capaz de unir a los vampiros contra nosotros?

—La verdad es que no importa quien haya unido a nuestros enemigos, sean los hermanos Malinov, o Xavier y Razvan. Se han unido y no tenemos otra opción que hacerles frente. —Mihail añadió una trama complicada a la salvaguarda que ya rodeaba a la pareja en la tierra—. No puedo encontrar pruebas aquí ni en la red de cuevas, de que nuestro enemigo nos esté esperando. ¿Y tú?

—No —admitió Manolito a su pesar, mientras añadía su propia serie de protecciones, características de su familia, difíciles de deshacer. Requeriría mucho tiempo y sagacidad anularlas, y quien lo intentara de manera inadecuada se encontraría con consecuencias serias. Riordan reconocería de inmediato su labor. No había encontrado evidencia alguna, pero seguía sin estar convencido de que su hermano más joven se encontrara seguro del todo, y ése no era su estilo.

Los dos salieron juntos andando de la cámara y empezaron a recorrer el estrecho pasadizo que llevaba de vuelta a la superficie. Manolito intentó avanzar un poco por delante, pues seguía inquieto, aún con los nervios a flor de piel pese a haber examinado toda la cueva.

—Tengo que ver a Falcon y a Sara, y luego establecer contacto con Gregori y mi hija —explicó Mihail—. Me alegraré cuando se acabe esta noche. ¿Has examinado el hostal? Skyler ha indicado en varias ocasiones que cree que la oleada de poder procede de allí.

—Sí lo he examinado, pero regresaré de nuevo. Falcon me ha dicho que iba a llevar a los niños ahí dentro de una hora más o menos. Quiero hacer una inspección más antes de que lleguen todas las mujeres y los niños —contestó Manolito—. Sólo para asegurarme de que estén a salvo.

Su mirada inquieta se desplazó sobre la tierra, los muros, el techo de la caverna, mientras caminaba deprisa a través del pasadizo. El sonido del agua goteando era incesante; parecía excesivamente fuerte para las cámaras, un ritmo interminable que bloqueaba cualquier susurro de sonido que pudiera alertarles de un peligro. Intentó aminorar el volumen, pero sonaba más alto, casi retumbaba a través de las cuevas.

Entonces se paró, colocando su cuerpo entre el de Mihail y la caverna.

—Esto no me gusta.

—Nada de todo esto me gusta desde hace ya rato —respondió Mihail.

Ambos estudiaron el pasadizo. Sólo estaban a unos metros de la entrada. La luz de la nieve y el hielo se vertía por la abertura a lo largo de varios metros como si fuera una invitación. En el techo del pasadizo se habían creado pequeñas formaciones: lanzas largas y estrechas de varios colores.

Manolito sacudió la cabeza mientras sostenía la mano en alto.

—Déjame ir primero. Mejor espera aquí y observa si salta alguna trampa, o tal vez podamos desplazarnos como vapor y ver qué sucede.

—Si están aquí, mejor saberlo. Tu hermano yace dormido con su pareja eterna. Una de nuestras mujeres está a punto de dar a luz: tenemos que saber si nuestros enemigos han invadido también nuestras cámaras.

Manolito asintió y dio varios pasos con cautela, con la vista fija en las lanzas de hielo sobre sus cabezas. A cada paso que daba, el hielo goteaba como si experimentara una vibración.

—Adopta forma de bruma —fue la instrucción que dio Manolito al príncipe, con la preocupación ensombreciendo su mente.

Borbotones de polvo y hielo emergieron al aire a los pies del príncipe, un géiser de tierra que se esparció a lo alto entre los dos carpatianos, abriendo el suelo justo donde Mihail habría pisado.

—¡Sal! ¡Sal de aquí! —le ordenó Manolito, volviéndose hacia atrás.

El agujero se amplió y se ahondó a velocidad vertiginosa, una cavidad enorme que se resquebrajaba bajo el príncipe mientras éste empezaba a disolverse en vapor. Una mano con garras se alargó desde el oscuro agujero y le rodeó el tobillo, clavando las zarpas en la carne. El asimiento impidió la mutación, y la criatura sacudió al príncipe con fuerza, decidida a arrastrarle bajo tierra.

El pueblo carpatiano soltó un jadeo colectivo. Era Mihail quien les conectaba a todos, quien facilitaba la vía común de comunicación, y era Mihail quien mantenía el pasado y el futuro unidos al presente para esta gente. Todos se enteraron en el preciso momento en que tuvo problemas, en el momento del ataque.

El suave grito de angustia de Raven sólo sirvió para crear más alarma y conmoción.

Manolito hizo caso omiso de todo, disuelto en vapor, deslizándose hasta el otro lado a través del géiser de tierra. Mihail intentaba con esfuerzo mantenerse fuera del agujero abierto en el suelo del pasadizo. Las garras habían abierto dos agujeros en sus tobillos y ya notaba las puntas afiladísimas de las zarpas del vampiro cerrándose sobre su propia carne. La criatura tragó su sangre, intentando desgarrar todavía más la carne con sus dientes, profiriendo al mismo tiempo ruidos atroces, mientras despedazaba la pierna de Mihail en un esfuerzo por arrastrarle hasta su guarida.

Vampiro, y algo más. Mihail se comunicó con Manolito.

Éste se arrojó directo a la tierra, contra el rostro vuelto hacia arriba de la criatura. Un mínimo instante antes del contacto, mutó y adoptó la forma de un águila carnívora, con un gran pico curvado y unas uñas afiladísimas, arqueadas y malignas. Fue directo a sus ojos. Y en cuanto entró en el territorio mortal de la criatura desconocida —una mezcla de vampiro y algo horriblemente perverso—, pensó en MaryAnn. *Lo lamento.*

Por un breve instante sintió la atención de la mujer, perpleja y atemorizada. Tocó su mente con una breve caricia y de inmediato la soltó. Hubiera sido preferible no encontrarla a llevársela con él a la tumba. Y entrar en la madriguera de un enemigo desconocido equivalía a suicidarse. Pero era necesario proteger al príncipe, por lo tanto no hubo vacilación alguna por su parte. Si era él quien perdía la vida, el pueblo carpatiano continuaría adelante.

El águila despedazó los ojos ribeteados de rojo del vampiro, destrozando la piel sobre la garganta y el pecho, clavando las garras con rapidez y en profundidad, con la intención de obligar a la criatura a renunciar a su presa. No tenía elección, no si quería sobrevivir. La abominación arrancó las garras del tobillo de Mihail y las hincó brutalmente en el águila.

¡Fuera! ¡Fuera! ¡Fuera de aquí! Manolito gritó a Mihail mientras empezaba a llover tierra y rocas sobre su cabeza. Una roca le alcanzó con fuerza, le echó hacia un lado, aplastándole una de las grandes alas. Cambió de forma, intentando agarrarse a la fina tierra para salir de allí antes de que el polvo que estaba llenando aquello a toda prisa le cubriera la cabeza. Empleó sus manos para agarrarse a unas raíces y levantarse mientras daba patadas a las zarpas de la criatura. El polvo y desechos caían sobre su cabeza, llenaban su boca, lo cual le obligó a escupir y cerrar los ojos, mutando una vez más para seguir vivo bajo la tierra.

Mihail maldijo mientras veía cerrarse el agujero, atrapando al cazador bajo tierra. Cambió de forma y se convirtió en un tejón, abriendo un surco a través de capas de suelo, buscando a Manolito, enviando en todo momento ondas vibratorias a través de la tierra con la esperanza de desorientar al monstruo.

Tanto el cazador como el cazado ahora estaban ciegos; el águila había hecho su trabajo. Manolito intentaba utilizar los sentidos del topo gigante en que se había convertido para poder encontrar su camino hacia la superficie. Oyó cavar al príncipe, notó las sacudidas de la tierra y supo que Mihail no le había abandonado. Empezó a perforar frenéticamente un túnel hacia donde se encontraba.

Fue el topo quien percibió que la criatura subía tras él, pero Manolito se quedó callado, devolvió al topo a su tamaño normal y se mantuvo a la espera hasta percibir el aire caliente en el rostro, sólo entonces golpeó con fuerza, embistiendo de un salto y despedazando con las garras. El ataque fue salvaje y no falló. Aunque no la veía, Manolito sintió la sangre envenenada ardiendo en su cuerpo, escuchó el terrible aullido de dolor y, de pronto, el monstruo había desaparecido, dejándose caer por la tierra hasta donde el carpatiano no tenía esperanzas de seguirle.

Por encima de él ya casi no quedaba tierra, gracias a los esfuerzos de Mihail. Casi no le supuso ningún esfuerzo salir disparado por la superficie, cambiando de forma una vez más, arrojándose hasta lo alto para respirar aire fresco.

—¿Tu sangre o la de él? —quiso saber Mihail.

—Sobre todo es suya —respondió Manolito intentando desesperadamente recuperar el control. No podía permitir que el príncipe se percatara de que volvía a sentir emoción y que por primera vez en su vida, había experimentado claustrofobia—. Parece sangre de vampiro, quema como el ácido, no obstante no actuó como cualquier vampiro al que me haya enfrentado antes. Daba la impresión de no tener experiencia en combate real. —Manolito se sentó despacio, ganando un poco más de tiempo—. Preparó una gran trampa, pero en realidad no sabía luchar. Confiaba en el veneno para detenernos; lo tiene en las uñas.

—¿Están seguros Juliette y Riordan bajo la superficie?

—No creo que pueda llegar a ellos. No puede traspasar las protecciones. ¿No lo encuentras extraño? Tiene grandes facultades, pero se queda corto a la hora de acabar.

—Me temo que Razvan no murió como todos esperábamos. —Mihail estiró la mano para rodearse el tobillo e inspeccionar la herida—. Sabe planificar una batalla, pero por lo que yo veo ha sido incapaz de crear sus propios maleficios o protecciones. Eso quiere decir que no podría desentrañar las nuestras. —*Estoy cansado, Raven. Tan cansado.*

Gregori ya acude a ti, amor mío. Su voz fue una suave caricia. *Ha habido demasiadas batallas últimamente, y es culpa mía. No debería haber insistido en reunir a todo el mundo, pues la responsabilidad de su seguridad recae sobre ti.*

Gregori irrumpió en el pasadizo como una nube atronadora de vapor, cambiando de forma en ese mismo instante. Se acercó a ellos a zancadas, con los ojos plateados centelleantes y el largo cabello ondeando tras él; su rostro como siempre una máscara adusta. Sus músculos parecían acero bajo la piel y se movía con gracilidad fluida. Se limitó a doblarse y pasó las manos sobre Mihail, en busca de rasguños que pudieran dar entrada al veneno.

—Nuestro pueblo te está agradecido, Manolito. Nunca te agradeceremos bastante tu intervención.

Ah, viejo amigo. ¿Tienes que tratarme como a un niño delante de mis hijos?

No bromees con esto. ¿Cuántas veces nuestros enemigos te han tendido trampas? Raven y Savannah están afligidas, las dos están llorando. Sólo por eso podría arrancarte el corazón.

Movió las manos con delicadeza extraordinaria mientras examinaba al príncipe.

—Manolito tiene varias quemaduras y marcas de zarpas —le recordó Mihail.

Gregori observó a su príncipe con inquietud. Mihail siempre respondía a las atrevidas amenazas de su lugarteniente, pero esta vez ni siquiera intentó salir con una ocurrencia. Alarmado, el sanador dio un repaso a su cuerpo para asegurarse por segunda vez de que lo había evaluado correctamente.

—Te llevaré a mi casa junto a Savannah para curarte el tobillo, si no te importa, Mihail. Le irá bien verte y yo podré dedicar un rato más a asegurarme de que he extraído todo el veneno.

—Lo que te parezca mejor, Gregori.

El sanador volvió a alzar la ceja y sondeó al príncipe con su mirada plateada. Por fin se volvió a Manolito y limpió las quemaduras de sangre ácida, curando las pocas marcas de las garras de su cara y pecho y verificando que había expulsado todo el veneno.

—Deberías descansar —le recomendó.

—Descenderé a la tierra tras la celebración. Creo que todos los guerreros deberían mantenerse juntos por si acaso —respondió Manolito.

Gregori hizo un gesto de asentimiento.

—Gracias de nuevo por tu servicio a nuestra gente.

—La lealtad de la familia De La Cruz siempre ha estado al lado de nuestro príncipe —manifestó Manolito. Realizó un breve saludo y dejó a los dos guerreros solos.

—¿Estás bien, Mihail? ¿Bien de verdad? —preguntó Gregori.

Mihail permaneció callado unos momentos.

—Sí, por supuesto. Sólo estoy cansado de que mi gente tenga que decidir dar su vida por mí. Es difícil aguantarse a uno mismo después de tanto tiempo. —No esperó a que Gregori contestara. Se transformó en bruma y fluyó desde las cavernas hacia la casa de su hija.

Savannah les esperaba ansiosa, con angustia en sus ojos azules oscuros, casi violetas. Su espesa melena negra azabache descendía como una larga trenza por su espalda. Arrojó los brazos al cuello de su padre y lo abrazó con fuerza.

—Papá, todos estábamos tan preocupados...

—Lo sé, *csitri* —respondió—, lo lamento. Estoy bien, no ha sido más que un rasguño.

—Siempre me has llamado tu niñita, pero ahora que soy mayor —Savannah estiró el brazo en busca de Gregori y le agarró la mano— sólo me lo dices cuando las cosas no van demasiado bien. ¿Hasta qué punto son graves las heridas, papá? —Alzó la vista a su pareja eterna—. ¿Gregori?

Éste enmarcó su cara con sus grandes manos y rozó delicadamente con sus pulgares su boca.

—Sabes que nunca permitiría que le sucediera algo a tu padre. Tiene un tobillo roto y voy a examinarlo bien. —Recorrió con su mirada plateada a Mihail.

—No me mires así —soltó Mihail, mientras bajaba la mano al tobillo. Casi le resultaba imposible bloquear el dolor—. ¿Qué querías que hiciera? ¿Apartarme a un lado y contemplar cómo moría un hombre que se había jugado la vida por mí?

Gregori hizo un ademán con la mano, y un taburete acolchado se deslizó ante Mihail.

—Sí. Eso es lo que tendrías que hacer. No lo espero de ti, pero sí, lo preferiría. Uno de estos días, no vas a sobrevivir a esos ataques continuos de los que eres víctima. Si no puedes pensar en ti mismo o en tu compañera, tal vez puedas pensar en lo que le sucederá a tu pueblo. —Su voz sonaba suave aunque el mensaje era una clara reprimenda.

Savannah agachó la cabeza, un poco sobrecogida, pero su protesta se desvaneció bajo la mirada cortante de Gregori. Acarició hacia atrás el pelo de su padre con dulzura.

—Ha sido un gesto valeroso, pero podrías haber muerto.

—¿Y qué decís del otro cazador, Manolito De La Cruz, quien lo arriesgó todo para salvarme? Entró voluntariamente en la cavidad, a sabiendas de lo que había y de que iba a morir con toda probabilidad. ¿Tengo que pasar por alto eso? No puedo, Gregori. Y no lo haré.

Gregori encogió sus amplios hombros.

—Supongo que no puedes, por eso eres el príncipe. Pero en verdad, De La Cruz cumplió con su deber para con su pueblo. Tiene su honor y tiene que vivir con eso. Es lo que hacemos todos. Incluso tú tienes que seguir las reglas de nuestra sociedad, porque no podemos existir sin ti.

—Está Savannah.

—No sabemos si es un buque vivo para nuestro pueblo. Y es mujer. La necesitamos para dar a luz hijos. No podríamos arriesgarnos a que mandara. —Gregori se inclinó para examinar las heridas en el tobillo de Mihail—. Esto se parece mucho al ataque en el tobillo de Natalya justo antes de la gran batalla. Razvan la atacó desde el interior de la tierra y le inyectó veneno empleando las puntas de sus garras. ¿Cómo te encuentras?

—Como si me hubiera abierto un agujero en el tobillo, directamente hasta el hueso —admitió él. Cuando Gregori continuó mirándole, suspiró—. La pierna está débil y siento náuseas.

Savannah se acercó a limpiar la sangre empleando un suave paño húmedo.

—Esto debería ayudar un poco con el dolor —explicó—. Sé que te está costando controlarlo y he puesto un calmante en el agua.

Antes de llegar a tocar a su padre, Gregori le cogió el brazo y la apartó de la herida.

—Creo que vamos a tratar esto como un veneno.

Savannah le fulminó con la mirada.

—¿Vas a entrar en su cuerpo a destruir el veneno, verdad que sí? ¿Y tanto importa que yo ayude a mi padre a sentirse un poco mejor?

Gregori hizo una pausa y alzó su negra ceja de nuevo.

—No es habitual en ti ladrar a tu pareja eterna, Savannah. Tal vez te afecta más de lo que crees que hayan herido a tu padre. Y también has llorado por ese ridículo plato que te ha pedido tu madre que prepares.

Un rubor cubrió las mejillas de Savannah.

—No he llorado por eso, ya te lo he dicho. —Le lanzó una mirada iracunda. *No le cuentes eso a mi padre, se lo dirá a mi madre, y luego ella se sentirá mal. Y deja de darme órdenes; simplemente no tengo el día para aguantar estas cosas.*

Gregori le cogió ambos brazos y la atrajo hasta la protección de su cuerpo.

—Estás a punto de echarte a llorar otra vez. ¿Qué te pasa hoy? ¿Es el bebé? —Le rozó el pelo con ternura exquisita.

—¿Bebé? ¿Qué bebé? —preguntó Mihail, cambiando de postura para poder mirar mejor el vientre de su hija. Su hija era menuda, como su madre. Y ahora que a Gregori se le había escapado la noticia, podía ver que sin duda se había ensanchado por la cintura, y se encontró a sí mismo sonriendo a pesar del dolor.

Savannah soltó un jadeo y le dio a Gregori en el hombro con el puño cerrado.

—Se suponía que no tenías que decirlo; se lo tenía que contar yo.

—¿Qué pasa? —quiso saber Gregori, cogiéndole el puño y abriéndoselo para darle un beso en el centro de la palma. Dirigió una rápida mirada a Mihail—. Siempre puedo borrar los recuerdos de tu padre.

—Oh, me gustaría que lo intentaras —se burló Mihail—. Y como hagas llorar a mi niñita, vas a ver lo que puede hacer un príncipe cuando está enfadado.

—Vamos a tener gemelos —anunció Savannah—. Gemelas, son niñas.

—Sólo oímos los latidos de un corazón, sólo sentimos una vida —Gregori expresó sus objeciones, entrecerrando los ojos mientras miraba a su compañera—. Savannah va a tener un bebé, un chico.

—La otra vida estaba ahí, oculta tras su hermana. Hay dos, ambas chicas, y voy a ponerme gorda como una vaca. Y tu vas a ponerte espantoso, dando órdenes sin parar. Papá, si crees que se pasa dándote órdenes, créeme, es mucho peor conmigo.

Gregori negó con la cabeza.

—Chicas, no, Savannah. Necesitamos hijos. Guerreros. Los Daratrazanoff protegen al príncipe.

—Pues siento decírtelo, pero está claro que son niñas. Nada de hijos. Hijas. Estoy conectada con ambas, no hay duda de eso.

Mihail se reclinó hacia atrás con una sonrisita de satisfacción en el rostro.

—Te lo mereces, Gregori. No puedes imaginarte cómo voy a divertirme viendo cómo sobrevives a esta experiencia, no con una hija sino con dos.

Gregori permaneció ahí en pie fingiendo aspecto consternado.

—¿Cómo es posible que yo no lo sepa? Te examiné yo mismo. —Negó otra vez con la cabeza—. Tienes que haberte equivocado, yo no puedo equivocarme.

—El bebé se ocultó.

El sanador carpatiano frunció el ceño.

—Eso es inaceptable.

Mihail se rió.

—Estoy seguro de que tus hijitas van a hacer todo lo que les ordenes, Gregori. Seguro que las pequeñajas siempre te harán caso.

—Savannah, hablo en serio, comunícate con tus hijas —le ordenó Gregori—. No puedo permitir que una de ellas se oculte de mí cuando estoy comprobando su estado de salud.

—Tu actitud era brusca y la asustaste.

—Soy su padre y no debería tenerme miedo.

Mihail suspiró.

—Estoy sangrando y tengo que estar en perfectas condiciones dentro de pocos minutos, de modo que sugiero que superes el disgusto de enterarte de que el mundo no cumple todos tus dictados. Continúa con la cura, por favor.

Gregori se giró en redondo, todo elegancia fría y peligro.

—Tú la has incitado a esto, ¿verdad que sí, Mihail?

—¿Incitarla a tener gemelas? Si se me hubiera ocurrido eso, lo habría hecho, pero mi imaginación no llega tan lejos. —Mihail movió la pierna e intentó no estremecerse de dolor.

Al instante Gregori se entregó a su tarea.

—Savannah, permanece alejada de la sangre, por si es tan venenosa como creo. —Arrojó su cuerpo con rapidez, convirtiéndose en pura luz blanca, una energía reluciente que entró en el cuerpo de Mihail y se movió muy deprisa hasta la herida. Como esperaba, el veneno era un problema. Lo hizo a conciencia, asegurándose de que encontraba hasta la menor gota, la expulsaba del cuerpo de Mihail y curaba su tobillo desde dentro hacia fuera.

—Ya está, pero seguirá débil un rato. Intenta no forzarlo en la medida de lo posible, hasta que puedas yacer en la tierra rejuvenecedora.

—Por supuesto.

—Supongo que ahora te negarás a descansar una o dos horas y perderte una pequeña parte de los festejos.

Mihail notó en su mente el leve contacto de Raven.

Tal vez debieras hacer lo que dice. Sonaba ansiosa.

—No. *Estoy bien, Raven, sólo un poco cansado. Quiero volver a casa y abrazarte un ratito. Eso me beneficiará más que descansar en la tierra.*

Entonces ven a casa.

¿Estabas enterada de las noticias? ¿Te lo había contado Savannah? Está embarazada de gemelas.

Estoy enterada. Está muy ilusionada. Raven no añadió nada más y Mihail supo que intentaba sonar feliz y valiente por su hija. Un embarazo de gemelas sería mucho más difícil que el de un solo bebé, y Raven era muy consciente de eso. No quería que Savannah experimentara el sufrimiento de perder a tus propios hijos.

—Necesito ir a casa para estar con Raven —dijo Mihail—. Savannah, cielo, estás guapa como siempre. Creo que te sienta bien el embarazo. ¿Hace mucho que guardas el secreto? Hay que estar de varios meses para saber el sexo.

—No queríamos decir nada hasta que estuviéramos seguros de que tenía probabilidades de quedarme encinta. —Sonrió a Gregori y al instante él se inclinó para besarla.

—Hijo —dijo Mihail en voz baja apoyando la mano en la espalda de Gregori.

El Taciturno se puso rígido y dio media vuelta, con su plateada mirada líquida.

—¿Hijo? —repitió—. ¿Desde cuándo mi príncipe se dirige de esta manera a su lugarteniente y viejo amigo?

A Mihail le tembló el labio. En su interior, donde sólo Raven podía oírle, el príncipe se reía a carcajadas, pero consiguió mantener intacta la máscara.

—Eres de la familia, mi yerno, y pienso en ti como un hijo en ocasiones —manifestó Mihail mientras se frotaba las sienes como si le dolieran, mostrándose muy cansado e intentando dar lástima.

—Oh, sí, ¿de verdad? —Gregori cruzó los brazos sobre el pecho y lanzó una mirada recelosa por la habitación. Había moscas y escarabajos coloridos pegados a los muros y a los cristales de las ventanas. Algunas se arrastraban por debajo de la puerta para unirse a los demás. Lanzó una mirada iracunda a los insectos y se giró en redondo para devolver la mirada a su suegro—. Parece haber una cantidad desmesurada de bichos invadiendo mi casa, y creo que vamos a necesitar un pesticida especialmente venenoso. Tu repentino espíritu paternal, no tendrá algo que ver con los insectos, ¿verdad?

Mihail gruñó en voz baja.

—¡Gregori! —le reprendió Savannah—. Mi padre está sufriendo terriblemente. Te está tratando como a un hijo y tú no estás siendo nada amable. Dale una almohada para la espalda.

—Gracias, cielo, pero de verdad no puedo quedarme. Necesito ultimar algunos detalles para esta noche. Estoy seguro, hija, de que hagas lo que hagas, saldrá bien, y si no, habrá otros muchos platos para la cena. —Mihail bajó las piernas de nuevo al suelo y esperó un momento a que se calmara el dolor. Gregori tenía razón. Había curado la herida lo mejor posible y había retirado el veneno, pero el tobillo estaba sensible y dolorido. Necesitaba bajar a la tierra para finalizar el proceso, por lo tanto tendría que vivir con dolor hasta la mañana siguiente.

—Aquí tienes, papá —dijo Gregori con mucho sarcasmo—, deja que te ayude a levantarte. ¿Necesitas alguna otra cosa?

Mihail permitió que le ayudara a llegar hasta la puerta.

—Ahora que lo mencionas, sí. —Rodeó a Savannah con un brazo y le besó la mejilla—. Felicidades, cariño, me hará mucha ilusión tener nietas. —Sonrió a Gregori—. Me gustaría que hicieras el papel de Santa Claus para los niños esta noche. Es una gran responsabilidad y es obvio que eres la mejor opción para esa tarea. —Sacó de la nada un gorro rojo con una bola de nieve de punto blanco en el extremo y la dejó caer en la cabeza de Gregori—. He traído el traje, aunque hay cierta controversia sobre si Santa lleva leotardos rojos o no. —Meneó los leotardos bajo la nariz de Gregori.

Gregori arrebató a Mihail los leotardos y se arrancó el gorro de la cabeza.

—Mihail... —Juntó los dientes con un sonoro chasquido de advertencia—. No te atreverás a hacerme esto. —Miró por la habitación a los insectos que decoraban las paredes—. Ahora entiendo por qué mis hermanos han decidido venir a visitarte. —Hizo un ademán con las manos provocando un fuerte viento que sopló como un ciclón por toda la casa.

Los insectos temblaron y se convirtieron en hombres, todos riéndose a carcajadas. Lucian le dio una palmada en la espalda y Gabriel le revolvió el pelo.

—Felicidades, hermanito, te ha tocado.

—¿Todos estabais enterados de esto? —quiso saber Gregori. Intentó agarrar a Mihail, pero el príncipe ya había salido por la puerta con un alegre ademán de despedida.

Darius y Julian chocaron sus puños sin dejar de sonreírse. Los demás berreaban de la risa.

—Fuera —ordenó Gregori—. Cada uno de vosotros.

—No me importaría verte con el gorro en la cabeza otra vez. —Darius meneó los dedos como si Gregori debiera darse una vuelta y hacer de modelo para ellos.

—Ponte los leotardos —le animó Jacques.

—Salid De Aquí. —Gregori articuló cada palabra.

—Claro que sí, hijito —bramó Julian—. Te dejamos para que practiques tu actuación estelar de esta noche.

Otro chillido de risa llenó la casa, amenazando con llevarse el tejado. Gregori sostuvo la puerta abierta y se limitó a indicarla, y los hombres salieron en fila con grandes sonrisas en los rostros.

Gregori dio una patada a la puerta para cerrarla de golpe y se volvió a su compañera.

—Voy a matar a tu padre: he decidido que el pueblo carpatiano puede pasar sin él.

Savannah le tapó la boca con la mano.

—Es todo un honor. —Las palabras salieron contenidas, ya que se atragantaba de la risa.

Él levantó la mano.

—No, no digas ni una palabra más.

La hija del príncipe le rodeó la cintura con el brazo y se apoyó en él.

—¿De verdad es tan terrible?

—Les has visto; cada hombre del territorio estaba aquí. Tu padre me ha tendido una trampa.

Savannah se quedó callada un momento.

—Entonces supongo que tendremos que imaginar una manera de cambiar las tornas, ¿no crees?

El carpatiano enredó la mano en un puñado de melena y se quedó mirando su rostro vuelto hacia arriba, siempre tan adorado por él.

—¿En qué estás pensando exactamente?

Una sonrisa iluminó poco a poco sus ojos.

—¿Quieren a Santa Claus? Pues bien, yo soy maga, ¿no es cierto? ¿La gran Savannah Dubrinsky? ¿Y tú no eres Gregori, comandante de la tierra, el espíritu, el fuego y el agua? Invocas los elementos y haces temblar la tierra. Santa Claus va a ser pan comido. Ojalá nos hubieran dado más tiempo para prepararnos, pero les ofreceremos el mejor Santa Claus que hayan visto nunca. Ningún niño se asustará de ti ni te quedarás sin saber qué cara poner, como esperan ellos.

—¿Estás segura de que no sería más sencillo liquidar a tu padre y enterrar su cuerpo en algún lugar en el bosque? —Gregori sonaba esperanzado.

Ella se puso de puntillas y le dio un beso en la boca.

—Qué sanguinario eres.

Gregori apoyó la mano en su vientre abultado.

—¿De verdad hay dos niñitas creciendo dentro de ti?

Savannah hizo un gesto de asentimiento y puso su mano sobre los dedos de Gregori.

—Sí. Esta vez hemos conseguido de verdad impresionarte, ¿verdad?

—Soy curandero, *ma petite*. Debería saber qué sucede dentro de tu cuerpo en todo momento. ¿Si no, cómo quieres que te mantenga sana?

Savannah se llevó su mano a la boca y le mordisqueó los dedos.

—Me gusta que podamos sorprenderte de tanto en tanto.

—Oh, eso sí que lo consigues, amor mío —la tranquilizó—. Siempre lo has conseguido.

Capítulo 18

Sara, no encuentro mis alas —dijo la pequeña Emma mientras corría por el pasillo meneando todos sus rizos—. He buscado por todas partes.

—Las ha cogido Trav —le explicó Chrissy sin que nadie le preguntara—. Ha dicho que Emma no era ningún ángel y que iba a tirar las alas. —Sus ojos demasiado grandes miraban muy solemnes, a la espera de ver qué terrible castigo impondrían los adultos por un delito así.

Sara entornó los ojos cuando Emma empezó a gemir.

—Soy un ángel. ¡Sí que lo soy! Trav es un niño malo, ¿verdad que sí, Falcon?

Falcon la levantó y la hizo girar por los aires antes de que el gemido pudiera transformarse en un llanto serio.

—Creo que Trav sólo es un niño travieso, no un niño malo. ¿Qué habrás hecho para que piense que no eres un ángel?

—Siempre quiere comida y yo le cogí el bocadillo; luego se lo di al perro de Maria. A Trav no le hace tanta falta como al perro; él puede ir a la cocina cuando quiera. Eso es lo que dijo Sara, ¿verdad, Sara?

—Así es, Emma —corroboró Sara—. Siempre hay comida de sobra, pero no deberías cogerle el bocadillo a Trav. Si quieres darle algo de comer al perro, cógelo de la cocina.

Falcon se aclaró la garganta. *Eso me asusta un poco. La próxima vez igual le da un asado.*

—Lo que quiero decir, Emma, es que antes de coger algo de la cocina preguntes a Slavica o a Maria. Ellas saben qué pueden comer los perros —se apresuró a añadir Sara.

Emma tenía cuatro años, y Sara estaba casi convencida de que la discusión podría eternizarse si no encontraba la manera de cambiar de tema.

—Tenemos que apresurarnos, niños, y llevaros a todos al hostal. Todo el mundo está esperando para ver el espectáculo

—Necesito mis alas, Falcon —declaró Emma—. No puedo ser un ángel sin mis alas. —Su labio inferior empezó a temblar.

—Encontraremos tus alas, pequeña —la tranquilizó Falcon. Miró al otro lado de la habitación y sonrió a Sara.

Era ella la que había conseguido esto, la que había creado un milagro para estos niños. Ahora ya estaban recuperando la salud y poco a poco empezaban a creer que no iban a tener que robar comida y que siempre iban a tener un techo sobre sus cabezas. En ningún momento había sido fácil. Sara había rescatado a siete niños superdotados de las cloacas de Rumania y los había traído a los Cárpatos. Ella y Falcon se despertaban lo más temprano posible y se quedaban levantados cuanto podían para estar con ellos. Tenían la suerte de haber encontrado a varias mujeres humanas dispuestas a ocuparse de los niños durante las horas en las que no les quedaba otra opción que dormir.

Falcon nunca se había imaginado que podría amar tanto, pero a veces, como ahora, el amor parecía desbordarle y llenar los espacios vacíos de la habitación. Volvió a abrazar a Emma, pasando por alto sus chillidos, y guió al pequeño grupo hasta la silla en la que estaba Travis sentado, intentando fulminar con la mirada a los demás. Falcon le guiñó un ojo y le tendió la mano.

—Vámonos. Es una cena festiva y cuanto antes acabemos con la representación, antes podréis empezar a comer. Sé que Corinne y la señora Sanders son unas cocineras fantásticas. No querréis perderos esta comida, ¿a que no?

Travis suspiró y se levantó, sacando las alas de debajo de su trasero.

—Al menos no tengo que hacer de ángel. —De repente sonrió a Falcon—. Yo tengo que ser el rey.

Falcon puso una mano en el hombro del chico. Era el mayor y a sus ocho años había asumido una gran responsabilidad con los otros, haciendo de carterista, intentado conseguir comida para los demás, procurando siempre protegerles de matones grandullones mayores que ellos, tanto en las calles como en las cloacas. Era alto para su edad y muy delgado, con una oscura mata de pelo que se negaba a cortar. En una ocasión en que Falcon había insistido en que se cortara el pelo, Sara había comentado que el chico intentaba parecerse a él, y que por eso se lo dejaba suelto y sin domar. A partir de entonces , Falcon pasaba mucho tiempo intentando dar recomendaciones al chico para mantener arreglado su largo pelo. Hoy parecía haberse esforzado más que otros días. Ni siquiera Emma tenía nada que decir sobre el pelo de Travis.

—Qué buen aspecto tienes esta noche.

—Sara ha dicho que todo el mundo iba a ir al hostal después de la iglesia.

—Sí, han acudido al oficio de medianoche e irán al hostal a cenar. ¿Tú querías ir a la iglesia? —Dirigió una rápida mirada a Sara, esforzándose por mantener una expresión seria.

Travis le puso un ceño.

—Yo no, nada de eso.

—Eso pensaba, pero he preferido preguntar, sólo para dejar abierta esa opción. Mejor nos ponemos en marcha para no llegar tarde.

—Falcon —le preguntó Emma mientras salían por la puerta—, ¿de verdad va a venir San Nick? ¿Tendrá un regalo para mí?

Se produjo un repentino silencio, y entonces se percató, al mirar los rostros levantados y expectantes, de que su respuesta era importante para todos los niños. Incluso Travis parecía esperanzado, aunque intentara parecer indiferente. Nunca habían tenido un árbol de Navidad, ni comida suficiente ni siquiera un techo sobre sus cabezas, qué decir de un regalo.

—Seguro que va a venir —le dijo Falcon, con un nudo en la garganta que amenazaba con atragantarle. Intercambió otra mirada con Sara. Era fácil entender por qué había necesitado rescatar al menos a estos niños. No podía salvar más, pero había hecho todo lo posible para ofrecerles un buen hogar.

—Vamos, todo el mundo en marcha. Esta noche iremos en trineo —anunció Sara—. Aseguraos de que cogéis vuestros sombreros, abrigos y guantes.

—¿Como el trineo de Santa? —preguntó Chrissy. A sus cinco años era la mayor de las niñas y se tomaba en serio su papel. Su voz sonaba admirada, y Sara se sintió agradecida al instante de que Falcon hubiera pensado en hacer el recorrido en trineo.

—Bueno, tenemos caballos en vez de renos —explicó Sara—, pero seguro que es divertido. Cuando subáis, echaos encima la manta gruesa, para no enfriaros.

No podía meter a siete niños en un solo trineo, por lo que Sara se fue con los cuatro niños —para que pudieran «cuidar de ella»—, mientras Falcon se encargaba de las tres niñas. Travis cogió las riendas y, con aspecto muy adulto, dio la orden de partir a los caballos. Jase, el más joven, de sólo tres años, se agarró con fuerza a Sara y dio un chillido de regocijo cuando salieron deslizándose sobre la nieve en dirección al hostal.

Falcon inspeccionó la zona a su alrededor. Sabía que se habían producido varios ataques contra mujeres, y también uno dirigido contra el príncipe, por lo tanto su temor fue en aumento a medida que atravesaban la parte más tupida del bosque. Un aleteo llegó a sus oídos y desplazó su atención hacia arriba, donde vio varios búhos sobrevolando su recorrido. Los caballos resoplaban y soltaban vaho sacudiendo la cabeza mientras miraban a los lobos que avanzaban a su lado, con el líder corriendo en paralelo a ellos, mostrando sus ardientes ojos transparentes.

—Nuestros escoltas —gritó Falcon riéndose. Guerreros de todas partes volaban sobre ellos y corrían a su lado, vigilando a los niños y a Sara. Falcon les saludó mientras el trineo avanzaba sobre la nieve y los patines se deslizaban con facilidad.

Los cascabeles del trineo repiqueteaban a cada paso de los caballos, y los niños, con las mejillas sonrosadas, tenían los ojos muy abiertos de excitación, y su risa era música para los oídos.

Te quiero, Sara. Gracias por darme la vida.

Yo te quiero igual, Falcon. Gracias por ser como eres. Nadie se habría ocupado de estos niños y les habría acogido de la manera que has hecho tú. Eres un hombre extraordinario.

El hostal estaba iluminado con luces coloridas brillando en el balcón y en torno a la puerta. Los caballos se detuvieron justo ante la entrada, y la dueña del establecimiento, Slavica, una de las mujeres que cuidaba a menudo de los niños, salió a recibirles. Tras abrazarles a todos, les llevó al enorme comedor donde habían montado el escenario. Falcon y Sara ocuparon sus asientos; ella agarrándole con fuerza la mano y cruzando los dedos para que los niños lo pasaran bien durante la representación que iban a ofrecer a todos los adultos.

La obra se inició con algunos problemillas de poca importancia. La representación quedó bien, aunque el ángel dio una patada al rey en la pantorrilla, que se fue dando saltos por el escenario durante un minuto hasta que recordó que había público delante. Josef cantó un rap conmovedor, su propia versión del «Jingle Bells» navideño que, de hecho, quedó bien y logró que el público hiciera palmas hasta que el chico, con su entusiasmo, casi se cae del improvisado escenario.

Falcon rodeó los hombros de Sara con un brazo y le puso una mano en el vientre, donde descansaba el niño que esperaban.

—Eres una mujer increíble. ¿Cómo has conseguido organizar todo esto? Los niños están felices, sólo hay que verlos. Son pequeños actores.

Mihail hizo un gesto afirmativo.

—Ha sido una actuación fantástica, Sara, no tenía ni idea de vuestro trabajo. Debes de haber dedicado mucho tiempo a los preparativos. —Miró a su alrededor, a las caras de su gente, todos sonrientes, los rostros gastados y adustos de sus guerreros relajados y felices; la mayoría de ellos saludando a los niños con un aplauso atronador.

—¿No han hecho un trabajo maravilloso? —Sara estaba radiante y feliz por sus niños—. ¿Qué opinas de la versión rap que ha interpretado Josef del villancico? Le ha dedicado mucho esfuerzo a ese número. Y Skyler ha cantado a las mil maravillas. Me quedé impresionada al oír su voz la primera vez. El número de danza de Paul y Ginny ha sido espléndido, y por supuesto nadie toca el piano como Antonietta. Qué feliz me hace todo esto.

—Y tener a los Trovadores Oscuros cantando para todo el mundo ha sido un bombazo —añadió Falcon—. Creo que nuestros invitados han disfrutado con el espectáculo.

—Con toda sinceridad, Sara, nunca había esperado nada parecido a esta presentación —admitió Mihail—. ¿De dónde has sacado tiempo para prepararla? Sabía que estabas ensayando con los niños, e incluso con los adolescentes, pero, la verdad, esto ha sido un espectáculo muy superior a lo que podía imaginar.

—Ha sido un trabajo divertido, Mihail, y los niños necesitaban sentirse parte del acontecimiento. No quiero que se sientan diferentes, ninguno de ellos. Es importante que los adultos les vean y reconozcan sus logros.

—¿No lo hacen? —La sonrisa desapareció de su rostro. No lo hacían. Tan importantes como eran los niños para ellos, tan queridos y apreciados, se preocupaban por su salud y seguridad pero no necesariamente por otras cosas. No siempre había sido así.

—No me refería sólo a los padres —dijo Sara—. Los carpatianos llevan tanto tiempo luchando solos y sin familia que han olvidado lo que es tener niños. Su vida es la guerra, no el hogar, no la esposa y los hijos. Está la educación, y no hablo sólo de los libros, sino de enseñarles las costumbres carpatianas, de enseñarles a mutar, a protegerse e incluso a combatir. ¿Quién hace eso? Nunca hemos establecido esas cosas. Hay tan pocos niños, que nadie piensa en juntarlos como se ha hecho en esta ocasión, para que puedan conocerse y hacerse amigos, y que los adultos les acepten.

Mihail recordó su propia juventud y los guerreros que se detenían a darle consejo aquí y allí; un orfebre llevándole a las cuevas para mostrarle cómo encontraba piedras preciosas, otros trabajando con él para enseñarle a cambiar de forma e incluso tácticas de batalla. Sara tenía razón.

—Pensaré en lo que dices, Sara —dijo—. Tiene sentido. Nunca había visto a los niños tan felices. He hecho una breve visita a la madre de Joie, la señora Sanders, y ha mencionado que has cosido a mano esos trajes. Te hubiera ofrecido ayuda si hubieses comentado algo.

—Ya tenía ayuda. Corinne cose muy bien, y queríamos coser a mano en vez de a la manera carpatiana, para poder enseñar a mis niñas y niños cómo se hace. Falcon y yo intentamos integrar los dos mundos en la medida de lo posible. Colby De La Cruz me dijo que ella y Rafael hacen lo mismo con Paul y Ginny.

Mihail cogió la mano de Raven y se la llevó a la boca, arañando con los dientes sus nudillos.

—Por lo visto hay muchas cosas que no he tenido en cuenta. Hemos aprendido mucho con tu fiesta, Raven. Algunos de los nuestros tienen que incorporar las costumbres humanas además de las carpatianas. Cuantos más guerreros encuentren pareja entre las mujeres humanas, con más frecuencia sucederá. Es mejor que aprendamos a integrar ahora a las familias humanas y carpatianas.

La apartó de los otros para llevarla hacia el alto árbol de Navidad. Varias personas del pueblo habían preparado ornamentos para colgarlos y se los habían traído a Slavica.

—Mira a tu alrededor, Raven. Tú eres la responsable de esto. Es la primera vez en siglos que veo tantos carpatianos juntos en un lugar con nuestros vecinos. Los niños se ríen y no paran de correr, todos excitados, y los hombres están relajados. Bueno —corrigió—, alertas como es su deber, pero mucho más relajados de lo que les he visto nunca. —Desplazó la mirada a Lucian—. Mírale, Raven. Ese hombre ha pasado toda la vida en batallas, y, aún así, está en paz.

La sonrisa de respuesta de Raven fue dulce y llena de comprensión.

—Por supuesto, necesitabas ver esto. De vez en cuando hay que recordarte por qué luchas tanto, Mihail. Todo el esfuerzo que haces es por ellos. Si nunca ves una compensación, el trabajo empieza a pesar demasiado.

El príncipe notó el dolor en su garganta mientras miraba por la habitación. Había tantos guerreros suyos, altos y erguidos con sus largas y negras melenas características, y sus ojos inquietos ahora risueños. Miró a los otros hombres situados por detrás de ellos, algunos en el comedor, unos pocos en la barra y la mayoría en el exterior, donde podía sentirles. En el límite. Sin pareja que les sacara de aquella existencia estéril. ¿Les serviría esto de ayuda? ¿Les daría esperanzas? ¿O la reunión sólo acentuaría su soledad?

Raven se apoyó en él, compartiendo el calor de su cuerpo.

—No somos sólo gente, somos una sociedad. Pero ¿cómo podemos ser una sociedad si nunca nos relacionamos con otras personas? —Alargó el brazo para tocarle el rostro, tan lleno de preocupación—. Se han perdido las viejas costumbres. Así es, Mihail, por triste que parezca. Tenemos que encontrar la manera de vincular esta gente a nuevas tradiciones. Tenemos enemigos, sí, pero también tenemos esto. —Hizo un movimiento con la mano por la habitación para abarcar a todos los carpatianos así como a sus amigos humanos—. Es mucho lo que poseemos, y tú lo has logrado. Gregori solía gruñir por tu amistad con tu sacerdote, el padre Hummer, y ahora, uno de sus mejores amigos es Gary Jansen.

La mención de su viejo amigo, un cura asesinado por miembros de la sociedad por su asociación con Mihail, le entristeció. Se obligó a alejar su mente del pasado.

—Sara mencionó que hemos librado tantas batallas y llevamos tanto tiempo sin niños, que no ofrecemos a los jóvenes las herramientas adecuadas que necesitan. ¿Crees que tiene razón? —Los ojos negros de Mihail descansaron en el rostro de Raven. Los compañeros eternos no se mentían, aunque fuera doloroso lo que tenían que decir. Vio la respuesta en su rostro, la manera en que sus dedos apretaban su mano, y pareció afligida por un momento.

—No puedes pensar en todo, Mihail.

—No tengo otra opción, Raven. Es mi deber, mi responsabilidad. Esos niños son carpatianos, y los que todavía no lo son pronto lo serán. Tienes razón al decir que no somos sólo un pueblo; somos una sociedad y necesitamos empezar a actuar como tal. Nuestros enemigos han conseguido mantenernos concentrados en ellos, en vez de prestar atención a detalles de nuestras vidas que son importantes. Nuestros niños lo son todo. En vez de estar molestos por sus travesuras, como me sucede con Josef, deberíamos estar ayudándoles a aprender.

—Cariño —dijo ella bajito—, Josef agotaría la paciencia de un santo.

Una pequeña sonrisa ocupó la boca de Mihail.

—De acuerdo, te doy la razón en eso. Ese chico es tan mayor en algunas cosas y tan joven en otras. Ninguno de nosotros ha tenido que tratar con niños, no durante siglos; intentar encontrar la tolerancia y paciencia necesarias va a tener que convertirse en una prioridad, sobre todo ahora que algunas de nuestras mujeres están embarazadas.

Raven dio un codazo a Mihail cuando Jacques y Shea entraron en la habitación.

—Ella parece crispada. ¿Crees que ya está de parto?

—Jacques me ha dicho que se ha estado resistiendo a este momento. He pedido a Syndil que escogiera un lugar para el alumbramiento y que enriqueciera la tierra para Shea y el bebé, con la esperanza de que sirva para que ella se relaje lo suficiente para dar a luz.

—Me sorprende que haya venido.

—Tenía que conocer esta noche a la amiga con la que contactó por internet, una de nuestras invitadas. Su nombre es Eileen Fitzpatrick. ¿Te la han presentado?

—No, pero Slavica la mencionó. Por lo visto, justo antes de viajar se sometió a una operación de cataratas y se ha pasado casi todo el tiempo en su habitación. Ha venido sólo para conocer a Shea y habría pospuesto el encuentro, pero ya tiene cierta edad y le preocupa que esta sea su única oportunidad.

—Jacques me ha dicho que Aidan la investigó. Se supone que es honesta, pero quiero tomar precauciones adicionales con Shea. A estas alturas, no me fío de nadie que se acerque a ella, ni siquiera de la más inofensiva viejecita con cataratas.

Shea y Jacques avanzaban despacio a través de la multitud para reunirse con Mihail y Raven. Mihail dio un paso adelante para saludar a su cuñada con un beso en la mejilla.

—¿Estás segura de que no deberías estar descansando? —le preguntó, mirando a Jacques con una ceja levantada.

—Está claro que estoy de parto —admitió Shea—. Este bebé ha decidido venir esta noche tanto si yo quiero como si no. Es más fácil y rápido que aguante de pie cuanto pueda. Quería ver la actuación, pero he venido demasiado despacio.

Raven la abrazó.

—Puedo reproducírtela en mi mente, cada detalle, sobre todo las partes divertidas. Los pequeños han estado monísimos, y no tenía ni idea de que los adolescentes tuvieran tanto talento. Josef tiene buena voz, en serio, y siempre es muy inventivo.

—¿Ha cantado Josef? Y ¿me lo he perdido? —preguntó Shea.

Mihail suspiró.

—Si llamas a eso cantar. Tiene buena voz, así es, pero no puedo entender por qué el chico no canta una canción que uno pueda entender. ¿Y qué eran todas esas rotaciones que hacía ahí arriba?

—¿Rotaciones? —repitió Jacques, mirando a Raven para que le diera una explicación.

—Parecía que tuviera convulsiones —explicó Mihail.

—Estaba bailando —dijo Raven, enviando a Mihail una sonrisa para acallarle.

—¿Así que era eso? No podía decidir si estaba haciendo *striptease* sin desnudarse o si necesitaba ayuda médica de inmediato. Como nadie ha ido corriendo en su ayuda, me he quedado en mi asiento. Se ha puesto a girar en el suelo y ha empezado a tirarse por el escenario como una oruga.

—Bailaba *breakdance* —interpretó Raven para Shea.

—¿Y el *striptease*? —preguntó Shea.

—Eso fue una danza erótica, pero sin pareja, creo —dijo Raven—. No estoy exactamente al día, pero parecía que estuviera... esto... Bien, ya sabes.

—No sé. —Mihail se encogió de hombros—. Casi se cae del escenario en ese momento.

Shea se rió, apretándose con una mano el vientre.

—Sabía que tenía que haber estado aquí, sólo por eso.

—Mereció la pena verlo —reconoció Mihail—, aunque no entendía una palabra de lo que estaba diciendo o por qué estaba escupiendo y gruñendo mientras cantaba.

—No te enteras —manifestó Jacques.

Raven y Shea se rieron juntos. Mihail parecía dolido.

—¿De qué? Claro que me entero. Da la casualidad de que sé que eso no es bailar. Paul y Ginny estuvieron bailando y Antonietta tocó música de verdad, y Skyler cantó como un ángel. Los Trovadores cantaron un par de baladas maravillosas y nadie, ni siquiera Barack, escupió mientras lo hacía.

Jacques sacudió la cabeza con tristeza.

—No hay esperanza de modernizarte, hermano.

Shea se apretó el vientre de nuevo y buscó la mano de Jacques.

—Las contracciones empiezan a ser más fuertes. La risa está empeorando las cosas.

Ambos hombres se mostraron tan aterrorizados que Raven tuvo que ocultar una sonrisa:

—Todo va a ir bien, Jacques. Estás muy pálido. Te has alimentado esta noche, ¿verdad?

—Se está comportando como una criatura —dijo Shea—. Sí se ha alimentado, quería estar preparado en caso de que yo necesite sangre. —Le sonrió—. Algo que no va a suceder. Todo va bien.

—No en mi caso —admitió Jacques—. No tengo ni idea de qué se siente al dar a luz, y compartir esa experiencia me da terror.

Mihail hizo un gesto afirmativo, pero estaba mirando a sus guerreros, los carpatianos sin pareja. Eran los guardianes esta noche, como sucedía a menudo en tierras extranjeras, sólo que esta vez, tenían la responsabilidad de vigilar a una de sus mujeres a punto de dar a luz. Los hombres se movían por la habitación sondeando, inspeccionando y explorando los alrededores en busca de enemigos.

—De hecho, me hace mucha ilusión conocer a una de las invitadas que ha viajado desde San Francisco. Se llama Eileen Fitzpatrick y tal vez sea pariente mía. Las dos estamos interesadas en la genealogía y, como yo no tengo en realidad familiares, espero de verdad que esté emparentada conmigo —explicó Shea—. Ha mandado aviso a través de Slavica de que no se sentía muy bien esta noche y que quería conocerme en su habitación para no tener que bajar aquí con todo el caos. Me ha parecido muy buena idea.

—Nada de eso —dijo Jacques.

—¡No! —Mihail fue categórico.

Shea les puso una mueca.

—No soy de porcelana. Es mayor y acaba de someterse a una operación. Además, ha hecho todo este viaje, y lo mínimo que puedo hacer es subir a verla.

—Sola, no. Pasará aquí más de un día, Shea. —Jacques quiso convencerla—. No te hace falta verla esta noche. —Le colocó la mano en el vientre, que una vez más sufría una contracción—. Tienes otras cosas que hacer esta noche. Raven, si tienes la amabilidad, pide a Slavica que le avise de que Shea está de parto y que la podrá ver dentro de un par de días.

—Pero no voy a perderme a Gregori haciendo de Santa Claus —dijo Shea con firmeza, consciente de que el gesto obstinado en el mentón de Jacques significaba que no iba a cambiar de idea—. De modo que no pienses que puedes sacarme de aquí a toda prisa.

Gregori. Pese a la gravedad de la situación, con Shea a punto de dar a luz, Mihail no pudo contener la risa burlona en su voz. *A Shea le falta poco y, antes de tener el bebé, desea verte desfilando por aquí con tu alegre traje rojo. De modo que, empieza ya, hijo mío.* Mihail le dio la orden en su canal mental privado establecido siglos atrás a través de un vínculo de sangre.

No puedes meter prisas a San Nick. Es una noche ajetreada para él, Mihail. Ni siquiera tú, mi príncipe, puedes disponer de su tiempo.

Mihail dedicó una breve mueca a Jacques y tiró a Raven del pelo.

—Tengo que hablar con algunos de mis hombres. No tardaré

Huntsville Public Library
1219 13th Street
Huntsville, TX 77340
936-291-5472

Date due: 11/16/2016,23:
59
Title: Reunion oscura
Author: Feehan, Christine;
Arruti, Rosa.
Item ID: 5121603023886

Visit our website at:
www.myhuntsvillelibrary.
com

mucho. Mientras tanto, puedes dar una vuelta con Shea y vigilar que se porte bien.

—Como si pudiera hacer otra cosa —contestó Shea.

Mihail se alejó andando, moviéndose entre los lugareños, los invitados y su gente para llegar hasta uno de los carpatianos antiguos. Dimitri estaba en el bar, entre las sombras, siguiendo con sus fríos ojos el avance de Skyler por la sala.

—¿Cómo te va? —le preguntó Mihail.

—Estoy mejor. Ella no está tan consternada, y eso ayuda. He pensado en pasar unos minutos de agonía y luego regresar a hacer mi ronda. Aunque no pueda hacer nada más, sé que puedo mantenerla a salvo.

—Si es una Cazadora de Dragones como sospecha Natalya, es mucho más que una vidente poderosa. Explicaría las cosas que Francesca dice que ya puede hacer.

—Y también significa que ha sufrido muchos más traumas de los que ya conocemos.

Mihail dio una palmada en la espalda a Dimitri.

—Eres un hombre honorable, Dimitri, y te mereces de sobras una joya singular como sin duda va a ser Skyler.

—Esperemos que tengas razón.

Mihail le dejó a solas, de pie en las sombras en las que vivía la mayor parte del tiempo. La tristeza caló en el príncipe, sintió pena por sus guerreros, tan solos y sin muchas esperanzas, pero viviendo lo mejor que podían.

Manolito De La Cruz se hallaba de pie justo al lado de la puerta, y Mihail se acercó a él.

—¿Sospechas que alguno de estos hombres sea el mago? Te acercaste más que nadie a él al entrar en su madriguera y posiblemente descubriste su olor.

Manolito se encogió de hombros.

—No puedo encontrar un solo hombre que pueda ser el mago que buscamos. Todos nosotros hemos recorrido las habitaciones, oyendo y explorando, incluso sondeando, pero ningún invitado parece ser un impostor.

—¿Qué te dice tu instinto? —le preguntó Mihail.

—Que el enemigo está cerca —respondió Manolito.

—Mi instinto me dice lo mismo. —Mihail se encogió de hombros—. No dejes de mirar. Di a los otros que hagan lo mismo, no podemos permitirnos ningún error.

Manolito asintió y se abrió camino de nuevo por la sala, transmitiendo verbalmente el mensaje del príncipe a los guerreros presentes. No confiaba en que su vía común de comunicación fuera segura si el mago estaba aliado con el vampiro. Mientras se acercaba a Nicolae y Vikirnof y a sus compañeros eternos, se arriesgó a dirigir una rápida mirada a MaryAnn.

Sólo verla le cortó la respiración. Estaba sentada a una mesa cerca de Colby y Rafael, hablando con Ginny, Paul y Skyler, riéndose de algo que le contaban, y tan guapa que hacía daño a la vista. Su piel parecía relucir, y se quedó hipnotizado por su boca y ojos. El sonido de su voz recorrió juguetón su columna, y la necesidad le golpeó de lleno, tensando sus músculos y endureciendo su entrepierna de tal manera que dejó de moverse y se quedó quieto, obligándose a apartar la vista de la tentación. Era preferible que no le pillaran mirándola, ni tan siquiera pensando en ella. Tenía que mantener la mente fija en su objetivo: descubrir al mago.

Mihail aún cree que la amenaza es muy real con la mujer de Jacques tan cerca del momento del parto. Ha pedido que los dos os mantengáis en alerta máxima. Transmitió el mensaje, con la mente en modo de batalla, a sabiendas de que ambos iban a sondearle. Habían estado analizando las mentes de cuantos carpatianos sin pareja podían, y tocado varias veces sus pensamientos.

Colby alzó la vista y le sonrió.

—¿Estás bien? Rafael me ha contado que resultaste herido al defender al príncipe.

—No es nada, hermanita, un rasguño, nada más. —No había sentido nada por esta mujer aparte de lo que percibía a través de su hermano desde que éste la trajo la primera vez a casa. De todos modos, ahora podía recordar todas las cosas que ella había hecho por él y sus hermanos. A menudo compartía sus pensamientos de risa y afecto con ellos y las travesuras de Paul y Ginny, confiando en alegrar un poco sus existencias. Y en ese momento, podía sentir un afecto real por ella.

Dejó caer la mano con gesto informal sobre el hombro de Colby.

—Fui a comprobar cómo se encontraban Riordan y Juliette. Nada ha perturbado su descanso. —Dejó ir la mirada hasta Paul y Ginny—. A Juliette le hubiera encantado veros bailar a vosotros dos. Siempre dice que a su hermana le gustaba muchísimo bailar. Esperemos que tenga otra ocasión de veros actuar. —Dirigió una ojeada a MaryAnn e hizo una pequeña inclinación y se alejó sin la menor expresión en su rostro.

MaryAnn le observó fijamente mientras se alejaba.

—Dios mío, qué hombre tan guapo.

Colby asintió.

—Sí es guapo, ¿verdad? Todos los hermanos De La Cruz lo son. Son cinco y cuando están todos juntos da gusto verles. A la mayoría de las mujeres se le cae la baba con ellos.

MaryAnn siguió observando a aquel hombre, sintiéndose un poco celosa de las otras mujeres. Estaba claro que Manolito atraía la atención de las solteras de la sala, pero él no les dirigía ni siquiera una mirada. No es que MaryAnn anduviera detrás de un hombre, pero no le hubiera importado que se fijara en ella.

—¿A qué se refería con lo de la hermana de Juliette? ¿Por qué ya no baila? —Se preguntaba si Manolito habría visto bailar alguna vez a la hermana de Juliette. Y se preguntaba por qué le importaba pensar que tal vez fuera así.

Colby soltó un fuerte suspiro.

—La hermana pequeña de Juliette, Jasmine, fue secuestrada por un grupo de jaguares. Ellos... —Se interrumpió, miró a su hermano y a su hermana, y sacudió la cabeza— le hicieron cosas. No quiere salir de la selva ni acercarse al rancho. Se niega incluso a ver a Juliette cuando está con Riordan. Ella está tan preocupada que ha estado pensando en dejar el rancho, nuestro hogar, para intentar ayudar a su hermana. Rafael me estaba comentando hace un momento lo mucho que has ayudado a Destiny y que tal vez podrías buscar una orientadora para Jasmine. Aunque, allí donde vivimos, puede resultar muy difícil.

MaryAnn se encontró observando al alto carpatiano que se deslizaba por la sala con aquella completa seguridad grabada en cada línea del cuerpo. Se movía con fluidez y gracilidad, casi con elegancia. De nuevo le dolía aquel punto sobre el pecho; se lo apretó con fuerza con la mano. La sensación se propagó por todo el cuerpo, notó un hormigueo en sus senos y en los pezones endurecidos. El calor descendió hasta su vientre y se extendió entre sus piernas. Tragó saliva con dificultad, intentando apartar la mirada de esa boca sensual, y la mente de la imagen de aquellos labios sobre su cuerpo.

—Imagino que no hay muchos orientadores cerca de vuestro rancho.

—No. —Colby frunció el ceño—. Por lo que dice Juliette, Jasmine nunca ha sido una persona fuerte. Y tienen una prima, Solange, que detesta a los hombres, y Juliette no ha sido capaz de combatir su influencia. Es una pena, la verdad.

—Tal vez yo pueda charlar un momento con Juliette cuando se despierte —aventuró MaryAnn.

—¿Lo harías? Eso sería de gran ayuda. Quizá puedas intentar darle algún consejo sobre cómo tratar a Jasmine, y que al menos acepte a los hombres de nuestra familia. Harían cualquier cosa por protegerla; ellos son así.

—Disculpa, Colby —interrumpió Paul—; pero prometiste presentarme a Gary Jansen. Al fin y al cabo, podría ser mi tío.

Colby apretó la mano de Rafael.

—Eso dije, cierto. Vayamos entonces a hablar con él y a ver que nos cuenta. —Llevó a su hermano hasta la mesa donde estaba sentado Gary Jansen con Gabrielle Sanders, su hermano Jubal y su hermana Joie. El compañero de Joie, Traian, se levantó cuando se acercaron, al igual que los otros dos hombres.

Gary se quedó mirando a Colby, sacudiendo la cabeza.

—Cómo te pareces a mi hermana. Es asombroso. Ella era mayor, me llevaba varios años y se fue de casa cuando yo tenía diez años más o menos. No he vuelto a verla jamás. Pero lo juro, eres igualita a ella.

Colby se hundió en la silla a su lado después de presentar a Paul. Advirtió que la madre de Gabrielle se apresuraba a alejarse con un pequeño ceño en la cara.

—Lo siento, ¿la hemos molestado?

—No, me temo que le disgusta todo lo que tenga que ver con los jaguares, aunque, con toda sinceridad, no creo que yo lo sea —comentó Gary—. Nunca he oído que mi familia tuviera sangre de jaguar. De hecho, nunca había oído hablar de la raza jaguar hasta que entablé amistad con Gregori.

—No te preocupes por mamá —añadió Gabrielle—. Lo aceptará; sólo tiene que acostumbrarse a todo esto.

De repente, las puertas dobles del gran comedor que daban al balcón se abrieron de par en par y una mujer menuda vestida como un duende, con orejas puntiagudas y abundante pelo negro azabache, se situó en el centro de ellas.

—Damas y caballeros, presten atención, por favor. Muchos de ustedes tal vez no lo sepan, pero sucede que me dedico a la magia. Venid aquí niños. ¿Pueden acercarse los niños al balcón? Estoy a punto de presentaros a uno de los grandes magos de todos los tiempos. Es un secreto muy bien guardado.

Todos los niños, tanto los carpatianos como los del pueblo, se fueron hacia delante y los adultos se agolparon tras de ellos. Paul se puso a Emma encima de los hombros y Skyler cogió a Tamara en brazos, mientras Josef levantaba a la pequeña Jase. Travis sujetó a Chrissy por los hombros y la mantuvo cerca de él, mientras Ginny cogía las manos de los otros dos pequeños de Sara y Falcon. Josh, que se sentía ya bastante mayor, se encargó de la última niña, la pequeña Blythe.

Mientras hablaba la mujer, pequeñas luces coloreadas centelleaban parpadeantes alrededor de ella y la nieve descendía sin ni siquiera tocarla. A su alrededor el mundo era deslumbrante y majestuoso, unos remolinos de bruma cubrían sus pies mientras danzaba a lo largo de la verja del balcón con sus pequeñas botas de geniecillo, el pelo ondeando a su alrededor como una capa y el rostro de duende bajo la luz de la luna plateada. Unos cristales colgaban del alero y emitían pulsaciones de los mismos colores, suaves rojos y verdes, azules y amarillos, convirtiendo la noche en un espectáculo de luz.

Los niños soltaron un jadeo colectivo, y Travis tuvo que agarrar a Emma cuando ésta empezó a andar hacia el balcón, sobrecogida, con los ojos fijos en las luces. Savannah describió un pequeño círculo y saltó para situarse de nuevo ante los niños.

—Oh, cielos, creo que he olvidado la varita. La necesito para mostraros a San Nick. —Bajó mucho la voz mientras miraba a izquierda y derecha como si sólo confiara en ellos—. Siempre viene escondido bajo un manto de noche, empleando tormentas como ésta para que los niños no le vean. —Miró otra vez a su alrededor—. Ojalá tuviera mi varita.

—Pero Savannah —aventuró Chrissy—, la tienes en la mano.

—¿La tengo? —Savannah consiguió parecer sorprendida y alzó la reluciente varita, haciéndola girar con un pequeño círculo. Unos centelleantes polvos mágicos llovieron sobre todo el balcón cubierto de nieve—. Oh, bien. Está funcionando. Veamos. Mirad al cielo e intentaré recordar cómo hacer esto. Sólo lo he hecho una vez antes, ya sabéis, pero lo volveré a intentar por vosotros.

Savannah agitó la varita con un amplio ademán mientras danzaba otra vez ante la verja. La nieve que caía se descorrió como un telón. Un gran muñeco de nieve con carbón en vez de ojos y una zanahoria en vez de nariz se dio media vuelta, con expresión culpable, y se fue corriendo para perderse por el pueblo.

—Oh, cielos, me he equivocado. Era Frosty el Muñeco de Nieve. Dejad que lo intente otra vez —se disculpó Savannah.

Los niños se rieron mientras ella traía de nuevo la nieve, ejecutaba más giros, danzando sin parar, y lanzaba más polvos mágicos al tiempo que descorría la cortina de nieve.

Los niños —y también la mayoría de adultos— volvieron a soltar un jadeo; algunos de ellos se taparon la boca con las manos, en un esfuerzo por permanecer callados. En el cielo, donde titilaban las estrellas y brillaba la luna, un trineo reluciente cruzó el cielo a toda velocidad, tirado por renos. Un hombre con barba blanca, vestido con un traje rojo ribeteado de piel, los guiaba. En el trineo había un saco enorme repleto de juguetes. Los cascabeles del trineo repicaban suavemente y las luces pulsantes que iluminaban la nieve iluminaron entonces el cielo alrededor del trineo tirado por renos, y en aquel preciso momento el rostro jovial de Santa pudo verse con claridad, y al momento siguiente quedó suavizado por una luz estroboscópica de tonos pasteles.

Sus ojos parecían negros como el carbón y había nieve en su barba, así como en las monturas rojas ribeteadas y tachonadas de plata de los renos. El trineo describió círculos sobre sus cabezas, un silencio se hizo entre el público mientras los ciervos descendían más y más hasta posarse por fin sobre el tejado encima de ellos. Nadie se movió. Oían el sonido de los cascos brincando sobre sus cabezas. Silencio. Luego unas pesadas botas caminando.

Todo el mundo volvió la cabeza para ver a Santa junto al árbol, dejando regalos por todas partes. Se detuvo una vez para coger un puñado de galletas, así como algunas zanahorias que Sara había dado a los niños para los renos.

Emma fue la primera que se movió, se sacudió hasta que la bajaron al suelo y se fue corriendo por la habitación hasta Santa Claus. Allí se detuvo en seco, balanceándose sobre los talones, con la mirada fija en él.

—¿Me has traído un regalo?

Santa revolvió en su saco.

—Creo que sí. Veamos, ¿adónde ha ido a parar? ¡Duende! Necesito ayuda para encontrar el regalo de Emma.

Savannah se llevó un dedo a los labios.

—Santa cree que soy un duende de verdad —susurró a los niños—. Mejor que vaya a ayudarle. —Se fue de puntillas a través de la multitud con su gorro agitándose, sin hacer el menor ruido sobre el suelo con las pequeñas botas verdes.

Santa se sentó y llamó a los niños que ya formaban una fila.

Mientras colocaban en su regazo a la pequeña Tamara tirándole de la barba, Santa dedicó una mirada ardiente a su duendecillo.

Tu padre va a pagar esto muy caro.

Capítulo 19

Shea se apoyó en Jacques, volviendo la espalda al gentío que se había reunido para ver a Santa Claus distribuyendo los regalos a los niños en el gran comedor. Agarró a Jacques por el brazo mientras respiraba despacio acompañando la contracción.

—Por lo general podemos bloquear el dolor, tú lo sabes bien. Pero esto es como la conversión, no se puede anular, es algo que hay que soportar. Confiaba en que, como mujer carpatiana, fuera un poco más fácil.

Una sonora carcajada captó su atención y se volvió para ver a la pequeña Jennifer escupiendo a la prístina barba blanca de Santa. Por un momento, los ojos negros como el carbón relumbraron plateados, igual que los de un lobo, y descansaron en Mihail. Pero igual de rápido, Santa recuperó su estado jovial y devolvió al bebé a Corinne.

Shea miró sonriente a Jacques.

No me habría perdido esto por nada del mundo.

Si yo fuera Mihail, estaría esperando que me partiera un rayo en cualquier momento.

—Mejor te llevo ya a la cámara de alumbramientos —dijo Jacques en voz alta, rodeándole la cintura con el brazo para que descansara en él. Podía sentir los dolores recorriendo su cuerpo, cobrando fuerza con cada contracción: más fuertes y más prolongados.

Shea recorrió con los dedos su duro rostro.

—No te muestres tan ansioso, millones de mujeres han pasado por esto.

—Pero tú no, pequeña pelirroja —susurró, inclinándose para darle un beso en lo alto de la sedosa cabellera—. Nosotros, no. Eres mi mundo, Shea.

—Todo va a ir bien. Mira —indicó la parte posterior de la habitación con la barbilla—. Oh, qué bien que hayan organizado este pequeño espectáculo para los niños; nadie como Savannah sabe conquistar a los espectadores con su magia. Antes de que Gregori la reclamara, era una maestra del ilusionismo, presentaba espectáculos de magia por todo el mundo, y está claro que no ha perdido ninguna de sus habilidades. Se ha metido al público en el bolsillo. Ahora los niños no creerán nunca, ni por un momento, que Gregori es el del trineo.

Al mismo tiempo que «Santa» finalizaba de entregar los regalos, Gregori apareció en la puerta posterior frunciendo el ceño a su compañera.

—¡Savannah! ¿Por qué demonios vas así vestida? ¿Qué te crees que estás haciendo?

Los niños soltaron risitas mientras Savannah se daba media vuelta con falsa expresión de culpabilidad en la cara. Se llevó un dedo a los labios y puso una mueca.

—Tengo que irme, y antes de hacerlo tengo que bajar el telón. No nos gustaría revelar a todo el mundo los secretos de San Nick.

Santa Claus cogió su saco y se apresuró a acercarse a la chimenea. Aunque ardían las llamas, se limitó a desaparecer por ella. Otro aspaviento de sobrecogimiento recorrió la habitación.

—Savannah crea magia allí donde va —admitió Jacques—. Esos niños nunca olvidarán esta noche.

Savannah se despidió con la mano justo cuando las pisadas en lo alto indicaban que San Nick volvía a subirse al trineo. Con movimientos experimentados, Santa levantó sus botas negras sobre el borde y cogió un largo látigo para hacerlo restallar sobre la cabeza de los renos. Partieron volando por el aire. El trineo y el saco de juguetes, ahora considerablemente menos lleno, cogieron altura y se alejaron tranquilamente con el sonido de la risa de Santa Claus.

Otra oleada de dolor recorrió maliciosamente el cuerpo de Shea. Apretó con fuerza los dedos de Jacques, mientras respiraba lentamente en un esfuerzo por controlarlo. Esta vez el dolor fue lo bastante fuerte y duro como para que el resto de carpatianos en la habitación tomaran plena conciencia de que estaba de parto. Guerreros y compañeros eternos giraron la cabeza, incluso algunos de los niños volvieron la atención hacia ella.

Shea intentó poner una sonrisita e hizo un gesto de asentimiento.

—Ya es la hora. ¿Dónde está Slavica? Tengo que darle las gracias por una velada tan maravillosa, llena de sorpresas exquisitas.

Francesca y Mihail se situaron alrededor de Shea junto a otros cuantos invitados.

—Tenemos que llevarte ahora mismo a la cámara de alumbramientos —declaró Francesca—. Todo va a ir bien, no temas.

—Estoy nerviosa, pero no asustada. Jacques no permitirá que nos suceda nada, ¿verdad? —preguntó Shea encontrando la mirada de su compañero.

—Ni una sola cosa. Va a ser un parto hermoso, inolvidable —la tranquilizó él.

Shea dio unos pocos pasos hacia la puerta y se detuvo, apartándose con una mano el pelo de la frente mientras notaba el dolor creciente en el vientre y en la espalda.

—¿Eres consciente de que el último informe sobre bebés dice que se hallan en un terrible potaje químico, como sucede con las crías de tantos animales y aves, que se incluyen en la lista de especies en vías de extinción?

—Shea —advirtió Jacques—, ahora no es el momento para pensar en esas cosas.

—No, Jacques, todos tenemos que reflexionar sobre ello. —Jadeó mientras el dolor se precipitaba por ella y la dejaba sin aliento. Apretó los dientes y empezó a recitar estadísticas—. La sangre del cordón umbilical muestra lo que la madre pasa al bebé a través de la placenta. De los doscientos ochenta y siete productos químicos detectados en la sangre del cordón umbilical, se sabe que ciento ochenta provocan cáncer en humanos y animales, doscientos diecisiete son tóxicos para el cerebro y el sistema nervioso, y doscientos ocho provocan defectos de nacimiento o desarrollo anormal según las pruebas realizadas en animales. Estoy citando un informe realizado por un grupo medioambiental de Washington —añadió Shea, deteniéndose a respirar cuando el dolor aflojó—. Todo el mundo debería prestar más atención a esto. Entre los productos químicos detectados en la sangre del cordón había metilo-mercurio, producido por las centrales eléctricas de carbón y ciertos procesos industriales. La gente puede respirarlo o comerlo en el pescado y provoca daño cerebral y neuronal.

—Shea, nuestro bebé no va a tener ninguna de esas cosas.

—No has leído ese informe. Los investigadores, además, encontraron hidrocarburos poliaromáticos o HPA, que se producen quemando gasolina y basura; productos retardantes de llama denominados dibenzodioxinas polibrominadas y furanos; y pesticidas entre los que se incluyen el DDT y el clordano.

—No sé que son la mitad de esas cosas —respondió Jacques intentando calmarla. Le pasó la mano por el brazo, pero ella se soltó de una sacudida.

—Exactamente por eso nadie escucha, porque nadie sabe qué es; se imaginan que no tienen que prestar atención. —El pánico dominaba su voz—. Sé que eso es lo que ha estado pasando a nuestros niños. Estamos tan conectados con la tierra, y la tierra se ha vuelto tan tóxica, que ahora también estamos en la lista de especies en peligro de extinción.

—Es hora de irnos —instó Jacques.

Sácala de aquí ahora mismo, ordenó Mihail a su hermano. *No podemos permitirnos que alguno de nuestros amigos humanos la oiga.*

Es su manera de hacer frente al dolor y al miedo, Mihail.

Soy consciente de ello, Jacques.

—Primero tengo que dar las gracias a Slavica —insistió Shea, aguantando otro fuerte dolor.

Mihail se inclinó para susurrar algo a Raven.

—Encuéntrala deprisa. Necesitamos sacar de aquí a Shea antes de que alguien más imagine lo que está sucediendo.

—Ya viene ahora, y trae con ella a esa mujer mayor de San Francisco —dijo Raven con alivio en la voz.

Mihail hizo un movimiento con la mano para facilitar que la gente se apartara y posibilitar el avance de Slavica y la mujer por la sala.

Raven se apresuró a situarse a su lado.

—Shea se ha puesto de parto y tenemos que llevarla a casa. Quiere despedirse rápidamente y darte las gracias por esta espléndida velada, Slavica —dijo—. Y, por supuesto, quiere saludarla brevemente, señora Fitzpatrick. Ha estado esperando el momento de conocerla.

—Entonces le desearé buena suerte, querida —dijo Eileen, apoyándose en Slavica y empleando el bastón para tantear el camino, con el cuerpo ligeramente inclinado mientras avanzaba cojeando hacia Shea y Jacques.

Aidan, de pie al otro lado de la habitación, frunció el ceño cuando la mujer se detuvo delante de Shea y le tendió la mano.

—Por fin, qué placer conocerte, querida mía, y en un momento tan crucial. —Dio dos veces en el suelo con el bastón, calculando la distancia entre ellas—. Me temo que tengo que llevar estas terribles gafas oscuras y que me cuesta verte, querida. Confiaba en que tu parecido familiar fuera inconfundible.

Guerreros. Empleando el vínculo común de comunicación, Aidan llamó a los demás, con inquietud reverberando en su voz. *Esto no tiene sentido. La mujer que conocí en San Francisco es la misma que ésta, pero diferente. Era vieja, pero no tan anciana, caminaba con dinamismo y un paso más ligero y no iba inclinada.* Aidan ya se movía e intentaba aprovechar su velocidad para abrirse paso entre la multitud hasta Shea.

De inmediato se produjo cierta agitación cuando los hombres se apresuraron a correr al lado de Shea.

Jacques se colocó delante de su compañera mientras Eileen hacía oscilar el bastón levantándolo del suelo para clavarlo en el voluminoso vientre de Shea. Manolito, que era quien se había colocado más próximo a la pareja, empujó a un lado a Jacques y recibió la afilada aguja, enterrada en el bastón, en lo profundo de su abdomen. Permaneció un momento mirando fijamente a la anciana de aspecto bondadoso, fijándose en los ojos casi ciegos y la cara arrugada. Por un momento la cara vaciló en su visión y pudo ver otro rostro sobreimpresionado, una cara con los ojos arrancados y largas marcas de surcos de un águila carnívora.

La criatura de antes en las cavernas. La mujer ha sido poseída, exclamó Manolito con un jadeo. *El mago habita dentro del mismo cuerpo que la anciana.*

El cuerpo de Manolito ya se estaba entumeciendo y el tormento desgarraba su pecho mientras se le paralizaba el corazón. La sangre brotó por la comisura de sus labios y sus ojos se vidriaron mientras la respiración se detenía en sus pulmones y el corazón dejaba de latir.

Al otro lado de la habitación, MaryAnn se cogió el pecho con ambas manos para detener el repentino retortijón de dolor que se propagaba por su cuerpo. Le flaquearon las piernas y tuvo que sentarse de golpe. Concluyó tan súbitamente como había empezado, dejándola vacía y perdida, acongojada, pero sin saber por qué.

Rafael llegó de un salto junto a su hermano y se agachó sobre su cuerpo muerto, conectando su espíritu con él para obligar a circular el aire a través de sus pulmones y la sangre por un corazón que no quería cooperar.

Mihail y Jacques hicieron retroceder a Shea, empujándola tras ellos. Otras manos la atraparon y la alejaron todavía más, formando a continuación un muro de guerreros a su alrededor. El bastón describió un arco en dirección a Raven.

—¡Madre! —gritó Savannah mientras se apresuraba a acudir a su lado.

Gregori llegó primero y arrancó el bastón de la mano atrofiada de la vieja.

¡Natalya!, llamó el lugarteniente. Mantenía su cuerpo entre la vieja, Raven y Mihail.

Natalya ya estaba urdiendo un complicado signo en el aire, murmurando en voz baja pero insistente. Vikirnoff captó el cántico en la mente de su compañera y sumó el poder de su voz a la salmodia. Nicolae y Destiny se unieron a él, vertiendo su fuerza combinada en Natalya a través de Vikirnoff.

Emplearon cánticos guturales y hechizos mágicos, una combinación de poder carpatiano y hechicería. La boca de Eileen formó un gruñido mientras el mago luchaba por mantener su escudo. No podían atacarle sin matar a Eileen. Su cuerpo se dobló casi por la mitad mientras los guerreros la rodeaban, observando cómo se contraía su rostro mostrando una hilera de dientes alargados, instantes antes de adoptar de nuevo la forma de una mujer vieja y refinada.

El dolor de Shea se apoderó del pueblo carpatiano, paralizando casi a los hombres.

Jacques, llévala a la cámara de alumbramientos. Gregori empezó a dar órdenes. *Francesca, tenemos que ir ahí ahora mismo. Le falta muy poco. No podemos esperar.*

Mihail cogió a Syndil por el codo y la empujó hacia Gregori.

Te necesitan ahí también. Nos reuniremos con vosotros lo antes posible. Llevad a los niños a casa, los Von Shrieder se ocuparán de este mago.

Eileen necesitará a un curandero, advirtió Gregori, mientras se inclinaba para levantar a Manolito. Rafael mantenía el corazón de su hermano latiendo y permanecía cerca del sanador mientras todos los demás pasaban a la acción.

Me ocuparé de ella. Darius se ofreció voluntario.

De acuerdo entonces, dijo Mihail mientras Jacques cogía a Shea en brazos y salía a zancadas del hostal, con Francesca siguiéndole los talones. Gregori y Rafael venían detrás con Manolito.

La voz de Natalya sonaba cada vez más autoritaria, más insistente. Indicaba el suelo, ordenando al mago que saliera del cuerpo y entrara en el suelo, que se arrastrara como un perro.

El cuerpo de Eileen se tensaba lleno de desazón, estirándose y retorciéndose hasta mostrarse deforme. Su garganta se combaba mientras los gruñidos subían de volumen y la baba caía por su rostro. Volvió lentamente la cabeza hasta quedarse mirando directamente a Natalya, con los ojos convertidos en dos fosas profundas, dos pozos de odio. El mago se la quedó mirando y su boca abierta y distorsionada formó una sola palabra.

—Traidora —acusó, con una voz que sonó como un estruendo demoníaco.

A Natalya no le titubeó la voz en ningún momento, aunque Vikirnoff le puso la mano en la espalda para sostenerla, un gesto de total solidaridad.

Del cuerpo de Eileen se desprendió una sombra, una sustancia grasienta y oscura, insustancial, imposible de atrapar con la mano o de matar. Varios guerreros lo intentaron, dando puñetazos a la sombra para tratar de encontrar un corazón, incluso apuñalándola, pero continuaba escabulléndose por el suelo hacia la puerta. Darius atrapó a la anciana antes de que se diera contra el suelo y la levantó en brazos para llevarla escaleras arriba, a su habitación.

¿Cómo podemos matarlo?, preguntó Vikirnoff a Natalya.

No sé. No es un guerrero de las sombras, por lo tanto no puedo enviarlo de vuelta al reino de los muertos. Es un alma perdida siguiendo los antojos del mago. En realidad sólo él puede controlarlo, darle paz o enviarlo lejos. Nunca he encontrado un hechizo para matar a este tipo de seres; probé unos pocos y, tal vez, con el tiempo, pueda dar con algo, pero esto va a regresar junto a su amo.

Dimitri volvió tras escoltar a Gabriel de regreso a su casa con Tamara y Skyler.

—Puedo intentar seguirlo y ver si el mago está cerca.

Natalya asintió.

—No permitas que te vea. El mago es fuerte y su conocimiento es muy antiguo. Me acuerdo de algunos de estos hechizos, pero ahora ya se me han desvanecido.

Natalya observó al carpatiano mutando mientras corría, un cambio de forma fluido y fácil, casi en plena zancada. En un instante caminaba todo erguido y al siguiente corría a cuatro patas como un lobo negro y peludo.

—Que tengas suerte —susurró ella, apretándose el vientre con la mano cuando otra oleada de dolor les alcanzó a todos ellos—. Mejor vamos ya a la cámara de alumbramientos si queremos ayudar en algo a Shea.

Muy por debajo del suelo, en la cámara más cálida de la cueva, Syndil entraba en conexión con la tierra, cantando en voz baja para enriquecerla, preparándola mientras Shea se acomodaba en el blando lecho de marga de suma riqueza, con la cabeza recostada en el regazo de Jacques.

A escasos metros, Gregori y Rafael trabajaban con Manolito, intentando extraer el veneno de su cuerpo y al mismo tiempo manteniendo el corazón y los pulmones funcionando.

A su alrededor, las velas cobraron vida y el perfume aromático relajante de hierbas y especias llenó el aire. El gran cántico de sanación subió de volumen mientras los carpatianos, incluidos Shea y Jacques, cantaban desde todos los rincones para impedir que el gran guerrero se les escapara, mientras Gregori emprendía el viaje para recuperar su espíritu y escoltarle de regreso a la tierra de los vivos.

Shea respiraba despacio con las contracciones, utilizando a Jacques como enfoque. Se limitó a escurrirse por dentro de la mente de su compañero y a permanecer ahí mientras las contracciones aumentaban en duración y fuerza. Entretanto, cantaba con los demás sintiendo la camaradería, formando parte de algo mucho mayor, en armonía con la tierra que les rodeaba. Las hermanas y hermanos se unieron como una familia para curar al que había caído: un guerrero que había dado su vida voluntariamente para mantener a salvo a Shea y al bebé que tenía que nacer.

La curación fue difícil y lenta. Gregori tuvo que luchar contra un veneno cuya función era provocar una muerte rápida. Tuvo que detenerse en dos ocasiones, pálido y tambaleante de cansancio, para que Rafael y luego Lucian le rejuvenecieran. Darius apareció y se unió a ellos, indicando que Eileen estaba durmiendo confortablemente. Vikirnoff y Nicolae, Destiny y Natalya entraron en la cámara e informaron de que Dimitri estaba intentando seguir la sombra que pretendía regresar junto a su señor.

En medio de todo eso, Shea permanecía callada en los brazos de

Jacques, respirando con cada contracción, hasta que finalmente soltó un jadeó y agarró la mano de Francesca.

—Ya viene —susurró.

—Estamos preparados —la tranquilizó Francesca.

La mirada de Shea se desplazó a Gregori, que ya había vuelto a entrar en el cuerpo del guerrero. Francesca hizo un ademán con el brazo para abarcar a todos los carpatianos reunidos en la cámara.

—No estás sola. El bebé va a recibir toda la ayuda necesaria para venir al mundo: asistido por nuestra gente, acogido por todos y protegido también por todos ellos. Gregori se unirá a nosotros en el momento en que esté disponible. Deja que tu bebé venga a nuestro mundo, Shea.

Ella asintió y esperó a la siguiente contracción antes de empujar.

Gregori dio un paso atrás apartándose de Manolito.

—Necesita sangre —anunció en voz baja— y el descanso en tierra buena durante varias jornadas, pero vivirá.

Fue Mihail quien se adelantó para ofrecer sangre a Manolito, un ofrecimiento del propio príncipe como muestra de respeto y honor por el sacrificio realizado. Y Rafael quien abrió la tierra que iba a recibir a su hermano, poniendo salvaguardas que aseguraran que nada turbara su descanso.

Gregori pasó una mano por la cabeza de Shea como gesto de afecto.

—Así que, pequeña, por fin vas a traer a tu hijo hasta nosotros.

—Te estaba esperando.

Él le sonrió.

—Aquí estoy ahora.

—¿Puedes sentirlo? ¿Lo estás tocando, asegurándote de que está bien y que puede respirar por sí solo? —Desplazó ansiosamente la mirada de Francesca a Gregori, agarrándose con fuerza a Jacques.

A su alrededor podía oír el cántico natalicio, y aquel hermoso sonido venció casi sus miedos. Casi.

—¿Le has examinado para ver si hay contaminantes, Gregori? ¿Te has asegurado de que su sangre es fuerte?

—Se ha comprobado y todo está bien. Dánoslo y entonces podrás descansar. Llevas demasiado tiempo preocupada. Déjale venir para que así puedas sostenerle en los brazos.

La mirada de Shea se concentró en los relucientes ojos plateados, que le hicieron otro gesto de ánimo.

—Confía en mí, *ma petite,* confía en tu gente y en tu pareja eterna. Suéltalo.

Shea volvió la cabeza y alzó la mirada a Jacques.

—Te quiero, pase lo que pase, no importa el qué. Te quiero y nunca lo he lamentado, ni un solo momento.

Su compañero pestañeó para contener las lágrimas y se movió para que ella siguiera mirándole a los ojos. Juntando sus mentes, buscaron a su hijo. Cogieron aliento y ella empujó, sin apartar nunca la mirada de su sostén —de Jacques—, del amor de su vida.

—Alto. Así, está bien. Continúa respirando despacio, Shea. Está mirando a su alrededor, fíjate en él. Está excitado de ver su nuevo mundo —animó Francesca.

—Todavía no. Dime que está respirando y que está sano. —Shea jadeó, aferrándose a la mente de Jacques, temerosa de que si se soltaba simplemente la destrozaría el miedo por el bebé.

—Vuelve a empujar —indicó Gregori. Entonces el bebé salió a sus manos, y él acunó al niño en su regazo, abandonando de inmediato su propio cuerpo para hacer un examen completo al recién nacido, a la manera de su pueblo.

Francesca sujetó el cordón y Jacques lo cortó, separando a la madre del niño.

Se hizo un silencio en la cueva y la luz de las velas parpadeó sobre los rostros, mientras todo el mundo permanecía muy quieto y expectante. De repente, un chillido rasgó el aire.

Gregori sonrió a Shea y sostuvo al bebé en lo alto, de cara al príncipe.

—Da la bienvenida a nuestro mundo a este nuevo miembro, un hijo que todos apreciaremos.

Mihail dio un paso adelante y apoyó su mano en la cabeza del pequeño.

—Un chico robusto y sano, no podría ser más precioso. Bienvenido, hijo, sobrino, guerrero. Tu vida queda vinculada a nuestras vidas para siempre. Vivimos como una unidad y morimos del mismo modo. Cuando uno nace, es motivo de celebración para todos, y cuando uno muere, todos lamentamos la pérdida. Eres un nuevo hermano. Carpatiano. Es un honor y privilegio darte la bienvenida.

Gregori sostuvo al niño por encima de la cabeza, y una ovación retumbó por toda la cámara. Se volvió y, lentamente, con delicadeza, puso al pequeño en brazos de la madre. Ella contempló el rostro de su hijo con lágrimas en los ojos y una mano aferrada a la de Jacques.

—Qué precioso. Mírale, Jacques, mira qué hemos hecho.

Jacques se agachó sobre el rostro de su pareja para darle besos, saboreando con los labios las lágrimas. Lágrimas de felicidad.

—Es perfecto, Shea.

Mihail rodeó a Raven con el brazo y miró por la cueva los rostros felices de su gente. Incluso Dimitri había regresado para echar una miradita al bebé. Muchos de los guerreros sin pareja se agolpaban deseosos de ver por qué llevaban tantos siglos luchando. Estaban juntos otra vez después de tantos años y tantas batallas. El príncipe besó a su compañera, con la felicidad inundando su ser.

—Tenemos muchos motivos de celebración, Raven, y todo se encuentra aquí en esta cámara. No sólo estamos celebrando la vida sino la esperanza. Vuelve a haber esperanza para nuestro pueblo.

Postres Oscuros

Recetas de las lectoras de Christine Feehan

LUNAS DE NUEZ

Enviada por: Slavica G. Kukich-Ostojic
Phoenix, Arizona

Esta receta tiene tres capas. La primera es la de pastel; la segunda es el glaseado de yema de huevo, y la tercera capa es el glaseado de chocolate.

PRIMERA CAPA, PASTEL
8 claras de huevo
1 taza de azúcar
2 ½ barras de mantequilla
4 tazas de nueces bien picadas
2 ½ tazas de harina
azúcar glas

Coger dos barras y media de mantequilla y una taza de azúcar y mezclarlo bien con la batidora. Una vez hecho esto, añadir las claras de huevo, 2 cada vez, hasta tener las 8 claras mezcladas. Mezclar bien. A continuación, añadir 4 tazas de nueces picadas y mezclarlas usando una cuchara de madera. Añadir 2 ½ tazas de harina y mezclarla bien con la cuchara de madera. Cuando la masa esté lista, coger una fuente rectangular grande para tartas y untarla bien de mantequilla. Verter la mezcla del pastel en la fuente y calentar a 180° durante 25 minutos. Una vez horneado, dejar enfriar. Cuando ya esté frío, cubrirlo con el baño de yema de huevo.

SEGUNDA CAPA, BAÑO DE YEMA DE HUEVO
8 yemas de huevo
1 ¾ tazas de azúcar glas

Coger las 8 yemas de huevo y 1 ¾ tazas de azúcar glas y mezclarlo bien con la batidora. A continuación verter encima de la tarta. Volver a meterlo en el horno a 120° hasta que quede seco. Hay que estar atento y comprobar repetidas veces. Cuando se haya secado, sacarlo del horno y verter entonces el glaseado de chocolate encima.

TERCERA CAPA, GLASEADO DE CHOCOLATE
1 taza de leche
1 taza de azúcar
4 onzas de chocolate *(fondant)*
3 tazas de nueces molidas
½ barra de mantequilla

Coger 1 taza de leche, 1 taza de azúcar y 4 onzas de chocolate. Colocar todos los ingredientes juntos y dejar que se deshagan durante unos 25 minutos poniéndolos al fuego, hasta que quede espeso pero sin grumos. Una vez fundido, añadir 3 tazas de nueces molidas y ½ barra de mantequilla. Mezclar bien y, mientras está aún caliente, verter encima del pastel, sobre el glaseado de yemas de huevo. Dejarlo enfriar y dejar que el chocolate adquiera firmeza. Cuando se enfríe, cortar con un cortador de galletas en forma de media lunas. Servir frío.

BOCADITOS DE AMOR

Enviada por: Stephanie Schmachtenberger
Riverside, California

½ barra de mantequilla, ablandada
1 lata de leche condensada endulzada
2 (½ kg) cajas de azúcar glas
1 (450 g) bolsa de coco
¾ barra de parafina
2 tazas de nueces molidas
1 kilo de virutas de chocolate semidulces

1. Combinar mantequilla y leche, añadir azúcar glas, coco y nueces. Formar bolas con una cucharadita y dejarlas en el congelador durante 12-24 horas hasta que estén sólidas.
2. Mezclar la parafina y las virutas de chocolate en la parte superior de una cacerola al baño María. Reducir el fuego para que hierva a fuego lento. Sumergir las bolas en el chocolate (una a una) y a continuación dejarlas sobre papel de cera. Es más fácil hacerlo con un tenedor de dos dientes.
3. Enfriar de 6-8 horas hasta que el chocolate haya cuajado.

TENTENPIÉ PARA LECTURA CARPATIANA

Enviada por: Tempe Hembree
Murphy, Carolina del Norte

1 paquete de chocolate negro troceado
arándanos rojos secos y endulzados (Craisins)
cacahuetes ligeramente salados

Mezclar a partes iguales dentro de un recipiente tapado y sacar la cantidad de una taza aproximadamente. Es una buena ración y resulta una combinación deliciosa. Por algún motivo, el chocolate no se funde... tal vez por lo secos que son los cacahuetes y los arándanos. Ideal para aquellos a quienes les gusta picar algo y leer, les encante la combinación de dulce y salado, y al mismo tiempo quieran estar sanos. ¡Disfrutadlo!

TRIFLE DE CHOCOLATE

Enviada por: Kim Smejkal
Sugarland, Texas

1 caja de bizcocho Duncan Hines Devil's Food Cake
8-10 cucharadas de Kahlua
3 cajas pequeñas de natillas de chocolate instantáneas
2 tarrinas de Cool Whip (nata montada)
6 barras Heath, heladas
½ taza de nueces pecanas picadas

Cocer el bizcocho Duncan Hines en un molde de 22 x 30 centímetros, tal y como indican las instrucciones, y dejar enfriar. Preparar las natillas y reservarlas. Partir en pedacitos la barritas Heath. Desmigajar el bizcocho en un cuenco grande. Empezar a poner capas en la copa de Trifle siguiendo este orden: bizcocho, gotas de Kahlua, la nata montada y luego cubrir con más trocitos de barritas Heath y nueces picadas.

TARTA DE QUESO SOL OSCURO

Enviada por: Sabine Reichelt
Wisbaden, Alemania

Antes de sacar la tarta del molde, hay que asegurarse de que está fría. Emplear un cuchillo de plástico para soltar el pastel de los bordes del molde.

5 huevos (separar yemas y claras)
125 g (½ taza) de margarina
250 g (1 taza) de azúcar
100 g (½ taza) de azúcar
1 kg (4 ½ tazas) de queso crema con un 20 % de grasa (Quark)
1 cucharadita rasa de fácula
1 cucharadita rasa de levadura en polvo
½ vaso de aroma de limón
zumo de 1 limón

1. Primero, poner las claras de los huevos y 100 g de azúcar en un cuenco alto. Emplear una batidora (licuadora) para montarlas. Reservar.
2. Poner 125 g de margarina y 250 g de azúcar en un segundo cuenco grande y batir hasta que quede espumoso. Una a una, echar las 5 yemas. Adquiere un color naranja intenso, como el sol al amanecer.
3. Con una cuchara de madera, añadir el queso crema y remover para que se mezcle bien. Ahora es el momento de añadir el resto de ingredientes (LAS CLARAS DE LOS HUEVOS AÚN NO). Agitar todo bien. Con cuidado, añadir las claras de huevo y remover para que no se queden arriba.
4. En la parte inferior de un molde desmontable, poner un trozo de papel para hornear. Así resultará más fácil sacar la tarta del molde una vez cocida. Llenar el molde desmontable con la masa y colocar otro pedazo de papel encima. Hornear a 200 ºC durante 60 minutos.

CARAMELOS DE CEREZA CUBIERTOS DE CHOCOLATE

Enviada por: Julia Badtke
De Pere, Wisconsin

Si no nos comemos todas las cerezas el primer día, las pongo en unas latas bonitas y las guardo en el frigorífico. Ésta es una de las recetas tradicionales de mi familia por Navidades. Lleva con nosotros las tres últimas generaciones, que yo sepa, y ahora la estamos transmitiendo a la cuarta, ya que estoy enseñando a mis hijas a hacerlo. ¡A disfrutar!

1 paquete (1 kg) de azúcar glas
1 cucharadita de vainilla
1 barra de mantequilla
1 lata (400 g) de leche condensada endulzada
1 bolsa grande de bolitas de chocolate semidulces
⅔ barra de parafina, partida en trocitos pequeños
2 botes (300 g) de cerezas al marrasquino escurridas (con tallos)

En una cacerola para baño María, mezclar la cera y la bolsa de bolitas de chocolate con agua caliente hasta que quede sin grumos. Reducir el fuego. Mezclar el azúcar, la vainilla, la mantequilla y la leche condensada hasta que quede cremoso. Pasar el rodillo sobre esta mezcla y formar bolas de poco más de un centímetro para envolver con ellas, a continuación, las cerezas hasta dejarlas cubiertas. Sujetando cada cereza por el tallo y empleando una cuchara, hundirlas en el chocolate hasta que queden cubiertas del todo. Colocarlas sobre papel de cera hasta que el chocolate esté frío y firme.

CORTE DE ERIZO OSCURO

Enviada por: Elizabeth Woodall
Melbourne, Australia

Raciones: 10 o más
Tiempo de coccion: unos 15 minutos

Este postre se puede preparar con hasta cuatro días de antelación. Se conserva bien siempre que se guarde en un recipiente hermético en el frigorífico.

300 g aprox. (1 ⅓ tazas) de crackers integrales troceados
1 taza de nueces picadas
½ taza de coco seco
250 g (1 taza) de mantequilla, cortada a tacos
1 ¼ tazas de azúcar de granulado muy fino
½ taza de polvo de coco
1 huevo, ligeramente batido
150 g (⅔ tazas) de chocolate negro, fundido (al gusto)
½ cucharadita de aceite vegetal

1. Engrasar una fuente de 20 x 30 centímetros, revestir la base y los dos lados largos con papel de hornear, dejando que una pequeña cantidad de papel (digamos 2 cm) sobresalga por encima de los extremos de la fuente.
2. Combinar las galletas integrales, las nueces y el coco en un cuenco grande.
3. Colocar la mantequilla, el aceite y el coco espolvoreado en una sartén mediana y rehogar a fuego medio hasta que la mantequilla se funda y el azúcar se disuelva. Retirar del fuego la sartén y agregar el huevo batiéndolo un poco.
4. Verter la mezcla fundida de mantequilla y coco sobre la mezcla seca de galletas y nueces y batirlo todo bien. Ponerlo después en la fuente, bien prensado.

5. Cubrir con un paño o con papel y meter en el frigorífico durante la noche.
6. Sacar la barra, colocarla sobre una tabla y hacer cortes. Con una cuchara, meter una combinación de chocolate caliente (fundido) y aceite en una bolsita de plástico (a modo de manga pastelera). Colocar el chocolate en un extremo, retorcer la bolsa, y luego retirar la punta. Rociar con el chocolate la parte superior de la ración cortada y meter otros 15 minutos en el frigorífico, o hasta que el chocolate esté sólido.

ANTOJO MALVADO

Enviada por: Wendy Ellis
Limerick, Pennsylvania

1 paquete normal de galletas Oreo
1 paquete (250 g) de queso crema, ablandado
1 paquete de bolitas de chocolate negro

1. Con el robot de cocina, desmenuzar las galletas y añadir el queso cremoso hasta que quede blando. Sacar del robot y hacer bolas de tamaño pequeño.
2. En una sartén, fundir el chocolate negro a fuego lento. Hundir cada bolita de galleta en el chocolate y dejar enfriar en papel de cera.
3. Se puede espolvorear con azúcar glas o cualquier otro adorno antes de que el chocolate esté frío.

BOUILLIE DULCE PECAMINOSA

Enviada por: Suzanne LeBlanc
Terrytown, Louisiana

Estas natillas cajun a la antigua usanza son una de las recetas predilectas de la familia, que se preparan para todos los encuentros familiares. Todo el mundo quiere servirse.

2 latas (350 g) de leche en polvo de cualquier marca
1,75 litros de leche de cualquier tipo
5 cucharadas colmadas de maicena
½ taza de agua
6 huevos
1 ½ tazas de azúcar
2 cucharadas de extracto puro de vainilla
1 pastel de ángel (pastel esponjoso de claras de huevo sin yemas)

1. Cortar el pastel de ángel en trozos grandes y ponerlos en un gran bol. Reservar para el momento de servir.
2. En una cacerola grande, poner a hervir la leche en polvo y la leche fresca.
3. En una batidora, mezclar azúcar, huevos y vainilla. Batir hasta que quede una crema suave.
4. En un tazón mediano, deshacer la maicena en agua. Asegurarse de que las cucharadas de maicena están colmadas.
5. Una vez que empiece a hervir la leche, añadir la mezcla batida y remover hasta que quede completamente mezclado. Entonces, añadir el agua con maicena a la cacerola y cocer a fuego lento, removiendo constantemente hasta que la mezcla espese. A medida que se remueva, adquirirá la consistencia de las natillas o de una papilla.

Verter la mezcla sobre la tarta de ángel; mejor servir caliente.

Opcional: añadir dos tazas de fruta, frutos secos variados o cualquier otro ingrediente para alegrar la *bouille*. Usar sin tarta de ángel como relleno para pasteles o todo tipo de tartas dulces. Añadir plátanos para hacer crema de plátano u otro dulce.

¡Le bon bouillie du tout le mon!

DECADENCIA OSCURA

Enviada por: Felicia Slack
Almont, Michigan

INGREDIENTES PARA 4 PERSONAS

4 paquetes de chocolate a la taza
4 vasitos de Kahlua
1 pastilla (50 g) de chocolate negro semiamargo, rallada
4 cucharadas de Cool Whip (nata montada)

Preparar el chocolate según las instrucciones del paquete. Cuando esté caliente, añadir un vasito de Kahlua y coronar con una cucharada de nata montada. Espolvorear virutas de chocolate.

DELICIA OSCURA

Enviada por: Anita Toste
Ukiah, California

1 caja de preparado para tarta de chocolate negro al caramelo
1 paquete de natillas de chocolate en polvo
4 huevos
¾ de taza de aceite
¾ de taza de Kahlua
azúcar glas

Combinar los preparados para tarta y para natillas, añadir los huevos y el aceite, y mezclar durante tres minutos. La masa quedará espesa. Añadir entonces la taza de Kahlua y asegurarse que queda todo bien mezclado. Verter la mezcla en un molde Bundt de tubo, previamente engrasado. Hornear a 180 °C durante 45 minutos. Dejar enfriar. Espolvorear azúcar glas.

BROWNIES DE QUESO CREMA CON CHOCOLATE ALEMÁN

Enviada por: Marcella Brandt
Federal Heights, Colorado

Rara vez hago una sola hornada de estas galletas. He escrito las cantidades totales de los ingredientes que luego se dividen.

1 paquete (115 g) de chocolate alemán
5 cucharadas de mantequilla (repartidas)
1 paquete (85 g) de queso crema
1 taza de azúcar (repartida)
3 huevos (repartidos)
½ taza más una cucharada de harina (repartida)
½ cucharadita de levadura en polvo
¼ de cucharadita de sal
¼ de cucharadita de extracto de almendra
½ taza de nueces troceadas
1 ½ cucharadita de vainilla (repartida)
1 molde cuadrado de unos 20 cm

1. Mezclar el chocolate con tres cucharadas de mantequilla a fuego lento. Remover de tanto en tanto y dejar enfriar.
2. En un cuenco pequeño, combinar el queso crema y dos cucharadas de mantequilla hasta obtener una crema suave. Añadir un cuarto de taza de azúcar. Batir hasta que quede esponjoso. Agregar un huevo, una cucharada de harina y media cucharadita de vainilla. Reservar.
3. En una taza grande, batir parcialmente dos huevos. Añadir gradualmente tres cuartos de taza de azúcar. Batir hasta que espese. Añadir la levadura, la sal y media taza de harina. Añadir el chocolate, una cucharadita de vainilla, el extracto de almendras y las nueces.
4. Engrasar el molde. Extender la mitad de la mezcla realizada con el chocolate. También la mezcla blanca de modo uniforme por

encima. Esparcir el chocolate restante a cucharadas y dar unos cortes con un cuchillo para que la superficie quede veteada.

5. Hornear a 180 °C durante cuarenta minutos. Las brownies quedarán muy jugosas. Cortar en cuadrados tan pronto como se saque del horno. Sacar del molde y dejar enfriar en una rejilla.

BOL DE PASIÓN DE CHOCOLATE

Enviada por: Kelley Granzow
Reynoldsburg, Ohio

PARA 16 RACIONES, DE UNOS TRES CUARTOS DE TAZA POR PERSONA

A mi marido le gusta esta receta toda de chocolate, pero la hace demasiado empalagosa. Aunque, eh, es ¡un postre que incluso yo puedo hacer!

3 tazas de leche fría
2 paquetes (cuatro raciones) de natillas instantáneas de sabor a chocolate
1 tarrina (250 g) de cobertura fundida, de nata montada a la vainilla francesa o bien de chocolate, para repartir.
1 bizcocho casero estrecho de 22 x 22 cm, ya frío, cortado en cubos de 2,5 cm de lado
2 tazas de frambuesas o fresas (si se usan fresas, cortarlas)

Verter la leche en un tazón. Añadir los polvos de las natillas. Batir con un batidor de varillas durante 2 minutos o hasta que quede bien mezclado. Añadir una taza de cobertura fundida sin dejar de agitar suavemente.
Colocar la mitad de los cubos de bizcocho en un bol grande; cubrir con la mitad de la mezcla preparada de natillas, la mitad de las frambuesas y la mitad de la cobertura fundida que nos queda. Repetir todas estas capas.
Refrigerar al menos una hora o hasta que esté listo para servir. Dejar en la nevera lo que sobre de este postre.

PASTEL BORRACHO DE CHOCOLATE NEGRO

Enviado por: Brenda Edde
Englewood, Colorado

2 tazas de harina tamizada
1 taza de azúcar
5 cucharadas de cacao
2 cucharaditas de bicarbonato de soda
1 taza de agua
1 taza de mayonesa
1 cucharadita de vainilla

Mezclar juntos todos los ingredientes secos. Mezclar todos los ingredientes líquidos. Verter el líquido sobre la masa seca y mezclar a conciencia. Verter la mezcla en un molde de 30 x 20 cm. *Consejo: Irá bien dar un par de golpes con el molde sobre el mostrador de la cocina para eliminar las burbujas.* Hornear 30 minutos a 190 ºC. Yo suelo bañar esta tarta con un glaseado de azúcar.

DIAMANTES DE CHOCOLATE Y CARAMELO

Enviada por: Eddie L. Thacker
Kerrville, Texas

Lo que se tarda en prepararlos:
Elaboración: 45 minutos
Cocción: 20 minutos
Enfriado: 30 minutos

CANTIDAD DE RACIONES: 42

TARTA
125 g de chocolate amargo de calidad extra (no sirve el chocolate sin azúcar)
1 barra (½ taza) de mantequilla sin sal.
¾ taza de azúcar
3 huevos grandes
¼ taza de harina multiuso
¼ taza de cacao en polvo sin azúcar

CREMA GANACHE
150 gramos de chocolate amargo de calidad extra (no sirve el chocolate sin azúcar)
⅓ taza de azúcar
⅓ taza de nata líquida

COBERTURA DE CARAMELO
¼ taza de azúcar; derretir muy lentamente

PREPARACIÓN DE LA TARTA
Calentar el horno a 190 grados. Untar con mantequilla una fuente cuadrada de 25 centímetros y forrar el fondo con papel encerado. Partir el chocolate en trozos pequeños. Derretir el chocolate y la mantequilla en un recipiente para baño María o en un cuenco metálico sobre un

cazo con un dedo de agua hirviendo, removiendo hasta obtener una pasta suave. Retirar del fuego la parte superior del recipiente y añadir azúcar a la mezcla del chocolate. Añadir uno a uno los huevos y batir. Espolvorear la harina y el cacao en polvo sobre el chocolate y batir hasta que todo quede bien mezclado. Verter la masa en un molde para horno y hornear a media altura hasta que al hundir un palillo salga limpio: unos 20 minutos aproximadamente. Dejar enfriar por completo la tarta dentro del molde sobre un estante y darle la vuelta sobre una bandeja de horno cubierta de papel encerado.

PREPARACIÓN DE LA CREMA GANACHE
Trocear el chocolate. En una cazuela gruesa y seca, calentar el azúcar a fuego lento, sin agitar, hasta que empiece a fundirse. Seguir cociéndolo, removiendo con un tenedor, hasta conseguir un caramelo de color dorado oscuro. Retirar la cazuela del fuego y añadir la nata líquida (la mezcla borboteará y soltará vapor). Cocer a fuego lento la mezcla, removiendo hasta que el caramelo se disuelva. Sacar la cacerola del fuego y añadir el chocolate, removiendo hasta conseguir una mezcla suave. Verter este ganache por encima de la tarta poco a poco con una espátula. Enfriar la tarta, descubierta, al menos durante 30 minutos y, cubierta, hasta 3 días.

PREPARACIÓN DE LA COBERTURA SUPERIOR
Engrasar ligeramente una bandeja de horneo. En un cazo grueso y seco, cocer azúcar a fuego moderado, removiendo suavemente con un tenedor (ayudando así al azúcar a fundirse de modo uniforme), hasta que adquiera un color dorado claro. Seguir cociendo el caramelo sin remover, girando con cuidado el cazo hasta que se dore del todo. Retirar la cazuela del fuego y verter en la bandeja de horno. Dejar que el caramelo se enfríe del todo. Levantar y separar el caramelo de la bandeja con los dedos y ponerlo en un robot de cocina hasta que quede triturado toscamente. Repartir el caramelo molido por la parte superior de la tarta y, con un cuchillo afilado, cortarla en diamantes de 3 cm.

MAGDALENAS RELLENAS DEL BOSQUE NEGRO «CARPATIANO»

Enviada por: Tammy Taylor
Nashville, Tennessee

Preparación: 10 minutos
Tiempo total: 45 minutos

PARA DOS DOCENAS DE MAGDALENAS

1 paquete de polvos para pastel de chocolate de doble altura (cuanto más negro, mejor)
1 paquete (225 g) de queso crema, ablandado
1 huevo
2 cucharadas de azúcar
1 lata (500 g) de relleno para pastel de cerezas, a repartir
1 ½ tazas de Cool Whip (nata montada) deshecha

Calentar el horno a 180 °C. Preparar la mezcla del pastel tal y como indica el paquete y reservar. Mezclar el queso crema, el huevo y el azúcar hasta que esté todo bien ligado. Sacar tres cuartos de taza de este relleno y reservarlo para adornar. Poner dos cucharadas de la mezcla para tarta en cada uno de los 24 recipientes forrados de papel para magdalenas de tamaño mediano. Añadir una cucharada de la mezcla de queso crema y colmar con lo que quede de relleno de pastel. Cubrir cada uno de modo uniforme con lo que queda de mezcla para tarta. Hornear entre 20 y 25 minutos. Dejar enfriar 5 minutos, sacar de las cazoletas y poner en una rejilla metálica. Enfriar del todo. Coronar las magdalenas, justo antes de servir, con nata montada y el relleno de pastel que se ha reservado para adornar. Estas magdalenas pueden guardarse hasta tres días en un recipiente bien cerrado en la nevera. Gran sustituto de la nata montada: usar nata montada con sabor a chocolate de la marca Cool Whip.

Composición por magdalena:

Calorías: 220
Carbohidratos: 25 g
Grasa total: 13 g
Fibra dietética: 1 g
Grasa saturada: 4,5 g
Azúcares: 18 g
Colesterol: 45 mg
Proteína: 3 g
Sodio: 240 mg

TARTA DE GELATINA DE JAXON O TARTA DE SANGRE DE JAXON

Enviada por: Su-Pei Li
Hilliard, Ohio

¡Disfruta! Y si no se termina de una sentada, cubrir un poco y guardar en la nevera.

1 caja de preparado para tarta (mezcla blanca, sin yema), preparada según las instrucciones del paquete
1 paquete grande (170 g) de mezcla en polvo para gelatina roja (la de frambuesa es mi predilecta)
1 tarrina de Cool Whip (nata montada)

1. Preparar y hornear la tarta en un molde de 35 x 25 centímetros.
2. Añadir 2 tazas de agua hirviendo a la mezcla en polvo de la gelatina. Fijaros que es sólo la mitad de agua empleada normalmente para hacer gelatina. No añadir 2 tazas de agua fría, sólo las 2 de caliente.
3. Hacer cortes cada varios centímetros hundiendo un cuchillo para mantequilla hasta el fondo del pastel aún caliente (enfriado sólo un poco).
4. Distribuir la gelatina caliente líquida por encima de la tarta caliente.
5. Refrigerar hasta enfriar por completo.
6. Una vez que esté del todo fría, coronar con nata montada

PROFITEROLES DE CHOCOLATE NEGRO

Enviada por: Nancy A. Staab
Saint Albans, West Virginia

Los profiteroles son unos pastelillos hojaldrados rellenos de helado. Son sorprendentemente fáciles de hacer y seguro que deslumbras a tus invitados. Primero, prepara la pâté à choux *(la masa hojaldrada):*

½ taza de agua
¼ cucharadita de sal
¼ taza de mantequilla sin sal, cortada en trozos
3 huevos grandes, a temperatura ambiente
30 g de chocolate de repostería sin azúcar, partido en pequeños trozos
½ taza, más 1 cucharada, de harina

1. Calentar el horno a 200 °C. Forrar dos bandejas de horno con papel de parafina y untarlo ligeramente con mantequilla.
2. Calentar el agua, la sal, el chocolate y la mantequilla. Llevar al punto de ebullición y retirar del fuego.
3. Inmediatamente añadir harina y remover rápido con una espátula hasta que se forme una crema suave.
4. Poner la mezcla a fuego lento y remover durante unos 30 segundos. Retirar y dejar enfriar durante unos minutos.
5. Añadir un huevo y mezclarlo todo bien. Echar el segundo huevo hasta que la mezcla esté suave.
6. En un cuenco pequeño, batir el tercer huevo. Añadirlo gradualmente a la masa hasta que ésta quede brillante y tan ligera como para desprenderse de una cuchara.
7. Dar forma a la masa aún caliente y crear montoncitos de unos 4 centímetros. Con cuidado, chafar las puntas porque si no se quemarán. Hornear unos 30 minutos, hasta que la masa se hinche y se dore.
8. Retirar del horno y dejar enfriar totalmente. El centro de la masa hojaldrada estará hueco.

9. Cuando esté todo listo para servir, abrir el pastelillo practicando una pequeña abertura y rellenar con helado de chocolate de calidad, rociar con salsa de frambuesa y aderezar con unas cuantas frambuesas.

GALLETAS DE NATA Y CHOCOLATE NEGRO

Enviada por: Soemer Simmons
Normal, Illinois

PARA HACER DE 4 A 5 DOCENAS DE GALLETAS

1 preparado para tarta de chocolate alemán
1 huevo
1 tarrina (225 g) de Cool Whip (nata montada) deshecha
azúcar glas

Poner varias tazas de azúcar glas en un cuenco. Reservar. En otro bol, batir conjuntamente los polvos para la tarta, el huevo y la nata montada, tan ligado como sea posible. Tomar ¾ de esa mezcla y formar una bola en el cuenco del azúcar gals. Colocar bolitas cada 5 cm sobre una bandeja para galletas sin untar con mantequilla. Hornear a 180 °C durante 11 minutos.

DELICIAS DE MEDIANOCHE

Enviada por: Marie Ohngren
Croswell, Michigan

1 taza de arándanos lavados
2 tazas de fresas a láminas, maceradas con ½ taza de azúcar y ½ taza de granadina
2 tazas de pastel de ángel cortado en cubos
115 g de láminas de chocolate negro
1 envase de nata montada

Alternar los arándanos con el pastel en 4 copas de vidrio, acabando con las fresas. Coronar con nata montada. Rociar con el zumo de fresas y rematar con las láminas de chocolate negro.

DULCES PECAMINOSOS

Enviada por: Deborah J. Macklin
Biloxi, Mississippi

1 frasco de manteca suave de cacahuete
1-2 cajas de azúcar glas
1 paquete de bolitas de chocolate
½ barra de parafina

Mezclar la manteca de cacahuete con el azúcar glas hasta lograr una mezcla que permita hacer bolitas de 2,5 centímetros. Poner al baño María las bolitas de chocolate y la ½ barra de parafina. Bañar las bolitas de manteca de cacahuete en el chocolate y poner a secar en papel encerado.

PONCHE FESTIVO

Enviada por: Stephanie Azmoudeh
Tampa, Florida

12 tazas de café aromatizado con granos de vainilla
½ taza de azúcar
3,75 litros de helado de vainilla
3,75 litros de helado de chocolate
¾-1 taza de licor Frangelico
1 lata de Redi-Whip (nata montada extra cremosa)
Sirope OSCURO especial marca Hershey's

Preparar el café; añadir la media taza de azúcar mientras esté caliente. Asegurarse de que el azúcar se disuelve. Dejar enfriar.

Unos 30 o 40 minutos antes de servir. Mezclar en una ponchera los helados. Echar el café por encima del helado. Añadir Frangelico (puede usarse Kahlua o crema irlandesa Bailey's en lugar de Frangelico). Coronar con la nata montada. Rociar por encima el sirope de chocolate.

TARTA PRUSIANA DE CEREZAS AL CHOCOLATE NEGRO

Enviada por: Margee Ott, bisnieta de una inmigrante prusiana
Baldwin, Wisconsin

Receta de mi bisabuela Magdalana von Krusemark, inmigrante alemana. Al usar chocolate negro y poco azúcar, este postre resulta un buen tentempié.

2 ½ tazas de harina
1 taza de azúcar
1 taza de cacao en polvo
1 ½ cucharaditas de bicarbonato de soda
¼ cucharadita de levadura en polvo
2 huevos
1 cucharadita de vainilla
¾ de taza de mantequilla (o margarina)
1 lata (500 g) de relleno para pastel de cerezas
1 cucharada de colorante alimentario rojo

Mezclar bien todos los ingredientes en uno o varios moldes para hornear untados de mantequilla. Pueden usarse de tipo rectangular, 20 x 30 cm, o redondos de 22 cm. Hornear 40 minutos a 180 °C.

BAÑO DE CHOCOLATE
El baño se hará fundiendo varias tabletas (unos 450 g) de chocolate negro o amargo, y vertiéndolo luego con cuidado por encima de la tarta, dejando que el líquido fluya libremente. Se puede adornar con cerezas al marrasquino. Los dos tonos de rojo, el del relleno de la tarta y el del colorante, añaden un vistoso colorido al marrón oscuro de esta tarta de chocolate, y tal efecto se aprecia muy bien si se distribuye en capas, utilizando el relleno para pastel de cerezas entre ellas.

BIZCOCHO AL VINO DE MORAS

Enviada por: Cathy Smith
Lynnwood, Washington

1 paquete de preparado blanco (sin yema) para bizcocho (tiene que ser blanco)
2 paquetitos de gelatina de frambuesa
1 taza de aceite
1 taza de vino de moras
4 huevos

Calentar el horno a 180 °C. Untar generosamente de mantequilla un molde de tubo Bundt. Mezclarlo todo y verter en el molde. Hornear durante 50 o 55 minutos, hasta que al pinchar la masa con un palillo éste salga limpio. Sacar del horno y dejar que se enfríe un poco antes de sacar del molde.

INGREDIENTES PARA EL BAÑO
1 taza de azúcar glas
¼ de taza de vino de moras

Mezclar azúcar y licor, y rociar la tarta cuando ya esté fría. Hay que dejar que el bizcocho repose y se enfríe del todo antes de cubrirlo (esto permitirá que se forme una corteza).

TORTA PARAÍSO E INFIERNO EN LA TIERRA

Enviada por: Cindy LaFrance
Phoenix, Arizona

1 ½ taza de anacardos bien machacados
1 ½ taza de barquillos de vainilla troceados (38 barquillos)
1 taza colmada de azúcar moreno
1 taza de mantequilla o margarina, fundida
Pastel de Cacao Negro (ver más abajo)
Mousse Paraíso e Infierno (ver más abajo)
Hojas al natural o bien hojas de chocolate glaseado (opcional)

1. Calentar el horno a 180 °C. Poner papel pergamino para cocinar o papel encerado en el fondo de 2 moldes redondos, de 22 x 4 cm. Mezclar los anacardos, los barquillos, el azúcar moreno y la mantequilla. Extender aproximadamente ¾ de taza de la mezcla en cada molde; reservar la mezcla restante. Preparar el pastel de Cacao Negro (ver receta de la página siguiente). Verter aproximadamente 1 ¼ tazas de la masa en cada molde. Refrigerar la masa restante.
2. Hornear unos 20 minutos o hasta que la parte superior esté esponjosa al tocarla. Retirar el molde de inmediato, poner en una rejilla metálica y despegar el papel. Repetir con la mezcla de anacardos restante y con la masa. Dejar enfriar por completo.
3. Hacer la *mousse* Paraíso e Infierno (ver página siguiente). En una bandeja de horno, colocar una capa de torta, con los anacardos arriba, y cubrir con unos ¾ de taza de *mousse*. Repetir una capa de la mezcla que habíamos reservado y una capa de mousse. Otra opción es aplicar la *mousse* como capa superior usando una manga pastelera. Escoger un diseño agradable para decorar al gusto. Adornar con hojas naturales o de chocolate (ver receta más abajo). Cubrir y refrigerar durante unas 4 horas o hasta que se hayan enfriado. También se cubrirá cualquier otra torta que hagamos.

INGREDIENTES PARA EL PASTEL DE CACAO NEGRO
2 ¼ tazas de harina multiuso
1 ⅔ tazas de azúcar
⅔ de taza de cacao de repostería
¾ de taza de manteca o margarina
1 ¼ tazas de agua
1 ¼ cucharaditas de bicarbonato de soda
1 cucharadita de sal
1 cucharadita de vainilla
¼ de cucharadita de levadura en polvo
2 huevos

Calentar el horno a 180 °C. Mezclar todos los ingredientes en una cacerola grande con una batidora eléctrica a baja velocidad durante 30 segundos, removiendo todo el rato para evitar que se enganche. Batir a alta velocidad durante 3 minutos, removiendo de tanto en tanto la cacerola.

INGREDIENTES PARA LA MOUSSE PARAÍSO
E INFIERNO.
350 g de queso crema
1 ¾ de azúcar glas
2 tazas de manteca de cacahuete
¾ de taza de nata para montar, a temperatura ambiente, para repartir

En un cuenco, batir el queso crema con la batidora eléctrica hasta que quede ligero y cremoso. Ir añadiendo gradualmente el azúcar glas y luego la manteca de cacahuete. Continuar batiendo hasta incorporarlos del todo y que la mezcla quede esponjosa. Si se hacen grumos, añadir 2 cucharadas de nata para montar. Puede que no quede muy fina, pero resultará más fácil de mezclar. Reservar. Poner la nata restante en otro cuenco, y con una batidora eléctrica batir hasta que cobre consistencia. Con mucho cuidado, combinar ambas mezclas del todo. Reservar.

INGREDIENTES PARA LAS HOJAS DE CHOCOLATE

5 o 6 hojas (limonero, vid o rosal van bien; que no se hayan rociado con sustancias tóxicas) u hojas de plástico maleable.
¼ taza de bolitas de chocolate o 2,5 gramos de chocolate de repostería semi-amargo
½ cucharadita de margarina o manteca

Lavar y secar las hojas. Fundir las virutas de chocolate y la margarina. Empleando un pincel fino, aplicar una capa de chocolate de unos 4 milímetros en el reverso de las hojas. Dejar enfriar alrededor de una hora hasta que quede firme. Despegar las hojas manipulando lo menos posible. Refrigerar las hojas hasta que estén listas para usarse.

Mi idea para decorar la torta es rematarla con una capa de *mousse*, y luego cubrirla con trozos desmenuzados del pastel de Cacao Negro (que representan la Tierra). Añadir al gusto unas cuantas hojas escogidas y hacer algún tipo de dibujo con la *mousse* sobrante. Sé que vuestra mente creativa podrá idear algo maravilloso.

O:

Dejar la parte superior oscura, con un baño de chocolate sobre una capa de mousse, con unos toques finales opcionales: aplicando *mousse* con una manga pastelera y hojas bañadas en chocolate.

INGREDIENTES PARA EL BAÑO DE CHOCOLATE NEGRO

100 g de chocolate negro
3 cucharadas de mantequilla
1 cucharada de leche
1 cucharada de sirope ligero de maíz
¼ cucharadita de vainilla

1. Fundir el chocolate troceado con la mantequilla en un cazo grueso o en el microondas a una potencia media. Remover regularmente hasta que se quede fino. Retirar del fuego.

2. Añadir la leche, el sirope y la vainilla. Poner la torta sobre una rejilla o una plancha de repostería. Cuando el baño esté frío, verterlo en el centro de la torta. Dejar que caiga por los lados y enfriar durante unos 10 minutos para que quede glaseado.

EL MEJOR PLACER DESPUÉS DE... LAS NOVELAS DE FEEHAN

Enviada por: Diana M. Dennison
Oxford, Maine

1 pastilla de margarina o mantequilla
1 taza de harina
1 taza de nueces pacanas
225 g de queso crema
1 envase (450 g) de Cool Whip (nata montada)
1 taza de azúcar
3 tazas de leche
1 natillas instantáneas de chocolate, tamaño grande
1 natillas instantáneas de crema, tamaño grande
más nueces pacanas y virutas de chocolate para adornar

1. Mezclar margarina o mantequilla, harina y pacanas. Prensarlo todo en un molde. Hornear a 180 ºC durante 15 minutos y dejar enfriar.
2. Mezclar el queso crema, ½ tarrina de nata montada y azúcar. Esparcir sobre la corteza. Mezclar la leche con las natillas instantáneas de chocolate y de crema hasta que adquiera consistencia.
3. Esparcir por encima de la primera capa. Esparcir el resto de nata líquida por encima.
4. Adornar con pecanas y virutas de chocolate.

PASTELITOS DE CHOCOLATE NEGRO DERRETIDO

Enviada por: Abby Leavitt
Veyo, Utah

175 g (tableta y media) de chocolate *fondant* amargo
1 ½ tazas de azúcar glas
½ taza de harina
3 huevos enteros
3 yemas de huevo
frambuesas (u otra fruta)

Calentar el horno a 220 °C. Engrasar 6 tazas para natillas o fuentes para suflé. Poner en una bandeja de horno. En el microondas, fundir el chocolate y la mantequilla en un cuenco grande durante 2 minutos a media potencia o hasta que la mantequilla se derrita. Agitar con un batidor de varillas hasta que el chocolate se funda del todo. Añadir el azúcar glas y la harina; mezclar bien. Añadir los huevos y las yemas y batir hasta que todo quede bien mezclado. Repartir a partes iguales en las tazas preparadas para natillas.

Hornear 14 o 15 minutos, o hasta que los pastelitos estén firmes por los bordes y tiernos por el centro (los centros deben estar semisólidos). Dejar reposar un minuto. Pasar un pequeño cuchillo alrededor del pastelito para que se suelten de las tazas. Con cuidado, invertir las tortitas sobre los platillos de postre. Espolvorear suavemente el azúcar glas restante y adornar con fruta, así como con frambuesas. También se puede decorar con dulce de leche caliente rociado o colocado a un lado.

Servir de inmediato, mejor estando aún caliente.

BARRITAS CREPUSCULARES DE CALABAZA

Enviada por: Liz Kreider
Fargo, North Dakota

INGREDIENTES PARA LAS BARRITAS

2 tazas de azúcar
¾ taza de aceite
4 huevos
1 lata (400 g) de calabaza
2 tazas de harina
2 cucharaditas de bicarbonato
1 cucharadita de sal
3 cucharaditas de canela

INGREDIENTES PARA LA COBERTURA

225 g de queso crema
½ taza de mantequilla
2 cucharaditas de leche
1 cucharadita de vainilla
½ cucharadita de esencia de arce
1 taza de azúcar extrafino

Mezclar juntos los ingredientes para las barritas y hornear en un molde de 22 x 32 cm a 180 °C durante 20-25 minutos. Mezclar juntos todos los ingredientes de la cobertura y bañar con ella la masa antes de cortarla en forma de barritas crepusculares.

BARRITAS DE CEREZA AL CHOCOLATE

Enviada por: Peggy Barker
Suquamish, Washington

PARA 3 DOCENAS APROXIMADAMENTE

Mi abuela solía hacer estas riquísimas barritas. Murió en 1997 y hasta hace poco no he encontrado la receta. Son aún más ricas de lo que recordaba.

INGREDIENTES PARA LAS BARRITAS
1 paquete de preparado de tarta de caramelo o de dulce de leche
1 lata (600 g) de relleno de pastel de cereza
1 cucharadita de extracto de almendra
2 huevos, batidos

INGREDIENTES PARA LA COBERTURA
1 taza de azúcar
5 cucharadas de mantequilla (no valen sucedáneos)
⅓ de taza de leche evaporada
1 paquete (150 g) de bolitas de chocolate

Untar de mantequilla y enharinar un molde de 32 x 22 cm. En un cuenco grande, combinar los cuatro primeros ingredientes. Removerlos a mano hasta que quede todo bien mezclado. Verter en el molde preparado y hornear a 180 °C durante 25-30 minutos o hasta que el palillo salga limpio tras clavarlo en el centro.

En un pequeño cazo, mezclar azúcar, mantequilla y leche. Dejar que hierva, agitando constantemente durante un minuto. Retirar del fuego; añadir las virutas de chocolate agitando hasta que quede una masa fina. Bañar las barritas con esta mezcla.

PUDÍN DE TAPIOCA AL CHOCOLATE NEGRO CON FRESAS

Enviada por: Amanda Brown
Utica, Michigan

PARA 8 RACIONES DE MEDIA TAZA CADA UNA

1 huevo
⅔ taza de azúcar
3 cucharadas de tapioca (marca Minute)
3 ½ tazas de leche
2 onzas de chocolate *fondant* NEGRO
1 cucharadita de vainilla
4 fresas grandes (cortadas a láminas)

Batir suavemente el huevo en un cazo mediano con un batidor de varillas. Añadir el azúcar y la tapioca, mezclar bien y añadir gradualmente la leche, batiendo bien con cada adición. Dejar reposar cinco minutos. Añadir el chocolate negro. Llevar a ebullición a fuego medio, removiendo todo el rato. Bajar el fuego a medio-bajo; cocer hasta que el chocolate esté deshecho por completo, removiendo todo el rato. Retirar del fuego, añadir la vainilla y dejar enfriar 20 minutos; luego agitar. Empezará a espesar a medida que se enfríe. Servir caliente o frío. Colocar unas cuantas láminas de fresas sobre cada ración de pudín.

TARTA DE QUESO AL CHOCOLATE DEMONIO OSCURO

Enviada por: Franny Armstrong
Brighton, Ontario, Canada

Esta tarta es muy sabrosa y da para unas 10 raciones. De buen seguro querrás «hincarle el diente».

INGREDIENTES PARA EL RELLENO

350 g de queso crema, a temperatura ambiente
1 taza de azúcar
un pellizco de sal
1 cucharada de licor de chocolate (también se puede ofrecer una copita opcional de este licor además del postre)
1 cucharadita de corteza de limón rallada
4 huevos, separando yema y clara
½ taza de harina multiuso
¼ taza de cacao
½ taza de nata para montar

INGREDIENTES PARA LA CORTEZA

1 paquete (200 g) de preparado para corteza de miga al chocolate (marca Oreo)
2 cucharadas de margarina o mantequilla

DECORAR CON

Nata para montar
Relleno para pastel de cereza
Virutas de chocolate negro

Calentar el horno a 165 °C.

1. En un cuenco mediano, batir el queso crema, media taza de azúcar, el licor y la ralladura de limón, todo junto.
2. Añadir las yemas de los huevos, batiéndolas con la mezcla una a una.

3. Añadir la harina, batiéndola.
4. En otro cuenco, montar la nata hasta que coja un poco de cuerpo.
5. Añadirla a la mezcla.
6. En un cuenco mediano, batir las claras a punto de nieve.
7. Añadir batiendo la media taza de azúcar a las claras, una cucharada cada vez. Seguir batiendo hasta que quede espesa y brillante.
8. Añadir la mezcla de las claras a la del queso crema y mezclarlas sólo un poco, sin batir demasiado.
9. Corteza Oreo: fundir la margarina o la mantequilla y mezclarla con las galletas desmenuzadas.
10. Se puede usar tanto un molde de tubo Bundt como un molde desmontable de 20 cm. Engrasar el molde y prensar en el fondo la mezcla de galletas desmenuzadas Oreo. No tocar las paredes untadas del molde.
11. Verter la mezcla general sobre la corteza de mezcla Oreo y hornear durante 1 hora y cuarto o hasta que el palillo salga limpio y seco si se pincha el centro.
12. Dejar enfriar y reposar durante cuatro horas antes de servir.
13. Crear un círculo en la parte superior de la tarta de queso distribuyendo la nata montada con una cuchara o bien usando una manga pastelera o utensilio similar de repostería. Llenar el centro vacío de la tarta con cucharadas de relleno de pastel de cereza y repartir las virutas de chocolate por encima de la nata montada.

PIZZA FRUTAL DE SANGRE CARPATIANA A LA LUZ DE LA LUNA

Enviada por: Elaine Kollias
Castro Valley, California

Este insólito y vistoso postre no es demasiado pesado y resulta facilísimo de preparar. Cuando se hace con todas las bayas, reluce como un rubí o joya granate, ¡o quizá como sangre carpatiana a la luz de la luna!

INGREDIENTES PARA LA MASA
¾ taza de mantequilla
3 cucharadas de azúcar glas
1 ½ tazas de harina

INGREDIENTES PARA EL RELLENO
225 g de queso crema ablandado
⅓ de taza de azúcar
1 cucharadita de vainilla
surtido de frutas: frambuesas, fresas, cerezas (deshuesadas y en mitades), arándanos y/o rodajas de plátanos, kiwis, melocotones y uvas (en mitades), preferiblemente frescos.

INGREDIENTES PARA EL BAÑO FINAL
½ taza de azúcar
1 cucharada de maicena
⅛ cucharadita de sal
½ taza de zumo de granada (para las bayas oscuras) o zumo de naranja (para las frutas de colores)
2 cucharadas de zumo de lima.

1. Corteza: Calentar el horno a 180 °C. Derretir la mantequilla, añadir azúcar y harina y mezclar bien. Poner la masa en un molde redondo para pizza de 30 cm. Hornear hasta que quede dorado, sobre unos 10-15 minutos. Sacar del horno y dejar enfriar.

2. Relleno: Hacer una crema con el azúcar, la vainilla y el queso crema y distribuir por encima de la corteza ya fría. Cortar en rodajas las fresas y disponer la fruta/las bayas en círculos concéntricos, alternando colores y texturas para lograr un diseño vistoso.
3. Baño: Combinar todos los ingredientes en un cazo y hervir hasta que la mezcla espese. Enfriar antes de distribuir uniformemente sobre toda la pizza de frutas. Dejar enfriar de 2 a 6 horas antes de servir. Cortar en porciones con un cortador de pizzas y adornar con una ramita de menta fresca y, opcionalmente, con virutas de chocolate amargo.

COPAS DE CHOCOLATE

Enviado por: Jill Purinton
Lamar, Missouri

Usé esta receta en una fiesta con motivo del próximo nacimiento de un bebé. No sobró nada. L

Vaso elaborado con chocolate
Yogur de lima de los cayos de Florida
Bayas frescas (frambuesas, arándanos o fresas)

Rellenar los vasitos de chocolate con el yogur de lima. Coronar con bayas frescas. Servir.

DELICIOSA OSCURIDAD

Enviada por: Susan Schreitmueller
Elon, North Carolina

INGREDIENTES PARA LA CORTEZA

1 paquete (250 g o 2 ½ tazas) de galletas de chocolate rellenas de nata, bien troceadas
2 cucharadas de mantequilla derretida
1 cucharadita de licor Chambord

Combinar y prensar en el fondo (y unos 5 cm por los lados) de un molde desmontable de 22 cm. Yo suelo usar un robot de cocina para trocear las galletas.

INGREDIENTES PARA EL RELLENO

700 g de queso crema, a temperatura ambiente
½ taza de azúcar
170 g de chocolate amargo o semiamargo, troceado, fundido y enfriado del todo.
½ taza de licor Chambord
½ cucharadita de vainilla
4 huevos grandes
½ taza de nata para montar
1 taza de confitura espesa de frambuesa sin semillas

Batir el queso crema en un cuenco grande hasta que quede fino. Añadir el azúcar, el chocolate y el licor y batir hasta que queden bien mezclados. Añadir los huevos uno a uno, batiendo un poco para que todo quede bien combinado. Añadir la nata. Echar la confitura sin dejar de dar vueltas. Verter encima de la corteza. Hornear a 180 ºC hasta que el relleno esté casi hecho, aunque el centro debe moverse un poco al agitar el molde (sobre unos 55 minutos). Poner sobre una rejilla y dejar enfriar del todo.

INGREDIENTES PARA LA COBERTURA SUPERIOR
½ taza de nata agria
2 cucharadas de Chambord
170 g de bolitas de chocolate derretidas y enfriadas
volutas de chocolate o frambuesas al natural pasadas por cacao con hojas de menta (opcional)

Combinarlo todo y tirar por encima de la tarta completamente fría y luego dejar reposar en la nevera antes de servir.

FUDGE OSCURO A LA ANTIGUA USANZA

Enviada por: Amy McKinney
Vincent, Alabama

PARA HACER MEDIO KILO

2 tazas de azúcar
⅓ de taza de cacao
1 lata pequeña (140 g) de leche en polvo
2 cucharadas de mantequilla sin sal
1 cucharadita de extracto de vainilla
nueces (opcional)

En un cazo grueso de unos 3 litros, mezclar juntos el cacao y el azúcar. Añadir leche y cocer a fuego medio hasta que llevemos el almíbar al punto globo (temperatura de caramelización de 115 ºC en un termómetro pastelero), removiendo si es necesario para que no se pegue.

Retirar del fuego y añadir la mantequilla, la vainilla y las nueces si se quiere. Poner el cazo en una cazuela con agua fría y remover hasta que empiece a adquirir firmeza. Verter en un molde untado de mantequilla. Cortar en cuadraditos.

TARTA DE CHOCOLATE ÉCLAIR

Enviada por: Susan L. Farrell
Pine Grove Mills, Pennsylvania

2 paquetes pequeños de natillas instantáneas Vanilla Jell-O
1 tarrina de cobertura dulce instantánea (chocolate o caramelo)
1 tarrina (450 g) de Cool Whip (nata montada)
3 tazas de leche
crackers graham (galletas crujientes de alto contenido en fibra)
un molde de 22 x 32 x 7,5 cm (con un molde de esta profundidad se pierde menos glaseado)

1. Mezclar los paquetes de natillas con la leche. (*Es más fácil hacerlo con una batidora, pero también se puede batir a mano.*) Luego mezclar lentamente con la nata montada.
2. Revestir el fondo del molde con los crackers. Verter la mitad de la mezcla por encima del lecho de crackers. Añadir la última capa de crackers.
3. Quitar el papel de aluminio de la tarrina de cobertura dulce. Poner en el microondas durante 15-20 segundos. Esparcir sobre la capa superior de galletas.
4. Cubrir y dejar reposar en la nevera durante 4 horas o durante toda una noche para obtener un resultado óptimo. *¡Disfrutadlo!*

RATONES NAVIDEÑOS

Enviada por: Susan Maluschka
Houston, Texas

PARA HACER UNOS 70 RATONES

1 paquete de corteza preparada de chocolate y almendra
1 tarro grande de cerezas escurridas, con su rabillo
1 paquete de Hershey's Kisses (bombones en forma cónica)
1 sobre de almendra laminada

1. Poner agua en un recipiente para baño María.
2. Extender el papel de aluminio sobre la encimera cerca de la cocina
3. Trocear la corteza de chocolate y almendra y fundir al baño María.
4. Secar las cerezas en papel de cocina y sacar de su envoltorio los bombones.
5. Coger las cerezas por el rabillo y sumergirlas en el chocolate fundido hasta que queden cubiertas. Dejarlas volcadas sobre el papel de aluminio (formando así el cuerpo y la cola del ratón).
6. Después de bañar 4 o 5 cerezas, apoyar la parte plana de un bombón en la parte inferior de la cereza (formando una cabecita con la nariz puntiaguda).
7. Luego colocar dos láminas de almendra entre el bombón y la cereza (formando las orejitas). Si el chocolate se ha secado demasiado, poner un poco de chocolate del baño María en las virutas de almendra y sostenerlas en su lugar hasta que se aguanten.

Apéndice 1

Cánticos carpatianos de sanación

Para comprender correctamente los cánticos carpatianos de sanación, se requiere conocer varias áreas.

- Las ideas carpatianas sobre sanación
- El «Cántico curativo menor» de los carpatianos
- El «Gran cántico de sanación» de los carpatianos
- Y la técnica carpatiana de canto

Ideas carpatianas sobre sanación

Los carpatianos son un pueblo nómada cuyos orígenes geográficos se encuentran al menos en lugares tan distantes como los Urales meridionales (cerca de las estepas de la moderna Kazajstán), en la frontera entre Europa y Asia. (Por este motivo, los lingüistas de hoy en día llaman a su lengua «protourálica», sin saber que ésta es la lengua de los carpatianos). A diferencia de la mayoría de pueblos nómadas, las andanzas de los carpatianos no respondían a la necesidad de encontrar nuevas tierras de pastoreo para adaptarse a los cambios de las estaciones y del clima o para mejorar el comercio. En vez de ello, tras los movimientos de los carpatianos había un gran objetivo: encontrar un lugar con tierra adecuada, un terreno cuya riqueza sirviera para potenciar los poderes rejuvenecedores de la especie.

A lo largo de siglos, emigraron hacia el oeste (hace unos seis mil años) hasta que por fin encontraron la patria perfecta —su «susu»— en los Cárpatos, cuyo largo arco protegía las exuberantes praderas del reino de Hungría. (El reino de Hungría prosperó durante un milenio —convirtiendo el húngaro en lengua dominante en la cuenca cárpata—, hasta que las tierras del reino se escindieron en varios países tras la Primera Guerra Mundial: Austria, Checoslovaquia, Rumania, Yugoslavia y la moderna Hungría.)

Otros pueblos de los Urales meridionales (que compartían la lengua carpatiana, pero no eran carpatianos) emigraron en distintas direcciones. Algunos acabaron en Finlandia, hecho que explica que las lenguas húngara y finesa modernas sean descendientes contemporáneas del antiguo idioma carpatiano. Pese a que los carpatianos están vinculados a la patria carpatiana elegida, sus desplazamientos continúan, ya que recorren el mundo en busca de respuestas que les permitan alumbrar y criar a sus vástagos sin dificultades.

Dados sus orígenes geográficos, las ideas sobre sanación del pueblo carpatiano tienen mucho que ver con la tradición chamánica eruoasiática más amplia. Probablemente la representación moderna más próxima a esa tradición tenga su base en Tuva: lo que se conoce como «chamanismo tuvano». (Véase mapa al inicio del libro.)

La tradición chamánica euroasiática —de los Cárpatos a los chamanes siberianos— consideraba que el origen de la enfermedad se encuentra en el alma humana, y sólo más tarde comienza a manifestar diversas patologías físicas. Por consiguiente, la sanación chamánica, sin descuidar el cuerpo, se centraba en el alma y en su curación. Se entendía que las enfermedades más profundas estaban ocasionadas por «la marcha del alma», cuando alguna o todas las partes del alma de la persona enferma se ha alejado del cuerpo (a los infiernos) o ha sido capturada o poseída por un espíritu maligno, o ambas cosas.

Los carpatianos pertenecían a esta tradición chamánica euroasiática más amplia y compartían sus puntos de vista. Como los propios carpatianos no sucumbían a la enfermedad, los sanadores carpatianos comprendían que las lesiones más profundas iban acompañadas además de una «partida del alma» similar.

Una vez diagnosticada la «partida del alma», el sanador chamánico ha de realizar un viaje espiritual que se adentra en los infiernos, para recuperar el alma. Es posible que el chamán tenga que superar retos tremendos a lo largo del camino, como enfrentarse al demonio o al vampiro que ha poseído el alma de su amigo.

La «partida del alma» no significaba que una persona estuviera necesariamente inconsciente (aunque sin duda también podía darse el caso). Se entendía que, aunque una persona pareciera consciente, incluso hablara e interactuara con los demás, una parte de su alma podía encontrarse ausente. De cualquier modo, el sanador o chamán experimentado veía el problema al instante, con símbolos sutiles que a los demás podrían pasárseles por alto: pérdidas de atención esporádicas de la persona, un descenso de entusiasmo por la vida, depresión crónica, una disminución de luminosidad del «aura», y ese tipo de cosas.

Cántico curativo menor de los carpatianos

El ***Kepä Sarna Pus (El «Cántico curativo menor»)*** se emplea para las heridas de naturaleza meramente física. El sanador carpatiano sale de su cuerpo y entra en el cuerpo del carpatiano herido para curar grandes heridas mortales desde el interior hacia fuera, empleando energía pura. El curandero proclama: «Ofrezco voluntariamente mi vida a cambio de tu vida», mientras dona sangre al carpatiano herido. Dado que los carpatianos provienen de la tierra y están vinculados a ella, la tierra de su patria es la más curativa. También emplean a menudo su saliva por sus virtudes rejuvenecedoras.

También es común que los cánticos carpatianos (tanto el menor como el gran cántico) vayan acompañados del empleo de hierbas curativas, aromas de velas carpatianas, y cristales. Los cristales (en combinación con la conexión empática y vidente de los carpatianos con el universo) se utilizan para captar energía positiva del entorno, que luego se aprovecha para acelerar la sanación. A veces se hace uso como de escenario para la curación.

El cántico curativo menor fue empleado por Vikirnoff von Shrieder y Colby Jansen para curar a Rafael De la Cruz, a quien un vampiro había arrancado el corazón en el libro titulado *Secreto Oscuro*.

Kepä Sarna Pus (El cántico curativo menor)
El mismo cántico se emplea para todas las heridas físicas. Habría que cambiar «sívadaba» [«dentro de tu corazón»] para referirse a la parte del cuerpo herida, fuera la que fuese.

Kuńasz, nélkül sivdobbanás, nélkül fesztelen löyly.
Yaces como si durmieras, sin latidos de tu corazón, sin aliento etéreo.
[Yacer-como-si-dormido-tú, sin corazón-latido, sin aliento etéreo.]

Ot élidamet andam szabadon élidadért.
Ofrezo voluntariamente mi vida a cambio de tu vida.
[Vida-mía dar-yo libremente vida-tuya-a cambio.]

O jelä sielam jŏrem ot ainamet és soŋe ot élidadet.
Mi espíritu de luz olvida mi cuerpo y entra en tu cuerpo.
[El sol-alma-mía olvidar el cuerpo-mío y entrar el cuerpo-tuyo.]

O jelä sielam pukta kinn minden szelemeket belső.
Mi espíritu de luz hace huir todos los espíritus oscuros de dentro hacia fuera.
[El sol-alma-mía hacer-huir afuera todos los fantasma-s dentro.]

Pajńak o susu hanyet és o nyelv nyálamet sívadaba.
Comprimo la tierra de nuestra patria y la saliva de mi lengua en tu corazón.
[Comprimir-yo la patria tierra y la lengua saliva-mía corazón-tuyo-dentro.]

Vii, o verim soŋe o verid andam.
Finalmente, te dono mi sangre como sangre tuya.
[Finalmente, la sangre-mía reemplazar la sangre-tuya dar-yo.]

Para oír este cántico, visitar el sitio:
http://www.christinefeehan.com/members/.

El gran cántico de sanación de los carpatianos

El más conocido —y más dramático— de los cánticos carpatianos de sanación era el **En Sarna Pus** («El gran cántico de sanación»). Esta salmodia se reservaba para la recuperación del alma del carpatiano herido o inconsciente.

La costumbre era que un grupo de hombres formara un círculo alrededor del carpatiano enfermo (para «rodearle de nuestras atenciones y compasión») e iniciara el cántico. El chamán, curandero o líder es el principal protagonista de esta ceremonia de sanación. Es él quien realiza el viaje espiritual al interior del averno, con la ayuda de su clan. El propósito es bailar, cantar, tocar percusión y salmodiar extasiados, visualizando en todo momento (mediante las palabras del cántico) el viaje en sí —cada paso, una y otra vez— hasta el punto en que el chamán, en trance, deja su cuerpo y realiza el viaje. (De hecho, la palabra «éxtasis» procede del latín *ex statis*, que significa literalmente «fuera del cuerpo».)

Una ventaja del sanador carpatiano sobre otros chamanes es su vínculo telepático con el hermano perdido. La mayoría de chamanes deben vagar en la oscuridad de los infiernos, a la búsqueda del hermano perdido, pero el curandero carpatiano «oye» directamente en su mente la voz de su hermano perdido llamándole, y de este modo puede concentrarse de pleno en su alma como si fuera la señal de un faro. Por este motivo, la sanación carpatiana tiende a dar un porcentaje de resultados más positivo que la mayoría de tradiciones de este tipo.

Resulta útil analizar un poco la geografía del «averno» para poder comprender mejor las palabras del Gran Cántico. Hay una referencia al «Gran Árbol» (en carpatiano: *En Puwe*). Muchas tradiciones antiguas, incluida la tradición carpatiana, entienden que los mundos —los mundos del Cielo, nuestro mundo y los avernos— cuelgan de un gran mástil o eje, un árbol. Aquí en la tierra, nos situamos a media altura de este árbol, sobre una de sus ramas, de ahí que muchos textos antiguos se refieran a menudo al mundo material como la «tierra media»: a medio camino entre el cielo y el infierno. Trepar por el árbol llevaría a los cielos. Descender por el árbol, a sus raíces, llevaría a los infiernos. Era necesario que el chamán fuera un maestro en el movimiento ascendente y descendente por el Gran Árbol, debía moverse a veces sin ayuda, y en ocasiones asistido por la guía del espíritu de un animal (incluso montado a lomos de él). En varias tradiciones, este Gran Árbol se conocía como el *axis mundi* (el «eje de los mundos»), Ygddrasil (en la mitología escandinava), monte Meru (la montaña sagrada de la tradición tibetana), etc. También merece la pena compararlo con el cosmos cristiano: su cielo, purgatorio/tierra e infierno. Incluso se le da una topografía similar en la *La divina comedia* de Dante: a Dante le llevan de viaje primero al infierno, situado en el centro de la Tierra; luego, más arriba, al monte del Purgatorio, que se halla en la superficie de la Tierra justo al otro lado de Jerusalén; luego continúa subiendo, primero al Edén, el paraíso terrenal, en la cima del monte del Purgatorio, y luego, por fin, al cielo.

La tradición chamanística entendía que lo pequeño refleja siempre lo grande; lo personal siempre refleja lo cósmico. Un movimiento en las dimensiones superiores del cosmos coincide con un movimiento interno. Por ejemplo, el *axis mundi* del cosmos se corresponde con la columna vertebral del individuo. Los viajes arriba y abajo del *axis mundi* coinciden a menudo con el movimiento de energías naturales y espirituales (a menudo denominadas *kundalini* o *shakti*) en la columna vertebral del chamán o místico.

En Sarna Pus (El gran cántico de sanación)

En este cántico, ekä («hermano») se reemplazará por «hermana», «padre», «madre», dependiendo de la persona que se vaya a curar.

Ot ekäm ainajanak hany, jama.
El cuerpo de mi hermano es un pedazo de tierra próximo a la muerte.
[El hermano-mío cuerpo-suyo-de pedazo-de-tierra, estar-cerca-muerte.]

Me, ot ekäm kuntajanak, pirädak ekäm, gond és irgalom türe.
Nosotros, el clan de mi hermano, le rodeamos de nuestras atenciones y compasión.
[Nosotros, el hermano-mío clan-suyo-de, rodear hermano-mío, atención y compasión llenos.]

O pus wäkenkek, ot oma śarnank, és ot pus fünk, álnak ekäm ainajanak, pitänak ekäm ainajanak elävä.
Nuestras energías sanadoras, palabras mágicas ancestrales y hierbas curativas bendicen el cuerpo de mi hermano, lo mantienen con vida.
[Los curativos poder-nuestro-s, las ancestrales palabras-de-magia-nuestra, y las curativas hierbas-nuestras, bendecir hermano-mío cuerpo-suyo-de, mantener hermano-mío cuerpo-suyo-de vivo.]

Ot ekäm sielanak pälä. Ot omboce päläja juta alatt o jüti, kinta, és szelemek lamtijaknak.
Pero el cuerpo de mi hermano es sólo una mitad. Su otra mitad vaga por el averno.
[El hermano-mío alma-suya-de (es) media. La otra mitad-suya vagar por la noche, bruma, y fantasmas infiernos-suyos-de.]

Ot en mekem ŋamaŋ: kulkedak otti ot ekäm omboće päläjanak.
Éste es mi gran acto. Viajo para encontrar la otra mitad de mi hermano.
[El gran acto-mío (es) esto: viajar-yo para-encontrar el hermano-mío otra mitad-suya-de.]

Rekatüre, saradak, tappadak, odam, kaŋa o numa waram, és avaa owe o lewl mahoz.
Danzamos, entonamos cánticos, soñamos extasiados, para llamar a mi pájaro del espíritu y para abrir la puerta al otro mundo.
[Éxtasis-lleno, bailar-nosotros, soñar-nosotros, para llamar al dios pájaro-mío, y abrir la puerta espíritu tierra-a.]

Ntak o numa waram, és mozdulak, jomadak.
Me subo a mi pájaro del espíritu, empezamos a movernos, estamos en camino.
[Subir-yo el dios pájaro-mío, y empezar-a-mover nosotros, estar-en camino-nosotros.]

Piwtädak ot En Puwe tyvinak, ećidak alatt o jüti, kinta, és szelemek lamtijaknak.
Siguiendo el tronco del gran Árbol, caemos en el averno.
[Segui-nosotros el Gran Árbol tronco-de, caer-nosotros a través la noche, bruma y fantasmas infiernos-suyos-de.]

Fázak, fázak nó o śaro.
Hace frío, mucho frío.
[Sentir-frío-yo, sentir-frío-yo como la nieva helada.]

Juttadak ot ekäm o akarataban, o sívaban, és o sielaban.
Mi hermana y yo estamos unidos en mente, corazón y alma.
[Ser-unido-a-Yo el hermano-mío la mente-en, el corazón-en, y el alma-en.]

Ot ekäm sielanak kaŋa engem.
El alma de mi hermano me llama.
[El hermano-mío alma-suya-de llamar-a mí.]

Kuledak és piwtädak ot ekäm.
Oigo y sigo su estela.
[Oír-yo y seguir-el-rastro-de-yo el hermano-mío.]

Sayedak és tuledak ot ekäm kulyanak.
Encuentro el demonio que está devorando el alma de mi hermano.
[Llegar-yo y encontrar-yo el hermano-mío demonio-quien-devora-alma-suya-de.]

Nenäm ćoro; o kuly torodak.
Con ira, lucho con el demonio.
[Ira-mí fluir; el demonio-quien-devorar-almas combatir-yo.]

O kuly pél engem.
Le inspiro temor.
[El demonio-quien-devorar-almas temor-de mí.]

Lejkkadak o kaŋka salamaval.
Golpeo su garganta con un rayo.
[Golpear-yo la garganta-suya rayo-de-luz-con.]

Molodak ot ainaja komakamal.
Destrozo su cuerpo con mis manos desnudas.
[Destrozar-yo el cuerpo-suyo vacías-mano-s-mía-con.]

Toja és molanâ.
Se retuerce y se viene abajo.
[(Él) torcer y (él) desmoronar.]

Hän ćaδa.
Sale corriendo.
[Él huir.]

Manedak ot ekäm sielanak.
Rescato el alma de mi hermano.
[Rescatar-yo el hermano-mío alma-suya-de.]

Alədak ot ekäm sielanak o komamban.
Levanto el alma de mi hermana en el hueco de mis manos.
[Levantar-yo el hermano-mío alma-suya-de el hueco-de-mano-mía-en.]

Alədam ot ekäm numa waramra.
Le pongo sobre mi pájaro del espíritu.
[Levantar-yo el Hermano-mío dios pájaro-mío-encima.]

Piwtädak ot En Puwe tyvijanak és sayedak jälleen ot elävä ainak majaknak.
Subiendo por el Gran Árbol, regresamos a la tierra de los vivos.
[Seguir-nosotros el Gran Árbol tronco-suyo-de, y llegar-nosotros otra vez el vivo cuerpo-s tierra-suya-de.]

Ot ekäm elä jälleen.
Mi hermano vuelve a vivir.
[El hermano-mío vive otra vez.]

Ot ekäm weńća jälleen.
Vuelve a estar completo otra vez.
[El hermano-mío (es) completo otra vez.]

Para escuchar este cántico visitar el sitio
http://www.christinefeehan.com/members/.

Técnica carpatiana de canto

Al igual que sucede con las técnicas de sanación, la «técnica de canto» de los carpatianos comparte muchos aspectos con las otras tradiciones chamánicas de las estepas de Asia Central. El modo primario de canto era un cántico gutural con empleo de armónicos. Aún pueden encontrarse ejemplos modernos de esta forma de cantar en las tradiciones mongola, tuvana y tibetana. Encontraréis un ejemplo grabado de los monjes budistas tibetanos de Gyuto realizando sus cánticos guturales en el sitio: http://www.christinefeehan.com/carpathian_chanting/.

En cuanto a Tuva, hay que observar sobre el mapa la proximidad geográfica del Tíbet con Kazajstán y el sur de los Urales.

La parte inicial del cántico tibetano pone el énfasis en la sincronía de todas las voces alrededor a un tono único, dirigido a un «chakra» concreto del cuerpo. Esto es típico de la tradición de cánticos guturales de Gyuto, pero no es una parte significativa de la tradición carpatiana. No obstante, el contraste es interesante.

La parte del ejemplo de cántico Gyuto más similar al estilo carpatiano es la sección media donde los hombres están cantando juntos pronunciando con gran fuerza las palabras del ritual. El propósito en este caso no es generar un «tono curativo» que afecte a un «chakra» en concreto, sino generar el máximo de poder posible para iniciar el viaje «fuera del cuerpo» y para combatir las fuerzas demoníacas que el sanador/viajero debe superar y combatir.

Apéndice 2

La lengua carpatiana

Como todas las lenguas humanas, la de los carpatianos posee la riqueza y los matices que sólo pueden ser dados por una larga historia de uso. En este apéndice podemos abordar a lo sumo algunos de los principales aspectos de este idioma:

- Historia de la lengua carpatiana
- Gramática carpatiana y otras características de esa lengua
- Ejemplos de la lengua carpatiana
- Un diccionario carpatiano muy abreviado

Historia de la lengua carpatiana

La lengua carpatiana actual es en esencia idéntica a la de hace miles de años. Una lengua «muerta» como el latín, con dos mil años de antigüedad, ha evolucionado hacia una lengua moderna significantemente diferente (italiano) a causa de incontables generaciones de hablantes y grandes fluctuaciones históricas. Por el contrario, algunos hablantes del carpatiano de hace miles de años todavía siguen vivos. Su presencia —unida al deliberado aislamiento de los carpatianos con respecto a las otras fuerzas del cambio en el mundo— ha actuado y lo continúa haciendo como una fuerza estabilizadora que ha preservado la integridad de la lengua durante siglos. La cultura carpatiana también ha actuado como fuerza estabilizadora. Por ejemplo, las Palabras Rituales, los variados cánticos curativos (véase apéndice 1) y otros artefactos culturales han sido transmitidos durantes siglos con gran fidelidad.

Cabe señalar una pequeña excepción: la división de los carpatianos en zonas geográficas separadas ha conllevado una discreta dialectalización. No obstante, los vínculos telepáticos entre todos ellos (así como el regreso frecuente de cada carpatiano a su tierra natal) ha propiciado que las diferencias dialectales sean relativamente superficiales (una discreta cantidad de palabras nuevas, leves diferencias en la pronunciación, etc.), ya que el lenguaje más profundo e interno, de transmisión mental, se ha mantenido igual a causa del uso continuado a través del espacio y el tiempo.

La lengua carpatiana fue (y todavía lo es) el protolenguaje de la familia de lenguas urálicas (o fino-ugrianas). Hoy en día las lenguas urálicas se hablan en la Europa meridional, central y oriental, así como en Siberia. Más de veintitrés millones de seres en el mundo hablan lenguas cuyos orígenes se remontan al idioma carpatiano. Magiar o húngaro (con unos catorce millones de hablantes), finés (con unos cinco millones) y estonio (un millón aproximado de hablantes) son las tres lenguas contemporáneas descendientes de ese protolenguaje. El único factor que unifica las más de veinte lenguas de la familia urálica es que se sabe que provienen de un protolenguaje común, el carpatiano, el cual se escindió (hace unos seis mil años) en varias lenguas de la familia urálica. Del mismo modo, lenguas europeas como el inglés o el francés pertenecen a la familia indoeuropea, más conocida, y también provienen de un protolenguaje que es su antecesor común (diferente del carpatiano).

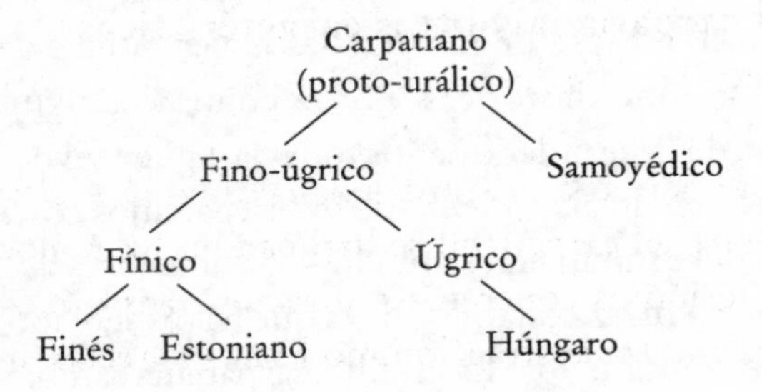

La siguiente tabla ayuda a entender ciertas de las similitudes en la familia de lenguas.

Nota: La «k» fínico-carpatiana aparece a menudo como la «h» húngara. Del mismo modo, la «p» fínico-carpatiana corresponde a la «f» húngara.

Carpatiano (proto-urálico)	**Finés (suomi)**	**Húngaro (magiar)**
elä -vivir	*elä* -vivir	*él* -vivir
elid -vida	*elinikä* -vida	*élet* -vida
pesä -nido	*pesä* -nido	*fészek* -nido
kola -morir	*kuole* -morir	*hal* -morir
pälä -mitad, lado	*pieltä* -inclinar, ladear	*fél, fele* -ser humano semejante, amigo (mitad; uno de dos lados) *feleség* -esposa
and -dar	*anta, antaa* -dar	*ad* -dar
koje -marido, hombre	*koira* -perro, macho *(de un animal)*	*here* -zángano, testículo
wäke -poder	*väki* -pueblo, personas, hombres; fuerza *väkevä - poderoso, fuerte*	*vall-vel*-con (sufijo instrumental) *vele* -con él/ella
wete -agua	*vesi* -agua	*víz* -agua

Gramática carpatiana y otras características de la lengua

Modismos. Siendo a la vez una lengua antigua y el idioma de un pueblo terrestre, el carpatiano se inclina a utilizar modismos construidos con términos concretos y directos, más que abstracciones. Por ejemplo, nuestra abstracción moderna «apreciar, mimar» se expresa de forma más concreta en carpatiano como «conservar en el corazón de uno»; el averno es, en carpatiano, «la tierra de la noche, la bruma y los fantasmas», etcétera.

Orden de las palabras. El orden de las palabras en una frase no viene dado por aspectos sintácticos (como sujeto, verbo y predicado), sino más bien por factores pragmáticos, motivados por el discurso. Ejemplos: *«Tied vagyok.»* («Tuyo soy.»); *«Sívamet andam.»* («Mi corazón te doy.»)

Aglutinación. La lengua carpatiana es aglutinadora, es decir, las palabras largas se construyen con pequeños componentes. Un lenguaje aglutinador usa sufijos o prefijjos, el sentido de los cuales es por lo general único, y se concatenan unos tras otros sin solaparse. En carpatiano las palabras consisten por lo general en una raíz seguida por uno o más sufijos. Por ejemplo, *«sívambam»* procede de la raíz *«sív»* («corazón»), seguida de *«am»* («mi»), seguido de *«bam»* («en»), resultando «en mi corazón». Como es de imaginar, a veces tal aglutinación en el carpatiano puede producir palabras extensas o de pronunciación dificultosa. Las vocales en algunos casos se insertan entre sufijos, para evitar que aparezcan demasiadas consonantes seguidas (que pueden hacer una palabra inpronunciable).

Declinaciones. Como todas las lenguas, el carpatiano tiene muchos casos: el mismo sustantivo se formará de modo diverso dependiendo de su papel en la frase. Algunos de los casos incluyen: nominativo (cuando el sustantivo es el sujeto de la frase), acusativo (cuando es complemento directo del verbo), dativo (complemento indirecto), genitivo (o posesivo), instrumental, final, supresivo, inesivo, elativo, terminativo y delativo.

Tomemos el caso posesivo (o genitivo) como ejemplo para ilustrar cómo, en carpatiano, todos los casos implican la adición de sufijos habituales a la raíz del sustantivo. Así, para expresar posesión en carpatiano —«mi pareja eterna», «tu pareja eterna», «su pareja eterna», etc.— se necesita añadir un sufijo particular (*«=am»*) a la raíz del sustantivo («*päläfertiil*»), produciendo el posesivo («*päläfertiilam*»: mi pareja eterna). El sufijo a emplear depende de la persona («mi», «tú», «su», etc.) y también de si el sustantivo termina en consonante o en vocal. La siguiente tabla enumera los sufijos para el caso singular (no para el plural), mostrando también las similitudes con los sufijos empleados por el húngaro contemporáneo. (El húngaro es en realidad un poco más complejo, ya que requiere también «rima vocálica»: el sufijo a usar depende de la última vocal en el sustantivo, de ahí las múltiples opciones en el cuadro siguiente, mientras el carpatiano dispone de una única opción.)

	Carpatiano (proto-urálico)		**Húngaro Contemporáneo**	
Persona	**Nombre acabado en vocal**	**Nombre acabado en consonante**	**Nombre acabado en vocal**	**Nombre acabado en consonante**
1ª singular (mi)	-m	-am	-m	-om, -em, -öm
2ª singular (tú)	-d	-ad	-d	-od, -ed, -öd
3ª singular (suya, de ella/ de él/de ello)	-ja	-a	-ja/-je	-a, -e
1ª plural (nuestro)	-nk	-ank	-nk	-unk, -ünk
2ª plural (vuestro)	-tak	-atak	-tok, -tek, -tök	-otok, -etek, -ötök
3ª plural (su)	-jak	-ak	-juk, -jük	-uk, -ük

Nota: Como hemos mencionado, las vocales a menudo se insertan entre la palabra y su sufijo para así evitar que demasiadas consonantes aparezcan seguidas (lo cual crearía palabras impronunciables). Por ejemplo, en la tabla anterior, todos los sustantivos que acaban en una consonante van seguidos de sufijos empezados por «a».

Conjugación verbal. Tal como sus descendientes modernos (finés y húngaro), el carpatiano tiene muchos tiempos verbales, demasiados para describirlos aquí. Nos fijaremos en la conjugación del tiempo presente. De nuevo habrá que comparar el húngaro contemporáneo con el carpatiano, dadas las marcadas similitudes entre ambos.

Igual que sucede con el caso posesivo, la conjugación de verbos se construye añadiendo un sufijo a la raíz del verbo:

Persona	**Carpatiano (proto-urálico)**	**Húngaro contemporáneo**
1ª sing. (Yo doy)	-am (andam), -ak	-ok, -ek, -ök
2ª sing. (Tú das)	-sz (andsz)	-sz
3ª sing. (Él/ella dan)	-(and)	—
1ª plural (Nosotros damos)	-ak (andak)	-unk, -ünk
2ª plural (Vosotros dais)	-tak (andtak)	-tok, -tek, -tök
3ª plural (Ellos dan)	-nak (andnak)	-nak, -nek

Como en todas las lenguas, encontramos en el carpatiano muchos «verbos irregulares» que no se ajustan exactamente a esta pauta. Pero aun así la tabla anterior es una guía útil para muchos verbos.

Ejemplos de la lengua carpatiana

Aquí tenemos algunos ejemplos breves del carpatiano coloquial, empleado en la serie de libros Oscuros. Incluimos la traducción literal entre corchetes. Curiosamente, las diferencias con la traducción correcta son sustanciales.

Susu.
Estoy en casa.
[«hogar/lugar de nacimiento». «Estoy» se sobreentiendo, como sucede a menudo en carpatiano.]

Möért?
¿Para qué?

Csitri.
Pequeño/a.
[«cosita»; «chiquita»]

Ainaak enyém.
Por siempre mío/mía

Ainaak sívamet jutta.
por siempre mío/mía (otra forma).
[«por siempre a mi corazón conectado/pegado»]

Sívamet.
Amor mío.
[«de-mi-corazón», «para-mi-corazón»]

Sarna Rituaali (Las palabras rituales) es un ejemplo más largo, y un ejemplo de carpatiano coloquial. A destacar el uso recurrente de **«andam»** («yo doy») para otorgar al canto musicalidad y fuerza a través de la repetición.

Sarna Rituaali (Las palabras rituales)

Te avio päläfertiilam
Eres mi pareja eterna.
[Tú desposada-mía. «Eres» se sobreentiende, como sucede generalmente en carpatiano cuando una cosa se corresponde a otra. «Tú, mi pareja eterna»]

Éntolam kuulua, avio päläfertiilam.
Te declaro pareja eterna.
[A-mí perteneces-tú, desposada mía]

Ted kuuluak, kacad, kojed.
Te pertenezco.
[A-ti pertenezco-yo, amante-tuyo, hombre/marido/esclavo-tuyo]

Élidamet andam.
Te ofrezco mi vida.
[Vida-mía doy-yo. «te» se sobreentiende.]

Pesämet andam.
Te doy mi protección.
[Nido-mío doy-yo.]

Uskolfertiilamet andam.
Te doy mi fidelidad.
[Fidelidad-mía doy-yo.]

Sívamet andam.
Te doy mi corazón.
[Corazón-mía doy-yo.]

Sielamet andam.
Te doy mi alma.
[Alma-mía doy-yo.]

Ainamet andam.
Te doy mi cuerpo.
[Cuerpo-mío doy-yo.]

Sívamet kuuluak kaik että a ted.
Velaré de lo tuyo como de lo mío.
[En-mi-corazón guardo-yo todo lo-tuyo.]

Ainaak olenszal sívambin.
Tu vida apreciaré toda mi vida.
[Por siempre estarás-tú en-mi-corazón.]

Te élidet ainaak pide minan.
Tu vida antepondré a la mía siempre.
[Tu vida por siempre sobre la mía.]

Te avio päläfertiilam.
Eres mi pareja eterna.
[Tú desposada-mía.]

Ainaak sivamet jutta oleny.
Quedas unida a mí para toda la eternidad.
[Por siempre a-mi-corazón conectada estás-tú.]

Ainaak terád vigyázak.
Siempre estarás a mi cuidado.
[Por siempre tú yo-cuidaré.]

Véase Apéndice 1 para los cánticos carpatianos de sanación, incluidos *Kepä Sarna Pus* («El canto curativo menor») y el *En Sarna Pus* («El gran canto de sanación»).

Para oír estas palabras pronunciadas (y para más información sobre la pronunciación carpatiana, visitad, por favor: http://www.christinefeeham.com/members/.

Un diccionario carpatiano muy abreviado

Este diccionario carpatiano en versión abreviada incluye la mayor parte de las palabras carpatianas empleadas en la serie de libros Oscuros. Por descontado, un diccionario carpatiano completo sería tan extenso como cualquier diccionario habitual de toda una lengua.

Nota: los siguientes sustantivos y verbos son palabras raíz. Por lo general no aparecen aislados, en forma de raíz, como a continuación. En lugar de eso, aparecen habitualmente con sufijos (por ejemplo, «*andam*» - «Yo doy», en vez de sólo la raíz «*and*»).

aina: cuerpo
ainaak: para siempre
akarat: mente, voluntad
ál: bendición, vincular
alatt: a través
alə: elevar; levantar
and: dar
avaa: abrir
avio: desposada
avio päläfertiil: pareja eterna
belső: dentro, en el interior
ćaδa: huir, correr, escapar
ćoro: fluir, correr como la lluvia
csitri: pequeña (femenino)
ekä: hermano
elä: vivir
elävä: vivo
elävä ainak majaknak: tierra de los vivos
elid: vida
én: yo
en: grande, muchos, gran cantidad
en Puwe: El Gran Árbol. Relacionado con las leyendas de Ygddrasil, el eje del mundo, Monte Meru, el cielo y el infierno, etcétera.

engem: mí
eći: caer
ek: sufijo añadido a un sustantivo acabado en una consonante para convertirlo en plural
és: y
että: que
fáz: sentir frío o fresco
fertiil: fértil
fesztelen: etéreo
fü: hierbas, césped
gond: custodia; preocupación
hän: él, ella, ello
hany: trozó de tierra
irgalom: compasión, piedad, misericordia
jälleen: otra vez
jama: estar enfermo, herido o moribundo, estar próximo a la muerte (verbo)
jelä: luz del sol, día, sol, luz
joma: ponerse en camino, marcharse
jŏrem: olvidar, perderse, cometer un error
juta: irse, vagar
jüti: noche, atardecer
jutta: conectado, sujeto (adjetivo). Conectar, sujetar, atar (verbo)
k: sufijo añadido tras un nombre acabado en vocal para hacer su plural
kaca: amante masculino
kaik: todo (sustantivo)
kaŋa: llamar, invitar, solicitar, suplicar
kaŋk: tráquea, nuez de Adán, garganta
karpatii: carpatiano
käsi: mano
kepä: menor, pequeño, sencillo, poco
kinn: fuera, al aire libre, exterior, sin
kinta: niebla, bruma, humo
koje: hombre, esposo, esclavo

kola: morir
koma: mano vacía, mano desnuda, palma de la mano, hueco de la mano
kont: guerrero
kule: oír
kuly: lombriz intestinal, tenia, demonio que posee y devora almas
kulke: ir o viajar (por tierra o agua)
kuńa: tumbarse como si durmiera, cerrar o cubrirse los ojos en el juego del escondite, morir
kunta: banda, clan, tribu, familia
kuulua: pertenecer, asir
lamti: tierra baja, prado
lamti ból jüti, kinta, ja szelem: el mundo inferior (literalmente: «el prado de la noche, las brumas y los fantasmas»)
lejkka: grieta, fisura, rotura (sustantivo). Cortar, pegar, golpear enérgicamente (verbo)
lewl: espíritu
lewl ma: el otro mundo (literalmente: «tierra del espíritu»). Lewl ma incluye lamti ból jüti, kinta, ja szelem: el mundo inferior, pero también incluye los mundos superiores En Puwe, el Gran Árbol
löyly: aliento, vapor (relacionado con lewl: «espíritu»)
ma: tierra, bosque
mäne: rescatar, salvar
me: nosotros
meke: hecho, trabajo (sustantivo). Hacer, elaborar, trabajar
minan: mío
minden: todos (adjetivo)
möért: ¿para qué? (exclamación)
molo: machacar, romper en pedazos
molanâ: desmoronarse, caerse
mozdul: empezar a moverse, entrar en movimiento
nä: para
ŋamaŋ: esto, esto de aquí
nélkül: sin

nenä: ira
nó: igual que, del mismo modo que, como
numa: dios, cielo, cumbre, parte superior, lo más alto (relacionado con el término «sobrenatural»)
nyelv: lengua
nyál: saliva, esputo (relacionado con nyelv: «lengua»)
odam: soñar, dormir (verbo)
oma: antiguo, viejo
omboće: otro, segundo (adjetivo)
o: el (empleado antes de un sustantivo que empiece en consonante)
ot: el (empleado antes de un sustantivo que empiece por vocal)
otti: mirar, ver, descubrir
owe: puerta
pajna: presionar
pälä: mitad, lado
päläfertiil: pareja o esposa
pél: tener miedo, estar asustado de
pesä: nido (literal), protección (figurado)
pide: encima
pirä: círculo, anillo (sustantivo); rodear, cercar
pitä: mantener, asir
piwtä: seguir, seguir la pista de la caza
pukta: ahuyentar, perseguir, hacer hui
pusm: devolver la salud
pus: sano, curación
puwe: árbol, madera
reka: éxtasis, trance
rituaali: ritual
saγe: llegar, venir, alcanzar
salama: relámpago, rayo
sarna: palabras, habla, conjuro mágico (sustantivo). Cantar, salmodiar, celebrar
śaro: nieve helada
siel: alma
sisar: hermana

sív: corazón
sívdobbanás: latido
soŋe: entrar, penetrar, compensar, reemplazar
susu: hogar, lugar de nacimiento; en casa (adverbio)
szabadon: libremente
szelem: fantasma
tappa: bailar, dar una patada en el suelo (verbo)
te: tú
ted: tuyo
toja: doblar, inclinar, quebrar
toro: luchar, reñir
tule: reunirse, venir
türe: lleno, saciado, consumado
tyvi: tallo, base, tronco
uskol: fiel
uskolfertiil: fidelidad
veri: sangre
vigyáz: cuidar de, ocuparse de
vii: último, al fin, finalmente
wäke: poder
wara: ave, cuervo
weńća: completo, entero
wete: agua

www.titania.org

Visite nuestro sitio web y descubra cómo ganar
premios leyendo fabulosas historias.

Además, sin salir de su casa, podrá conocer
las últimas novedades de
Susan King, Jo Beverley o Mary Jo Putney,
entre otras excelentes escritoras.

Escoja, sin compromiso y con tranquilidad,
la historia que más le seduzca
leyendo el primer capítulo de cualquier libro
de Titania.

Vote por su libro preferido y envíe su opinión
para informar a otros lectores.

Y mucho más...

HUNTSVILLE PUBLIC LIBRARY
5 1216 03023886

HUNTSVILLE PUBLIC LIBRARY
HUNTSVILLE, TX 77340
OVERDUE FINE 10 CENTS PER DAY